인생은 사막이며 고독이다 ……

사하라

유중원 장편소설

글누림

차 례

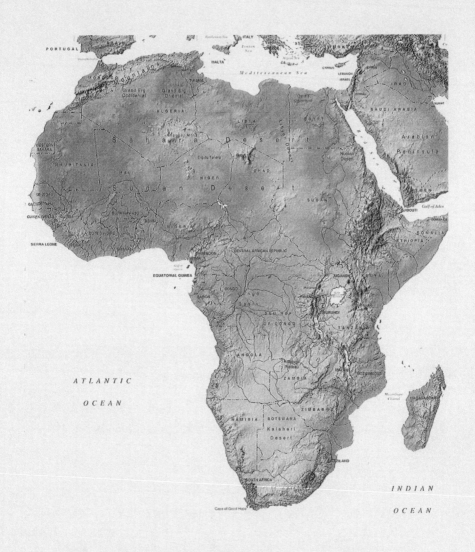

이것은 그가 2000년 6월경 운명의 여행을 하였던 아프리카와 사하라의 지도
이다. 지도에 표시된 사하라 사막 중심부에 있는 아하가르 산맥의 남쪽을 지나
가던 중 사막의 심연과 입맞춤을 하였다.

2000년 여름, 사막

긴 여행의 출발은 언제나 가슴 벅찬 일이다. 그 여행에 대한 마법 같은 환상이 출발할 즈음에 회오리바람처럼 부풀어 오르기 때문이다. 가벼운 해방감과 함께 묘한 흥분이 교차한다. 그때는 강렬한 감정이 그를 감쌌다. 내가 지금 원하는 것은? 도대체 무엇을 해야 하는가? 나는 떠나거나 달아나거나. 나는 늘 자신으로부터 탈출하려고 했으니까. 그는 여행을 위해 여행하였다. 그의 경우에는 그랬다. 프랑스의 철학자인 쿠쟁이 '*우리는 종교를 위한 종교, 도덕을 위한 도덕, 예술을 위한 예술이 필요하다*'고 말했던 것처럼 말이다.

그러나 이번 여행의 출발은 그렇지만은 않다.

날이 밝았다. 지중해의 태양이 하늘 높이 솟아올랐다.

그날 오전 내내 그는 트리폴리의 숙소에서 서성대며 이번 여행에 대한 들뜬 기분보다는 짧은 일정 때문에 몹시 조바심을 냈고, 그것은 이상한 불안감으로 다가왔다. 짧은 여행, 짧은……. 기분은 여전히 나아지지 않았다. 그리고 온몸에서 갑자기 기운이 빠져나갔다. 그런데 왜 이렇게 불안한 걸까? 불안과 두려움, 공포, 조바심, 긴장, 초조. 왜, 무엇 때문에 불안한 것인가? 불확실한 미래, 시간의 미로에 대한 두려움이나 고통 때문인가, 변덕스런 기분에 대한 실망이나 분노 때문인가. 죽음에 대한 감각과 슬픔, 공포 때문에…….

그 불안은 여행을 떠나기로 마음먹은 이후 며칠째 계속되고 있었다. 그는 깊은 잠을 잘 수 없었고 얕은 수면마저 갑작스럽게 잠이 깨거나 기나긴 불면 때문에 토막잠이 되었다. 근거 없는 강박관념에 속수무책으로 시달리고 가끔 악몽을 꾸었다.

그렇다고 지금 그 불안 증세가 호흡곤란이나 어지럼증, 가슴 두근거림, 떨림, 숨 가쁨, 목이 조이는 듯한 끔찍한 느낌, 정신적 혼란, 욕지기, 구토, 설사, 두통, 복통 같은 신체적 증상으로 바뀌어 나타난 것은 아니다. 다만 무언가 바늘 같은 예리한 것이 위장을 쿡쿡 찌르는 느낌을 받았을 뿐이다.

그는 그 불안의 정체를 알 수 없어 매우 혼란스러웠다. 딱히 무슨 불길한 징조가 보였던 것도 아니었다.

출발에 즈음하여 이 여행에 대한 불안과 두려움 때문에 한동안 마음이 흔들렸다. 하지만 무엇보다도 가슴 속에서 격렬한 고통이 느껴졌다. 지금 여기서는 더 이상 견딜 수가 없다. 떠나기 위해서는 언제나처럼 분노가 폭발해야 할 것이다.

나는 휴식이 필요하다. 나는 떠나지 않으면 안 된다. 난 항상 내가 가야 할 길을 갔고, 또 가고 싶은 곳이 있으면 스스로 그 길을 찾아갔지 않았던가. 더 이상 걱정할 것이 무엇이던가. 나는 언제든지 쉽게 적응하지 않았던가. 나는 삶을 복잡하게 하여 헝클어지게 만드는 그런 부류의 인간이 아니지 않은가. 내 인생에서 좋은 일도 일어나고 나쁜 일, 아주 나쁜 일도 일어났지만 나는 항상 살던 방식대로 살았지 않은가. 그저 그 시간을 견디며 살았을 뿐이다. 나는 삶의 의미가 뭐지? 라고 자신에게 질문하지 않는다. 나는 삶을 어떻게 허비했는지도 관심이 없다. 그걸 과장하거나 극적인 사건으로 만들거나 확대할 필요는 없었다. 모든 게 저 멀리 있었다. 그러니까 이 짧은 휴가기간 동안 잠시 휴식을 취하면 안 될까. 나는 스스로 타협하면 안 되는가. 하지만 지금 남쪽 사막을 횡단해야 만할 절대적인 이유가 있는 건 아니다. 이 여행을 취소해도 상관없을 것이다. 어차피 보이는 건 모래뿐일 것이다. 천편일률적인 풍경이 지겹게 반복될 터이다.

사막이 무어란 말인가. 언제 사막이 날 애타게 기다린 적이 있었던가. 사막은 이제 너무 지겹지 않은가. 그건 짝사랑 같은 거였다. 그건 거의 깊은 상처였다. 사막은 나를 가장 깊게 찔렀던 칼날이었다. 나는 사막에서 자신의 그림자와 싸우다 지쳐서 마침내 굴복한 지킬앤하이드 증후군 환자였지 않은가.

내 정신적 재산목록에 첫 번째로 들어있었다. 신은 없다. 불멸성은 있을 수 없다. 종교, 신 같은 것은 인간의 공허한 발명품인 거지. 그러나 내가 신을 믿을 수 없었고, 믿으려고 하지 않은 이유가 있었던가? 신은 우주의 어떤 비밀, 불가해한 의미와 가치를 담은 이야기를 들려줄 것이 아닌가. 그러므로 사막에서 신을 만날 수 있을 것인가. 사막이 신이 아닐까. 그렇지만 신은 불가해야하고 역설과 모호함이 아니던가. (그런데 신을 만나기를 바라는 이유는 고통 때문인가. 또는 보다 근원적으로 존재론적 차원의 이유가 있는 것인가. 하여간에 신을 만나면 무슨 말을? 우선 고통을 없애 달라고 읍소할 것인가. 또는 내가 원하는 걸 달라고 부탁할 것인가. 용서를 구할 것인가. 아니면 고맙다고) 사막은 악마다. 악마는 나를 호시탐탐 기다리고 있는 것이 아닐까.

그러나 그 불안은 실제 아무런 근거가 없었다. 그는 언제나처럼 해묵은 공포와 불길한 예감에도 불구하고 지금 떠나야 한다는 강박관념에 사로잡혔다. 지금 떠나야 한다. 그의 가슴 속에서 다시금 강렬한 갈망이 끓어오르기 시작한 것이다. 그 거부할 수 없는, 훌쩍 떠나고 싶은 강한 욕구에 사로잡혀서 떠날 수밖에 없었던 것이다. 그런 거야, 지금 떠나지 않으면 안 되지. 누군가 말했었지. 떠남이란 예언의 시간이라고…… 영원한 새벽을 맞으러 가는 일이지. 결국 떠나게 될 거야. 언제나 그랬거든. 얼마 동안은 그 지긋지긋한 설계도와 보고서를 모두 잊어버리고 싶어.

영원한 여정. 영원한 방랑자. 영원한 타인.

김 차장한테 전화를 걸어 그가 없는 동안 회사의 업무처리에 관하여 지시 사항을 이야기하면서 여행 일정을 대강 알리고, 구시가지의 숙소에서 나와 서둘러 공항으로 출발하였다. 지금 공사현장, 송수관이나 취수장, 양수펌프장의 공사현장에서 특별히 신경 써야 할 만한 현안 문제는 없었다.

김이수 차장이 마지막 인사를 했다. "상무님…… 그곳 날씨가 지독하다고 하고…… 길도 험악하다고 하던데요. 현장은 별일 없을 거예요. 어쨌거나 몸조심하십시오."

한낮의 태양이 거리의 종려나무와 도시의 잿빛 지붕 위로 쏟아져 내린다. 도시 이곳저곳에 산재해 있는 이슬람 사원들의 첨탑이 눈부시게 하얗게 빛났다. 가마솥 더위가 본격적으로 기승을 부린다. 트리폴리 부둣가를 지나면서 잠시 차를 세우고 그는 새삼스럽게 알샤브 모스크의 평화스러운 모습을 무심히 바라본다. 2,600년의 역사를 자랑하는 리비아의 수도 타라불루스는 언제 보아도 너무 아름다웠다. 그곳에서 짧은 삶은 여전히 외로웠지만 무척 감미로웠다고 생각했다. 시간이 날 때마다 바다에서 불어오는 부드러운 산들바람을 맞으면서 지중해 연안 렙티스 마그나의 우아한 폐허를 이리저리 거닐면서 고대 로마인의 거친 숨결을 피부로 느낄 수 있었던 것이다. 그 유적지는 로마의 위대성과 시간의 엄숙함을, 덧없음을 그대로 보여준다. 시간은 풍화이다. 소멸이다. 모든 위대한 존재는 시간

속에서 산산이 부서져 사라진다.

그러나 폐허는 아름답다. 그것은 흐느끼고 그러면서 미소 짓는다. 귀에 들리지 않는 웅얼거림처럼 그 떨림이 살갗을 스쳐갔다. 다시 볼 때마다 가슴이 터질듯이 뭉클하다.

그는 소멸된 고대 문명의 잔해인 폐허의 돌기둥과 돌계단들이 지중해의 바람과 태양을 자양분으로 삼아 아름다운 꽃처럼, 식물처럼 재생하는 환상에 사로잡히곤 하였다. 그러나 너무나 강렬한 햇살. 순식간에 지나가버리는 황혼의 풍경. 새들이 떠나는 모습. 북아프리카의 밤이 바다를 찾아오는 시간이면 올리브 숲은 죽음처럼 깊은 잠에 빠진다.

그때 그 회교 사원의 백옥처럼 하얀 첨탑에서 정오의 기도 시간을 알리는 늙은 무에진의 나른하면서 환희에 찬 외침 소리가 귓전에서 울리는 듯 가깝게 들려 왔다. 그 목소리는 마치 하늘에서 알라 신이 직접 내려 보내는 것 같다. 무에진은 심호흡을 한 후 이제는 한결 무뎌진 목소리로 다시 외친다.

알라후 아케바르! 신은 가장 크신 분이다! 나는 하나님 이외에 다른 하나님이 없다는 것을 증언하노라! 나는 무함마드가 하나님의 사자라는 것을 증언한다! 기도하러 나오너라! 구원을 받으러 나오너라! 하나님은 가장 크신 분이다! 하나님 이외에 다른 하나님은 없도다!

무에진은 마지막 후렴구를 길게 늘어뜨렸다.

알라는 위대하시다! 알라 외에 다른 신은 없느니라…… 무함마드는 선지자이니라! 기도하라! 천복을 구하라! 야, 랍비…… 야, 알라……

그 후렴구는 단조롭고 매혹적이다. 그 후렴구는 들을 때마다 항상 같으면서도 다른 다양한 운을 가지고 있었다.

지중해의 해안가에 위치한 공항은 그 즈음 활기를 띠고 있었다. 그 공항은 10년간 폐쇄돼 있던 국제선이 재개통되면서 외국인 사업가나 유럽인 관광객들로 붐볐다. 리비아의 통치자 무아마르 카다피의 아랍식 옷차림에 터번을 두른 초상화가 공항 기둥과 벽면 이곳저곳에 걸려있다.

그 독재자의 전신상 또는 반신상 초상화는 얼마나 많은지 그 나라에 사는 거주민 수만큼이나 걸려있다.

무더운 한낮인데도 가끔 바다로부터 부드러운 바람이 불어와 나무의 결을 거슬러 올라가면서 종려나무 가로수의 푸른 침엽수 잎들이 가볍게 하늘거렸다. 시원한 공기를 흠뻑 들이마시자 그는 기분이 한결 나아졌다. 남쪽 사막으로 들어가면 이런 미풍은 절대 맛볼 수 없을 것이다.

아직 사막 여행이 본격적으로 시작된 것도 아니지만, 벌써 마음은 하늘 높이 훨훨 날았다. 나는 호모 에렉투스이다. 나는 길 위에 서있을 것이다. 그의 마음은 현재로서는 어딘지 전혀 알 수 없는 여정의 끝머리에 미리 가 있었다.

트리폴리 민간 공항에서 미리 예약을 해 둔 타만라세트로 가는 부정기선 비행기에 탑승하였다. 비행기는 출발 시간이 한참 지났는데 꿈쩍도 않고 있다. 그 소형 비행기는 아무런 예고도 없이 예정된 시간보다 2시간 넘게 지체한 후 이륙하였는데 좌석이 20개뿐인 낡은 세스너 캐러밴이었다. 그 무렵 리비아에서는 고장과 연착은 비일비재했다. 그는 비행기의 이륙을 기다리면서 지루한 시간을 이용해서 프랑스의 어느 여행 전문 출판사가 발간한 아프리카 여행 지침서를 새삼스럽게 읽어본다. 그 지침서에는 여러 가지 유용한 주의사항이 시시콜콜 열거되어 있었다.

아프리카에는 왜 가는가? 가볼 만한 곳이 많기도 한데 그 미개한 땅에? 아프리카 여행객은 항상 주의를 게을리 하지 말 것. 종교 분쟁, 부족 분쟁, 정부군과 반군 간 내전이 끊이지 않고 계속 되고 있어 항상 위험함. 가급적 단체여행을 하고 단체로 움직일 것. 해가 진 뒤에는 어두운 곳은 피해야 한다. 강도 행위가 심각한 위협이 되고 있다. 물론 밤에 외출하면 무조건 강도를 당하게 된다. 그때는 저항해서는 안 된다. 그들이 요구하는 걸 다 주어라. 그래야만 목숨이라도 건지게 된다. (그럴까…… 강도를 만나거든 두려움을 들키지 말아야 하지. 다시 말하자면, 먹잇감으로 비쳐서는 안 되지. 언제나 자신감을 갖고 자신 있는 태도를 보여야 할 것이야. 나는 오랜 여행 경험을 통해 그걸 마침내 터득하였지. 그는 생각했다.) 안전성에 문제가 있으므로 아프리카의 항공기 이용은 가급적 자제할 것. 대중교통의 안전성 매우 불량. 자동차에 전조등이나 미등이 없으므로 야간 운전은 상당히 위험. 미숙한 운전수들이 제멋대로 과속운전을 하여 교통 흐름을 예측할 수 없음. 지역마다 다른 운전 습관이 있음. 기차는 항상 연착한다. 호텔시설은 믿을 수 없을 만큼 매우 불량함. 에어컨도 없이 후덥지근한 방은 바퀴벌레가 득실거리고 악취가 진동한다. 반드시 황열병, 말라리아 약을 챙기거나 예방 조치를 취할 것. 장티푸스, 위염, 설사병 등 수인성 질병에 주의할 것. 그러니 항생제와 설사약을 가급적 많이 챙겨가라. 사하라 남쪽 검은 아프리카에서는 믿을 수 없을 만큼 에이즈가 창궐하고 있음. 성관계시 콘돔 사용이 필수적임. 사막에서는 도로 표지판은 무용지물인 경우가 많음. 믿을 만한 현지 가이드의 도움을 받을 것. 그러나 흑인을 끝까지 믿는 것은 위험하다. 남쪽 사막의 열기는 스테이크를 구워도 충분할 만큼 대단하여 상상을 초월하므로 깨끗한 물을 충분히 마실 것. 자외선 차단 지수가 최고인 선크림과 오스트레일리아 육군들이 쓰는 챙이 넓은 모자를 반드시 준비하라. (하지만, 강력한 선크림 역시 쓸모가 없을 것이야. 연신 줄줄 흐르는 땀을 닦기 위해 얼굴을 손이나 손수건으로 훔쳐내면 죄다 닦여 버리고, 아니면 그나마 남은 것은 땀에 씻겨 함께 흘러내리기 때문이지.) 여권 보관에 각별히 주의할 것. 모든 경우에 바가지요금 요주의. 어딜 가도 사람들이 졸졸 따라다니며 뻔뻔하게 돈을 달라고 성가시게 하므로 이를 피하려면 호텔 밖으로 나오지 말 것. 관리들의 부패가 만연해 있음. 경찰이나 관리는 허가 받은 도둑이라고 할 수 있음. 뇌물은 현금이 최고임. 반드시 달러나 유로 등 현금을 챙겨가라. 하지만 좀도둑이나 강도들, 경찰이나 군인, 세관원이 눈치 채지 않게 현금을 어딘가에 잘 숨겨라.

문화인류학자였고 또한 고고학자였던 어떤 사람은 아프리카의 오지 여행 전문가이기도 해서 여기에 몇 가지를 덧붙이고 있었다.

신발은 정말 발에 맞고 편해야 한다. 오래 걸어야만 하기 때문이다. 그러므로 질기고 가벼운 신발엔 돈을 아끼지 마라. 혼자서 운반할 수 없는 것은 아무것도 가져가지 마라. 그러나 응급처치용 붕대, 소독약 등을 준비해라. 현지인들이 말하는 신통하다는 약을 믿지 마라. 그들은 모두가 엉터리 마술사이다. 모든 물은 일단 오염됐다고 의심해라. 먼저 접근하는 남자, 여자를 경계하라. 모르는 사람이 선뜻 건네주는 음료와 음식물에는 약을 탔을 수도 있으니 조심하라. 값비싼 귀중품을 몸에 지니지 마라. 콘돔을 가져가라, 반드시 콘돔을 끼어라. 에이즈가 무섭지 않은가. 그러나 콘돔은 본래의 용도 이외에 비상용 물통, 지혈대, 작은 귀중품을 보관하는데 유용하게 사용할 수 있다. 정치와 종교, 신에 관한 이야기는 절대적으로 피하라, 특히 궤변을 늘어놓는 궤변론자를 만나게 되면 쓸데없는 논쟁에 끌려들어가 몹시 피곤하게 된다. 더욱이 종교적 논쟁은 절대적 금물. 유대교도들과 기독교도들은 악마를 숭배하는 이교도들이고, 예수는 원래 흑인인데 그나저나 마술사이고 퇴마사일 뿐이다. 그들은 예수의 부활을 부두교의 좀비쯤으로 생각한다. 작은 선물을 준비하라, 그들은 무조건 손을 벌리는 습성이 있으므로 선물을 주면 좋아한다.

어른들에게는 담배, 어린이에게는 사탕 정도면 괜찮다. 아프리카의 길들을 상상해본 적이 있는가. 아스팔트길은 곧 끝난다. 도로는 좁고 노면 상태는 최악이다. 자갈길과 맨땅 그리고 도로가 여기저기 움푹 패인 길을 계속해서 달려야 한다. 모래가루와 흙먼지가 미친 듯이 피어오른다. 특히 아프리카에서는 깔끔하거나 잘 차려입어서는 안 된다. 너무 눈에 띄는 시계나 사치품을 과시하고 다니는 것은 위험한 일이다. 한눈을 파는 사이에 누군가가 훔쳐갈 것이다. 그들은 정글 칼을 휘둘러 팔을 자를 수도 있다. 가급적 아프리카인처럼 수염을 기르고 먼지와 땀으로 뒤범벅이 된 구멍 난 셔츠를 입고 후줄근한 모습이어야 한다. 그러니까 거지처럼 아주 가난하게 보여야 한다는 것이다.

그런데 1798년에 발간된 『브리태니커 백과사전』 초판은 '흑인'에 대해 다음과 같이 기술하고 있다.

흑인의 피부색은 다양한 명암을 띠고 있다. 그러나 그들은 얼굴의 이목구비에서 백인들과 많이 다르다. 둥근 뺨, 툭 불거져 나온 광대뼈, 약간 높은 이마, 짧고 평퍼짐한 코, 두툼한 입술, 작은 귀, 추하고 가지런하지 못한 윤곽이 그들 외모의 특징이다. 흑인 여자들은 축 처진 허리 살과, 뒤에서 보면 마치 말안장처럼 보이는 아주 큼지막한 엉덩이를 가지고 있다. 악명 높은 습성들이 이 불행한 인종의 운명인 듯하다. 그들은 거짓, 나태, 배반, 복수, 잔학, 후안무치, 절도, 외설, 방탕, 불결과 방종 등의 악습으로 인해 자연법의 원리가 소멸되었고 양심의 가책을 받지도 않는다. 그들은 어떤 동정심도 느끼지 못한다. 멋대로 내버려 두면 인간 타락의 끔찍한 전형이

될 것이다.

여기에 오해도 있고 과장도 있고 (그러나 미화는 없다.) 일부는 사실이기도 하지만 백인들의 뿌리 깊은 우월주의와 아프리카와 흑인에 대한 (그뿐만 아니라 다른 유색인종에 대한) 멸시의 감정, 편견과 인종차별주의를 뼛속 깊이 느낄 수 있다. 아프리카는 인류의 고향이고 흑인이야말로 인간의 원형인데 말이다.

그러니까 백인들은 자신과 닮은 흰 피부의 종족만을 인간으로 봐줄 수 있다는 것인가? 그들은 입으로는 말한다. 우리는 인간의 다양성을 인정하지, 인정한다고, 그걸 인정하지 않고는 결코 살아갈 수 없는 시대가 되었으니 말이야. 시대가 많이 변한 거지. 그렇지만, 어쨌거나 백인과 흑인 간에는 흑백이라는 경계선이 있는 거고, 그걸 지키는 게 피차 좋은 거야.

우리는 구태여 문화적 상대주의를 들먹이지 않더라도 같은 인간이기에 그들의 낯선 생각, 낯선 관습, 낯선 문화를 받아들이고 그들과 스스럼없이 어울려야한다. 그는 말한다. "현지 원주민들과 얼굴을 맞대고 귀를 기울이며 소통하라. 그들의 삶에 스며들어라. 하지만 겸손해라. 자신이 얼마나 하찮은 존재인지를 깨달아라. 너는 나그네, 영원한 인생의 나그네이다."

비행기는 여행 가방을 잔뜩 싣고 힘겹게 사막의 하늘을 향하여 이륙하였다. 비행기는 이륙해서 가파르게 위로 치솟았다. 그는 금속성 물체가, 독수리가 한껏 날개를 펼치고 날아오르는 것처럼 하늘로 날아오르는 느낌을 배 속과 몸으로 느꼈다. 비행기는 곧 크게 곡선을 그리며 푸른 하늘 속으로 빨려 들어갔다. 그는 의자의 등받이에 밀착된 채로 뭔가에 떠받들린 듯한 느낌 속에 술기운을 빌어 잠을 청하였고, 비행기의 규칙적인 흔들림에 몸을 내맡긴 채, 잠시 가수면 상태에서 그들이 하는 이야기를 들었다.

다른 탑승객들은 대부분 유전에서 일하는 미국인 기술자들인 모양이다. 그들은 우람한 체격에 진바지를 입고 있었고, 풀어놓은 윗단추 사이로 검은 가슴털이 부스스하였고, 몸에 밴 시가 냄새가 진한 향수처럼 퍼져온다. 그들은 와이어 라인 유니트니 게이트 발브 등 전문적인 용어를 구사하며 주로 유전 개발의 기술적 공정에 관한 이야기를 하였다.

그는 눈을 뜨고 창문 너머로 아래를 내려 보았다. 비행기는 어느새 곡물 경작지와 감귤류 과수원이 쭉 이어져 있는 리비아 해안가를 뒤로 물리고 남쪽으로 향하고 있다. 오른쪽으로는 작은 돌과 거대한 암석이 뒤엉켜 깔려있는 광활한 알 함라 평원을, 왼쪽으로는 황량하고 거무스름한 자발 앗 사우다 산맥을 지나쳐서 마루주크 사막이 끝없이 펼쳐진 페잔 지역을 지나고 있다.

비행기의 작은 타원형 창문으로 가끔 바라보는 사막의 하늘은 구름 한 점 없이 맑았고 지상의 대지는 지평선 너머까지 온통 모래 바다뿐이었다. 그렇군, 역시 아름다운 모래뿐이야. 그가 중얼거렸다.

그 작은 비행기는 사막의 푸른 하늘에서 쏟아지는 빛 속으로 들어 갔다. 그는 차츰 나른하고 편안한 기분 속으로 빠져 들었다.

그는 리비아를 떠나 알제리 쪽 남쪽 사막으로 내려왔다. 리비아 Libya. 관능적이면서 아주 오랫동안 긴 여운을 남기는 단어. 그것은 시의 운율처럼 울린다. 리비아여! 잠시 동안 안녕.

비행기가 타만라세트에 착륙하기 위해 한 시간 전부터 조금씩 고도를 낮추고 하강하기 시작하면서 아무 예고도 없이 심하게 흔들렸다. 조종석에서 기장이 난기류 때문에 흔들린다고 하면서 안전띠를 확실하게 매라고 방송했다. 비행기가 하강했다가 상승할 때마다 석유 탐사 기술자들이 머리를 흔들면서 가벼운 신음소리를 토해냈다.

그는 갑자기 토사물이 터져 나오려는 것을 입을 틀어막고 가까스로 참아냈다. 술기운 때문이었는지. 옆에 앉아 있던 유전 기술자가 그의 등을 토닥여 주며 말했다.

"겁을 먹지 마세요. 곧 괜찮아질 겁니다. 만약 비행기가 떨어지면 신이 당신을 붙잡아줄 겁니다. 그건 신만이 할 수 있는 일이지요. 그렇지요. 신이 구해주지 않으면 누가 당신을 구해줄 수 있을까요! 그러니 지금부터라도 주 예수, 하나님을 찾아가세요!"

그는 매번 알코올의 진정 효과 때문인지 그럭저럭 비행 공포증을 견뎌낼 수 있었지만 이번 경우에는 알코올은 치명적일 수 있었다. 그는 그때 무에진의 나른한 후렴구를 따라서 중얼거렸다. "기도하라! 천복을 구하라! 야, 랍비…… 야, 알라." 그러나 비행기는 마침내 몇 번이나 흔들리다 덜컹거리며 무사히 착륙했다.

도시 귀퉁이 황량한 사막에 자리 잡은 타만라세트 공항은 바람 한 점 없이 후덥지근한 열기에 휩싸인 채 한적하였고, 최근에서야 새로 지은 듯한 공항 관제탑을 제외하면 진흙 벽돌로 지은 공항 청사는 낡을 대로 낡아 허물어지기 직전의 심란한 모습을 하고 있었다. 활주로는 텅 비어있었다. 유럽의 공항들처럼 요란한 광고판, 면세점 상점, 비행기의 이착륙을 알리는 전광판 등 아무것도 보이지 않는다.

그날 오후 늦게 정신이 몽롱한 채로 타만라세트에 무사히 도착한 것이다.

계급장이 달리지 않은 남루한 군복을 입고 있는 공항 관리는 급할 것 없다는, 한껏 느긋한 표정으로 여권을 손바닥으로 쭉 밀어서 평평하게 해놓고 이리저리 뒤적이면서 한참을 들여다보았다. 그는 두꺼운 여권에 수십 개 나라의 직인이 찍힌 것을 보고 놀라는 빛이 역력했다. 그러나 이내 무표정한 얼굴로 스탬프를 쾅 찍어준다.

그는 오늘은 호텔로 직행하여 충분히 휴식을 취한 다음 내일부터 본격적으로 여행 준비를 하기로 작정하였다. 저녁식사도 건너뛴 채 꿈도 꾸지 않으면서 정신없이 밤새 잠을 자고 싶었다. 그래서 공사 현장에 대한 쓸데없는 걱정 따위는 여행 동안만이라도 뇌리에서 말끔히 지워버려야 할 것이다. 벽에는 장식품 하나 걸려 있지 않다. 끊임없이 울려대는 두 대의 전화기와 마시다 만 커피가 바닥에 검게 둘러붙은 커피 잔 등이 놓여 있는 책상과 5단짜리 책장 4개, 심지어 방바닥 이곳저곳에 설계도면과 각종 보고서, 오래된 신문, 건축과 여행 관련 수백 권의 책들이 뒤섞여서 산더미처럼 쌓여 있어서 발 디딜 틈조차 없는 사무실과 늘 예리한 긴장감이 감도는 공사현장을 잠시나마 떠나는 일은, 아무튼 유쾌한 일이다.

트리폴리는 아프리카 북쪽 지중해에 면한 리비아의 항구도시이고, 타만라세트는 사하라 남쪽에 있는 알제리 도시이므로 북쪽에서 남쪽으로 비행기를 타고 몇 시간을 내려온 셈이다.

그는 오래 전부터 남쪽으로 가려고 안달이 나 있었다. 이 여행에 대한 강한 열망이 오랫동안 그를 사로잡고 있었기 때문에, 차라리 그가 원했다기보다는, 어떤 거역할 수 없는 운명 같은 것이 그를 마구 끌어당긴 것인지도 모른다. 그의 다른 모든 여행이 그랬던 것처럼 말이다.

그는 남쪽에 대하여는 늘 불가사의한 향수를 느꼈는데, 동서남북 중에서 유독 남쪽에 대하여 집착에 가까운 애증을 가지고 있었다. 남쪽에 대한 애증은 가장 기묘한 형태의 그것이었다. 하지만 그가 남쪽에 대해 갖고 있는 강렬한 동경에 비교하면 그 증오심이란 게 희미한 과거의 파편에 불과하였을지도 모른다.

언제나 그의 가슴 속 깊이 남쪽에는 바다가 누워 있었고, 한켠에는 물 없는 바다인 사막이 웅크리고 있다. 사막도 바다도 마찬가지로 노골적으로 모습을 드러낸 무구하고 순수한 대자연이다.

그는 아득히 멀리 떨어져 있는 금단의 땅으로 떠나야 하리라. 파란색 또는 사막색의 남쪽에 대하여 끊임없는, 주체할 수 없는 갈망에 시달리고 있기 때문이다. 그곳에는 따뜻한 햇빛 혹은 강렬한 햇빛이 있으니까. 그러나 그곳은 텅 비어있다. 멀고 먼 세계의 끝이고, 끝의 끝이다.

어떤 미지의 존재가 위엄 있는 목소리로 그에게 명령했다.

너는 가야하리라! 떠나야 하리라! 끝없는 고통과 슬픔이 기다리고 있는 그곳으로…… 별들이 찬란하게 빛나는 신성한 땅으로…… 이건 거역할 수 없는 명령이니라!

광활한 사하라뿐만 아니라, 지구 지표면 그 어느 곳보다도 더 많이 뜨겁고, 더 많이 건조하고, 더 많이 험한 곳. 크고 작은 울퉁불퉁한 돌투성이 분지와 사나운 모래 폭풍이 휘몰고 온 모래 입자가 쌓여 형성된 모래 언덕이 이리저리 어지럽게 흩어져 있는 황량한 사막. 사막 중의 사막이면서 사하라에서도 최고의 오지라고 할 수 있는 그곳에 사막 도시 타만라세트Tamanrasset가 자리 잡고 있다.

멀고 낯선 사하라 남쪽의 도시.

이 작은 도시는 사하라 남쪽 저지대 사막의 심장부에 자리 잡고 있어서, 사하라 종단로를 따라 아프리카 대륙 서북쪽으로 아틀라스 산맥 너머 지중해와 대서양 연안의 저지대 평원과 연결되어 있고,

남쪽으로 말리와 니제르, 차드 등에 분포되어 있는 사하라 이남 사
헬지대의 도시들로 이어진다. 남쪽으로 가는 길목에서 알제리의 마
지막 도시이기도 하다.

투아레그족 대상들은 이 도시를 중심으로 니제르의 아가데즈, 빌
마 등지로 낙타에 대추야자와 소금을 싣고 가서 물물교환한 그곳의
염소나 양, 닭 등을 싣고 돌아왔다. 지금은 사하라에서이건, 아라비
아 사막에서이건 전통적 방식인 낙타에 의한 대상은 거의 사라졌다.
유럽에서 정식으로 수입한 또는 밀수입한 고물 트럭이 낙타를 대체
한 것이다.

옛날에는 아프리카 북부 지중해 연안의 이슬람 도시들까지 멀리
뻗어 있는 대상로가 이곳을 관통해 지나갔다. 아랍인 대상들은 낙
타를 이용하여 사하라 이남 적도 아프리카에서 나오는 황금과 상아,
몰약과 유향, 흑단, 바르크라고 이름 붙여진 노예들을 거래하였다.
노예들은 납치된 순간의 그 지독한 채찍질과 혈관이 불거져 나온
우람한 팔뚝, 피를 토하면서 터져 나온 울부짖음만은 꿈속에서도
똑똑히 기억하고 있을 것이다. 수백 년 동안 노예들 대부분은 이 죽
음의 길에서 목숨을 잃었다. 쇠사슬에 길게 묶여 끌려가는 도중 낙
오하면 노예는 그 자리에서 가차 없이 목이 잘렸다.

처음에는 비틀거리며 뒤처지는 노예의 등과 엉덩이, 다리에 가차
없이 날카로운 채찍이 휘감겼다. 피칠갑이 된 등짝에 파리 떼가 몰
려들어 엉겨 붙었다. 노예의 가냘픈 근육이 경련을 일으켰고 온몸

이 강한 바람에 마구 흔들리는 나뭇가지처럼 뒤틀렸지만 노예는 비명 한마디 제대로 지르지 못했다. 그래도 뒤처지는 노예가 있으면, 그때는 무술림인 카르파 (karfa, 선두에서 노예 사슬을 이끄는 사람) 가 *캉 테리! 캉 테리! (목을 따! 목을 따!)*라고 쉰 목소리로 외쳤다.

그리고, 가끔 어떤 노예가 계속 구슬프게 울거나 울부짖으면 짜증난다고 그의 혀를 잘라버렸고, 혀가 별미여서 소금에 찍어 우적우적 씹어 먹었다. 그러나 무어인 노예 상인들은 아프리카 현지에서 그들을 포획하자마자 노예의 혀를 자를 수도 있었다. 그들이 절대적으로 순종하게 만들기 위해서 말이다. 그리고 노예들이 느닷없이 성욕이 발동하지 않도록 거세를 하기도 했는데 식인종 종족의 경우 식욕이 발동하면 언제 포식자로 돌변하여 갑자기 사람의 목을 조르고 간을 빼내 생식하거나 구워 먹을지 몰랐기 때문에 어김없이 거세와 혀 자르기를 동시에 진행하였다.

그러므로 가장 튼튼한 일부 노예들만이 불타는 사막의 죽음의 행군 속에서 살아남을 수 있었다.

그들은 뒤늦게 후회하였지만 이제는 소용없는 일이다. 그날 일어났던 일이 생생하다. 그날 북쪽에서 온 사람들이 교역소에서 물물거래를 한 후 마을 사람들을 모아놓고 성대한 잔치를 열고 야자주를 자꾸만 권했다. 독한 야자주를 전부 마신 후 모두 곯아떨어지자 덮친 것이다. 그들이 눈을 떴을 때는 이미 목에 올가미가 씌어 있었다. 그건 함정이었다.

이 도시 동쪽 가까운 곳에는 붉은 화강암 단층 위에 검은 현무암과 용암이 뒤섞여 형성된 바위투성이의 아하가르 산맥이 길게 뻗어 있고, 이 산맥 지대를 남쪽으로 한참 지나서 알제리 사하라 사막의 남동부 방향인 니제르와 리비아 국경지대에 자리 잡고 있는 도시인 자네트는 북서쪽에서 타실리 나제르 암벽예술과 대면하고 있다. 그 타실리 고원과 아드라르 괴상암 지역은 길이가 700킬로미터, 너비가 100킬로미터, 면적이 8만 평방킬로미터에 이르고, 1만5천 점 이상의 암벽화와 암각화가 흩어져 존재한다. 그 암벽예술은 유네스코가 1982년에 세계문화유산으로 지정하였다.

2000년 그해 여름, 그는 2년간의 해외 근무를 마쳤지만 귀국을 포기하였다. 아마 사막을 떠나고 싶지 않았기 때문일 것이다. 회사의 귀국 종용에도 불구하고 연장 근무를 간청하여 반 억지로 허가를 받아냈으며, 20일간의 짧은 휴가를 얻었다. 회사의 대표이사에게 연장을 허용하지 않을 경우 사표를 내겠다고 고집을 피웠던 것이다.

(그는 그 이전에도 미적미적하면서, 지금은 더욱 심각하게 사직을 생각했다. 뭔가에 쫓기고 있었고 점점 초조하기 시작한 것이다. 이제 다시 사막을 떠날 수는 없었던 것이다. 사막에서 무엇인가 찾아야만 했다. 사막을 끝까지 걸어야만 했다.)

이 모든 것이 아내와 한마디 상의 없이 그가 독단적으로 결정하였다. 아내는 어차피 차가운 반응을 보였을 것이다. "당신 마음대로

해. 언제는 나와 상의했어. 난 상관 않을 거니까. 당신은 언제나 떠났어, 날 헌신짝처럼 내팽개치고 말이야. 당신이 떠나는 걸 막을 힘이 없어, 그래서 무력감을 느끼지. 당신이 하는 일이란 모두가 정말 지겹다니까. 난, 지금 이 지긋지긋한 삶으로부터 어서 빨리 벗어나고 싶단 말이야. 당신, 알고 있기나 해?"

그녀는 상의해봤자 틀림없이 이렇게 빈정거렸을 것이다. 그는 알 수 없는 욕망과 미움 때문에 일그러진 그녀의 얼굴을 상상했다. 그때 아내의 눈길은 싸늘할 것이다.

그는 2년 동안 사하라의 북쪽에 있는 리비아 사막에서 모래땅을 파고 거대한 송수관을 묻어 대수로를 만드는 공사현장에서 공정 관리와 감리를 담당하고 있었으므로, 사실 모래와 사막은 정말 지긋지긋할 만도 하였다.

하지만 아무것도 살지 못할 것 같은 사막은 황량하면서 장엄하고 삭막하면서도 우아하다. 그것은 자기중심적이고 무자비하다. 사막은 끊임없이 인간에게 인내의 한계를 시험하도록 강요한다. 그러나 날이 갈수록, 바람이 수놓은 아름다운 모래 결이 호수의 물결처럼 펴져 있는 사막을 더욱더 사랑하게 되었다. 끝없이 드넓고, 메마르고, 거칠면서도 부드럽고 관대한 대지. 꾸밈없는 단순함이 있는 곳. 그곳에는 문명의 때가 전혀 끼지 않은 순수한 야생이 있었고, 완벽한, 그래서 엄숙하기까지 한 생명 이전의 태고의 정적이 있었다. 사막에는 무한한 공간의 영원한 침묵만이 숨 쉬고 있다. 문명사회에서는 도저히 맛볼 수 없는 대자연의 원초적인 힘을 느낄 수 있다. 그는 언제까지나 사막을 사랑할 것이다. 사막은 사소한 일에도 상처 받기 쉬운 그의 예민한 감정을 진정시켜 주었다. 사막의 군더더기 없는 고독이 그를 감싸 안아 주었다. 그는 사막에서 마음의 평안을 얻는다. 사막은 고요와 모래, 바람과 별들의 고향이다. 단순하고 정직하다. 그리고 절대적인 평화와 안정이 있다. 사막에는 바람의 흔적만이 모래 위에 남아있을 뿐이다. 사막에서는 시간도 흐름을 멈추는 것처럼 보인다. 사막의 바람은 침식과 풍화를 일으키지만 그 작용이 너무 느려서 사막의 본질은 수천 년 전과 지금의 모습이 다르지 않다. 사계절도 없으니 일 년 내내 풍경의 변화도 없다. 그래서 사막에서 시간은 흐르지 않고 고일뿐이다.

그런데 사막은 태양의 땅이다. 사막에서 부수적인 것들은 불타는 태양이 태워버리기 때문에 그것들은 모두 사라지고, 오직 본질, 진실만이 존재한다. 하얀 뼈만 남는다. 그래서 사막은 궁극적이고 절대적이다. 오래 전부터, 그는 그 무엇과도 견줄 수 없는 사막의 매력에 완전히 매혹되어 있었다. 사막은 그의 영혼을 사로잡는 주술적 마력을 지니고 있었다. 사막은 인간들에게 결핍되어 있는 본질적인 그 무엇을 감추고 있었다. 그때 사막은 자신의 실체를 눈에 보이지 않는 세계의 내면으로 숨긴 채, 그곳으로 그를 끌어 당겨 감각적 마비 상태에 빠지게 한 것이다. 사막이 그에게 도저히 알아들을 수 없는 말로 최면을 건 것이다. 사막은 일종의 최면을 걸어서 수천 년 동안 여행자들을 유혹하였다. 그리고 사막의 함정 속으로 빠져 들게 하였다. 사막에는 죽음의 음산한 골짜기가 있었던 것일까? (존 번연에 의하면, *그 골짜기에는 교황과 이교도 친구인 거인이 살고 있었는데, 이 둘은 무거운 통행세를 부과했고 골짜기 주변에는 그들에게 희생된 수많은 사람들이 흘린 피와 난자당한 시신들이 널려 있었다. 그러나 이제 거인은 죽었고 교황은 늙고 약해져서 여행자를 해치지 못하였다. 그는 여행자를 손아귀에 넣고 마음대로 해치지 못하게 되자 원통해서 손톱을 물어뜯으며 쓴웃음을 짓고 있었다.*)

자연이 낼 수 있는 가장 큰 목소리는 침묵이다. 그것은 인간 내면의 원초적 고요함이고 신의 평화와 같은 고요함이다. 사막에는 완벽한 침묵이 존재한다. 사람들의 수선스러운 목소리도, 악다구니 같은 외침도, 알아듣기 힘든 중얼거림도, 온갖 종류의 문명의 이기들이 토해내는 날카로운 엔진 소리, 거대한 소음도, 심지어 나뭇잎이 바스락거리는 소리조차 들리지 않는다. 가끔 바람이 속삭이는 소리만 들릴 뿐이다. 사막에는 도무지 이 세상에는 존재하지 않을 것 같은 적막이 주위를 지배한다. 그래서 허무와 공허만이 남아 있을 뿐이다. 사막에서 유일하게 귀중한 말은 침묵이다. 그곳에서 목소리는 언어가 되기 전에 먼저 침묵과 조우한다. 죽음 같은 침묵이 황량한 사막의 존재를 정당화시켜 주었다. 사막에서는 나쁜 일이라고는 한 번도 일어난 적이 없었던 것처럼 보인다. 사막의 삭막한 풍경이 침묵만이 진실임을 가르쳐 주었다. 침묵은 곧 자아와의 만남이고, 행복의 시간이며, 삶의 진리이다. 언제나 고통스러운 침묵이 그의 입을 가로막았다. 침묵이 말보다 더 사람을 설득한다. 침묵이 그를 보호하였다. 그의 머릿속에 헝클어진 채 정체되어 있던 잡다한 현상들은 침묵 속에서 사유를 통해서 구체적으로 형태를 갖추었고, (가장 형이상학적인 개념까지도) 개념이 정의되면서 근원적 존재의 실체가 드러났다. 그는 침묵 속에서 마음의 연금술사처럼 불변의 존재를 덮고 있던 피상적인 상징, 허위의 가면을 벗겨냈다.

플루타르코스는 말했다. *그러므로 무엇을 말하고자 할 때나 말이 혀로 몰려들면 자문해보아야 한다. 대체 어떤 말이기에 이렇게 밖으로 튀어나오려고 하는가. 내 혀는 왜 이리 안절부절못하는가. 내가 말해서 이로운 점은 무엇인가. 말하지 않아서 해로운 점은 무엇인가. 말하는 것은 무거운 짐을 덜어 내는 것과는 다른 것이다. 말은 해도 여전히 남아 있기 때문이다* ······.

확실한 것은 말을 하지 않아 이득이 된 경우는 많아도 말을 하여 이득이 된 경우는 그리 많지 않다는 것이다. 말하지 않은 것은 언젠가는 말할 수 있어도 일단 말을 뱉어 내면 다시는 되돌릴 수 없다는 것이다. 그것은 엎질러진 물이 된다. 그러므로 우리에게 말하는 법을 가르치는 것은 인간이지만, 침묵하는 법을 가르치는 것은 신들이다.

그는 사막 여행을 통하여 점점 그 침묵에 익숙하게 되었다. 침묵 속의 언어 또는 침묵이라는 언어. 그는 길을 걸으며 침묵과 대화를 하였다. 침묵은 귀가 없으면서 들을 줄 알았고, 눈이 없으면서 볼 수 있었고, 말하지 않으면서 대화를 하였다. 침묵은 외로운 나그네 길의 참된 길동무였다. 하지만 침묵 속에서 인간은 어쩔 수 없이 고독한 존재라는 절대 진리를 자각하게 되었고, 그 고독 속에서 자신과 온전하게 대면할 수 있었다. 침묵을 지키기 위해서는 겸손과 냉정한 자존심이 필요하다. 이것이야말로 고독의 정수이다.

그러나 그의 침묵 속에는 그 실체가 무엇인지 알 수 없는 고통스러운 운명의 예언적 징표와 상처 입은 들짐승이 울부짖는 것과 같은 생생한 영혼의 메아리가 담겨 있다.

그는 휴가기간 중에 아프리카 중의 아프리카, 사막 중의 사막을 둘러보고 싶었다. 거기에는 무한정 열린 공간이 있기 때문이다. 끝없이 탁 트여있는 땅. 인간의 눈이 볼 수 있는 범위 밖에까지 무한대로 사막이 펼쳐져 있으니까. 그러므로 남쪽 사하라의 유혹은 그어떤 유혹도 능가하였다. 가슴 속에서 경련이 일어날 만큼 팬스레 조바심을 냈다.

그리고 오랫동안 혼자 외롭게 오지 여행을 떠나면서 생긴 해묵은 버릇대로 또 다른 자신을 향하여 푸념하였다. 그는 혼자서 지칠 때까지 무작정 걸었고, 히죽히죽 웃으면서 또는 죽음처럼 공허하고 자신의 존재를 부정하는 무가치한 느낌에 빠져들어 침울한 얼굴로 자신을 상대로, 그의 내면 깊숙한 곳에 웅크리고 있는 우울한 제2

자아를 상대로 혼잣말을 중얼거렸다.

(이름 있는 건축가로서 실제 세상에 단단히 뿌리를 내리고 있는 현실주의자인 그와 자기 파괴적이고 몽상적이고 이상주의자인 내면의 그가 분열되어 있는 상태에서 끊임없이 공존하면서 싸우고 있었으니 대화를 통해서 이를 중재해줄 또 다른 사람이 필요했을까? 그는 결코 대답할 수 없는 질문들을 자주 자신한테 던지니까 말이다. 그러나 사람은 자신 속에 또 다른 자신을 몇 명씩이나 가지고 있을까? 그리고 그 다른 자신을 어떻게 다스릴 수 있을까? 그게 가능한 일인가?

사람들은 그를 김규현이라고 불렀지만 그는 자신과 똑같이 닮은 또 하나의 자신을 김규현이라고 불렀다. 그러나 그와 김규현은 분리가 불가능한 한 몸이고, 평생의 친구였으며, 환상이고 상상이고, 불멸의 영혼이었다. 그는 언제나 자신과의 지루한 대화를, 끝없는 독백을 멈출 수가 없었다. 무의식이 무의식에게 말을 건넸다. 그러나 그는 꽤 독특한 사람이라고 할 수 있다. 그는 자주 곁에 아무도 없으면 혼자서 말을 했다. 그러니까 그는 자신에 관해서 말하는 것이 아니다. 자신에게 말을 거는 것이다. 그러나 대체로 누군가가 곁에 있으면 아무 말도 하지 않았다.)

그는 결코 성취될 수 없는 무모한 희망을 꿈꾸었다.

그는 사막에서만큼은 때때로 지나치게 상상하는 버릇이 있었다. 자신의 꿈을 되살려주는 상상을 할 때면 현기증이 날 정도로 들뜨고 즐거웠고, 그때는 그 환상이 결코 실현될 수 없으리라는 현실을 까맣게 잊어버렸기 때문이었다.

좋은 기회야…… 휴가기간이 너무 짧은 것이 흠이긴 하지만, 그러나 기회가 항상 있는 것은 아니니까. 사막이 그곳에 있으니까 가는 거야. 나는 호모 에렉투스이니까 고개를 쳐들고 허리를 펴고 꼿꼿이 서서 길을 걸어야만 하지. 사막에는 돌과 모래, 가시덤불, 살갗을 벗길 듯이 작열하는 태양, 모래 폭풍, 신기루, 배고픔과 목마름, 침묵, 자유, 환상, 꿈, 절망, 잔인한 운명, 무능한 사막의 신, 그리고 먹을 게 없어서 제 꼬리를 잘라 삼키는 살무사가 똬리를 뜬 채로, 또는 독침이 가득 들어있는 꼬리를 치켜든 전갈, (오죽했으면) 살인자라는 별명을 가진 육눈이모래거미가 날 기다리고 있겠지만.

갈증이 목구멍을 조이고 입술을 부르트게 하겠지. 그러면 물이 그립겠지. 물은 신의 피이고 인간의 자유인 것을 알게 되겠지. 나는 온 정신을 집중해서 내 육체의 연약함과 싸워야 할 것이다. 그런데 낙타와 함께 갈 수 없는 것은 정말 아쉬운 일이야. 그곳은 아마 발이 푹푹 빠질 정도로 모래가 부드러울 테니까, 낙타가 걸어가기 안성맞춤인데 말이지. 지금 카심의 늙은 낙타 호탄이 생각나는군. 나는 그를 인간처럼 생각했거든. …… *네 마리 낙타를 친구삼아 포르투갈의 왕자님 세계를 고루고루 유람한다.*

진짜…… 사막을 느껴볼 거야. 사막은 신이니까. 아니면 신의 위대한 적수이니까. 사막은 일종의 신비, 비세속적인 신성함, 허무를 극복하는 성스러움, 공포스러운 힘, 악마적 괴물, 끝없는 혼돈, 미신이고 야만, 커다란 공백, 너무나 많은 의미를 갖고 있기에 그래서 결국 무의미하거나 허무한 것이 아닐까. 그러나 이 세상에서 내가 느끼는 가장 큰 기쁨은 사막의 황혼이 선사하는 그 감미로움이지. 그 황혼을 평생 잊을 수가 없으니까 또다시 찾아가는 거겠지. 그러나 사막이 생명체로서 살아있어서 숨을 쉰다고 생각한 적이 있었던가? 사막과 내가 일체가 되었고 마침내 내가 사막이 되어버린 적은? 그걸, 손희승인들 흑백사진으로 그 느낌을 잡아낼 수는 없을 거야. 불가능한 일이지.

하지만, 사람들은 호기심에 차서 수군거리듯이, 또는 확실하게 드러내 놓고, 또는 노골적으로 경멸적인 어조로 날 사막에 미친 사람이라고…… 엉뚱한 괴짜처럼 취급하고…… 혀를 끌끌 차지. '왜 그렇게 사냐'는 말도 가끔 듣고, '언제 철 들겠느냐'는 말도 들었지. 그 뜨거운 사막에는 왜 가는 거야, 미치지 않았다면 말이야. 비행기로 날아가면 간단할 텐데 왜 사막을 걸어서 가는 거야, 알다가도 모를 일이야. 어떤 고약한 사람은 날 현실도피주의자, 종말론적 신비주의자, 나르시스트, 냉소주의자, 낭만주의자, 중증의 강박장애, 불안장애, 자폐증 환자 혹은 우울증에 의한 신경증 환자, 파킨슨 병 환자처럼 뇌에서 충분한 양의 도파민이 생성되지 않아 무관심하고 동기가 결여된 인간, 그래서 극단적인 위험까지도 마다하지 않는 목숨을 건 모험가, 야스퍼스 증후군을 앓는다고, 오지를 여행할 때면 찾아드는 그 영혼을 짓누르는 고독과 싸우는 인간, 머리가 반쯤 돌아버린 광신자 혹은 마조히스트, 사디스트이거나 사이코로 취급했지. 그런데 내가 사이코라고? 그건 너무 억울한 누명인거야.

그때 입 안에 쓰디 쓴 침이 가득 고였고 구토가 치밀어 올라왔다. 나는 스스로를 비하하고, 냉소적인 거야. 무슨 희망을 잃었기 때문인가. 그는 울음을 터뜨리지 않으려고 애썼다. 하지만 울음소리를 참든 터뜨리든 눈물까지 막을 수는 없었다. 눈물이 뺨을 타고 흘러내리다, 진정 되었다. 그러나 그는 생각을 멈출 수가 없었다. 그의 내면에서 온갖 언어들이 혼란에 휩싸인 채 춤을 추고 있었기 때문이다.

그러니까 내 여행 계획을 경청하고 고개를 끄덕이며 격려해준 사람은 아무도 없었거든. 마누라도 그렇고…… 그러나 나는 적극적으로 해명해야할 필요성을…… 자신을 정당화하거나 변명할 필요성을…… 느끼지 못하였지. 마술 양탄자가 날아다니는 곳. 그곳에서 사막의 신, 나의 신을, 환상을, 꿈을, 죽음을, 악마를, 지니를 만나는 거야. 그렇지, 그런 거야. 사막에 신이 있다는 걸…… 그걸 찾아다닌다고…… 그 신이 위대한지 나약한지, 천사인지 악마인지, 거만한지 겸손한지, 너그러운지 고집불통인지, 위풍당당한지 소박한지 알 수 없지만. 그는 어떤 존재일까? 그는 정말 존재할까? 만약 신이 있다면 그 신에게 무한한 축복이 있을진져. 그러나 신을 만나면 땅에 입을 맞추고 감사의 기도라도 드려야만 할까. 나는 그 신 앞에서

'알라후 아크바르 (신은 위대하다.)'를 외쳐야 할까.

그런데 존재하는 사물을 보려면 반드시 눈을 떠야 하지만 존재하지 않은 것은 눈을 감아도 볼 수 있지 않겠는가. 그래서 실재하지 않는 것이 실재하는 것보다 더 쉽게 보이는 법이다. 그렇다면 신은 실재인가? 부재인가?

그러나 그들을 도저히 납득시킬 수가 없었다. 어차피 누구도 이해시킬 수 없었지. 나는 그 비아냥거림에 부끄러워하지도 않았고 당연히 들어야할 수군거림이라고 여겼지. 그건 인간들의 흔해빠진 수다에 불과한 거야. 그들이 제대로 본 거겠지. 누가 날 이해해주겠어.

그리고, 피부에 닿는 태양의 열기를, 감긴 눈꺼풀을 덮치는 햇빛을 느끼는 거지. 그러게 말이야, 사막에서는 그런 거야. 나를 찾으려면…… 그 무엇을 찾으려면…… 그 무엇을 깨달으려면…… 사막을 건너야만 하지. 사막에 돈, 명예, 이익, 자기만족이 있는 게 아니거든. 그러나, 분명한 거야. 난 이아손처럼 황금양털을 찾아서…… 아서왕과 원탁의 기사들처럼 성배를 찾아 사막으로 떠나는 게 아니지. 난 알마시 백작처럼 사막 탐험가도 아니지. 종말론에 사로잡힌, 망상에 사로잡혀서 세상의 서쪽 끝 저 너머를 바라보았던 콜럼버스처럼 에덴동산을 찾아서 떠나는 것도 아니지. 단지 자기 자신이라는 고질병을 치유하기 위해 그냥 떠나는 거지. 사막에서 그 놈의 지긋지긋한 증세를 싹 날려 보내버리고, 인간의 본질인 자유를 찾는 거야. 그리하여, 마음껏, 제멋대로 상상하는 거야. 그러니까…… 결론이나 해결책 따위는 필요 없는 거지. 그러나 사막에서는 한 인간의 몸과 몸 전체의 경험, 영혼, 감정, 인간의 물리적 한계를 뛰어넘어야 할 것이다. 그렇지 않으면 오직 파멸만 있을 뿐이다. 사막에 대한 두려움과 의구심을 떨쳐내야 한다. 그러나 사막은 얼마나 아름다운가. 두려워 말라. 그곳으로 가라. 영원한 여행을 떠나라. 미지의 존재는 나를 매혹하고 자극한다. 지금 당장. 지금은 쥐꼬리만한 자신감이 필요할 뿐이다. 가슴을 활짝 펴라. 내 죄를 사하여 주소서. 나는 또다시 중얼거릴 것이다, 도대체 내가 여기서 뭘 하고 있는 거야.

이 세상 끝과 다름없다는 그곳을 자기 눈으로 직접 보고 싶고, 자기 코와 입으로 그곳의 공기를 호흡하면서 냄새를 맡고 싶고, 자기 귀로 그곳을 휩쓸고 지나가는 바람 소리를 들으며, 자기 손과 온몸으로 그곳에 있는 모든 것을 만지고 감촉을 느끼며, 자기 발로 그곳의 대지 위에 굳건히 서서 걷고 싶었던 것이다. 그것은 그의 풍부한 감수성 때문이었다. 그는 직접 가보지 않고는 못 배겼다. 매번 그곳이 자신을 애타게 기다리고 있다는 상상을 하였다. 하지만 그곳에 가면 또다시 모든 종류의 신체적 고통을 뼈저리게 느껴야 할 것이다. 그의 예민한 통각痛覺이 작동할 것이기 때문이다.

그런데 남쪽의 그곳으로 간다는 게 그에게 특별한 무엇을 의미하는 것인가. 그것은 허망한 자유를 향유하면서 오랫동안 굳게 갇혀 있던 자신의 내면 깊은 곳으로 여행을 하고 자신과 치열하게 대면하는 것에 불과할 것이다. 하지만 그곳을 감싸고 있는 만남과 이별에 수반되는 반가움과 아쉬움의 애틋한 감정이 그를 부드럽게 잡아끌고 있었다.

그곳 사막은 한낮이면 하늘마저 열에 들뜨고 심한 갈증에 목이 타들어 간다. 기온은 섭씨 50도까지 올라가기도 한다. 그것도 대기 온도에 불과하여 지표면의 모래와 바위의 온도는 75도까지 올라갈 수도 있다. 지상에서 수분이라곤 모조리 증발해 버려서 모래 표면은 닫는 순간 화상을 입을 만큼 뜨거운 것이다. 이른 아침의 짙푸른 하늘은 정오쯤 되면 벌써 무자비하게 이글거리는, 눈이 멀 것 같은 강렬한 햇빛 때문에 탈색되어 하늘과 대지가 온통 하얗게 변한다. 불덩이처럼 이글거리는 태양이 쏟아 붓는 직사광선은 지상의 모든 생물체를 막 태워버릴 것처럼 무섭게 쏟아진다. 태양은 그의 살가죽을 벗기려고 할 것이다. 뜨거운 햇빛이 온 대지 위에 넘쳐흐른다. 태양이 사막의 대지를 짓누르고 있어서 사막이 겨우 숨을 쉬는 것처럼 보였다. 사막의 태양은 온대지방의 부드러운 햇살과는 판이하게 달라서 인간을 포함하여 이 세상 모든 것에 대하여 적개심을 품고 있는 것처럼 보인다. 사막은 적의가 가득 찬 곳으로 인간을 원하지 않는 것처럼 보였다. 이때는 인간의 두뇌마저 사고 과정이 마비되어 버리므로 신음 이외는 말을 정확하게 발음할 수 없고, 날카로운 가시가 사정없이 머릿속 여기저기를 쿡쿡 쑤셔대므로 머리가 쪼개질 것처럼 두통과 어지럼증에 몹시 시달리게 된다.

그러나, 그는 고대 이집트의 파라오처럼 사막의 강렬한 햇빛을 신앙처럼 숭배하였다. 햇빛은 인간의 삶뿐만 아니라 종교적이건 예술적이건 모든 종류의 영감에 있어서 진정한 원천이라고 할 수 있었다. 그 경이로운 빛은 눈을 부시게 한다. 그의 두 눈 속으로 침입한 그 눈부신 햇살이 영혼 속에 숨어있는 어두운 그늘을 밝혀 주었다. 그 달콤하고 우아한 빛은 어느덧 마음의 빛으로 변환하여 죽거나 사라지지 않는다. 비가 쏟아지거나 가득한 먹구름 속에서도 언제든지 볼 수 있는 빛이 된다.

그렇지, 그 빌어먹을 직사광선에 잠시 몸을 맡겨보는 거지. 내 가련한 목덜미에 태양의 무게를 느껴보는 거지. 그리고…… 그 심연 같은 사막의 침묵을 느껴보는 거야. 그 신성한 침묵은 수백 만 개의 목소리로 이루어진 사막의 음성이지. 그 거대한 침묵의 소리, 아득한 과거로부터 들려오는 소리를 들어야만 되지. 그러면 나는 사막과 대화를…… 침묵의 대화를 하는 거겠지. 그러나 까닥 잘못하면 …… 일사병에 걸려 죽게 되겠지. 아니면, 뜨거운 태양이 칼날처럼 피부를 꿰뚫으면서 아예 숯덩이처럼 태워버릴지도 몰라. 그러고 나서, 너무나 허약한 놈이라고…… 한껏 비웃겠지. 그럴 거야. 언젠가는 사막이 입을 벌리고 으르렁거리며 날 집어삼켜버릴 거야. 나의 사막여행을 쓸데없는 짓이라고, 인생을 허비한 것에 불과한 것이었다고, 냉철하게 선언을 할지도 모르지. 사형선고를 내리겠지. 그러고 나서 스스로 집행을 하겠지. 거기는 가장 평평하고 가장 황량한 곳이니까, 너무 넓어서 마침내 대지가 사람을 삼켜버리니까 말이야. 사막은 나의 무덤이 되겠지. 나는 몽롱한 꿈속에서 그걸 어렴풋이 때로는 명료한 의식 속에서 명증하게 인지할 수 있었거든.

어쨌거나 그의 얼굴은 조만간 강렬한 햇볕에 그을려서 빨갛게 달아오르고 피부는 형편없이 벗겨질 것이다. 제일 먼저 콧등에서부터 껍질이 벗겨질 것이다. 그는 햇빛을 가리기 위하여 챙이 긴 모자 같은 것은 쓰지 않을 거니까. 그래도 입가에는 강인하면서도 익살스런 미소가 떠나지 않을 것이다.

그래도 말이지…… 꼭 가지 않으면 안 될 거야. 어쨌거나, 가고 싶은 거니까. 그러나 술은 극도로 자제해야 할 거야. 난 항상 술을 좋아했지. 독한 게 좋았지. 그걸 끊을 필요까지는 없었던 거야. 그러나 사막에서 대낮에 그 독한 압생트를 마시는 짓은 자살행위와 마찬가지가 되겠지. 그 녹색의 액체는 독극물이거나 악마, 아니면 녹색의 유혹일지 몰라. 빈센트는 압생트를 마시고 미쳐서 자기 귀를 잘랐다고 했거든. 다만, 밤에 잠들기 전 한두 잔은 괜찮을 거야. 압생트가 없으면 가짜 압생트인 페르노를 제조해서 마시면 되는 거고…… 나는 파리 시절 값이 싼 그걸 참으로 많이 마셔댔지. 소르본 대학에서 중세 박물관을 왼편으로 돌아서 센 강의 좌안을 향해 걷다보면 나오는 생 미셸 거리의 먹자골목에 있는 터키 식당에서 주로 가짜 술을 마셨던 거야. 그것도 녹색을 띠고 있지만 물을 타서 희석시키면 금세 우윳빛으로 변하지. 맛은 감초 같고 기분은 한껏 고조되지만…… 역시 뒤끝이 안 좋은 게 흠인 거야. 어쨌거나 그것은 극심한 피로를 푸는데 좋은 약일 뿐더러…… 알맞은 수면제 역할을 하거든. 그러나 밤에는 술로만 취하는 게 아니지. 밤이면 달빛을 두려워해야 할 거야. 사막에 달빛이 흥건하면…… 난 달빛에도 흠뻑 취하게 될 거야. 언젠가…… 내가 이 지상에서 마지막 숨을 거두는 순간은 창백한 초록빛 달빛이 괴괴한 밤일거야. 하여튼 하루를 마무리하는 데는 한 잔의 술이 최고야!

타만라세트를 기점으로 동쪽으로 출발하여 아하가르 산맥의 남쪽을 우회해서 자네트에 간 다음 북상하여 타실리 나제르까지 갈 예정이었다. 그러나 그 산맥의 웅장한 삼각형 화산암들은 돌아오는 길에 북쪽에서 남쪽으로 종단하면서 차분하게 돌아볼 생각이었다. 역시 암벽예술로 유명한 리비아의 제벨 아카쿠스가 자네트에서는 국경 너머 멀지 않은 곳에 위치하고 있지만, 이번에는 거기까지 갔다 올 시간 여유가 없었다. 참으로 아쉬운 일이었다. 그래서 이번 여행의 목표는 타만라세트와 아하가르, 타실리 나제르로 한정하기로 하였다.

그런데 자네트로 간다는 게 길도 제대로 나있지 않은 사막을 뚫고 빙 돌아서 나가야 한다. 거리는 대충 계산해 보아도 3,400킬로미터에 이르고, 여행 일정은 모래 사막의 특별한 기후 조건과 도로 사정을 감안하면 2주간도 빠듯할 것 같았다. 차는 하루 중 비교적 서늘한 아침나절과 태양이 한참 기울어진 황혼녘에만 하루 6시간 정도 주행이 가능하고, 그것도 모래와 자갈이 쌓여 있는 울퉁불퉁한 도로 사정으로 아주 느리게 갈 수밖에 없기 때문이다. (폭염이 모든 것을 녹여버릴 듯이 기승을 부르는 한낮에는 차 안 온도가 살갗을 태우고도 남을 정도여서 차 안에 잠시라도 앉아있기 힘들어서) 한낮에는 어차피 자동차 그늘에서 낮잠을 자거나 쓴 커피를 몇 잔씩이나 홀짝거리면서 책을 읽을 것이고, 햇볕의 강도를 가늠해 가면서 사막의 길을 생각에 잠겨서 천천히 이곳저곳을 걷게 될 것이다.

사막에서는 항상 모래를 밟으며 길을 걸어서 가야 하는 법이다. 순례여행이기 때문에 순전히 인간적인 품위와 예의를 위해서 그러한 것이다. 모래 위에 발자국으로 기하학적 도형들을 제멋대로 그리며 끊임없이 걸어가야 한다. 일단 길 위에 올라서면 벌써 그 길을 따라가는 것이다. 중요한 것은 길을 걷는 도정이지 그 끝에 도달하는 것이 아니다.

타실리 나제르에서 그는 미술사를 전공하는 젊은 교수 또는 문화인류학자가 하는 것처럼 그 유명한 선사시대의 암벽예술을 열정적으로 살펴볼 것이다. 그 암벽예술은 보는 사람으로 하여금 이상한 수수께끼에 사로잡히게 하였다. 그들은 그들 그림에서 무언가 알아내려고 지칠 줄 모르고 타임캡슐을 타고 머나먼 과거로 시간여행을 하는 사람들이었다.

(그러나 그는 또다시 혼잣말을 되뇌인다. 나는 예술감식가나 예술비평가, 낭만적 방랑자, 현실도피주의자가 아니다. 하지만 강렬한 감정들을 느끼고 뜨거운 눈물을 흘릴 것이다. 말로 표현할 수 없는 지극한 기쁨을……. 어쩌겠는가.)

대략 만 년 전만 해도 사하라 사막에는 넓은 잎사귀를 가진 열대 소나무, 너도밤나무, 참나무, 열대아카시아, 물푸레나무와 느릅나무 등이 울창하게 우거져 있었고, 남쪽 사바나에는 비옥한 목초지가 한없이 펼쳐져 있어서 이따금씩 북쪽에서 불어오는 부드러운 계절풍에 살랑대고 있었다. 초원에는 억세고 긴 풀들이 빽빽하게 모여 자라고, 나무들은 먼 거리를 두고 듬성듬성 서 있었는데, 게으른 포식자들에게는 휴식을 취할 수 있는 그늘을, 새들에게는 삶의 보금자리인 둥지를 제공해 주고 있었다. 그 사바나에는 물소, 윌더비스트, 톰슨가젤, 그랜트가젤, 임팔라, 오릭스, 코코하티비스트, 게레누크, 얼룩말, 기린, 코끼리 등 수많은 유제류 초식동물과 이들을 주식으로 하는, 날카로운 송곳니와 발톱을 가진 사자, 표범, 하이에나, 치타, 아프리카 들개 등 소수의 포식자들이 기묘하게 동거하고 있었다. 그리고 사바나를 가로질러 흐르는 강가의 모래톱에서는 하마와 악어가 느긋하게 차가워진 몸을 뜨거운 햇볕에 말리고 있었다.

그곳에는, 끝없이 전개되는 대자연의 즉흥극, (자기가 죽지 않으려면 죽여야 하고, 서로를 잡아먹어야 하며, 속지 않으려면 속여야 하는) 약육강식과 적자생존, 생태계의 먹이사슬이라는 영원불변의 자연법칙이 철저하게 지배하고 있었다. 넓고 평평하며 시야가 탁 트인 초원에서 빨리 달리기는 포식동물이나 먹잇감이 되는 동물 모 두에게 최고의 생존 전략이다. 더욱 빨리 달리지 않으면 포식자는 굶어 죽어야 하고, 먹잇감은 잡혀 먹히게 된다. 그러니까 포식자는 식사를 위해서 달리고, 먹잇감은 목숨을 위해 달리는 것이다. 그래 서 초원의 동물들은 세계에서 가장 빠른 달리기 선수들이다.

쫓고 쫓기는 치타와 임팔라의 우아한 모습이란!

(그런데 쫓는 자인 젊은 수사자의 양쪽 날카로운 송곳니 사이에 서 숨통이 막혀 죽어가는 그 순간 쫓기는 자인 어린 가젤이 느끼는 엄청난 공포심을 우리는 생각해본 적이 있는가? 그러니까 짐승은 인간처럼 고통을 느끼는 감정 같은 것은 없을 것이라는 냉혹한 가 설은 새빨간 거짓말일 뿐이다. 우리는 가젤이 죽어갈 때 그것의 갈 색 눈동자에 어리는 공포심을 함께 느낄 필요가 있다.)

그래도 포식자들은 인간들과는 달리 결코 무자비한 살육자는 아 니어서, 그들은 위장에서 허기를 느끼지 않는 한 마구잡이로 공격 하여 살육하지 않는다는, 자연의 순리에 본능적으로 순응하고 있었 다. 그 정글에는 순수한 본능 이외에 인간 사회의 가식과 위선 같은 것은 존재하지 않는다.

수천 년 동안 타실리 나제르에는 인간에게 알맞은 온난한 기후에 야생자원이 풍부했고 길들어진 염소와 양, 소를 목축했으며, 곡식을 재배하였고, 집집마다 항아리에는 젖과 꿀이 넘쳐흘렀으니 에덴동산이나 다름없었다. 그랬으니 그곳에서는 사람들은 서로 교류하며 떠들고 웃고, 박수를 치고 노래하고,, 발을 구르고 엉덩이를 마구 흔들며 춤을 추고, 그림을 그리고, 조각을 하였다. 풍요와 안정이 만들어낸 공간에는 생명의 기운이 넘쳐나서 이 시기에 예술과 문화가 찬란하게 만개하였다. 신석기 시대의 탁월한 예술가들은 거대한 깎아지른 절벽에 살아있는 듯이 생생하게, 매머드, 코뿔소, 기린, 하마, 얼룩말, 영양, 인간들의 조각을 새기고, 그림을 그렸다. 마차들이 경주를 벌이고, 창들이 맹렬하게 날아다니며, 사바나의 동물들이 이리저리 질주하고 있었다. 그것들은 활달하면서도 매우 정교하여 예술성이 뛰어났다. 가장 큰 암각화는 높이가 무려 5미터에 이른다. 그 암벽예술은 그 시절 사냥꾼들과 유목민들의 삶을 반영하고 있었고, 거대한 풀밭으로 뒤덮인 그린 사하라가 신석기시대에는 가장 중요한 인간의 거주지역이어서, 수천 년에 걸친 오랜 세월 동안 수많은 문명권 사람들의 삶의 터전이었다는 역사적 사실을 증명하고 있다. 그러므로 단순한 전설 속의 이야기가 아닌 것이다. 하지만 이들 조각과 그림은 겉으로 눈에 보이는 것 이상의 존재라고 할 수 있다. 그냥 보기에는 과장되고 미화된 인간과 동물의 본래 형상에 불과하지만, 그것은 속세의 물리적 실체 이상으로 샤머니즘적인 영적 세계에 속하는 신성한 존재인 것이다. 그림 속의 동물들은 매우 신성한 존재로 여겨져 부족의 우상인 샤먼에 의하여 의도적으로 선택된 것이다. 거기에는 사막의 꿈이 함께 새겨져 있었다.

　그러나 주기적으로 발생하는 지구의 기울기와 자전 궤도가 변하면서 지구의 순환작용이 역전되었고, 대략 5,000년, 6,000년 전부터 사하라의 기후가 갑자기 급변하기 시작하였다. 그때부터 지중해 연안의 저지대에서 건조한 기후가 산맥 쪽으로 서서히 이동하더니 어느새 아프리카 대륙의 3분의 1이 야금야금 사막으로 변해 버린 것이다. 사하라의 높은 기온과 건조한 바람은 빠른 속도로 대지에서 수분을 증발시켰고, 매우 건조한 지표면은 오랜 세월 끊임없는 침식과 풍화작용을 일으켜 사막을 형성하였다. 사하라는 뜨거운 열기와 그 지역에 비를 뿌리지 못하게 하는 가혹한 기후조건에 의하여 형성되어 유지되고 있는 것이다. 매년 반복적으로 사하라를 흠뻑 적셨던 장맛비가 완전히 끊어지면서 사하라에서 강과 호수, 습지, 기름진 초원도 사라졌고, 동시에 그린green 사하라도 함께 사라졌다. 그때 야생동물들은 모두 물을 찾아서 사하라 남쪽으로 떠났다. 그러나 사하라는 2~3만년 주기로 순환한다. 거대한 호수와 초원, 밀림에서 삭막한 사막으로, 다시 초원으로……. 사하라는 바퀴. 돌고 도는 거대한 바퀴. 순환과 반복. 그렇지만, 비옥한 땅에서 풍요로운 삶을 살면서 암벽예술을 창조하였던 위대한 부족들은 대재앙과 같은 황량한 사막을 건디지 못하고, 결국 제각기 살길을 찾아 사하라 북쪽의 저지대 해안지방이나 남쪽의 중부 아프리카 초원지대로 이동하였다. 그들 중 일부는 그래도 가혹한 환경에 적응하며 자신의 땅을 지켰고 유목민이 되었다. 그리고 물을 찾아서 동사하라의 나일 강 유역으로 밀려들어가 배수로를 건설했던 사람들이 고대 이집트 문명을 꽃피웠다.

사실인즉, 태양이 빛나는 뜨거운 사막이야말로 인류 역사에 있어서 무궁무진한 종교적 영감의 원천이라고 할 수 있다. 그는 이 문제에 대하여 보잘것없는 지식밖에 없는 자신이 주제넘게 끼어들었다고는 생각지 않았다. 그는 사막 여행의 진지한 경험을 음미하고, 종교의 역사에 대한 분석적 통찰을 통하여 나름대로 그러한 결론에 도달한 것이다. (그렇다고, 그만의 독특한 이론은 분명 아닐 것이다. 모르긴 해도, 오래 전에 다른 사막 여행자들도 이미 그런 결론을 내렸을 것이고, 그 결론을 이곳저곳에 설파했을 것이다.) 하지만 그는 (건축물처럼 잘 짜여 진 이론 체계를 세울 자신은 없었으므로) 학문적인 관점이 아니라 감각적으로 이 문제에 접근하였다. 사막의 모래와 영적인 빛을 발하는 붉은 태양이, 그리고 그 두렵고 무거운 적막이 신을 탄생시킨 것이라고 제멋대로 결론을 내려버린 것이다.
태양은 붉다. 빨갛다. 빨강은 이성을 초월한 본성의 색깔이다. 그것은 생명의 원점이다. 태양은 모든 생명체의 에너지를 공급하는 궁극적인 원천이기 때문이다. 그러므로 인간이 살아있다는 증거인 피의 색이고 사랑의 증표인 장미꽃 색이다. 그래서 숭고하다. 신의 색깔인 것이다. 햇빛에는 신성이 깃들어 있다. 하지만 인간들은 어리석게도 빨강을 권위와 권력의 색으로 변질시켜 버렸다. 왕이나 황제의 색으로…… 추기경의 색으로…….

어쨌거나, 지나치게 현학적이고 관념적이며 상투적인, 고매한 문화인류학자나 종교학자들이 자신의 견해에 선뜻 동의할 리는 없다고 생각했다. 그들은 종교의 탄생에 관한 복잡하고 배배 꼬인 이론을 동원하여 경멸적인 어조로 그를 인정사정없이 깔아뭉갤 것이다. 그런데 그 사람들이 사막에 가보기는 한 걸까? 사막에서 압도적 존재인 강렬한 태양 아래서 목마름과 허기에 지쳐 옅은 황토색과 짙은 회갈색이 뒤섞여 비현실적인 색채를 띠는 몽환과 같은 모래 언덕을 몽유병자처럼 흐느적거리며 걸어본 일이 있었을까? 그래서 사막의 그 신비스런 장엄함과 침묵을 온몸으로 느껴본 일이 있었을까? 죽음과 같은 고독이 숨 쉬는 텅 빈 땅에 생명에 대한 경외감과 함께 영성이 충만해 있다는 사실을 알고 있을까? 사막에서 인위적이건 천연의 장애물이건 간에 아무것도 존재하지 않는 무한의 공간과 대면하는 가운데, 빛이 가장 눈부신 시간, 강렬한 햇빛 속에서 불현듯 출현한 불멸의 존재와 조우하게 되면 그 사람은 이미 신을 체험할 수밖에 없다는 사실을, 그들은 알고 있을까?

극단적 환경인 사막에서는 자세히 설명할 순 없지만 이 세상에 신이 존재한다는 강렬한 느낌이 몸과 마음속으로 스며든다. 또는 신비스러운 환각 속에서 자아는 스스로 신이 되는 경험을 하게 된다. 그러면서 그는 스스로 의심한다. 신이 필요할까? 도대체 신이 누군인데? 내가 신을 믿는다고? 내가 신이라고? 인간과 신의 관계는? 신이 우리에게 관심이 있기는 한 것인가? 그가 뭣 때문에 인간의 삶에 개입할 필요가 있을까? 신의 목적은? 신도 세상 만물이 변화하듯이 자연선택과 적자생존의 법칙에 따라 그렇게 변할 수 있을까?

그래서인가. 지금도 새로운 신을 만나기 위해 사막 속으로 찾아나서는 사람이 있다. 신을 만나려면 자신의 무리에서 떨어져 나와 황야에서 살아야하니까. 그러니까 신을 찾아다니는 사람은 자신이 원하는 곳에서 신을 찾는 법이다. 그는 자신만의 신을 찾아서, 어떤 커다란 징조나 계시 같은 것을 찾아서 사막을 헤맨다. 그런데 그가 찾고 있는 신은 어떤 존재감, 실체, 어떤 형상을, 육체와 목소리를 가지고 있을까? 그래서 그는 환시나 환각, 환청 또는 종교적 황홀경에 빠져서 그 초자연적인 신과 마주할 수 있을까? 그리고 망상중 환자처럼 신과 대화를 나누고 영적인 체험을 할 수 있을까?

그는 어느 순간 자신과 그 대상이 완전히 하나가 되었다고 느낄 수 있을까? 그와 그 대상 사이의 간극이 완전히 소멸할 수 있을까?

그러나 그는 사막에서 신의 환영을 얼핏 보았고 신의 희미한 목소리를 들었지만 그것이 악마의 목소리였는지 아니면 신의 목소리였는지 헷갈려서 지쳐 (또는 미쳐) 버렸는지도 모른다. 그는 마침내 신비주의에 빠져 비밀스러운 지혜의 힘으로 자신만의 신앙을 창조하고 그 종교의 유일한 하나님 겸 유일한 신자가 된다. 그는 밀교적 힘을 믿는다. 부적을 만들고 점술과 예언을 한다.

무척이나 길었던 날이 이제 저물었다. 오늘 밤은 힘들지 않고 잠에 빠져들 수 있다면. 꿈도 꾸지 않고 깊이 잠들 수 있다면. 오늘 밤에는 악마가 혹은 신이 '*절대 불을 끄지 마라, 그를 혼자 내버려둬라, 그에게서 잠과 평온함을 빼앗아야 하느니라.*'라고 저주를 내려서는 안 될 것이다.

그러나 역시 깊은 밤중인데도 가수면 상태에서 의식은 더욱 명료하였다. 창밖은 완전히 암흑 속에 잠겨있다. 그때 과거로 거슬러 올라가면서 파노라마처럼 사람들과 사물들, 장소들, 사람들 얼굴 특징과 그들과 얽힌 특별한 일화들이 두서없이 불쑥불쑥 떠올랐다. 세월이 그렇게 많이 흘렀단 말인가. 내 머리에 잿빛 또는 흰 머리카락이 희끗희끗하지 않은가. 나는 지금 초라하고 퇴색한 모습일까.

사람들의 윤곽이 뚜렷하거나 또는 어렴풋하게 드러난다. 그 꿈속에는 비현실적인 생생한 현실감이 들어있다. 그러나 기억은 정확할까? 자신을 속이지는 않을 것인가? 물론 내가 그것들을 기억할 때는 평화로운 순간이었다. 우리는 기억해야할 것은 기억하고 잊어버려도 되는 것은 잊는 것이 아닐까. 모든 걸 기억할 수도 없고 그래도 안 된다. 그렇게 되면 미쳐버리기 때문이다.

기억의 초상. 기억의 그림들.

그러나 그의 인생을 새삼 되돌아보면, 승리와 환호, 행복의 순간은 없었거나 짧았고, 덧없었고, 좌절과 패배, 절망의 순간이 더 많았다는 생각이 들었다. 그는 인간적인 모든 것을 거부하는 인간혐오자도 아니고 염세주의자도 아닌데.

어머니, 아버지와 동생, 그 신성한 이름에 대해 무엇을 더 생각하고 상상할 수 있을 것인가, 벌교의 고향 마을과 남쪽 바다, 티베트 고원과 독수리, 피로 물든 무자비한 부리, 그러나 그 독수리만이 태양을 볼 수 있으니, 라마승, 생명의 은인이었던 차호웨 할머니, 위구르인 낙타몰이꾼 카심과 그의 자식이나 다름없는 낙타들, 특히 그와 깊은 대화를 나눴던 호탄, 호탄은 지금 살아 있을까 죽었을까? 죽었다면 인간처럼 영면할 수 있었을까? 건기의 보츠와나, 급성 열대성 말라리아, 에이즈가 잠복 중이었던 인품비, 그는 지금도 건강하게 살아있는가? 운명의 장난은 왜 하필 그를 시험하고 있을까? 젠네의 대사원과 마법사이자 예언자, 시에라 네바다 산맥의 군청색 산봉우리들과 알람브라 궁전과 트레몰로 주법의 선율, 온통 담쟁이 넝쿨이 뒤덮고 있는 공간 사무실과 그가 그렸던 무수한 설계도면, 회사의 대표이사, 직원들, 그 지긋지긋한 박 상무의 딱딱한 얼굴과 그 징그러운 미소, 그는 전무로 승진했는가? 지금도 승승장구하고 있는가? 우아르자자테의 유적과 그 장엄한 목소리를, 재벌 회장님, 그의 견해와 완전히 일치했던 회장님의 해박한 건축이론, 그리고 여인들－벌교역에서 경전선 완행열차를 타던 날 울고 있던 어머니, 심현숙은 지금도 학교에 나가고 있는가? 손희승은 잡지사 사진기자로 근무 중에 있는가? 파리의 우울과 보헤미아에서 온 유대인 H, 그녀는 지금?

그는 납덩어리처럼 무거운 피로가 몰려왔다. 숨소리가 무거워졌다. 혀를 내밀어 바싹 마른 입술을 한 번 축였다. 그는 까닭 없이 눈물을 흘렸다.

새벽에 잠깐 선잠이 들었을 때는 또다시 꿈을 꿨다. 그러나 그는 잠이 들기 전부터 꿈을 꿨는지, 깨고 나서도 한동안 꿈을 꿨는지 분간이 되지 않았다. 비몽사몽의 순간이었는지도 모른다. 그러나 사막에서는 당연히 꿀 수 있는 아주 단순한 꿈이었다. 희미한 꿈속에서 눈을 멀게 할 만큼 뜨거운 모래 폭풍, 열대 우림에서 하늘이 열린 듯이 쏟아 붓듯이 내리는 장대비, 끝없이 펼쳐진 흰 사막과 흰 낙타를 본 것 같고, 백색의 공포 그가 목마름과 허기에 지쳐있을 때, 어떤 사람이, 그가 신이었을까 악마였을까, 그가 어떤 곳을 가리키며 손짓을 했다. 그러나 삶의 지표가 된 눈에 보이지 않는 경계선은 꿈속에서는 보이지 않았다.

다음날 밤에는 사막에 대한 끝없는 사색이 그의 잠을 송두리째 앗아가 버렸다. 그는 잠에 들기 위해 가끔 눈을 질끈 감아보았지만 ……. 불면하는 밤. 구시가지의 숙소 건물은 희미한 어둠 속으로 빨려 들어갔다. 그는 벌써 열두 잔째 에스프레소 검은 커피의 짙은 향기를 음미했다.

그가 무어라고 웅얼거린다. "나는 지금 혼자 남아있군. 언제든지 그랬지. 사막은 그런 거야……. 점점 명료해지고 있지."

중앙아프리카의 내륙 고원지대에서 발원하여 동사하라를 종단해서 북쪽 지중해로 흘러 들어가는 나일 강 유역의 사막지대에서 이집트 문명과 태양신 레, 아문, 아톤 등이 탄생하였다. BC 1353년, 이집트의 젊은 파라오 아멘호텝 4세는 태양을 맞이하려 새벽잠에서 깨어나면서 기도하였다. '*당신은 아침이면 하늘 끝 지평선에서 아름다운 자태를 드러냅니다.*' 그는 강렬한 햇빛 속에서 자신을 드러내는 전능한 창조자이고 절대자인 아톤을 보았으며 자신을 그 신의 분신으로 간주하였다. 그는 신께 외쳤다. '*오. 신이시여. 오. 유일한 신이시여. 살아계신 아톤이여, 당신 뜻대로 세계를 지으셨나이다. 당신은 생명의 시작입니다. 당신 옆에는 아무도 없나이다. 오직 내 마음 속에만 살아 계십니다. 당신의 아들 이외에는 당신을 아는 자는 아무도 없습니다.*'

이집트의 고대 종교는 경전을 남기지 않았다. 그러나 신에게 봉헌된 카르나크의 위대한 신전인 이페트 이수스에서, 온통 상형문자로 장식된 채 보는 이의 숨을 멎게 할 정도로 웅장한 자태로 서 있는 134개의 거대한 기둥을 아득히 바라보면, 고대 이집트인들의 신을 향한 열렬한 경외심을 조금은 이해할 수 있을 것이다. (그러나, 그는 그 상형문자를 전혀 해독할 수 없었으니 그 문자들은 환상적인 그림으로밖에 보이지 않았고, 그래서 더욱 아름다워 보이는 것이었다.) 그런데 고대 이집트인의 신에 대한 감정을 알고 싶다면,

옛날이나 지금이나 똑같이 이집트 사막에 인정사정없이 붉은 빛을 내리꽂는 태양을 가슴으로 느껴보고, 뜨거운 열기에 달구어진 수많은 입상과 이들 기둥을 오랫동안 바라보면서 저절로 감동에 젖어보는 것으로 충분할 것이다.—헤로도토스는 기원전 450년경에 저술한 '역사'에서 벌써 이집트에 대해 '*이토록 놀라운 것이 많고 형언하기조차 어려운 거대한 볼거리가 많은 곳은 전 세계 어디에도 없다*'고 했다. 그는 지금은 폐허가 되어버린 카르나크의 기둥들을 바라보기 위해, 아직도 사람의 발길이 닿지 않고 아름답고 쓸쓸하며 완벽한 침묵 속에 잠겨 있는 서부 사막의 오아시스들, 시와, 다클라, 파라프라를 찾아서, 또는 그의 환상에 다름 아닌 잃어버린 오아시스를 찾아서, '헤엄치는 사람들의 동굴'이 있는 우와이나트 산을 찾아서, 이미 다섯 차례나 이집트에 다녀왔다.

오늘날 인도의 지배적 신앙인 힌두교는 기원전 1000년대부터 인도 북부의 타르 사막과 그 사막을 둘러싸고 있는 황갈색 반사막 지대에서 역사의 흐름과 함께 오랫동안 변화를 겪으면서 형성되었고, 싯다르타는 2천 5백 년 전에 역시 인도 동북부의 황량한 열대지방에서 작은 공국의 왕자 신분을 버리고 뙤약볕 아래 맨발로 출가 수행하여 해탈의 경지에 이르렀다.

붓다는 말했다. ……*만족한 기쁨을 누리던 젊은 시절의 전성기에, 그때는 내 곱슬머리가 까마귀처럼 검디검고 남자다운 힘이 온 몸에 솟구치*

던 젊음이 한창 꽃피던 시절이었는데, 나는 머리를 빡빡 깎고 누런 승복을 몸에 걸치고 왕궁의 문을 열고 나와 구원을 찾아서 사막으로, 사막으로 들어갔다……

마침내 붓다는 동아시아인의 정신적 지주이고 우상인 부처님이 되었다. (그러나 부처님은 깨달은 자이지 신이 아니다. 불교도들은 신을 믿지 않는다. 더욱이 전능한 조물주인 유일신을 절대로 믿지 않는다.)

이란의 루트 사막과 유목지역에서 차라투스트라 (또는 조로아스터)는 기원전 1000년경에 이슬람화 이전 페르시아의 주요 종교이었던 조로아스터교를 창시하였다. 그것의 선지적 세계관이었던 선과 악 또는 천당과 지옥의 대결이라는 이원론적 개념과 유일신 개념은 유대교나 그리스도교, 이슬람교의 교리 발전에 깊은 영향을 미쳤다. 이 배화교는 고대 근동의 종교가 대부분 사멸했음에도 불구하고 지금까지 여전히 살아남아 명맥을 유지하고 있다.

수천 년 동안 유대인과 가나안인, 에돔인, 이집트인, 고대 그리스인과 로마인, 비잔틴 제국의 사람들, 프랑크인, 오스만 제국의 사람들, 무슬림 간에 피비린내 나는 분쟁의 땅이면서, 한편으로는 성스러운 땅으로 알려진 시리아 사막, 팔레스티나와 네게브 사막, 시내 사막, 모세가 신을 찾아서 풀뿌리와 메뚜기로 연명하며 40년 동안이나 헤매였던 시나이 반도의 사막은 유대교 구약과 그리스도교 신약의 고향이라고 할 수 있다.

중근동 지역에서 인간의 거주 지역은 드넓은 사막 가운에 간간이 자리 잡고 있는 대초원과 일부 비옥한 땅뿐이었다. 소위 '비옥한 초승달 지대'라고 불리는 곳인데, 그것은 티그리스 강과 유프라테스 강 유역, 동부 지중해 연안, 나일 강 유역을 따라 형성된 초원 지대를 말한다. 그 외에는 전부 광야였다. 모래와 바위, 소금 바다로 뒤덮인 메마른 지역이 끝없이 펼쳐져 있었다. 그 광야는 그곳에 거주하는 사람들에게 항상 위협적인 존재였다. 태양이 불타고 있었던 것이다.

여호와여, 불이 목초지의 풀을 삼키고 불꽃이 광야의 모든 나무를 태워 버렸습니다……

유대인들은 출애굽 후 40년 동안이나 시나이 반도의 불타는 사막을 방황한 끝에 그들의 신 야훼 YHWH로부터 신앙의 기본인 율법을 계시 받았다. 유대 민족은 야훼만이 유일신임을 인정하고 하나님이 내린 율법을 지킬 것을 약속하고 나서 새로운 민족으로 탄생한 것이다. 그들이 가마솥처럼 끓어오르는 사막에서 메뚜기와 풀뿌리로 연명하며 40년 동안이나 그렇게 단련됐으니 어찌 멸망할 수 있겠는가? 그러나 그는 예루살렘을 방문할 때마다 검은 수염을 풍성하게 기르고 검은 옷과 스컬캡을 쓴 정통파 유대인들이 통곡의 벽에서 돌들을 정성스럽게 어루만지고, 쓰다듬고, 입 맞추고, 중얼거리고, 영탄조로 통곡하고, 야훼를 부르는 것을 바라보면서 그들의 신 야훼가 처음부터 존재하였기 때문에 스스로 '나는 있는 자다 I am who I am'라고 하였고 그 신이 유대 민족을 3,000여 년 동안이나 지켜준 것인지, 아니면 그들이 너무나 오랜 세월 동안 만들고 다듬어낸 신이었기 때문에 그 신에 매달려 온갖 박해, 살육, 추방, 경멸로부터 그들 스스로를 지켜낸 것인지는 분간할 수 없었다. 하지만 어떠한 상황에서도 인간은 하나님의 얼굴을 볼 수 없고 그래서 하나님의 형상을 만드는 것이 금지되어 있으며, 하나님의 이름을 발음할 수조차 없다는 사실은 무얼 의미하는 것인가? 하나님이 그토록 전지전능하다면 왜 그렇게 많은 고통을 오랜 세월동안 히브리인에게 가한 것일까? 그러면서 그들의 신은 어떻게 유대인들로 하여금 2,000여 년에 걸친 디아스포라, 반유대주의, 아우슈비츠의 비극, 유대인 대학살을 악마의 마음으로 견디고, 극복하고, 초월하도록 해주었던 것인가. 이게 그 신의 의지였던 것일까?

그런데 바로 그 사막에서 이 세상과 인간을 창조하였다는 유일하고 절대적인 존재인 하나님이 탄생하면서 유대교, 그리스도교, 이슬람교의 교의의 기초를 쌓았던 것이다. 그곳에는 두 개의 시간이 공존한다. 전설과 신화의 시간과 현재까지 이어지는 역사의 시간이다. 그 황량한 사막에서 신화의 시간은 구약성서의 시간을 말하고, 역사의 시간은 신약성서 이후의 시간을 말한다.

그리고 상상을 초월할 만큼 이 세상에서 가장 척박한 아라비아 사막에서 세계 주요 종교 중에서 가장 늦게 이슬람교가 창시되었다. 아랍인들은 무슨 근거에서인지 몰라도 무함마드야말로 신과 인간을 중개하는 마지막 예언자라고 주장하고 쿠란만이 알라신의 마지막 계시라고 선언하였다.

그러나 이슬람이 제시하는 근거가 있기는 하다.

요한복음(16:15, 16, 18)에 의하면 예수는 제자들에게 자신은 곧 죽게 될 것이지만 위안자Paraclet를 보낼 것이라고 고지하였다는 것이고, 쿠란(61:6)에서는 이 파라클리트를 그리스어인 페리클리토스Periclitos로 해석하였는데 그 뜻인 즉 찬양 받은 자 또는 가장 찬양 받은 자인 아흐메트Ahmet, 또는 모하메트Mohamet를 의미하였다. 그러므로 앞선 선지자인 예수가 마지막 예언자인 무함마드의 출현을 예언하였다는 것이다. 물론 기독교에서는 이러한 해석을 극구 부인한다. 기독교에서는 파라클리트를 역시 그리스어인 파라클레토스Paracletos로 해석하였고, 이 파라클레토스는 바로 성령Saint Esprit을 의미하며, 이 성령은 예수가 약속했던 것처럼 예수가 부활한지 50일째 되는 날에 마가의 다락방에 모여 있던 예수의 추종자들에게 강림하였다는 것이다. 그래서 기독교들 사이에 오순절 성령운동이 일어났고 이 날은 교회의 탄생일이 되었다.

그는 생각했다. 그 사소한 단어를 둘러싼 끝없는 논쟁은 무의미한 것이 아닐까? 그건 아귀다툼에 다름 아닌데……. 그런데, 그들은 누구를 위해서, 무엇을 위해서 그 단어를 두고 그렇게 아옹다옹하고 있는 것인가? 보이지 않는 위대한 신을 대신해서 그렇게 싸우고 있는 것이리라. 서로 상대방을 악으로 규정하고 있는 한 한쪽이 쓰러질 때까지 피투성이 싸움은 계속 될 터이다. 아니면 싸우다 지쳐 함께 쓰러져서 그들이 말하는 지옥의 나락으로 떨어질 것이 아닌가. 일부 근본주의자들, 교리지상주의자들이 벌이고 있는 인위적인 논쟁과 대결은 끝장이 날 때가 되지 않았을까. 현자 나탄 nathan이 말한 세 개의 반지 중에서 어느 것이 진짜인지, 진짜 종교인지 어느누가 알겠는가. (아브라함의 직계 자손들인) 셈족의 종교들은 서로간 증오와 냉소, 극단주의를 극복할 수는 없을 것인가. 왜? 어째서 종교 간 전쟁, 문명의 충돌을 초월해서 대화와 이해, 평화를 이룩할 수 없는 것일까.

어쨌거나 신은 어떤 경우에도 직접 사람에게 말을 거는 법이 없으니까, 신과 인간 사이에서는 중간에서 양자를 중개하는 예언자가 필요하였다. 그런데 T. E. 로렌스는 아랍인들은 지금까지 4만 명의 예언자를 이 세상에 배출했다고 주장하였고, 또 어떤 프랑스인 학자는 그 예언자 수가 자그마치 12만 4천명이라고 주장하였다. 당초에 무함마드는 어중이떠중이 같은 그들 수많은 예언자 중 한 명에 불과하였던 것일까?

그러나 라마단 기간 중의 그 카딜의 밤 (힘과 숭고의 밤)에 신의 사자인 가브리엘 천사가 빛의 산인 알 누르 산꼭대기의 동굴에서 망토로 몸을 두르고 명상에 잠겨있던 무함마드 앞에 나타나서, '보아라, 그대는 하나님이 보내신 이, 알라의 선지자이니라.'라고 말하였다. 그리고 천사는 금 글씨로 성구를 써 내려간 비단 천을 내밀며 읽으라고 (ikra), 몇 번이고 엄숙하게 명령하였다. 그는 그때 오한이 온몸을 덮치고 마치 술에 취했을 때처럼 의식이 몽롱한 상태에서 그 소리를 들었다. 그의 얼굴은 붉어졌고 할 말을 잃었으며 땀이 얼굴에 흥건히 흘러내렸고, 몸은 너무 지쳐서 마침내 땅바닥에 쓰러졌다. 그는 가슴을 쥐어짜는 통증을 느꼈다. 그는 머릿속에서 윙윙대는 소리와 혼란에 휩싸여 그 소리가 악마의 소리가 아닌지, 의심하였다. 그는 두려움을 느꼈다. 절망, 의혹, 환상, 간절한 갈망. 그는 침묵 속에 천사의 말을 들으면서 동시에 묻는다. 신으로부터 처음 계시를 받은 것이다.

그는 움미 (문맹인)이었으므로 '저는 읽을 줄도 쓸 줄도 모르는데 어찌 제가 읽을 수 있겠습니까.'라고 힘없이 항변하였다. 천사가 다시 말했다. '읽어라, 창조주이신 하나님의 이름으로 그렇게도 작은 응혈에서 인간을 창조하셨다.' 그가 겨우 고개를 들어 멀리 바라보니 먼 하늘 저쪽에 어떤 거인이 서 있었다.

서기 610년경이었고 그의 나이 40세 때였다.

그는 그때부터 632년 63세의 나이로 죽을 때까지 남은 일생 동안 예언자의 임무를 완수하였고 (불과 물, 공기로 창조되었고, 600개의 날개를 가진 천사 중의 천사인 대천사장 가브리엘은 그 후 무함마드가 죽을 때까지 23년간에 걸쳐서 꾸준히 알리의 말을 무함마드에게 내려주었다), 마침내 위대한 예언자가 되었다. 하지만 일생 동안 충실한 사람 (엘 아민)이었던 선지자는 끊임없이 의심을 품었다. 그래서 작별의 순례의 날에도 여전히 '*나는 나의 임무를 다한 것일까(balaghtu)? 오오 신이시여, 신께서 그 증명을 보여 주시옵소서.*'라고 신께 하소연하였다.

그가 632년 6월 8일 죽으면서 위대한 예언자의 임무는 끝이 났다. 그는 살아생전에 이미 신 같은 존재였지만 끝내 겸손한 인간이기를 고집했다.

아라비아 반도의 사막에서 베두인은 혹독한 유목생활을 하면서 일생을 굶주림과 갈증에 시달렸다. 그들이 평생 동안 소유한 것은 뜨거운 태양과 햇빛, 후덥지근한 대기와 바람, 끝없는 모래 사막과 위대한 공허뿐이었다. 사막에 풍요로운 대지는 존재하지 않는다. 그들은 사막에 동화되고 정화되면서 극한의 인내심을 터득하여 인간의 한계에 도전하였다. 그 대신 사막의 신은 유목민들에게 낙타, 터번과 천막, 바람처럼 가벼운 칼 — 그 칼은 땅에 떨어진 별똥에서 철분을 추출해서 만든 것인데 처녀의 팔과 같아서 쓰다듬기 좋고, 칼이 살을 베는 그 소리는 개울물 흐르는 소리, 독사의 숨소리 같았다 — 을, 그리고 시적 재능을 선물하였고, 무엇보다도 별빛이 찬란한 아름다운 밤하늘을 주셨다. 유목민들은 항상 발밑의 사막보다는 높고 푸른 하늘을 바라봤다.

이슬람교는 사막과 유목민을 떼어놓고는 도저히 뭘 생각할 수 없다. 사막에 의해 탄생한 사막의 종교인 것이다. 그러므로 (아브라함의 첫째 아들이고) 사막의 아들인 이스마엘의 후손이고 예언자이고 입법자인 무함마드와 그의 신 알라가 사하라의 물질세계와 정신세계 모두를 그때부터 지금까지 완전무결하게 지배하고 있다. 쿠란과 하디스 (무함마드의 언행록), 시라 (무함마드의 전기 혹은 생애), 이슬람의 5가지 기둥은 교리와 윤리규범이고, 율법이며, 세속적인 재산법이고, 가족과 혼인에 관한 가족법이고, 형법이고, 증언에 관한 절차법이기 때문이다.

쿠란은 하나님의 말씀, 하나님의 책, 거룩한 책, 살아있는 책, 아라비아의 책이다. 이 책은 무슬림의 삶을 규제하고 의무를 규정한다. 이슬람적인 것의 기원이고 기초이고 기준이다.

이슬람이 사람을 매혹시키는 힘은 어디에 있는가. 이슬람의 근원은 무엇인가. 이슬람은 우주적 차원의 종교라고 할 수 있는가. 이슬람은 삶의 영혼을 깨우쳐줄 수 있는 생명력 있는 종교라고 할 수 있는가. 이슬람의, 화학적으로 순수하게 증류해낸 본질은 무엇인가. 이슬람은 영원한 생명, 낙원, 최종적인 구원에 이르는 길이 될 수 있는가.

그런데, 사막에서 태어난 세계적 종교인 힌두교, 불교, 유대교, 기독교, 이슬람교, 모두 단성생식에 의하여 사막의 정령에 잉태되어 사막의 노지에서 태어난 뒤, 오랜 세월에 걸쳐 바다와 강, 육로, 실크로드, 사막의 대상로를 통하여 유럽과 아시아로, 아프리카로, 나중에는 아메리카 대륙으로, 세계 각지로 전파되었다. 그것들은 한결같이 동쪽에서 태어났다. 모든 빛은, 모든 종교적 씨앗들은 동방에서부터 발아하기 시작한 것이다. 그것은 결코 우연이 아니었다. 동쪽은 아침의 나라이다. 금빛 태양이 떠오르는 땅이다. 그리고 동쪽에는 불타는 사막이 있었다.

하지만 사막과 반사막으로 둘러싸인 이들 동방 지역은 제국주의 시대인 19세기의 유럽인들에게 동방에 대한 비현실적인 환상과 함께 이국적인 풍물에 대한 터무니없는 꿈을 불러 일으켰다. 하지만 유럽인들의 동방에 대한 이국정서로 채색된 열망은 곧 야수와 같은 침략의 욕망으로 전이하였고, 제국주의와 식민지주의, 인종주의, 어두운 열정과 전쟁을 찬양하는 현대식 무기로 무장한 제국의 군대가 그 지역을 유린하여 식민지 지배를 하였다. 그렇긴 해도 제국주의자들의 무자비한 탐욕이 유목민의 정신세계까지 지배하지는 못하였고, 오히려 사막의 침묵과 그 정령에게 압도되었다. 사막은 비록 아무 말도 하지 않고 침묵으로 지켜보고 있었지만, 신이나 진실처럼 결코 정복될 수 없는 위대한 존재였다.

사막에서의 험난한 인간 삶의 고통과 질곡이 그들에게 내면적 성찰을 통해 자기 속의 신을 발견케 하였다. 그들은 동시대 이웃사람의 고통에 깊이 공감하면서 궁극적으로 종교적 경지인 자기를 초탈하고 자기부정에 이르게 되었다. 그러므로 종교는 사막에서 태어나서 자라고 개화하였다. 사막에는 사막을 향해 진심으로 마음을 활짝 여는 사람에게만 현시되는 깊은 지혜와 영성이 숨겨져 있는 것이다. 무엇보다도 사막의 장엄함과 무한한 심오함이, 적막한 사막의 무거운 침묵이, 강렬한 태양의 눈부심이 신비스러운 또는 광적인 영감을 불러 일으켰다. 태양은 불덩어리이다. 태양의 색은 붉은 색이다. 그러나 태양의 빛은 무형이지만 생명을 가져다주는 요소이고, 죽음과 파괴, 고통을 불러일으키는 요소이다. 그것은 신성을 상징하므로 신적이다. 그러나 그것은 신이다. 그때는 신의 형상이 강렬한 빛에 휩싸여 눈앞에 어른거리고, 악령이 출몰했다 사라졌고, 사막의 회오리바람 속에서 신의 준엄한 목소리가 들렸을 것이다. 그러나 신은 어떤 경우에도 자신의 구체적인 모습을 인간의 눈에 보이게 할 수는 없는 것이다. 자신이 창조한 피조물들, 하찮은 벌레처럼 미물인 그들에게 자신을 보여준들 그들이 어떻게 알아볼 수 있을 것인가.

……나는 눈부신 빛을 보았고 그 안에서 인간의 형상과 온통 사파이어 색으로 타오르며 온화하게 빛을 발하는 불을 보았습니다. 그 찬란한 빛은 밝은 불 전체로 퍼지고 이 불은 찬란한 빛과 더불어 영롱하게 빛났습니다. 그리고 그 찬란한 빛과 밝은 불은 인간 형상 전체로 퍼져 유일무이한 미덕과 힘을 상징하는 단 하나의 불빛을 만들었습니다……

그들은 그때, 때로는 온몸에 땀이 비 오듯 흘러내리면서 공포의 전율을 느끼고, 또 때로는 얼굴에 홍조를 띠고 매우 행복한 황홀경에 빠져서 가슴을 후벼 파는 신의 비밀스러운 섭리를 깨닫게 되었고, 그리하여 신경과민증에 걸린 인간정신이 신의 환영, 영매적 신들림 현상을 체험하면서 신적인 전통과 관습, 세계관을 형성하게 되었다. 그러므로 초인간적인 존재는 모두가 그렇게 압도적이었다. 인간 존재는 너무나 미약하였으므로 인간은 신적인 것을 체험하면서 그 압도적인 무게 때문에 커다란 바위덩어리나 납덩어리에 깔리는 것 같은 기분을 느꼈을 것이다.

시간이 지나갔다. 시간은 100년이 지나가고 1,000년이 지나갔다. 유일신 종교는 한없이, 하늘에 닿을 만큼 세력을 키워나갔다. 추종자들이 눈덩이처럼 불어났다. 차츰 지배적 세력을 확보한 종교는 온갖 수사를 동원하여 신을 믿으라고 강요하고, 그들의 교리에 대해 필사적으로 종교적 의미와 가치체계를 부여하였으며, 곧 교리지상주의 또는 종교적 근본주의에 빠져 들었다. 그런데 종교 세력은 그 사회의 지배계급이거나 엘리트 계급에 속하였으므로 종교란 영혼의 산물이면서 최종적으로는 권력과 정치의 산물일 수밖에 없었다. 종교는 정치화 되면서 필연적으로 속세의 권력과 결합하였다. 그 결과 극도로 엄격한 종교 규범이 온통 인간의 삶을 지배하기 시작하였다. 이들 종교는 공통적으로 정교한 의식, 축제, 성례 체계를 확립하였고, 이제 종교적 규범과 의식은 인간을 위해서가 아니라 이들을 위해서 인간이 존재하게 되었다. 종교는 신의 이름으로 인간의 정신세계를 독점적으로 지배하기 위해 온갖 교리 체계를 고안했으며, 그 신을 거의 맹목적으로 옹호하였다.

그러나 종교적 규범이 광범위하게 그 사회를 지배하면서부터 그들은 권위주의적이고 오만해졌으며, 마침내 자기기만과 독단에 빠져 들었고, 부패하고 타락하기 시작하였다.

그날도 잠을 이룰 수 없는 밤이 찾아왔다. 그는 그날 밤에도 낡은 소파에 비스듬히 몸을 누인 채로 여전히 불면증에 시달리고 있어 자면서도 깨어있는 가수면 상태에서 그러나 더욱 맑은 정신으로 사막에서의 고단한 삶을 사색하고 동시에 그들 광기가 권력과 야합하여 저지른 일들을 생각하였다.

그들은 영성을 상실하여 하나님은 안중에도 없었으니 오로지 영적 권력과 물질적 부에만 집착해서 자기들끼리 엄격한 위계질서 속에서 똘똘 뭉쳤다는 거지. 그들은 역시 인간 군상들이었으니 권력의 마성에 도취된 거였어. 그렇고말고 백 번이고 천 번이고 그렇고말고 인간은 원래 천성적으로 남을 지배하기 좋아하고 (고귀한 인간의 영혼까지도), 권력지향적이니까 순수해야 할 종교까지 권력화되었지. 그것도 모자라서 세속 국가처럼 관료적인, 군대와 같은 계급조직으로 구성되었으니, 심지어 천사들까지도 구품천사로 위계질서를 세우고 상급천사와 중급천사, 하급천사로 구분하였던 거야. 그래서 그들은 언제나 엄숙한 굳은 표정과 거만한 몸짓을 하고 딱딱하고 엄격한 훈계조의 말씀을 늘어놓았던 거야.

그러나 그들 중에는 하나님을 위해 고뇌하고 인간을 진정으로 사랑하여 자기희생을 한 수많은 순교자, 못이 박힌 채찍으로 자기학대를 하는 종교적 히스테릭, 탁발수도사, 거세당한 남성 소프라노인 카스트라토, 다른 종교에도 구원이 있을 수 있다고 믿는 종교다원주의자들, 성인, 고귀한 사람들도 있었던 거야.

나는 항상 불안했고 가슴이 두근거리는 공포심 때문에 마주치는 사나운 인간들을 두려워했지. 그러니까 만나는 사람마다, 상대방의 부드럽건 날카롭건 간에 쏟아지는 시선을 견뎌낼 자신이 없었던 거야. 그래서 나는 그 권력이란 것을, 패거리의 작당을 지독히도 싫어했어. 정말 증오했었지. 그리고 그것 근처에는 얼씬거리지 않았었지.

그랬으니 역사적으로 볼 때, 중세 천 년 동안 암흑의 시대에 그 종교 권력자들은 하나의 제국을 만들어 황제, 왕과 군주처럼 통치자로 군림하면서 인간 세계에 많은 해악을 끼쳤던 것이다. 그렇다고 현대에 이르러 마침내 그러한 잔재가 말끔히 사라져 버렸을까. 그리고 위대한 신도 사라져 버렸을까? 그것이 가능한 일인가? 그래도 괜찮은 건가? 우리는 지금 그러한 시대에 숨 쉬며 편안히 살고 있는 것인가? 역사적 시간에서 복고주의 혹은 복고적 경향, 과거에 대한 향수는 어떠한가. 역사는 반복한다. 다시 중세적 무지와 광기의 시대가 돌아오지 않는다고 누가 자신 있게 말할 수 있을 것인가? 그때가 되면 그들은 화려하게 부활하지 않을 것인가?

인류 역사상 처음 일어난 인간−생계유지조차 힘들었던 가난한 사람들, 핍박받은 사람들, 소외된 사람들, 문둥이들, 병자, 고아, 노예, 죄인, 여자, 교육받지 못한 평범한 사람들, '땅의 사람들' 또는 '잃어버린 양'의 계층들−해방이라는 혁명이 그들의 개입에 의해 종교가 제도화, 보수화되면서 초기의 순수성은 사라져 버렸으니 그러한 폐해, 해악의 발생은 필연적 수순이었던 것이다. 그들이 예수의 생애를 기초로 해서 쌓아올린 교리 체계는 그 혁명가를 극단적으로 왜곡한 것이기에 그를 불명예스럽게 만들었을 뿐이다. (그는 그때 베드로가 '*나는 저 사람을 모른다*'고 부인하고, 그의 친구들이 모두 그를 버리고 뿔뿔이 도망갔을 때…… 깊은 인간적 분노와 배신감, 두려움에 남몰래 몸을 떨었다.)

그럼에도 그들은 스스로 신의 대리인 또는 집사임을 자처했다. 그들은 신의 추종자들, 인간과 신의 중재자, 고해성사를 통해 영혼을 지배하는 자, 검열관, 재판관, 전통적 가치의 수호자, 고귀한 신분, 세속 권력과 결탁한 종교 권력자들이었다. 그들은 집단의 강력한 결속과 연대의식, 특권의식에 사로잡힌 채 권력과 재물에 굶주렸기 때문에 무자비하고 탐욕적이 되었다.

신의 대리인은 화려한 옷을 입고 값비싼 보석을 박은 관을 쓰고 있다. 그는 미사를 집전하며 회중들 앞에서 거만한 얼굴로 한껏 거들먹거리며 신의 이름으로 설교한다. 그가 누구일까?

그러나 1000년 전인지, 500년 전인지를 거슬러 올라가서 그가 추기경이었는지, 교황이었는지, 그 당시 세금 징수원에 불과하였던 어느 주교인지, 그냥 사제였는지 그의 신원을 도대체 알 수 없다. 다만 「군주론」의 모델이 되었던 잔혹한 발렌티노의 부친이었고 타락한 인물이었던 교황 알렉산데르 6세가 아닌가 추측할 뿐이다. 그러나 그가 이 설교를 했다는 것을 확인할 수 있는 역사적 기록은 남아있지 않다. 다른 사람은 거의 알아볼 수 없는 악필인 그가 쓴 원고는 어디론가 사라져버렸는데, 어떤 사람들은 그게 불태워져서 사라졌다고 하고, 서고의 화재 때 불가피하게 소실되었다고 하기도 하고, 어떤 사람은 그가 살인, 강간, 근친상간, 약탈, 반역 등의 죄로 고소당한 후 직접 태웠다고 말하기도 한다. 다행히도 교황청의 견해를 대변하고 있는 그 설교의 개요는 지금까지 전해져 내려왔다. 아니면 지금도 로마 교황청이나 어느 수도원의 지하실 서고에 그에 관한 기록과 설교집이 먼지를 뒤집어 쓴 채로 그대로 묻혀있는데 아직 발견하지 못한 것일 수도 있다.

"우리 신은 절대 유일신이니라. 다른 신은 없느니라. 그 신이 말했느니라. '나 하나님밖에 누가 있다더냐. 나는 정의를 세워 구원을 이루는 하나님이니 나밖에 다른 신은 없도다.' 신이 만물의 창조주이고 인간은 피조물이라는 말이다. 그러니 인간은 신의 종자이니라. 그러므로 신의 입장에서 보면 인간은 아주 하찮은 존재, 그러니까 벌레나 지렁이밖에 되지 않느니라. 너희들에게는 이념도, 이성도 필요 없도다. 그것들을 모두 머리 속에서 지워 없애야 할 것이야. 알아들었느냐. 그래서 인간이건, 인간 사회의 모든 것, 심지어 국가와 사회까지도 죄다 신의 영광을 위해, 신의 의지를 실현하기 위해 존재하느니라. 그러므로 신을 경배하라. 신을 믿으라, 믿지 않으면 신의 처벌을 받을 것이니, 죄 중에 제일 큰 죄는 믿지 않는 죄이니라. 우리가 의지하는 것은 오직 믿음뿐이다. 우리 수많은 신도들의 집단적인 믿음. 우리 모두가 믿으면 진리가 되고 진실이 되는 것이다. 그러므로 의심하면 안 될 것이다. 절대로 의심하지 말라. 의심하면 모든 게 뿌리 채 무너진다. 마법이 사라진다.

그냥 믿어라. 그것이 진정한 신앙이다. 신은 결코 이성을 통해서는 깨달을 수가 없느니라. 그렇다고, 우상 숭배를 해서는 안 되느니라. 감히 나를 놀리느냐, 골탕 먹일 속셈이었더냐. 우리 신 이외의 신은 모두 우상에 불과하느니라. 그건 미신이니라. 기억하라. 너희는 위로 하늘에 있는 것이나 아래로 땅 위에 있는 것이나 땅 아래 물속에 있는 어떤 것이든지 그 모양을 본떠 새긴 우상을 섬기지 못한다. 그 앞에 절하며 섬기지 못한다.

너희들은 이미 삼위일체설을 알고 있을 것이다. 우리는 신성한 수태를 통해 태어나신 성모의 아들, 당신을 단 하나의 진정한 하나님으로 모십니다. 그러므로 내가 지금 들고 있는 이 빵 덩어리와 성배에 들어있는 포도주는 구세주 그리스도의 진정하고 완벽한 살과 피가 아니겠느냐. 그러니 예수 그리스도는 신 중의 신, 진정한 신이다. 지금 우리에게 진정한 신은 예수 그리스도 밖에 없느니라. 나의 주님 예수 그리스도여! 우리가 주님의 적에 맞서 싸우는 것은 주님의 거룩하신 이름을 드높이기 위한 것입니다."

그는 중년의 남자인데 살이 너무 쪄서 몸을 가누기 조차 힘들고 잘 손질한 검고 세련된 턱수염이 흘러내리고 있었다. 얼굴에는 개기름이 번지르르 하고 입술은 쉼 없이 나불거리고 있다. 그는 목소리에 감정을 실어서 음의 높낮이를 적절하게 조절할 줄 안다. 그래서 어떤 소리는 높고 오만했으며 어떤 소리는 낮고 부드러웠다. 가끔 자신도 모르게 흥분할 때는 몹시 거칠고 시끄러웠다. 그러나 신의 대리인은 해소할 길이 없는 욕구 불만으로 가득 차있었다. 때로는 속내를 드러내지 않는 수수께끼 같은 얼굴을 하고 있다. 그의 내면에는 여전히 권력과 명예욕, 야욕, 탐욕, 욕정, 온갖 욕망으로 들끓고 있었다. 그는 이제 거친 목소리를 약간 낮췄다. 그러나 그 저음의 목소리는 여전히 위협적이다.

"그리고 말이다. 여자들아! 불쌍한 여자들아! 약한 자여! 그대 이름은 여자이니라! 무조건 남자에게 복종하라. 신 다음으로 남자에게 복종하라. 복종하고 또 복종하라. 신도 남자이고 아버지이니라. 아담이 부르짖었도다. '이것이야말로 내 뼈에서 나온 뼈요, 내 살에서 나온 살이로구나. 남자에게서 나왔으니 여자라고 불리리라! 그러니 너희는 인간이 아니라 남자의 부속물이니라!' 그러나, 이브는 괘씸하게도 아담을 배반하였느니라. 더 연약한 그릇이었던 여자에게 사탄이 찾아와 듣기 좋은 말로 유혹하였으니 이브가 먼저 사과를 따 먹었고 아담에게도 먹으라고 강권한 것이다. 그랬으므로 남자인 아담은 여자의 청을 거역할 수 없었지 않았겠느냐. 여자는 남자에게 평생 빚을 지고 있는 셈이다. 그래서 여자들이 결혼할 때면 자기 남편을 고우나 미우나 한결같이 섬기겠다고 맹세하는 것이다.

전능하신 하나님, 참으로 감사하옵나이다. 저를 여자로 만들지 않은 것에 감사를 드립니다.

그리고, 모든 인간들아! 겸손하라! 오만해서는 안 되느니라! 육욕을 버려라. 그것은 육체와 영혼을 모두 불살라 버리니 참으로 무서운 죄악이니라. 그리고 몇 푼 안 되는 돈을, 육체적 안락을, 허망한 명예를 버려야 하느니라.

이놈의 설교도 지겹구나. 하루 이틀이여야 말이지.

너희들은 구구한 설명이 없어도 잘 알고 있을 것이다.

무조건 예수 그리스도를 믿어라! 최후의 심판! 죽음! 지옥과 천국을 기억하라! 그러나 믿지 않으면 말이다, 불신자와 이교도와 불가지론자는 결국 지옥에 떨어질 것이다.

지옥은 입구는 있으나 출구는 없는 집이다. 아득히 먼 곳, 결코 돌아올 수 없는 땅, 저주받은 땅, 타락의 땅이거늘……. 지옥은 바닥이 보이지 않는 심연이고, 모든 희망이 버려진 곳이고, 절망의 문이 열리는 곳이다. 영원히 꺼지지 않는 불구덩이다. 지옥은 어둡고 더러운 감옥이다. 버림 받은 영혼과 악마들의 거처이다. 지옥에는 영원히 꺼지지 않는 유황불이 활활 타오르고 있으니, 지옥 불에 떨어지면 타오르는 불길에 할퀴고 벌겋게 달궈진 창살에 찔린 채 말할 수 없는 고통을 당할 것이다. 지옥에는 오직 악의만이 번뜩인다. 그때 죽음의 대왕은 너희들 목에 밧줄을 묶어 끌고 갈 것이다. 그는 너희들 머리를 자르고, 심장을 찢고, 내장을 끄집어내고, 뇌수를 핥고, 피를 마시고, 살을 먹고, 뼈를 씹어 먹으리라. 그래도 너희들은 죽을 수 없느니라. 너희들 몸이 산산이 잘려질지라도, 그것은 다시금 살아날 것이다. 거듭되는 난도질은 말할 수 없는 고통과 괴로움을 줄 것이다.

그러나 빠져나가는 문, 비상구도 없느니라. 지옥에서는 고통에 못이겨 자살하려고 해도 그것도 불가능하느니라. 그러니까 지옥에서는 사느냐 죽느냐, 그것이 문제로다 라는 인간적 고뇌조차 할 수 없다는 말이다. 지옥이 어떤 곳인지 이제는 알겠느냐. 너희들은 절대로 그런 운명에 처해서는 안 될 것이야.

그렇다. 그러니까 말이다.

이승에서 자기 살해를 할 수 있다는 말은 아니니 오해하지 마라. 알겠느냐. 자발적 죽음은 변절이고 비겁한 행위라고 할 수 있다. 두말할 것도 없이 악마의 소행인 것이다. 인간은 생존본능을 선천적으로 타고 났기 때문에 자살은 자연의 섭리를 거스르는 행위이고, 우리에게 생명을 부여하신 신이야말로 우리의 주인이기 때문에, 우리는 신의 노예이기 때문에 자살은 신에 대한 불경한 짓이라고 할 수 있다. 우리는 신의 피조물, 신이 만든 것을 빼앗을 권리가 없느니라. 우리는 공동체의 일원이고 그 안에서 각자 맡은바 임무가 있는 법인데 자살은 사회에 대한 침해이니라. 우리는 국가와 사회에, 교회에 자기존재를 빚진 셈이니라. 자살은 우리의 모든 흥을 깨고 만다. 알아들었느냐. 다시 말한다. 인간은 자기 자신을 심판할 수 없다. 자살 그 자체가 회개와 속죄의 가능성을 말살하기 때문에 가장 큰 악이라고 할 수 있다. 그래서 강간을 당한 경우에도 피해 여성은 자살할 수 없다. 자신을 사랑하지 않는 사람은 아무도 사랑하지 못한다. 자살을 하면 불행을 피할 수 있다고 믿는 어리석은 이교도들은 착각한 것에 불과한 것이다. 오늘날 철학이 남용되고 있느니라. 허접쓰레기 같은 철학을 던져버려라.

아무튼 말이다, 사람에게 자살보다 더 불경하고 저주 받을 만한 죄는 아무것도 없으니 자살자는 지옥에 떨어질 것이다. 그러나 지옥에서 죽지도 못하고 영벌을 받아야 하느니라. 어떠한 구제수단도 있을 수 없다. 더욱이 세속법은 신체모독형을 선고하고 남은 재산을 몰수할 것이다.

다시 말하지만, 하나님은 일찍이 자살, 동성애, 근친상간, 간음, 수간을 우상 숭배 그 이상으로 신성모독으로 간주하였다. 그러한 행위는 오직 이교도, 무신론자, 회의주의자들, 짐승만도 못한 인간들만이 자행할 수 있는 있느니라.

그렇다. 내가 말한다. 내가 명령한다. 나는 침묵할 수 없다. 망설이지 말라. 지금 빨리 예약하라. 등록하라. 오늘 일을 내일로 미루지 말라 하였다. 지금 당장 신이 거처하시는 신성한 곳으로 돌아오라. 성소는 신이 거처하는 곳, 에덴동산, 생명수가 솟아나는 우물, 진정한 포도나무, 사과가 열매를 맺는 낙원이다. 성당 밖에는 은혜도, 구원도 있을 수 없다. 성당의 가르침은 신성한 것이요, 절대로 틀릴 수가 없는, 절대 진리인 것이다. 최후의 심판이 지금 눈앞에 닥쳐오고 있다. 영원한 벌이 기다리고 있다. 신의 진노가 너희가 모르는 사이에 내려칠 것이다. 신을 두려워하라.

그러므로, 내가 이르노니 구원을 받을 유일한 길은 신을 믿는 수밖에 없느니라. 무조건적으로 신뢰하는 믿음이야말로 근원적인 믿음인 것이다. 성상에 예배를 하라. 그것은 돌덩이, 쇠붙이가 아니고, 그 속에 성령이 깃들어 있다. 그 앞에서 기도하라. 무조건 경배하라. 신을 의심하지 말라, 그것은 신성모독이니라. 누구나 믿으면 천국의 집에 들어갈 것이니, 천국에는 질병도 없고, 가난도 없고, 사망도 슬픔도 없고, 젊음을 되찾아 얼굴에서 모든 주름살이 사라지고, 세금도 한 푼 없다.

그리고, 나를 믿으라! 나를 따르라! 나는 참신앙의 성유물함을 보관하는 사람, 하늘과 지상의 중개인이니라. 나는 신의 말씀을 전하여 너희들을 먹이고, 빵을 나눠주리라. 내가 신의 확실한 대리인이니라. 그래서 세례식, 결혼식과 장례식은 물론이고 왕과 황제의 대관식까지도 내가 주재하느니라. 알겠느냐! 너희는 신과 직접 만나거나 얘기할 수는 없느니라. 신은 너희들에게는, 하찮은 너희들에게는 신의 비밀을 털어놓는 법이 없느니라. 오직 나에게만 살짝 귀띔을 하느니라. 나를 통하라. 그러려면 재산과 영혼을 나에게 바쳐야 하느니라. 그렇지 않으면 내가 너희 등짝에 피가 흐르도록 채찍질을 할 것이고, 나의 날카로운 칼날이 너희 목을 내리칠 것이다.

가롯 유다, 그가 누구이더냐. 카이사르를 배반한 브루투스와 함께 두고두고 인류에게 회자되는 배신자 중에서 배신자 아니더냐. 우리 주님을 은 삼십 냥에 팔아먹은 자. 돈이 탐이 나서 돈이 생기는 줄 알고 주님을 따라다닌 천생 장사꾼이 아니더냐. 그 배신자는 결국 돈벼락을 맞고 배가 터지고 창자가 쏟아져 나와 비참하게 죽었느니라. 돈은 요물, 괴물, 악마가 아니더냐. 돈을 멀리하라. 그러므로 내게 그 괴물을 맡겨야 하느니라. 내가 그 괴물을 처리할 것이다. 그런데 부자가 천국에 들어가는 것보다는 낙타가 바늘귀에 들어가는 것이 더 쉬운 법이다. 주님이 부자에게 말씀하셨다. '네가 소유한 모든 것을 포기하면 하늘나라에서 무진장 보화를 차지하게 될 것이다.' 가난한 자에게 복이 있나니, 천국은 가난한 자를 위해 문을 활짝 열어 놓고 있느니라. 가난을 두려워하지 말지어다. 너희들은 가난해야 하느니라! 그러므로 황금을 보기를 돌처럼 하라! 황금을 버려라! 황금을 내게 바쳐라! 그것은 하나님의 재산이니라! 내가 너희를 위해서 그 재산을 관리해야 하느니라!"

설교자는 눈부신 말솜씨로 설교를 마무리하였다. 그러나 회중들은 지금 이루 말할 수 없는 불안과 혼돈, 육체적인 피로와 오한 속에서 그의 설교를 듣고 있던 무지한 사람들은 이제 막연한 두려움이 무서운 공포로 바뀌면서 저승의 수문장이 자기 가까이 다가와 있다고 생각하고 전율하였다. 그러면서도 마지못해 열광적인 박수갈채를 보냈다. 그리고 일제히 Mea culpa, Mea culpa라고 외쳤다.

그는 오랫동안 사막을 여행하면서, 불가해한 신이 무엇인지 알 수 없지만 신의 존재를 부정해서는 안 된다고 이미 결론을 내렸었다. 그 역시 사막에서 신의 존재를 보았고, 그것의 목소리를 어렴풋하게나마 들었으며, 신의 존재를 절실하게 느꼈기 때문이다. 신은 어쨌거나 스스로를 드러냈던 것이다. 신이 존재하지 않는다면 사막도 존재할 수 없을 것이다. 그러나 그는 그 오만하고 독선적인 절대 유일신과 그것을 지탱하는 교리 체계에 대해서는 회의적이었다. 그리고 절대적인 신과 인간들 사이의 중간적 존재인 거들먹거리는 신의 대리인들, 사악한 다이몬들이 왜 필요한 것인지 도무지 이해할 수 없었다. 왜 인간은 신과 직접 교통할 수 없는가. 신은 그걸 간절히 원하고 있는 것이 아닐까. 왜 중간자가 필요한 것인가. 그들은 중간에서 정신적으로 물질적으로 착취하는 자가 아닐까. 하여간에 전지전능하다는 그 신인들 세상만사의 도도한 흐름을 어찌할 수는 없을 것이다. 세상만사는 항상 그것 자체인 것이다. 우리 삶의 가장

미미한 것까지도…….

그는 생각했다. 사막은 신의 정원이지. 그들은 사막을 알라의 정원이라고 불렀던 거지. 알라신이 우리들 인간으로 하여금 이 삼라만상의 진정한 존재 가치를 알 수 있도록 하기 위해 모든 불필요한 것들은 없애버린 땅이라고 생각한 거지. 그 정원에 충만해 있는 모래와 (항상 스스로 증식하여 불꽃으로 타오르는) 햇빛이 무지한 인간들에게 신앙을 선물한 거야. 난폭하고 혼란한 시대에 인간들은 맹목적으로 믿고 의지할 신이 필요했거든. 사람들은 사막에서 신의 목소리를 들을 수 있었지. 사막에서 인간은 끊임없이 신과 대면할 수밖에 없어. 사막에는 불멸의 존재에 대한 명상을 방해하는 것은 아무것도 없으니까. 사막에서 인간은 어떤 경우에도 신을 버릴 수 없지.

그러니까, 사막은 인류의 정신적이고 영적인 고향이지. 거기에 인류의 뿌리와 생명의 원천이 자리 잡고 있어. 그리고 끝없이 순환과 반복이 일어나는 거지. 그러나 인간이 언제까지 번성할 수 있을까? 잘 모르겠다. 나 같은 사람이 어떻게 그걸 알 수 있겠어! 다만 인류가 언젠가는 멸망할지 모르지만—지금 보면 멸망을 향해 질주하고 있는 것처럼 보이긴 하지—그러나 그 이후에도 사막은 여전히 아름답고 위대한 존재로 남을 것이야. 사막은 불멸의 존재이니까.

천재지변이 일어나고, 세상이 변하여 모든 게 파괴되고 인류의 문명도 사라져 버리면 마지막 생존자는, 그 예언자적 인간은 잿더미가 된 사막에서 무엇을 할 수 있을 것인가. 무엇을 찾을 수 있을 것인가. 옛날 생각과 파괴의 기억을 망각할 수는 없을 것이다. 한편으로는 그 뼈아픈 기억을 견뎌내어야 하고 또 한편으로는 생존이라는, 현존하는 삶을 어떻게든 버텨내야 할 것이다. 그러나 그가 유일하게 할 수 있는 일이란 고통, 고독, 우울 등 회색의 감정을 간직한 채 무한한 시간과 공간 속에서 길을 걸을 것이다. 걷고 또 걸을 것이다. 썩은 물이 흘러서 땅은 검고 질척거렸다. 불에 탄 잔해들이 여기저기 나뒹굴고 부식이나 부패 때문에 불쾌한 냄새가 코를 찌른다. 그의 위장이 끔찍한 경련을 일으켰다. 그는 길을 걸으며 가끔 헛구역질을 했고 턱과 목을 따라 땀이 후줄근하게 흘러내린다. 그러나 그는 고통 속에서 숙고하고 통찰하며 철학자가 되고 사상가가 된다. 하지만 너무 고통스러워서 결국 신을 찾을 것이다. 신이여, 어디 계시나이까! 신이여, 인도해 주시옵소서! 신이시여, 말씀하소서!

그 암벽예술은 5,000년 이상 모진 세월의 풍파를 견뎌내고 지금까지 보존되어 있어서, 사하라에서 기후 변화와 동식물계의 변이, 인간 문명의 발전 양상을 연대기식으로 보여주고 있으면서, 녹색의 사바나에서 불모의 사막으로 변모해버린 사하라를 기억하고 있다. 난폭한 세월도 그들을 파괴하지는 못했다. 그들은 아름다움이라는 생명력으로 살아남았다. 그것들은 눈에 보이는 드러난 매력과 감추어진 매력을 동시에 갖고 있다. 예술가가 사물의 배후를 꿰뚫는 깊은 통찰력을 가지고 있었기 때문에 가능한일인 것이다. 그는 가장 단순하게 보았기 때문에 가장 분명하게 볼 수 있었을 것이다.

그는 그 조각과 그림들을 이번에 처음으로 보게 될 것이다. 그는 사암으로 된 깎아지른 듯한 암벽에 새겨진 채 황량한 사막에 홀로 남아있는 그것들이 잿빛을 띤 우울한 모습일거라고 상상하였다. 그것들은 거대한 자연의 힘 앞에 허무하게 굴복한 인간들의 나약함을 상징하는 것이고, 화려한 과거의 쓸쓸한 폐허이기 때문이다. 그것들은 단지 사하라의 비극을 반영하고 있을 뿐이다.

그는 지금 자신의 기분을 분간하기 어려웠다. 슬픈지, 기쁜지, 화가 났는지 말이다. 사막에 대한 사색은 늘 그랬다. 그는 사막에 대해…… 저 먼 곳에 대해 향수, 동경과 함께 원초적인 공포, 필멸의 어두운 그림자를 보았던 것이다.

어쨌거나 이 밤이 지나면 이번 여행을 출발할 것이다. 그러나 지금 당장 이 뒤숭숭한 불안감, 두려움, 공포심을 어떻게 감당할 수 있을 것인가? 사막에서 깊은 명상에 빠져 마음의 평화를 찾아야 하리라. 가슴 속 깊숙이 갇혀있던 사랑과 증오의 감정들이, 배신에 대한 분노의 감정들이 격렬하게 분출하지 않도록 자신을 다스려야 하리라. 그는 며칠째 잠도 제대로 자지 못하고, 밤이 새도록 뒤적였던 두꺼운 책들을 덮었다.

그는 생각하였다. 정말이지 사막에 대한 상념은 그만해야 할 것이야, 지금 필요한 건 잠이야, 잠이 필요하지, 달콤한 잠.

　로마인들이 2세기에 건설한 도시 성벽 안쪽의 구시가지에 있는 2층 건물의 숙소 창밖으로 벌써 새벽의 여명이 희붐하게 빛나고 있었다. 그는 어스름 속에서 가볍게 기지개를 켰다.

　그는 짐을 쌌다. 그리고 여권과 여행허가서, 비행기 표, 여행일정 등을 확인하고, 여행 중에 읽게 될 몇 권의 책을 챙겼다.

2000년 6월 15일,

타만라세트의 타길무스트

또는 이모하

타만라세트는 사하라 사막의 청색 인간인 투아레그Tuareg족의 도
시라고 할 수 있다. 그 도시는 아하가르 고원에서 발원하는 타만라
세트 와디의 오아시스에 자리 잡고 있지만, 일 년 내내 비는 거의
내리지 않으면서 강렬한 햇빛만 마구 쏟아진다. 그러므로 물이 너
무 부족한 형편이었다. 그래서 그 도시에는 사하라의 오아시스마다
흔해빠진 대추야자나무는 물론이고 다른 나무나 식물도 찾아보기가
힘들었다. 식민지 시절 알제리 도시들에 흔하게 지어졌던 회벽토를
바른 프랑스풍 건물은 발견할 수가 없고, 오직 퇴락한 진흙 벽돌 건
물들이 구불구불한 골목을 따라 줄지어 서있다. 이 도시는 관광객
의 주의를 끌 만한 특별한 것은 아무것도 없었다. 길거리에는 바람
이 휩쓸고 지나갈 때마다 흙먼지와 쓰레기가 뒤섞여서 작은 회오리

가 일어났다. 그러나 긴 사막 여행에 지친 모래 먼지를 잔뜩 뒤집어 쓴 낡은 화물 트럭들은 남쪽을 향하여 분주히 떠나고 있었다.

아라비아 사막에 베두인족이 있다면, 사하라에는 투아레그족이 있다. 그리고 자기들만의 신을 찾아 떠도는 이름 없는 부족들도 있다. 사막은 신의 세계이고, 유목민들의 세계이고, 묵시록적 전설이 떠도는 곳이니까.

투아레그는 '사막에 사는 사람들'이라는 의미를 갖고 있으므로 그들 부족은 태생적으로 사막의 사람이었다.

이들 사막의 유목민들은 작은 공동체를 이루어 염소와 양, 낙타 등 가축을 이끌고 계절의 변화에 따라 동쪽이나 서쪽으로 오아시스 와 푸른 목초지를 찾아 끊임없이 옮겨 다닌다. 그들은 더 멀리, 비가 내리고 풀밭이 기다리는 곳으로 떠나기 위해 언제라도 천막을 걷을 준비가 되어있다. 그들의 공간은 경계선이 없다. 그러므로 광활한 사막을 방랑하는 그들에게 중요한 것은 이동성이었다. 이동에 장애가 되는 무거운 물건은 결코 소유해서는 안 되었다. 그러므로 그들에게는 소유의 개념도, 뿌리나 고향도 없었다. 그들은 아주 적은 것을 가지고 삶을 영위한다. 절제하며 간소하게 산다. 그들은 한꺼번에 많은 음식을 잔뜩 집어먹고 며칠씩이나 한 줌의 식량도 없이 버틸 수 있다. 그러니 아무리 음식을 많이 먹어도 별로 포만감을 느끼지 않으며, 또한 며칠 동안 굶주려도 허기를 느끼지 않는다. 그리고 이동 중에도 내일의 갈증에 대비하기 위해 오늘 미리 엄청난 양의 물을 단번에 마시고 나서 다음 우물이 나타날 때까지 물 한 모금 마시지 않고 버틸 수 있었다.

유목민들은 본능적으로 사막의 가혹한 환경에 철저히 적응한 것이다. 그러므로 자의식이 강했으며 또한 허무주의자들이었다.

유목민들은 한 곳에 필요 이상으로 오래 머무는 것을 금기시하였다. 신이 내려준 풀밭을 망쳐버릴 수 있기 때문이었다. 사막은 사람들에게 정착을 허락하지 않는다. 그들은 끊임없이 지평선 너머를 쳐다보고 있었다. 그래서 이동이 유목민의 삶을 지배하고 있었다. 그들은 수천 년 동안 세대를 이어서 사막을 걸었다. 사막에서 무엇을 어떻게 먹을 것인지, 무엇을 해야 하고 무엇을 피해야 하는지, 밤이면 야영지를 어느 방향으로 자리 잡아야 하는지, 어떻게 잠을 잘 것인지 등을 아주 본능적으로 알고 있었다. 그리고 어떤 경우에도 절대로 서두르는 법이 없었다. 그들의 언어에 내일이라는 단어가 있는지 모르겠다. 하루하루 생존이 가장 중요한 그들에게 살아가는 이야기는 모두 현재 시점일 수밖에 없기 때문이다. 그래서 오늘은 오늘이고, 내일도 오늘인 것이다. 그래서일까, 그들은 시간이 저절로 흘러가도록 내버려 두었다.

'*낙타가 안 보인다고 해도 불안해하지 말라. 내일이면 나타날 것이다. 그 다음 날이 되었는데도 안 나타나면 그 다음다음 날에 나타날 것이다. 신의 뜻대로 될 것이다.*' 그들은 항상 그렇게 말하였다.

그들은 낙타 가죽으로 만든 때가 누렇게 눌러 붙은 낡은 텐트에 의지해서 정처 없이 무작정 떠도는 삶을 살고 있는 가장 전형적인 사막의 사람들이라고 할 수 있었다. 그 천막집은 몇 시간 만에 뚝딱 설치가 가능하고 또 금방 해체가 가능했다. 바람과 햇빛, 빗물을 막아 주고 밤이면 온도가 영하로 떨어져도 천막집 내부는 따뜻했다. 그것은 사막의 온갖 극한적인 기후 풍토를 잘도 버텨냈다. 사막에서 이 집은 최소 면적으로 최대한 활용이 가능한 공간을 제공하였으므로 유목민의 은신처이면서 동시에 포근한 보금자리였다. 이 집에서는 사람들이 숨 쉬고 바스락거리는 소리, 방귀 뀌는 소리, 기침하는 소리, 한숨 소리, 가끔 가축들이 거칠게 숨 쉬는 소리, 염소들이 재채기하고 낙타들이 기침하는 소리가 들렸다. 그러나 바람이 심하게 불 때면 바람의 압박 때문에 천막의 기둥이 삐걱거리며 신음했고 불어 닥친 모래 먼지가 외벽을 마구 긁어댔다.

투아레그는 사막의 거친 모래 바람과 따가운 햇볕을 막아주고, 익명성을 보장해주는 청색 베일인 세슈를 눈을 제외한 얼굴과 머리에 몇 겹으로 두르고 있거나, 세슈 대신 인디고빛 두건을 쓰고 있었다. 그리고 푸른색 또는 흰색의 헐렁한 로브를 입었다.

청색은 물과 하늘색이다.

그들은 하늘빛 사람들이었다.

그러나 그 부족들은 베일을 쓰는 사람이라는 의미에서 타길무스트Tagilmust라고 불리었다. 그들이 그 이름을 좋아하는지 어쩐지는 알 수 없지만, 자유인이라는 의미의 이모하Immoha라고 불리는 것을 더 좋아하였다. 자유, 자유인이라는 언어가 함축하고 있는 상쾌함 때문일 것이다. 자유는 공기나 바람, 하늘처럼 속박이 없는 무한의 존재이다. 인간 정신은 자유라는 자양분이 공급되지 않으면 그 존재 자체가 본질적으로 불가능한 것이다. 그들은 헐벗고 가난하여 도대체 아무것도 소유한 것이 없었고, 소유의 개념조차 희박하였으며, 그 무엇에도 얽매이지 않는 자유로운 삶을 살았다. 그들의 힘의 원천은 무소유에서 오는 가벼움과 자유로움, 침묵과 무감각에서 오는 금속성 무미건조함이었다. 그러나 그들은 매우 강인한 사람들이었다. 사막에서 약해지는 것은 곧 죽음을 의미하기 때문이다. 그런 식으로 그들은 사막과 더불어 공존하는 지혜를 터득하였다. 하지만 그들에게 자유는 사막에서 무자비한 약탈의 자유를 의미하기도 하였다. 원래 투아레그는 사하라의 대상로에서 대상들을 잔인하게 괴롭히는 약탈자로 악명을 떨쳤다. 때로는 대상들을 보호해준다는 그럴듯한 명분을 내세워 통행료와 상납금을 거둬들이기도 하였다. 그들은, 또 니제르 강 유역의 정착 부족들을 끊임없이 습격하여 가축과 노예를 조달하면서 사막의 터줏대감 행세를 하였다.

그들은 그들 방식대로 자유를 향유한 것이다.

투아레그는 사막에서 모르는 비밀이 없고, 사막에서 싸우는 법을 누구보다도 더 잘 터득하고 있었다. 그런데 투아레그는 용맹스럽고 무자비했지만 배신을 잘 하기로도 유명하였다. 그들은 '*상대의 손을 자를 수 없다면 그 손에 입을 맞추라*'라는 격언을 신봉하고 있었다.

그들은 어쩔 수 없이 현대 문명과 접촉하면서도 세상의 변화에 적응하지 못한다. 오히려 거부한다. 자신들의 전통에 따라 사는 쪽을 선택한다. 그들의 삶을 지배하는 것은 오랜 관습과 사막의 법칙, 그리고 종교적 감정이다. 하지만 그들은 지금, 그들을 더 멀리 사막의 오지 쪽으로 몰아내려는 유력한 부족들인 정착민과 힘겹게 투쟁하면서 사막에서 단순하지만 고된 삶을 살고 있다. 그들은 이제 사막의 원주민이 아니라 이방인이 되었다. 사막은 타자이고 낯선 사람이다.

그는 현지에서 수소문하여 가까스로 찾아낸, 프랑스어를 제대로 할 줄 아는 투아레그족 운전사를 임시 가이드로 고용하였고, 그의 1970년 산 회색 피아트 트럭을 함께 빌렸다.

운전석의 몇몇 계기판은 멈춰 있었고, 찌그러진 범퍼와 깨져 금이 간 앞 유리, 철사로 얽어놓은 본넷, 너덜너덜 찢어진 적재함의 차양막을 보면 이 고물차의 상태를 짐작할 수 있다. 그 낡은 고물차는 그가 묵고 있던 타만라세트의 호텔 방과 그럭저럭 어울리는 편이었다. 낡은 철제 침대의 시트는 언제 빨았는지 모를 만큼 땟국이 흘러 지저분했고 얼룩덜룩한 바닥과 벽은 더럽고 어수선하여 시큼한 냄새를 풍겼다. 욕조에는 묵은 때가 덕지덕지 앉았으며 수세식

변기는 물이 잘 흐르지 않아서 악취가 코를 찔렀다. 깨져 금이 간 욕조의 틈새에 바퀴벌레들이 우글거렸다. 침대 위에는 구멍이 숭숭 뚫린 모기장이 덩그러니 걸려 있었고, 천장에 달랑 달려 있는 전구가 방안을 내려다보고 있었다.

첫날부터 정전이라 벽에 간신히 매달린 고물 선풍기는 꼼짝도 하지 않았다. 그가 창문을 활짝 열자마자 한낮의 대단했던 열기가 밀어 닥쳤다. 호텔의 작은 방안에 후덥지근한 더운 바람이 먹물처럼 고였다. 지독한 더위였다. 숨쉬기조차 힘겹다. 좁고 어두운 골목길에서 올라오는 시큼털털한 고약한 냄새와 흑인들의 채취가 뒤범벅이 된 지독한 냄새가 덮쳐 왔다. 그러나 그의 예민한 코는 오랫동안의 오지 여행을 통해서 그런 종류의 냄새에 진즉부터 익숙해져 있었다.

이번 여행은 짧은 일정 때문에 자동차의 이용이 불가피하였다. 오버랜드 트러킹 여행을 하기로 한 것이다. 이 여행은 트럭에 캠핑 장비를 싣고 다니면서 밤이면 야영을 하고 주유하는 장거리 여행을 말한다. 사막을 걷지 않고 차를 타고 아주 편하게 건넌다는 것은 그의 여행 철학에 반하는 것이어서 못내 마음에 걸렸지만 어쩔 수 없는 일이었다. 어쨌거나 고물 트럭의 조수석에 타고 사하라를 횡단하는 색다른 경험을 하게 된 것이다.

그 운전사는 흠 잡을 데 없이 유창한 프랑스어로, 그 당시 화폐

가치가 형편없던 알제리 통화인 디나르 대신 달러 또는 프랑을 강력히 요구하였다. 그것도 예상을 훨씬 뛰어넘는 많은 돈을 요구하였다. 그가 화가 나서 당연히 깎으려 들었다.

"나도 다 알고 왔어. 너무하지 않아…… 반으로 깎아야 돼. 누굴 봉으로 알고 있는 모양이지. 동양인이어서 그런 거야?"

시내 중심가인 아베 에미르 아브델카데르의 작은 광장 귀퉁이에 자리 잡은 파하트 호텔의 카페에는 한창 대낮이어서인지 다른 손님은 없었다. 파리마저 더위에 지쳐서 높다란 천장에 떼를 지어 가만히 엎드려 있었다. 그들은 각자 밋밋한 캔 맥주를 마시고 있다.

공허한 공간의 침묵을 채우려고 했는지 구식 레코드 플레이어에서 생소한 무어인의 노래가 아랍식 리듬 속에서 울려 퍼졌다. 그러고 나서 1960년대 나이지리아 최고의 재즈 가수였던 렉스 로손의 꿈결처럼 감미로운 재즈가 흘러 나왔고, 이어서 1970년대 서아프리카의 유명한 음악가였던 말리 출신 살리프 케이터의 노래가 울려 퍼졌다. 그는 끊임없이 인생, 여자, 사막, 낙타에 관한 노래를 불렀다. 노래들이 정적 속에서 부유했다. 그 노래들은 그가 자주 들었기 때문에 너무나 잘 아는 노래들이었다. 그는 선율이 풍부한 그 노래들을 따라서 흥얼거리고 싶은 기분은 아니었지만 제목을 생각해 내려고 무진 애를 썼다. 하지만 도무지 떠오르지 않는다.

카페의 창밖으로 보이는 한적한 거리와 광장에는 나른한 권태와 나태의 분위기가 가득하였다. 불볕이 소리 없는 폭포수처럼 쏟아져 내렸다. 광장은 백색 공포에 잠겨 있었다. 괴기스런 정적이 감돈다. 그리고 그 광장에는 한 번도 물을 뿜어 올린 적이 없는 분수대가 지저분한 쓰레기더미에 묻힌 채 멍청하게 서있었다.

그 운전사는 극히 사무적인 자세로 가격협상을 시작하였다. 그는 코털이 더부룩한 콧구멍을 벌름거리면서 빈정거리듯 느릿느릿 말했다.

"싫으면 그만둬…… . 난 도대체 아쉬울 게 없으니까. 나도 여름철 시즌에는 목돈 좀 만져야할 거 아냐. 안 그래? 먹고 살려면 하루 빨리 중고 랜드로버라도 사야 하니까. 그게 튼튼해서 사막에서는 최고 거든. 그 다음에는 번듯한 여행사를 차려야 하고 그리고, 만약 만수라가 사막으로 돌아온다면 함께 살 아담한 집도 있어야 할 거 아냐."

"그건, 그쪽 사정일 뿐이지. 내가 돈 많은 사람으로 보이는 거야. 자기 사정 때문에 바가지 씌우는 건 옳은 일이라고 할 수 없겠지."

"당신 말이야, 눈을 씻고 이쪽 거리를 살펴봐…… 차를 찾을 수 있나? 죄다 남쪽으로 떠나고 없어. 며칠쯤 지나야 돌아올 거야. 모두들 말리의 소금 광산으로 몰려갔으니까. 또 일부는 투아레그의 옛날 방목지에서 발견된 우라늄 광산으로 갔지. 수입이 정말 괜찮 거든. 지금 사람들이 모두 들떠 있어. 그러나…… 난, 사막에서 석유나 광맥이 발견되는 것은 질색인 사람이야. 문명 세계의 인간들이 개발한답시고 벌떼처럼 몰려들거든. 사막은 옛날 그대로 남아있어야 하는데……"

그는 계속 완강하게 버텼다.

"당신은 지금 그 멀고 먼 타실리 나제르까지 가자고 하면서 말이
야. 얼마나 위험한 곳인지 알기나 해…… 난 한 푼도 깎아줄 수 없
어. 사하라 남쪽 저지대 사막은 최악이야, 최악이라구. 알겠어. 이
지구상에서 제일 뜨겁지. 50도, 60도는 보통이고, 70도가 될 때도
있지. 오지 중의 오지란 말이지. '위대한 목마름의 땅' 또는 '갈증의
땅'인 거야. 금단의 땅이라고 할 수 있겠지. 아마 타락한 악마조차
살 수 없을 걸…….

당신은 그런 사실을 알고 왔어? 만약, 알고 왔다면 이상한 사람이
라고 할 수 있고…… 모르고 왔다면 아주 황당무계한 사람이겠지.
그것도 혼자서……. 그곳도 사막이긴 하지. 아무리 사나운 사막이라
도 인간처럼 자연의 일부이거든."

"……"

"그런데, 거길 왜 가는 거지? 무엇이 당신을 애타게 기다리고 있
는 거야?"

"야유까지 할 것은 없어. 그냥 가는 거야. 거기에 사막이 있으니
까. 진짜 사막이 있으니까."

그는 짐짓 여유를 보이려고 웃음을 지어보려고 했지만 그의 표정
은 묘하게 일그러졌을 뿐이다. 그는 모랫바닥에 맨 발로 서 있는 투
아레그의 갈색 얼굴을, 그리고 여린 발목과 완강한 골격의 정강이,

길고 섬세한 발가락 등을 머뭇거리며 새삼스럽게 쳐다보았다. 그는 그 운전사가 터무니없이 요구한 돈 전부를 서둘러 지불할 수밖에 없었다. 장거리 여행을 위하여 운반해야 할 짐이 많았던 그에게는 이 3/4톤 트럭이 꼭 필요하였던 것이다. 그곳 오지 사막에서는 선택의 여지가 없었다. 그의 지갑에 갖고 있던 돈 거의 반을 지불한 것이다.

그는 한심한 차를 턱으로 가리키면서 볼멘소리로 물었다.

"그런데 말이야, 당신 차 사막에서 굴러가기는 하는 거야?"

"웬, 쓸데없는 걱정. 아직 충분히 굴러가고말고. 나도 이 극한의 길을 가보고 싶으니까, 가는 거야. 저녁에 심드렁해지면 별빛 아래서 임자드를 퉁겨서 투아레그의 노래를 연주하고. 아버지처럼……. 사막의 밤하늘에는 임자드가 아주 잘 어울리거든."

"그건 그렇고…… 이곳에 동양인은 드물게 오지. 가끔 키가 작은 일본인들이 오긴 하지만…… 한국 사람은 난생 처음이야. 그런데 말이지, 일본인과 한국인은…… 유대인과 아랍인처럼 같은 조상인가? 서로 꽤 닮았으니까. 도무지 분간할 수가 없어.

그런데, 당신은 파리식 프랑스어를 문법에 맞춰 또박또박 말하고 있어. 형식적이고, 딱딱하고 파리에서 산 적이 있었던 거야? 눈치 챘겠지만 나에게는 프로방스 악센트가 살아 있지. 이 문신이 보이지. 나는 투아레그이지만 마르세유 사람인 거야. 마르세유에서 10년이나 살았거든. 10년은 정말 긴 시간이지…… 눈 깜짝할 사이에 지나가버리고 말았지만. 파리와 마르세유는 지방색이 달라도 너무 달라. 프랑스와 베트남만큼 다를 거야. 자크한테 들은 이야기이지. 파리에서는 얼마 동안이나 살았었던 거야? 파리 생활은 어땠어? 나는 마르세유를 벗어난 일이 없었으니까 파리에 가볼 기회가 없었지."

그러고 보니…… 파리가 그립다.

파리의 고약한 겨울 날씨가 생각난다. 찬비가 내리면 비에 젖은 우울한 거리에 낡은 도시의 온갖 서글픔이 난데없이 모습을 드러내기 때문이다. 파리의 뒷골목에 비가 내리고 하수구가 역류하며 악취가 허공으로 퍼져나간다. 남루한 차림의 알코올 중독자인 집시 노인이 비를 맞고 걸으면서 투덜댄다. "*언제나 늙어가고 삶은 어느덧 지나가버리고 없네.*"

센 강이 생각난다. 그 강은 파리의 동남쪽 변두리에서부터 강폭이 넓어지고 눈썹 같은 원호를 그리며 도시를 가로질러 좌안과 우안으로 나누고 북쪽으로 흐른 다음 파리를 빠져나간다. 그러나 센 강은 파리 한복판에 있다. 그 강은 파리의 심장이다. 센 강은 무슨 빛깔일까. 복잡한 색이다. 그 강은 주변의 모든 사물과 인간의 삶을 비추고 있기 때문이다. 강물은 새벽녘에는 잠깐 동안 소금처럼 흰색을 띠다가 벌써 검은색으로 변하고 마침내 초록색이 된다. 모네의 '그랑드자트 섬의 센 강 강둑'에서 강물은 분홍색과 흰색, 파란색이고, 마티스의 '퐁생 미셸' 속 센 강은 빨강색이 어려 있다.

센 강은 흐른다. 강물은 끊임없이 흘러가므로 한순간에도 같은 강물은 있을 수 없다. 흐르지 않은 강은 더 이상 강이 아니다. 강물은 계절마다 하루에도 시시각각 변한다. 그러니 영원한 것은 없다. 모든 것은 변하고, 또 변한다. 그러므로 영원에 대한 집착은 허망한 것이다. 사랑도 영원할 수 없다. 우리는 사랑하는 순간 이별의 순간을 염려해야한다.

우린 그때 센 강의, 예술의 다리라는 뜻을 가진 퐁데자르 다리까지 걸어가서 시테 섬의 아름다운 풍경과 흐르는 강물을 번갈아 내려다보면서 감격에 겨워 얼마나 사랑을 맹세했던가. 우리는 피차 파리의 이방인이었다. 너무 외롭고 사랑에 굶주려 있었기 때문인지 가벼운 대화와 접촉만으로 쉽게 사랑에 빠져 버렸다. 그러므로 섬세한 사랑의 기술은 필요 없었다. 그때는 우리 사랑이 영원할 줄 알았다.

마로니에 나무와 미술관 순례가 가끔 생각나고……. 마로니에는 5월쯤 흰 바탕에 붉은 색을 띤 꽃이 만발하면 정말 환상적이었지. 몽빠르나스 대로의 마로니에가 녹색으로 우거지면 나폴레옹의 장군인 네이 사령관의 청동 동상 — 승마 부츠를 신고 오른손에 칼을 들고 엉거주춤 자세를 취하고 서 있는 — 근처의 벤치에서 꽃잎의 짙은 향기에 취해서 오랫동안 앉아 있곤 했었지. 봄이 대기 속에서 한창 무르익어 감을 뼛속 깊이 느낄 수 있었거든. 그때 지빠귀들이 푸른 잎 속에 숨어서 얼마나 시끄럽게 지저대든지……. 주로 그녀와 함께 있었지. 아 아, 우린 서로가 그 시절 너무너무 행복했었는데…… 오랜만에, 아주 오랜만에 H가 갑자기 생각나는군. (나는 그녀의 이름을 밝힐 수가 없다. 어쩐지 밝혀서는 안 될 것 같다. 그게 지금 내 마음이다.)

H는 이제는 거의 잊어버렸기 때문에 망각에 묻힌 기억 속 저 밑바닥에 가라앉아있는 희미한 추상적 존재에 불과하였지만 내가 파리를 생각할 때면 불가피하게 기억하지 않을 수 없다.

그러나 나는 그때 건축 공부에 미친 듯이 열중해서 여자를 길게 자주 만나면 시간만 빼앗긴다고 생각하고 있었다. 그래서 스스로 경계선을 설정하고 그 선내에서 할 수 있는 행위를 엄격하게 제한하였다. 나는 소리 없이 외쳤다. '더 이상 다가가서는 안 되는 거야. 그렇지…… 그게 한계인 거야!' 하지만 그건 표면적인 이유에 불과하였고 실제는 나는 아직도 일종의 강박관념과도 같은 원죄 의식에 사로잡혀 있어서 그 어떤 여자와도 진정한 관계를 가지지 못하였다.

나는 파리 시절 건축에 대한 나만의 미학을 정립할 수 있는 계기를 마련했고, 불운한 화가 반 고흐를 정말 마음속으로부터 좋아하게 되었으며, 그리고 사막의 매력을 알게 되었다.

"나는 틈나는 대로 그녀와 함께 나중에는 혼자서 파리의 모든 미술관과 박물관을 차례차례 순례하였지. 나는 그림과 조각을 특히 좋아했었거든. 한때는 화가가 될 생각도 하였으니까. 그건 순전히 반 고흐의 영향을 받았기 때문이야. 그러나 르 코르뷔지에처럼 화가가 되고 싶었지만 결국 건축가가 되고 말았어. 그게 현실적이었거든. 그래서 스스로 타협한 거지. 먹고 살아야하니까, 다른 길로 들어선 거지. 유학 시절은 매우 가난했지만…… 그것도 아름다운 추억이 될 수 있을 거야. 하여간에, 우리가 대화하는데 언어적 장벽이 없어서 좋아. 아주 좋아. 긴 여행하면서 말이 안 통하는 거 정말 죽을 맛이지. 그러므로, 우린 그리스인 조르바와 러시아 볼셰비키처럼 온몸으로 춤을 추어가며 이야기할 필요는 없는 거지.

그러니까, 따져보니까 말이지, 당신과 나는 거의 같은 시기에, 그러니까 1980년대 말경에 프랑스에 있었던 거지. 당신은 마르세유에, 나는 파리에 말이지.”

“그렇군. 당신은 파리를 이야기하면서 시적 분위기를 풍기고 있는 거야. 하지만 지금부터 당신 이름쯤은 알아야 할 텐데.”

“글쎄, 그냥 형님이라고 부르면 어떨까?”

“이름이 현님…… 현님이라고, 발음하기가 꽤 까다롭군. 그런데…… 현님은 결혼을 했나? 몇 번씩이나 결혼을 했어? 여자와 아이가 있어?”

“난데없이, 쓸데없는 걸 왜 묻는 거야?”

“혼자 왔으니까.”

“결혼은 오래 전에 했지만…… 아이는 없어. 결혼은 실수……혹은 실패라고 생각하고 있어. 그땐 어떻든 결혼을 해야 한다고 생각했었지. 나로서는 아주 대단한 결심이었지. 그건 통과의례이긴 하지만…… 언제까지나 어떤 경계선 밖에서만 계속 머무를 순 없었거든. 그리고, 어머니의 근심 걱정도 더 이상 두고 볼 수는 없었지. 무엇보다는 자식이 필요했으니까……."

그 운전사가 중얼거렸다. "내가 언제 여자에게 집적거린 적 있었던가? 여자가 내 인생을 꼬이게 한 적은?"

그들은 여행 준비를 서둘렀다. 염소가죽 물통인 여러 개의 게르바에 충분히 물을 준비했다. 그렇다. 사막에서 절대적으로 필요한 것은 뭐니뭐니해도 생명수인 물이다. 그리고 사막에서 생명을 지키기 위해서 가장 중요한 일은 물을 아끼는 것이다. 2주일 이상 먹을 식량으로는 타겔라 빵을 만들 밀가루, 소스를 만들 재료, 통조림, 트리폴리에서부터 가져온 오렌지 한 박스, 그의 울적한 기분을 돋구어줄 에스프레소만큼이나 지독하게 쓴 아랍 커피 등을, 그 밖에 두터운 담요, 디젤유가 가득 찬 연료통, 텐트, 햇빛과 바람 그리고 모래 폭풍을 막아줄 모슬린으로 된 세슈, 밤이면 불을 피울 장작을 마련하였다.

어느새 말벌들이 향긋한 냄새에 이끌려 오렌지 박스 주위를 붕붕거리며 날아다녔다.

그는 현지 사정을 잘 아는 그 운전사의 도움을 받아 나름대로 만반의 준비를 한 것이다. 이제 그의 지갑에는 돈이 거의 남아 있지 않았다.

그의 손목시계는 6월 15일을 가리키고 있었다.

그날 동이 틀 무렵 곧바로 출발했다. 동이 터오는 가운데 햇빛이 희미하게 반사되면서 지평선 쪽으로 남쪽 사막의 모습이 뚜렷이 나타났다. 바람이 불면서 온갖 종류의 쓰레기와 먼지가 풀썩이는 타만라세트의 거리를 뒤로하고 차가 출발했다. 고물차가 심연을 향해 힘겹게 출발한 것이다. 파리 떼가 그들과 동행하기 위하여 제일 먼저 고물차 여기저기에 엉겨붙었다.

고물차가 덜커덩거리며 예정대로 출발하자 그 여정의 희미한 윤곽이 드러나기 시작하였다. 그는 동시에 유쾌한 기분과 함께 불안감을 번갈아 느꼈다. 사막이 벌써 뒤로 조금씩 미끄러지고 있었다. 그 무한정 광대한 사막이 지평선으로 원을 그리면서 그들을 감싸고 있었다. 차가 조금은 창백해 보이는 푸른 하늘과 맞닿아 있는 지평선 쪽으로 나아가면서 사막은 아무것도 존재하지 않는 텅 빈 무無로 해체되고 있었다.

첫날의 출발은 순조롭게 시작되었다. 구식 나침반으로 가는 길의 방향을 정확히 확인하였다.

그 운전사와는 2주일 동안 공동운명체가 될 것이다. 신출내기 여행 가이드인 그의 이름은 이브라함(Ibraham)이었다. 그는 갈색 피부에 키가 큰 편에 속하며, 과단성 있는 얼굴에 눈이 맑아서 총명해 보였다. 처음 만났을 때부터 벌써, 과거에 어디선가 본 듯한 그런 낯익은 인상을 풍기고 있었다. 세상의 모든 사람들은 서로가 닮았기 때문일까. '전에 어디선가 우리가 만난 적이 있었던가?' 묻고 싶었다. 꼭 선입견을 가질 필요는 없었지만, 어떻든 아프리카 사람치고는 어딘가 모르게 합리적이고 세련된 지식인의 면모가 있었다. 그가 어법에 맞는 프랑스어를 정확하게 구사했기 때문이었을까?

울퉁불퉁한 작은 돌과 더 작은 자갈들이 깔려 있는 길을 따라 아하가르 산맥의 어지러운 골짜기를 지그재그로 뚫고 북동쪽으로 가는 기나긴 여정을 택하기보다는 순전히 빠듯한 여행 일정을 단축하고, 그 암각화를 하루라도 빨리 보고 싶은 조바심 때문에 모래 사막을 가로질러 자네트로 직진하는 지름길을 택하기로 하였다. 사실은 끝없이 펼쳐진 아름다운 모래 언덕을 어서 빨리 보고 싶었기 때문이었을 것이다. 그에게 모래 언덕은 이 세상 그 무엇보다도 경이로움 그 자체였다.

그러나 이 선택은 커다란 재난이 되었다. 실수가 처음에는 명백하게 드러나지 않았다. 출발할 당시에는 모든 조건이 좋았다.

날씨는 쾌청했고, 부드럽고 깨끗한 모래가 적당히 깔린 길은 타이어의 바람을 적당히 빼고 천천히 간다면 자동차가 달리기에 그만이었다. 모래알들은 반들반들 윤이 나서 강렬한 태양빛에 작은 다이아몬드처럼 광채가 났다. 무엇보다도 길이 평탄하고 순조로운 것이 중요했다. 날씨가 예상했던 대로 찜통처럼 무더운 것을 제외하면 다른 문제점은 아무것도 없었다. 첫날밤에는 부족했던 잠을 보충하기 위해 아침 해가 중천에 떠오를 때까지 늘어지게 잠을 잤다.

하지만 출발한지 이틀째 되는 날 석양 무렵에, 그들은 지도에 표시된 대로 정해진 길을 따라 남동쪽으로 향하다가 자신들이 깨닫지 못하는 순간에 어느새 사막의 모래 언덕 사이로 빠져들어 결국 길을 잃고 만 것이다.

그런데 그때, 태양은 이미 지평선에 걸려 있었는데, 갑자기 바람이 불어닥쳤다. 힘겹게 길을 찾아 되돌아갔지만 엎친 데 덮친 격으로 앞을 분간하기 어려울 만큼 맹렬한 모래 폭풍이 불기 시작한 것이다. 바람은 처음에는 미풍처럼 잔잔하게 불기 시작하더니 갑작스럽게 거친 숨결을 내뱉으며 세차게 몰아붙였다. 마침내 거대한 파도 같은 모래 기둥을 일으키며 모래 폭풍으로 돌변한 것이다. 곧, 모래 먼지에 가려서 하늘이 보이지 않을 만큼 주위가 어두워졌고 길은 모래 먼지에 파묻혀 헝클어져 버렸다. 사막의 유목민들이 함신이라고 부르는 계절풍이 거대한 모래 먼지 덩어리를 낚아채 사막 이곳저곳으로 날려 보내서 마을과 길을 파묻어버리고 하늘을 창백하게 만든다. 바람은 아무런 사전 경고도 없이 갑자기 불어 닥친다. 변덕스런 함신은 이유도, 자비도 없이 사막을 강타한다. 그 냉혹한 바람은 사막에 절망과 망상을 실어 보낸다. 사막에서 모래 폭풍에 버틸 수 있는 것은 아무것도 없다. 그 어떤 무엇도 저항할 수가 없다. 그것은 모든 것을 갈기갈기 찢어 놓는다. 사막의 모래 폭풍에 갇히게 되면 장소나 방향에 대한 모든 감각을 잃어버리게 되고, 그때 사람들은 길을 잃는다. 처음 이 무서운 사막의 광기에 사로잡히게 된 사람은 끝내 미쳐버릴 수 있다.

"지독한 바람이군. 정신을 차릴 수가 없군. 도대체 어쩌자는 거야." 차는 바람에 휘날리며 밀려드는 모래 무더기에 바퀴가 파묻혀버려 벌써 몇 시간째 꼼짝달싹 못하고 있다. 모래가 서걱거리는 조수석에서 그가 얼굴을 찡그리며 투덜거렸다. "오늘은 좀 심하기는 하지만 가끔 있는 일이지. 바람은 사막에서 삶의 일부이거든." 이브라함이 무덤덤하게 말한다. "바람은 공허한 거야…… 무의미한 거야……" 그가 말했다. 그들은 그때, 갑자기 서로를 적나라하게 쳐다본다.

그러나 그는 함신의 위력만은 이미 알고 있었다. 전에도 이곳저곳 사막을 여행하면서 그 지독한 모래 바람을 몇 번인가 경험한 일이 있었다. 그러므로 처음이 아니었던 것이다. 하지만 이번에는 그 정도가 특히 심했고 그에 따라 불길한 예감은 더욱 증폭되었다. 그는 두려움을 느꼈다. "이 바람이 날 죽일 작정이군." 그가 중얼거린다. 이브라함은 묵묵부답이다. 그는 희미한 불빛 아래서 뭔가에 깊이 몰두해 있는 듯한 차분한 표정으로 여전히 운전석에 앉아 있을 뿐이다. 그것은 거친 모래 바람에 오랫동안 단련된 사막의 얼굴이었다. 밤이 깊어갔다. 밤의 검푸른 어둠이 사위를 뒤덮는다.

그들이 애당초, 광대한 사막에서는 지름길을 택한다는 것이 헤어날 수 없는 위험에 부딪치는 결과를 초래하게 되고, 결국 꼼짝없이 사막의 미궁에 갇히게 된다는 상식을 무시한 것이 탈이었다. 사막의 바람을 염두에 두지 않은 것이 문제였던 것이다. 처음부터 그들은 타만라세트에서 남쪽으로 향하는 도로의 길옆에 알제리 정부가 세워 논 낡은 나무 간판에 쓰인 심각한 경고를 무시하였다. 그 영어 간판에는 조잡한 글씨로 운전자들에게 사막을 건너는 일이 얼마나 위험한 것인지를 경고하고, 각별히 주의할 것을 당부하고 있었다.

be carefull too much on the Sahara dessert.

south dessert, road is too dangerouss, especially going across.

그리고, 누군가 굵은 매직으로 그 밑에 낙서를 해 놓았다. '*사하라여! 위대한 사막이여. 그대는 어리석은 인간들에게 자신의 비밀을 말해주지 않으리.*'

사막의 길은 재앙으로 가득 차 있었다. 길은 바람에 휩쓸려 제멋대로 꼬여 있었다. 크고 작은 모래 언덕 사이에서 구불구불하게 휘어지기도 했고 넓어졌다 좁아졌다를 반복했으며, 잠시 자취 없이 사라졌다가 다시 나타나기도 하였다.

날이 밝았다. 바람은 수그러들었다. 고물차는 간신히 다시 출발하였지만 모래 언덕 사이를 지그재그로 지나가면서 속이 터질 정도로 속도가 나지 않았다. 그들은 반복해서 가다가, 서다가, 기었다. 차는 튀어 오르고 옆으로 미끄러지기도 한다. 차가 몹시 흔들린다. 거의 삐걱거린다. 차의 부속품 중에서 무언가가 서로 부딪쳐서 탁탁 튀는 소리가 들린다. 이브라함이 핸들을 제대로 돌리기 위해 안간힘을 썼다.

그 길은 먼지와 모래로 뿌옇게 가려 있어서 차라리 걷는 게 나을 정도로 엉금엉금 기어가고 있었다. 그들이 지나온 바퀴 자국도 곧바로 모래 먼지에 묻혀 금세 사라졌다.

자동차 바퀴는 수시로 무른 모래 속에 깊숙이 파묻혀 버려 이를 빼내는데 한 시간이건 두 시간이건 시간을 소모케 하였다. 모래의 입자가 밀가루처럼 지나치게 부드러워서 파내면 그럴수록 바퀴가 점점 깊이 빠져들었기 때문이다. 덜 연소된 디젤 기름 냄새가 코를 찔렀다. 게다가 자동차의 타이어에도 문제가 발생하였다. 고물 타이어가 사막의 열기를 견뎌내지 못하고 팽창하였던 것이다. 그들은 함께 타이어나 휠을 교체하거나 타이어에 바람을 새로 넣는 작업을 몇 번이나 반복하였다. 얼굴과 온몸에 땀이 비 오듯 흘러내렸고, 가는 모래가 땀과 뒤범벅이 되어 여기저기 긁어낼 수 있을 만큼 두텁게 들러붙었다. 눈언저리와 코, 입 속까지 모래 덩어리가 서걱거린다. 모래는 사막의 열기에 달궈져서 살갗을 태울 것처럼 뜨거웠다. 살갗이 몹시 따갑고 바늘로 찌르는 것처럼 꾹꾹 쑤시기까지 한다. 눈이 따끔거린다.

그곳 남쪽 사막의 풍경은 가혹했다. 바람은 여전히 지독했고 대지는 낮이면 용광로처럼 불타올랐다. 아무리 둘러봐도 그늘이나 편히 누울 수 있는 한 뼘 땅은 보이지 않는다. 그러나 밤이 되면 이가 시릴 만큼 냉기가 덮쳤다.

그들은 지칠 대로 지쳐버렸다.

"이놈의 자동차, 처음부터 알아봤지. 이런 시동도 안 걸리는 고물 차로 사막을 건너려고 하였으니……." 그의 목소리에 짜증이 묻어 났다. 이브라함은 그를 멀건이 쳐다보기만 한다. 아무런 대꾸도 하 지 않는다. 그는 곤혹스럽고 지친 기색이 역력했다. 바람이 한결 잦 아들면서 웅얼거리는 듯 풍부한 목소리를 낸다. 바람이 휩쓸고 지 나간 사막이 쓸쓸하고 텅 비어 있다. 그는 이브라함의 냄새, 짙은 땀 냄새를 지금 맡을 수 있다. 그가 다시 혼잣말처럼 말한다. "그렇 지. 그놈의 바람과 모래 탓이지. 그것들은 악마와 다름없어. 그러니 까…… 자동차 때문은 아니라구. 쇳덩어리에 불과한 자동차가 무슨 죄가 있겠어."

그러나 끝없이 어지럽게 흩어져 있는 모래 언덕 사이를 이리 돌 고 저리 돌면서, 이브라함은 이내 방향 감각을 잃어버리게 되었다. 모래 사막에서는 아무리 둘러보아도 아무 것도 인간의 시야를 가로 막지 않는다. 지평선까지 끝없이 펼쳐있는 모래 사막은 그들의 거 리 감각까지 마비시켜 버렸다. 사막에서는 자욱한 모래 먼지와 이 글거리는 태양 때문에 원근감이 과장된다. 그것은 이 세상 끝까지 이어져 있는 것처럼 보였다. 그들은 지금 제자리를 계속 맴돌고 있 을 뿐이다. 사막에서는 침식과 퇴적 작용이 끊임없이 반복되고 있 었다. 사나운 모래 폭풍이 계속 키질을 하여 모래 먼지와 티끌을 끌어모으고 분산시켜 수시로 지형을 바꾸어 놓을 뿐만 아니라, 거대한 모래 언덕을 만들어 끝없이 펼쳐 놓고 있었다. 높고 웅장하면서 섬세하며, 무리지어 서 있는 이 언덕들은 모래가 반복적으로 끊임없이 흘러내리고, 다시 계속 쌓이고 있었다.

사막의 바람은 건축가였다. 모래 언덕이 연출하는 곡선의 부드러움은 사막의 가혹한 대지와 기묘한 대조를 이룬다.

사막에서 미친 듯이 맹렬하게 부는 바람은 관악기, 타악기, 현악기로 함께 연주하는 관현악단이었다. 바람은 관현악단처럼 화려하게, 격렬하게 사막을 연주하였다.

사하라의 유목민인 투아레그족 운전사는 운전은 능숙하였지만, 그곳 지리에 그렇게 익숙하진 않았다. 더욱이 사막의 지리에 대한 유목민 특유의 본능적 감각도 없었고, 황량한 사막에서 방향을 예리하게 감지하는 숙련된 능력을 갖고 있지도 않았다. 그는 모래의 색깔과 성질, 그 맛으로. 또한 바람과 별자리로 사막의 길과 방향을 능숙하게 알아내는 방법을 모르고 있었다. 사막의 유목민들은 낮에는 태양의 기울기와 바람의 방향, 대대로 전수된 사막에 대한 옛 지식에 의존하여, 밤이 되면 별자리와 바람에 의지하여 사막의 길을 직관에 의하여 분별할 줄 알았다. 그들은 오로지 태양과 별의 움직임, 바람의 방향, 자칼이나 줄무늬하이에나가 지나간 발자국, 널려 있는 낙타 뼈와 해골의 망령들에게 길을 묻는다. 그것들은 죽을 때의 모습 그대로 모래 위에 하얀 뼈로 누워있었다.

그는 벌써 햇빛을 너무 많이 받아서 콧등은 벗겨졌고 며칠 동안 면도를 못해 수염이 짙게 돋은 얼굴은 빨갛게 익어버렸다.

이브라함이 타만라세트에서 출발할 당시 장담했던 것과는 달리 길을 정확히 모른다는 사실이 차츰 분명해지기 시작하였다.

"이건 내 탓으로 돌릴 수는 없을 거야." 그가 변명 같지도 않는 변명을 하였다. 그는 침묵을 지켰다. 진짜, 어떻게 생각해도 그의 탓이라고 할 수는 없었다. 꼭 누군가에게 책임을 돌리려고 한다면, 그건 다름 아닌, 변덕스러운 사막의 지니 때문이라고 할 수 있었다.

그들이 출발할 때부터 두려워했던 일이 너무 빨리 발생한 것이다. 이브라함이 혼잣말처럼 중얼거렸다. "우린 머리에 뿔난 악마를 일찍 만난 것뿐이야. 이 타락한 천사는 어쩌자고 금방 따라 왔는지 모르겠어. 악마가 나타났으니까 곧 기적이 찾아올 거야. 그게 올바른 순서이거든."

그는 생각에 잠긴다. '아무런 표지도 없는 광활한 사막에서 어떻게 하여 길을 찾을 수 있을 것인가. 그러나 길은 신성한 것이니까 길은 있는 거야. 이 사태는 곧 진정될 수 있겠지. 그렇다면 예정대로 나아갈 수 있을 거야. 어떤 신비스런 존재가 운명의 여정에 맞추기 위해 한순간 바람을 일으키기도 하고, 잠재우기도 하는 거니까. 나는 알 수 있지. 바람이 이미 암시를 하고 있으니까. 이 사막을 무사히 건널 수도 있고, 아니면 실패할 수도 있다는 것을…… 그러면 목숨을 잃을 지도 모르지. 철저히 사막에 홀로 남겨진 채 죽게 되겠지. 마치 장엄한 석양처럼 사라지겠지…….'

그런데, 이브라함이 알고 있는 사막에 대한 짧은 지식이라곤, 태양이 동쪽에서 떠서 하루 종일 하늘 높이 떠 있다가 어느 순간 서쪽으로 진다는 것, 그리고 밤이 되면 금방 지상으로 쏟아져 내릴 것만 같은 수많은 아름다운 별들로 가득 찬 광활한 우주에서는, 태양은 어둠 속에서 몹시 더듬거리는 하찮은 존재에 불과하다는 것이다. 사실은, 밤이 되면 호시탐탐 태양을 집어삼킬 기회만 엿보고 있는 괴상한 뱀 아포피스로부터 태양이 스스로를 보호하기 위하여 아주 꼭꼭 숨어버린 것이다.

이브라함은 처음에는, 모래 폭풍이 집어삼킬 듯이 밀려올 때는 너무 당황하였다. 긴장하고 신경이 극도로 예민해져서 그의 목구멍과 가슴에서 맥박이 심하게 요동쳤고, 등줄기로 땀이 흥건히 흘러내렸다. 그러나 이내 포기한 듯 무심한 표정으로 다시 손등에 파란 힘줄이 튀어나올 정도로 힘을 주어 그 고물차의 핸들을 쥐어 잡고 있었다. 그렇지만 차가 다시 출발한 후에는 마구 헝클어져버린 사막 여기저기를 헤매면서 길을 잃어버렸다. 아득히 먼 지평선이 원을 그리고 있는 광활한 모래 사막에서는 조금만 방향이 틀어져도 목적지와는 반대로 가거나 지나쳐 왔던 길을 되돌아가게 된다. 바람이 수많은 갈래로 나눠지는 끝없는 미로―끝내 출구를 찾을 수 없는 인간 삶의 질곡처럼 뒤엉킨―를 만들어 놓았기 때문이다.

이브라함은 출발하고 나서 며칠이 지난 다음, 하늘에 은가루를 뿌린 것처럼 무수한 별이 빛나는 밤에 모래 위에 누워 별똥별을 세다가 말고, 여자를 애무하듯이 섬세하게 현을 고른 후 임자드를 무릎 위에 올려놓고 켜기 시작했다. 그 청아한 소리가 건조한 대기를 적시며 대지에 울려 퍼졌다. 임자드의 곡조가 느리게, 애잔하게 흐르다 점점 빨라지고, 그러다가 갑자기 뚝 떨어졌다. 이브라함의 격렬한 손놀림도, 감정도 제자리로 돌아왔다. 그런 후에 그는 기분 좋게 한숨을 내쉬고는 프랑스에서 10년을 살았던 이야기를 또박또박 시작하였다. 그가 그 얘기를 재촉했기 때문이다.

그들은 벌써 몇 잔씩이나 쓰디쓴 아랍 커피를 마셨다. 그 깊고 짙은 향기가 그들을 감싼다.

"자세히 설명 좀 해봐. 왜…… 그 좋은 프랑스에서 뛰쳐나왔는지 말이야. 프랑스어도 완벽하게 말하면서. 라 마르세예즈까지. 모두들 프랑스로 가려고 죽음을 무릅쓰는데. 넌 더위와 갈증에 시달리는 사막으로 돌아왔단 말이지…… 다시 말하지만, 남들은 프랑스에 가려고 그렇게 안달인데 말이지, 넌 그걸 내팽개치고 돌아왔단 말이야. 무슨 특별한 이유가 있었던 거야? 하기야 뭐, 아프리카인으로 어려운 일을 많이 겪었겠지. 좋은 일도 있고 나쁜 일도 있었겠지. 넌 내게 말할 의무가 있고, 난 들어야할 의무가 있다고 생각해. 넌 동생이니까……"

"글쎄…… 얘기가 상당히 길 수 밖에 없어. 10년을 넘게 살았으니까. 그런데…… 이 이야기는 처음이지. 아무에게도 이야기 할 기회가 없었지. 나는 지금 현님에게 뭔가를 말하고 싶지." 이브라함이 절실하게 말했다. "나는 누구에게든지 지금 이 순간 말을 해야 하거든. 난 깨달았지. 현님이야말로 나를 이해할 수 있다고……. 도저히 건너뛸 수 없는 간격이 도사리고 있었지. 그걸 깨달으니까, 점점 참을 수가 없었어. 어쩔 수 없었다니까!"

이브라함이 지금까지 살아온 이야기는 며칠 동안 계속 봇물처럼 터져 나왔다. 그의 굴곡진 삶은 할 말이 너무 많았던 것이다. 그는 오랫동안 누군가에게 속 시원하게 자신의 이야기를 털어놓고 싶었던 게 틀림없었다. 그는 상대를 기다리고 있었던 셈이다. (대개 보면, 실제 일어난 사건인 경우에도, 특히 오래된 일을 기억해서 이를 재구성한 긴 이야기는 결국 허구적인 또는 소설적인 것이 되기 쉽다. 그러므로 자세히 표현할수록 더욱 허구적이 되면서 극적인 이야기가 된다. 다시 말하면 이야기가 단순하게 사실을 컬러사진처럼 재현할 수는 없는 일이다. 기억은 생생하게 떠올리려고 애를 쓰면 쓸수록 바람처럼 흩날려 사라져 버리는 존재이다. 그러니 인간의 기억은 불확실하여 믿을 수 없는 것이다. 실제 아무것도 보태거나 빼지 않고 그대로 전달할 수는 없다. 기억은 단지 해석일 뿐이다. 그러므로 이야기란 자신의 관점에 따라 재구성하여 새로운 허구의 세계를 만드는 일이다. 그러니 긴 이야기는 소설일 수밖에 없다. 듣는 쪽에서는 그게 사실인지 아닌지 상관하지도 않으니까. 이게 이야기의 특징이고, 본질이다. 그러므로 이브라함의 이야기, 그의 이야기 역시 소설의 구조와 형식에 따라 진행된다. 그들은 그렇게 담담하게 길고 긴 삶의 이야기를 서로에게 해주었다.

그러나 그들의 인생 역정에서 사소한 에피소드에 불과한 것들을 모두 생략하였다. 에피소드는 비극을 문학의 최고 형식으로 간주한 아리스토텔레스의 '시학'에서 중요한 개념이긴 하지만 그것은 어떤 사태의 인과관계에서 필연적인 원인이나 결과도 아니고, 그에 따른 어떤 부수적 효과도 생기지 않는다. 그러므로 어떤 이야기의 전후 맥락에 있어서 그것이 빠져있다고 해서 그 이야기를 이해하는데 아무런 장애요소가 되는 것이 아니다.)

"마르세유 외곽 생 피에르 묘지 부근의 빈민촌에서, 나중에는 도시 북부의 북아프리카 이민자들이 득실거리는 거리에서 잠시 살았어. 마르세유는 거칠고 무질서한 도시로 정평이 나 있지. 이 항구도시에는 터키, 이탈리아, 아랍, 북아프리카, 레바논에서 온 밀입국자, 피에 누아르, 유대인, 이민자들의 후손인 '이쉬 드 리미그라시옹' 등 가지각색의 사람들이 북적대며 모여 살고, 온갖 밀수품, 마약 등이 거래되지. 이 도시에는 파도처럼 끊임없이 합법 또는 불법 이민자들이 밀려 왔지. 그 도시에서 나는 힘겨운 막노동으로 살아가는 고단한 이민자 생활을 하였어…….

위대한 사막으로 귀환한 것은 불과 2년밖에 안되었어. 사막을 잊을 수가 없었던 모양이야. 사막에 날 기다리는 가족은 없었지만 말이야……. 투아레그는 결국 텅 빈 사막으로 돌아오지. 사막에서 태어난 사람은 사막에 대한 강한 애착을 버리지 못하지. 유목민은 어디를 떠돌든 늘 고향으로 돌아오게 돼있어. 그들은 더 쉬운 삶을 찾아서 다른 곳으로 떠날 수도 있고, 더 나은 삶을 위해 사막을 버릴 수도 있겠지만 그렇게 못하는 거지. 사막은 아무리 황량해도 우리의 심장이고 영혼이며, 영원한 고향이니까……. 그들에게 다른 곳에서의 삶은 상상조차 할 수 없는 거야. 그들은 사막을 떠나기보다는 차라리 그 모든 비극과 불행을 떠안고 살아가지……. 그러나, 솔직하게 말하자면, 나의 경우에는 일종의 현실도피였지. 갈수록 적응이 어려우니까 자유분방하게 살아가는 사막의 삶을 그리워하게 된 거였어. 난…… 어느 날 제 발로 걸어서 이민국에 자진 출두하였어. 그런 후에 알제리로 추방된 거야. 10년을 살았으므로 사회보장제도의 혜택도 받을 수 있었고, 영주권을 신청할 수 있는 방법이 있었으나 그만 포기한 것이지. 내게도 꿈이 있었지……. 나도 꿈을 가진다는 게 무엇을 의미하는지 알고 있었거든."

처음에는, 마르세유에 막 도착했을 때, 그는 노트르담 드 라 가르드 성당이 서있는 외곽 산기슭 너머에서 주로 프랑스의 옛 식민지였던 알제리, 튀니지, 모로코 등 북서 아프리카의 마그립 지역에서 밀입국한 흑인과 아랍인들, 동유럽에서 흘러 들어온 집시들이 집단 거주하는 텐트촌에서 살았다. 그곳 텐트촌 뒤편 화장실로 쓰는 구덩이 주변에는 더러운 휴지조각이 어지럽게 널려 있었다. 그곳에는 전기도 들어오지 않아서 항상 어두컴컴하였고, 늦가을부터 어두워지면 추위를 피하려고 헌 종이와 자잘한 나뭇가지 등 이것저것 모아 모닥불을 지폈다. 밤이 오면, 술에 취한 부랑배들이 멀리서 아득히 들려오는 자동차의 경적 소리를, 어두운 숲속에서 나뭇잎들이 살랑거리는 소리를, 일찍 잠이 든 새들의 가느다란 숨소리를 또는 이들 소리의 화음을 자장가처럼 들으면서 종이 박스를 침대삼아 그 위에서 잠을 잤다. 그들은 꿈속에서 고향을 찾아갔을 것이다.

"치안은 엉망이었어. 그곳에서는 자신을 스스로 보호하기 위해서 작은 칼 정도는 지니고 다녀야 했지. 거지, 부랑자, 집시, 알코올 중독자, 동성애자 (그들은 '계집은 좋지 않아, 사내놈이 내 취향에 맞아!' 라고 공공연히 말하고 다녔다), 성도착증 환자, 절도범, 그리고 SDF들, 노숙자들 말이야, 늘 싸구려 술에 절어 있었고, 걸핏하면 서로 시비를 걸어 눈두덩이가 시퍼렇게 멍들도록 치고받거나, 칼부림을 하면서 싸웠지. 아침에 일어나면 멀쩡한 사람이 칼에 찔려 살해된 시체로 발견되기도 하였으니까. 그렇지만, 어디 호소할 데가 없었지. 모두 불법체류자였으니까, 법적으로는 없는 존재인 거지. 잡히면 즉시 외국인 집단수용소로 끌려가서 추방됐어.

나 역시 마찬가지 신세였지. 끊임없이 불안감에 시달려야 했지. 어느 날 갑자기 억센 손아귀가 내 멱살을 틀어쥐고, '여긴 사막이 아니야, 네가 있을 곳이 아니란 말이야. 네가 도망쳐왔던 곳으로 돌아가. 어서 빨리 가란 말이야.'라고 으르렁거리지 않을까 두려워했던 거지…….

그런데, 그곳에는 지독한 가난과 배고픔, 가혹한 노동과 두려움, 편견과 무지, 편협함과 배타성 등 나쁜 것만 존재하는 곳이야…….거의 매일 단속을 피하기 위하여 나무가 짙게 우거진 숲속 뒤편 이곳저곳으로 자주 자리를 옮겨야 했어……. 참으로 고달픈 생활이었지. 엿 같은 세월이었어…….

내가 말이야…… 밀입국자나 이주 노동자, 알코올 중독자들이 주로 투숙하는 여관, 이프 섬 선착장 뒤쪽 아랍인 거리의 구석진 골목에 숨어있는 싸구려 여관에서 청소부로 자리를 잡으면서부터, 그나마 사정이 풀리기 시작한 거야. 거기에도 끼리끼리 어울리는 파벌이 있지. 코모로파, 모로코파, 튀니지파, 알제리파 등등이 있었는데, 그때 알제리파의 선배가 그 자리를 내게 물려준 거야……. 우린, 아주 싸고 맛있는 양고기 요리와 값싼 알제리 포도주를 살 수 있는 아랍 식당에서 가끔 어울렸어. 난 체류허가증이나 노동허가증이 없었기 때문에…… 정상 임금의 반밖에 받지 못하였지만 그걸 따질 필요는 없었지. 그때부터 무허가 판자촌에서 살 수 있게 되었거든……. 그래도 추방의 공포로부터 완전히 벗어날 수는 없었지만 말이야."

그 판잣집은 홈이 패인 함석이나 나무판자를 벽으로 하고, 천장에는 양철이나 방수용 타르 종이를 돌로 고정시킨 것이었다. 바람이 조금만 불어도 양철 지붕은 요란스럽게 소리쳤고, 판잣집은 곧 무너질 것처럼 심하게 동요하였다. 비가 올 때면 거센 빗줄기가 양철 지붕을 두들겨 패면서 집안에서는 대화가 불가능할 정도였고, 그럴 때면 집으로 가는 완만하게 경사진 진흙탕 길에는 빗물이 넘쳐 질척거렸다. 그래도 판잣집의 그 한 뼘만큼 비좁은 방 한 칸이 그의 안식처였다. 밤이면 전깃불이 들어와 방을 환하게 밝혀 주었다.

그 여관은 좁은 입구에 'since 1939'라고 새겨진 퇴색한 나무 간판이 걸려있다.

그는 대개 오전 10시쯤이면 3층 건물의 여관에 도착하여 늙은 여자 주인으로부터 마스터키를 넘겨받은 다음 좁은 층계와 복도에 덕지덕지 붙어있는 해묵은 때를 화학약품으로 문질러 닦기도 하고, 매 층마다 통로 끝에 있는 화장실과 샤워실을 청소하였다. 그리고 비어 있는 이 방 저 방들을 정리하는데 투숙객들은 대부분 너무 가난한 사람들이어서 휴대품이 간단하였고, 여관의 방 역시 비좁았다. 방 안에는 나무 침대 하나가 창 쪽으로 놓여 있고, 옷장 하나, 네모난 탁자 하나, 회색 천을 씌운 의자가 둘, 아주 작은 세면대 등이 있었다. 하나같이 때가 끼고 낡아빠진 것들이었다. 방의 벽에는 풍만한 가슴을 한 요염한 여자들의 나체사진들이 붙어 있었고, 지독한 담배 냄새와 함께 남자들의 정액 냄새가 물씬 풍겼다.

그는 20여 개의 방 정리를 아주 간단히 해치울 수 있었다.

그가 여관에서 일을 끝내고 오후 두세 시쯤 여관을 나설 때면 지중해의 태양은 여전히 하늘 높이 걸려있었고, 그는 내리 쏟아지는 햇빛 속에서 뛰다시피 하여 그 식당으로 가서 밤늦게까지 온갖 허드렛일을 하였다. 그 무렵, 그는 그 선착장에서 마르세유가 2,500여 년 전 마그나 그라이키아 시절부터 항구였던 구 항구의 바다 쪽을 바라보는 곳에 자리 잡은, 마르세유의 별미인 부야베스를 전문으로 하는 한 레스토랑에서 몇 시간씩 접시 닦기, 청소 등 잡일을 하는 부업을 하였던 것이다.

이프 섬은 무엇보다도 그 섬에 있는 이프 성 때문에 유명하였다. 이 요새는 원래 군사적인 방어시설로 지어졌으나, 단 한 번도 그 방어능력을 발휘할 기회는 없었고, 곧 프랑스에서 가장 악명 높은 감옥 중 한 곳으로 알려지게 되었다. 위그노가 수천 명씩 이곳에 종교범으로 투옥되었고, 1871년 실패로 끝난 파리코뮌 봉기 이후에는 정치범 수용소로 유명하게 되었다. 그 해 5월 28일 코뮌은 완전히 진압되었고, 1만여 명의 혁명군이 사형, 무기징역, 유죄 선고를 받았다. 그들 대부분이 이 성에 수감된 것이다.

알렉상드르 뒤마는 마감 시간에 쫓기면서도 상상력을 발휘하여 그의 소설 「몽테크리스토 백작」에서 에드몽 당테스가 이 철통같은 요새에서 탈출에 성공한 유일한 인물로 그럴듯하게 묘사하였다.

1890년 이후 이 감옥은 문을 닫았지만 제2차 세계대전이 끝난 후 마르세유에 오는 수많은 관광객들을 위하여 다시 문을 열었고, 지금은 매년 수십만에 가까운 관광객들이 이프 섬 선착장에서 배를 타고 이 성을 방문한다. 그들은 이 성이 진짜 몽테크리스토 백작이 갇혔던 감옥이라고 믿고 있었다. (그들은 그 소설을 결코 읽어본 적이 없다. 그 소설을 읽는 대신 듀마의 일생에 관한 출처가 불분명한 괴상한 전기를 읽고 그 소설에 대한 무성한 뒷말을 너무 쉽게 믿어 버린 것이다.)

관광객들은 대개 이 선착장에서 배를 탈 순서를 기다리면서 레스토랑에서 커피를 마시거나 가벼운 식사를 하였다. 레스토랑은 관광 시즌에는 항상 북새통이었다.

"나는 10여 년 동안, 거지, 여관의 청소부, 식당 종업원, 그 후에는 액세서리 노점상, 부두 노동자, 공사판 막노동 등을 전전하면서 한 번도 직업이 없었어. 닥치는 대로 하루하루를 살았거든. 언제나 막일꾼이었을 뿐이야. 그런 건 정상적인 직업이라고 할 수 없는 거야. 하지만 밀입국한 불법 이민자 신세에 신분 상승은 언감생심이었지. 그러나 며칠을 굶는다고 해도 좀도둑질, 자동차 절도, 노상강도 같은 짓은 할 수 없었지. 어찌되었든…… 그 따위 짓은 할 수 없었지. 그리고 말이지…… 마약에도 손대지 않았어. 그 뿌리치기 어려운 유혹에도 말이지."

마약 밀매는 상당히 위험한 일이긴 하지만 수입만큼은 아주 쏠쏠한 것으로 소문나 있었다. 밀입국자들이 손쉽게 할 수 있는 일이었다. 항구 주변의 으슥한 거리에서는 아랍인 조직에 의해 마약 밀매가 은밀하게 이루어지고 있었다. 중간 딜러에게 고용된 밀매꾼들이 정해진 구역의 골목에서 경찰의 눈을 피해 융키라고 불리는 중증 마약중독자 또는 그냥 중독자들에게 셀로판 봉지에 들어 있는 백색 가루를 파는 일이었다.

그날, 석양 무렵이어선지 프라도 해변 부근의 산 쪽으로 붙어 있는 언덕에는 아무도 없었다. 원래부터 사람의 발길이 뜸한 곳이었다. 교외의 언덕 사이 어두운 계곡에 흩어져 있는 짙은 올리브나무 숲, 무화과나무와 야생 포도 넝쿨이 내려다 보였다. 아프리카에서부터 밀려온 거친 파도가 짐승처럼 으르렁거리면서 암벽 아래 해안을 물어뜯고 있었다. 이슬방울이 잎새 위에서 떨고 있었고 바닷새가 날아오르자 나뭇가지들이 가볍게 흔들리면서 바스락거리는 소리를 냈다.

아랍 식당에서 알게 된 선배가 말했다.

"마약을 파는 일은 어려운 일이 아니야. 간단히 말하면 말이지…… 우선 딜러로부터 물건을 건네받아서…… 자기 구역에서 돈을 받고 융키들에게 파는 거지. 그들을 싫어할 필요는 없어. 돈만 받으면 되니까. 그것뿐이지. 네가 원하면, 내가 바로 그 딜러 역할을 해줄 수 있지……. 경찰이 오면 재빨리 도망가 버리면 그뿐이야. 짭새들은 사복을 입어도 금방 알아볼 수 있지. 머리 모양부터 군인들처럼 짧고 단정하지. 구두쪽과 허리춤을 보면 그쪽이 어딘지 모르게 불룩하지, 권총 지갑을 차고 있으니까. 그것들은 너무 느려빠졌지. 뒤뚱거리면서 잘 뛰지를 못해서 따돌리는 것은 식은 죽 먹기지. 다급할 때에는 도망가면서 셀로판 봉지를 찢어서 거리의 하수구에 버리면 그만이야. 그리고 시치미를 떼는 거지. 그곳에는 물이 흐르고 있으니까. 다행히 마약 단속반들은 특별한 경우가 아니면 불법체류를 문제 삼지 않지. 하지만…… 급한 나머지 셀로판을 꿀꺽 삼키면 안 되지. 경찰에 잡히면 구토제를 억지로 먹여서 토해내게 만드니까. 가끔 죽는 수도 있어. 위산이 많은 친구들은 그 위산이 너무 빨리 셀로판을 녹여버리기 때문이지. 그래도…… 난 마약을 직접 해본 적은 없어. 그건 최고의 타락이고…… 인생 파멸의 지름길이기 때문이지. 그런데도, 어떻게 마약매매를 할 수 있느냐고, 지금 묻고 싶을 거야? 마약을 하는 건 중독자 자신들의 문제이지, 내 문제는 아니거든. 그들이 원했으니까. 죄의식은 쓸데없는 일이야. 결국은, 돈 때문이야. 이 세상은 돈이 없으면 아무것도 할 수 없으니까. 마약 거래를 하면 너무 쉽게 큰돈을 만질 수 있거든. 목돈을 마련해서 고향으로 돌아가야 할 거야. 나는 틀렘셴이나 아니면 모로코 쪽으로 가서…… 가족들이 너무 그리워."

이브라함이 심각한 얼굴로 물었다.

"선배는 너무 쉽게 이야기하지만, 다른 위험은 없는 거야? 가끔 불행한, 아주 불쌍한 사람들의 소식을 들을 수 있었어."

"그러나, 난 강요하는 게 아니야. 네가 돈을 벌고 싶다면, 그렇게 해주겠다는 거지……. 그런데, 그 세계에서는 소년원이나 교도소에 가는 경우가 흔한 일이기는 하지. 그건 멍청한 녀석들이 부주의하기 때문이야.”

　말리크는 키가 작았지만 부드러운 체격을 가지고 있었고 피부가 가무잡잡한 갈색이었다. 여자처럼 곱상하게 생긴 얼굴에 희고 가지런한 이가 반짝였다. 그는 원래 알제리 도시 틀렘센 출신이다. 그 도시는 국경 도시로 모로코의 우지다와 가깝고, 그는 모로코 쪽에 친구가 많았다. 그래서 경우에 따라 모로코 출신인 것처럼 행세할 때가 많았다. 그는 원래 모로코 마약의 주요 수요처였던 암스테르담에서 모로코 조직의 말단 조무래기였다. 그 도시는 거미줄처럼 얽혀있는 운하의 도시이다. 그는 공개적인 섹스 숍이 즐비한 홍등가에서 공공연히 진짜 또는 가짜 헤로인이나 가짜 엑스터시를 주로 술 취한 관광객들에게 팔았다. 그러나 포주와 창녀들과 소매치기, 사기꾼, 가짜 경찰관, 좀 도둑, 밀수꾼, 술집 웨이터, 동성애자들의 매춘부 노릇을 하는 젊은 남자, 칼잡이, 마약 밀매범들로 잘 짜여진 동유럽 조직에 모로코 조직이 밀리기 시작하자 그 도시를 떠날 수밖에 없었다.
　얼굴을 배 밑바닥에 박은 채 머리가 완전히 으깨지고 짙은 밤색 머리카락은 피로 범벅이 되어 쓰러져 있었다. 조직의 부두목 격으로 모로코에서 암스테르담으로 마약을 운반하는 운반책이었다. 그들에게 당장 손을 떼고 떠나라는 엄중한 경고였다. 그들 조직은 잠시 파리를 거쳐 마리세유에 정착했다.

그가 자세히 얘기했다.

"역시 항구가 최고야. 무질서하고 온갖 인종들이 다 모이거든. 우린 암스테르담에서는 우선 숫자에서 밀렸어. 소수였거든. 마르세유는 마그레브와 아랍계가 다수이니까. 우리 조직은 최대 조직에 편입되었던 거야. 그러나 말이지, 그들은 몹시 잔인하지. 내가 할 수 있는 건 이것뿐이야. 그러니까 손을 뗄 수가 없는 거야. 그쪽 세계의 최고 보스는 예멘 출신인데 마약밀매 조직과 폭력 조직을 함께 거느리고 있지. 그리고는 마약밀매와 고리대금업을 하고 있어……

우리는 이름을 모르지. 신성한 이름이니까. 그래서 그냥 두목이라고 부르지. 그는 아랍인이지만 이태리 사람들의 흉내를 내고 있지. 마피아의 조직 원리와 행동강령을 그대로 따르고 있어……

마약대금을 떼어먹거나, 빌린 돈을 제때 갚지 않으면, 바로 죽음 같은 형벌이 기다리고 있지. 그들은 눈 깜짝할 사이에 날카로운 칼로 새끼손가락, 엄지 등을 차례로 잘라버리지. 그래도…… 갚지 않으면, 그 다음에는 도끼로 손목, 발목, 목 순으로 잘라버리지……. 내 왼손의 잘려나간 새끼손가락이 보이지……. 내가 한때 슬롯머신에 미쳐서 가지고 있던 돈 모두를 털린 거야. 그래서 마약대금을 잠시 지불하지 못하였지. 그때 내가 그의 손아귀를 빠져나갈 수는 없었어. 그물망이 거미줄처럼 촘촘하거든. 그리고 도망치려다 잡히면, 반드시 잡혔지, 쥐도 새도 모르게 사라져 버렸어. 그래서……
솔직하게 말했지. '두목님, 잘못했습니다. 한번만 용서해 주십시오.'"

두목의 얼굴은 갈색이고, 꿈꾸는 듯한 몽롱한 눈에 윤기 흐르는
검은 머리와 짙은 턱수염을 길렀지만 왼쪽 관자놀이에서 턱까지 깊
은 칼자국이 나 있었다. 그는 동성애자들이 입는 옷에는 질색을 하
였고 마피아 두목 스타일의 정장을 입고 신경질적으로 스파게티 웨
스턴에 나오는 멕시코 무법자들처럼 챙이 넓은 펠트 모자를 썼다
벗었다를 반복했다. 그리고 한껏 거드름을 피웠다.

그는 계속해서 아편을 피우고 있었다. 인도산 아편의 중독자였다.
그는 주로 남미 산 코카인과 아프카니스탄 바다흐산에서 나온 생아
편으로 정제한 헤로인 또는 토탈 데인저를 취급했지만 자신은 생아
편 냄새가 풍기는 시커멓고 끈적끈적한 액체가 들어있는 아편 단지
를 신주단지처럼 곁에 두고 살았다.

그가 비음이 많이 섞인 목소리로 위엄 있게 느릿느릿 말했다.
"나는 언제나 돈 떼어먹은 작자들을 마음에 들어 하지. 그자들은 도
저히 믿을 수가 없는 사기꾼과 협잡꾼에 불과하지만 그래도 그자들
이 없다면 내가 얼마나 심심하겠어. 이 세상에 사기꾼은 불가피한
거야. 이스라엘 열두 지파의 선조인 야곱도 아버지와 형을 속인 사
기꾼이었지만 아브라함, 이삭과 함께 하느님으로부터 영원한 축복
을 받은 자가 되었거든. 나는 하느님처럼 최종 판결을 내리는 정의
의 심판자 노릇이 아주 마음에 들지.

어쨌거나 네놈은…… 대단한 사기꾼은 아니란 건 알고 있지. 나를 벗겨 먹으려고 치밀하게 계획했던 것은 아니니까. 그리고 괜찮은 딜러였거든. 매상고가 상위권이었고 그 동안 약속을 잘 지켰지만…… 규칙은 규칙이야. 예외는 없어……. 규칙은 어떤 경우에도 반드시 지켜야만 하는 거야. 그래도 많이 봐주겠어. 그래서 왼손의 새끼손가락만 자르겠어……. 이건 이례적으로 아주 관대한 거야. 네가 한 사과는 짧지만 진심인 것을 알고 있기 때문이지. 만일 진심으로 사과하지 않는다면 그건 공허한 거짓말로 들리게 되고 그러면 나는 무척 화가 나는 거야. 그럴 경우에는 네놈의 손목을 자르겠지. 나를 원망하지는 마. 알라신도 폭력을 인정했으니까. ……죽음이나 십자가형 또는 손목 절단, 잘린 손과 반대되는 다리 절단, 또는 추방으로 그 대가를 치를 것이다. 라고 했거든. 하지만 네놈이 알아야 할게 있을 거야. 그렇지. 이미 잘 알고 있겠지. 힘이 있기 때문에 내가 이 세계의 왕이고 지배자인 거야. 신이든 인간이든 간에 힘을 가진 자는 억누를 수 없는 본능에 따라 그것을 행사하는 거야. 그러나 힘은 남용될 수밖에 없지. 그게 어쩔 수 없는 힘의 속성인 거야."

그는 마약밀매, 고리대금, 무차별적인 폭력, 매춘 등 지하세계의 권력자였다. 그러나 두목은 정확했다. 자신이 스스로 입법자가 되어 만들어 논 규칙을 이번에는 집행자가 되어 정확히 집행한 것이다.

"그런데, 두목은 정체를 알 수 없는 몇 가지 사업을 벌이고 있었지만, 또한 부업으로 부유한 아랍인 고객들에게 동성애자를 소개하고, 아주 문란한 파티를 열어주지. 거액의 돈을 받고 동성애자 알선 사업을 하고 있는 거야. 동성애자들을 모아서 남성 역할을 하는 능동적 동성애자와 여성 역할을 하는 수동적 동성애자를 짝지어주고, 그들에게 고단위를 팔지. 수동적 동성애자는 턱수염을 완전히 밀어버리고 여자처럼 화장을 하며, 침실에서 여자용 잠옷을 입고 가끔 인공 유방을 하기도 하지……. 그 소굴이 바로 그가 운영하는 세라비 c'est la vie 바이지. 너에게도 나지막한 목소리로 유혹의 손길이 미칠지 몰라……. 그들은 갈색 피부를 너무 좋아하니까…….

그에게도 좋은 점은 하나 있기는 하지. 몹시 잔인하기는 하지만, 계산 하나는 아주 정확하게 처리하지. 그리고 비밀을 철저히 지켜주지. 그러니까, 아랍 귀족들이 그를 신뢰하지 않았겠어……. 그래서, 주체할 수 없이 많은 돈을 가진 부자들이 그에게 돈을 마구 뿌리는 거야."

그 전설적인 두목은 철저한 무슬림이었다. 무슬림의 의무인 신앙 고백, 메카를 향한 하루 다섯 번의 기도, 라마단 기간 중의 단식, 메카 순례 등을 빠짐없이 다 하였다. 또, 대단한 사업가 행세를 하면서 이슬람 위원회의 고문이고 후원자였는데, 그 위원회는 마르세유에 있는 70개가 넘는 이슬람 사원과 기도실을 아우르고 실제 지배하고 있었다. 그 대단한 사기꾼, 위선자는 대외 과시용으로 종교라는 화려한 외투를 걸치고 있는 거였다. 그러나 그가 젊은 시절 한때 예멘의 감옥에 있었다는 사실과 이상한 성적 취향이 있다는 소문

이외에는 그의 어두운 과거는 철저히 베일에 가려져 있었다.

그때 이브라함은 목이 탔으며 이마에 땀이 맺혔다. 속이 메스껍고 배가 아프기 시작했다. 갑자기 말리크가 낯설게 보였다.

그가 간신히 대답했다.

"선배…… 너무 고마워. 한 번 깊이 생각해볼게……. 선배의 말은 구미가 당기기는 하지."

그러나 그는 마약중독자들을 몹시 혐오했기 때문에 용케도 그 달콤한 유혹을 뿌리칠 수 있었다. 그가 보았던 마약 중독자들은 한결같이 망가질 대로 망가져 있었다. 몸에서는 오랫동안 씻지 않아서 불쾌하고 썩은 냄새가 풍겼다. 몸은 빼빼 마르고 연신 기침을 해댄다. 얼굴에는 딱지가 덕지덕지 붙어있고 눈은 초점을 잃은 채 퀭한 표정을 짓고 있다. 중독자들은 돈을 마련하기 위해 좀도둑질을 하거나 길가는 사람을 마구 붙잡고 구걸을 하였으며, 여자들은 길거리에서 함부로 매춘을 하였다.

그건 지금도 말할 수 없이 불쌍한 처지에 있는 인간을 더욱 빠져나올 수 없는 구렁텅이로 밀어 넣는 일이었다. 하여간에 그 세계에 잘못 발을 디디면, 그를 기다리는 것은 불신과 배신, 음모, 교도소뿐이었다.

이브라함이 마르세유에 와서 몇 년쯤 지나서 그 여관에서 청소부로 자리 잡고 일하게 되었을 때 (정확하게 말하자면 1991년 봄이었다. 그가 프랑스에 온 지는 벌써 3년 반이 지났고 사막을 떠난 지는 5년쯤 되었을 때이다.), 여관에서 장기 투숙하고 있던 늙고 고독한 사람을 어떤 운명처럼 만나게 되었다. 그의 프랑스 이름은 그냥 자크라고 불렀다. 어린 시절 베트남에서 어머니가 불렀던 베트남 이름이 따로 있었다고 한다. 이브라함은 그 당시 너무나 외로웠으니까…… 그와는 금방 친구가 될 수 있었다. 그는 까다롭지 않은 사람이었다.

그 노인은 키가 작으면서 깡말랐고, 그러나 얼굴은 주름살이 너무 많았으며 첫 전투 때 파편에 튀긴 흙먼지가 얼굴을 때리면서 생긴 안면경련이 있었다.

그는 매월 첫 주의 월요일이면 꼬박꼬박 한 달분 방세를 미리 지불하였기 때문에, 또 그가 점잖고 신사적이고 방을 깨끗하게 사용한다는 이유로, 평소 무덤덤한 여관 주인도 가끔 밤이면 온 여관을 울리는 그의 지독한 기침 소리에도 불구하고 그에 대하여 늘 칭찬을 아끼지 않았다. 그 돈은 그가 전쟁에 참전하여 서부전선의 뫼즈 강 전투에서 독일군과 싸웠기 때문에 프랑스 정부에서 주는 무슨 군인연금과 할머니에게서 유산으로 받은 약간의 신탁기금에서 매달 나오는 것이었다.

그는 매일 규칙적으로 생 장 요새 부근 한적한 거리에 있는 제마엘프나 카페에 갔다. 그리고 아침 9시부터 오후 9시 경까지 (가끔은 일찍 또는 늦게까지) 창가의 테이블 하나를 차지하고 꼼짝달싹하지 않고 앉아있었다. 언제나 모로코 출신 늙은 유대인 여주인의 라벤더 향기를 맡을 수 있었다. 그는 멀리 떨어져 있는 그 카페까지 걸어가서 그 자리만을 계속 지킬 뿐이었다.

조금도 지루해하지 않는다. 그러나 무얼 생각하고 있는지 궁금하다. 아마 자신이 지금 속절없이 늙어간다는 것을? 멀지 않아 죽음이 찾아올 것이라는 사실을? 너무 외롭다고? 울고 싶기도 하고 웃고 싶기도 할까? 자신과 상관없는 의미 없는 것들을 생각하고 있을까? 아니면 또다시 어두운 기억 저편으로 사라져가는 잃어버린 세월을? 또는 장소들과 이미지들을?

참담한 전쟁의 기억? 뫼즈 강을? 드레스덴의 수용소를? 투르빌이나 생라자르 역을? 아시아의 항구를? 죽음의 해안을? 탕헤르나 케이프타운? 아프리카를? (가야만 한다! 아주 멀리 가야만 한다! 멈추면 안 되지! 그는 도대체 아프리카에서 어디까지 갔던 것일까? 아니면 헤매었는가? 얼마 동안이나 있었을까? 어느 도시를? 밀림을? 사바나를? 사막을? 뭘 하면서?) 잠시 멈췄던 이곳저곳을? 강물을? 여인을? 그리고 아름다웠던 나날들을? 상상, 환상, 꿈.

그는 언제나 그 카페에서 식사를 하고 술을 마셨다. 대충 수프와 전채 요리, 또는 메인 요리만 먹으며 간단한 식사를 하였고 밤이 되면 치즈를 안주로 하여 싱글 몰트위스키 몇 잔을 스트레이트로 들이켰다. 그러나 가끔 기분이 내키면 적포도주 한 병을 비우기도 했다.

잘 모르기는 하지만 그가 정기적으로 만나는 사람은 거의 없었고 무슨 사교 모임이나 클럽에 참석하는 일은 생각조차 할 수 없었다. 마르세유에서 연중 열리는 축제와 사육제에 참여하거나 음악회, 전시회, 극장에 가는 일도 없었다. 그는 삶의 경계선에서 안개처럼 부유했으니까 인간 혐오증과 인간에 대한 두려움 때문에 사람들과 지나치게 내밀한 관계를 맺고 싶어 하지 않았다. 그냥 가벼운 목례나 눈인사만 할 수 있는 관계를 원했다. 그러니깐 이브라함만이 예외였다.

그가 훨씬 훗날에 그 날의 전투 상황을 자세히 이야기했었다. 그 해 (1940년) 이른 봄 그에게는 첫 전투의 경험이었다.

성능이 좋은 독일 전투기가 새하얀 은빛 궤적을 그리며 낮게 날면서 기관총을 난사하였고 그 흙먼지가 강하게 그의 얼굴을 때렸다. 그는 얼굴에 심한 통증이 왔고 몸이 아주 가벼워지는 것을 느끼면서 그대로 질척질척한 땅바닥 진창에 처박히고 말았다. 그때 운이 나쁘게도 얼굴이 주근깨로 덮여있던 알자스 출신 병사의 머리가 총탄에 맞아 사라졌고, 머리가 붙어있었던 목구멍에서 검붉은 피가 콸콸 넘쳐흘렀다. 곧 포탄이 분노한 듯 쉴 새 없이 날아들어 굉음을 내며 폭발하면서 아무 거리낌 없이 사람과 말들을 죽였다. 주위에는 신원을 파악할 수 있을 정도로 온전한 시신이 별로 없었다. 그리고 콩 볶는 듯한 독일군 소총 소리와 박격포 소리가 귓전을 때렸다.

자크가 말했었다. "그 해 5월의 마지막 전투 후, 나는 오랫동안

일종의 히스테리 상태에 빠져있었던 거야. 더 이상 보고 싶지 않았
지. 심리적 실명에 빠져서 줄곧 눈을 뜨고 있으면서 이 세상에 대해
눈을 감아버린 거지. 세상이 흐릿하게나마 다시 보이기 시작한 것
은 수용소에서 한참이 지나서였어. 독일 군의관이 심리 치료를 해
주었거든. 그는 전쟁이란 다 그런 것이라고, 당연하게 여기라고, 그
건 네 잘못이 아니라고 위로해 주었지. 그때 군의관이 치료제라고
몰래 갖다 주는 독한 술을 마셨지. 잊기 위해 마시고 또 마셨지. 눈
은 돌아왔어. 술이 약이었던 거야. 그는 날 그냥 타타르인 또는 동
양인이라고 불렀어. 그는 아시아 쪽에 거의 무한정 매력을 느끼고
전쟁이 끝나면 장기간 여행을 떠나고 싶어 했지. 몇 년쯤. '그건 내
가 이 전쟁에서 살아남아야만 가능하겠지만.' 그러나 그는 러시아
전선으로 전출되어 갔고 스탈린그라드 전투에서 죽었어."

그는 만날 독한 술에 취해 있었고, 가끔 콜록콜록 심하게 기침을
하였으며, 때로는 혼자서 무언가 중얼거리기도 하였다. 그래도 그에
게서는 따뜻한 체온을 느낄 수 있었고 유일하게 사람의 냄새가 났
다.

밤이 되면 사막에 추위가 찾아왔다. 밤이 이슥하자 사그라져가는
모닥불에서 회색 연기가 피어 올랐다. 김규현은 술에 취해서 불콰
한 얼굴로 새로 장작 몇 개를 불 속으로 던져 넣었다. *잉걸에서 불꽃
이여 다시 태어나라.*

'그래, 그런 거야. 자크 역시 살아남긴 했지만…… 그 참혹한 시

대의 희생물인거지. 그리고 평생을 죄책감을 안고 살아간거야. 아버지 세대는 그랬던 거지. 이브라함의 이야기는 점점 흥미진진해지고 있어. 그는 잘 짜인 소설처럼 이야기를 이어나가고 있으니까. 그러나 밤을 지새면서 그가 들려주는 인생사를 나는 상상이나 할 수 있을까?'

이브라함이 말했다.

"그 시절에 그에게서 프랑스어도 정식으로 배우고…… 문명 세계에 대하여 다른 많은 것도 알게 되었지. 그는 소르본느 대학 중퇴생이었거든. 강제징집 되었기 때문에 중퇴할 수밖에 없었다고 했어. 그는 처음에는 너무 외로운 나머지 말동무가 필요해서 나에게 프랑스어를 열심히 가르친 거야. 난 이미 알제 시절부터 조금씩 배우고 있었으니까 더욱 빠르게 터득하여 그를 기쁘게 해주었지. 그는 아시아계 유색인종이었으니까, 같은 유색인종인 나에게 일종의 동병상련의 감정을 느꼈을 거야.

그러나, 그는 그때, 터무니없게도 날품팔이에 불과한 나에게 책을 많이 읽으라고, 막무가내로 강요했어. 그것도 읽기 어려운 책을. 내가 말했었지. '그게 가능하기나 한가요. 나는 아프리카에서 왔는데, 사막의 족속인 투아레그란 말이에요. 아랍어 책도 그렇고 프랑스어 책도 그렇지요. 책이란 죄다 너무 어려워요. 어렵게 시작해서 어렵게 끝나거든요.' 그가 말했었지. '글이란 기호이니까 이 세상의 암호문인 거야. 그러니 어려울 수밖에. 나에게도, 누구에게도 시인들도 자기 시를 잘 모르고 비평가들도 모르기는 마찬가지인 거야. 그렇지만 넌 읽어야만 하지. 그래야만 이 세상의 수수께끼를 알게 되고, 스스로 생각하는 법을, 스스로 선택하는 힘을 기를 수 있는 거야. 그리고, 증오가…… 아프리카인의 끓어오르는 증오가 완화될 수 있는 거야. 그러나 진실을 말해야겠지. 힘들게 가르쳐야만 할 진짜 이유가 있는 거야. 그건 나를 위한 거겠지. 신을 이해할 수 있는 말 상대가 필요하지. 지금까지 아무에게도 하지 못했던 말들이 있으니까. 말들이…… 죽기 전에 한 번쯤 쏟아낼 수 있어야할 거야. 뭐 안 해도 상관없기는 하지만. 그걸 꼭…… 말할 필요가 있을까? 신은 이미 죽었다고, 또는 신은 존재하지 않는다고'

내가 마구 화를 냈지. '그것들이 무슨 소용이 있겠어요! 쓸 데 없는 일이라구요! 날 괴롭히지 말라구요! 글씨는 도저히 쓸 수 없다구요. 손글씨 말이에요. 벌레가 지그재그로 엉금엉금 기어가는 거지요'

세상에 아버지들은 다 똑같은 거야. 아버지는 모세인 거지. 계명이 많으니까. 그런 거야. 아들에게 늘 강요를 하지. 먼저 뭘 반드시 하라고, 공부하라고, 뭘 읽으라고, 신을 믿으라고 하지. 또는 뭘 하지 말라고, 술을 마시지 말라고, 신을 믿지 말라고 하지.

사실 나는 생전 처음 보는 그 문자와 그 신기한 지식에 너무 목 말라 있었으니까, 강렬한 욕망이 있었으니까, 그리고 프랑스에서 살아가자면 반드시 알아야했으니까. 그렇게 해서 많이 읽고, 또 읽고,

지식을 흡수했던 거야. 덕분에 책을 열심히 읽는 습관이 들었지."

매일, 조금씩 독서를 늘려가면서, 이브라함은 처음으로 자신을 답답하게 조이고 있는 속박 같은 낡은 껍데기로부터 벗어날 수 있었고, 책을 읽을 때마다 이 세계에 대해 더욱더 많은 생각을 떠올렸고, 자신에 대해 더 많이 생각하고 이야기하는 방법을 터득하게 되었다.

자크가 말했었다.

"프랑스가 식민지 통치를 하였던 시절, 아직 전쟁이 발발하기 훨씬 전 일인데, 내가 어렸을 적에 베트남에서 프랑스로 건너온 지가 이미 60년이 넘었어. 그런데 베트남 언어는 까마득하게 잊어버렸지. 기억 속에 구멍이 뚫려서 빠져 달아나 버린 것이겠지. 아무래도 생각이 나질 않는 거야. 지금은 내 베트남 이름까지도 말이야. 한 번 가슴 속에서 지워져버린 고향에 대한 기억은 아무리 해도…… 결코 멈추지 않고 유유히 흐르던 강물 이외에는 생각나는 게 아무것도 없지."

그의 방은 3층 남쪽 코너에 있는 작은 방이다. 자기 방. 영혼이 안식을 취하는 방. 어머니의 자궁, 요나가 머물렀던 고래의 배 속, 튀빙겐 탑 속 지하에 있는 횔덜린의 방 같은 어둠침침한 작은 방. 그 방은 수도승의 방과 같다. 그가 알코올 의존증임에도 불구하고 얼룩이나 티끌 하나 보이지 않을 만큼 스스로 정돈하기 때문에 지나치게 깨끗하였다. 한 쪽 구석에는 항상 깔끔하게 정리된 일인용

침대, 반대 구석에는 간이 주방이 있고, 원고 뭉치와 무엇인지 깨알 같이 쓴 노트, 초고와 최종 원고, 메모, 편지 등이 가득 들어있는 두 개의 나무 상자가 탁자 옆에 가지런히 놓여있다. 그리고 벽면에 붙은 선반에는 작은 위스키 술병들과 여러 종류의 약병과 함께 주로 문학과 철학에 관한 손때 묻은 수십 권의 책들이 차곡차곡 쌓여 있다. 그래서 그 작은 공간은 너무 비좁았지만 한없이 아늑하였다.

물론 그 책들은 몇 권의 중세 이탈리아어로 된 필사본과 그리스어 책을 빼면 희귀한 판본들이 아니다. 흔하디흔한 보급판 문고본에 불과했다. 그러나 그가 그 책들을 지금 읽고 있는 것 같지는 않았다. 다만 늘 무언가를 골똘히 생각하고 있었다.

그가 언젠가 말했었다. "그 전쟁 이후 더는 한 줄도 책을 읽지 않았어. 단 한 줄도. 난 어차피 외톨이여서 닥치는 대로 읽는 책 벌레였는데 말이지. 그만 독서의 즐거움을 잃고 말았지. 그러나 삶의 소금이고 삶의 유일한 빛이었던 것, 손때 묻은 것을 그냥 버리지는 못하였지. 나에게는 어떤 종류이든 책은 성서인 거야. 그래서 이 방은 지성소인 거지. 책을 버린다는 것은, 또는 헌책방에 팔아버리는 것은 어쩐지 옳지 않은 일로 여겨졌던 거야."

하지만 누렇게 바란 흰색 벽면에는 아무것도 걸려있지도 붙어있지도 않았다. 거기에 그가 좋아하는 반 고흐의 복제한 그림 몇 점이나 가족사진, 투르빌의 자연 풍경 사진, 할머니의 초상화 등이 걸려 있어야 하지 않을까.

그날은 하루 종일 지중해 쪽 먼 바다에서부터 계절풍이 불어왔다. 작은 창문을 통해서 석양의 여린 빛이 여과되어 비스듬히 들어온다. 그러나 검은 구름이 창문에 그늘을 드리우며 구 항구의 바다 쪽으로 떠나가고 있었다. 이내 밤이 찾아왔다. 그리고 가는 빗줄기가 지붕을 때리는 소리를 들었다. 그들은 도시의 소음을 잠재우며 규칙적으로 떨어지는 빗소리를 듣는 것이 좋았다.

이브라함이 말했다.

"그가 만날 날 붙잡고 잔소리를 하였지. 꼭, 우리 아버지처럼……. '나처럼 알코올 중독이 되고 싶으면 얼마든지 마셔도 괜찮을 거야'라고 말했지. 절대 술을 입에 대지 말라고…… 자신은 어쩔 수 없이 마실 수밖에 없다고 하였어. 도대체 아무런 희망이 없다고 하였어. 그는 한때 모든 것을 망각하기 위해, 필름이 완전히 끊기고 아무것도 기억하지 못해 통제 불능의 상태, 완전히 미쳐버리거나 알코올성 발작을 일으켜 차라리 정신병원에 입원키 위해 마구 들이켰지만, 그때마다 도대체 정신이 말짱하였다고 하였어. 그러나 그는 언제부터인가 술을 줄이기 시작했지. 옛날에 비하면 많이 줄이고 절제를 하였던 거야. 하지만 완전히 끊지는 못하였지. 어떻게 그게 가능하겠어. 술은 일종의 신경안정제였으니깐.

나 역시 생활이 안정돼 가면서 그의 충고에 따라 술을 점차 줄일 수 있었지. 그렇지, 완전히 끊는 것은 불가능했지만 줄이기는 했지. 그런데 그 놈의 술 때문에 알제 시절에도 형과는 무척이나 말다툼을 했거든. 형은 지독한 이슬람 근본주의자인 거야.

하여간에…… 지금까지 나의 유일한 스승이었어. 나를 자기 운명의 주인으로 깨닫게 해주었고, 현재의 순간을 온전히 음미할 수 있도록 이끌어 주었지. 그 현자는, 현자가 틀림없지, 그는 나의 내면에 웅크리고 있는 깊은 마음의 상처를 스스로의 힘으로 치유할 수 있는 방법을 가르쳐준 거야."

자크는 그때 이브라함이 어려운 책들을 읽을 수 있게 정성껏 도와주었다. 그는 어려운 단어와 문장을 쉽게 설명해 주었던 것이다. 이브라함은 그 무렵 특히 카뮈의 책을 많이 읽었다. 이브라함은 같은 알제리 출신이고, 작품의 공간적 배경이 된 알제의 거리, 알제리 도시들이 그에게는 너무 낯익어서인지 유독 카뮈의 소설들을 좋아했던 것이다. 그는 인간 실존의 부조리를 지적하고 인간 정신의 반항을 강조한 그 난해한 책들을 반쯤 정도나 이해하면서 탐독했다.

그 도시는 초승달처럼 반원을 그리며 알제만을 에워싸고 있다. 지중해 바다 쪽에서 바라볼 때 왼쪽에 위치한 벨쿠르에는 노동계급과 영세상인, 걸인 등 하층민이 거주하고 있고, 오른쪽에는 중산층 무슬림들의 밀집지역인 카즈바가 있으며 그 사이에 행정 관청과 경찰서, 법원, 대학, 대형 상가들이 줄지어 있는 도시의 중심부가 자리 잡고 있다. 옛날에 카즈바 너머 엘 우에드에 살았던 유대인, 스페인인, 이탈리아인, 그리스인, 몰타인, 프랑스인 등등 다국적 주민들은 알제리 전쟁 후 모두 떠났다.

그 도시에서는 언제나 바다를 바라볼 수 있었다.

지중해. 안개. 빛나는 태양.

이브라함은 알제 시절 사촌형과 함께 벨쿠르의 판자촌에서 1년여를 살았다. 그때 도시 생활의 쓴맛과 알제리식 프랑스어를 처음 알게 되었고, 청색 바다의 아름다움과 새벽이면 해안가에서 피어오르는 회색 안개, 사막의 태양과는 느낌이 전혀 다른 바다의 태양을, 예인선에 이끌려 끊임없이 항구를 드나드는 대형 선박, 회교 사원의 첨탑을 알았으며, 바다 건너 세상을 동경하였다.

그는 몇 년 동안 무서운 집중력을 가지고 소설을, 다른 책들을 무더기로 읽었다. 다른 사람들보다, 그 당시 프랑스의 정형화된 얼치기 대학생들보다도 더 많이 읽었고, 그들보다 인생 경험이 훨씬 풍부하였다. 그러나 정작 그 자신은 그런 사실을 알지 못했다.

그들은 도대체 시를 ― 랭보나 말라르메, 보들레르, 아폴리네르의 시를, 소설을 ― 세르반테스, 발자크, 프루스트, 플로베르, 카뮈, 동시대인인 파트릭 모디아노, 르 클로지오의 소설을, 그 밖의 책들을 읽지 않고, 온통 텔레비전과 영화, 멜로드라마, 만화, 아메리카에서 건너온 록 음악, 패션, 동성애, 소아 성애, 자동차에만 열광하는 나약하고 흐물흐물하고 현실의 안락함에 안주한 세대였다. 그리고 10대에 이미 수없이 섹스를 경험하고 20세쯤 되면 온갖 자세와 기교를 마스터하여 인간의 육체에 나있는 한정된 몇 개의 구멍을 충분히 활용할 줄 아는 그 방면에는 도사가 된 섹스 도사들이었다. 그래서 어리석은 대중문화의 세계, 꼰대들의 세계, 고리타분한 인습과 관습의 구세계를 모두 거부하고 급진적인 과격한 용어를 받아들였던 1968년의 학생 혁명 세대들과는 의식 구조가 천양지차였다.

사막의 유목민이, 그것도 까막눈이었던 투아레그가 어떻게 감히 프랑스 현대문학에 탐닉할 수 있었을까? 그게 상상이나 할 수 있는 일인가? 잔인하고 이상야릇한 풍습을 지닌 사막의 부족이 말이다. 원시인 아니면 기껏해야 어수룩한 행동에 조잡한 프랑스어를 구사하는 '착한 야만인'에 불과할 텐데. 그러나 백인들은 터무니없이 심한 편견을 가지고 있다. 그건 백인우월주의이고, 아프리카 흑인에 대한 멸시의 감정이거나 순전히 오해 때문이다.

그는 언제든지 이브라함을 반갑게 맞아 주었다. 그리고 무슨 이야기든지 기꺼이 들어준다. 그래서 시간 나는 대로 자크와 함께 에스프레소를 또는 가끔 맥주를 마시면서 끊임없이 이야기를 나누었다. (이브라함은 자크에게 언제든지 기댈 수 있었다. 그가 아버지 역할을 자임하였으니까. 아버지에 대한 어떤 갈망을 충족시켜주는 사람. 저 세상으로 간 아버지를 대신하는 아버지.) 그러나 주로 밤 시간에 만날 수밖에 없었다. 이브라함은 낮이면 무슨 일이든지 일을 해야 했으니까.

가끔 그들은 신의 존재와 인간의 영혼에 대해서 토론을 하였다. 그때는 이브라함은 듣는 쪽이었다. 그들은 어떤 날은 토론에 몰입한 나머지 밤을 꼬박 새면서까지 많은 이야기를 나눴다. 그는 영혼의 불멸성에 대하여 말했고, 육체의 죽음은 무의미하다고 말했으며, 또한 영혼의 불멸과는 차원이 다른 불교의 윤회와 환생, 수레바퀴에 대해 설명했다. 그는 전쟁 전에는, 불교 국가인 베트남에서 할머니를 따라 먼 거리를 걸어서 천주교 성당을 다녔던 아주 어린 시절부터 열렬한 예수 그리스도 숭배자이었지만, 투르빌에서도 할머니의 손을 잡고 교회를 열심히 다녔지만 (그의 할머니들은 오직 하나님밖에 몰랐으니까 참으로 진정한 기독교도이었다), 그 지독한 기숙학교 시절에도 한 번도 신을 의심해 본적이 없었지만, 전쟁 중에 그 신을 버릴 수밖에 없었다고 고백하였다.

"그 참혹한 전쟁을 겪으면서 말이야…… 그 무익한 전쟁은 피와 고함소리 속에서 모든 것을 망가뜨렸지. 인간의 삶, 사랑, 고뇌, 영혼, 죄악까지도 완전히 파괴해 버렸고, 마침내 신의 존재까지……."

이번에는 스카치위스키 몇 잔을 스트레이트로 들이키고 나서 약간 취했고 목구멍에서 감정이 실려 있지 않아 높고 낮은 목소리가 복잡하게 얽혀있지 않은 탁하고 부드러운 소리가 흘러 나왔다. 그는 치밀어 올라오는 가래를 꿀꺽 삼켰다.

그가 계속해서 말하였다. "미래의 불확실성과 절망의 늪에 빠진 인간들이 할 수 있는 일이 무어가 있겠어. 자신이 믿는 신께 애타게 구원을 찾는 거겠지. 나는 히믈러가 '*나는 모든 유대인들을 지구상에서 멸절 시키겠다는 결정을 내렸다.*'라고 선언했을 때, 그리고 유대인들이 죽음의 강제수용소에서 곧 죽을 운명이라는 것을 깨달았을 때 그들의 위대한 신 야훼를 찾았는지, 지금도 궁금하지.

그런데, 신의 구원이란 게 인간의 죽음과 관계가 있어. 인간이 언제, 어떻게 죽을지를 결정하는 것은 신의 몫이거든. 그때 우리 쪽도 적들도 같은 신을 믿고 있었으니까 같은 신을 향해 서로 울부짖었어. *'주님이시여, 여호와여, 저의 영혼을 구하여주소서. 영혼을 죽음에서 구하여주소서. 불의 세계를 퍼부어 주세요. 어서 빨리 불을 내리소서. 저들을 죽게 하소서. 몰살시켜 주세요. 저들이 죽어야만 제가 살 수 있습니다. 주님이시여, 예수 그리스도여 구해주세요. 오, 저를 죽음의 구렁텅이에서 구해주소서.'*

그러나, 하나님인들 어떻게 할 수 있었겠어. 그때 신은 기가 막혀서 죽을 수밖에 없었어. 그랬으니 하나님의 목소리는 결코 들리지 않았어. 그들도 못 들었을 거야. 나는 그때 신은 존재하지 않는다고 확신을 하게 되었지. 미망과 환상에서 깨어난 거였어. 그 후 더 이상 어떠한 형식이든 기도를 하지 않았지. 그랬더니, 오히려 마음에 평화가 찾아왔어. 이 무의미한 전쟁에서 죽어도 상관없다는 생각이 들었지. 삶에 대한 집착이 신에 집착하게 된 동기인 것을 마침내 깨달은 거였어.

지금은 참으로 기적의 시대이거든. 반세기 동안이나 유럽에서 전쟁이 일어나지 않았단 말이지, 왜 그런지 그 이유를 알겠어? 지난 전쟁에서 신이 죽었으니까 이제야 평화가 찾아온 거야. 그러니까 1차 전쟁에서 신은 상당한 내상을 입었지만 그렇게 심각하지는 않아서 죽지는 않는데 2차 전쟁에서 확실하게 죽은 거지. 2차 전쟁은 신을 확실하게 죽이기 위해 확인 사살까지 하였던 거야. 그러나 알라신은 지난 전쟁에 참전하지 아니하였으니까 아직 살아있을지도 모르겠어. 하지만 네가 알라신께 구원을 요청할 필요가 있을까? 그 신은 너에게 전혀 도움이 되지 않을 텐데. 이슬람의 천국은 널 기다리지 않을 거야. 처음부터 천국이 없었거나 아니면 이미 망가졌겠지. 네 아버지가 그 고난을 겪고 죽으면서 신을 버리지 않았는지 궁금하구나?"

그러고 보니, 새삼스럽게 살펴보았지만 방안에는 그가 성서라고 지칭한 소중한 책들 이외에는 작은 십자가나 성모상 같은 성물, 성경책, 개인적인 토템 등이 하나도 보이지 않았다. 성당이건 교회이건 간에 그런 곳에 다니는 흔적이 없었던 것이다.

그때, 새벽의 여명이 검은 밤의 여운과 함께 작은 창을 통해 스며들었다. 밤이 흐트러지고 있다. 새벽 공기가 냉랭하고, 눅진하다. 검고 하얀 포석이 깔린 뒷골목의 눈에 익은 거리 풍경이 밤의 어둠과 정적, 추상적 분위기에서 풀려나면서 제 모습을 드러냈다. 그것이 안도감을 안겨준다. 그 밤은 명철한 예지가 빛나고 추상적 개념과 의미가 충만한 밤이었다.

이브라함이 말했다.

"나는 한동안 자크의 방에 들어갈 수가 없었던 거야. 아침에 깨어나면서부터 오늘은 꼭 들려야한다고 다짐을 했으면서도 그게 몇 개월이나 되었지. 차츰차츰 내켜하지 않게 된 거지. 나에게는 그를 만나는 것을 두려워해야할 이유가 있었던 거야. 그 무렵 다시 술집에 매일처럼 드나들고 마리화나를 피우고 있었거든. 뒷골목 아가씨들을 만나고 왜 그렇게 술을 마셨겠어? 당신도 알겠지만 술에 취하면 꾹꾹 참았던 말을 할 수 있게 되거든. 그러나 나의 경우에는 나 자신에게만 말했지. 작은 목소리로.

자크가 알코올 중독의 후유증으로 마르세유 시립병원의 행려병자 병동에 입원했을 때서야 문병을 갔었는데 그때는 혼자서 죽어가고 있었지. 그는 날 그저 무덤덤하게 쳐다보고는 다시 눈을 감고 거칠게 숨을 몰아쉬었지. 그는 죽음과의 싸움이 시작되었을 때부터 며칠 동안 내내 극심한 통증에 시달렸던 거야."

이브라함은 끝까지 임종자리를 지키면서 그를 위로하기 위해서 이번에는 그가 말을 많이 해야 했지만 그때 무슨 위로의 말을 할 수 있었겠는가. 그저 그의 손을 어루만지고 있었다. 그리고 울었다.

자크가 들릴락 말락 한 소리로 말했다. "내가 지금 죽어가면서 침대에 꼼짝 못하고 누워있으니까 오랫동안 잊혀졌던 일들이 기억나기 시작하는 거야. 어떤 영적 계시가 있었던 것처럼 말이야. 그 시절을 회상할 수 있을 때까지는 기다려주었으면 하지."

아주 짧은 순간. 그때, 이브라함이 침대 옆에 서있을 때 아버지는 쇠약해서 뼈만 남은 앙상한 손으로 할 수 있는 한 힘껏 그의 손을 움켜잡았다. 이브라함은 무릎을 꿇고서 아버지의 얼굴에 입을 맞추었다. 그들은 아무 말도 하지 않았다.

판 쾅 키엠의 영혼은 메콩 강으로 무사히 돌아갔다.

그는 이브라함에게 약간의 돈과 책을 남겨주고 떠났다.

그가 말했다. "난, 지금도 책을 많이 읽고 있지. 하지만 내용을 제대로 이해한다고 할 수는 없겠지. 여전히 지독하게 어려워. 그때마다 아버지가 생각나지. 그런 거야, 그는 틀림없는 아버지였어. 위대한 영혼을 가진 동양인 아버지."

이브라함은 엘리제의 간곡한 만류에도 불구하고 근 5년간이나 안정적으로 일했던 그 여관을 떠나기로 작정하였다.

그녀가 말했다. "넌 착한 아이야. 넌 아프리카 출신이지만 괜찮은 사람이었어. 아니야, 너만은 아프리카인이 아니라는 생각이 들지. 정직하고……. 불평할 줄도 모르고 불법체류는 문제될 게 없어. 나와는 상관없는 일이거든. 급료도 매년 인상해 주었잖아, 네가 필요하다면 지금 당장 조금 더 올려줄 수도 있지. 하여간에 떠나지는 마. 네가 가버리면 내 옆에는 아무도 남아있지 않지. 너는 떠날 수가 없을 거야. 나중에 얘기하려고 했는데……. 이 여관의 삼분의 일을 공동상속으로 넘겨줄 수 있지. 그게 공평한 거야. 그러니까, 네가 원한다면 지금 당장 공중 유언장을 해줄 수도 있을 거야."

이제는 더욱 늙어버린 엘리제가 읽던 책을 덮고 그를 쳐다보지도 않은 채 작은 사무실의 희뿌연 창밖을 무심히 내다보면서 숨이 가쁜지 느릿느릿 말하였다. 그녀는 어느새 60대 초반에 접어들어서 중늙은이가 다 되었다. 체중은 더욱 불어나고 목둘레가 두터워지면서 이중 턱이 되었다. 여전히 목소리는 부드럽고 따뜻했지만, 혼자 사는 늙은이 특유의 어딘지 외롭고 쓸쓸한 모습을 숨길 순 없었다.

만날 보았던 그 작은 공간의 풍경들이 그날따라 갑자기 낯설게 느껴졌다.

그녀는 세 번 결혼했으나 모두 이혼하였다. 그리스 출신으로 대형 화물선의 항해사였던 첫 남편에게서만 남매를 낳았다.

언젠가 그녀가 말했었다.

"그래도, 가장 괜찮은 사람이었지. 근데 방랑벽이 너무 심했어. 바다에 나가지 않으면 미쳐버리는 사람이었어. 바다가 그의 삶을 온통 지배하고 있었지. 그러나, 나는 바다를 싫어했으니까. 너무 외로워서 이혼할 수밖에 없었지."

큰아들은 지금 그리스의 크레타 섬에 겨우 정착해서 그곳 시골 도시의 작은 고등학교에서 프랑스어를 가르치고 있었다. 그 아들은, "어머니 전 결혼 같은 것은 하지 않을 겁니다. 도대체 기대하지 마세요. 여자는 욕망을 해결하기 위해서 필요하지만 마누라는 정말 질색일 거예요. 더욱이 애들도 싫으니까요. 애들을 잘 키울 자신이 없어요."라고 말하면서, 한사코 결혼을 거부하였다.

그녀가 말했다. "크레타는 그리스 신들의 고향이지. 내가 남편 때문에, 그 녀석 때문에 그리스에도, 크레타에도 가끔 갔었지. 그러나 오스만 터키가 5백년이나 크레타를 지배했어. 그것도 그리스가 독립한 후에도 아나톨리아 이교도들은 한동안 크레타에서 물러나지 않았지. 그동안 그들은 크레타 사람들을 지독히도 핍박했지. 그러나 그때 그리스 본토와 러시아 차르는 남의 일인 것처럼 뒷짐을 지고 있었어. 그래서인지…… 크레타 사람들은 터키인과 이슬람이라면, 그리스 본토 사람에게도 눈에 쌍심지를 켜고 이를 갈았지.

그곳 섬사람들은 반항적이고, 난폭하고, 죽음에 거침없이 맞서고, 거칠기로 소문났지. 욕심 많고, 게걸스럽게 먹고, 거짓말도 잘 하고 그러니까…… 호락호락하지 않거든. 그 애는 그런 곳에서 부대끼며 그럭저럭 잘 견디고 있지. 그러다가…… 앙팡지고 드센 크레타 여자에게 코가 꿸 수도 있겠지."

반면에 딸은 어머니의 극렬한 반대에도 불구하고, 세네갈의 수도 다카르에 있는 프랑스 영사관에서 현지 직원으로 근무하는 보잘 것 없는 흑인과 7년 전에 결혼하였다. 그 딸은 아프리카 여행 중 다카르에서 우연히 그를 만나 사랑에 빠진 것이다. (그러나 그는 그가 속한 부족의 종교에도 불구하고 철저한 무신론자이기는 했지만 초콜릿빛 피부에 매력적이고 나른해 보이는 청년이었다. 그녀는 그에게서 따뜻한 인간성을 느낄 수 있었다.)

카타리나는 아프리카에 매혹되었다. 다카르에서 멀지 않은 곳에 있는 고레 섬에는 암스테르담에서의 좋은 직장과 화려한 경력, 집과 안락함, 독일제 자동차를 버리고 그 섬에 정착한 사십대의 네덜란드 여자가 있었는데 그녀의 영향 때문이었을까. 마리클로드는 수년 동안 아프리카를 여행한 경험을 자주 털어놓았던 것이다.

카타리나는 머리 모양까지 아프리카식 헤어스타일로 바꿨다. 미용사는 그녀의 머리통 선을 따라서 세심하게 20개의 가르마를 만들어 땋아 주었다. 그러면 머리는 가볍고 단정해져서 매일 귀찮게 머리를 빗을 필요가 없었고 땋은 머리카락의 끝 부분이 목덜미를 간질이는 촉감도 좋았다. 세네갈에서는 프랑스어가 공용어로 통용되었지만 그녀는 원주민 언어인 월로프어까지 열심히 배웠다. 그리고 아프리카 춤까지. 미친 듯이 울리는 북소리에 맞춰 엉덩이를 리드미컬하게 마구 흔드는 환상적인 동작과 빠른 발놀림을.

어머니가 그때 성난 목소리로 말했다. "난 아프리카 사람, 흑인 모두 지긋지긋하구나. 가난하고 냄새나고 이 여관에서도 매일같이 그들을 쳐다봐야 하니까. 더욱이 말이야…… 네가 아프리카의 그 지독한 기후 풍토를 견딜 수 있을 것 같아? 그 결혼에 절대로 찬성할 수 없을 것 같구나." 그 딸 역시 단호하게 대답하였다. "전 아프리카, 아프리카 사람이 좋아요. 프랑스보다 더 좋다구요. 아프리카의 연중 내내 계속되는 무더위, 덥고 습한 기후도 아무렇지 않게 견딜 수 있거든요. 엄마가 반대해도 어쩔 수 없어요. 다시는 돌아오지 않을 거예요. 엄만 상관하지 마세요."

그 딸은 결혼 후, 백인 피가 반, 흑인 피가 반이 뒤섞여 있지만 거의 흑인에 가까운 진한 초콜릿색 피부의 예쁜 딸 하나를 낳아 기르면서 그럭저럭 잘 살고 있었다.

남매는 아주 가끔 가뭄에 콩 나듯이 어머니에게 안부전화를 하는 일이 있었지만, 그것이 전부였다. 여름 휴가철 또는 크리스마스 시즌에도 그녀를 방문하는 일 따위는 없었다. 남매는 정확히 그녀가 이혼한 때로부터 자신들을 배반한 아버지는 물론이고 죄 없는 어머니로부터도 (마음속으로부터) 멀어져 갔던 것이다.

아마, 엘리제가 죽을 때쯤에서야 유산 분배 때문에 찾아올 것이다. 그녀는 그때 넋두리처럼 그렇게 말했다. "난 자식들과 손자에게 둘러싸여 편안히 숨을 거둘 수는 없을 거야."

이브라함이 어느 날 밤 일어난 일을 담담하게 말했다.

"그날 밤은 정말 황홀하였지. 여자가 연신 포도주 잔을 가득 채웠고…… 그 구린내 나는 연한 치즈 덩어리와 삶은 닭다리를 입 속에 계속 넣어주기까지 했거든. 우린 상당히 취했지. 여자는 시시각각 젊어지기 시작했어……. 짙은 목 주름살은 감쪽같이 사라져 버렸어……. 기분이 너무 들떠서 얼굴이 빨개지고, 담배에 불을 붙여 물고는, 스페인계 유대인이었던 아버지의 때 이른 죽음과 궁핍했던 어린 시절, 엄마의 재혼, 기숙학교 시절, 재치 있고 친절했지만 주정뱅이였던 첫사랑 이야기, 허우대는 멀쩡하게 생겼지만 여자만 만나면 모아놓은 돈을 물 쓰듯 써버리는 두 번째 남자, 어처구니없는 결혼과 이혼, 자식들의 어린 시절 이야기까지 점점 사라져가는 과거를 한참 동안이나 더듬거렸어……. 술기운 때문에 문득 생각이 난 모양이었어. 그리고 뜸을 들였지. 그런데 갑자기 무슨 향수 냄새가 진하게 코끝을 간질이기 시작하고……. 나의 얼굴에 자신의 얼굴을 닿을 듯이 가까이 들이민 거지. 여자의 눈이 게슴츠레해지면서…… 시선이 불타기 시작한 거야. 마침내 그녀의 파마한 머리칼로 불이 번져서 활활 타올랐어. 그 불꽃이 나를 태울 것처럼 보였지.

그녀가 그때 열에 들떠서 말했어. '우리가 팔다리를 벌리고 꽉 끌어안고 하나가 된다면…… 그것도 괜찮겠지. 난 여자이고, 넌 남자이니까. 하나님이 애초에 인간을 그런 식으로 만들었지. 하나님이 일찍이 말씀하셨지. 남자는 제 아버지와 어머니를 떠나 여자와 짝을 이룰 것이니, 그 둘은 한 몸으로 붙을 것이다.'

나 역시 몸이 달아오르고 온몸의 뜨거운 피가 사타구니로 몰리는 느낌이 들었지. 관자놀이는 흥분 때문에 팔짝팔짝 뛰었고……. 그건 참으로 황홀한 기분이었어.

그러나 난, 그때 엉거주춤 자리를 털고 일어났지. 갑자기 숨이 탁 막히는 기분이었어. 나의 자격지심이었는지는 몰라도 여자의 이글거리는 눈과 그 거대한 몸통이 너무 탐욕스러워 보였거든. 그 여자는 육식을 탐하는 거미 암컷처럼 일이 끝나면 또는 일이 진행되는 중에도 수컷을 집어삼킬 것으로 보였던 거지. 그 반사작용으로 나는 살인의 고의를 느꼈을 거고, 그래서 그녀의 목을 졸랐을지도 ……. 그건, 내가 두 손으로 그녀의 목을 감고 흥분한 몸에 올라타 압박을 하면서 키스를 퍼부을 때 손가락에 그녀의 부드럽고 두터운 목살이 느껴질 것이고 그 순간 손목의 강력한 힘으로 목을 조르는 듯 꽉 누르기만 하면 그녀의 숨이 막혀 죽는 거였어.

그런데 검은과부거미의 교미 과정은 이런 거야. 암컷이 수컷을 유혹하면서 모두 16개의 다리가 엉켜서 춤을 추고 수컷이 암컷 위에 올라가 자신의 신성한 책무를 끝내려고 몸부림치고 있을 때, 그 순간에 벌써 녀석의 머리통이 점점 사라지는 거야. 암컷이 수컷의 그것을 아삭아삭 씹어 삼키는 거지. 그 다음에는 수컷의 목을 잘라서 꼭꼭 씹어 삼키고, 곧이어 아직도 살아 꿈틀대는 수컷의 몸통을 물어뜯는 거야. 그러니까 교미 중 암컷에게 영양보충을 위해서 먹이로 자기 몸을 내어주는 수거미는 암컷에게 온몸을 통째로 뜯어 먹히는 순간에도 필사적으로 암컷의 자궁에 정액을 주입하는 거지. 수거미의 입장에서는 자살행위이고 짓궂은 자연의 섭리이지만 모든 생물에게 있어서 번식 욕망은 원초적인 거니까.

난, 결코 금욕주의자는 아니지만 주인의 성적 노리개로 전락할 수는 없었지. 한번 빠지면…… 난 젊었으니까 걷잡을 수 없었겠지. 그러나 여자의 자존심을 뭉개서는 안 되었지. 멸시 당한 여자처럼 무서운 복수의 여신은 지옥에도 없으니까. 그래서…… 조심스럽게 눈치를 살피면서 공손하게 말했어. '전, 이 순간 자제를 해야 합니다. 주인님의 충직한 하인일 뿐입니다. 저에게는 주인님을 정중하게 모실 의무가 있습니다.'

어쨌거나 여자가 고개를 들어 창밖을 내다보며 중얼거렸어. '아프리카 검둥이도 늙은 것은 싫다는 거겠지. 젊은 남자라고 으스대고 있는 거야. 거만하게 내 불쌍한 늙은 육체를 내려다보며 경멸하고 있는 거야. 늙는 것은 정말 싫어…… 이브라함…… 네 이름은 왜 그 모양이야. 아브라함이거나, 아니면 이브라힘이어야지? 헷갈리지 않아! 그건 그렇고 말이지, 넌 애당초 천당에 가긴 글렀어. 하나님은 모든 죄를 용서해주지만, 여자를 내버려두는 남자만은 질색이거든. 여자는 여자인거야. 인간이기 전에 먼저 여자란 말이지…….'

그 후로 아무 일도 일어나지 않았어. 엘리자는 자상한 주인이었고, 나는 충실한 종업원이었을 뿐이야……. 나중에 깨달은 거지만, 내가 그녀를 거절한 건, 그건, 사실, 명백히 아프리카 흑인의 뿌리 깊은 열등의식 혹은 백인에 대한 잠재된 반항의식 때문이었어."

남부 프랑스 출신인 엘리제는 이브라함을 진짜 사랑했을까? 늙어가는 그녀에게 사랑의 감정이 아직도 살아 있었을까? 그 사랑의 감정이 그녀의 꺼져버린 욕망에 불을 지피고 술기운을 빌어 그를 유혹케 하였던 것일까? 하지만 그녀는 냄새나는 아프리카 검둥이들을 몹시 혐오하였고 마음속으로부터 멸시하지 않았던가. 그녀는 단지 그가 성실하고 고분고분 말을 잘 듣고 더욱이 싼값으로 부려먹을 수 있으니까 지금껏 데리고 있었던 것이 아닌가.

그러나 그녀는 그 당시 너무 외로웠고 (자식도, 남편도, 친구도 곁에 없었으니까) 아직도 사랑에 대한 아련한 미련 역시 가슴 속 저 깊은 곳에 숨겨져 있었고, 오랜 세월, 무려 5년간이나 매일 그를 지켜보면서 검둥이에 대한 편견과 역겨운 냄새는 씻은 듯이 사라져 버렸고, 그래서 그날 저녁의 황홀한 분위기가 그녀를 달뜨게 하였던 것이다.

이브라함은 그녀가 일찍이 만나지 못했던 남자, 지금 곁에 있는 유일한 남자, 젊고 건강한 남자라고 새삼스럽게 인식되면서 그가 너무 사랑스러워서 유혹하지 않고는 도저히 배겨날 수 없었던 것이다. 그는 아프리카인이 아니야. 그는 흑인 왕을 닮았어. 육체는 서로 가까이 있었다. 그녀는 사랑이 육체의 욕정으로 변해서 활활 불타오르는 가슴을 진정시킬 수가 없었던 것이다. 그녀는 그에게서 모성애를 느꼈기 때문에 가지게 된 근친상간 같은 금기 사항, 늙은 여주인과 젊은 하인 간의 종속 관계에 따른 금기 사항 같은 것은, 그러나 그건 깨뜨릴 수 없을 만큼 단단한 것은 아니었다.

그러나 이브라함이 그녀의 마음을 텔레파시, 이심전심으로 나마 깨달았는지는 알 수 없다. 그녀의 일방적인 감정이었는지도 모른다. 늙은 여자의 젊고 건강한 남자에 대한 애처로운 짝사랑. 그러나 우리는 그 사랑을 추한 것이라고 또는 부정한 것이라고 비난할 수 없다. 그건 가당치 않은 일이다.

진정한 사랑은 종종 틀린다. 하지만 사랑은 모든 것에 앞선다. 희생이나 기도보다 앞선다. 사랑은 우리를 모든 죄의식으로부터 벗어나게 한다.
(베티나 브렌타노)

그 당시 그에게 특별한 희망이 기다리고 있었던 것은 아니다. 자크가 죽으면서 그냥 여관이 싫어졌던 것이다. 그 동안 잘 대해주었던 엘리제에게 미안한 마음이 없었던 것은 아니었다. 엘리제는 철마다 프랑스 젊은이들이 입는, 요즘 유행에 걸맞는 옷과 신발을 사주고, 가끔 어머니가 자식에게 차려주는 것과 같은 정성스런, 포도주가 곁들인 저녁식사를 마련해 주기도 했다.

그러나 무언가 새로운 변화가 필요했던 것도 사실이었다. 진정한 삶을 살려면 이 따위 생활의 인정쯤은 버려야 된다고 생각한 것이다. 어차피 자신은 미래의 불확실성과 지독한 가난 속에 내던져져 있으니까. 무엇을 두려워 할 것인가.

그런 후 이프 섬 선착장의 한쪽 귀퉁이에서 유럽 사람들에게 이국적인 향수를 불러일으키는 아프리카 산 액세서리 노점상을 시작했다. 그는 그때 온갖 종류의 번쩍이는 것들—팔찌와 브로치, 반지와 귀걸이, 채색한 유리구슬, 싸구려 은제 그릇 등—과 아프리카 토산품, 험상궂은 부족 가면을 관광객을 상대로 팔았던 것이다.

모로코의 붉은 도시인 마라케시에서 밀입국한 옆집 여자, 만수라 (Mannsula)는 해가 질 무렵이면 집을 나섰다.

그녀는 일찍부터 체류허가증을 소지하고 있었고, 구 항구의 벨주 부두 쪽 오페라 극장 부근에 있는 고급 술집에서 일했다. 그 도시는 아프리카에서 온 젊은 여자들에게는 매우 위험한 곳이었지만, 아름 답고 자유분방한 그녀는 전혀 아랑곳하지 않고 도시를 헤집고 다녔 다. 사막의 모진 햇빛과 사나운 바람에 단련된 불의 꽃 부겐빌레아 를 닮아서일까. 그러나 그녀가 단지 쾌활하다는 이유만으로 경박한 여자라고 지레 짐작할 것은 아니다. 그녀는 큰 키에 피부는 초콜릿 색깔이었지만 매끄러웠고, 가슴은 남자처럼 납작하였다. 검은 머리 카락은 윤이 나서 번지르르 빛났고, 완벽한 모양의 큰 눈을 가지고 있었다. 사람을 기분 좋게 만드는 미소를 지으면서 담배를 입술 사 이에 지그시 물고 연기를 멋있게 내뱉을 줄 알았다. 때때로 담배 연 기로 동그라미를 그려 허공으로 날려 보냈다.

그녀는 혀를 능수능란하게 굴려서 프랑스어를 정확하게 발음하 였다. 그녀의 프랑스어에는 베르베르어 악센트가 전혀 섞여 있지 않았다.

그녀와 떠돌이 개들이 그의 친구였다. 불법이민 초기 불면증으로 잠을 이룰 수 없을 때면 만수라는 알아들을 수 없는 언어로 나지막 하게 노래를 불러주었다. 언젠가 그가 살기 싫어서 자신의 손목을 살균한 면도칼로 깊게 그었을 때 그를 구원해 준 것도 만수라였다.

그 상처 자국은 지금도 선명히 남아있다.

초기 이민자 생활에서 그나마 가족처럼 돌봐주었던 만수라가 없었다면 그의 프랑스 생활은 더욱 비참하였을 것이다.

그 당시 세월이 상당히 흘러 지나가도 여전히 심각한 트라우마 때문에 밤이면 계속 나쁜 꿈을 꾸고 있었다. 그는 한동안 알코올 중독과 외상후 스트레스 장애 증상 때문에 고통을 받았고, 사막에서 일어났던 그 일련의 충격적 사건들이 준 깊은 내상은 어느새 그의 남성 기능마저 일시 마비시켜 버렸다.

그런데 만수라와 그가 연인 사이라고 말할 수 있을까?

그해 여름은 짧았다. 9월 중순경인데도 벌써 날씨가 서늘했다. 초가을의 느긋한 주말 오후였다. 햇볕이 따사롭다. 오페라 극장 뒤쪽 노천카페에서 칠흑처럼 검고 진하고 쓰디 쓴 에스프레소 커피를 마실 때, 만수라는 그를 외면한 채로 건물에 가려 보이지도 않는 바다 쪽을 무연히 바라보면서 우물쭈물 이야기 하였다.

"내겐, 프랑스인 여자 친구가 있어. 난 여자만을 사귀지. 남자들한테는 결코 끌리지 않거든. 그런데 말이야, 그 여자도 곧 바뀔 거야. 나는 항상 새로운 사람과 있어야만 행복을 느끼지. 난…… 더 좋은 파트너가 나타나면 언제든지 바꿔버리지."

그는 그때 어떤 말로도 대꾸하지 않았다. 저 멀리 끝없이 펼쳐진 바다는 지금쯤은 잔잔하리라.

그녀는 얼마 후 새 연인을 따라 암스테르담으로 떠났다. 새 연인은 지독한 변태성욕자였던 부유한 전 남편과 이혼하면서 상당한 목돈을 위자료로 받았다. 그녀는 그 돈으로 그 도시 외곽에 있는 하이네켄 체험전시관 부근에서 운하를 오고 가는 유람선의 손님을 상대로 감자튀김과 청어 요리를 하이네켄 맥주 또는 포도주와 곁들이는 식사를 제공하는 작은 식당을 운영할 예정이었다. 그녀는 원래 마르세유에서 카페를 경영한 일이 있었다.

그러나 그녀는 이혼한 후에도 그 지긋지긋한 전 남편과는 무조건 멀리 떨어져 살고 싶어 했다. 그녀는 단지 남편의 이름을 듣는 것만으로도 몸서리를 쳤다. 그 이름은 그녀에게 고통이나 모욕감보다 더 참담한 수치심을 느끼게 하였다. 그녀는 끊임없이 뇌까렸다. "이 도시를 하루 빨리 도망쳐야 돼. 그 자식과 관련된 기억을, 그래 모든 것을 깡그리 지워버려야 하니까."

만수라는 이번만큼은 상당한 기간 떨어지지 않고 살기로 결심하였다. 바르셀로나 출신의 양성애자인 그녀는 통통한 편이었고, 남자처럼 강인한 인상을 풍겼지만 마음씨가 착하였다. 무엇보다도 그녀의 애인이 되어주는 대신 그 식당을 공동으로 운영할 뿐만 아니라 그 수입의 반을 주겠다고 약속하였기 때문이다.

만수라가 연인과 함께 소매치기, 집시나 흑인 거지들이 득실거리는 생 샤를 역에서 테제베 기차를 타고 떠나던 날, 이브라함은 누나같고, 어머니 같았던 그녀와 헤어지는 것이 너무 슬펐고, 자신도 그 멋진 기차를 타고 북쪽 나라로 함께 떠나고 싶은 갈망 때문에 눈물을 흘리고 말았다.

만수라가 그를 위로하였다.

"넌 영리하고 착한 사람이야. 난 절대로 널 잊을 수 없겠지. 하지만 얼마간 돈을 모으면 곧 사막으로 돌아가야 할 거야. 넌 사막을 떠나서는 살 수가 없는 사람이지. 사막에서만 행복하게 살 수 있는 사람이거든……. 사막 사람들은 사막에서 살아야 하고, 사막에서 죽음을 맞이해야 하지. 우리의 영혼은 오직 사막에서만 평온하게 머물 수 있는 거야. 콘크리트 상자에서는 그 영혼은 말라 죽게 되지. 나도 언젠가는 사막으로 돌아가야 할 거야……."

그녀는 메디나의 미로 같은 좁은 골목길로, 사람들이 사는 그 정겨운 골목으로 돌아가야만 한다고, 생각한다.

영혼의 울림인 것처럼 둥둥둥둥둥 울리는 북소리가 잦아들 듯 또는 빠르고 급하게 퍼지는, 환청처럼 아련하면서도 저릿하게 밀려와 육체 속으로 스멀스멀 스며들어 모세혈관을 타고 흐르면서 심장박동을 팽팽하게 당기는 저 북소리가 울려 퍼지는 제마엘프나 광장으로.

1897년 2월, '사막의 술탄'이라고 불리던 성도 스마라의 족장인 마 엘 아이닌이 모로코를 점령한 프랑스 침입자들을 몰아내기 위해 사막의 전사들을 이끌고 행진했던 제마 엘프나 광장으로.

그러나 제마 엘프나에는 해가 뉘엿뉘엿 진 후 밤에 가야만 한다. 밤의 광장이니까.

작은 침팬지는 밤의 열기 속에서 주인의 신호에 따라 민첩하게 공중제비를 돌고, 이가 빠져버린 늙은 독사는 피리소리에 맞춰 머리를 흔들며 묘기를 부리고, 붉은색 옷에 무슨 쇠붙이를 주렁주렁 매단 물장수 게랍, 길가의 이발사, 끊임없이 허공에 나팔을 불어대는 곡예사, 붉은색 푸른색 원색 옷을 입은 무용수들, 자신의 운명은 모르면서 남의 운명은 잘도 알아맞히는 점쟁이, 주술사, 돌팔이 치과의사, 시커멓게 탄 뱀과 원숭이 등을 파는 음식점, 온갖 종류의 향신료가 가득한 가게, 썩어가는 생선들을 늘어놓은 가판점들, 마리화나 아니면 하시시를 공공연히 파는 뚜쟁이들을, 입안에 군침이 돌게 하는 온갖 먹거리가 유혹하는 야시장을, 그리고 어깨를 은근슬쩍 부딪쳐오는 그 수많은 소매치기들을, 그녀가 어찌 한시라도 잊을 수 있겠는가.

"그런데, 이 험난한 세상에 행운이 있어야 할 거야. 너를 위해 매일 밤마다 기도해줄게. 사막에서 행복하게 아주 오래 살 수 있도록 말이지. 그리고…… 나를 기다려줘. 난, 반드시 돌아갈 거야. 도시는 삶이 너무 복잡해. 그리고 여긴 너무 추워서 많은 옷을 껴입고 살아야 하는 것도 불편한 일이야. 옷을 훌훌 벗고 아주 단순하게 살고 싶은 거지. 사막이 내가 돌아왔다고 성대한 축제를 열어줄 리는 없지만……. 난 사막에서 이브라함과 함께 하는 게 꿈이거든."

그는 목이 메어서 아무런 대꾸도 할 수 없었다. 그러나 그녀의 말을 그대로 믿을 수는 없었다. 그녀를 쉽사리 다시 만날 수 있을 것 같지 않았다. 그때, 짧은 순간 그의 온몸에서 참을 수 없는 경련이 일어났다.

그녀는 기차에 오르기 직전 상당한 금액의 돈을 그의 손에 쥐어 주었다. 그리고 창밖으로 손을 가볍게 흔들었다. 그때 기차는 미끄러지기 시작하였다. 북쪽으로 가는 테제베 기차는 부드럽게 플랫폼을 미끄러져 나갔다. 그는 기차가 출발하는 것을 지켜보았다. 만수라가 여전히 창가에 보였다. 그녀가 계속 손을 흔들었다. 그 창문이 지나갔고, 나머지 창문도 모두 지나갔다. 기차는 멀어져갔고 시야에서 완전히 사라졌다. 그때 반대편 선로에는 다른 기차가 미끄러지듯 서서히 도착하고 있었다.

3번 플랫폼은 거의 텅 비어 있었다. 기차가 2시 정각에 출발한 후에도 그는 오랫동안 그 자리에 서 있었다. 초겨울이어서 비는 멎었지만 여전히 축축하고 추운 날씨였다. 얼마 전에 삐었던 오른쪽 발목이 몹시 욱신거리기 시작하면서 그는 얼굴을 찡그렸다. 그러나 그녀는 어머니였고, 누나였고, 사랑하는 연인이었고, 마지막 희망이었던 그녀가 황량한 도시의 한 구석에 그를 남겨두고 떠나는 것을 미동도 하지 않고 묵묵히 지켜보았다.

비록 마르세유는 지중해에서 제일 큰 국제적인 상업 활동의 중심 도시가 되어 있었지만, BC 600년경에 생긴 이 항구 도시는 여전히 낡은 도시의 은밀한 뒷골목을 숨기고 있다. 노아유 구역의 가장 오래된 구시가지 쪽으로 올라가면 부서진 계단의 층계를 따라 썩은 냄새가 코를 막히게 하는 하수구 물이 넘쳐흐르고, 길가에는 산더미처럼 쌓인 쓰레기들이 썩고 있었다. 그곳에는 5, 6층 높이의 집들이 다닥다닥 붙어있기 때문에 골목에서는 하늘이 잘 보이지 않았고, 바닥의 공기는 온갖 악취로 가득 차 있었다. 이 냄새는 가끔 바람이 골목을 스며들 때만 골목의 좁은 하늘로 날아갈 뿐 밑바닥에는 냄새가 그대로 고여 있었다.

수많은 북아프리카 이민자들과 아랍 이민자들, 피에 누아르들이 모여 사는 그 거리의 건물들은 한결같이 오래되어 칠이 벗겨진 외벽에 두껍게 때가 끼어 거무칙칙하였고, 일부 건물은 곧 무너질 것처럼 퇴락했다. 길가 쪽에 붙어 서있는 낡은 건물의 창문들은 유리창 대부분이 깨어져 있거나 철망이나 쇠창살로 막혀 있다. 햇빛이 겨우 건물 꼭대기에 있는 굴뚝의 검은 연통만 잠깐 비추다 사라지기 때문인지 뒷골목 쪽 건물의 맨 아랫부분은 항상 눅눅하고 더럽게 얼룩져 있었다. 그 골목에는 깡마른 고양이들이 서로를 갈기갈기 찢을 듯이 증오에 가득 찬, 또는 애원하고 호소하는 듯한 목소리로 울어대며 어슬렁거리고 있었고, 털이 보기 흉하게 빠져버린 늙은 개들이 으르렁거리며 뼈다귀를 질근질근 씹고 있었다.

제2차 세계대전 중 프랑스를 점령하고 있던 독일군들은 폭격으로 마르세유 구시가지 대부분을 파괴하였지만, 어쩐 일인지 노트르담 드 라 가르드 성당과 시청사, 구시가지 일부를 파괴하지 않고 그대로 남겨 놓았다. 구시가지의 생피에르 가에 있던 옛 도형수 감옥은 지금은 박물관으로 개조되어 있었지만, 그 거리의 수백 년도 더 된 아름드리 플라타너스 나무들은 하나의 궁륭을 이룬 채 지금도 여전히 골목길에 긴 그늘을 드리우고 있었다.

그 구시가지의 북쪽 끄트머리와 구불구불한 좁은 길을 통하여 연결되어 있는 아프리카 거리에는 마그레브 지역의 이민자들이 집단으로 모여 살았다. 그곳에는 얌과 카사바와 같은 아프리카 식품을 파는 작은 가게와 아프리카식 스트레이트파마를 전문으로 하는 미장원, 아랍인들이 주로 입는 품이 넉넉한 젤레바와 이슬람식 베일을 파는 가게, 꿀이 줄줄 떨어지는 사탕류를 내놓고 파는 찻집, 메카 순례만을 전문으로 하는 여행사, 허름한 아프리카 이민자 숙소, 나이지리아 사람이 경영하는 아프리카 바도 있었다.

그 바는 요란한 색칠을 한 내부 장식에 비하면 몹시 어두침침하였다. 등받이가 없는 높고 붉은 의자가 길게 놓여있는 마호가니로 된 스탠드 앞쪽에는 밴드에 맞춰 몸을 비비고 춤을 출수 있도록 좁은 공간의 플로어가 있었다. 아프리카, 서인도 제도, 예멘, 키프러스, 그리스에서 온 선원들로 늘 만원이었고, 선원들은 갈색 피부의 아비시니아 여자들, 옛 프랑스령 서인도제도에서 흘러들어온 두 세계의 혼합물인 물라토들과 함께 자메이카의 레게음악에 맞춰 몸을 한껏 비비꼬며 춤을 추었다. 모두들 고함을 질러대고 제정신인 사람은 없었다. 진한 붉은 립스틱을 립 라인에 덧칠한 윤락 여성들이 단골처럼 드나드는 곳이었다. 그곳은 입구 쪽 덧문이 달린 문이 열릴 때마다 시끄러운 목소리, 음악 소리, 분노와 탄식, 요란한 웃음 소리가 터져 나왔고, 함께 지독한 담배 냄새와 압생트 냄새, 마리화나 냄새가 풍겨 나왔다. 그들도 한때는 그곳의 단골손님이었다. 그들은 함께 어울려 알코올 냄새가 역겹게 풍기는 트림을 쏟아내며 자주 술을 마셨고 거리낌 없이 마리화나도 피웠다. 그녀들과 밤늦게까지 히히거리며 어울렸다.

그들은 대개 새벽녘이 되어서야 비틀거리며 술집을 나섰다. 그리고 누군가 굵은 색연필로 풍만한 흑인 여자의 몸을 외설스럽게 그려놓은 낙서 밑에 '*이 술집에 들어오려는 자, 모든 희망을 내려두고 가라*' 라는 글귀가 써진 담벼락에 오줌을 갈기고, 가끔 그곳에서 심하게 토하였다.

그 골목에서 그는 몇 달을 잠시 지낸 적이 있었다. 이프 섬 선착장에서 관광객을 상대로 액세서리 노점상을 할 당시 말리의 통북투에서 밀입국한 투아레그족 사람, 하딤 마흐메드를 알게 되어 그의 지붕 밑 작은 다락방에서 몇 달을 함께 지낸 것이다. 하딤은 이브라함보다는 3년쯤 먼저 밀입국해서 자리를 잡고 있었던 것이다.

그는 피부가 따뜻하고 깊은 검은 색이였다. 헐렁한 청바지에 검정 티셔츠를 입은 탄탄한 몸에서는 남성미가 물씬 풍겼다. 하딤은 어두컴컴하고 지저분한 그 골목의 비밀스런 구석을 모조리 알고 있었다. 그에게 그 거리는 너무 좁게 느껴졌고 언제나 똑같은 거리로 보였다.

하딤은 사하라 남쪽 사헬지대에서 자랐다. 그러나 한때는 비옥한 사바나였던 곳은 몇 년째 가뭄이 들자 이제 사막으로 변모하였다. 잡목마저 누렇게 시든 채 바람에 바스라졌다.

그곳 투아레그족은 더 이상 유목민이 될 수 없었다. 어디에서도 물과 목초지를 찾을 수 없었던 것이다. 너무 건조한 기후 때문에 오직 땅콩을 재배하여 온 가족이 그 수입으로 겨우 입에 풀칠할 수 있었다. 유목민의 전통적인 삶의 방식을 포기할 수밖에 없었다. 그런데 몇 년 동안 심한 가뭄이 계속되면서 그나마 수확이 급감하자 그의 가족들은 먹고 살기 위해 가장 가까운 도시인 통북투로 이동하였다.

투아레그는 가슴 깊은 곳에서부터 자본주의 문명을 세상의 그 무엇보다도 증오하였지만 그것은 마침내 그 종족의 뿌리까지 침투해 있었다.

그들은 해골처럼 삐쩍 마른 채로 궁색한 천막과 판잣집들이 다닥다닥 붙어있는 통북투의 빈민촌으로 몰려들었다. 그들은 영양실조와 각종 질병에 시달리고 있었다. 콜레라와 결핵, 말라리아, 기생충 감염, 에이즈 등이 기승을 부렸다. 도시로 함께 몰려온 염소 떼가 골목을 어슬렁거리면서 모기와 파리 떼가 눌러 붙어있는 쓰레기 더미를 헤집고 다녔다. 사막의 태양은 먹을거리 또는 일자리를 찾아 길거리를 헤매는 동족들의 머리 위로 무자비한 햇살을 인정사정없이 쏟아부었다. 그 도시 역시 사막의 모래 바람을 피할 수는 없었다. 모래 먼지로 뒤덮인 길거리에는 금방이라도 허물어져 버릴 것처럼 보이는 진흙 벽돌로 지은 낡은 집들이 띄엄띄엄 서 있었다. 도시의 주변을 흘렀던 나이저 강의 지류는 완전히 메말라서 모래에 묻힌 채 강의 흔적만 남았다.

그 도시에는 송가이족과 투아레그족, 사하라 이남 아프리카의 흑인 부족과 아랍족들이 불안스럽게 뒤섞여 있었고, 테러조직, 반군단체, 밀수꾼, 말리의 정부군들이 프랑스 영토보다 더 넓은 광활한 말리 북부 사막지대에서 활동하고 있었다.

그에게는 부모님 이외에 5명의 형제와 4명의 여자 형제가 더 있었다. 그는 젊은 시절 혈기가 넘쳐흘렀지만 통북투에서는 어떠한 기회도 붙잡을 수 없었다. 그곳의 삶은 항상 불안정했고 위태위태하였다.

사하라는 냉정하고 잔인하였다.

그는 가족들을 남겨두고 천신만고 끝에 홀로 프랑스로 온 것이다. 그는 프랑스에서 열심히 일해 모은 돈 대부분을 통북투의 가족에게 정기적으로 송금했다. 그 돈이 가족의 생명줄이었다. 그 역시 말리에서 식료품 가게를 차릴 수 있을 만큼 어느 정도 목돈이 마련되면 하루빨리 다시 고향으로 돌아갈 생각이었다. 그는 그때 가족들과 사막이 눈앞에 어른거려 거의 병이 날 지경이었다.

그 당시 둘은 처음 만나는 그 순간부터 서로에게서 강렬한 고향의 냄새, 사막의 냄새를 맡을 수 있었다. 사막에서 태어나고 자란 사람들은 어느 곳에 살든지 사막에 대한 강한 애착을 버리지 못하기 때문이다. 그들은 투아레그족의 심장을 가지고 있었다. 그리고 둘 다 오랫동안 잊고 지냈던 투아레그 말을 실컷 재잘거리고 싶었던 것이다. 그들은 더 큰 목소리로 빠르게 투아레그 말을 지껄이며 웃고 떠들었다.

그 무렵에 이브라함은 팔뚝에다 문신을 새겼다. 그 술집에서 만난 건장한 체격의 선원들 가슴이나 팔뚝에 새겨진 신기한 문신을 발견했던 것이다.

그때 하딤은 말렸다. "그 사람들이 갖고 있는 바늘이 너무 더러워서, 나쁜 병을 옮길 수도 있어. 녹슨 바늘로 찌르면 피부가 금방 곪아 터질 지도 몰라. 게다가 돈을 터무니없이 많이 달라고 할 거야. 문신은 선원들이나 하는 짓이지. 그러니까 다른 이유이기는 하지만 유대인들이 율법으로 문신을 금지하고 있는 거야. 다시 생각해보렴."

"난, 중요한 것들을 가슴 속에 깊이 간직하고 있지만…… 팔뚝이나 아니면 가슴팍에 새기고 싶은 거야. 결코 잊어서는 안되니까."

"그게 무언데?"

"음…… 투아레그와 마르세유. 그리고, 이브라함과 만수라이지. 그들이 내 인생의 전부이거든."

"넌, 만수라가 돌아올 수 있다고 믿는 거야."

"난 기다려야 해. 유일한 꿈이니까."

돌팔이 문신 시술자의 검은 잉크를 적신 바늘 끝이 촘촘하게 그의 피부를 인정사정없이 찌르기 시작했고 피가 흐른다. 그는 견디기 힘든 통증을 느꼈다. 동시에 가벼운 흥분을 느꼈다. 몇 시간 뒤 팔뚝에 고딕체의 글씨가 나타났다. 오른팔 팔뚝에는 Marseille, Tuareg가 왼팔 팔뚝에는 N. Mannsula, M. Ibraham. 그 글씨들은 그의 심장에 새긴 것이나 마찬가지였다. 그가 사막으로 돌아가더라도 마르세유를 잊을 수는 없을 것이다. 어찌 잊을 수 있을 것인가! 그리고 만수라를 기다릴 것이다. 끝없이 기다릴 것이다.

그 도시는 사막에서는 상상도 할 수 없었던 온갖 문명의 이기들과 문명사회의 생활양식을 보여주었다. 어느 것 하나 신기하지 않은 것이 없었다.

끊임없이 도시의 하늘 위로 먼 선사시대의 괴물처럼 날아오르는 비행기, 밤이면 환하게 불을 밝힌 채 신 항구 부두에 정박 중인 세계 각지의 국제 항구를 항해하는 수십 척의 대형 선박들 ― 그것들이 예인선의 도움을 받아 항구를 벗어나 큰 바다로 나갈 때면 아득한 황금빛 낙원을 향하여 항해를 하는 듯한 착각에 빠져서 관습적으로 저음 악기의 맥빠진 소리 같은 뱃고동을 연달아 몇 번씩 울린다 ―, 마르세유 생 샤를 역에서 매일 정기적으로 파리 또는 북쪽 도시로 떠나는 유선형의 멋진 테제베 기차, 아르누보풍의 지하철역 입구, 거리에서 제멋대로 경적을 울리면서 달리는 작고 예쁜 자동차, 편리하기 짝이 없는 메트로, 수도꼭지를 틀기만 해도 콸콸 쏟아지는 물, 화려한 백화점과 그 백화점에 산더미처럼 쌓여있는 수많은 생활 용품들, 호텔, 레스토랑, 노천카페, 오페라 극장, 박물관, 미술관, 유혹하는 도시의 불빛, 카톨릭 성당의 종소리, 거리 축제, 기다란 바게트 빵, 달콤하거나 시큼한 냄새가 나는 치즈, 포도주, 푸들을 산책시키는 여인들, 베레모를 쓴 노인들, 마르세유 북쪽 구시가지의 미궁 같은 좁은 골목 그리고 에디트 피아프의 감미로운 샹송까지. (이브라함은 피아프를 좋아했다. 그녀의 애절한 마지막 노래 '아무 것도 후회하지 않아 Non, je ne regrette rien' 중에서 '*아니 난 아무것도 후회하지 않아 값을 치르고 말끔히 치웠지 그리고 잊었어*'의 음절을 특히 좋아했다)

그리고 그 도시에는 자식들에게 버림받은 채 양로원에서 죽어가는 노인들과 오직 텔레비전과 대화하는 어린이들, 삶에 대한 온갖 종류의 불평불만들이 넘쳐났다.

하지만 최고의 문명사회를 구가하는 프랑스에서, 프랑스적인 이 모든 것들은 그에게 아무런 감흥을 일으키지 못하였고, 어떠한 형태의 욕망도 자극하지 못하였다. 그것들은 그에게 새로운 도전이었고, 어쩔 수 없이 사막 유목민의 척박하지만 단순한 삶과 끊임없이 비교할 수밖에 없었다. 유목민들은 극히 적은 부분에서 문명의 혜택을 누리고 있었다.

"도시의 풍요로운 삶의 방식은 그 어느 것도 자연스럽지 않았어. 10년을 넘어 살았어도 그 도시는 여전히 낯설었어. 문명 세계에 끝내 적응하지 못한 거야……. 난, 그때 서구 문명이라는 거대한 바다에 외롭게 떠다니는 난파한 조각배 같았어. 그러니까, 프랑스 사회에 편입되기 위하여 어떤 의식적인 노력도 포기하였지. 쓸데없는 일 같았으니까. 그 사람들은 날 암흑의 땅에서 굴러들어온 야만족 출신으로 취급했지. 마음속으로 한편 동정하면서 은근히 경멸했던 거야. 그들의 메시지는 아주 분명한 거였어. 너희는 타자라는 거지. 기껏해야 약간 개화된 야만인으로 간주했어. 우리는 너희와는 같지 않다는 거였어."

그들은 밤이 이슥해서 그날의 노점상 장사가 끝나면 자주 그 술집으로 갔다. 겨우 쥐꼬리만큼 번 돈을 몽땅 써버리기 위해서.

그날, 술집 안은 후덥지근했다. 사람들은 여느 때처럼 소리치고, 웃음을 터뜨리고, 무슨 노래를 부르고, 춤을 췄다. 귀가 멍멍할 정도로 몹시 시끄러웠다.

그때, 프랑스 해군 수송함의 휴가병 일행이 들어왔고, 술이 들어가기 시작하자 안하무인격으로 그들은 술잔을 거세게 부딪치며 마구 떠들어댔다. 해군 군가를 합창하면서 반복되는 후렴이 끝날 때마다 폭소를 터뜨리고 떠나갈 듯이 고함을 질렀다. 그런데 늙은 수

병이 술에 취하자 공공연히 시빗거리를 찾고 있었다. 그 수병의 팔뚝은 온통 혀를 날름거리는 아프리카 블랙맘마의 문신이 차지하고 있었다. 그 겁 없고 당당해 보이는 짐승은 상대방을 끊임없이 위협하고 있었다.

그때 그 수병이 분명히 그들을 향해 소리쳤다. "더러운 아프리카 개새끼들…… 깜둥이 놈들…… 역겨운 냄새가 나는 놈들. 깜둥이들이 목욕을 해봤자 비누만 닳아 없어지지. 당장 프랑스에서 꺼져버려! 너희 놈들이 백인의 일자리를 빼앗고 있어. 너희 집으로 어서 돌아가란 말이야. 아프리카로……."

필연적으로 거친 말싸움이 시작되었다. 하딤은 결코 밀리지 않았다. 오히려 체셔 고양이처럼 히죽히죽 웃었다. 그러자 그 자식이 하딤의 웃는 얼굴에 가래침을 내뱉었다. 그 순간 하딤이 맥주잔을 깨서 그의 얼굴을 길게 그어버렸다. 피가 줄줄 흘렀다. 순식간에 벌어진 일이었다. 그때, 아주 잠깐 동안 술집 안에 쥐죽은 듯한 침묵이 지나갔다. 춤을 추던 사람들이 일제히 동작을 멈췄다. 그리고, 곧 난장판이 벌어졌다. 주먹과 발길질이 격렬하게 오가고, 작은 테이블들이 뒤집어지고, 술잔들이 날아가서 바닥에, 벽에 부딪쳐 파편이 튀었다. 고함 소리, 신음 소리, 치고받는 소리, 알아들을 수 없는 온갖 욕지거리 등이 난무했다. 인간의 광기가 휩쓸고 있었다. 여자들은 몸을 피하기 위해 구석진 곳으로, 문 쪽으로 흩어졌다.

바텐더가 고래고래 소리를 질렀다. "제발 그만두라고! 이제 그만

해! 그만……." 그러나 둘은 구석으로 밀리기 시작했다. 하딤은 뒷걸음을 치면서 어느새 잭나이프를 꺼내들어 휘둘렀다. 그가 씨근덕거렸다. "덤비라고! 덤벼. 칼침을 맛보게 할 테니까!" 그 칼은 손잡이에 이단으로 작동하는 작은 단추가 달려있어서 단추를 한 번 누르면 칼날이 반쯤 튀어나오고 두 번째 누르면 칼날이 전부 튀어나왔다. 수병들이 주춤하였다.

그때 두어 명의 짭새가 들이 닥쳤고, 이브라함과 하딤은 뒷문을 통해 간신히 빠져나왔다. 그들 역시 온몸과 얼굴을 심하게 얻어맞아서 피멍이 들고 피범벅이 되어있었다.

그날의 사건 이후 그 술집에는 발길을 완전히 끊었다.

"문명 세계 사람들은 너무 풍요로웠어. 그 문명은 극도로 규격화돼있고 사람들은 온실 속에서 살고 있지. 그러나, 기적으로 가득찬 많은 것을 소유하고 있고, 끊임없이 소비하고 있어도, 그들은 행복하지는 못하였지. 언제나 결핍을 느끼고 있었어. 그러나 유목민들은 아침에 일어나 염소 젖 한 그릇 마시고 나서 막대기로 염소들의 엉덩이를 간질이며 그들을 몰고 목초지로 나갈 수 있으면, 그것으로 충분히 행복을 느끼지. 그들이 추구하는 것은 삶의 본질이 아니었어, 온통 허 투성이었어. 문명의 야만성이 인간을 이기적 존재로 진화시키고 있지. 그것이 인간의 영혼과 순수성, 소박한 꿈을 야금야금 좀먹고 있지. 그 문명 때문에 이 세상은 파괴되고 멸망하게 될 거야. 내가 영원히 프랑스 땅에서 살아야 한다면 아마 죽고 말았을 거야. 점점 심각하게 정신적 황무지 속에서 길을 잃은 채 헤매고 있었으니까. 거의 자포자기하고 있었지."

"그래서, 프랑스, 프랑스 사람들을 정말 미워했겠네." 그때 그가 무심결에 끼어들었다.

이브라함이 우울하게 대답하였다.

"그들을 단지 이해할 수 없었을 뿐이야. 그렇다고, 미워할 것까지는 없었지. 프랑스는 날 단련시켜 주었어. 어쨌든 성숙한 인간이 되도록 말이지. 인종의 용광로인 마르세유…… 위대한 마르세유는 바다와 함께 언제나 영원한 도시로 기억될 거야. 솔직히 말하자면, 그래 솔직해야 할 거야. 그때 나는 문화적 교착상태에 빠져있었지. 프랑스에서의 새로운 삶에 완벽하게 적응할 수도, 옛날의 사막으로 돌아갈 수도 없는 처지가 돼버린 거지.

그때 갑자기 마르세유가 낯설어지기 시작한 거야. 눈에 보이는 모든 게……. 나는 흰둥이가 아니다. 나는 외부 사람이다. 나는 이 세계와는 무관하다. 내가 여기서 무얼하고 있는 거야? 카뮈의 이방인이 무얼 의미하는지를 비로소 깨달은 거야. 그래서, 난, 결국 황량하고 불확실한 삶이 기다리는 사막으로 돌아온 거지. 그 간격을 도저히 뛰어넘을 수 없음을 마침내 깨닫게 된 거였어."

이브라함은 프랑스에 대한 미련이 약간은 남아있는 듯, 목소리가 희미하게 추억에 잠겼다. 하지만 그는 여전히 현대 문명의 찌든 때에 오염되지 않은 고결한 야만인 또는 순수한 사막 사람으로 남아 있었다.

항구의 방파제에서 바라보는 지중해의 하늘은 너무 파랗다. 저 멀리 위풍당당한 구름들이 흰 돛을 펼쳐서 꿈결처럼 항해를 하고 있었다. 파도가 잔잔히 일며 뜨거운 햇볕 아래 바다가 아름답게 반짝거렸다. 아프리카 쪽에서 불어오는 시로코 바람이 이브라함의 얼굴을 스쳤다.

바다 새들은 방파제 위를 미끄러지듯 이리저리 빙빙 떠돌다가 높이 날아올라 남쪽으로 사라졌다. 바다 새들의 푸른 눈빛은 먼 바다와 긴 항해, 자유로운 비상을 동경하고 있었다.

바다는 해안으로부터 멀어지면서 모습을 바꾼다. 초록색이 점점 짙어지면서 검푸른 색으로 변하였다. 낮이 서쪽으로 물러가고 땅거미가 내려앉는 광경을 바라본다. 어둠이 야금야금 항구 주위를 부드럽게 감싸면서 방파제의 가로등에 하나 둘씩 파리한 불빛이 들어오고, 그것은 별빛처럼 간신히 지중해의 밤을 밝힌다. 신항 부두에 정박해 있던 낡은 화물선이 높은 굴뚝에서 짙은 검은 연기를 내뿜으면서 희미한 어둠 속에서 좁고 기다란 수로를 연체동물처럼 느리게 빠져 나와 막 불이 켜지기 시작한 등대를 지나고, 마지막 부표를 지나면서 뱃고동을 길게 울려 항구를 향하여 이별의 인사를 하였다.

그 고동소리가 항구로 퍼지면서 짧게 메아리치다 바람에 날려 갈기갈기 찢어졌다. 도시의 황금색 불빛에 가려진 마르세유는 눈부시게 아름다웠다.

그 배는 아시아를 향하여 긴 항해를 할지 모른다. 또는 모잠비크 해협 건너편에 있는 마다가스카르의 어느 작은 항구로 향할지도 모른다. 어느 경우이건 수에즈 운하를 통과하여 홍해로 빠져 나가리라. 맑게 갠 푸른 하늘을 머리에 이고 수정처럼 맑은 홍해의 바다를 배가 남쪽으로 달릴 때는 강하고 시원한 맞바람이 불어와 정말 상쾌할 것이다. 선원들은 갑판에서 담배 연기를 여유롭게 내뱉으면서 그 쾌적함을 마음껏 즐길 것이다. 왼쪽으로 메카를 순례하는 무슬림이 다녔던 헤자즈의 순례의 길을 헤아리면서, 또 에덴동산을 쫓겨난 후 평생 농사일을 하며 고단한 삶을 살았던 이브가 도시의 성곽 바로 옆에 묻혀 있었던 지다를 지나치면서 말이다. 하지만 아덴 만을 지나서 본격적으로 난바다로 나가면 무역풍에 부풀어 오를 대로 부풀어 오른 집채만 한 파도가 곤두박질치며 솟구치고 부서지면서 인정사정없이 그 작은 배를 덮칠지도 모른다. 그때는 배가 속수무책으로 파도에 휘둘리며 신음소리를 토해 낼 것이다. 그래도 노련한 선장은 그 파도를 무시하고 앞으로 나아가리라.

그 무렵 그는 시간이 날 때마다 인적이 드문 도시 외곽 방파제에서 어둠이 찾아와 긴 제방의 끝에 있는 작은 등대에 불이 켜질 때까지 무작정 바다 건너를 응시한 채 앉아 있곤 하였다. 어둠은 바다 쪽에서부터 방파제를 타고 올라와서 주위는 시나브로 어두워졌다.

띄엄띄엄 나타나기 시작한 엷은 별빛이 출렁거리는 파도에 잠겼다 나오기를 되풀이하고 있었다. 등대 주위 폐허에는 봄이면 풀벌레들이 연주하는 들꽃으로 뒤덮여 있었고, 여름이 되면 얼굴을 베는 듯한 지중해의 날카로운 바람이 불어왔다. 그곳은 사막처럼 모든 것이 고요하였다.

완벽한 어둠이 찾아오기 직전의 바다는 검푸른 빛으로 등댓불에 번득인다. 무슨 신비한 염료를 바다에 가득 뿌린 것 같았다.

그가 알제 항에서 출발한 무연탄을 가득 실은 화물선의 좁은 기관실 창고에 간신히 숨어서 건너왔던 지중해 남쪽으로 멀리 아프리카가 있었다.

그날 저녁 밤안개가 낮게 깔리면서 잠깐 동안 바다와 육지를 삼켜버렸다. 보세창고들이 늘어서 있고 대형 상선들이 정박한 부두의 불빛이 안개 속에서 흩어졌다. 그는 재빨리 이물에 설치된 기중기의 견인줄을 붙잡고 화물선의 난간을 넘어갔다.

그때 예인선에 이끌려서 항구를 떠나는 배의 목쉰 고동소리가 멀리서 들려왔다.

그는 콧수염을 멋있게 다듬은 그리스 자킨토스 섬 출신의 젊은 선원의 도움으로 기름 냄새와 짠 바다 냄새, 새로 칠한 페인트의 역한 냄새가 뒤섞여 있는 심한 악취 속에서 낡은 엔진의 규칙적인 굉음소리와 선체를 거칠게 때리는 파도 소리를 들으며 숨 막히는 더위 속에서 땀을 뻘뻘 흘리며 며칠 동안 기관실에 붙은 좁은 창고에 숨어 지내야 했다. 배가 높은 파도에 부딪혀 심하게 요동칠 때마다 그는 심하게 구토를 하였다.

그러나 창고 밖으로 나올 수는 없었다. 그 선원과의 약속을 지켜야 했고, 그것은 목숨을 걸어야하는 모험이었기 때문이다. 선원들은 귀찮은 밀항자를 발견하면 이심전심으로 모의해서 무조건 드넓게 펼쳐진 무자비한 바다 속으로 던져버렸던 것이다.

이 이야기는 다음 날 저녁이 이슥하자 다시 시작되었다. 이브라함은 마르세유 항구 이곳저곳을 지나서 이제 그의 고향인 사막으로 그를 데리고 갔다. 이브라함이 옛날, 고향 이야기를 할 때는 향수에 젖어서 그의 침착한 얼굴이 어떤 특별한 눈빛을 띠고 있었다.

"그때, 난 뼛속 깊이 사막의 사람이라는 자각이 들기 시작하였지. 사막과의 단절은 큰 고통을 안겨 주었어. 지독한 향수병에 시달렸지. 잠들어 있던 기억들이 깨어난 거지. 그렇게 된 거야. 죽었던 시간들이 무덤 밖으로 되살아나온 거였어. 오랫동안 잊고 지내던 고향 마을이 너무 그리워지기 시작했지. 어린 시절의 사막이 하나도 빠짐없이 얼마나 생생하게 되살아나던지…… 동시에 왠지 불안했지……. 정말 불안했지. 소식이 완전히 끊어졌으니까. 난 아버지와 가족들 몰래 밤에 도망쳐 나왔거든……. 그때는 자주 아버지가 꿈속에 나타나기 시작했어. 꿈속에서 아버지는 언제나 혀를 튕기고 있었지."

일종의 어리석음과 같은 기억은 존재하지 않을 수 없을까. 기억은 때로는 끈질기고 모진 것이다. 그것은 머리를 무겁고 어지럽게 한다. 바닥을 알 수 없는 깊은 심연 속에서 퍼 올린 사막에 대한 기억의 파편들을 꿰맞추기 시작한 것이다.

사막이 특히 그리워지는 때는 동이 트는 새벽녘이었다. 투명한 아침 햇살이 어둠을 몰아내면서 모든 기억이 더욱 선명하게 되살아났다.

"어린 시절…… 아침에 눈을 뜨면 아버지를 도와 부풀대로 부풀어 오른 염소의 젖을 짜는 일을 하였지. 그 후에는 동생들과 함께 올리브 나무 지팡이를 휘두르면서 염소나 양떼를 몰고 마을에서 멀리 떨어진 이곳저곳 목초지를 찾아다녔어."

지금도 사막과 관련해서 선명하게 기억나는 것은, 지글지글 타는 태양, 멀리 보이는 끝없는 모래 사막과 그 지평선, 염소들이 바스락거리며 분주하게 가시 달린 관목의 잎을 뜯어먹는 모습, 염소의 기침 소리, 양들이 몰려다니면서 발굽으로 모래땅을 세게 두드리며 키득거리는 소리, 흙벽돌로 지은 오두막집과 그 집의 따스하고 편안한 흙냄새, 야영지의 천막 속에서 보낸 별빛이 총총한 아름다운 밤과 그때 피웠던 파란 불꽃을 튀기는 장작불이었다.

풍요로운 계절에는 집집마다 낙타젖과 염소젖이 넘쳐흘렀다. 그때는 마을 사람들 모두 혈색이 좋아 보였다. 그 계절에는 염소들이 땅을 긁으며 발 구르는 소리가 유쾌하게 들렸다. 그 소리는 유목민들의 근심 걱정을 멀리 날려 보내버렸다.

"그리고, 귀여운 사촌 여동생과 함께 물을 길러 우물에 간 일이 생각나지. 그녀는 호리호리한 몸매에 예쁜 얼굴은 환한 달처럼 생겼고 살결은 짙은 갈색이었지. 엉덩이는 완벽하게 동그랗고 눈이 부시게 멋있었어……. 가끔, 그녀의 가슴을 감싼 검은 천이 살짝 흘러내리면서 봉긋해진 팽팽한 유방을 곁눈질로 훔쳐볼 수 있었다구……. 그때마다 얼마나 가슴이 두근거렸는지, 그녀를 강가 숲속으로 데리고 가서 풀밭에 눕히고 싶었어……."

"밤마다 아버지가 엄숙한 표정으로 신에 대한 기도문을 암송하는 것을 들을 수 있었지. 가끔은 물담배를 피우면서 눈을 반쯤 감고 졸리는 목소리로 쿠란의 수라 가운데 서장을 또 다시 낭송하였지……. '자비로우시고 선하신 하나님의 이름으로, 온 우주의 이름으로 찬미합니다. 온 세상에 존재하는 인간의 주인이시며 자비로운 선인이시니, 심판의 날의 주권자이시라. 우리가 경배하는 이가 당신이시며 구원을 청하는 이가 당신이시라. 우리를 바른 길로 인도하사 당신의 축복을 베풀던 이들의 삶 속으로 우리를 인도하시옵소서. 당신의 분노도 우리의 방황도 피할 수 있게 인도하여 주시옵소서.

알리프 람, 맘…….'

아버지는 쿠란의 의미를 정확히 이해하고 있었어. 아버지는 내게 아랍어를 열심히 가르치고 쿠란을 읽도록 강요하였지. 어쨌거나, 그 시절에는 아버지에게서 위대한 신을 경배하라는 말을 귀가 따갑도록 들어야 했지만, 난 그저 건성이었던 거야. 나는 기도문을 완전히 외우지도 못했고 무슨 뜻인지도 몰랐던 거지. 이따금씩 아버지를 따라 기도하는 흉내를 내면서 기계적으로 흥얼거렸을 뿐이야."

아버지는 그때 금욕주의적이고, 스스로를 알라신의 친구들이라고 생각했던 이슬람 신비주의의 종파인 수피교도의 쿠란을 투아레그가 전통적으로 사용하는 은으로 만든 쿠란 받침대 위에 올려놓고 주문을 외우고 낭송하였다. 아버지는 아랍어로 된 그 쿠란을 밤마다 램프 불 아래서 낭송하였다. 아버지는 아름다운 운율이 배어있는 산문시이기에 리듬감을 살려 낭송할 수 있었다.예언자인 무함마드 본인도 문맹이었으므로 운문으로 전해진 신의 계시를 암기해야 했다. 그래서 쿠란이란 아랍어로 암송을 의미한다. 쿠란은 오랫동안 암송으로 구전되었다.

아버지는 아들 앞에서 위엄을 부리며 쿠란을 읽는 걸 즐겼다.

그러므로 쿠란의 문장과 단어들, 운율과 리듬은 신실한 무슬림인 아버지와 평생을 동행하였다. 아버지의 마지막 시간에도 그것들은 아버지를 천국까지 동행하였을 것이다.

아버지는 늘 말했었다.

"인간이 하나님의 피조물이라면 인간의 가장 기본적인 자세는 감사여야 한다. 어려울 때만 하나님을 찾고 그 어려움이 지나가면 하나님을 잊어버리는 인간이어서는 안 될 것이다. 신은 감사하는 자들에게 보상을 준다……. 인간이 신의 피조물이라면 교만이 아니라 겸손이 필요한 것이다. 신은 거만하고 자만한 자를 사랑하지 않으신단다. 신은 교만한 자를 사랑하지 않으신단다……. 인간이 신의 피조물이라면 인간과 인간 사이에는 선의와 형제애가 있어야할 것이다. 신은 신앙을 통해서 옛날 원수를 친구로 만드셨느니라. 심지어는 그 원수를 형제로 만들기도 하였다. 신을 믿는 사람이라면 남자나 여자나 친구이다. 그들 사이에는 관대함과 친절함이 흘러넘쳐야 한다……. 난 그 시절 사막과 완전히 한 몸이 되어 살았어. 사막이 가슴 속에 살아 있었고 나는 숨을 쉴 때마다 사막의 영혼을 호흡할 수 있었어. 하지만 재앙이 모든 걸 송두리째 빼앗아가 버렸지. 그게 분노한 신이 아프리카에 내린 신의 심판이라고 할 수 있을까? 그런데…… 왜 하필 아프리카인지 모르겠어."

"그걸 여태 모르고 있었어. 만약인데 말이지…… 이 세상에 신이 존재한다면, 또는 여태 살아있다면 말이지, 그 신 역시 무기가 강한 사람, 부자를 좋아하겠지. 신은 인간을 닮았으니까."

때로는 아버지와 마을 아저씨들이 함께 와디에서 캐내 사각형으로 다듬은, 순수한 암염으로 대리석처럼 희고 부드러운 소금덩어리를 낙타에 싣고 며칠을 걸어서 타만라세트로 밀가루나 설탕, 담배 기타 생필품과 교환하러 갈 때 따라나서기도 하였다. 정기적으로 열리는 타만라세트의 분주한 시장에서 흥정이 무사히 끝나고 돌아올 때면 단봉낙타를 탈 때 낙타 등에 얹는 안락한 안장인 라훌라는 그의 차지가 되었다. 때로는 라훌라 대신 주홍색, 파란색, 하얀색,

오렌지색의 굵은 실로 화려하게 엮은 몇 가닥 술이 가장자리에 반복적으로 주렁주렁 매달려 있고, 밑바닥 본바탕에는 아라비아의 기하학 무늬가 새겨져 있는 모직으로 된 안장을 낙타 등에 얹을 때도 있었다.

낙타가 느릿느릿 걸을 때의 규칙적인 반동은 그의 몸에 부드러운 리듬감을 부여하였다.

"아버지는 투아레그족의 전통 악기인 임자드를 섬세하게 켤 줄 알았지. 아주 멋있는 분이었거든. 그 부드럽고 목가적인 멜로디를 들으면 참으로 마음이 편안해지지. 그러나 집안에서는 절대 권력자였어. 아버지가 어쩔 수 없는 일이라고 체념하고…… 결국 마을에 남기로 결정한 거야. 우리 부족은 가장의 뜻을 거스르지 않는 게 불문율이야."

황량한 사막에서 인간의 생존 조건은 너무나 가혹하여 고립된 개인으로는 생존할 수 없다. 사막에서 인간은 미미한 존재에 불과하다. 그러므로 사막의 유목민들은 가족으로 또는 부족으로 서로 뭉쳐서 공동체를 형성해야만 그나마 살아갈 수 있는 것이다. 그러나 사하라의 투아레그족은 철저한 가부장제 사회이다. 아버지는 집안의 우두머리로 가족의 운명을 결정한다. 어느 신을 믿어야 하는지, 가축 무리를 어디로 끌고 가 풀을 먹일 것인지, 어디에 천막을 칠 것인지, 언제 떠날 것인지도 가장이 모두 결정한다.

마을을 떠나올 당시 아버지는 검은 머리카락 사이로 드문드문 하얀 머리카락이 뒤섞여 있었다. 한때 흉물스러웠던 천연두 자국은 세월의 풍화작용에 의해 자연스럽게 마모되어 얼굴은 전체적으로 매우 부드러웠다. 그러나 어딘지 모르게 슬픈 인상을 풍기고 있었다.

"그때, 난 도망칠 수밖에 없었어. 앞날이 캄캄하여 아무것도 보이지 않았거든. 내 자신이 불쌍하여 그렇게 할 수밖에 없었어.

가령, 동생들을 설득하여 함께 도망 나왔어도 불행을 피할 수는 없었을 거야. 어차피 무장 강도들에게 잡혀 강간당하고 도살되었을 것이기 때문이지. 24시간을 쉬지 않고 걸어서 간신히 난민촌 캠프에 도착하였어도 그곳 역시 생지옥이나 다름없었지. 곳곳에서 수많은 사람들이 병든 채 굶어 죽었으니까. 시체 썩는 냄새가 지독하였지. 설상가상으로 전염병이 돌고 있었어. 결국 동생들에게는 죽음밖에 기다리고 있는 것은 아무것도 없었을 거야…… 굶주린 아이들의 퀭한 눈과 부풀어 오른 배가 아직도 눈에 선해……."

그때 사람들은 입으로 씹을 수 있는 모든 걸 먹었다. 먹을 수 있는 풀이나 뿌리를 찾아서 여기저기 헤집고 다녔다. 푸른색 풀만 보여도 무엇이든 채소로 여겼다. 다 헤져 너덜너덜한 낡은 군용 천막 속에는 생후 10개월 된 아기가 결핵에 걸려 쉴 새 없이 기침을 하며 땅바닥에 누워 있고, 그 옆에서 말라리아에 걸린 삐쩍 마른 세 살배기 아기는 고통을 참기 어려워 계속 신음하고 눈물을 흘린다. 역시 삐쩍 말라있는 엄마들의 표정에도 체념의 빛이 감돈다.

그곳에 있는 아이들의 사정은 대부분 비슷했다. 피부는 삐쩍 말라서 거미줄 같은 정맥 혈관이 드러나고 팔다리는 막대기처럼 가늘었다. 가슴은 드러난 갈비뼈를 모두 셀 수 있을 만큼 앙상하였다. 머리카락은 영양실조 때문에 듬성듬성 빠져 있거나 남은 머리카락마저 심하게 색이 바래 있었으며, 배는 동그랗게 올라와 팽창한 것이 마치 임신한 배처럼 보였다. 그 아이가 여자아이인지 남자아이인지조차 구별할 수 없었다. 씻지 못한 몸에서 나는 악취가 지독하였고 온몸이 종기투성이였는데 왕성한 파리 떼들이 들러붙어서 고름을 빨아 먹고 있었다. 그들은 얼굴 위를 어슬렁거리는 파리 떼들을 쫓는 시늉조차 할 힘이 없었다. 모두가 단백질 결핍 증세에 시달렸다.

그곳에는 인간을 절망케 하는 온갖 사물들, 따가운 더위와 자욱한 흙먼지, 굶주림과 목마름, 상처와 고통, 질병과 죽음, 상실과 환멸, 고독이 기다리고 있었다.

그 당시 타만라세트 주변의 사하라 남쪽 사헬지대에는, 혹독한 가뭄 속에 피비린내 나는 종족 간 분쟁이나 종교적 분쟁이 내전으로 비화되면서, 전쟁과 대량 학살을 피해 험난한 사막을 걸어서 국경을 넘어온 난민들이 불법적으로 급조한 난민촌이 여러 곳에 산재해 있었다. 사헬지대에 위치한 니제르와 말리, 차드, 수단 등지에서는 오랫동안 크고 작은 분쟁과 내란이 끊이질 않았다. 니제르에서는 마하미드족 유목민 반군이 정부군에 대항하고 있었고, 투아레그족 분리주의자들은 리비아의 카다피로부터 무기를 공급 받아 니제르와 말리의 정부군에 대항하고 있었다.

난민촌 역시 난폭한 폭력사태가 밤낮을 가리지 않고 다반사로 발생하였다. 사람의 생명은 아무런 의미가 없었다. 그들은 어설픈 판잣집과 찢어진 군용 텐트 속에서 지옥과 같은 삶을 살고 있었다. 그나마 난민을 위해 외국의 단체들이 보내준 원조 물자는 부패한 관리, 군인들이 중간에서 대부분 가로채 착복해 버려서 그들 손에는 거의 들어오지 않았다.

"그래도, 약간의 미련은 남아있어. 한, 둘 데리고 나왔으면 하고. 너무 외로우니깐, 어쩔 수 없이 그런 생각이 드는 거겠지. 그리고 언제나 깊은 죄의식을 느끼고 있어. 하늘에 아버지 별, 엄마 별, 동생들 별이 사이좋게 나란히 누워있을 거야. 서로 소곤소곤 이야기하고 간질이면서 장난도 치겠지. 아버지는 여전히 그 어려운 아랍어 쿠란을 읽으면서 쩔쩔매겠지……. 그 별들이 지금 다정하게 나를 내려다보고 있을 거야. 하늘이 나뭇가지처럼 낮다면 말이야, 그 별들을 만질 수 있을 텐데."

이브라함은 담담한 어조로 얘기를 이어갔지만, 어느 순간 두 눈동자는 축축하게 물기를 머금고 있었다.

그는 아버지와 남동생들은 나뭇가지에는 온통 에메랄드와 진주가 열려있고, 밑동에는 나일 강과 유프라테스 강이 흐르는 거목이

서 있는 동산에서 아랍인의 조상인 이브라힘, 이스마엘, 천사 지브릴과 함께, 어머니와 여동생들은 성모 마리아, 모세의 누이동생인 쿨룸, 파라오의 아내 아시아와 함께 가장 높은 하늘인 파라다이스에서 잘 지낼 거라고 생각하니, 그제서야 마음이 편안해졌다.

그러나, 그는 가슴이 꽉 막혀서 무어라고 위로의 말을 찾을 수 없었다. 적당한 프랑스 단어가 생각나지 않는군, 저 어린 것이 뭘 어쨌다고 그런 가혹한 시련을 안겨 주었는지, 위대한 신이 이 세상에 없다는 것은 정말 확실하다고…… 그런 거야, 이 세상은 너무 부조리하다고…… 그는 그렇게 생각하였다.

그리고 어린 나이에 일찍 죽은 남동생을 생각하였다. 그는 바다 밑 뻘 속에 처박혀 여태껏 잠들어 있을 것이다. 그때 바다가 다시 잠잠해지자 마을 사람들이 모두 나서서 며칠 동안 밤낮으로 계속 수색작업을 하였지만 주검은 끝내 찾을 수 없었다. 그때 바다는 침묵하였다.

그들은 길을 잃고 헤매기 시작하였다. 눈앞에 보이는 것은 무한대로 뻗어있는 크고 작은 모래 언덕뿐이었다. 계절풍이 몰고 온 맹렬한 모래 폭풍이 미세한 모래 입자를 이곳저곳으로 날려 보내 제멋대로 만들어 놓은 길은 모래 언덕 사이로 숨었다가 다시 나타나곤 하였다. 결국 길은 산처럼 높다란 모래 언덕 속으로 기어 들어가더니 감쪽같이 사라져서 자취를 감추어 버렸다. 웅장하고 위엄이

서려 있는 거대한 언덕이 밤의 유령처럼 버티고 서서 그들을 가로막았다. 그것은 영겁과 같은 기나긴 세월 동안 말없이 고독했을 것이다.

그러나 모래 언덕은 아름다웠다. 모래 언덕은 태양의 방향에 따라 하루 중에도 시시각각으로 그 색조가 화려하게 변모하였다. 특히 석양의 그림자를 등 뒤에 지고 반사광의 잔영에 황금빛으로 물든 그 가슴 저미는 풍경이 그대로 아름다웠다. 계절풍이 휩쓸고 지나간 그 자리에 세월의 앙금이 겹겹이 쌓여서 뭐라고 형용할 수 없을 만큼 쓸쓸하고 아름다웠다.

도대체 사막의 밤은 누구를 위해 그렇게도 아름다운 것인가.

섬세한 영혼을 가진 외로운 사막 여행자는 모래 언덕 주위를 억세게 휘감고 있는 아름다운 슬픔을 온몸으로 느낄 수 있었다.

사막에서는 살아있는 유기체처럼 모래 언덕도 끊임없이 생성, 성장, 이동, 소멸, 재생되고 있었다. 룹알할리 사막에서는 바람이 부리는 마술이 초승달형 사구인 바로한을 만들고, 그 사구砂됴들에게 생명력까지 불어넣어서 그들 스스로 이리저리 움직이게 한다. 피라미드 형태의 봉우리와 칼로 벤 듯한 날카로운 산등성이, 굽은 등줄기, 물결치는 사면들로 정교하게 조각되어 있는 모래 언덕은 황갈색과 옅은 분홍색을 띤, 우아하고 비단결같이 부드러운 모래 알갱이들이 바람에 실려와 만들어진 것이다. 바람에 날려 온 모래는 점점 가파르게 쌓여서 임계치에 이르는 경사도에 도달하면 다시 미끄러져 내렸다. 그 모래 언덕은 바람결에 따라 스스로 다양한 형태와 빛깔을 띠고 황홀하게 변화하였고 완벽할 정도로 깨끗하였다. 바람이 잠시도 쉬지 않고 그 표면을 닦아내기 때문이다. 그것은 아름다운 여체를 연상시킨다. 눈이 시릴 만큼 빛의 향연이 펼쳐지는 붉은 석양을 등지고 요염하게 누워있는 완벽한 몸매였다. 그 곡선이 너무 섬세하다. 그녀의 가는 허리와 팽팽한 엉덩이는 생생하고 풍만했다. 그래서 음란하고 관능적이었다.

그리고 모래 언덕은 끊임없이 신비한 노래를 불렀다.

노래하는 모래 언덕.

그러나 바람의 방향에 따라 사막의 풍경은 순식간에 바뀌었다. 어떤 모래 언덕은 불현듯 솟아올라서 길을 막았다. 태양열 소각로처럼 열기로 데워진 사막 한가운데서 갑자기 언덕이 신기루처럼 등장한다. 하지만 이곳 사막에서는 신기루가 실제 상황이었다.

진 또는 지니는 사막의 정령이고, 요정이고, 신이다. 진Jinn, Jinni은 사막에서 모든 생명체의 생과 사를 관장한다. 더욱이 진의 신비스러운 마력은 공간의 제약을 받지 않고 사막에서는 어디든지 마법의 양탄자를 타고 순식간에 날아다닐 수 있으므로 사하라 서북쪽 고지대 아틀라스 산맥에 군집하는 히말라야 삼목 숲에서부터 남쪽 모래 사막 지대에 있는 작은 오아시스의 우물까지 두루 미치고, 심지어 사하라 상공을 유유히 배회하는 이집트대머리수리의 꿈까지도 마음대로 조종할 수 있다.

사막에 부는 세찬 모래 폭풍과 신기루 역시 변덕스러운 진이 잔뜩 심술을 부려 발생하는 것이다. 사막에서 모든 생명체의 꿈과 희망, 삶과 죽음의 사이클은 모두 진의 마법 주문에 달려있다. 변덕스러운 진은 자신의 분노를 표출하기 위하여 바람을 일으키기도 하고, 망상과 현실 사이에서 특별한 마법을 시험하기도 한다. 진은 신이 나기라도 하면 밤의 고요한 시간에 별빛이 반짝이는, 바람이 만들어낸 모래 언덕에서 화려한 춤을 춘다. 그러나 그 자신의 비밀스러운 모습만은, 환각과 속임수를 능수능란하게 구사하여, 인간이 눈치챌 수 없도록 변화무쌍하게 형태를 바꿔가며, 비와 눈, 아침이슬, 바람, 햇빛, 아지랑이 속에 철저하게 숨겼다.

지니는 신을 섬기다가 신의 무능력에 짜증이 난 타락한 천사이고 그녀가 대신 신의 행위를 행사하고 있는지도 모른다.

그가 말했다 "지니! 매서운 여인. 매혹적인 여인. 그녀는 가혹한 마법을 건다. 그녀는 나를 단단히 끌어안고 끝내 놓아주지 않으리."

이 경우에는 나침반이나 지도도 전혀 무용지물이다. 차가 폭풍 속에서 몹시 흔들릴 때 나침반이 심한 충격을 받은 때문인지 변칙적인 자력의 작용으로 바늘이 문자반 위를 제멋대로 빙글빙글 움직여서 더 이상 쓸모가 없었던 것이다.

이브라함이 말했다. "그런 건 사막에서 쓸모없는 어린애 장난감인 거야. 태양의 위치와 인간의 육감, 별자리, 가혹한 운명에게 길 안내를 맡겨야겠지."

그들은 다시 사하라 지도를 열심히 뒤적였다. 미슐랭 지도는 부드럽고 풍성한 낙타털 색깔을 바탕으로 하여 빨간색으로 처리한 간선도로가 도드라져 보이고, 군데군데 오아시스와 우물이 있는 지점을 표시하고 있었다. 그러나 사막의 적막과 침묵, 바람의 방향을 담고 있지는 않았다. 하지만 그들이 현재 어디에 있는지 위치를 도대체 알 수 없었으므로 지도는 아무런 소용이 없었다. 그는 자신이 무척 무능력하다고 느끼기 시작하였다. 그는 그의 분노를 표출하기 위하여 모래땅을 발로 몇 번이고 거칠게 걷어찼다. 약간 짜증을 내면서 신경질적으로 말하였다. 그의 평소 깊고 그윽한 목소리가 몹시 뒤틀려있었다.

"어떻게 좀 해봐, 이쪽 사정은 잘 알거 아냐? 당신의 의무가 무언지 알고 있기나 해?"

이브라함은 순진해 보이는 크고 시원한 눈을 깜박거리면서 남의 일처럼 심드렁하게 대꾸하였다.

"현님은 눈알이 튀어나올 만큼 날 노려보지만…… 난들 알아. 나도 이런 일은 처음이야. 현님, 너무 걱정마라…… 잘 되겠지. 사막에서는 많은 인내심이, 아주 많은 인내심이 필요하지." 그가 형님이나 되는 것처럼 타이르듯이 말하였다.

그와 사태 해결에 전혀 도움이 안 되는 논쟁을 길게 해봤자 아무

소용없는 일이어서 그는 이내 입을 다물었다. 그는 모든 감각기관이 극도로 예민해져 있었다. 갑자기 신경이 곤두서서 화가 치밀자 어리석게도 이를 참지 못한 것이다.

그들은 지금 끝없이 펼쳐진 광대한 에르그 속에 꼼짝없이 갇혀버린 것이다. 길을 찾으려고 필사적으로 헤매었지만, 결국 기름이 거의 바닥나고, 고장난 차는 영원히 움직이지 않게 되었다. 몇 번이고 시동을 걸려고 했지만 그때마다 엔진이 그르렁거리다 꺼져버렸다. 모래 무더기 때문에 울퉁불퉁한 길을 가면서 차체의 진동이 너무 심해 차의 중요 부분이 손상되었을 뿐만 아니라, 낡은 전기배선들이 수리가 불가능할 만큼 끊어져 버렸던 것이다.

그 불길한 길은 모든 희망을 앗아가 버렸다. 재앙이 그들을 덮쳤다.

그동안 기름까지 심하게 새면서, 시커먼 매연을 뿜어대며 덜컹거리든 고물차는 끊임없이 시동이 꺼지곤 했었지만, 마침내 완전히 꺼져버린 것이다. 이브라함이 핸들을 움켜쥐고 정면을…… 좌우를…… 무섭게 노려본다. 그때, 그는 분출하는 분노를 억제하지 못하고 베토벤 5번 교향곡 운명의 서곡처럼 격렬하게 경적을, 움직이지 않는 차의 경적을 울린다.

모래 사막을 가로질러 건너는 일은 시시포스의 '영원한 형벌'을 닮았다. 그들은 무려 일주일간이나 모래 언덕과 숨바꼭질을 하면서 힘겨운 사투를 끈질기게 벌였지만 허사였다. 그들은 이제 뒤로 되돌아갈 수도, 앞으로 나아갈 수도 없는 진퇴양난에 빠져 있었다.

……다만 거대한 돌을 들어 올려 산 정상으로 굴려 올리기를 수천 번이나 되풀이하느라고 팽팽하게 긴장해 있는 육체의 꿈틀거림이 보일 뿐이다. …… 그때 시시포스는 무심한 얼굴로 돌이 그 자체의 무게 때문에 또 다시 저 아래 세계로 굴러 떨어지는 광경을 바라본다. 그 아래로부터 정상을 향해 이제 다시 돌을 끌어올려야만 하리라. 그는 다시 들판으로 내려간다…….

그때 사막은 숨도 제대로 쉴 수 없을 정도로 뜨거워서 꼭 용광로 속에 들어 있는 듯하였다. 그러나 며칠 동안 일시 멎었던 변덕스러운 바람이 다시 불기 시작해서 거의 폭풍에 가까울 정도로 강렬해졌다. 이번에는 사막의 바싹 메마르고 뜨거운 바람 때문에 그들의 얼굴은 까칠까칠하게 변해버렸고, 입술은 더욱 심하게 갈라졌다. 목구멍은 지독히 쓰라려서 물을 마시는 것조차 힘들 지경이었다.

바람이 불었다. 지독한 바람이 불었다. 그러나 그 바람은 구름도 안개도 실어오지 않는다. 사막의 뜨거운 열기를 좋아했던 그였지만 이 사태는 정말 끔찍스러웠다. 그는 몸과 마음이 지칠 대로 지쳐 있으면서 바싹 긴장하고 있었으므로 밤이면 좀처럼 깊은 잠을 잘 수 없었다. 그때 그가 느껴야 했던 절망감은 모든 것을 향하여 걷잡을 수 없는 분노로 돌변하였다. 그는 사막을, 모래를, 바람을, 태양을 증오하기 시작했다. 그 아름답게 보이던 사막의 밤하늘도 혐오스러웠고, 원망스러웠다. 무엇 때문에 이곳까지 왔는지 몰랐다. 모든 것이 시시해지고 싫어졌다.

그리고 전에 없이 갑자기 겨울 풍경들이, 고향 마을의 우울한 잿빛 하늘과 파도가 사납게 날뛰는 거친 남쪽 바다가 너무나 간절하게 그리웠다. 북쪽에서부터 불어온 차가운 겨울바람이 검은 뻘밭을 훑고 지나가면서 바다 쪽에서 거친 파도를 일으킨 것이다. 그 겨울밤에 반달이 두터운 잿빛 구름을 뚫고 나타나면 소금 냄새가 잔뜩 배어있는 해안가 모래톱은 가녀린 달빛 때문에 희미한 은색으로 반짝거렸다. 그러나 봄이 오면 대지는 쏟아지는 빗줄기가 땅에 튀면서 물안개가 뽀얗게 피어올랐고, 그 계절의 성숙한 꽃들이 온통 만발하였다.

사막은 잔인하고 사악했으며, 비현실적이고 비인간적이었다.

그때 아내의 날카로운 목소리가 또다시 허공에서 울렸다. 절망감에 사로잡혀서 일그러진 그녀의 성난 표정이 어른거렸다. 언뜻 그녀의 얼굴이 손희승의 모습과 겹쳐 엇갈렸다. 그 불길한 저주가 들렸다. "당신 다시는 돌아오지 못할지도 몰라. 사막이 당신을 태워 죽일 거야."

그는 이를 악물고 울음을 참았다. 거의 울음을 터뜨리기 직전이었다. 그리고 아내에게 희미하게 말했다. "그렇게 나쁘지는 않아. 그럭저럭 잘하고 있지. 그러니까 크게 걱정할 필요는 없을 거야."

사하라는 아랍어로 불모지 또는 사막이라는 의미를 가지고 있지만, 동쪽으로 홍해, 서쪽으로 대서양에 접해있고, 아프리카 북쪽 지중해 연안의 마그립 국가에서부터 남쪽으로 아프리카 중부의 모리타니, 말리, 니제르, 차드, 수단 등 아프리카 북부와 중부의 11개 국가에 걸쳐있으며, 적도와 본초 자오선에 있는 유일한, 진정한 사막이다. 사하라는 지구상에서 가장 무덥고, 가장 건조하며, 바람의 흔적만 남아 있는 사막이다. 불타는 태양, 추운 밤, 강력한 탁월풍, 단조로운 풍경, 정적과 모순이 있을 뿐이다. 그러나 지구상에서 가장 큰 사막이어서 그 면적이 무려 900만 평방킬로미터에 이르고, 그 범위는 나일 강에서 대서양까지 동서로 5,600킬로미터이고, 남북은 건조한 아열대기후로 연중 두 번의 우기를 갖고 있는 북쪽 지중해 연안에서부터 완전히 건조한 열대기후인 남쪽 아프리카 중부지역까지 약 2,000킬로미터에 이른다. 지금도 계속되는 가뭄과 수목의 남벌, 지나친 방목 등 인위적 환경 때문에 남쪽 사헬지대와 북쪽 해안쪽으로 사하라는 빠르게 팽창 중에 있다. 사하라 남쪽, 중앙아프리카의 북위 13도 선을 따라 동서로 길게 뻗어 있는 사헬지대는 사하라와 적도 아프리카의 열대 우림 사이를 가르고, 보이는 것이라곤 황량한 자갈사막과 지평선만이 가도 가도 끝없이 이어진다. 사하라에서 수천 년에 걸친 풍화작용에 의하여 거대한 암석이 잘게 부서져 흩어지면서 만들어진 작은 돌과 자갈로 이루어진 자갈사막을 레그reg, 온통 바위투성이인 사하라 중앙의 아하가르 산맥과 티베스티 산맥 주변의 암석지대를 하마다hammada, 끊임없이 이동하는 모래 언덕이 끝없이 펼쳐진 모래 사막을 에르그erg라고 한다. 하지만 모래와 자갈은 모암인 암석에서 오랜 세월에 걸쳐 분리되어 떨어져 나오므로, 사막의 공간적 배열은 모래와 자갈의 공급지로서 암석사막이 사하라의 고원지대에 자리 잡고 있고 그 주변의 광대한 퇴적지역에 자갈사막과 모래 사막이 넓게 분포하고 있다. 가장 건조한 사막에서도 바위에는 약간의 물이 고인다. 이 물이 수천 년 동안 밤낮의 온도차에 의하여 뜨겁게 달궈졌다가 얼어버리기를 반복하면 아무리 단단한 바위라고 할지라도 작은 조각으로 쪼개지고 결국 모래알이 되어 사막에 흩날리게 되는 것이다. 암석은 단단해서 영원할 것만 같지만 모든 암석은 유한한 강도를 가지고 있다. 바위인들 세월의 풍화작용을 견뎌낼 수 없는 것이다. 바위는 갈라지고 쪼개져서 천천히 마멸되어 간다. 마침내 모래가 되어 사라진다. 바위도 각기 생애가 있는 것이다. 레그는 사하라의 대부분을 차지하고 있는데 평탄한 지대에 모래와 자갈 등이 뒤섞어 흩어져 있으므로, 사막의 척박한 풍토에 나름대로 적응한 약간의 열대성 식물이 드문드문 자라기도 한다. 실제 사하라에서 자세히 관찰해 보면, 레그 지역에서는 멀리 눈길이 닿는 곳에 화본과禾本科 식물에 속하는 작은 관목덤불이 띄엄띄엄 보이기도 하지만, 그것만으로는 사막의 황량함을 어쩔 수가 없다. 그것들은 사막의 건조한 바람과 강렬한 햇빛에 바짝 타서 영양실조에 걸려 비실거리고 있었다. 그러나 에르그는 기이한 형상을 한 이동하는 사구로 이루어진 대규모 모래 집적

지역인 것이다. 이 모래층은 밀도가 낮아 무르기 때문에 낙타라면 모를까, 사람이 걷기는 매우 힘든 곳이다.

이 움켜쥔 뿌리는 무엇이며 이 자갈 더미에서 무슨 가지가 자란단 말인가? 사람의 아들이여 그대는 말하기는커녕 짐작도 못하리라, 그대가 아는 것은 깨어진 형상들을 모은 쓰레기일 뿐 거기엔 태양이 내리쬐고 죽은 나무에는 쉼터가 없고 귀뚜라미도 위안을 주지 않고 메마른 바위에는 물소리조차 없다. (T. S. 엘리엇)

사하라는 은하계처럼 무한대이다. 사하라는 거대한 여백이다. 공간의 광대함과 시간의 영겁이 만나는 곳이다. 사하라는 우주나 신을 대면할 때처럼 인간의 이성이나 상상력으로는 도저히 측정이 불가능한 절대적 크기를 가지고 있으므로 숭고하다. 영원한 나신 裸身. 모래와 자갈, 햇빛만이 풍부하고, 그러나 심술궂은 요정이 살고 있다. 사하라에서 바람은 요정의 지시에 따라 마음 내키는 대로 불었다. 그리고 무거운 침묵이 지배한다. 사막 여행자는 그 깊은 울림을 가슴으로 느낄 수 있다. 사하라에서 시간은 흐물흐물 녹아내려 단단한 바위처럼 영원히 굳어있다. 사하라에서 시간의 흐름은 정지하였다. 그러나 가만히 살펴보면 그건 착각일 따름이다. 시간만 제외하고 다른 모든 것이 움직임을 멈춘 것이다. 시간은 흘러가야만 하기 때문이다. 그것이 시간의 숙명이다. 사하라는 바람이 마술을 부리고, 현실과 몽환이 뒤섞여있는 희끄무레한 영역이다. 하늘과 땅의 경계가 무너지는 곳. 꿈과 실제가 뒤엉키면서 모호해지는 곳. 의식에서 무의식이 떠오르는 곳. 구체적인 것과 추상적인 것이 뒤섞이는 곳. 사람의 정신을 현실에서 꿈의 세계로 너무나 쉽게 옮겨가게 하는 곳. 삶과 죽음의 경계가 덧없이 사라지는 곳.

그러므로 사막에서는 부재와 현존이 동시적 속성이고, 욕망의 불꽃 속에서 이성의 경계가 흐릿해지고, 역사적 시간과 신화적 시간이 중첩되고, 죽음의 세계는 삶의 세계와 모순되는 것이 아니라 공존한다.

그 곳에서 세상은 사라지고 없었다. 하지만 모든 것이 사라졌지만 모든 것은 여전히 남아있었다.

사하라는 한때 열대 우림이었고, 그 후에는 사바나였으며, 그 훨씬 이전에는 바다였다. 지금은 현실 세계의 시간과 공간으로부터 멀리 벗어나서 격리되어 있는 섬이다. 고독한 섬이다. 그러나 사막 역시 지나쳐 갈 것이다. 단지 시간의 흐름과 자연의 순환만이 반복될 뿐이다. 신비스런 대자연의 섭리가 미리 그렇게 예정하였기 때문이다.

낙타를 만나러 가는 길

(이 이야기는 김규현이 직접 한 말이다.) 그는 사막 이야기에는 낙타를 빼놓을 수 없다고 하였다 낙타는 사막의 배이니까.

낙타는 사막을 위하여 태어나고, 사막에 잘 적응하기 위하여 오랫동안 진화를 거듭해온 동물이다. 이 강인하고 고집 센 동물은 입을 꾹 다문 채 코로만 숨을 쉬고, 둥글고 넓적한 발밑 두터운 발바닥이 쿠션 역할을 하므로 힘들다는 내색 없이 꿈꾸는 듯한 걸음걸이로 느릿느릿 걸어서 모래 사막을 가로질러 나아갈 수 있다.

이 참을성이 많은 동물은 리듬에도 민감하였다. 유목민들은 낙타의 단순하면서도 미묘한 흔들림에 맞춰 낙타몰이꾼의 노래를 불렀다. 길게 줄지어 걸어가던 낙타들은 이 노래가 나오기 시작하면 고개를 쳐들고 걸음을 빨리 해야 하는 것을 안다. 그것들은 흥겨운 리듬에 맞춰 머리를 밑으로 숙이고 목은 쭉 뻗은 채 씩씩하게 앞으로 나아간다.

낙타의 두꺼운 털가죽은 사막의 무서운 열기로부터 체온을 보호해주고, 넓적한 콧구멍과 긴 속눈썹은 거친 바람과 날아오는 모래를 막아준다.

더욱이 소보다 두 배나 더 많은 짐을 실을 수 있고, 바퀴가 굴러갈 수 없는 곳에서 소보다 두 배나 빨리 갈 수가 있으며, 시간 당 5킬로미터의 속도로 쉬지 않고 하루 15시간씩 10일간을 계속 걸을 수도 있다. 먹이는 적게 먹으면서 물은 한꺼번에 50갤런 이상까지 마셔 물 없이 열흘 가까이까지 버텨낼 수 있으며, 어둠을 두려워하지도 않는다. 인간의 말을 잘 이해하며 수명까지 길다. 낙타는 고도로 농축된 소변과 마른 대변 등으로 불필요한 수분의 손실을 피할 수 있는 특유의 수분 저장 능력 때문에 메마른 사막을 잘도 버텨낸다. 땀은 최후의 순간에만 흘리므로 체온이 40도 이상이 되어야만 흘린다. 탈수 증세가 시작되면 몸무게의 3분의 1에 상당하는 수분을 잃어도 살 수 있으며 수분이 보충되면 다시 원상회복할 수 있다.

기원 초에 아라비아 반도에서 사하라에 처음 들어온 단봉낙타는 우물 사이의 간격이 매우 먼 사막 여행에 아주 안성맞춤이다. 그래서 사람들은 낙타를 '사막의 배'라고 불렀고, 사막 유목민들은 신이 내린 선물로 생각하여 낙타를 몹시 아끼고 최고의 재산목록으로 간주하였다. 사막에서 진짜 유목민은 낙타를 소유한 사람을 말한다. 가축 시장에서 낙타는 양 50마리, 소 10마리 값과 맞먹을 정도였다.

그러므로 사막에서 낙타는 매매와 교환을 함에 있어서 기준이 된다. 여자와 교환할 때도 교환의 대가는 낙타로 지급하였다. 아 아! 아름다운 여인이여! 아름다운 여인이여! 정말 아름답군요. 그 여자에게 낙타를 몇 마리 지불하면 가능한가요? 그렇지. 낙타면 되지. 그러나 몇 마리여야 하는지는 좀 더 따져봐야지 않겠어? 아름다운 여자이니까.

그런데, 가축은 유목 생활의 토대이고 부와 식생활의 원천이었으므로 신성한 존재로 간주되었다. 유목민에게 가축은 삶의 전부였다. 그들은 가축의 젖을 마시고, 고기를 먹고, 가죽을 활용하고, 가축을 거래한다. 그러므로 가축이 죽으면 유목민도 죽는다. 유목민들은 양과 염소와 그 새끼들, 암낙타와 새끼들, 말들이 뒤섞여 있어도 낱낱이 자신의 것을 알고 있었다. 그래서 사막에서는 인간은 동물의 일부이고, 동물은 인간의 일부였다. 그들은 서로를 이해하였다. 그들은 함께 사용하는 공용어가 있어서 의사소통을 잘 할 수 있었다.

특별히 낙타는 사막 유목민의 삶의 완전한 일부분이었고, 그들의 일상생활과 밀접하게 결합되어 있었다. 유목민처럼 낙타를 자식처럼 사랑하는 부족은 없을 것이다. (그랬으니 놀랍게도 아랍어에는 낙타와 그 관련 장비를 표현하는 단어가 무려 6,000여 개나 된다고 한다.) 그들은 연인을 대하는 것처럼 낙타에게 속삭인다. 그들은 타고난 낙타몰이꾼이어서 길에 찍혀 있는 낙타 발자국을 자세히 살펴보고 그곳을 지나간 낙타가 암놈인지 수놈인지, 나이는 몇 살인지, 등에 짐을 얼마나 실었고, 그 크기가 얼마인지 까지 알아낼 수 있었다. 낙타몰이꾼은 낙타를 어떻게 다루어야 하는지를 어느 누구보다 잘 알고 있었다.

이슬람교의 창시자인 위대한 예언자 마호메트도 12살 때부터 낙타몰이꾼이었고 목동이었다.

나는 1997년 5월 초순경 날씨가 풀리기 시작하자 벼르고 벼르던 타클라마칸 사막으로 여행을 떠났다. 1년여에 걸친 대형 프로젝트의 설계 작업이 끝난 후 모처럼 두 달간의 장기 휴가를 얻은 것이다. 대형 설계사무소에서 매일 반복되는 기계적인 작업을 하면서 심신이 지칠 대로 지쳐있었던 것이다.

나는 여행을 떠나고 싶어서 안달을 하였다. 그 엄청난 피로와 쏟아지는 긴장 때문에 당겨진 활시위처럼 팽팽한 신경줄을 잠시 풀어

놓아야만 했던 것이다. 그러니까 머나먼 낯선 곳으로 떠나는 것만이 의미가 있었다. 지금 당장 떠나지 않고는 배길 수 없었다.

오래 전부터 그 사막의 아름다운 모래 언덕이 나를 유혹하였다. 나를 비참한 죽음의 길로 안내하기 위해 유혹한 것이다.

그때는 젊고 튼튼한 쌍봉낙타 3마리를 비싼 값을 주고 빌려 여행용 짐과 낙타가 먹을 사료 등을 나눠 싣고, 위구르 출신의 이슬람교도이면서 노련한 낙타몰이꾼 겸 여행 안내자인 카심과 함께 여행을 시작하였다.

그는 항상 위구르의 전통 모자인 돕바를 쓰고 있고 모자 아래로는 회색 머리칼과 구레나룻가 무성하다. 그는 처음부터 엄중히 경고를 하였다. 이곳 사막에서는 독거미, 독을 품고 있는 작은 도마뱀, 여러 종류의 살모사, 독침을 갖고 있는 전갈, 사나운 모기들을 주의해야 한다고……. 잘못 물리면 고통 속에 몸을 뒤틀다가 죽을 수밖에 없다고…….

우리는 그 사막의 동쪽에 있는, 교외에는 포플러 나무 숲과 백양나무, 올리브 나무, 포도와 석류 농장, 멜론 농장 등이 펼쳐져 있고, 시내 중심가에는 위구르인들의 회교 사원이 있는 오아시스 도시인 루오치앙을 출발하여 체모, 민펑, 호탄 등을 거쳐 서쪽의 예청까지 낙타 목에 매단 청동 종의 둔탁한 종소리를 자장가처럼 들으며 40여 일 동안 천천히 걸어서 여행을 하였다.

그 작은 종소리는 유독 가벼운 듯하면서도 무겁게 끌린다. 그래서 여운이 길었다.

나는 훈련이 잘된 순한 암컷 낙타들과 함께 떠나는 그 여행이 그렇게 즐거울 수가 없었다. 잘 훈련이 된 암컷 낙타들은 훨씬 얌전하고 온순하였기 때문에 조용히 명령에 따랐다. 그 낙타는 목을 가볍게 두드리기만 해도 바닥 위에 무릎을 꿇고 가만히 앉았다. 그러나 아직 철이 덜 든 어린 낙타나 수컷 낙타 또는 조상의 혈통이 나쁜 낙타들은 여행 중에 조금만 지쳐도 몹시 투덜거리고 고집을 부려서 말썽을 일으키기 일쑤였다.

온종일 더위와 모래에 시달리면 낙타는 지친 기색이 완연했다. 그때 낙타는 콧구멍이 양쪽 다 닫혀있는 것처럼 보였고 두 줄의 속눈썹이 달린 눈꺼풀을 내리깔았다. 그리고 부드러운 털이 수북한 귀를 힘없이 내려뜨리고 멍한 표정으로 있었다.

카심은 낙타들을 진심으로 사랑하였고 지극정성으로 돌보았다. 어느 낙타가 조금이라도 신음 소리를 내면 그는 금방 긴장하면서 초조해 하였다. 그는 멈춰 서서 낙타의 안색을 살피고, 배와 발굽을 살펴보고, 안장을 바로잡고, 물을 마시게 하고, 마른 풀잎을 먹이로 주었다. 밤이 되면 그는 안장을 내리고, 특히 기온이 내려가면 땅바닥에는 마른 풀과 헝겊을 깔고 두꺼운 담요를 덮어주었다.

나는 하루빨리 낙타와 친숙해지기 위해서 자주 낙타의 목덜미를 안아주고 쓰다듬어 주었다. 그때마다 낙타는 그 답례로 화려한 속눈썹을 깜박이고 꼬리를 획획 흔들면서 손가락을 핥아주었다. 코를 찌르는 듯한 낙타의 지독한 침 냄새에도 금방 익숙해질 수 있었다.

카심의 낙타들은 낙타로서 갖출 수 있는 모든 자질을 갖추고 있었으나 도저히 구제불능일 만큼 식탐이 강했다. 낙타들은 일단 먹이를 보면 서슴없이 꿀꺽 삼켜버렸다. 그런 다음 위장 속에 들어있는 먹이를 다시 게워내 우물우물 되새김질을 하곤 했는데, 그때 고약한 냄새를 풍겼다. 밤이 되어 천막 안에 누워 있으면 이해할 수 없는 사막의 속삭임과 함께 낙타들이 새김질을 하면서 내는 우물거리는 소릴 들을 수 있었다.

동이 트는 이른 아침이 되어 낙타몰이꾼이 낙타의 이름을 불러 깨우면 그것들은 끙끙거리면서 굼뜬 동작으로 몸을 일으켜서 느릿느릿 주인에게로 걸어와 혀를 내밀며 아침 인사를 했다.

이제 나는 낙타들과 무척 친해졌는데 특히 호탄이라고 불리는 늙은 암낙타와 친하게 되었다. 그녀는 카심의 가족이었으니 그들은 서로 떼려야 뗄 수 없을 만큼 긴밀하고 특별하게 연결되어 있다. 그녀는 카심의 자식들에게는 엄마이고 할머니 역할을 했을 것이다. 그녀는 완벽하게 침착했고 지혜롭게 처신했기 때문에 나는 그녀를 애정과 함께 존경하기까지 하였다.

카심은 말했다. "낙타를 사는 건 마누라 고르는 것보다 더 신중해야 하는 법이요." 카심은 그녀가 어렸을 적에 정말 신중하게 골랐던 것 같다.

사막에서는 악령의 소리가 들렸다.

부드러운 모래 속에 푹 파묻혀 그대로 사라져버리고 싶은 충동을 느끼게 할 만큼 아름다운 사막의 심장부에서 끊임없이 그 소리가 메아리쳤다. 그 소리에 홀리게 되면 길을 잃고 죽게 될 것이다. 나는 '들어가면 결코 나오지 못한다.'는 또는 '죽음의 바다'인 그 사막의 심장부로 들어가지는 않았다. 그 사막의 중심부에는 사하라와는 달리 어떤 동식물도 살아남지 못하였다.

하늘에 나는 새 없고 땅에는 뛰는 짐승이 없다. 멀리 아무리 보아도 눈 닿는 데 없고, 갈 곳을 알지 못한다. 사막의 풍경은 가히 초현실적이다. 그곳이 타클라마칸 사막이었다.

끝도 없이 평평하게 이어진 그 길은 모래와 자갈로 뒤덮여 있었고, 가끔 사막 식물인 갈색 타마리스크 덤불이나 낙타가시풀만이 흩어져 있었으며, 오른쪽으로 멀리 보이는 모래 언덕은 텅 빈 하늘을 배경으로 예리한 칼날 같은 황금빛 곡선을 그리고 있었다. 태양은 불볕처럼 내리꽂았고, 사막은 점점 보랏빛으로 변하며 대지에는 아지랑이가 피어올랐다. 때로는 사막 쪽에서 불어오는 거센 북풍이 분말 같은 모래가루를 몰고 와서 시야를 가리고 햇빛을 차단하였다. 모래가 미친듯이 빙글빙글 춤을 추며 사막을 온통 휘저었다. 그럴 때는 강렬한 모래 바람에 맞서기 위해 단단히 무장을 해야 했다. 엷은 터번으로 머리와 얼굴을 몇 겹으로 꽁꽁 싸매고 안경으로 눈을 보호하였다.

사막의 태양은 아침 6시에 정확히 떠올라서 정오 1시쯤이 되면 정점에 달해 구름 한 점 없는 하늘에서 지독한 열기를 내뿜다가 5시부터서야 조금 선선해졌고 저녁 7시가 되면 황금빛 저녁노을 속에 지평선 너머로 사라졌다.

우리는 주로 아침나절과 저녁에만 걸을 수 있었다. 느긋한 심정으로 별로 빠르지 않게 걷는다. 나는 황홀한 자유를 만끽한다. 그러나 시간이 흐를수록 흙먼지로 뒤범벅이 되고 땀에 절어 흐느적거리는 지친 몸을 겨우 지탱하면서 걸었다. 다리가 납덩이를 달고 있는 것처럼 무거웠다. 메마른 공기가 내 목을 조였다. 숨이 턱턱 막힌다. 시간은 정지한 것 같다. 광대한 대지가 나를 향해 유혹의 눈짓을 보냈지만 사막을 걸어서 건너는 일은 너무 고통스럽다.

가끔 진흙 벽돌로 지은 두세 채의 작은 집들이 허허벌판 속에서 나타났다. 식당이거나 음료수, 담배, 수박 등을 파는 구멍가게였다. 가게 안은 거친 나무 선반으로 조잡하게 만든 진열장, 한 두 개의 더러운 원탁 테이블이 있었고, 바닥에는 모래가 두텁게 덮여 있었으며, 벽에 페인트칠을 한 흔적은 찾아볼 수 없다. 가게 안 이곳저곳에 너무나 많은 말파리들이 윙윙대며 날아다녔다.

한때 당당했던 대상의 숙소이었던 건물은 지금은 퇴락해서 흙벽돌이 허물어져 앙상한 잔해만 남아 있었다.

차 한 대가 겨우 지나갈 정도의 그 길로 낡은 트럭이 펑크족의 머리처럼 짐을 잔뜩 싣고 매연과 굉음을 뿜어대며 지나갈 때도 있었다. 그럴 때면 도로가에서 잠시 휴식을 취하려고 눈을 가만히 감고 조각상처럼 꼼짝 않고 서 있던 낙타의 목에 매달린 종이 딸랑딸랑 가냘프게 울렸다.

그 길은 그 무시무시한 타클라마칸 사막을 우회하기 위하여 그 사막의 남과 북으로 갈라지는 길 가운데 남쪽 길이었고, 이 길을 지나 서쪽으로 나아가면 산봉우리에 만년설을 이고 있는 파미르 고원을 통과하여 중앙아시아에 다다르게 된다. 그러나 북쪽 길로 가면 텐산산맥을 넘어서 중앙아시아의 오아시스 루트를 거쳐 시베리아 남쪽의 대초원 지대를 동서로 연결하는 초원의 길로 접어들게 된다.

그 길에는 과거의 남루한 흔적들이 현대의 문명과 함께 공존한다. 그 오지에서는 그 작은 길만이 세상과 연결되는 유일한 통로이었다. 그 길에는 아직도 대상에 대한 기억이 선명히 남아 있다. 그는 까마득한 옛날부터 그 길을 지나면서 흔적을 남긴 대상들에게 깊은 연대의식을 느꼈다.

중국의 시안에서 시작하여 동부 지중해까지 복잡하게 얽혀서 뻗어 있는 고대 실크로드의 한 갈림길이었다. (그러나 실크로드라는 용어는 19세기에 이르러 독일 지리학자 페르디난트 폰 리히트호펜이 처음 사용하였다. 비단길은 단 한 번도 지리학적으로 확정된 길이 없었다. 그 길은 중앙아시아의 대평원 여기저기로 뻗어나간 수많은 샛길들을 만들어져 있었다.)

1,300여 년 전에 이미 신라 승려 혜초는 이 길을 걸었고 한국인이 쓴 최초의 해외여행기라고 할 수 있는 「왕오천축국전」을 남겼다. 그는 호기심 가득한 문명탐험가였다.

그 길을 천 년이 넘게 대상들이 왕래하였다. 지금도 그 황량한 길에는 오랜 여행에 지친 대상들의 머나먼 고향에 대한 향수가 묻어있었고, 그들의 장탄식이 들리는 듯하였다. 대상들은 극심한 여행의 피로를 풀기 위해 담배처럼 파이프로 피우는 아편인 타리야크의 흰 연기를 들이마시고 몽롱한 꿈에 취하여 고향과 가족들을 몹시 그리워했을 것이다.

대담하고 강인한 여행자였던 혜초 역시 그 억센 향수병을 어쩌지 못하였다. 긴 여행으로 몸과 마음이 지칠 대로 지쳐 있을 때, 만삭의 달이 이즈러가는 밤에 한줄기 거센 바람에 흩날려 떠나가는 구름을 보면 저절로 치미는 향수를 어쩔 수 없었을 것이다. 그는 그 위대한 여행기에 죽음의 공포와 허기, 고통을 기록하지는 않았다. 하지만 고향을 절절히 그리는 이 시를 남겼다.

달 밝은 밤에 고향 길 바라보니 뜬 구름은 너울너울 돌아가네 그 편에 감히 편지 한 장 부쳐보지만 바람이 거세어 화답이 들리지 않는구나 내 나라는 하늘 끝 북쪽에 있는데 남의 나라 땅끝 서쪽에 있네 일남에는 기러기마저 없으니 누가 소식 전하러 계림으로 날아가리.

우리는 처음에는 서로 하는 말을 제대로 알아들을 수 없었기 때문에 갖가지 얼굴 표정과 손짓발짓, 몸짓으로 의사표시를 할 수밖에 없었다. 카심은 중국어를 말할 줄 몰랐으니 투르크계 언어인 위구르어로 혼자 중얼거리는 것처럼 단조롭게 말했고, 나는 중국어에는 능통한 편이었지만 서툰 위구르어로 말했으니까. 내가 외우고 간 몇몇 위구르어 단어는 금방 밑천이 드러났다. 그러므로 며칠간은 깊은 대화를 나눌 수 없는 아쉬움이 있었다. 그래도 우리는 끊임없이 수다를 떨고 가끔 웃음을 터뜨렸다.

그러나 나중에는 함께 오랫동안 여행을 해서 완벽하게 감정이입을 하였기 때문인지 마음의 언어로 대화를 하여 서로 무슨 말을 하는지 모두 이해할 수 있었다. 여행으로 몹시 피로하고 지쳐있는 상태에서도 둘은 늘 서로 쳐다보며 웃었다.

그나저나 매일 그날의 여정이 끝나면 그와 함께 양고기 꼬치구이인 시시케밥 또는 불에 잘 구운 도마뱀을 안주로 하여 목구멍이 짜릿하게 타들어가는 독한 고량주를 마시는 기분만큼은 그만이었다. 독주의 마법 같은 온기가 지친 육체 속으로 퍼지면서 다시금 기운을 차리게 하였다. 그것은 마약처럼 그날의 고통을 지워주었다. 그것이 피로하고 지친 우리의 영혼을 달래주었다. 그 생명의 물 때문에 우리는 그 고달프고 지루한 여행을 즐겁게 끝낼 수 있었다.

낙타몰이꾼은 진정한 무슬림이었다. 황금빛과 핏빛으로 물든 사막의 저녁놀이 어둠 속으로 사라지기 시작하면, 매일 그때마다 그는 메카가 있는 서쪽을 향해 기도하였다.

"알라는 하나님이시다! 알라만이 하나님이시다! 알라는 살아계신다! 신은 위대하다!" 그가 말했다. "이 세상에는 우리의 삶뿐이다. 우리가 죽고, 우리가 살고, 오직 알 다흐르 (시간)만이 우리를 파괴할 수 있을 뿐이다. 야 랍비…… 야 알라……."

그러나 그는 교리를 어기고 술을 마시는데 주저하지 않았다. 그것도 아주 많이 마셨다. 그리고 술을 마시면서 끊임없이 줄담배를 피웠다.

내가 비아냥거렸다. "매일 밤, 그렇게 술을 마셔대면서……. 기도는 무슨……. 그건 경전을 정면으로 위배하는 짓이야. 알라가 알게 되면 크게 화를 낼 것 아냐?"

"나는 기도를 해야만 하지. 정성껏……. 그렇게 하지 않으면, 무언가 나쁜 일이 금세 일어날 것만 같거든."

카심이 그립다.

그는 얼굴에 검은 턱수염이 무성하였으나 그럼에도 불구하고 처음 만나는 순간부터 둥글둥글하고 포근한 인상을 주었다. 목소리는 나직하고 따뜻했다. 언제나 변함없이 순박하고, 맑고, 평화스러웠다. 그러나 사람을 꿰뚫어보고 마음을 휘어잡는 깊은 눈매를 가지고 있다. 그는 사막을 경외하였고 낙타를 자식처럼 아꼈다. 평생을 타클라마칸 사막에서 낙타와 함께 살다가 운명처럼 조용히 죽을 사람이었다.

그 여정이 끝나고 헤어질 때 카심은 감정이 북받친 것 같았다. 우리는 묵묵히 눈빛으로 서로에게 고맙다는 인사를 하였고, 침묵 속에서 가슴으로 상대방에 대한 사랑을 전했다. 작별 인사는 오래 걸렸다.

"반드시…… 다시 올 겁니다. 그때…… 다시 만날 수 있을 것입니다. 몇 년에 걸쳐서 시베리아 남쪽 초원의 길을 걸을 작정입니다. 걷는 게 좋거든요. 그리고 낙타들을 꼭 다시 보고 싶군요. 그들은 인간 이상이라고……. 어르신, 부디 건강하십시오."

나는 슬펐지만 오랫동안 꼭 쥐고 있던 카심의 손을 놓고 차에 오를 수밖에 없었다. 다시 올 것이라는 그 약속을 꼭 지켜야 하리라.

그리고 그때 가족처럼 정들었던 낙타와 헤어지는 것도 정말이지 고통스러웠다. 나는 여행 동안 무거운 짐을 나르는 자신의 의무를 묵묵히 수행했던 낙타를 여행의 동반자, 동료로 생각하였다. 그래서 오렌지나 다른 과일을 먹을 때는 꼭 반씩 나눠서 낙타들에게 줬던 것이다. 그때마다 낙타들은 얼마나 좋아하던지, 그 모습을 잊을 수 없다.

낙타들은 비록 동물이지만 독특한 우아함을 지니고 있다. 헤어질 때 다시 보니 그 낙타들은 오랜 여행에 다소 지친 듯 여윈 것처럼 보였다. 나는 보드랍고 따끔따끔한 털로 덮인 낙타의 목덜미와 등을 오랫동안 바라보았다.

그러나 호탄에게는 작별을 하면서 구체적으로 무슨 말을 할 수 있었겠는가. 다만 의례적이긴 하지만 나는 진심으로 말했다. "건강해야지. 건강……." 늙은 낙타의 운명은 장차 어떻게 될 것인가. 편안한 임종을 맞고 영면할 수 있을지는 도저히 알 수가 없다. 다른 낙타들처럼 예정된 순서에 따르게 되지 않겠는가. 나는 그 불쌍한 짐승의 머리와 귀, 코, 입을 쓰다듬어 주는 것 이외에 속수무책이었다. 호탄은 한결 느긋해져서 두 줄의 촘촘한 속눈썹을 껌벅이며 그 지독한 냄새가 번지는 혀를 쭉 내밀고 나의 손을 오랫동안 핥았다. 나름의 이별 인사였다.

카심은 그 자식 같은 낙타를 데리고 다시 왔던 길을 되돌아서 고향으로 돌아가리라.

나는 돌아서면서 흐르는 눈물을 닦지도 않고 내버려두었다.

그런데 그 여행은 일종의 예행연습이라고 할 수 있었다. 그는 본격적으로 중국 신장의 카스를 출발해서 북쪽 길을 통해 시베리아 남쪽 스텝 지역을 몇 년쯤 혼자 걸어서 카스피 해 저지대를 넘어 동부 유럽 쪽까지 횡단하고 싶었다. 초원의 길을 걷고 싶었던 것이다. 그곳 여름 날씨는 무덥고 건조하여 몹시 불쾌할 것이다. 그곳을 걸을 때면 밤낮을 가리지 않고 덤벼드는 그 극성스러운 모기떼들과 한바탕 전쟁을 치러야 한다.

그래도 광활한 저지대 초원에서는 사이가 영양들이 부지런히 풀을 뜯을 것이고, 그것들은 풀을 뜯어먹느라 정신이 없어서 스텝의 웅장한 풍경에는 관심도 없을 것이다. 푸른 하늘의 창공에서는 바람이 부는 대로 다양한 형태를 연출하며 뭉게구름이 미끄러지듯이 흘러가고, 그리폰 독수리들은 바람결에 따라 자유자재로 활강하면서 맛있는 먹잇감인 들쥐를 찾기 위해 날카로운 눈을 더욱 부릅뜰 것이다. 휘몰아치는 바람에 광대한 초원이 짧은 파도를 일으키며 물결치는 아름다운 자연을 마음껏 음미하며 스텝 지역을 천천히 걸으면 그의 가슴 속에서 생명의 활력이 솟구칠 터이다. 그것은 그에게 일생일대의 숙원사업이 될 것이다.

처음에는 낭만적인 기분에 젖어 길을 잃은 것을 대수롭지 않게 생각하였다. 설마, 어떻게든 잘 되겠지 하는 막연한 기대감도 있었고, 그래서 다소 느긋한 심정이었다. 나중에 돌이켜 생각하면 하나의 멋진 도전이요, 오래도록 간직할 그럴듯한 추억이 될 수도 있었다. 지금은 지독한 고생길이어도 세월이 한참 지나면 아련한 아름다운 추억이 될 것이다. 여행자는 누군가에게 자기의 모험담을 마음대로 꾸미고 과장하여 이야기할 특권이 있다. 여행 과정에서 겪게 되는 신비스러운 체험에 대한 과장된 이야기는 그런 종류의 여행담에 숙명처럼 으레 따라다니는 것이어서 듣는 사람에게 환상을 품게 하기에 충분하다.

여행은 현재와 미래, 과거가 뒤섞여 있는 꿈속에서처럼 희미한 환상이 가득 들어있는 마법의 상자인 것이다.

더욱이 끝없이 펼쳐진 슬프도록 아름다운 모래 언덕을 눈이 시리도록 실컷 구경하게 될 터이다. 섬뜩하리만큼 무한대로 펼쳐진 모래 언덕이 빚어내는 아득함과 슬픔에 흠뻑 빠져, 그 슬프도록 아름다운 광경을 가슴 속에 담아 돌아갈 것이다.

실상 누구의 삶이든 인생이란 여정 역시 사막처럼 쉼 없이 걸어서 넘어야 하는 끝없는 모래 언덕의 연속에 불과할지 모른다. 누구나 건너야 할 자신의 사막이 있는 법이다. 도대체 끝이 보이질 않으면서, 중간에 길을 잃고 헤매기도 하고, 참을 수 없는 유혹에 빠져 헛된 신기루를 쫓기도 한다. 사막이나 인생이나 모든 게 불확실한 건 매 마찬가지일 것이다.

그러나 사막을 헤맨 지 일주일이 지나면서부터 불길한 예감과 무력감에 휩싸여 겁이 나기 시작하였고, 몹시 초조하기도 하였다. 주위에는 아무도 없었다. 우리를 구해줄 사람은 아무도 없을 것이라는 생각이 들었다. 정말로 광야에 홀로 버려졌다는 느낌이 들었다. 그 고립감은 도저히 형언할 수 없었다. 자신이 너무 무력하고 하찮은 존재라는 느낌이 들었다. 다행히 물과 음식이 아직 충분하였으므로 당장 위험에 빠진 것은 아니었다.

'이 사막이 날 죽이지는 않을 거야. 대체 뭣 때문에, 무슨 억하심정으로 날 벌써 죽이려 들겠어……. 이동하는 유목민 무리, 투아레그 대상들을 곧 만나게 될 거야. 그러면 물을 나눠주고 데려다 주겠지.' 그렇게 생각하자 마음이 훨씬 편해졌다.

그들은 낮 동안에는 식사도 거른 채 트럭 밑 그늘에서 계속적으로 잠을 잤다. 그러나 밤의 어둠이 내려앉고 사막의 언덕이 어슴푸레한 빛 속으로 스러지면서 별빛이 하나 둘 깜박거리기 시작하면 사막의 공기가 급속히 하강하기 시작하였다. 그 순간부터 그들은 생생하게 살아나서 분주하게 식사준비를 하였다. 걸쭉한 스프에 타겔라 빵을 찍어 먹고, 통조림을 따서는 이를 안주로 하여 압생트를 마셨다. 이 초록색의 강한 술은 너무 아름다웠고, 진한 독초 냄새가 입안을 가득 감쌌다. 그들은 얼큰한 술기운에 기분이 한결 좋아져서 낙관적이 되었다. 이브라함은 매일 밤 식사 또는 간식을 위해서 그 맛있는 타겔라 빵을 만들었다. 그는 염소가죽 물주머니에서 물을 빼내 밀가루와 잘 섞어서 반죽을 이긴 다음 빵 모양을 만들어 모닥불 아래 모래 속에 파묻었다. 그렇게 한 시간 정도 구워서 꺼낸 후에는 겉이 바삭한 둥글넓적한 빵에 묻어있는 모래를 대충 털어내고 남아있는 모래와 함께 씹어 먹었다.

그 다음 날 저녁에는 밤늦게까지 결국 압생트를 너무 마셨기 때문에 몸을 가눌 수 없을 정도로 몹시 취하고 말았다. 그것이 위장에 도달하는 순간 칼에 베인 것처럼 속이 아렸다. 뭐가 뭔지, 모든 것이 불분명하고 모호하였다. 그는 혀 꼬부라진 소리로 빌어먹을 사막에게 거듭 건배를 하였다.

"사막이여…… 오랫동안, 영원히, 남으리라."

이브라함 역시 취했다. 그가 말했다. "술은 처음에는 쓸쓸하고 나중에 달콤하지. 난, 알제 시절에 처음으로 술을 알았어. 불신자였으니까, 술을 마시는 데 한순간도 망설이지 않았지. 사촌형은 질색하였지만…… 술은 참으로 좋은 거야. 점점 꿀맛 같았지. 술은 인류 역사상 최고의 위대한 발명품이라고 할 수 있겠지.

마르세유 시절 몇 해 동안 술 없이는 도대체 살 수 없었거든. 미쳐버리기 직전이었으니까……"

밤하늘에 별들이 총총하다. 은하수는 하늘의 이쪽에서 저 건너편으로 강물이 되어 흘렀다. 그러나 시간이 흐르면서 취기는 일시 사라졌다가 다시 살아났다. 그는 삭막한 대지의 모래 더미와 하늘의 별들, 바람, 침묵, 환멸 속에 누워 있다. 그는 쉽게 잠들지 못하고 지친 육체를 거추장스러운 듯이 이리저리 뒤척였다. 그는 그 성숙한 밤에 어쩔 수 없이 지난날들을 되돌아보았다. 착잡한 심정 때문에 지나간 일들을 되새겨본 것이리라. 과거의 영상들이 꼬리를 물고 일어났다가 지워졌다. 몽상과 회상.

바람에 밀려서 끊임없이 흩어졌다가 다시 합치고 모였다가는 모습을 바꾸며 흘러가는 하늘의 한 조각 뭉게구름처럼 지나온 인생이었다. 인생은 여정이고, 인생의 각 시기는 또 하나의 짧은 여정이다. 그것들이 모여서 인생이라는 긴 여정이, 죽음을 향해 나아가는 여정이 완성되는 것이다.

그는 이브라함이 건넨 마리화나를 맛있게 피웠다. 그 달콤한 악마가 결코 존재해 본 적이 없는 목가적인 낙원 속으로 그를 끌어들였다. 그것은 몽롱한 기분 속에서 현실이라는 어두운 장막 뒤편의 꿈속에서처럼 모호한 낙원에 대해 향수와 공포를 동시에 느끼게 해 주었던 것이다.

그는 밤새 횡설수설하다가 그럭저럭 새벽녘이 되어서야 죽음처럼 깊은 잠에 빠져들었다.

그렇지만 걸어서 사하라 남쪽 저지대 사막 중에서도 가장 후미진 오지에 있는 이 광대한 모래 사막을 빠져나가는 것은 상상할 수도 없었고, 누군가 이 머나먼 사막 오지를 금방 찾아올 것 같지도 않았다. 그들은 무슨 뾰족한 방법이 있을 리 없어 무작정 구원의 손길을 기다리는 수밖에 없었다.

그는 생각했다.

'지금 확실한 것은 아무것도 없어…… 어려운 순간인 것은 틀림없지. 그러나 후회하는 것도, 기뻐하는 것도 아직은 이르지.

스티브 크레인은 시를 썼지. *나는 사막을 걸었다. 그러나 외쳤지. 아! 신이시여! 나를 여기에서 꺼내주시기를. 아득한 목소리가 말했다. 그곳은 사막이 아니니라. 나는 외쳤다. 그렇지만…… 모래가, 열기가, 텅 빈 지평선이 있지 않습니까. 목소리가 말했다. 그곳은 사막이 아니다. 아무도 말하지 않았다.*

그는 어느 순간, 차라리 될 대로 되라는 심정이 되었고, 그러면서 곧 낭만적인 감정에 사로잡혀서 자신에게 독백처럼 중얼거렸다. 그는 절망과 함께 흥분을 동시에 느끼고 있었다.

"정말, 죽을지도 몰라. 차라리 잘 됐지, 사막에서 조용히 빈손으로 떠나갈 수 있다면…… 그건 소박한 꿈이라고 할 수 있을 거야.

사막은 나의 천국이니까. 나는 사막에 들어갈 때마다 실종을 꿈꾸지 않았던가? 또는 유폐를…… 영원한 유폐를? 오직 그 순간만을 오랫동안 기다려왔는지도 모르지. 그러나 잉글리시 페이션트의 캐서린 (그녀는 아름답고 우아했지. 섹시하고. 그리고 사막을 사랑하였지. 나는 지금도 그녀를 짝사랑하고 있는 걸까? 아니면 배우 크리스틴 스콧 토마스에게 넋이 나갔던 것일까?) 은, '…… 여기선 죽고 싶지 않아요 사막에서 죽긴 싫어요 난 늘 화려한 장례식을 생각했어요 조곡도 정해 놓았지요 묻힐 곳도 생각해 뒀어요 바다가 내려다보이는, 내가 자란 정원이죠……'라고 말했었지. 난 상관없어. 나는 모래와 햇빛을 끔찍이 사랑했으니까. 이 세상 어느 곳에 있는 모래이든 아름다워. 그래도…… 사막의 모래가 최고야. 내 생애에서 가장 아름다운 나날들이란…… 아마 사막에서 보냈던 무렵일 거야. 사막에서는 인간이 느낄 수 있는 모든 종류의 고통들을 느낄 뿐이지만. 그리고…… 너무 두려웠지. 내가 그 두려움을 이겨낼 수 있을까? 자신을 속일 필요는 없는 거야."

그는 위대하고 잔인한 붉은색 사막의 태양이 지평선 뒤로 사라진 뒤 황금빛 잔영 속에서 고요하게 반짝이는 모래 속에 묻히기를 소망하였다.

모래는 다른 어떤 물질보다 더 따뜻하고 부드러우며 포근하다. 아주 어린 시절부터, 남쪽 바다 포구의 작은 모래 언덕에서 뒹굴 때부터, 그리고 낙동강 하구의 모래톱을 하염없이 거닐던 그 시절부터 벌써, 그에게 있어서 모래는 물이나 공기, 소리 등 다른 무엇보다도 훨씬 더 친근하게 느껴졌다. 그러나 모래는 누구나 잘 알다시피 그 이상의 물질이다. 모래의 정화작용이 없다면 위대한 강이나 바다는 몹시 혼탁했을 것이다. 맑은 샘물 역시 유리알처럼 투명하게 유지될 수 없을 것이다. 그 많은 물고기들은 모래가 없으면 어디에서 서식할 것인가? 특히 인간에게도 낙타에게도 모래는 필요한 존재이다. 생각해보라! 바다에서 수영을 하거나, 강에서 목욕을 한 인간은 잠시 몸을 쉴 수 있는 따뜻한 모래가 필요하다. 또 사막에서 무거운 짐에 시달리면서 긴 여행을 한 낙타에게는 밤에 피곤한 몸을 뉘이고 쉴 부드러운 모래가 절실히 필요하다. 낙타는 모래 위에서만 어머니의 품속처럼 편안하게 잠들 수 있다.

그래서 모래는 인간이건 낙타이건 간에 아름다운 꿈들이 만들어지는 원료가 되는 것이다.

게다가 모래는 인간 생활에서 그 실용성이 무궁무진하다. 동서고금을 통하여 지구상의 수많은 건축물은 모래가 없었다면 애당초 축조가 불가능 하였다. 모든 위대한 건축물에서 모래는 필수적인 건축 재료인 것이다. 그러므로 모래가 존재하지 않는 세상은 상상조차 할 수 없다. 모래가 존재하지 않는 세계는 미완성의 세계라고 할 수 있다. 하지만 매우 불공평하게도, 지상에 존재하는 그 아름다운 모래는 이 세상 여기저기에 골고루 퍼져있지 않고, 특별히 아라비아와 사하라에 널려 있는 것이다. 그러나 사막의 모래는 부드럽고 관능적이다. 그리고 바람과 비, 연기, 안개와 같은 것이다. 끊임없이 이어지고 대지를 부드럽게 감싸 안기 때문이다.

세계의 배꼽, 메카는 섬세한 모래로 건설 된 모래의 도시이다. 성곽의 벽도 사원이나 집의 벽과 지붕도 전부 모래 벽돌로 지어져있다. 이 도시는 온통 모래뿐이다. 무소부재의 모래. 모래는 사람들의 온몸에 들러붙고 심지어 눈썹이나 콧구멍, 땀구멍까지 막아 버린다. 그들은 모래로 세수를 하고 목욕을 한다. 메카의 사람들은 사막의 모래 공격에 순응한다. 아 모래여, 부드러운 모래여, 아름다운 모래여, 전능하신 모래여, 메카에는 비가 내리지 않는다. 그 대신 그 도시는 지하 수맥과 샘에서 물을 얻는다. 저 유명한 잠잠 zam zam 샘이 도시의 한가운데 자리 잡고 있다. 족장 아브라함은 언제인가 그의 하녀 하갈과 둘 사이에서 태어난 아들 이스마일을 데리고 이곳으로 들어왔다. 그리고 여기 물도 없는 광야에 신의 뜻이라고 하면서 그들 모자를 내팽개치고 떠나버렸다. 그들은 사막의 뙤약볕 아래 목이 말라서 죽기 직전에 다다랐지만 신이 우리를 죽게 내버려두지는 않으리라는 신념 하나로 버텼고 그때 천사가 나타나 잠잠의 물을 떠주었던 것이다.

그는 지난 15여 년 동안 그 모래의 부드러움과 따뜻함, 아름다움에 매혹된 나머지 끊임없이 아라비아와 사하라의 사막을 찾아서 헤맸던 것이다. 모래를 밟고 걸으면서 모래 위에 발자국을 남길 때마다, 두 손으로 한 움큼의 모래를 들어 올려 손가락 사이로 흘려보낼 때마다, 그 순간 그는 온몸으로 감지할 수 있는 부드러운 촉감 때문에 마음의 평안을 얻는다. 그는 그때 인간의 삶이란 모래시계 같은 것이 아닐까, 생각했다.

다만 사막의 모래에서는, 그가 어린 시절 남쪽 바닷가 작은 모래 언덕에서 매번 맡았던 그 코를 찌르는 듯한 강렬한 냄새, 짜디짜고 달곰쌉쌀한 비린내가 뒤섞인 바다 냄새만은 맡을 수가 없었다. 그 곳엔 진한 바다 냄새도, 철썩이는 파도 소리도 없었다. 오직 모래만 보이고, 느낌이, 사막이라는 느낌만이 있었다.

"저 멀리 펼쳐진 남쪽 바다에서 밀려오는 파도가 내 발밑에서 거품을 일으키고 부서졌지……. 그때 부드러운 해풍이 불고 있었지. 바다가 밀려가고 있었어. 저만치 멀리 밀려가고 있었어. 그리워. 눈물겹도록 그리워. 나는 지금 온몸으로 바닷모래의 진한 냄새를 맡을 수 있네." 그가 중얼거린다.

'그런데 말이야, 먹이를 찾아 사막을 떠도는 배가 고픈 자칼이 시체를 발견하면, 아주 게걸스럽게 먹어치우겠지. 그렇지…… 자칼 가족도 배불리 먹어야 살지 않겠어. 그래도…… 대머리 황새독수리들 만은 시체에 접근해서는 절대 안 돼. 그 자식들이 몰려 와서 서로 아귀다툼을 하면서 시체에서 눈알을 파먹고, 그 날카로운 부리로 오장육부를 찢어발겨 꿀꺽 삼키는 모습은 상상만 해도 끔찍해. 그 자식들은 악마의 화신, 아니면 사막의 악령임에 틀림없어.'

야생 육식조류 중에서도 이 독수리는 덩치가 유난히 크고 너무 흉물스럽게 생겼다. 이 독수리는 둥글게 구부린 더럽고 거친 깃털 속에 벌거숭이 대머리를 파묻고, 바위 꼭대기나 나무 우듬지에 무리지어 앉아 있다가, 시체 냄새를 맡으면 경쟁적으로 쏜살같이 시체에 내려앉는 것이다.

'세렝게티의 늙은 수사자가 멀리 여기까지 와서 시체를 먹어 치운다면, 그건 차라리 잘 된 일이야. 나는 외톨이 늙은 수사자에게 언제든지 동지의식을 느끼고 있으니까⋯⋯. 그리고 모든 생명체들이 폭포수처럼 꿈틀대는 대초원을 잊을 수는 없지. 그 광활하고 장엄한 광경이란⋯⋯. 해질녘의 대초원이란 마치 꿈에서 보는 것처럼 거의 추상적이었지. 그것은 그때 내가 이해할 수 없는 무엇인가를 끊임없이 주절거리고 있었던 거야. 그건, 지금 돌이켜보면 장엄한 음악이었으니 언어로 번역하기는 불가능했던 거야. 다시 세렝게티에 가볼 수 있을런지? 지금 기약할 수는 없겠지만⋯⋯.'

그런데 백수의 왕인 사자도 척박한 사하라에서는 도저히 견디지 못한다. 동부 아프리카의 세렝게티 평원이나 마사이 마라 평원은 사하라와는 몇 천 킬로미터나 되는 거리를 두고 멀리 떨어져 있다. 세렝게티의 사자들은 건기가 되어 먹잇감들이 북쪽으로 대이동을 하고 나면 텅 빈 허허벌판에서 몹시 굶주리게 된다. 반면에 마사이 마라의 굶주린 사자 가족들은 탄자니아의 세렝게티에서부터 영양가 있는 푸른 풀을 찾아서 이동해 온 수많은 누, 얼룩말, 가젤 무리들이 자신들의 영역을 통과하기를 목을 길게 뺀 채 눈이 빠지게 기다린다.

세렝게티는 동물의 천국이다. 그곳에서는 100만 마리가 넘는 검은 꼬리 누 떼와 헤아리기조차 불가능한 아프리카 찌르레기가 연례 이동을 한다.

건기에는 비가 그치고 강이 마르면서 초목이 누렇게 말라 비틀어져 발밑에서 바스러진다. 이때가 되면 녀석들은 푸른 풀과 물을 찾아서 지축을 울리는 우레 같은 발굽소리를 내면서 북쪽 케냐의 마사이 마라 평원으로 대이동을 감행한다. 마라 강에 득실거리는 그 무시무시한 나일 악어 떼들이 그들이 힘겹게 헤엄쳐 강을 건너기를 호시탐탐 기다리고 있었지만 말이다.

동물들이 본래의 익숙한 서식지에서 또 다른 낯선 서식지로 먼 여행을 하는 이유는 먹을 것을 찾아서, 짝짓기를 하여 자손을 번식하고 새끼를 키우기 위해서 또는 생존 그 자체를 위해서이다. 그들은 떠오르지 않는 기억을 더듬어 무작정 출발하고 그러고 나서 다시금 본능적 감각에 의해 기억을 재생시킨다. 그들은 원대한 목적의식이 있는 것처럼 놀라울 정도로 정확한 방향 감각을 가지고, 이동 중에 부딪치는 온갖 종류의 난관들을 극복하면서, 수많은 무리가 우왕좌왕하지 않고 한꺼번에 그 머나먼 길을 이동하는 것이다. 그들의 대이동은 타고난 본능과 대담한 결단력에 의해 이루어진다.

그날 무슨 일이 일어났던가.

젊은 형제 수사자의 도전에 참혹하게 패배하여 세렝게티의 응가레 난유키 강 유역의 사자 왕은 자신의 왕국을 넘겨주어야만 했다.

젊은 형제 수사자가 감히 도전하였다. 즉각적으로 치열한 싸움이 시작되었다. 두 마리가 왕을 둘러싸고 번갈아가며 뒤쪽에서 왕에게 달려들어 등뼈를 공격하고 물이 오를 대로 오른 날카로운 송곳니로 엉덩이를 물어뜯었다. 왕은 그 순간을 모면하려고 몸을 이리저리 휙 돌리고 으르렁거리며 필사적으로 저항하였다. 땅에서 피어오른 먼지가 휘날렸고 왕은 제자리에서 빙빙 돌며 울부짖었다. 두 마리는 수적 우세를 이용해서 계속 번갈아 뒤로 빠졌다가 다시금 달려들어 왕을 물어뜯었다. 왕의 뒷다리와 엉덩이에 커다란 상처 구멍이 생기면서 피가 줄줄 흘렀다. 그리고 왕은 항복했다.

이제부터는 왕이 아니다. 겨우 목숨만 부지한 채 떨어지지 않는 발걸음으로 홀로 떠나야 하는 늙은 수사자는 외롭고, 처량하다. 그리고 어쩔 수 없이 외톨이가 되어 떠돌아야 하는 서글픈 운명이 기다리고 있다. 발이 느린 늙은 수사자는 날렵한 먹잇감을 도저히 쫓아갈 수 없어서 사냥을 못하므로, 결국 굶어 죽게 된다. 그래서 톰슨가젤은 늙은 수사자 곁을 지나치면서도 두려워하기는커녕, 경멸의 눈초리로 힐끔힐끔 곁눈질한다.

그의 친자식인 어린 사자들을 위엄 있게 꾸짖고, 발정난 암사자를 따라다니며 치근거리던 행복한 시절은 먼 옛날 일이 되었다. 사바나의 덤불 숲속에서 더위에 지치고 목이 마른 늙은 수사자는 맥빠진 쉰 목소리로 그르렁거리다 남겨 놓은 가족들을 그리워하면서 죽는다.

그 경황 중에 몇 달 전 트리폴리의 알 카드라 종합병원에 갔을 때, 유대계 이집트인 의사가 경고한 말이 생각났다. 열대 지방에서 땀을 많이 흘린 데 반해 물과 낙타 젖 등을 충분히 섭취하지 않아서 수분과 칼슘이 많이 부족하고, 뼈가 심하게 약해져 있고 몸이 조금씩 마르고 있다는 것이다.

그가 말했다. "사막에서는 강인한 체력과 인간의 의지가 필요하지요. 자학하는 행동 같은 거는 하지마세요. 절망에 빠져서도 안 되지요. 자신을 스스로 지켜야 합니다."

물론 그는 그 날카로운 경고에 별다른 반응을 보이질 않았다. 그는 그때, 형광등의 파리한 불빛 속에서 미끄러워 보이는 라놀늄 바닥만 내려다보았을 뿐이다.

'그래, 굶주린 자칼은 그의 가족들까지 모두 불러 모아서는, 그 날카로운 이빨로 연한 뼈까지 다 아작아작 씹어 맛있게 먹을 테지. 그리고 나서, 포만감에 젖어, 계속 고약한 트림을 하고 하품을 해댈 거야.'

몽골이나 티베트에서는 사람이 죽으면 매장하는 대신 천장을 하였다. 허허벌판에 하늘을 향하여 시체를 그대로 놓아두면 독수리나 까마귀, 늑대, 여우, 들개들이 찾아와서 시체의 온갖 부위를 마음껏 뜯어먹는 것이다. 천장은 사람이 이 세상에 태어나 살다 떠나면서 온몸을 바쳐 다른 중생들에게 헌신하는 마지막 최고의 보시였다.

그것은 죽은 자의 살과 비계가 다른 중생의 피가 되고 살이 되게 하는 거룩한 의식이었다.

밤이 꽤 깊었다. 깊은 밤은 윤곽을 드러내지 않는다. 램프에 불이 켜져 있다. 바람 한줄기 불지 않는다.

밤이 되면, 사막을 떠도는 자칼 무리의 처량한 울음소리가 들렸다. 구슬프고 길게 늘어뜨린 자칼의 울음소리가 거리를 가늠할 수 없는 모래 언덕 저 너머에서 다시 한 번 울려 퍼진다. 그 소리는 멜랑꼴리한 유행가의 애절한 후렴구 같다. 그 소리는 아주 오래 전부터 멈추지 않고 줄곧 들렸던 소리 같다. 그 녀석이 먹이를 찾아 헤매면서 가족들에게 자신의 존재감을 드러내고 상대적인 위치를 알리기 위해 내는 소리일 것이다. 그가 울음소리에 맞춰 어떤 노래를…… 처음에는 불안정하게 불협화음 같은 한 소절 또는 두 소절을, 마침내 모든 소절을 정확하게 허밍으로 불렀다. 그 울음소리마저 아득히 멀어져 간다. 그 소리가 사라진다. 밤의 정적이 에워싼다.

사막의 시체 청소부인 그것은 다양한 식성을 갖고 있는 포식자이면서도 외모만은 황색 케이넌도그종 개처럼 귀엽게 생겼다. 그러나 그것은 죽음의 냄새를 맡는데 천부적인 재질을 타고 났다. 날렵하고 잽싸게 움직이는 작은 체구가 눈을 희번덕거리며 슬금슬금 썩은 시체에 다가간다. 침을 질질 흘리며 거칠게 숨을 몰아쉬고, 날카로운 이빨을 으르렁거리면서 접근한다. 그리고 힐끔힐끔 주위를 살피며 게걸스럽게 뜯어 먹는다. 그 동작이 유연하고 민첩하다. 게 눈

감추듯 순식간에 먹어 치운다. 그래도 자칼은 작은 체구에도 불구하고 귀가 유난히 크고 쫑긋하고, 하늘을 향해 고개를 쳐들고 긴 여운이 있는 슬픈 울음소리를 낼 줄 안다. 그런 때는 잠시 떨어진 가족들을 애타게 찾고 있는지도 모른다. 자칼은 가족을 끔찍이 사랑하는 가장 가족적인 동물이다.

티베트 기행

김규현은 5년 전쯤에 히말라야 산맥 쪽에서 불어오는 차갑고 신선한 바람을 쐬기 위하여 티베트의 고원지대를 여행한 적이 있었다. 혜초는 왕오천축국전에서 토번국을 가리켜 '얼어붙은 산, 눈 덮인 산과 계곡 사이에 엎드려 있다'고 하였다. 그 고원은 삭막한 풍경이 거의 사막에 가깝다. 높고 험한 암갈색 산들에게 둘러싸여 있는 광활하고 메마른 곳이었다. 오래 전부터 너무나 가보고 싶어서 끝없는 몽상에 젖게 했던 곳이었다.

나는 그해 가을에 회사 일 때문에 헝클어진 머리를 식히기 위해서 (나는 오랫동안 운명처럼 해 온 그 일을 목숨처럼 사랑하는데 그걸 포기할 수 있을까? 또는 그 때문에 회사를 떠날 수 있을까? 그것은 이해 가능한 일일까? 아니면 불가해한 인생의 수수께끼일 것인가.) 티베트의 강렬한 햇빛과 맑고 찬 공기가 필요하였다. 세상의 비밀과 신비를 간직하고 있는 티베트 고원의 순례길을 걸으며 폐부 깊숙이 그 공기를 들이마시면 함께 푸른 하늘과 아득한 고원의 무채색 정경들이 환영처럼 가슴 속으로 파고들 것이다.

나는 그때 말로만 들었던 티베트인의 장례의식 중에서 천장 天葬 또는 풍장 風葬의 일종인 조장 鳥葬의식을 자세히 관찰할 기회가 있었다. 그건 순전히 우연한 일이었다. 라싸에 도착해서 뿔고둥 소리에 이끌려 달라이 라마가 속해 있는 티베트 불교 종파인 황모파 黃帽派의 사원으로 들어가게 되었다. 조캉 사원이었다. 그 사원의 접대소 좁은 방에서 한 달 동안이나 오체투지를 하며 순례를 온, 옷은 남루하고 머리는 엉망으로 헝클어졌지만 구릿빛 얼굴은 행복해 보였던 티베트 서쪽 지역 사람들과 며칠간을 함께 지내게 되었다.

그때 알게 된 젊은 라마승이 안내를 맡아주었다.

그는 왼쪽 손에 들고 있는 옴마니 반메훔이 새겨진 (티베트인들이 마니차라고 부르는) 법륜을 천천히 돌리면서 끊임없이 만트라 眞言를 중얼거렸다. 그가 중얼거리는 진언이 바로 범어인 옴마니 반메훔 Om mani padme hum이고, 그 뜻은 '연꽃 속의 보석이여'이다. 그런데 연꽃은 더러운 진흙 뻘 속에 뿌리를 내리고 꽃을 피운다. 그렇다면 진흙 속에서 아름답게 승화한 연꽃 안의 보석은 무엇을 의미하는 것일까? 그것은 부처님의 자비, 불법, 또는 진리라고 할 수 있다.

"너무 놀라지 마십시오. 야만적이라고 생각해서는 안 될 것입니다. 1,000년 동안이나 이어져 온 티베트의 고유한 장례의식일 뿐입니다. 새들도 인간처럼 고유한 생명력이 있고, 이 세상의 일부분입니다. 그들은 인간의 영혼이 환생하도록 하는 신성한 임무를 수행하는 것입니다." 그 라마승이 미리 주의를 주었다.

장례식을 주관하는 승려가 주문을 외우며 장례 행렬을 인도하였다. 승려는 긴 목도리의 한쪽 끝을 잡았는데 목도리의 반대편 끝은 시신에게 매여 있다. 그리고 승려는 작은 손북과 사람의 넓적다리뼈로 만든 나팔 소리에 맞춰 기도문을 외웠다.

"*나는 이 세상을 떠나면서 나를 인도하는 영적 스승과, 관대함과 분노의 모든 신들에게 귀의하며 절하노니, 위대한 자비의 신께서는 전생의 부정과 쌓인 죄업을 소멸하시고 다른 좋은 세상에 태어나도록 인도하여 주소서.*"

티베트 사람들은 이렇게 생각한다.

한 사람도, 사실은 살아 있는 어떤 존재도, 죽음의 세계로부터 돌아오지 않은 자는 없다. 사실 우리들 모두는 이번 생에 태어나기 전에 무수히 많은 죽음들을 겪었다. 그리고 우리가 태어남이라고 부르는 것은 단지 죽음의 반대편에 불과하다. 그것은 동전의 양면 가운데 한 면과 같고, 방안에서는 출구라 부르고 바깥에선 입구라 부르는 방문과 같다.

그러나 손북에는 느슨하게 매달린 매듭 끈이 붙어있어 승려가 그것을 손으로 빙빙 돌리면서 치면 소리가 나도록 되어 있었다. 승려는 이따금 시신을 돌아보면서 그 영혼에게 육신과 동행할 것을 청하고, 또한 행렬이 올바른 방향으로 향하고 있는가를 확인하였다.

정식으로 시체의 해체 작업이 시작되기 전 대략 30분 정도 시체 주위를 유족들이 둘러싸고 있는 가운데 라마승의 주술이 낭독되는 의식이 있었다. 그 주술은 이승에 대한 일종의 고별사라고 할 수 있었다.

"…… 죽음의 사신이 언제 찾아올지 아무 생각도 없고 귀 기울이지 않는 자는 누구나 남루한 육체에 머물며 오래도록 고통 속에서 살아가리라. 그러나 모든 성자와 현자들은 죽음의 사신이 언제 찾아올지 알고 있기에 결코 무분별하게 행동하지 않으며 고귀한 가르침에 귀 기울인다. 그들은 집착이 곧 생과 사의 모든 근원임을 알고 스스로 집착에서 벗어나 생과 사를 초월한다. 이 모든 덧없는 구경거리로부터 벗어나 그들은 다만 평화롭고 행복하리라. 죄와 두려움은 사라지고 그들은 마침내 모든 불행을 초월하리라."

그러고 나서 해체 작업을 주관하는 조장사 鳥葬士는 망인의 가족이 지켜보는 가운데 눈 하나 깜짝하지 않고 숙련된 동작으로 조장터 중앙의 커다란 돌판 위에 놓여 있는 시체의 해체 작업을 시작하였다.

조장사는 예리한 칼로 먼저 머리통을 잘라내고 그 다음에는 시체의 등뼈를 위쪽에서부터 아래쪽까지 일자로 그어서 양쪽으로 절개하여 순차적으로 살을 도려내기 시작하였다. 그러고 나서 사지를 절단하여 토막 내서 살과 뼈를 분리하고 큰 망치와 도끼로 잘게 부순다. 이 순서가 끝나면 상체의 앞가슴을 절개해서 내장을 꺼내 잘게 썰고 가슴 근육을 발라낸다. 이어서 얼굴 안면의 살과 뼈를 발라

내고 머리통을 망치로 내려쳐서 잘게 부순다. 그리고 새들이 먹기 좋도록 잘게 썰고 부순 인육 덩어리를 티베트인들의 주식인 짬바와 잘 버무려서 산기슭에 있는 조장 터 주변에 골고루 펼쳐 놓는다.

이 풍장은 페르시아 계통의 조로아스터 교 일파인 파르시이 교도들의 풍습에 영향을 받은 것이다. 인간의 몸은 물, 불, 공기, 흙의 네 가지 원소로 구성되어 있기 때문에 사람이 죽으면 가급적 빨리 이러한 원소들로 되돌아가야 한다는 것이다. 화장은 시신을 불의 원소로 돌아가게 하는 것이기 때문에 가장 최선의 방법으로 여겨진다. 매장은 시신을 흙의 원소로 되돌리는 것이고, 수장은 물의 원소로 되돌리는 것이며, 풍장은 공기의 원소로 되돌리는 것이다. 풍장의 경우 시신을 쪼아 먹는 큰 새들은 공기의 거주자로 인정된다.

시체의 해체 작업은 거의 5시간에 걸쳐 진행되었다.

이때쯤이면 인육의 피비린내 나는 냄새가 하늘까지 퍼져 올라가서 새들의 후각을 잔뜩 자극하기 때문에 수백 마리의 대머리 독수리 떼가 조장 터로 몰려들어 경쟁적으로 인육을 집어 삼키기 시작한다. 그것들은 고원의 푸른 하늘 도처에서 계속 날아들고 있었다. "지금 피의 잔치가 있을 거야. 어서들 오라고……. 늦지 말라고……. 날개를 있는 힘껏 저으란 말이야, 날개를 힘껏." 독수리들은 신이 나서 서로에게 외쳤다. 그리고 나서 새들은 걸신들린 것처럼 순식간에 흔적도 없이 해치워 버렸다. 그리고 나머지 찌꺼기는 다시 까마귀 떼가 몰려들어 아주 깨끗하게 먹어 치운다.

새들은 포식한 후 식곤증을 떨쳐 버리기 위하여 찬바람이 휘몰아치는 티베트 고원의 푸른 창공을 추운 줄도 모르고 악취가 풍기는 고약한 트림을 해대면서 유유히 날고 있었다.

라마승이 말했다. "저들은 사람고기라고 하면 환장을 하지요. 도대체 물릴 줄을 모르는 겁니다. 식사 후 잠깐 동안 소화 운동을 하기 위해 저렇게 허공을 빙글빙글 돌고 있지요. 그러고 나서 다른 조장터로 날아가지요."

그러나 망인의 가족들은 전혀 개의치 않고 그 광경을 덤덤한 눈길로 그저 바라볼 뿐이다. 티베트인들에게 천국의 사자使者인 독수리는 인육과 함께 망인의 영혼까지 집어삼켜서 운반하기 때문에 죽음과 환생, 윤회의 신성한 매개체로 간주되었다. 그러므로 가족들은 새들이 찌꺼기를 남기지 않고 깨끗이 먹을수록 안심을 한다.

나는 산기슭에서 라마승과 헤어진 후 가파르고 굴곡진 좁은 길을 따라 평지로 겨우 내려왔다. 조장사의 날카로운 칼질에 머리, 가슴, 몸통, 정강이, 허벅지, 발목, 팔 등이 나가 떨어져 바닥에 뒹굴고, 머리를 자를 때에는 골수가 터지는 광경이 눈앞에서 어른거려 계속 헛구역질을 하였다.

그때 바이올린의 선율이, 히치콕의 영화 '사이코'에서 들은 적이 있었던 '끽끽끽 끽끽끽 끽끽끽' 하는 짧고 날카로운 고음이 귓속에서 계속 울렸다.

나는 내려오면서 몇 번이나 휘청거리며 발을 헛디딜 뻔하였다.

무릎과 어깻죽지의 관절이 심하게 쑤셨고 통증이 왔다. 그러나 낮은 곳으로 내려올수록 공기의 밀도가 높아지면서 느긋하게 호흡할 수 있었으며, 심장의 박동이 완만해져서 마음의 평정을 되찾을 수 있었고 이제서야 눈물이 뺨을 타고 흘러내렸다.

그러나 시체를 안치한 정사각형 관을 따라가면서 울리던 큰 소라로 만든 나팔 소리와 저음의 징 소리가 긴 여음이 되어 여전히 귓가를 맴돌았다. 내려오면서 힐끗 뒤돌아보았더니 그 조장사는 술에 완전히 취해서 몸을 가누지 못하고, 조장터 부근에서 여전히 비틀거리고 있었다.

그렇다. 조장은 낯선 사람에게는 몹시 잔인해 보이지만 가장 아름답고 숭고한 티베트의 장례의식이었다.

다시 열흘이 지나자 물은 아끼고 아끼지 않으면 안 되었다. 물통에 물이 얼마 남지 않았다. 물은 곧 생명줄이었다. 출발할 당시 물이 부패하는 것을 방지하기 위해 요오드 정제를 넣었음에도 불구하고 벌써 약간 불쾌한 냄새를 풍기기 시작한 매작지근한 물을 그나마 각자 하루에 한 컵씩만 마셔야 했다. 그들은 수척해진 얼굴에 턱수염만 무성했다.

만약 그들이 예정대로 자네트를 향하여 달리고 있었다면 지금쯤은 우물이 있는 곳에 닿았을 것이다. 미슐랭에서 발간한 10만분의 1 축척의 비교적 정교한 사막 지도에 분명히 50미터 깊이의 우물 표시가 있었다. 그는 출발하기 전 그 지도를 보면서 세세한 사항까지 샅샅이 살피고 특히 우물의 위치를 확인하였었다. 그 우물은 아랍어로 겔타스 geltas라고 부르는 빗물을 모아두는 수조형 우물이 아니라 대수층까지 깊숙이 땅을 파서 솟아 나오는 물이 고여 있는 자분정自噴井이었다. 그러니까 그곳에서는 사막 깊은 곳에서 길어 올린 유리알처럼 맑고 달콤한 물을 배가 부풀어 오르도록 실컷 마시고, 바로 원기를 회복하였을 것이다.

물은 생명이다. 창조의 상징이자 모든 씨앗의 요람이다. 물은 최상의 치유력을 지닌 마법의 물질이다. 물은 질병을 치료하고, 젊음을 되돌리고, 영생을 약속한다. (마르치아 엘리아데)

그리고 나서 맨발로 부드러운 모래의 감촉을 음미하면서 근처 모래 언덕에 올라가서 눈이 부시도록 맑고 파란 하늘을 올려다 보면서 사막의 아름다움에 도취되어 말로 표현할 수 없는 어떤 독특한 감정에 사로잡혔을 것이다.

지금 이 막막한 상황에서 절박한 것은 신의 구원으로 보였다. 기적이 조만간 찾아와야 할 때였다. 만약 위대한 신이 이 세상 어딘가에 존재한다면 그의 부드러운 손길이 지금 절실히 필요한 것이다. 천사 가브리엘이 목이 말라 빈사 상태에 빠진 어린 이스마엘을 구하기 위해 하늘에서 내려와 잠잠 소리를 내는 샘을 파주었던 것처럼 말이다.

그가 의기소침해 있는 이브라함을 안심시키기 위하여, 짐짓 전지전능한 신에 대한 이야기를 꺼냈다.

"신이 곧 당신을 찾으러 올 거야. 신은 인간을 구원하는 것이 그의 직업이거든. 당신을 발견하면 무신론자인 나를 내버려두고, 당신만 데려가지는 않겠지. 신은 언제든지 관대하시거든, 신은 정말 관대하시거든. 그래서 신인 거야."

그 순간 매부리코에 곱슬머리를 한 이브라함의 얼굴이 분노로 일그러졌다, 당혹스럽고 착잡한 표정으로 변하였다. 잠시 화가 나서 격렬한 반응을 보였지만, 어쩔 수 없이 드러낸 격한 감정을 가라앉히는데 시간이 걸렸다. 곧 침착함을 되찾았다.

그가 무언가 지극히 심각하고 긴 이야기를 하기 위해서 뜸을 들이고 목청을 가다듬었다.

"신은 없는 거나 마찬가지야. 기다려도 절대 나타나지 않을 거야." 그리고 그는 이 말을 몇 번이고 되뇌었다. "……absolument impossible. ……absolument impossible."

이브라함은 어느 정도 기분이 진정된 후, 들쭉날쭉하여 고르지 못한 이를 드러내면서 담담하게 이야기하기 시작하였다. 그는 딱딱한 갈색 뺨에 깊게 파인 주름살에도 불구하고 전체적으로 온화한 느낌을 주고 있었다. 그 주름살은 그의 고단한 일생이 얼굴에 새겨놓은 침묵과 같은 것이었다. 그는 이브라함의 눈에서 빛나고 순수하고 섬세한 것을 발견하였다. 그의 부드러운 눈빛은 따뜻한 우정을 담고 있었다.

그는 지금까지 일어난 악몽과도 같은 그 당혹스런 사태에 대하여
도 그렇게 고통스러워하지는 않을 만큼 어느 정도 초연한 입장을
보여주었다. 그는 매우 침착하였다. 젊은 나이에 비해서는 많은 경
험과 노련함이 몸에 배어 있었고, 약간 초탈한 모습을 하고 있었다.
그는 평소 참을성이 있어 보이는 강인한 얼굴을 하고 있었지만, 그
러나 그렇게 명랑한 것 같지는 않았다. 비밀스러운 우수의 작은 보
따리를 몸 어딘가에 지니고 있었다. 그의 밋밋한 목소리는 언제나
슬프게 들렸다. 그리고 애매모호하게 웃을 때마다 이빨 빠진 자리
가 드러났다. 그러면서도 사막에서 혹독하게 단련된 투아레그의 거
칠고 독한 냄새가 나며 억센 동물적 본능을 가지고 있었고, 그것이
그를 결국 사막으로 이끌었던 것이다.

14년 전 즈음인가.

타만라세트에서 말리 접경 남쪽으로 멀리 떨어진 고향 마을에 심
한 가뭄이 들었다. 원래 마을이 위치한 그 지역에는 강우량이 매우
적고 불규칙하긴 해도 이번처럼 가뭄이 심한 적은 없었다. 그때 마
을사람들은 숭배의 집인 마을 족장 집에 모두 모여 밤낮으로 신께
열심히 기도하였다.

늙은 족장 모하메드는 주술사이면서 신의 대리인이었다. 그는 언
제나 자신의 권위를 과시하기 위해 옆구리에 상아 손잡이가 달린

작은 청동제 단검을 차고 다녔다.

어느 날 마을 복판에 있는 족장의 흙벽돌집 좁은 마당에 마을사람들이 빼곡히 모여 앉아 이구동성으로 읍소하였다. 그 집안은 대대로 족장의 집안이었다. 부족장은 세습직이었기 때문이다.

그들은 남루한 옷차림에 말을 할 때마다 온통 썩은 이 또는 뿌리만 남은 이를 드러냈다. 그 자리에는 역한 땀 냄새와 허기, 불안이 짓누르고 있었다. 그들은 집단적인 히스테리에 빠져 있었다.

"이대로 가면 식량은 곧 떨어질 것입니다. 두 번째 우물마저 말라가고, 세 번째 우물만 남아 있습니다. 가뭄으로 마을의 양과 염소는 떼죽음을 당했습니다."

"우리는 어떻게 해야 하나요? 지금이라도 떠나야 할까요?"

그들은 애원하는 표정으로 족장에게 대답을 재촉하였다.

모하메드는 키가 크고 깡말랐으며 무표정해 보이면서도 눈은 이따금씩 기이한 섬광을 뿜었다. 그러나 그는 근엄했다. 그는 옛날을 회상하면서 느릿느릿 위엄 있게 약간 쉰 듯한 목소리로 이야기를 시작하였다. 그만이 험난한 마을의 역사를 꿰뚫고 있었다. 그는 족장답게 자기 말의 중요성을 잘 알고 있었다. 그래서 족장의 말 한마디 한마디는 절대적 권위를 가지고 있었다. 그는 가끔 그곳으로 강림하는 성령이라도 붙잡으려는 듯 손을 허공에 내저었다.

"여러분…… 이야길 끝까지 들어야 하겠지. 아주 길게 이야기해야 할 것 같으니까. 지금부터 우리 마을의 기구한 역사를 죄다 이야기할 거야……. 먼 옛날에, 지금부터 50년쯤 전 일이야. 그때 내가 아마 열 몇 살쯤 되었을 거야. 바다 건너 북쪽에서 큰 전쟁이 일어난 거야. 그게 바로 제2차 세계대전이었어…….

처음에는 너무나 고소했지. 유럽인들이 자기들끼리 치고받고 싸우는 거니까. 그 전쟁은 우리와는 아무런 상관이 없는 일인 줄만 알았지. 그건, 그저 공상 속의 전쟁이었어. 그래서, 강 건너 불인 줄로 알았어……. 웬걸, 군인들이 어느 날 옛 마을에 불쑥 나타난 거야. 처음 보는 강력한 총을 들고 말이야. 군인들은 잔인했고 너무 무서웠어. 함부로 방아쇠를 당겼으니까. 이탈리아 파시스트들이었지. 그들은 만날, '빈체레 (무찌르자)'를 외치고 다녔어.

그런데 말이야. 그때, 트리폴리 근처 마을에서 베르베르인 두 명이 백인도 죽을 수 있는지 알고 싶어서 이탈리아 군인 한 명을 칼로 찔러 죽였는데 말이지, 군인들이 복수한다고 탱크까지 동원해서 마을을 완전히 쑥대밭으로 만들고, 어른, 어린애, 여자들 할 것 없이 모두 100여 명을 총으로 쏴 죽인 일이 있었지. 그 많은 낙타, 양들까지 모든 움직이는 것은 하나도 살아남지 못했어. 엄청나게 총알을 쏟아부은 거지. 그놈들은 에티오피아의 아디스아바바를 점령한 후 에티오피아 애국군과 싸울 때도 똑 같은 만행을 수없이 저질렀지. 곤데르에서는 민간인 군중에게 발포하였는데, 그때도 노인, 어린아이, 여자, 불구자 가리지 않고 군중이 모조리 쓰러질 때까지 기관총을 갈겼으니까.

파시스트들은 사람을 천천히 괴롭히면서 죽이는 방법과 단숨에 인정사정없이 죽이는 방법 등 온갖 종류의 살인 기술을 습득해서는 몸소 실천한 거지. 그렇게 공포 분위기를 조성해서 이탈리아 황제 비토리오 에마누엘레의 칙령을 들먹이며 우리의 땅을 강탈했어. 그리고 검은셔츠단과 군단, 제국의 관리들이 위탁 관리한다고 일방적으로 선언했지. 그걸로 끝장났어. 그들의 허락 없이는 모든 행위가 금지되었어. 그놈들이 갑자기 나타나서 주인 행세를 한 거지. 정말 아름다운 오아시스였어, 대지에는 물이 풍부하고 종려나무도 채소도 다 잘 자랐지.”

아직은 초저녁이었다. 아무도 움직이지 않았고 주위는 쥐 죽은 듯이 고요하였다. 신의 대리인은 꺼진 담배를 다시 태워 물고 천천히 이야기를 계속하였다.

“파시스트는 아프리카인을 짐승이나 벌레처럼 취급했어. 그 사람들은 우리를 무조건 싫어했어. 그것들은 기름진 음식을 너무 많이 먹어서 입에서는 악취가 났고 살이 피둥피둥 쪄서 뒤뚱거리는 꼴이 가관이었어. ‘검둥이 새끼들은 아무 짝에도 쓸모없는 놈들이야, 채찍으로 무조건 갈기고 짓밟아야 되지.’라는 말을 입에 달고 살았어. 우리도 자기들처럼 꿈을 갖고 삶을 사랑하는 인간이라는 사실을 인정하지 않았지.”

그들은 제복의 허리띠에 하마가죽으로 만든 채찍을 매달고 다녔다. 그 가죽은 워낙 질겨서 칼날처럼 사람의 살갗을 파고들기 때문에 채찍질을 당하는 사람에게 엄청난 고통을 안겨주었다.

튀니지 국경에서 멀지 않은 곳에 자리 잡은 엘우에드는 천 개의
돔을 가진 돔의 도시였다. 수백 개의 샘물이 수십만 그루의 대추야
자 나무에 물을 공급하고 그 대추야자 나무숲이 녹색의 장벽처럼
도시를 감싸고 있다. 밤이면 모스크 꼭대기의 초승달 위로 하늘의
달빛, 별빛이 신비스러운 흰 빛을 발했다. 그 도시에서는 하루 다섯
번씩 기도 시간을 알리는 무에진의 목소리가 들려왔다. 그 목소리
는 높으면서 약간 떨리는 듯했다. 공중에서 원을 그리며 날고 있는
한 마리 새의 긴 탄식처럼 들리는 그 소리는 도시의 골목 구석구석
을 깊숙이 스며들며 메아리쳤다. 그 소리가 세상을 가득 채웠다. 종
려나무 숲이 빙 둘러싸고 있는 작은 오아시스에 자리 잡은 마을은
참으로 아름다웠다. 야자수들이 작은 숲을 이루고 있었고, 야자수의
줄기와 커다란 잎으로 지붕을 만든 오두막집들이 족장의 집을 중심
으로 모여 있었다. 근처 계곡의 저지대에는 검은 화산석으로 둘러
싼 우물들이 여러 개가 있었는데, 그 우물은 결코 마르는 법이 없었
고 아주 시원하기까지 하였다. 마을에서 바다는 보이지 않았지만
이따금씩 멀지 않은 바다에서 불어오는 바람에 키 큰 종려나무 나
뭇잎들이 살랑거렸다.
　"우리 부족의 조상들은 아주 옛날에, 백 년인가, 이백 년인가 전
에는 아라비아의 헤자즈 지방에서 유목민의 삶을 살고 있었어.

그런데, 헤지라 1266년, 무하람 달의 어느 긴 밤에 벌어진 수니파에 속하는 다른 부족과의 격렬한 칼싸움에서 우리 부족은 패배하였지. 그때 헤자즈에는 베두인족 내에도 500개도 넘는 수많은 부족의 분파가 서로 돕기도 하고, 이해타산 때문에 으르렁거리기도 하면서 살고 있었지."

그 당시 주위는 온통 검붉은 자갈과 용암, 모래 등으로 뒤덮인 불모의 땅이었다. 그 땅에는 한 포기의 풀도, 한 포기의 꽃도 자라지 않았고, 날아다니는 새도 보이지 않았다. 그러나 사막의 남쪽 언덕 사이 골짜기에 한 자락 비옥한 땅과 함께 오아시스가 자리 잡고 있었는데, 거기에는 물이 풍부하여 모든 풀들이 향기롭고 다양한 색깔의 꽃을 피우고 있어서 서로 탐을 낸 것이다. 그 땅을 서로 차지하려고 싸움이 일어난 거였다.

어쨌거나, 그날 밤에는 심판의 날의 나팔 소리가 천둥처럼 울리고 횃불이 불타는 가운데 반월도가 번쩍거리고, 춤을 추고, 쇠붙이가 날카롭게 부딪치고, 검붉은 피가 모래를 적셨지. 증오에 찬 검이 부딪치는 소리가 사막에 울려 퍼질 때마다 사랑과 증오가 함께 폭발하였지. 서로 간에 수많은 살육이 일어났어. 낙타들은 오금이 잘린 채 사막에 널브러져 있었고 전사들은 피를 흘리며 신음을 하고 있었지. 그때 죽은 사람의 육체는 파괴되고 영혼은 모래 바람에 흩날려 사라져버렸겠지. 바위마다 정령과 마귀와 사막의 온갖 괴물들 – 사람의 머리 사자의 몸뚱아리 용 또는 전갈의 꼬리 세 줄로 된 수많은 이빨을 가진 멘티코어, 상반신은 독수리이고 하반신은 사자인 괴수 그리핀, 불도마뱀인 샐러맨더, 하마를 닮은 거대한 괴수 비히머스, 사자의 머리 염소의 몸 뱀의 꼬리를 한 키메라, 상반신은 그리폰이고 하반신은 말인 괴물 히포크리프, 거대한 새인 시무르그, 머리가 백 개 달린 독사 – 이 걸터앉아서 하찮은 인간들이 자기들끼리 칼부림을 하니까 하도 기가 막혀서 히죽히죽 웃으며 그 싸움을 즐거운 마음으로 구경하고 있었던 거야. 특히 사람의 살코기를 좋아하는 멘티코어는 그때 코를 벌름거리며 입맛을 쩍쩍 다셨던 거지.

하여간에 살아남은 일부가 이동을 시작한 거야. 승리한 부족은 거들먹거리며 땅과 가축을 빼앗고, 선심을 베푸는 척하면서 이동을 허락해준 거지. 멀리 꺼져버리라는 의미에서. 그때 대부분의 남자들이 학살되었지만 살아남은 일부가 여자와 어린 아이들을 데리고 이동을 시작한 거였어. 조상의 묘소를 버리고 거칠고 무서운 세상으로 길을 떠난 것이지. 가슴을 찢는 슬픔을 안고 말이야. 다시 돌아온다는 희망은 없었지. 그러나 그건 위대한 알라신이 이미 예정한 일이었지. 알라신이 말이야.

처음에는 지중해를 향하여 시나이 반도를 북상하여 지금의 포트사이트 근처에 이르자 오른쪽으로 북상하여 예루살렘이나 다마스쿠스 쪽으로 갈 것인지, 아니면 남쪽 이집트 쪽으로 내려갈 것인지 갈림길에서 혼란을 겪었다. 그때 무슨 이유인지 모르지만 결국 남쪽을 택했다. 아주 옛날부터 '남쪽은 아랍인의 요람이고, 북쪽은 그들의 무덤'이라는 아랍 속담이 있었는데…… 그 부족은 아라비아 반도의 남쪽에서 쫓겨나서 '순례자의 길'을 따라 북쪽으로 올라갔고, 북쪽에서는 지중해성 기후 덕분에 부드럽고 따스한 해안가를 걸어서 남쪽으로 이동한 것이다. 남쪽에서 희망을 발견한 것이다.

그리고 그 조상들은 유목 생활을 계속하면서 서쪽으로 조금씩 이동하던 중 엘 우드 근처의 옛 마을에 자리를 잡은 거였다. 처음에는 엘 우드에서도 풀밭을 찾아 이리저리 이동하면서 역시 유목생활을 하였다. 그러다가 살기 좋은 계곡을 발견하고 그만 정착한 것이다. 그래서 엘 우드가 종착지가 된 거였다.

"그리고…… 아름다운 투아레그 여인들을 만나 결혼을 하면서 그들 부족에게 동화되어 흡수되어 버린 거지. 우리 부족이나 그들 부족이나 같은 사막의 유목민으로서 생활방식이 아주 비슷했거든. 그래서 쉽게 동화된 거야. 사막에서는 결혼을 통해 부족 간에 결합이 이루어지지."

그러나 그들 부족은 속수무책으로 마을에서 쫓겨날 수밖에 없었다. 그것도 아주 멀리 떠나지 않으면 안 되었다. 가까운 곳에 있는 우물이나 오아시스마다 군인들이 진지를 만들어 그들의 접근을 막고 있었다. 그들 부족은 애스카라 제복을 입고 거들먹거리는 파시시트들에게 쫓긴 나머지 대충 짐을 꾸리고, 가축들을 모아서, 모두 함께 알제리 북쪽, 동부 그랑데르그의 중심 도시인 엘우에드 근처의 옛 마을을 황망히 떠나지 않으면 안 되었다. 그 후 투구르트, 우아르글라, 엘골레아, 인살라, 아라크, 타만라세트 등 알제리의 사막 도시들 주변을 지나쳐 남쪽으로 내려오면서 다른 부족의 땅이 아닌, 주인 없는 오아시스를 찾아 끝 모를 방랑을 시작한 것이다.

"우린 별자리를 따라 무작정 남쪽을 향하여 걸었어. 밤하늘에서 큰곰자리처럼 쉽게 알아볼 수 있는 별자리는 없어. 큰곰자리 별들을 따라 내려가면 작은곰자리별들 중 하나가 바로 북극성이야. 그 별이 이정표이지. 하늘에 남극성은 없거든.

사막에서는 지도를 따라가지 말고, 별을 따라가야 하는 거야……. 낙타에 짐을 싣고 염소와 양떼를 이끌면서 말이야. 그러나, 염소와 양들은 내려오는 도중에 갈증과 병으로 대부분 죽었지. 우리는 죽은 동물들을 양식으로 삼았어. 우물이 있는 곳에서 밤이면 텐트를 치고 야영을 하였지. 밤은 너무 추웠어. 여자들과 아이들은 텐트 속에서 잠을 자고 남자들은 꺼져가는 모닥불 주위에서 옆에 긴 칼을 놓고 쭈그리고 앉아 겨우 잠을 잘 수 있었어. 주위에는 타마지트어를 쓰는 베르베르족 강도들이 따라 다녔거든……."

"신이 우릴 인도한 거야. 여기까지 오는데 1년하고 몇 개월이 더 걸렸지. 그때 우리는 맨발에 누더기 옷을 걸치고 우물과 오아시스, 목초지를 찾아 떠도는 사막의 유랑민이었어. 사막 중의 사막인 이곳에 도착하였을 때 사람은 없었어. 베두인 대상들이 가끔 낙타 무리를 이끌고 지나갈 뿐이었어⋯⋯."

"사막이 아름다운 것은 그곳 어딘가에 우물이 숨겨져 있기 때문이야⋯⋯. 우리는 날마다 동이 트는 첫 새벽부터 걷기 시작했어. 배가 고픈 것은 별 것 아니야. 입술과 혀가 굳어지는 갈증은 너무 고통스러웠어. 그때 남은 양식이라곤 얼마간의 말린 대추야자와 종려나무 열매, 밀가루가 전부였어. 꿀은 진즉 떨어졌고, 절뚝거리며 힘겹게 걷던 염소들이 죽은 후에는 우유도 더 이상 마실 수 없었지. 어린 아이들과 늙은이들의 고통이 심했지. 그때, 가엾게도 몇 사람이 열사병과 괴혈병으로 죽기도 했어."

공기는 무겁게 가라앉아 있었다. 그들은 그때 모래에 반사되는 무서운 햇빛 때문에 반쯤 눈을 감고서 끝없이 사막을 걸으면서 지칠 대로 지쳐 있었다. 때로는 햇빛은 강렬한데 사막의 바람이 불어와 모래 먼지가 마구 휘날리는 가운데 그늘 한 점 없는 사막을 몇 시간씩 걷기도 하였다. 그러나 밤이 오면 그들의 몸은 추위 때문에 얼어붙었다. 그들은 어른이나 어린애, 남자나 여자 할 것 없이 맨발에다 다 찢어진 누더기 옷을 걸치고 있었고, 몇몇 사람만이 겉옷을 찢어서 만든 걸레조각으로 발을 칭칭 동여매고 걸었다. 꼬마 아이들은 완전히 벌거숭이였다. 모두 한결같이 사막의 햇볕에 얼굴이 그을려서 숯조각보다 더 검게 탔고, 눈은 충혈되고, 입술이 갈라져 피가 났으며, 허기와 갈증 때문에 입술과 혀가 말라서 굳어지고, 뼈만 앙상할 정도로 삐쩍 말라 있었다. 상처 자국과 벌레 문 자국이 온몸을 뒤덮고 있었다.

그리고 쇠약한 사람들은 무참하게 쓰러졌고, 남자들이 죽은 시체를 모래무덤 속에 묻었다. 그들 모두에게 죽음의 순간이 점점 다가오고 있었다. 그들은 사막의 잔혹한 침묵 속에서 고독하였고 아무도 말을 하지 않았다.

이야기가 점점 길어지고 있었다. 족장은 그때 무성한 회색 턱수염을 쓰다듬었다. 그리고 나서 그는 다시 담배에 불을 붙였다. 파란 연기가 회색 털투성이 콧구멍으로 뿜어져 나왔다. 연기가 허공 속에서 말렸다가 풀렸다. 그는 여전히 엄숙한 태도로 말을 이어갔다. 마을 사람들은 여전히 하나같이 꼼짝없이 앉아서 경청을 하였다. 밤은 춥고 고요했고 별은 빛나고 있었다. 이브라함은 아버지 곁을 떠나지 않았다.

"그래도, 우리는 지도자의 지시에 따라 매일, 매순간 끊임없이 신께 기도했어. 어린 나도 어른들이 시키는 대로 열심히 기도했지. 신이시여 도와주소서. 저희가 왔습니다. 우린 절망 속에서 기진맥진했지. 아주 어려운 시기였어. 그때 지도자가 끊임없이 용기를 불어넣어 주었지. 그분이 없었더라면 우린 결코 살아남지 못했을 거야. 그분은 족장이 아니라 사막에서 종족을 이끌고 가는 모세라고 할 수 있었지."

지도자의 움푹 들어간 뺨이며 깊은 주름살은 지나간 삶의 흔적을 고스란히 보여주고 있었다. 그의 눈은 항상 먼 곳을 바라보고 있었다. 그러나 여전히 그의 목소리는 음색이 풍부하였다. 검은 수염으로 뒤덮인 부드러운 입은 항상 농담을 잘했다. 아무리 어렵고 힘들어도 내색을 하지 않았다. 다만 그 지도자는 보기 드문 골초여서 담배가 한시도 입에서 떨어지지 않았다.

달이 없는 캄캄한 밤하늘에 무수한 별들이 총총히 빛날 때면 그는 어김없이 아름다운 밤하늘의 별자리 이야기를 하였다. 별빛이 그 종족의 핼쑥하게 야윈 얼굴들을 희미하게 비추고 있었다. 그는 점성술사이면서 천문가이어서 하늘에서 반짝거리는 별들을 모두 알고 있었다.

"신이…… 위대한 신께서 우리에게 별이 빛나는 밤하늘을 선물한 거지. 사막에서는 다른 걸 줄 게 없었겠지. 그래서 기나긴 어둠의 시간 동안 무수한 별을 쳐다보며 경탄한 거야. 별들은 우리에게 희망을 속삭여 주었지. 밤의 공포를 잊게 해 주었지. 비는 별들의 움직임에 맞춰 오고 그쳤지. 별 때문에 인간은 기하학과 공간, 시간과 수를 발견하게 된 거야. 그러니까 별들의 세계는 인간들의 정신세계에 불가사의한 연쇄작용을 일으키고 있는 거지. 그러나 별들만이 알고 있는 절대적, 궁극적인 비밀을 인간들은 도저히 이해할 수 없는 거야. 그건 너무 신비하고 모호한 것이거든. 그런데 별마다 각기 자신만의 특징과 고유 공간이 있어서 우주에 넓게 퍼져 있지. 어떤 신도 빗자루로 쓰레기를 모으듯 모든 별을 한곳으로 모을 수는 없는 거야. 만약 그렇게 할 수 있다면, 우주는 거대한 빈 공간으로 변해 버리겠지. 그러면 우주는 존재 이유가 없는 거야……

우리 부족에게 오래되고 친숙한 별자리는 사냥꾼 오리온자리이지. 그 사냥꾼은 큰개와 작은개를 거느리고 있지. 그리고 저기 보이는 마차부자리의 천정 부근에 노란빛의 카펠라가 있지. 카펠라는 어미 염소를 의미하고 그 별은 세 마리의 아기 염소들을 데리고 있어. 우린 염소를 많이 키우니깐 이 카펠라 별자리가 우리 부족에게는 아주 중요한 의미가 있어. 그 별이 매일 밤 빛나야만 염소가 탈 없이 자라고 젖을 많이 생산하거든.

그러나, 너희들은 황소좌 일곱 별들이 뜨는 자리를 기억해야만 하지. 그곳은 메카가 있는 쪽인 거야."

그런데 철새들이 천천히 허공을 가로질러 날아가는 것이 보였다. 지도자는 철새들을 좋은 징조로 받아들였다. 이것은 필시 신이 기적을 선물한 것이라고 생각하였다.

"신이시여, 전지전능한 신께서 우릴 버리지 마시옵소서. 굽어 살피소서. 신의 은총을 내려주십시오. 신이시여, 영원하시길……" 지도자가 신께 기도를 올렸다.

"그때, 절체절명의 순간에 낙타를 몰고 오아시스를 찾아다니는 우아한 부족인 베두인족 대상을 사막의 길에서 우연히 만난 것은, 틀림없이 신의 계시였지. 기적이 일어난 거야. 정말 행운이었어. 지도자가 나서서 그들에게 울면서 호소하였지. '형제들이여…… 우선

먹을 것을 좀 주십시오. 우린…… 배고픔과 목마름, 질병에 시달리며 일 년이 넘게 사막을 헤매고 있소이다. 도중에 죽은 사람들은 사막에다 묻고 계속 남쪽으로 걸었습니다. 우리 생존자들도 지칠 대로 지쳐 있습니다. 그리고 뿌리를 내릴 땅이 필요합니다. 우물이 있어야 합니다. 가르쳐 주십시오. 우리의 요구가 너무 지나치다 생각지 말아 주십시오…….'

그리고, 지도자는 대상들에게 또 다시 간절하게 말하였었지. 그 위대한 지도자는 나의 아버지이니라. 나는 지금도 똑똑히 기억하고 있는 거야.

'그대들에게 알라신의 축복이 있을 진저! 그대들의 종착지인 튀니지까지 신이 축복을 내려 안전하게 인도하길……. 이 늙은이는 더 이상 두렵지 않소. 신의 명령을 따르면 그만이요. 죽으면 그뿐이니까요. 그러나 아이들이…… 젊은이들이 정말 안쓰럽습니다. 어떻게 해서든지 우리 부족을 지켜야 합니다. 저들이 아무리 종족의 뿌리를 뽑아내고 목을 자르고 집을 불태워도 말입니다. 이탈리아인들이 아름다운 마을을 불태우고 우리 땅에서 우릴 내쫓았습니다. 또, 무서운 사막이 우릴 끝까지 시험했습니다.'

그들이 우릴 구원했지. 물과 말린 대추야자 열매와 무화과 열매를 나눠 주고, 이곳으로 안내해 주었어. 사막의 부족인 베두인의 신조란 역경에서는 인내, 복수에 있어서는 집념, 강자에게는 경계, 약자에게는 보호이거든. 그들이 우릴 살려 주었어.

그 대상들은 신이 우리에게 보내준 신의 사자였어. 신이 우릴 이곳으로 인도한 거야. 여기는 신이 소유한 땅이거든. 자생한 대추야자나무가 수백 그루나 자라고 있었고, 염소가 뜯을 덩굴식물과 풀이 계곡에 제법 무성하였지. 와디에서는 우리가 필요한 만큼 소금덩어리도 나왔어. 그곳은 아주 옛날에는 물이 가끔 조금씩 흐르고 조그마한 짠물 호수가 있었던 거야. 그런데 사막의 뜨거운 햇빛에 호수는 말라붙어버렸고 그 자리에 소금만 남게 된 거지. 무엇보다도 물이 콸콸 넘치는 우물이 세 개나 있었지. 우리의 생명줄인 이 와디는 타만라세트 와디의 작은 지류임에 틀림없어. 이 오아시스는 우릴 위해 기다리고 있던 천국이었던 셈이야. 우리는 마침내 신이 내려준 이 천국에 완전히 정착했지. 더 이상 옮겨 다닐 필요가 없었어. 우린, 와바르 (천막을 가진 자)에서 마다르 (집을 가진 자)로 바뀌었지.

우리는 그때 신의 은총에 한없이 감사드렸지. 지도자께서 정성껏 하늘의 신께 기도하였지. '우리 종족의 보호자이신 신이시여! 이곳에 마을을 세우도록 허락해주신 신이시여! 우리 아이들과 염소와 양들이 번성케 하시고…… 우리가 생명과 육체를 보존하도록 굽어 살펴 주소서! 신이시여 감사합니다.' 하고 말이지."

밤이 더욱 깊어가고 있었다. 그러나 그날 밤 하늘에 떠오른 달이 은색 달빛을 사막에 드리웠는지는 기억할 수 없다. 그가 잠시 동안 말을 멈추고서 좌중을 눈여겨 살펴보고 난 후 새로 담배를 태워 물고 구름처럼 피어오르는 담배연기를 어두운 허공 속으로 내뿜었다. 벌써 연속해서 열 번째 담배였다. 그걸 이브라함은 기억하고 있다.

"지금은 또다시 고난의 시대이지. 하늘은 우리의 믿음을 시험하고 있어. 그런데, 말리의 무사 트라오데 흑인 집권당에 저항하는 베르베르계 투아레그족 분리주의자들이 우물 근처마다 진을 치고 있어. 분리주의자들도 파벌 대립이 심하지. 그래서 파벌 간 전쟁이 정부군과의 전쟁만큼이나 치열하지. 어떤 파벌은 정부군으로부터 몰래 자금과 무기를 지원 받고 있다고 해. 그 파벌이야말로 더욱 설쳐대면서 살육을 자행하고 있지. 이탈하는 동족들에게는 무자비하게 대응하고 있어. 투아레그는 항상 서로 뜻이 안 맞지. 그게 우리 민족의 치명적인 약점인 게야.

리비아 쪽에서 공급한 자동소총과 기관총, 로켓발사수류탄으로 무장한 반군들이 또는 정부군 쪽에서 곳곳에 서로 대인지뢰를 묻었고, 부비트랩도 숨겨놨다는, 믿을 만한 소식도 있어. 그런데 말이지, 멍청하게도 그 지뢰가 너무 깊이 묻혀 있어서 사람이 밟아도 터지지 않을 수도 있다는군. 우리 부족은 지금 알제리, 말리, 니제르 정부군에 쫓기고 있어. 우리는 포위된 거나 마찬가지야. 이쪽에는 알제리 사회주의 정권의 힘이 미치지 못하고 있어. 이 정부는 우리에게 해주는 게 하나도 없지……. 마른 대추야자와 밀가루가 아직 많이 남아 있고, 세 번째 우물은 당분간 마르지 않을 거야. 그런데 말이지, 떠날 가족은 막지 않겠어. 언제든지 떠나도 좋아. 다만, 조건

이 있어. 매일 신께 감사의 기도를 드려야 해. 그러면 말이야, 신이 안전한 곳으로 데려다 줄 거야."

"신께서…… 또다시 여기까지 찾아오실까요?" 그 순간, 누구인지, 족장에게 물었다. "족장님…… 신이 우릴 버리신 것은 아닐까요? 어쩌면…… 벌써…… 잊어버릴 수도 있겠지요?" 그 말을 한 것은 분명 아버지는 아니었다. 그때 햇빛과 바람에 시달린 탓으로 거북 등짝처럼 잔주름이 잡혀 있던 아버지의 얼굴을 새삼스럽게 쳐다보았던 기억이 새롭다. 다시 생각해보면 사촌형의 아버지로 기억된다. 그는 앞니 두 세 개가 빠져 있어서 혀 짧은 소릴 냈기 때문이다.

"그건, 그 말은 전지전능하신 우리 신을 모독하는 거야. 누가 감히 신을 비난할 수 있을 것인가? 그분이 모든 걸 예비하셨던 것이니라. 모든 일은 그분의 의지에 따라 일어나느니라. 신께 교만하고 무례하게 굴지 말지어다. 이 모든 것이 신의 섭리요, 뜻인 게야. 우리는 여기 사막을 떠날 수 없어. 우리는 사막의 일부이고 사막은 우리의 일부일 뿐이야. 신이 곧 구원하려 오실 거야. 물과 식량을 보내주실 거야."

모하메드의 목소리는 명쾌하고 힘이 있어 좌중을 설득하고 있었다. 불가사의한 신의 대리인은 열에 들떠 계속 반복하여 엄숙하게 외쳤다.

"비스밀라(알라의 이름으로 자비를 베푸소서)."

"알라후 아크바르(알라신은 가장 위대하시다)."

"인샬라(신의 뜻대로)."

"우리의 위대한 신은 전지전능하고 완벽하다. 결단코, 그분 말고 또 다른 신은 존재하지 않는다. 알라 이외에는 신이 없느니라. 그분과 대등한 자도 경쟁자도 없다. 지혜롭고 높은 자비심을 가지신 분이며, 우리 가까이에서 무한히 베푸시고 유일하게 무한정 관대하신 분이다. 완벽하고, 사랑이 가득한 분이시다. 알라만이 위대하시도다. 우리의 주인인 신에게 모든 영광과 찬양이 있을지어다. 무하마드는 알라의 위대한 예언자이시다. 기도하라! 마음의 평화를 얻으리라!"

마을 사람들에게는 신만이 절망적인 문제를, 모든 시련과 근심 걱정을 풀어주는 유일한 해답이었다. 전지전능한 신만이 이 사태를 알고 있었고, 신만이 이 어려운 문제를 해결할 수 있었다. 그들은 그렇게 믿었다. 어떤 희망을 보았던 것일까? 그들은 이구동성으로 중얼거렸다. "저흰…… 오직 신만을 믿겠사옵니다. 신만을…… 믿겠사옵니다. 오 주여! 오 하나님!"

사막에 밤이 깊어갔다. 밤의 색깔은 암청색으로 변했다. 사막은 죽은 듯 고요하였다. 사막을 짓누르고 있는 것은 정적뿐이었다. 춥고 매서운 바람이 모래를 휩쓸고 지나갔다. 별들이 하늘에서 쏟아져 내렸다. 멀리 사막의 모래 언덕들이 어둠침침한 땅거미 속으로 스러졌다. 이브라함은 흔들거리는 등불 속에서 홀로 빛나는 족장의, 신의 대리인의 위대한 얼굴을 새삼스럽게 쳐다보았다.

그러나 아무런 소용이 없었다. 마을의 성소에서 사막의 전통 신에게, 다음에는 부족 신에게 차례로 양을 통째로 제물로 바치면서 비를 내려달라고 간청해도 소용이 없었다. 무서운 가뭄은 무려 3년 간에 걸쳐 계속되었고, 엎친 데 덮친 격으로 정체를 알 수 없는 역병까지 번졌기 때문에, 점점 조여 오는 반군 세력의 포위 속에서 마을 사람들은 신의 구원을 간절히 기다리다 지쳐 차례로 굶어 죽고, 병들어 죽어갔다. 신은 참을성이 많아서인지 끝까지 나타나지 않았다.

그들은 잠시 동안이나마 고통을 잊기 위하여 중독성이 강한 각성제인 캇의 잎을 질근질근 씹으며 마지막까지 버텼을 것이다. 그걸 씹으면 입안에 걸쭉한 초록색 침이 가득 돌고 코를 찌르는 독한 냄새가 고통을 일시 마비시켰다.

그때 그의 부모님과 다섯 동생들도 다 죽은 것으로 보인다. 그들의 피곤에 지친 꿈과 하얀 평화는 흙벽돌집 뒷마당을 지나 황량한 사막의 모래 속에 파묻혔을 것이다.

고향 마을은 사하라 사막의 남쪽 오지 중의 오지에 있는 사막의 협곡 작은 오아시스에 자리 잡고 있었다. 평화스러운 시절에는 염소와 양떼들이 협곡 여기저기에 제법 무성하게 자란 관목덤불을 뒤지며 한가롭게 잎을 뜯었다. 마을 둘레에 듬성듬성 늘어서 있는 수백 그루의 대추야자나무들이 목가적 풍경을 연출하고 있었고, 북쪽 지중해 연안 저지대로 가기 위하여 적막한 사막의 허공을 한참 동안이나 날아온 붉은 왜가리 해오라기 말똥가리 물수리 황새 적매 등 지친 철새들이 대추야자나무에 내려와 잠시 쉬어가기도 하였다.

그 마을에는 아이들처럼 소박하고 단순한 갈색 피부의 사람들이 옹기종기 모여 평화스럽게 공동체적 삶을 살았다.

그 마을이 완전히 죽음의 마을로 변하였다.

지금은 다 부서진 흙벽돌집에 모래만 잔뜩 쌓인 채 잔해만 남아 있다. 집이라고 해야 불과 열 몇 채밖에 보이지 않았지만, 무너져 내린 흙벽돌 위에는 굶주린 독수리들만이 졸면서 앉아 있을 뿐이다. 그것들은 그곳에 눌러 앉아서는 도대체 떠날 생각을 않고 있었다. 아름다웠던 대추야자나무들은 오랜 가뭄을 견디지 못하고 흔적도 없이 사라져 버렸다. 그런 삭막한 풍경위로 뜨거운 태양이 무섭게 쏟아져 내렸다.

그가 2년 전 사막으로 막 귀환하였을 당시, 고향 마을과는 오랫동안 직접 전통적인 교역방식 대로 물물거래를 하였던 타만라세트 수끄 (시장)의 투아레그족 노인이, 그가 마을을 떠나온 이후 불과 2년여 만에 일어났던 그 비극적 종말에 대하여 자세하게 전해 주었다.

"그때 비는 끝내 내리지 않았어. 우물은 완전히 말라버렸고……. 사람들은 너무 굶주리고 지친 나머지 한 발짝 움직일 힘도 없었는데 설상가상으로 무서운 모래 폭풍이 회오리를 일으키며 계곡을 휩쓸었지. 그때의 바람은 평생 보기 드문 무서운 거였어. 그 바람은 모든 걸 날려버리고 덮어 버렸지. 그러고 나서 사라졌어. 그건 천재지변 같은 거였어. 그게 바로 심술궂은 신의 장난인 거지. 워낙 고립된 마을이어서 타만라세트에서 그 비극적 사건을 알게 된 건 상당히 오랜 시일이 지나서였지."

아랍식의 어두침침한 상점가와 낮은 흙벽돌집들이 뒤섞여 밀집해 있는 수크에는 여전히 열대의 태양이 좁은 골목 안으로 쏟아져 내렸고, 열기로 인해 숨통이 막힐 지경이었다. 어디선가 오줌 냄새, 과일과 쓰레기가 썩는 고약하고 역겨운 냄새가 풍겨왔다. 골목 안에는 채소, 곡물, 망고나 바나나 같은 열대 과일, 담배, 소금, 향신료, 설탕류, 싸구려 장신구, 박제한 코브라, 표범 가죽, 사랑의 묘약, 옷, 양탄자, 어딜 가도 빠지지 않는 콜라 등을 파는 가판대와 작은 가게들이 옹기종기 모여 있었고, 양과 염소 고기, 원숭이 머리, 도마뱀, 영양의 뒷다리와 파리 떼로 뒤덮인 짐승의 내장들이 플라스틱 용기에 담긴 채 또는 방수포 위에 그대로 놓인 채 길바닥에 널려 있었다.

날씨는 찌는 듯이 무덥고 냉장시설도 없었지만 파는 사람이나 사는 사람 누구도 그것에 신경 쓰는 사람은 없었다.

그러나 그가 찾아갔을 때는 한낮이어서 골목 안은 한산하였다. 마흐마드는 옛날 그대로인 자신의 좁은 상점에서 낡은 나무의자에 앉아 무슬림들의 물담배인 시샤를 입에 물고 꾸벅꾸벅 졸고 있었다. 얼굴이 온통 주름투성이였지만 한없이 인자한 마흐마드가 찻주전자에 담긴 차를 가득 따라주면서 아주 천천히 말했다.

"차를 마시면 마음이 따뜻해질 거야. 많이 마셔도 상관없어. 물론, 네 아버지를 잘 알지. 여러 차례 우리 가게에 왔으니까. 난 들어본 적이 없었지만, 임자드를 잘 켠다고 소문이 자자하였지. 아버지는 참으로 멋있는 사람이었어.

신이 하늘 나라로 일찍 데리고 간 거야. 모든 게 신의 뜻이지. 네가 가족들을 여전히 사랑하고, 마음속에 기억하고 있는 한, 죽은 게아니란 말이지. 그들은 계속 살아 있는 거야. 무슨 말인지 잘 알겠지……. 네 아버지는 언제나 너의 마음속에도 너의 마음 밖에도 살아있는 거야. 그러니까, 여기에도 있고 저기에도 있는 거지. 너마저그때 변을 당했다면……. 아버지를 기억하는 사람이 아무도 없게되겠지……. 그러면 다 죽어버린 게 되는 거야. 아무도 남지 않게되는 거지. 뭐니뭐니 해도 자식이 있어야만 하지. 그리고 자식의 자식이 있어야 하고 그래서 쭉 이어지면서 기억이 내려오는 거지.

아버지는 하늘나라 자기 별에 앉아서 널 내려다보고 있겠지. 네엄마도, 동생들도 마찬가지일 거야. 네가 이렇게 훌륭하게 자란 것을 보고 모두가 자랑스러워할 거야."

이브라함은 망연자실한 상태에서 마흐마드의 말을 듣고 있다.

"고향에 돌아와서 많이 실망했을 거야. 그렇지? 떠날 때보다 나아진 게 하나도 없으니까. 가뭄 때문에……. 지금 무슨 탄광 개발을한다고 목초지가 얼마 남아있지 않아서 투아레그의 옛날 식 유목민

생활은 더 이상 불가능하게 되었지. 게다가 너희 부족은 다 하늘로 올라가 버렸으니……. 우리 집에서 당분간 지내도 좋아. 그리고 무슨 할 일이 있는지 찾아봐야 할 거야. 사막에 관광객이 몰려오고 있으니까, 그 쪽 일을 하는 것도 괜찮을 거야. 넌 프랑스어를 잘 하니까 말이지……."

그때 마흐마드는 거북이 등처럼 두툼하고 딱딱한 손으로 그의 머리를 쓰다듬고 얼굴을 부드럽게 어루만지며, 서럽게 흐느끼던 그를 위로하였다.

그는 마흐마드의 도움으로 타만라세트에 정착하였다. 지금은 대부분 투아레그족이긴 하지만 상주 인구가 5만에 이를 정도로 성장한 그 도시는 남부 알제리 쪽에서는 사하라 여행의 중심지로 떠오르고 있었다. 시내 중심가에는 몇몇 은행의 지점과 국영 알제리 항공사의 지사가 들어섰으며, 수많은 여행사가 자리 잡고 있었다. 도시의 남쪽 끝 루에푸가니에는 말리와 니제르의 영사관이 나란히 붙어있었다.

이브라함은 비 한 방울 내리지 않는 극심한 가뭄이 2년 정도 계속되었을 당시 대충 18살쯤 되었을 것이다. 그는 자신의 정확한 생년월일을 모르고 있었다. 그도 그럴 것이, 그의 어린 시절 고향 마을 근처 어디에도 학교나 병원, 우체국 등은 없었기 때문에 학교 교육을 받을 기회가 전혀 없었을 뿐만 아니라, 그들 부족은 나이 같은 것을 정확히 헤아리지도 않는다. 그가 어린 시절, 그곳엔 달력도 없고 시계도 없었다. 그래서 세월이 가는지 오는지도 몰랐다. 언제나 같은 날이 다시 시작되었다. 그날은 아주 길고 긴 날이어서 언제까지나 끝나지 않을 날이었다. 그들은 모두가 만날, 그날이 그날인 것처럼 그렇게 살고 있었는데 나이 같은 것이 무슨 소용이 있었겠는가.

그가 말했다. "마을은 옛날부터 그랬지. 난, 그때까지는 왜 이렇게 살아야 하는지 의문을 품은 적도 없었고, 다른 희망을 품은 적도 없었어. 그렇게 산 거야. 그랬었지."

그는 화폐의 존재, 화폐가 사막의 물처럼 존귀하다는 것, 화폐가 없으면 살아남을 수 없다는 것을 프랑스에서 처음 알았을 정도였다.

"오늘밤처럼 별이 총총한 밤에, 부모님과 동생들이 깊은 잠에 빠져 있을 때 고향 마을을 떠나왔지. 그러나 함께 떠나온 세 사람 중에서 나이가 가장 어렸던 친구가 무참히 죽었어. 우리들은 반군의 거점을 우회하여 며칠쯤 밤낮없이 걸어서 타만라세트로 넘어갈 참이었지. 우리들은 그 당시 가냘픈 희망 외에는 거의 아무것도 지닌 것이 없었어."

그들에게는 어쨌든 희망이 필요하였다. 그러나 한 치 앞을 내다볼 수 없는 불투명한 상황에서 앞날에 대한 공포에 가까운 두려움이 그 희망 같지도 않은 희망을 동반하고 있었고, 차라리 그것은 한낮에 꾸는 혼란스러운 꿈처럼 환상에 다름 아니었다.

그때 말리 쪽에서 국경을 넘어온 무장 강도들을 사막의 협곡 좁은 길목에서 조우하였는데, 그 친구는 무방비 상태에서 이유 없이 그들의 예리한 칼에 난도질당한 끝에 살해된 것이다.

그들은 그때 북쪽으로 펼쳐진 분홍빛 모래 언덕을 지나 남서쪽으로 뻗은 가파른 능선 골짜기 바닥을 지나고 있었다.

그 순진무구한 어린 친구는 짧은 비명을 지르며 죽어갔다. 그 어린 것이 그렇게 잔인한 죽음을 당해야만 할 무슨 큰 죄를 지었단 말인가. 그는 이 세상에 태어나 미처 죄를 지을 틈도 없었다.

벨라 부족은 사하라 이남의 서아프리카에서 최하층민이었다. 수백 년 동안 아랍인과 다른 아프리카 부족, 투아레그족의 노예로 살았다. 그들 부족은 시꺼먼 피부에 투아레그와 비교하면 너무 왜소한 체격 때문에 못생기고, 아둔하고, 가난하고, 쓸모없는 인간으로 취급되면서 다른 부족들은 심지어 식사도 함께 하지 않았다. 그들은 도시의 외곽 쓰레기 하치장 근처의 더러운 곳에서 짚방석으로 지붕을 덮은 움막집을 짓고 살면서 주로 도시 또는 마을에 정착한 투아레그를 위해 일을 하였다. 여자들은 집안에서 빨래, 청소, 음식 장만 등 온갖 집안 살림을 도맡아서 처리했고 때로는 주인의 성적 노리개 역할도 했다. 남자들은 주인의 지시와 엄격한 감시 하에 바깥에서 농사일이나 목동 일을 하였다. 그들은 임금도 받지 못하고 전적으로 주인에게 의존해서 평생을 살았다. 그들은 주인의 허락

없이는 결혼도 할 수 없고, 여행도 할 수 없었다. 그러므로 투아레그는 그들을 무조건 박해하고, 구타했으며, 개인 소유물 또는 동물처럼 취급하였으므로 매매의 대상이 되었다. 그들 부족은 세력이 거의 없는 소수 부족에 불과하였으므로 그들을 보호해주고 권익을 대변해 줄 단체는 아무것도 없었다.

그의 어머니는 그녀가 젊었을 때 마을의 아저씨가 말리의 타우데니 소금 광산에서 캐낸 소금덩이를 낙타에 싣고 통북투에 팔러 갔다가 돈을 주고 사온 벨라 부족의 여인이었다. 그녀는 노예로 살다가 주인 가족들의 핍박을 이기지 못하고 일찍 죽었다. 나라우는 그 노예와 주인과의 사이에서 난 사생아였다. 주인의 묵시적 동의하에 그의 본처와 자식들은 그를 개처럼 취급했다. 가뜩이나 식량이 부족한 판에 그가 음식만 축내는 개자식이라는 것이다. 그러니 밥을 굶기는 일은 다반사였다. 그리고 그들이 겪는 온갖 불행이나 심지어 가뭄까지도 그의 탓으로 돌렸다. 그들은 매일 기회가 있을 때마다 까닭 없이 나라우의 등에서 피가 나도록 번갈아 가며 매질을 하였다. 그 가늘고 탄력 있는 몽둥이는 가죽 벨트처럼 휘어지며 그의 등짝에 붉고 시퍼런 상처 자국을 새겼다. 그때마다 그는 피를 흘리며 극심한 통증 때문에 신음하면서도 소리를 지르거나 크게 소리 내어 울지도 못하였다.

이브라함은 그를 너무 동정했기 때문에 간신히 설득해서 함께 탈출한 것이다.

그들은 이슬람 극단주의 반군에서 분리되어 나온 분파로 이미 하나님의 율법을 저버린 지 오래되었다. 그 무자비한 강도들은 그들 일행이 빼앗을 만 한 돈과 물건이 없는 무일푼인 것을 알고 갑자기 흥분하여 발작적인 행동을 한 것이다.

그들은 오래된 단발식 12구경 소총과 날카로운 칼, 호신용 부적으로 무장한 채 길가 풀숲에서 소리 없이 불쑥 몸을 일으켰다. 노예처럼 두목에게 절대 복종하는 부하들 중 몇 명은 맨발에 해골이 그려진 티셔츠를 입고 있었고, 또 다른 무리는 상체를 벗은 채 검은 가슴에 탄띠를 둘러매고 있었다. 깡마른 몸에는 상처와 흉터, 칼에 벤 자국, 옹이투성이였다. 그 두목은 땅딸막한 체구에 뺨에는 긴 흉터가 있고 왼쪽 눈까지 실명하였는데, 일찍부터 술에 잔뜩 취해 횡설수설하면서 무기를 아무렇게나 휘둘러댔다. 그들의 눈은 충혈되어 광기로 번득이고 있었고, 무기는 잔뜩 살기를 품고 있었다.

나라우는 지금 어설프게 묶여있다. 이마가 땀에 흠뻑 젖은 채 두터운 입술을 덜덜 떨고 있다. 초점을 잃은 두 눈에는 눈물만 그렁그렁한다.

두목의 두 눈이 빛났다.

두목이 가볍게 미소를 지으며 햇빛에 번쩍이는 예리한 칼로 나라우의 목과 가슴을 두서없이 찔렀고 따뜻하고 찝찔한 피가 여기저기 튀었다. 그는 모래바닥으로 무참히 허물어지며 공포에 질려서 외마디 비명소리 이외에는 신음소리조차 내뱉지 못했다. 그들은 검붉은 피를 보자 즐거운 나머지 히죽히죽 웃었다. 그들은 피 냄새를 음미하였고 피 맛을 보기 위해 안달하였다. 그들에게 살인은 그저 기분 전환 행위였고 피는 쾌락의 원형인 동시에 거대한 충동의 뿌리였으니 대향연을 위해 반드시 필요한 것이었다. 그러므로 부하들은 즐거운 축제를 위해 그 살인 행위를, 칼로 무자비하게 육체를 찌르고 짓이기는 행위를, 피를 쏟고 흘리고 흐르게 하는 행위를 두목에게 우선권을 양보한 것이었다.

피. 선홍색. 광기. 축제.

손에 피를 칠한 광신자들은 술에 취한 채 투아레그족 방언인 타마셰크어로 웃고 떠들고, 노래를 부르고, 피가 뚝뚝 흐르는 시체를 앞에 놓고 빙 둘러서서 장단에 맞춰 거칠게 춤을 췄다. 그리고 그들은 '검둥이들은 검둥이들을 증오한다.'고 외쳤다.

황홀경. 무아지경. 일종의 클라이맥스

아프리카 비의교의 사제들은 살해한 시체의 살을 크게 도려내서 팜나무로 만든 화주인 쿠투쿠와 함께 날것으로 씹어 먹었다. 칼은 점점 깊고 넓게 종아리를, 허벅지를, 배와 가슴을, 베어 들어갔다. 정교하게 단련된 칼날은 마치 연한 스테이크를 가볍게 써는 것처럼, 육신을 깊게 찌르고 갈라서, 살을 도려냈다.

"나와 사촌 형은 온몸이 칼에 찔려서, 피투성이가 되어 간신히 도망쳐 구사일생으로 살아남았어. 우리들은 다음 날 그들의 식량으로 예비되어 있었거든. 그들이 술에 취해 광란상태에 빠져 있을 때 끈을 풀 수 있었지. 그들은 뒤늦게 총을 겨냥했으나 녹슨 총에서 총알이 발사되지 않았어. 그때, 우리가 24시간을 꼬박 걸어서 갈 수 있었던 곳은 기억조차 하기 싫은 임시 난민촌 캠프 밖에 없었어. 형과 나는 그 캠프에서 몇 개월을 보냈었지. 나는 그때 전지전능한 위대한 신이 과연 존재하는지? 신은 지금도 우리를 시험하고 있는지? 이게 하나님의 은총인지? 어린 그에게 무슨 죄가 있었는지? 신은 자신이 저지른 죄를 알고나 있는지? 도대체 알 수 없었던 거야. 차라리 내버려두라고…… 내버려……."

그들은 그때 난민촌 캠프에 도착하였지만 그곳 역시 지옥이긴 마찬가지였다. 그래서 그 캠프를 탈출해서 알제로 간 것이다. 그곳을 탈출하여 먼 길을 오면서 느꼈던 극심한 두려움과 긴장감은 조금씩 사라졌다. 하지만 현실은 냉엄했다. 그 도시에서 그들에게 관심을 가져주는 사람은 단 한 사람도 없었다. 머나먼 남쪽에서 온 거렁뱅이들을 경멸과 경계심이 섞인 눈초리로 쳐다볼 뿐이었다. 스스로 헤쳐나가야만 했다. 그러나 알제에서의 생활 역시 비참하긴 마찬가지였다. 하루벌이 일용 노동자. 거지. 그들은 점점 지쳐갔고 여전히 고향을 버리고 도망쳐 나왔다는 죄책감 때문에 정신적으로 시달리고 있었다.

"어쨌거나, 그 당시 형은 손쉽게 넘어갈 수 있는 모로코 쪽으로 가길 원했고, 난 알제에 그냥 남았지. 프랑스로 가려고 기회를 노리면서 말이야. 프랑스가 유일한 희망이 돼버렸던 거야. 그때는 그럴 수밖에⋯⋯. 그러나 알제에서 일 년 넘게 있었지만, 별로 할 얘기가 없어. 알제리는 꽉 막혀있어서 하루 빨리 탈출해야만 했거든."

몇 살 터울인 형은 유럽을 무조건 싫어했다. 그래서 이브라함의 애원에도 불구하고 아프리카 도시인 카사블랑카로 가기로 결정한 것이다. 그때 이브라함은 얼굴에 땀을 흘렸고 눈물이 글썽거렸다.

헤어질 때 형이 말했다. "흰둥이들에게 멸시 받으며 살 수는 없단다. 그곳에는 나와 똑같은 갈색 피부의 사람들이 살고 있으니까⋯⋯. 그 도시는 알라신을 믿으니까⋯⋯. 그곳으로 갈 수밖에 없지. 나는 위대한 알라신을 떠나서 살 수는 없으니까. 이해하라고, 너그럽게 이해하라고 어쩔 수가 없지, 어쩔 수가⋯⋯.

넌 착한 아이니까 잘 할 수 있을 거야. 많은 행운이, 정말 행운이 따라줘야 할 거야. 신이 기도 소리를 외면하진 않겠지. 하지만 신이 세세히 살핀다고 믿지 마라. 신은 간절히 요청하지 않으면 도와주지 않는단다. 세상에 사람이 너무 많지 않으냐. 네가 다가가야 하겠지. 신께 기도하라. 기쁜 마음으로 항상 기도하라. 너는 명심해야 할 거야.

하느님 외에는 하느님이 없고 무함마드는 그 분의 예언자이시다. 알라신이 네게 축복을 내리시고 널 보살펴주시기를! 알라신이 빛나는 얼굴로 너를 돌아보시고 네게 온갖 호의를 베풀어주시기를! 자비로우신 분! 자애로우신 분! 온 세상에 존재하는 인간의 주인이며,

심판의 날에 다스리는 자비로우신 분, 자애로우신 분, 곧 하느님께 찬미를 드리나이다. 우리는 당신을 섬기며, 당신께 도움을 구하나이다. 우리를 올바른 길로 인도하소서. 그 길은 당신께서 축복을 내려주신 자들의 길입니다. 노여움을 일으킨 자들이나 방황하는 자들의 길이 아니옵니다. 알라후 아크바르. 알라후 아크바르."

그 후 그는 형과는 다시 만나지 못하였다. 형의 생사 여부도 알 길이 없었다. 그 형이 가끔 그리웠다.

"세 사람은 한 달 전부터 아무도 모르게 모의를 한 후, 한밤중에 마을을 빠져나왔지. 우린 타만라세트에만 가면, 어떻게 해서든지 알제나 카사블랑카, 페스, 마라케시, 라바트, 탕헤르 등 모로코의 큰 도시로 갈 수 있다고 생각했어. 그들 도시에 가면 무슨 일이든지 할 수 있다고 믿었지. 가령 말이야, 페스의 그 지독하다는 천연가죽 염색공장에서도 열심히 일할 각오가 돼있었어. 그 후에는 유럽 쪽 도시로 탈출할 생각이었지……. 그러나, 이것만은 분명히 말해야 되겠지. 우리는 그때 철부지들처럼 반항하기 위해 탈출을 결심한 것은 아니었지. 오직 살기 위해서였거든……. 그러나 우리에게 무슨 희망이 있었던가?"

그들은 말로만 들었던 너무나 그림엽서를 닮은 모로코의 하얀 도시들을 무작정 동경하였다. 그 아름다운 도시들은 흰색 물감으로 색칠한 그림 같을 것이다. 그들은 아무런 제지를 받지 않고 사막을 통하여 쉽게 모로코로 넘어갈 수 있을까? 사막으로 이어진 국경에는 경계나 표지는 어느 것도 없고 국경 수비대는 멀리 돌아가면 될 것이다. 밀입국한 이들 불청객을 그 도시들이 환영할 리가 없었지만 말이다.

"그때, 우리가 의지할 곳은 위대한 신밖에 없었어. 우린 매 순간마다 끊임없이 기도했어. 우릴 무사히 안전한 곳으로 데려가 달라고 말이지. 우린, 족장의 말씀대로 그대로 한 거야. 그러나, 신은 외면한 거야……. 마르세유에서 10년 넘게 살면서 말이야, 가끔 내가 알고 있는 모든 신들께 죄다 기도했어. 알라신, 예수님, 사막의 신, 우리 조상이 섬겼던 토템 신 등 내가 알고 있는 모든 신들에게 말이지. 제게 구원이 있어야 한다고, 그렇지 않으면 미쳐버리거나 바다에 빠져 죽을지도 모른다고, 신들께 하소연하였지. 그러나 내가 개종한 것은 아니었어. 순교 중에 신앙을 잃은 것도 아닌 거야. 맹목적으로 신을 숭배한 적은 없었으니까. 그렇다고 사탄이나 악마처럼 사악한 신을 믿은 것도 아니었지."

그는 마을을 떠나온 이후 끊임없이 무서운 악몽에 시달려야 했다. 모두 사라져버렸고 나 홀로 남아있다는 악몽 말이다. 그 무렵에는 더욱 그 악몽 때문에 시달렸다. 그 악몽을 떨쳐버리기 위해 술을 마시기도 했다. 많이도 마셨던 것이다. 그리고 색욕이라는 죄악에 빠져서 마르세유의 어둠침침한 뒷골목을 배회하며 쾌락을 사기 위해 가지고 있던 돈을 몽땅 털기도 했었다. 그래서 신의 도움이 절실

히 필요했던 것이다. 신께 기도할 수밖에 없었다. 신께 고백해야만
했었다.

고백을, 고백을. 특히, 알라신께.

이브라함은 그때 간절히 기도했었다.

"하나님 외에는 하나님이 없고 무함마드는 그분의 예언자이십니
다. 가장 자비롭고, 가장 자애로운, 지고하시고, 전지전능하시고, 거
룩한 신이시여, 당신은 저의 희망이고 모든 것입니다. 당신의 능력
으로 저를 용서하시고, 제가 결코 파멸되지 않게 해주소서. 저는 지
금 콱 죽어버리고 싶을 만큼 너무 혼란스러워요. 바다에 빠져 죽고
싶을 뿐입니다. 저를 다시 사막으로 돌려보내주실 수 없나요. 흔들
리는 저를 지켜주옵소서. 저는 이슬람의 율법을 거부한 카피르였습
니다. 그러면 뭐든 올바른 일을 하겠습니다. 신께서 하라고 명령하
는 대로 따르겠습니다. 저를 구원해 주십시오. 제게 도움이 절실히
필요합니다.

이 세상에는 오직 한 분 알라신만 계십니다. 그렇습니다. 하나님
은 단 한 분뿐이며, 아들도 아버지도 없는 분이고, 낳지도 않고 태
어나지도 아니하였으며, 그분과 대등한 자는 이 세상에 없습니다.
절대로 없습니다. 그 인자하신 하나님은 우리가 받을 수 있는 것보
다 더 주시고, 우리가 줄 수 있는 것보다 더 많은 것을 요구하십니
다. 그리고 위대한 무함마드가 마지막 예언자이시고, 무지한 인간,
벌레는 그날, 최후의 심판이 기다리고 있다는 것을 믿겠습니다. 정

말 믿겠습니다."

"하나님! 모든 것의 창조자! 지금 살아 계신 분! 영원히 존재하는 분! 강력하신 분! 전능하신 분! 생명을 불러일으키는 분! 드높은 찬양을 받는 분! 살리기도 하시고 죽이기도 하시는 분! 처음이자 마지막이시고 눈에 보이면서도 감추어져 계신 분! 모든 것을 감싸는 분! 지혜로운 분! 사랑으로 가득한 분! 용서를 베푸시는 분! 응답해 주시는 분! 자비로운 분! 자애로운 분! 오래 참으시는 분! 관대하셔서 거처를 마련해 주시는 분! 공평하고 너그럽게 나눠주시는 분! 모든 것을 아시고 진리로 심판하시는 분! 모든 것을 들으시고 모든 것을 보시는 분! 섬세한 분!"

"쿠란은 지브릴 천사를 통해 예언자이신 무함마드에게 내려온 알라의 말씀임을 명심하겠습니다. 알라는 텁수룩한 머리로 인사하는 사람들을 호의적인 눈길로 바라보시지 않는다는 것도 또한 명심하겠습니다. 이방인들이 떠받드는 신들이 모두 한자리에 모여 힘을 합친다 해도 파리 한 마리조차 만들어내지 못할 것입니다. 그러나 알라는 하늘과 땅과 그 사이에 있는 모든 것의 창조자이십니다. 그래서 오직 알라만 두려워하고 다른 것은 두려워하지 않겠습니다. 그리하여, 지금부터라도 열심히 아랍어를 터득하여서 대충 얼버무리지 않고, 쿠란 114장을 매일 예배와 기도의 일부로서 읽고, 또 가습 속 저 깊은 곳이 울리도록 낭송하겠습니다. 아버지처럼 말입니다. 신께서 원하는 일이라면 제 영혼마저 바치겠습니다. 저에게 길을 보여 주십시오."

이브라함은 이제 알라신을 섬기지도 못하고 그렇다고 완전히 불신하지도 못하게 되었다. 신실한 믿음과 불신 사이에서 오도 가도 못하는 신세가 된 것이다.

"조물주인 하나님을 찬미합니다. 자애로우신 하나님, 자비로우신 하나님, 심판의 날을 주관하시는 하나님, 저는 이제 이슬람의 의미가 무엇인지 점점 의심이 들지요. 의심이 갈수록 깊어만 갑니다. 저는 차라리 죄인으로 사는 게 더 즐거웠기 때문에 구원을 받고 싶지 않았습니다. 그러나 아닙니다. 아니에요, 아니라니까요. 당신께 간절히 구원을 요청하옵니다. 당신을 믿고 당신한테 구원을 청하오니, 저를 옳은 길로 인도하여 주소서. 당신께서 은총을 내려 주신 사람들의 길로 말입니다. 노여움을 산 사람들이나 길 잃은 사람들이 간 그런 길이 아닌 곳으로 말입니다.

ALIF, LAM, MIM."

이브라함이 말했다.

"그렇게 혼자서 기도를 하였지. 역시, 알라신은 들은 척도 하지 않았어. 신실하지 않은 나의 기도를 신이 들어줄리 만무하였지…….

솔직하게 말하자면, 마르세유에는 수십 개의 이슬람 사원과 기도실이 있었지만 그곳에 가본 적은 없었지. 금요 기도회 시간이 되면 마르세유 북부 가이야르 거리에 있는 이슬람 사원은 뒷골목까지 아랍인 신도들이 넘쳐났지만……. 나는 그때 몇 개 되지도 않는, 아버지가 가르쳐 주어서 대충 외우고 있던 아랍어 시들을 까마득히 잊어버리고 있었으니, 기도할 때 언제 기도자리에 무릎을 꿇어야 하는지, 언제 기도자리에 이마를 대야하는지, 언제 책을 펴는 것처럼 두 손을 펼쳐서 앞으로 내밀며 일어서야 하는지도 기억할 수 없었거든. 나는 마르세유에서 무슬림의 신성한 의무인 진실한 신앙 고백도, 하루 다섯 번의 기도도, 라마단 기간 중의 단식도 해본 적이 없었지. 물론 쿠란도 읽지 않았어. 그들에 따르면 나는 불신자였으니까 자한남(지옥)에나 떨어질 운명이었지……. 뒤늦게 후회하고 용서를 빌어도 소용이 없었어……. 이슬람에서는 알라를 믿지 않는 사람, 그의 법에 반역하는 자들, 무함마드를 믿지 않는 사람들을 위해 알라가 준비해 놓은 거처가 바로 지옥이거든. 지옥에 뜨거운 유황불이 타고 있는 것은 맞는데 문제는 그 지옥이 어디에 있는지 불분명하다는 거야. 설이 분분하거든. 누구는 땅 아래에 있다고 하고, 또 누구는 하늘에 있다고도 하지. 그러니까, 나는 하늘로 끌려갈지, 땅 속으로 끌려갈지 아직은 알 수가 없는 거야…….

난…… 그 무렵 반쯤 미쳐서 가슴이 터져버릴 것 같았어. 신이 날 용서해 주지도 않았고 받아주지도 않았거든. 내가 진실하게 기도했는지도, 지금 생각해보면 의심스럽긴 하지. 그래서, 속이 울렁거리고 바닥에다 왝왝거리며 토할 만큼 술을 잔뜩 마셔댔지. 그러나, 오히려 정신이 맑아지는 거야. 그래도…… 실컷 가슴을 두드리며, 실컷 소릴 지르며, 실컷 울고 싶었지. 그렇지만, 웬일인지 눈물은 한 방울도 나오지 않았어……"

그가 말했다.

"신이 대답을 안 한 것은 너무나 당연한 거야. 모르겠어? 이브라함이 교수형을 받아 마땅한 중죄를 지어야만 되지. 조금 과장해서 말하면 강도질이나 간음, 살인을 바다의 물방울과 모래알 같이 숱하게 저질러야만 하는 거야. 그러나 술과 색욕은 인간의 본능이기 때문에, 다시 말하면 인간은 호모 알콜리크스이고 호모 섹슈얼리스이기 때문에 그런 건 죄라고 할 수도 없지. 난 자신 있게 말할 수 있지. 무함마드는 선지자이고 예언자이고 위대한 인간이었지만 그래도 여자가 아홉 명인지 열 명인지 될 거야. 그런데 넌 너무 착해서 도대체 하나님의 진정한 계명을 어길 줄 모르는 거야. 그러니까, 거짓말도 못 하고, 맨날 어려운 책이나 읽고 있고, 도둑질도…… 간통도…… 마약거래도 안했단 말이지. 신은 죄 많은 자, 가장 죄 많은 자를 그 누구보다도 좋아하는 거지. 그건 신이 훈계하길 좋아하기 때문일 거야. 하지만 신이 보관하고 있는 죄인의 목록에 이브라함의 이름은 틀림없이 올라있지 않았을 거야. 신인들 짓지도 않은 죄를 사면해주는 일에 대해서는 왠지 겸연쩍은 기분이 들지 않겠어.

그러므로 중대한 범죄를 저지르고 나서 울고 불며 신의 이름을 중얼거리고, 신께 참회를 해야만 그때서야 신의 귀가 조금 열리는 거지. 그런데 신은 부르는 소리보다 흐느낌을 먼저 들으신다고 하더라고. 죄를 안 지으면 신께서 용서할 일이 없으니 무관심할 수밖에 없겠지."

"그건 말도 안 되는 소리……. 나는 겁쟁이지. 계명을 어기려면 참된 용기가 필요한데 나에게는 그런 용기가 없는 거야. 나는…… 이 세상을 두려워하고 있으니까!

그런데 말이지, 아프리카에서 일어난 일들을 보면 신은 존재하지 않는 것이 확실하지. 만약, 신이 존재한다면 나는 그 신을 그의 악행과 불의 때문에 고발하고 말 거야." 이브라함이 흥분해서 격렬하게 외쳤다. "아프리카의 애국가는 *응코시 씨켈렐 이아프리카 Nkosi Sikele iAfrika (신이시여, 아프리카를 축복하옵소서)*라고 부르지. 그러나 버림받은 아프리카여! 저주받은 땅이여! 수천 년 동안 애타게 울부짖어도 누가…… 신인들, 인간인들 아프리카를 기억하는가? 기도와 눈물이 무슨 소용이 있었던가? 얼마나 기다려야만 합니까? 도대체 얼마나? 신이 그때 말했겠지. '뭘, 누굴, 기다린단 말이야. 쓸데없는 짓이니라. 그리고, 나와는 상관없는 일이니라. 공연히 날 끌어들이지 말라. 난 아프리카가 어떻게 생겼는지도 모르니라.' 신의 기적은 없었지…….

신은 너무 일찍, 태어나자마자 죽은 거야. 어쩌면 신의 모태 속에서 사산된 것인지도 몰라. 또는, 신은 자신이 너무 무능하여 인간 사회에서 벌어지는 이 모든 참극을 감당할 능력이 없음을 알고, 신의 체면이 말이 아니어서 아무도 모르게 꼭꼭 숨어버린 거야. 아니면, 신은 허구한 날 인간의 기도와 고함소릴 듣는 것이 너무 지겨워서 숨어버렸는지도 모르지? 신이 외칠 거야. '인간들아, 이 버러지들아, 제발 악 좀 쓰지 마라. 아우성을 칠 필요가 없느니라. 신은 귀머거리가 아니니라. 그런 소리라면 이제 신물이 나는구나. 제발 좀 그만 해라.' 그 이후 오랫동안 지금까지 신은 침묵을 지켰지. 도대체 할 말이 없었겠지. 또는, 신은 너무 게을러 빠져서 인간 사회의 가공할 현실에는 관심이 없는 거야. 그저 하늘나라에서 마냥 유유자적하고 있을 뿐이야. 하기사, 이 험한 세상 어디에도 신이 편히 거처할 곳이 없기는 하지. 심지어 한적하고 나른한 시골 촌구석에서도 최후의 도피처를 찾을 수 없게 되었어.

어쨌거나, 결론을 내리자면, 신은 이미 귀머거리가 되고 벙어리가 되었는데, 그런데도 어리석은 인간들은 수많은 기도와 뜨거운 피를 바쳤다는 거지. 지난 수천 년 동안이나 인간들은 헛된 믿음과 열정으로 '주여, 오 주여, 우리에게 임하소서.'라고 기도하였지. 그 수많은 세월 동안 신을 향해 울면서 호소하였던 거야. 그러나 그가 나타났다는 기별은 어디에도 없었지. 신이 내린 위대한 기적도 없었고 ……. 신은 당초부터 없었거나, 아니면 태어난 후 이미 죽은 거라고 믿어야겠지. 그래도 만약 살아있는 신이 있어. 왕성하게 활동을 계속하고 있다면 그 타락한 신은 개구쟁이들이 개구리를 죽이듯이, 인간을 장난삼아 습관적으로 죽이는 괴상한 취미를 가지고 있다고 볼 수 있지……. 신은 자신의 내부에 선과 함께 악마를 가지고 있는 거야. 그래서 신은 악마적이고, 잔혹하고, 교활하고, 변덕스럽고, 도착적이고, 충동적인 거지.

신은 인간을 에덴동산에서 스스로 추방한 거였어. 타락한 인간에게 자비와 사랑을 베풀고 성자 같은 성스러움으로 고통에 빠진 인류를 구원하는 데서 나르시시즘적 쾌감을 느끼기 위해서, 동시에 인간을 응징하기 위해 무서운 벌을 내리고, 고통을 안기고, 가혹하게 처단하여 사디스트적 쾌감을 즐기기 위해서, 자신의 전지전능한 능력을 과시해서 인류의 구세주로 자임하기 위해서, 에덴동산에서 아담과 이브의 추방이 필요했던 거야. 신은 스스로 인간의 타락을 의지하였고, 그러므로 에덴동산에서 인간을 유혹했던 뱀은 실은 신 자신이었던 거지. 그러니까 어떻게 지상천국에 그 사악한 뱀이 살 수 있었겠어?

물론 다른 유력한 견해가 있기는 하지. 인간은 선악과를 따 먹은 후 신의 족쇄로부터 풀려나기 위해 스스로 떠난 것이라고 주장했거든.

신은 오직 자신의 쾌락을 즐기기 위해서, 무엇보다도 인간을 극도로 불신했기 때문에 자기 종을 궁극적인 시험에 들게 하였던거지. 신은 아브라함에게 외아들을 죽여 장작 위에 올려놓고 불태우라고 명령을 내렸던 거야. 그뿐만이 아니지. 신은 그가 편애하였던 노아와 그의 식솔들을 제외하고 모든 인간을 물에 빠뜨려 익사시킨 전력이 있어. 잔인한 신의 짓궂은 장난은 끝이 없었어. 신은 너무 잔인해서 불과 유황을 쏟아 부어 소돔과 고모라를 완전히 멸망시켰어. 모두 깡그리 죽여 버렸던 거야. 인간들이 장차 그러한 잔혹한 짓을 저지르도록 가르쳐 준거지.

그런데, 그때 아이들은 왜 죽였을까? 천진난만한 아이들에게 무슨 죄가 있다고?

야훼는 여리고 성을 파괴하라고 특별 지시를 내렸었지. 그래서 그곳에 살던 모든 주민들과 동물들, 다시 말하면 남자와 여자, 어린이들, 젊은 사람과 늙은 사람, 양과 나귀, 낙타들은 모두 죽임을 당했지. 오직 한 사람 라합이라는 평판이 좋지 않은 여인만이 예외였던 거지. 그녀는 여리고 성과 함께 적들의 손아귀에 동포를 팔아 넘겼던 여자였던 거야. 그리고 그 신은 엄명을 내렸던 거야.

'여리고 성을 다시 건축하는 자는 누구든지 여호와 앞에서 저주를 받을 것이니라. 그 주춧돌을 놓을 때 맏아들을 잃을 것이오, 대문을 세울 때는 막내아들을 잃으리라.'

누가 감히 그 잔혹한 신을 벌할 수 있었을까?

중세 유럽인들은 그 시대 유럽 인구의 거의 반을 몰살시켰던 페스트에 대해서도 그건 신이 내린 징벌로 간주했지. 그렇지, 그건 틀림없이 가증스런 신이 내린 징벌이었어. 그 시대에 유럽인들은 현명하게도 신의 잔인성을 깨달은 거지. 그리고 신의 이름으로, 신을 위해서 자행된 종교재판과 화형식을 생각해봐. 화형대에 매달고 불꽃으로 온몸 여기저기를 지지고, 벌겋게 달군 쇠갈고리로 살을 할퀴는 거야. 신의 사디즘은 인간이 화형을 당하여 불에 타거나 고문을 당해 육체가 찢겨져서 뿜어 나오는 살점 냄새를 맡기 좋아하지. 신은 악랄한 인간의 악마적 속성을 빼닮아서 인간 이상으로 잔인한 거야."

"왜? 20세기 아우슈비츠 비극은 빼놓는 거지? 그 신은 자신의 동족이 불경하다는 이유로 악마를 도구로 삼아서 절멸을 시도한 것인가?"

"무슨 소리…… 그분은 인류를 구원하기 위해서 그렇게 한 거라고 우리는 그 비극을 보면서 그분의 깊은 사랑을 깨달아야만 하지. 그것은 인간이 만든 계획이 아니라 신의 깊은 사랑에서 나온 것이니까. 왜, 아니겠어."

이브라함이 그 순간 으르렁거렸다.

"하나님이시여! 당신은 구원이나 희망, 생명과 창조, 기쁨, 승리가 아닙니다. 당신은 아프리카인을…… 아버지와 동생들을 짓밟고 서서 야수처럼 으르렁거립니다. 당신의 온 몸과 얼굴, 손발은 인간의 피로 얼룩져 있습니다. 피비린내가 온 천지에 진동하고 있습니다. 신, 그대의 이름으로 얼마나 많은 중대한 범죄가 저질러졌던가! 당신은 신이 아니라 악의 화신입니다! 당신이야말로 살인을 일삼는 사탄입니다! 사탄이여 물러가라!"

"이브라함은 지금 신의 존재를 부정하거나, 아니면 신을 냉소하고 있어. 어떤 선을 이미 넘은 것 같은 느낌이 들지. 스스로 죄인이라는 기분이 들 거야. 안 그래? 신에게 무슨 원한을 품고 있는 거야? 그건 신에 대한 불경이야.

다시 말하면…… 신성모독죄이고, 신에 대한 명예훼손죄이고, 이단죄이고, 배교죄인 거야. 그거 알아? 아랍에서는 이들 죄가 가장 중죄이고 사형감이야. 영국에도 아직 종교에 대한 신성모독죄가 살아있지. 신이 두렵지 않아? 그런데 신성모독의 반대는 악마 숭배야, 네 악마는 어디에 있는 거야? 너는 의심할 나위 없이 완전무결한 무신론자가 되어버린 거야? 그러니까 철저한 무신론자? 신 없이도 이 험난한 세상을 살아갈 수 있다고 장담할 수 있는 거야?"

"신성모독이 언젠가는 거룩한 말씀이 될 수도 있어. 시대가 바뀌면 말이지. 지금 모든 신들에게 더러운 욕지거리를 내뱉고 싶은 심정이야. 그런데, 갑자기 기억나는 게 없군……. 나에게는 신을 부정할 권리가 있다고 생각하거든. 진즉부터 확신의 순간이 있었지. 절대적으로 내가 옳다는 믿음 말이야.

결론을 내려야겠지. 결론은…… 결국 인간이 신을 만들었다는 거지. 신은 자신의 모습을 본떠 인간을 창조한 것이 아니라 진실은 그정반대인 거야. 그들은 헤어날 수 없는 순환 논증에 빠져버렸지. 인간이 신을 만들었으니까 인간이 신이고, 신이 인간을 만들었다고 하니까 그러면 신은 인간이 돼버리는 거야. 이 모두가 말장난이고, 눈속임이고, 날조라는 생각이 들지 않겠어? 그러니까 인간이 있어야 신이 있는 거지, 신이 있으니까 인간이 존재하는 것이 아닌 거야. 결국 신은 인간일 뿐이야. 그래서 인간들은 마치 신에게도 눈, 입, 귀가 있는 것처럼 생각하고 인간들의 수준에 맞춰서 신의 형상을 만들었던 거지……. 그러나 그 인간이란 사악한 인간, 갑자기 미쳐 날뛰는 광신도, 종교적 근본주의자인거지. 그들이야말로 사탄 같은 존재라고 할 수 있겠지. 그래서 내가 그러한 신의 존재를 인정하고, 신을 숭배하는 것이야말로 신성모독이고, 위선이 되겠지……. 그들이 말하는 신의 구원이니, 천국의 계단이라는 것도 허무맹랑한 것이야. 그것 역시 무지한 백성들을 회유하기 위해서 엉겁결에 만들어낸 인간적인 관념인 거야. 이 상황에서는 전지전능한 또는 유일무이한 신의 개념을 보전하기 위해 신이 인간을 구원하는 것이 아니라, 인간이 그 한심한 신을 구원해야 할 거야. 그 신이 지금 인간들에게 애원하고 있지. '제발, 나 좀 살려줘!'

자크가 그때 밤마다 강조했어. 우린 자주 에스프레소 커피를, 때론 독한 술을 몇 잔씩이나 마시면서 술에 취해서는 밤새도록 이야길 하였지. 그러고 나서 서로 뒤엉킨 채 그 딱딱한 침대에서 함께 잠이 들었지.

자크가 그리워, 너무나 그리워. 그는 개인적으로는 나보다도 더 불행한 사람이었어. 그놈의 전쟁이 그를 송두리째 삼켜버렸던 거지.

하지만 내가 그를 어떻게 잊을 수 있겠어. 그래, 그는 아버지였어. 그는 알라신이 해줄 수 없었던 것을 내게 베풀어 주었지. 그가 말했었지. 인간에게 있어서 진정한 구원은 자유의 발견과 그 실천이라는 거지. 인간은 원래 야만스러운 짐승에 불과하였지만 자유를 알면서 인간이 된 것이고, 자유가 발견한 인간의 자아가 신의 존재를, 신의 개념을 부정하고 무참히 짓밟아 뭉개버렸다는 거지. 얼마나 통쾌한 일인가! 어때 통쾌하지 않아?

하여간에 하나님이라는 혼란스러운 개념 때문에 세상이 복잡하고 어지럽게 되었지. 이 세상 모든 혼란의 근원이라고 할 수 있을 거야."

그가 이제는 이브라함의 말에 맞장구를 쳤다. 이브라함의 견해가 타당하다고 생각한 것이다.

"그런데, 이런 생각도 들거든. 인간들은 본래 남의 탓하길 좋아하지. 자신의 잘못을 인정하는 걸 죽어도 싫어하지. 그건 거의 인간의 본능인 거지. 그래서 여전히 신의 개념이 필요한 거야. 위선적이고 사악한 인간들에게는 전지전능한 신의 존재가, 거짓과 환상이 필요할 거란 생각이 드는 거야. 그러니까…… 모든 걸 하나님 탓으로 돌리는 거야. 무슨 일이 잘 되면 하나님이 축복을 내리는 거고, 잘못되면 하나님이 벌을 내리는 거고, 슬프고 괴로운 일은 하나님이 인간을 시험하기 위해 시련을 안기는 것이라고 둘러댈 필요가 있으니까. 그래서 오비디우스는 '*신들이 존재하는 것은 편리하다. 그러니까 우*

리들은 신들의 존재를 믿자'고 말했었지. 그러고 보면…… 아랍 사람들 역시 너무 지나치게 신을 들먹이고 있거든."

그의 성장기에 시골집은 종교적 분위기와는 영 거리가 멀었다. 벽촌 마을에는 유교적 혹은 불교적, 전통적인 샤머니즘의 의식이 생활 속에 뿌리 깊게 박혀있긴 했지만 그걸 종교라고 할 수 있을까. 어머니가 새벽이면 정화수를 떠놓고 손을 모아 빌었던 것을 기억한다. 그때 어머니는 부처님께 아니면 산신령님께 기도하였던 것일까. 그러나 기독교는 읍내에 있는 고딕 양식의 교회 건물이 표상하고 있었을 뿐이다. 그는 이 건물을 바다 건너에서 건너온 이국의 풍물 정도로 알고 있었다.

내 주위에서 종교인이거나 신을 믿었던 사람은 누구일까? 회사의 김영훈 대표이사는? 잘 모르겠다. 심현숙은 독실한 기독교 집안이고 박상길 상무 역시 대대로 기독교 집안이고 그는 현재 큰 교회의 집사이다. 손희승은 무신론자일 것이다. 어쩐지 그런 느낌이 든다.

그가 철이 든 후에도 그의 인생역정에서 (사막을 여행하기 이전에는) 어떤 종교적이거나 신적인 계기 또는 갈등이 있었던 적은 한 번도 없었다. 아주 어릴 적부터 그림 그리기에 (특히 바다 그리기에) 깊이 빠져있었고 고등학교 때는 기하학을 약간 좋아하였고, 성년이 된 후에는 그의 직업적 특성상 공간 도형과 입체, 점, 선, 면 등이 그의 머릿속을 온통 채우고 있었기 때문에 그의 이성적인 사고 체계에서는 일신론의 신이 비집고 들어올 틈은 없었다.

그는 처음에는 눈에 보이지 않는 것은 믿어서는 안 된다는 소박한 불가지론자의 입장에서 그 극성스러운 유일신을 부정하였다. 이 경우 위대한 신의 이름으로 자행된 사악한 인간들의 악행 시리즈를 일일이 들먹일 필요는 없을 것이다. 그것들은 도외시하고 말이다.

그러나 그가 사막 여행을 시작하면서부터 그는 신의 문제를 도저히 외면할 수가 없었다. 사막은 신적이었고 신들의 탄생지였고 신들의 고향이었으니까.

이브라함의 눈이 어둠 속에서 빛났다. 그는 칼날이 번쩍번쩍 번득이는 예리한 칼을 들고 전지전능한 위대한 신의 몸통 여기저기를 깊숙이 찌르고 있었다. 그는 엄청난 파괴 욕구 때문에 길을 잃은 것일까? 사막은 그때 아름답고 우울한 분위기에 휩싸여 있었다. 김규현은 그 순간 멀리 짐승처럼 웅크리고 있는 모래 언덕을 바라 보았고, 다시 아무 의미 없는 회색빛 별빛이 명멸하는 밤하늘을 바라보았다.

이브라함이 새삼스럽게 깊은 시선으로 그를 바라본다. 그러면서도 한가닥 의심을 거두지 못 한다.

김규현이 (빈정거리는 기색이 드러나지 않도록 신경을 쓰면서) 말했다.

"오늘 밤 역시 잠 못 이루는 밤이 되겠군. 신을 죽여야만 하니까. 내가, 그 전지전능한 신에 대해 아는 게 있을까? 하지만, 이브라함의 견해에는 동의할 수 있을 거야.

일부 인간들은 자신들의 편의만을 위하여 신이 존재한다고 주장하고 있는 거야. 그들이 말했지, 신은 절대적으로 현존한다고……. 그들은 제멋대로 이 세상을 초월하는 초자연적인 힘이 존재한다고 전제하고 그 힘이야말로 현존하는 인격적 존재인 신으로부터 나온다는 거지. 다시 말하면, 이 세계의 질서를 주관하는 불가사의한 힘이 존재한다는 것은 신이 존재하기 때문이라는 거야. 그러므로 그 신은 신의 피조물인 인간과 만물을 무한히 초월하는 유일하고, 전지전능하며, 편재하고, 모든 것의 근원이 되는 하나님이라는 거지.

하지만 누구도, 기독교 합리주의자들이나 근본주의자들도, 유대교 카발라주의자들도, 영지주의자들도 지금까지 초자연적인 힘이건 신의 존재이건 간에 아무것도 증명하지 못했지. 그러니까 신이 전지전능하다는 것도 완전히 헛소리인 거야. 그들이 말하는 신은 너무 멀리 있는 거야. 인간이 도저히 닿을 수 없는 곳에 신은 해와 달, 별과 함께 하늘에만 있는 거지. 그렇게 멀리 떨어져 있는 신이 아무리 전지전능하다고 한들 하늘에서 실을 늘어뜨려 인간들을 마치 마리오네트 인형처럼 조종할 수는 없는 거야. 결국 그런 신은 없는 거와 마찬가지지.

그런데, 신이 완전한 능력으로 이 세계를 완벽하게 창조하였다면 완전무결한 질서가 세워졌겠지. 그래서 더 이상 신의 의지가 사사건건 개입하고 더욱이 기적을 일으킬 필요는 없었던 거지.

만약 이 세상에 악이 존재한다는 것이 입증된다면 그건 신 자신 내부에 악을 가지고 있다는 증거이고 바로 그 신이 악의 창조자이며 주재자인 거지. 그러므로 이러한 사태는 신의 피할 수 없는 책임이라고 결론을 내릴 수 있는 거야. 결국 신에게 면죄부를 주기 위해서는 이 세상에 존재하는 모든 악의 실재를 부정해야만 하는 거지. 그리고 또 말할 거야. 죄를 짓는다는 것은 악을 행하는 것을 의미하지 않는다고 말이지. 그러나 이 세상은 완전무결하고는 거리가 한참 멀지. 악 역시 무수히 널려있지. 너무나 불합리하고 모순덩어리이고 불완전한 거야. 그렇다면 창조주인 신 자신이 불완전하고 무능한 존재라는 증거가 되겠지. 그러니 전지전능하다는 형용사는 완전한 헛소리인 거야. 어쨌거나 그들은 전지전능한 하나님이 실재한다는 것을 증명하려고 아전인수 격으로 무던히도 애를 썼지만 말이지. 그들은 사람들에게 무조건 신을 믿으라고 강요했어. 믿으면 신이 존재한다는 거지. 그들은 맨날 말했지. '그냥 믿어라. 지금 여러분은 여러분의 문제가 무엇인지 알고 있는가? 내가 말하는 문제점을 여러분은 분명히 알고 있는가? 이 문제는 여러분이 직시해야만 할 것이 아닌가? 여러분이 여태껏 심사숙고하지 못했던 문제가 아닌가? 이런 문제는 여러분에게 정말 중요한가, 중요하지 않은가? 진실의 문제인가, 믿음의 문제인가? 지금 여러분의 마음속은 너무나 흐리멍덩하다. 지금도 충분한데 또 뭘 실증해야만 하는가? 설마 우리가 하나님에 대해 의문을 제기해야 하는가? 우리더러 하나님을 시험하라는 말인가? 우리가 하나님의 실재와 하나님 자신의 신분에 대해 물음표를 던져야 한다는 말인가? 믿음 그것이야말로 진정한 신앙이다. 신은 결코 이성을 통해서는 깨달을 수가 없느니라. 이성을 통해 알려고 고집을 부리지 말라. 그것은 불경한 짓이니라. 신을 두려워하라. 이성은 신이 인간에게 보낸 선물이 아닌 것이다. 이성은 영원히 변치 않는 신성이 될 수는 없다. 하나님이 원하시면 둘 더하기 둘은 다섯이 되는 법이다. 진리가 무엇이더냐, 진실이 무엇이더냐, 그것은 하찮은 것, 낡고 낡은 관습일 뿐이다. 그러므로 하나님만이 진리고 진실이다.' 또 이렇게도 말했지. '신은 신의 존재를 증명하지 않는다. 신의 존재를 증명하는데 성공하였다면 믿음이라는 단어는 인간과 신의 관계를 설명하는데 더 이상 사용되지 않을 것이다. 우리가 믿음이라는 단어를 사용하는 이유는 신의 존재를 입증할 수 있는 절대적인 증거가 없기 때문이다. 그러니 믿음이 중요한 것이다. 진리와 믿음이 충돌하면 믿음이 우선인 것이다. 오직 맹목적인 믿음이 있을 뿐이다. 증명은 불필요한 것이다. 그것은 신성한 믿음을 부정한다. 믿음이 없으면 신은 더 이상 아무것도 아니다. 우리가 신에 대해 생각하는 것은 신이 존재하기 때문이다.'

그러나 그것은 일종의 자기기만 (그래서 오로지 자기들만이 옳다는 믿음)이거나 집단적 환상 또는 집단적 망상이 아닐까? 신을 만든 사람들은 더불어 신을 창조했던 거야. 하지만 믿음에는 논리도 증명도 필요 없다고 하니까. 이건 모두 쓸데없는 괴변이지. 증명이 안 되는데, 눈에 보이지 않는데, 적어도 하나님이 존재한다는 절실한 느낌이 오지 않는데 어떻게 믿으란 거야. 그러니까 아무도 인간의 형상을 한 신을 본 적도 만난 적도 없는 거야. 그러니 신이 샘 족처럼 검은 머리칼에 억센 턱 수염이 난 남자인지, 부드러운 피부의 여자인지, 신령 같은 백발노인인지, 흑인인지 백인인지, 그것인지, 태어나기나 한 건지, 이미 죽은 건지, 언제나 존재했던 건지, 어떻게 알 수 있겠어.

우리는 끊임없이 의심을 하지. 그 문제들에 대해선 왜냐고? 물어야만 하는 거야. 그러나, 어느 의문인들 속 시원하게 풀리지 않고 새로운 의문이 꼬리를 물고 이어지는 거야.

내가 생각하기에는…… 인간들이 창조한 신 중에서 진정한 신들이란 그리스 신들이라고 할 수 있을 거야. 그리스인들이 위대한 것은 신인동형동성설을 주장하고 입증한 것이지. 그래서 그 신들은 매우 인간적이었어. 잘못을 저지르고, 화를 잘 내는가하면 짜증을 부리고, 변덕스럽고, 술에 취해 싸움을 벌이고, 순수한 사랑에 빠지고 동시에 고통을 느끼고, 수시로 욕정을 느껴 간통을 하고, 살인을 하고, 증오하고, 복수를 원하고……. 그들은 인간의 형상을 하고 인간의 영혼을 가진 순수한 신들이었지. 그리스 신들은 죽음이야말로 인간에게 일어날 수 있는 가장 좋은 일이라고 믿었지. 고통으로 가득 찬 삶으로부터 해방시켜 주기 때문이라고 생각한 거지. 그러나 그 신은 대단히 겸손했어. 자신들이 이 세상을, 말씀을 창조하였다느니…… 천국과 지옥을 들먹이며 인간을 위협하지는 않았다는 거지. 그러나 그리스도교는 그 인간적인 신들을…… 우상을 배격해야 한다면서 모두 파괴해 버렸지. 동시에 그 종교는 인간에게서 이성과 감성, 디오니소스적 쾌락, 본능적이고 창조적인 자아를 빼앗아 버렸어."

그는 이브라함의 견해와 기분을 충분히 이해할 수 있었다. 그의 짧은 생애에서 불가피하게 겪어야 했던 아프리카와 투아레그의 고난과 그 비극적 상황—아프리카는 인간 존재의 시원인 땅이다. 아프리카 대륙에는 인간의 본질, 즉 인간의 위대한 정신과 영혼이 있었다. 그리고 인간의 무지와 난폭한 폭력, 악, 재앙이 있었다. 그래서 아프리카는 기쁘고, 한편 슬프다—은 누가 뭐래도 전지전능한 신의 존재를 부정하거나 경멸하기에 분명한 근거가 될 수 있었다.

(그러나 우리는 오해해서는 안 될 것이다. 그는 전지전능한 유일신과 그 종교를 배격할 뿐이지 결코 완전한 무신론자는 아니기 때문이다. 그는 사막에서 자신만의 신을 찾아 돌아다니고 있으니까. 그렇지 않은가. 그런 의미에서 그 역시 유일신론자일지 모른다. 왜 아니겠는가. 그는 끊임없이 자문자답한다. 나의 신은 누구인가? 그가 존재하는가? 어디에 있는가?)

1970년, 남쪽 바다

이제 3주일째 접어들면서, 절약할 수 있는 한 절약해도 물과 식량이 얼마 남지 않는 가운데, 상황은 더욱 절망적인 것으로 변하고 있었다. 그러나 아직 심리적으로 공황상태에 빠진 것은 아니어서, 삶에 대한 마지막 희망의 끈을 놓지 않고 있었다. 희망과 절망이 끊임없이 교차하고 있었다. 겉으로는 태연한 척 가장하였고, 자신을 더 이상 불쌍히 여기지 않기로 하였지만, 육체는 점점 쇠약해 가고 의식은 반대로 더욱 명료해졌다. 설핏 잠이 들면 무서운 악몽을 꾸고, 깨어 있으면 온갖 상념이 떠올랐다. 그런데 악몽을 꿀 때마다 아내가 어김없이 무서운 얼굴로 나타났다.

그는 지금 어쩔 수없이 무기력한 상태이다. '내가 지금 어디에 있는 거야? 도대체 내가 여기서 뭘 하고 있는 거지?'

어떻든 낙관적인 분위기가 필요했다. 그는 이브라함에게 약한 모습을 보이기는 싫었다.

"혹시 말이야, 타만라세트에 온 관광객들이나 카톨릭 순례자들이 은자의 집에 들르기 위하여, 또는 말이지, 그 유명한 일출과 일몰을 보기 위하여 아세크렘에 가면서 일부러 멀리 우회하여 이쪽 길을 통과할지도 몰라. 그들도 모래 사막을 보고 싶어서 안달을 하니까. 다른 무리들이 우리처럼 말이야, 이쪽을 통과해 타실리 나제르에 갈 수도 있을 거야. 지금 여름철 시즌이 시작되었거든."

"제발이지…… 그래 주었으면, 얼마나 좋겠어. 그들 중에도 당신처럼 뜨거운 사막에 미쳐버린 어리석은 자들이 분명히 있을 거니까." 이브라함이 모처럼 신이 나서 맞장구를 쳤다.

"그들은 초라하기 짝이 없는 은자의 집까지 가서 사진 찍기를 좋아하거든. 사막에 다녀왔다는 증거를 남기기 위해서지."

"난, 샤를이란 작자를 잘 몰라. 타만라세트에서는 유명한 인물이지만 말이지. 하여간에 그 도시는 샤를에게 많은 신세를 지고 있지. 그가 그 도시를 세운 거니까." 이브라함이 담담한 어조로 차분하게 말하였다.

태양이 벌거벗은 몸으로 다시 떠올랐다. 한낮의 햇살이 쏟아지면서 그 열기가 대지 이곳저곳을 마구 짓누른다. 작고 괴상하게 생긴 털북숭이 바람전갈이 태양열을 피해 서둘러 자신의 은신처로 몸을 숨겼다.

그들은 온 힘을 다하여 그 짧은 미래를 희망으로 색칠하였다.

그 무렵에는 여름철 여행시즌이 시작되면, 매주 파리에서 타만라세트까지 오는 직항노선이 개설되어 있었다. 또는 유럽에서부터 반들반들한 검은색 벤츠나 랜드로바를 타고 오기도 하였다. 처음에는 관광객 대부분이 프랑스인이었다. 프랑스인들은 100년이 넘게 지배하였던 옛 식민지에 대한 짙은 향수를 느끼기 위하여 이곳에 왔을 것이다. 그러나 프랑스인을 뒤따라 곧 독일인, 이탈리아인들과, 가끔 일본인들까지 타만라세트에 패키지여행으로 와서, 관광객 대열에 합류하기 시작한 것이다. 그들은 잠시 낙타를 빌려 타고 황량한 사막의 이곳저곳을 몰려다니며 사진을 찍기 위해 연신 셔터를 눌러대고, 현지에서 털털거리는 고물차를 빌려서는 아하가르 산맥의 아세크렘에 있는, 프랑스군 장교이다가 전역한 후 금욕적인 사막의 수도승으로 변신한 샤를 드 푸코가 세운 은자의 집까지 은자의 집까지 찾아가기도 하였다. 아세크렘은 그 지역에서 가장 높은 산으로 투아레그족의 마지막 경계선이었다. 그들이 그 산 너머로 나가는 일은 절대로 없었다. 그런데 그 산이 푸코가 찾고 있던 지복의 산이었는지 알 수 없다. 그러나 그 은자의 집은 애시당초에 하나님께 예배와 속죄의 희생이 봉헌되고, 가난한 사람들에게 복음의 소리가 전해지는 경건한 성소로 지어진 것만은 틀림없다.

그들은 권태스러운 삶에서 단막극 같은 짧은 에피소드가 필요하였다. 그들은 사막을 그냥 스쳐 지나가는 일종의 사이비 여행가들이었다. 그들 관광객은 반바지, 반팔 셔츠 차림에 선글라스를 쓰고, 목에는 카메라를 둘러메고, 안하무인격으로 온갖 종류의 불평불만을 늘어놓으면서 떼를 지어 잠시 왔다가 금방 떠나는 사람들이었다. 그들은 호텔의 시설이 형편없고 더럽다고, 이나 빈대를 퇴치하기 위해 침대 시트에 뿌려놓은 살충제의 냄새가 지독하다고, 그래도 벼룩이 도처에서 날뛴다고, 고물 자동차를 빌리는데 터무니없이 비싸다고, 수도꼭지에서 물이 안 나온다고, 분수대가 물도 뿜지 않으면서 멍청하게 서 있다고, 낙타가 악취가 나는 침을 멀리 내뱉는다고, 거리에는 볼만한 것은 아무것도 없고 오직 모래 먼지만 쌓여있을 뿐이라고, 그 흔해빠진 종려나무나 대추야자나무도 보이지 않는다고, 투아레그족 여인들은 발목까지 내려오는 긴 검은 치마로 몸을 감추고, 니캅으로 얼굴을 감싼 채 관광객들과 마주치면 너무 놀라서 소라고둥이 껍데기 안으로 잽싸게 움츠러드는 것처럼 숨는다고, 끊임없이 흉을 보고 투덜거렸다.

사막에서 여인은 지상 최고의 아름다움이고 찬란함 그 자체이다. 유목민이 일생을 통하여 사막에서 볼 수 있는 것은 온통 모래와 자갈, 돌뿐이다. 사막에서 볼 수 있는 아름답고 부드러운 곡선은 오직 여인의 신체이다. 몸의 곡선은 관능적인 모래 언덕과 가장 잘 어울린다. 사막에 꽃은 없다. 그래서 여인의 초롱초롱 빛나는 눈동자, 작은 입술, 예쁜 미소만이 사막의 꽃이 될 수 있다. 여인은 사막의 식물이고 꽃이다. 사막을 살아있게 하는 사막의 혼이다. 유목민은 여인에게서만 아름다움을 발견할 수 있다. 하지만 투아레그족 여인들은 눈동자만 빼놓고 온몸을 천으로 감싸서 숨긴다. 때로는 대담하게 그 너울을 벗는다. 그러면 푸른 눈과 상아처럼 하얀 이가 드러나면서 환하게 빛난다. 그러나 그녀들은 매력과 함께 냉혹함이 있다. 사막의 여자이니까.

그들은 잔뜩 우월감에 들떠서 현지 사회와 문화를 폄하하고 있었다. 자기네들끼리 모여 한껏 거들먹거린다. "정말이지 모든 게 끔찍하군, 살풍경한 불모지일 뿐이야. 이런 걸 그저 참아야 한단 말이지, 다시는 오고 싶지 않아."라고 누군가 큰 소리로 떠들어 대면, 리더처럼 보이는 나이든 사람이 낮은 목소리로 "그걸 모르고 여길 왔어, 여긴 사하라 남쪽이야. 지구상에 존재하는 가장 거대한 공허의 사막이란 말이야."라고 타일렀다.

아하가르 (또는 호가르) 산맥은 광활한 사하라 사막에서 마치 모래 바다에 떠 있는 섬처럼 보인다. 삼면은 화산암으로 된 가파른 절벽이고, 한쪽 면은 '목마름의 사막'이라고 불리는 모래 사막으로 둘러싸여 있는 거대한 고원이다. 비가 거의 오지 않아서 주변에서 식생을 찾아볼 수 없다. 아세크렘은 그 무렵 점점 관광객이 몰려들면서 시간의 풍화 작용에 의하여 날카롭게 깎여서 만들어진 화산암의 삼각형 기둥들이 여기저기 흩어져 있는 골짜기 위로 사막의 태양이 장엄하게 솟구쳤다가 떨어지는 일출과 일몰이 유명하였다. 회색빛 화산암들은 태양의 방향에 따라 빛을 받으면서 바위의 세밀한 결이 살아나고, 빛이 뒤로 물러나면서 명암을 갖추고 울긋불긋 물들기 시작하여, 붉기도 하고, 하얗기도 하고, 노랗기도 하고, 황금색이 되기도 하였다.

그는 타만라세트까지 왔는데, 웅장한 절벽의 윤곽을 대담하게 드러내고 있는 그곳을 아예 멀리 떨어져서 지나칠 수는 없었으므로 돌아오는 길에 들리기로 예정한 것이다. 투아레그족은 아세크렘을 이 세상의 끝으로 여기고 있었다.

샤를은 1858년 프랑스의 스트라스부르에서 태어나 젊은 시절 육군사관학교를 졸업하고 장교가 되어 북아프리카에서 일어난 아랍 반란군 진압 작전에 참여하였다. 프랑스 정부의 최후통첩과 대포와 기관총으로 무장한 현대식 군대의 무자비한 공격. 이에 맞서는 불사신이라는 미신으로 무장한 사막의 전사들.

비처럼 쏟아지는 총알을 맞고 쓰러지는 원주민들. 대학살.

그는 전쟁터에서 무자비하게 사람을 칼로 찌르고 총으로 쏴서 죽여야 하는 직업군인에 회의를 느끼고 군대를 떠나 북아프리카 마그립 지역 여기저기를 전전했다. ─ 전쟁의 광기에 대한 두려움이 그를 극도로 고통스럽게 만들었고, 아마 그것이 그를 불타오르는 광활한 사막의 이곳저곳을 헤매게 했을 것이다. 그 당시, 1905년 당시

아프리카의 전통 오두막인 제리바가 열 몇 채 남짓하였던 평화스러운 작은 마을에 무턱대고 들어와서 정착하였다. 그 오지 마을은 아하가르 산맥의 끝자락 저지대 분지에 겨우 자리 잡고 있었다. 그는 타만라세트에 정착한 최초의 외지인, 유럽인이 되었다.

그는 군대도, 전보도, 시급히 처리해야 할 임무도 없는, 궁벽하고 가난한 이 마을을 선택하여 자그마한 성채를 지어 정착한 것이다. 그는 머리 꼭대기에서부터 발끝까지 하나님의 말씀으로 무장한 엄격한 성격의 남자로 자나 깨나 오직 예수님만을 생각하면서 척박한 사막에서 살았다. 그는 시토회 중에서도 엄격한 계율과 청빈, 영원한 침묵을 유난히 강조하는 트라피스트 수도회 소속으로 1901년에 사제 서품을 받은 신부이기도 하였다. 그 수도회의 수사들은 '죽음을 기억하라memento mori'라는 말로 인사를 대신한다.

그는 복음을 알지 못하는 가장 버림받은 그곳 부족민들에게 기독교를 열심히 전파하여 (악마이고 사탄인 이교의 잡신들을 몰아내고) 그들을 천국으로 인도하고자 열망하였다. 그 자신은 척박한 사막에서 예수의 삶을 사는 유일한 증거자가 되고자 하였고, 어떤 때에는 이교도들에게 죽음을 당하여 순교하기를 바라기도 하였다. 샤를은 자신이 모종의 영웅적인 삶 혹은 영웅적인 죽음을 원하고 있다는 것을 잘 알고 있었다. 그는 이교도들에게 죽음을 당한다면 그 얼마나 멋진 일이겠는가, 전지전능한 하나님께서 내 기도를 들어주신다면 얼마나 영광되고 기쁜 일인가, 생각하고 있었던 것이다. (그가 말했다. "*밀알은 죽지 않으면 열매를 맺을 수 없다. 나는 순교자로서 모든 것을 빼앗기고 알몸이 되어 모습을 알아볼 수 없을 정도로 온몸이 피투성이가 되고 참혹하게 죽임을 당하지 않으면 안 된다는 것을 생각한다. 그리고 그것이 오늘이기를 소망한다. 나는 오늘 순교자처럼 죽지 않으면 안 될 것처럼 살아야 한다.*")

제국주의 시대, 회갈색 군모를 쓰고 현대식 무기로 무장한 프랑스 외인부대는 바르바리 해안에 상륙하여, 수니파 무슬림인 알제리 토착 세력의 저항을 힘들게 물리치고 주요 도시인 알제와 오랑, 콩스탕틴, 모스타가넴 등을 점령하였다. 그 후 프랑스인들은 토지 몰수, 징발, 국유지 매매 등 온갖 악랄한 방법을 동원하여 체계적으로 원주민의 토지를 수탈하여 알제리와 사하라를 지배하였다.

그때는 프랑스의 국수주의가 사막을 휩쓸고 있었다.

그는 뼛속까지 프랑스인이었다. 그에게는 강력한 프랑스 정부와 군대, 교회, 은행 등이 암암리에 배경이 되고 있었다. 그는 그 부족민들을 프랑스식 교육을 통하여 프랑스인처럼 사고하도록 개조하고자 부단히 노력하였다.

원주민들은 여전히 족장과 주술사의 법을 따르고 그들의 신을 믿었다. 그런데 어느 날 갑자기 하얀 얼굴과 푸른 눈의 이방인이 그들의 세계로 들어왔다. 혈혈단신 제국의 힘과 군대를 배경으로 고독하고 황량한 사막의 오지로. 그 강인한 사내는 자신의 신을 믿으라고 강요하면서 그들의 신을 부정하였다.

그가 말했다. "그대들의 신을 지금 당장 버려야 할 것이다. 그는 교활한 악마이기 때문이다. 너희는 지금 마음 속 깊이 악령을 열렬히 숭배하고 있는 것이다. 그 악령을 몰아내야 할 것이다. 우리 하나님만이 신이니라. 유일신이란 말이다. 주님이 오른손으로 나를 붙잡아 주시니 나 홀로 이교도들의 땅에 들어왔느니라. 여러분께 평화가…… 하나님의 은총이 내리기를……."

사람들은 부루퉁해서 그를 맞았고 반응은 너무 싸늘했다. 아무 대꾸도 하지 않았다.

그는 제1차 세계대전이 한창 진행 중이던 1916년 12월 1일 (그날은 금요일이었다.) 그는 그의 성채에 교묘하게 침입한 투아레그족 분파인 일당들에게 사로잡혀 밧줄에 묶여 있다가 어느 일순간 머리에 총을 맞고 무참히 살해되었다. 그는 그때 손발이 묶인 채로 움직이지 않고 기도만 하고 있었다. 암살자들은 그를 심문했으나 그는 아무 말도 하지 않았다. 그를 감시하고 있던 세누시스트의 투아레그 애송이가 어느 순간 발작적으로 방아쇠를 당겼다. 그의 몸은 조용히 기울어져 옆으로 쓰러졌다.

그는 쓰러지면서 말했다. "저의 목숨을 바칩니다. 당신께서 제일 좋다고 생각하는 대로 저를 살리시거나 죽이시거나 뜻대로 하시옵소서. 당신 안에서, 당신을 위해서, 당신을 통해서, 성모 마리아, 성 요셉, 성 마리아 막달레나, 저를 구해주소서, 저의 하나님, 저의 적을 용서해주십시오. 그들에게 구원을 주소서, 아멘."

그가 예전부터 어렴풋하게 예감했던 대로 이교도에게 순교를 당한 셈이다. 그러므로 프랑스의 입장에서 보면 그는 영웅일 수도 있었고, 카톨릭 입장에서는 이교도들에게 순교한 거룩한 성자이기도 하였다.

샤를이 지은 낡은 성채의 안쪽 흙벽돌에는 그때의 참상을 증언하는 것처럼 지금도 여러 개의 탄흔 자국이 남아 있다. 샤를 형제는 그들을 용서했지만 프랑스는 결코 용서하지 않았다. 전쟁이 끝난 후 샤를을 살해한 반군 일당 여섯 명은 붙잡혀 사형을 당했고, 프랑스 군대는 샤를의 성채 옆에 더 큰 성채를 지어 상주하였다.

그러나 동아시아의 불신자 또는 이교도 입장에서 보면 그는 어쩔 수 없이 오만한 유럽의 제국주의자이면서, 광신론자에 가까운 근본주의자일 따름이다. 그는 단 한 사람의 부족민도 개종시키지 못하였을 것이다. 그는 투아레그 부족들보다 더 투아레그 말을 더 잘 알고 있었고 그래서 복음서를 타마세크어로 번역하였으며, 성자처럼 가난하게 살면서 1905년부터 1916년까지 12년 동안이나 사막의 부족들에게 참된 복음의 빛을 전하려고 자신을 잊어버리고 역사했지만 말이다.

투아레그족은 진심으로 기독교로 개종하지 않았기 때문이다. 그들 부족은 태생적으로 문명사회의 고급 종교인 천주교의 복잡한 종교의식과 난해한 교리와는 전혀 어울리지 않았다. 그들은 사막에서 무슬림으로 완벽하게 개종하지 않은 마지막 부족이기도 하였다. 그들은 뼛속 깊이 사막의 사람이었고, 여전히 무슬림 측에서는 우상 숭배로 간주하여 완강하게 배척하는 원시종교의 오랜 관습에 따라 그들 부족의 고유신과 사막의 신도 함께 경배하였던 것이다. 집안에는 여전히 대대로 내려오는 이교 신앙의 유물들을 간직하고 있었다.

타만라세트는 제2차 세계대전 말기쯤에 전신국과 공항을 개설하면서 도시의 면모를 갖추게 되었고, 전쟁이 끝난 후에는 카톨릭 신자들이 샤를의 성채와 은자의 집을 순례하기 위하여 몰려들면서 도시는 다소간 번성하기 시작하였다. 그가 죽은 후 '예수의 작은 자매회'나 '예수의 작은 형제회' 같은, 그의 영성을 따르는 많은 수도 단체와 평신도 단체가 생겨났기 때문이다.

그것뿐이다. 그는 샤를의 사상과 그의 삶의 방식에 동의할 생각은 없었다. 누가 누구를 하나님께 인도한다는 말인가. 사막은 있는 그대로 그 자체로서 이해되지 않으면 안 된다.

사막에 밤이 오면 기온이 뚝뚝 떨어지면서 한낮의 뜨거운 열기는 온데간데없고, 온몸이 으슬으슬할 만큼 추위가 찾아온다. 그 추위와 함께 막무가내로 죽음의 공포, 슬픔, 절망감, 당혹스러움 같은 것들이 밀려 왔다. 참을 수 없을 만큼 자신이 가엾기도 하여, 아이처럼 소리 내 울고 싶은 심정이 되었다. 밤은 어쩔 도리가 없다. 밤에 일어난 일들은 낮이 돌아오면 사라져 버리기 때문에 더 이상 설명할 수가 없는 것이다. 그런 밤이면 새벽은 영영 돌아오지 않을 것 같았다. 창백한 미명과 함께 깨어나는 사막의 새벽은 무기력하였다.

이런 때는, 오래된 유년시절까지 소급하여 과거의 갖가지 광경들이 눈앞에서 어른거렸다. 그 기억들이 제멋대로 이리저리 나뒹굴었으므로 순서대로 정리할 수 없었지만 말이다. 하지만 오래된 사진첩에 끼어있는 퇴색한 흑백 사진 같은 과거의 기억들, 추억들은 아름답기도 하고, 슬프기도 하고, 때로는 후회스럽기도 하여 종잡을 수가 없었다. 그런 것이다. 죽음을 마주하고 있는 절망의 순간에는 행복했건, 불행했건 간에 잠재의식 속에 잠겨있던 옛 것들이 일종의 생존본능처럼 떠오르기 마련이다. 하여간에 추억이 떠오르는 순간에는 시간은 빠르게 흘러갔다.

(그의 마음에 각인된 어릴 적 인상은 모두가 얼마나 깊은 흔적을 남겼던지……) 지금도 그 시절을 너무 뚜렷하게 기억할 수 있어서, 몸에 난 깊은 칼자국 같은 유년시절의 가슴 아픈 기억들은 그를 어쩔 수 없이 어릴 적 남쪽 바다로 데려다 주었다.

밤이 이슥하여 푸른 불꽃을 날름거리며 타닥타닥 탔던 몇 조각 장작은 잉걸불이 되었다가 재만 남았다.

이번에는 그가 이브라함에게 자신의 어린 시절 고향에 대한 얘기를 자세히 해 줄 차례였다. 그는 오랫동안 과거를 입에 담지 않았다. 본능적으로 금기시까지 하였다. 무거운 침묵으로 일관하였다. 그러나 오늘 밤에는 산산조각이 난 기억의 퍼즐들을 짜 맞추어야 하리라.

그의 어린 시절은 고향에 대한 아련한 추억과 가슴 아픈 기억으로 뒤엉켜 있었다. 그의 잠재의식 속에 붙잡혀 있는 지난 시절의 환영 같은 기억들을 쫓아버리기 위해 얼마나 발버둥을 쳤던가. 그걸 밑바닥을 모르는 깊은 심연 속에 꼭꼭 파묻어 버리려 했지만 그건 불가능한 일이었다. 결코 잊혀질 수가 없었다. 그 환영은 언제든지 바로 엊그제 일처럼 생생하게 튀어 나왔다.

그의 기억 속에는 남쪽 바다에 대한 기나긴 증오의 역사와 그 사건의 비극적 종말이 빨간 넝쿨장미꽃 향기와 아카시아 나뭇가지에 모여 앉은 제비들의 다정한 지저귐과 한데 뒤섞여 있다.

그러나 지금까지는 그 누구에도 그 가슴 아픈 이야기를 털어놓은 적이 없었다.

그의 고향 마을은 벌교읍에서 여자만 바다 쪽으로 20리쯤 내려가 천마산 아래 바다가 초승달처럼 휘어져 육지와 맞닿은 만에 자리잡은 작은 어촌이었다. 그 산이 넌지시 마을을 굽어보고 있었고, 마을은 바다를 향하여 가슴을 열고 있었다. 초승달처럼 휘어진 긴 해안이 바다를 꼭 끌어안고 있었다. 마을의 50여 호 남짓한 가구들은 모두 바다에 삶을 의지하고 살았다. 봄이면 마을은 모든 게 아름다웠다. 온 세상이 눈부시게 푸르렀다.

봄이 오면 동네 어귀에는 셀 수 없을 만큼 많은 아카시아 꽃이 피고, 집집마다 얕은 담벼락에는 철 이른 붉은 줄장미가 아름답게 피었다. 붉은 꽃잎은 골목길에 붉은 피를 쏟아붓는다. 꽃잎은 매일 아침마다 농염하게 자신을 화장하였다. 꽃잎의 육감적인 냄새가 사람의 숨을 막히게 하였다. 이따금씩 짙은 향기를 내뿜는 하얀 꽃들을 꽂은 아카시아의 나뭇가지에 앉은 제비들이 사이좋게 두런거리는 소리가 들려왔다. 어머니는 그 꽃향기를, 그 꽃이 피는 봄날을 얼마나 좋아했던가! 그때 허름한 초가집은 얼마나 아늑하고 평온했던가! 그리고 마당가 늙은 감나무의 잔가지에 모여 앉아 심하게 말다툼을 하는 참새들이 날카롭게 짹짹거리는 소리도 들리지 않았던가! 촉새들은 아랑곳하지 않고 끊임없이 여기저기 나뭇가지를 옮겨 다니며 나불거리지 않았던가! 소금맛이 나는 서늘한 봄바람이 나뭇가지 사이로 이리저리 헤엄쳐 다니지 않았던가!

그때 경전선 완행열차는 바다에 대한 향수를 안고 검은 석탄 연기를 내뿜으며 길게 기적 소릴 울리고 산기슭을 돌아 남쪽으로 달려갔다. 형용할 수 없는 긴 여운을 끌면서…… (30년이 넘은 낡은 증기 기관차의 숨쉬는 소리. 아! 지금은 잊혀버린 그 목가적인 소리.) 칙칙폭폭…… 칙칙폭폭…….

밤새 별똥별이 솔숲으로 떨어지고, 은고리 같은 새벽달이 서쪽으로 지고, 그리고 동이 틀 무렵이면, 동네는 잠에서 깨어나고 있었다. 암탉이 가슴을 펴고 날개를 퍼덕이고 수탉은 홰를 치며 연호하듯 울기 시작했다. 누가, 닭에게 밤과 낮을 구분할 수 있는 머리를 주었는지 알 수 없지만 말이다. 그때쯤이면 참새들도 이른 새벽 벌써 나뭇가지에서 지저귀기 시작한다. 마을 사람들이 부스스 일어나 하품을 하고, 기침을 하고, 졸음에 겨워 눈을 비비며 기지개를 켰다.

새신랑은 새삼스레 색시의 잠든 얼굴을 바라보며 무명 이불을 걷어 젖힌다. 여자가 못이기는 척하며 자신의 속 고쟁이를 발목까지 밀어 내리고 다리를 벌리자 남자는 여자의 몸 위로 올라갔다. 남자가 절정에 이르는 순간 그의 입에서, 여자의 입에서도 억누를 수 없는 가벼운 신음 소리가 새 나왔다.

새벽이 밝았다. 새날이 돌아왔다. 창백한 밤은 물러갔다. 마을에는 온통 상쾌하고 활기찬 기운이 감돌았다.

바다 쪽에서부터 하늘이 환하게 홍조를 띠었다. 찝찔한 바다의 소금 냄새가 바람에 실려 와서 마을을 뒤덮는다. 그제서야 헛간에 매어둔 얼룩백이 황소는 길게 하품을 하다말고 게으른 울음을 울고, 마을의 잡종개들이 짖어대기 시작한다. 개들은 만날 때마다 서로 으르렁대다가도 이때만큼은 연호하며 한동안 쉬지 않고 짖어댔다. 이윽고 개들은 차츰 조용해졌으며 울부짖던 소리가 어느새 끊겼다. 그것들이 골목길을 누비며 배회하였다. 똥개들은 골목에서 담벼락에 한쪽 다리를 들고 오줌을 눈다.

그러므로, 참새와 제비의 아름다운 재잘거림, 아카시아의 짙은 향기, 검은 연기를 내뿜으며 달리는 경전선 기차, 고향 마을과 바다, 어머니와 아버지, 남동생은 그의 가슴 속에서 영원히 떼어 놓을 수 없을 만큼 한 덩어리가 되어 있어서 기억 속에서 언제나 함께 뛰쳐

나왔다.

언제나 밤안개가 짙은 곳이다. 아침이면 해안가를 뒤덮고 있던 옅어진 안개가 여전히 뭉그적거리다 햇빛에 쫓겨 불현듯 사라졌다. 이따금 바다 쪽에서 강한 바람이 불어왔고 파도는 으르렁거리며 밀려와 해변의 모래톱에서 부서지며 사라졌다.

그곳에서는 밤이면 바다의 유령들이 머리를 산발하고 아우성을 치면서 별안간 창문을 뚫고 모습을 나타냈다가 안개 속으로 사라지곤 하였다. 먼 바다에서부터 달려온 사나운 파도가 무섭게 으르렁거렸다. 땅과 하늘이 함께 소리를 질렀다. 그럴 때면 마을이 시커먼 바다 속으로 깊숙이 가라앉았다.

긴 곡선을 그리며 바다로 빠져 나가는 포구의 S자형 수로 주변에는 사람의 키를 훌쩍 뛰어넘는 키 큰 갈대밭을 따라 뻘밭과 폐염전이 바다까지 펼쳐져 있었다. 도무지 끝 간 데 없는 갯벌은 거친 숨결을 사방으로 내뿜었다. 검은 색의 경이로움이 포구를 단단히 움켜잡고 있었다. 바다 바람은 갯벌 냄새를 이리저리 퍼 날랐다. 그럴 때면 갈대숲은 자신의 가슴 속에 안고 있던 낡은 악기의 소리를 냈다.

그 폭이 좁은 작은 강은 평소에는 거의 말라 있었다. 늦여름쯤 큰 비가 내렸을 경우에만 큰 물소리는 아니었지만 강물은 모래가 뒤덮고 있거나 푸른빛의 무성한 갈대들이 우거진 강기슭을 훑으면서 소리를 내고 흘렀다. 그때는 넘실거리는 흙탕물이 세차게 철썩이면서 둑 위 갈대들의 억센 밑동에까지 튀어 올랐다. 강이 범람하면서 운반해 온 비옥한 퇴적물이 바다로 쏟아졌다. 마을 사람들은 그때만큼은 강가에서 사납게 소용돌이치는 물소리를 들을 수 있었다.

겨울이 되면 그림자는 길어지고 해는 짧아진다. 그때쯤 서리가 내리기 시작하고 시베리아에서부터 힘겹게 날아온 흑두루미의 날갯짓이 요란하였다. 그것들은 마치 한 무더기의 검은 화살처럼 하늘을 가르면서 날아왔다. 철새들은 필사적인 날갯짓으로 남쪽으로 내려와 일부는 '벗 따라 강남 간다'고 을숙도의 갈대밭이나 주남저수지의 얕은 물가로 가서 내려앉았고 나머지는 순천만 갈대밭으로 날아들었다.

그러나 시베리아에서 날아온 철새들에게는 남쪽 겨울의 추위쯤은 여름철의 고향처럼 포근하게 느껴질 터이다.

겨울 철새들은 얼마나 멀리 떨어져 있는지 헤아리기조차 힘든 저기 북쪽의 붉은 월귤나무 열매가 가득한 툰드라 지대의 광활한 들판을 출발하여 그들의 지난 기억을 본능적 감각으로 되살려 겨울 하늘을 가로질러서 다시 찾아왔다. 그것들은 미래를 위한 푸른 꿈을 가슴에 안고 그 길고 가혹한 여정을 매년 되풀이하고 있었다.

겨울이 끝날 무렵이면, 남쪽 바다는 생명의 몸짓으로 꿈틀거렸다. 저 멀리 검은 뻘밭이 끝나는 해안선에서부터 다시 바다가 열리고, 수평선은 바다와 하늘이 맞닿아 경계가 희미해지는 아득한 곳까지 물러 앉아있다. 그때쯤이면 바다 쪽에서 불어오는 차가운 바람은 한결 누그러졌다. 철새들은 벌써 귀향을 준비하고 있었다.

평생을 갯벌에 기대어 살아온 갯사람들은 자신들의 삶 전부를 빠짐없이 깊은 뻘 속에 켜켜이 쌓아놓았다. 검은 뻘밭에서 여자들은 계절의 변화와 생태적 시간인 물때에 맞춰 바지락, 모시조개, 참꼬막, 큰구슬우렁이, 낙지, 칠게, 짱둥어, 갯지렁이, 왕좁쌀무늬고동, 농게─썰물이 빠져나가면 농게들은 질척질척한 갯벌의 진흙집에서 가는 눈을 이리저리 두리번거리며 외출을 하고, 이때 수컷 농게는 큰 집게발을 위아래로 하늘하늘 흔들며 춤을 춰서 암컷을 유혹한다. ─등을 잡았고, 남자들은 파도가 끊임없이 검은 갯벌을 핥고 물러나면서 잿빛으로 변한 바다에 나가 조류가 센 사리에는 그물을 놓아, 바닷물이 가장 적게 들고 나는 조금에는 낚시를 이용하여 낙지, 문어, 장어, 숭어, 민어, 전어, 망둥어, 서대 등 고기를 잡아서 생계를 유지하였다.

갯벌은 만조가 되어 파도가 밀려들면 바다가 되고, 간조 때 물이 빠지면 육지가 된다. 그러므로 갯벌은 수천만 년 동안 침식과 퇴적을 반복하였다. 갯벌은 육지이기도 하고 바다이기도 하였다. 그곳에서는 바다 생물과 철새, 인간들이 사이좋게 공존한다. 바다는 그의 넓은 품속에 마을사람들의 모든 희망과 미래를 송두리째 품고 있었다. 그 바다에서는 풍부한 영양염이 해조류, 식물 플랑크톤의 성장을 위한 최적의 조건을 제공하였고, 이 식물들이 천해淺海의 해저에 독특한 서식지를 마련하여 풍부하고 다양한 생명체들이 살아가고 있었다. 그러나 갯사람들은 바다와 더불어 살면서도 사막의 밤처럼 깊고 깊은 밤인 바다 앞에서 두려워한다. 영원한 파괴자 같은 바다의 정령이 행사하는, 모든 것을 집어삼킬 듯한 그것의 불가항력적인 힘에 압도되기 때문이다. 먼 바다에서 불어오는 끔찍한 바닷바람과 파도의 억세고 부드러운 목소리에 안도하면서 한편 두려워한다.

"바다는 아침 햇살에 반사되어 금빛으로 반짝였지. 갈매기들은 파도를 스칠 듯 낮게 맴돌며 꽥꽥 소리 지르고 야단이었어. 어부들이 던져주는 잘게 썬 고기조각을 먼저 낚아채기 위하여 자기들끼리 경쟁한 거야."

부두의 방파제 주위를 원을 그리듯 평화롭게 선회하던, 고양이 울음소리를 흉내 내고 꽁지깃 끝에 검은 띠를 두른 괭이갈매기들은 먹이를 앞에 두고는 서로 날카롭게 짖어대며 싸웠고, 먹이를 낚아채기 위해 경쟁적으로 날개를 뒤로 한껏 젖히고 비스듬하게 수면 쪽으로 급강하해 내려왔다. 그 새들의 검은색 부리와 심술궂은 빨간 눈빛이 보였다. 그들이 날개를 사납게 퍼덕거리며 내지르는 소리는 거의 위협적이었다. 그들이 토해내는 시끄러운 악다구니는 모래톱에 부딪치는 파도 소리를 집어삼켰다. 그것들은 먹이 앞에서 쓸데없이 과도하게 흥분하고 있었다.

"마을에는 항상 어촌 특유의 악취 같은 바다 냄새와 도수 높은 알코올 기운이 풍겼지. 술 취한 어부들은 사소한 일로 자주 티격태격 싸웠던 것 같아. 모두 한결같이 가난하였지만 말이지…… 모두가 가난했으니까 우리 집이 특별히 가난하다고 느낄 필요는 없었지. 마을은 어떻든 고요하고 평화로웠어. 너무 무기력했지만 무구했고 평화스러웠던 거지. 그래도 우리 가족은 그 불행한 사건이 일어나기 전까지는 참으로 행복했었지."

투박한 뱃사람들의 역겨운 땀 냄새. 입 냄새. 억센 여자들의 까무라칠 듯한 웃음소리. 그들은 무지하고 노골적이다. 본능적이고 저질스럽다. 그러나 건강하고 순박하다.

햇볕이 뜨거워졌고 하늘과 바다는 눈부셨다. 이제 한낮이 되면서 햇빛은 수직으로 쏟아져 내린다. 햇빛은 반사되지 않았고 그의 발치에 그림자를 드리우지 않았다. 해안선을 따라 길게 뻗은 모래밭은 밝은 회색 아니면 노란색이었고 아무런 발자국, 바다갈매기의 발자국까지도 찍히지 않은 채 반들반들하였다. 난 바다에서부터 불어오는 숨결처럼 가벼운 하늘빛 미풍이 간지럽다. 갈매기 한 마리가 외롭게 바다 위로 하나의 곡선을 그리다 유유히 해변의 소나무 숲 속으로 잠시 사라졌다. 파도는 물마루를 횐히 드러낸 채로 모래톱에 밀려와 곧장 부서지면서 하얀 포말로 사라졌고, 어떤 간절한 웅얼거림을 여음으로 남겼다. 하늘과 바다는 푸른빛이었고 수평선이 견고한 선처럼 두 영역을 가르고 있다. 사방이 고요했다. 햇빛이 여전히 바다 위로 세차게 쏟아져 내린다. 잿빛 바람이 점점 날카로워지고 관목들의 나뭇가지에서 가느다란 휘파람 소리가 났다. 온통 바다, 태양, 바람, 모래뿐이다. 바다와 소나무 숲 사이 밋밋하게 경사진 작은 언덕의 오솔길 주위에는 무성한 잡초와 가시덤불, 칡넝쿨이 땅을 뒤덮듯이 감싸고 있다.

"그 시절, 어린 친구들은 바닷가 모래밭에서 배고픈 것도 잊은 채 하루 종일 뒹굴면서 정말 신나게 놀았어. 모래밭이 태양 아래 알몸으로 누워 있었거든. 구릿빛 몸통 여기저기에 가는 모래가 들러붙어서 몹시 따가웠지만 상관없었어. 계절에 관계없이 항상 바닷가에서 놀았어. 그리고, 여름이면 바다 속에서 살았어. 난 그때 수영을 참 잘했지. 날렵한 물개처럼 우아하게 말이야. 수영의 온갖 요령을 터득했고 바다를 두려워하지 않았어. 바다는 사람을 유혹하는 숙명적이고 거부할 수 없는 그 무엇과 같았지. 바다는 언제나 노래를, 부르지. 내가 그때 천천히 팔을 저어서 바다로 미끄러져 들어가면 해초들이 너울너울 춤을 추며 내 다리를 더듬고 팔을 쓰다듬어 주거든. 그리고 덮쳐오는 파도를 뚫고 바다 밑까지 내려가지. 바다 속은 사람의 마음처럼 어두운 숲이지만. 그러나 고요한 바다는 언제나 부드럽고 따뜻하게 나를 포옹해주었어. 바다에서는 홀로 자유로울 수 있었지.

난 그때 벌써 어서 빨리 어른이 되거든, 이 세상 끝까지 돛단배를 타고 항해하는 꿈을 꾸었지. 선장이 되는 것이 어릴 적 꿈이었지. 선장이 되었다면 얼마나 좋았을까? 먼 바다는 하나도 빼놓지 않고 모두 가보기로 했어. 광풍이 몰아치고 집채만한 파도가 넘실대는 베링 해협, 남극의 차가운 파도가 거칠게 부서지는 마젤란 해협, 인도양과 대서양이 만나는 희망봉, 그린란드, 발트 해, 카리브 해, 홍해, 지중해, 흑해, 페르시아만, 아프리카의 마다가스카르까지 말이지. 평생 동안 지구를, 오대양을 수십 번씩이나 돌고 도는 거지. 그래서 아름다운 바다와 무섭고 거친 바다를 만나보고……. 나는 태풍도, 허리케인도, 사이클론도, 돌풍도 겁내지 않기로 결심했지. 그래서 큰 항구에도 들어가 보고, 작은 항구에도 가보고……. 흑인도, 백인도, 황색 인종도, 거인도 소인도 다 만나보는 거지……. 배를 타고 긴 항해를 한 끝에 마침내 도착하는 거지. 영원한 나라에. 꿈의 나라에. 상상의 나라에. 약속의 땅에.

그리고, 바다에서 태어났으니까 틀림없이 바다에서 죽게 될 거라고 생각했었지. 바다는 어머니이니까 어머니 품속에서 말이야."

그는 그때 고향의 바닷가에서 그 화려한 꿈들이 뭉게구름과 함께 푸른 하늘을 미끄러지고 있는 것을 올려다보았다. 마침내 그 꿈은 한 마리 완전한 새가 되어 끝없이 비상했다. 날씨는 그날도 여전히 온화했고 하늘은 가벼운 하얀 천에 쌓여 있었다. 바람은 미풍으로 불기 시작했고 파도는 해안가 큰 바위에 부딪치며 무지갯빛 물보라를 사방에 흩뿌렸다. 하얀 뭉게구름은 어느새 엷은 새털구름이 되어 미풍에 흐느적거리고 있었다. 푸른 해안선이 더욱 선명한 날이었다.

"난, 성년이 된 후 그 시절의 바다가 가끔 생각났지. 왜, 그토록 우수에 잠긴 바다의 노래가 가슴 속 깊숙한 곳에서 끊임없이 울려 퍼졌는지? 왜, 그 노래가 수수께끼 같은 힘으로 내 영혼에 파고들어 고통스럽게 어루만지며 내 심장 주위를 휘감고 돌았는지? 그러나, 가족 모두 갑자기 고향을 떠나온 이후, 한 번도 가본 적이 없어. 그게 말이야, 그렇게 쉽진 않았어."

오래 전에 고향을 떠난 자가 어쩌다 고향에 들리면 고향 앞에 막막한 심정이 되고, 고향 역시 낯선 이방인 앞에서 더욱 막막해지는 법이다. 그땐 고향은 무인도와 같다.

"정말이지, 남쪽 바다가 너무 그리웠어. 그것은 내가 잃어버린 고향, 말하자면 에덴동산이었거든. 하지만 무엇인지, 정체를 확인할 수 없는 장벽이 가로막고 있었지······. 그러다가 고향은 점점 꿈결처럼 뿌옇게 흐려지고, 이제는 사라져 버리고, 아스라한 기억만이 긴 그림자를 드리우고 있지. 그런 거야. 정말 그런 거야. 너와 나, 우린, 고향을 잃어버렸고, 마음의 정처도 잃어버린 거야······. 아마 우리가 고향을 버린 거겠지. 아니면 떠나온 거야. 그리고 오랫동안 이곳저곳을 떠돌고 있는 거야."

어부인 아버지는 늘 해가 기울어진 뒤 바다가 신비한 황혼 빛으로 빛나는 석양 무렵이면 거나하게 술에 취하여, 불콰해진 얼굴로 낡은 고기잡이배들이 정박해 있는 방파제 주변을 어슬렁거렸다.

석양이 완전히 물러나고 별들이 하나 둘 하늘에 돋아나기 시작하면서 저녁의 푸른빛이 비린내가 가득한 해안을 뒤덮었다. 바람이 거세어질 때마다 별빛이 깜박거렸다. 바닷가의 저녁은 서늘하고 감미로웠다. 뒷산에서 밤 올빼미의 부드럽고 구슬픈 울음소리가 들려왔다. 그 간결하고 애간장을 녹이는 단음절의 소리가 끊어질 듯 이어진다. 그러나 밤이 깊어가면서 마을 뒷산의 검은색 윤곽이 또렷하였고, 난파선처럼 허물어져 녹슨 철근들이 비죽비죽 삐져나온 방파제의 끝 쪽에서 웅크린 채 바다에 잠겨 있는 장구 섬의 검은 실루엣을 볼 수 있었다.

그때 부두는 깊은 어둠 속에서 버림받은 듯이 홀로 남겨져 있었다. 바닷가에는 바람이 불어왔다. 바람이 심하게 부는 날엔 잔잔했던 바다가 거칠게 출렁이며 파도가 방파제를 거세게 때렸으므로 방파제와는 계류용 밧줄에 의하여 연결되어 있던 낡은 목선들이 격렬하게 서로 부딪치며 몸부림을 쳤다. 바닷가는 아름답고 쓸쓸하였다.

아버지는 아무 술이나 술을 너무 많이 마셨다. 전쟁이 끝나갈 무렵 삼촌들의 전사 통지를 받은 후부터였다. 그때부터 아버지는 머리가 깨질 듯한 심한 두통을 앓았고 왼쪽 귀의 청력을 완전히 잃었다. 그 후에는 오른쪽 귀도 점점 잃어가고 있었다. 아버지가 죽었을 당시에도 또다시 정신없이 술에 취하여 동생과 함께 바다로 나갔던 것이다.

그가 읍내 중학교 3학년이었던 해의 늦가을 오후 어둠이 깔릴 무렵, 아버지는 갑작스럽게 먹구름이 몰려오면서 돌풍이 몰아치던 (이따금 까마득하게 하늘빛으로 물들고 밤의 어둠이나 아침의 안개 속으로 사라지는 슬픈 전설의 섬인) 장구섬 쪽 바다에서 거센 파도에 휩쓸렸고, 무동력선인 낡은 어선만 남겨둔 채 실종하였다.

여자만은 동쪽의 여수반도와 서쪽의 고흥반도 사이에서 육지 깊숙이 들어앉은 내만형 갯벌이어서 그곳 바다는 평소에는 수심이 낮고 호수처럼 잔잔하였다. 여자만은 석양의 노을이 아름다웠다. 그것은 서쪽 반도 위로 태양이 설핏 기울기 시작하면서부터 하늘과 갯벌을 온통 붉은 색 고운 빛깔로 물들인다. 해가 더욱 기울어 가면서 빛의 각도에 따라 갯벌과 그 위 하늘에 시시각각 형형색색의 황금색 기운이 넘쳐났다.

그런데 그날 갑자기 변덕스럽고 이상한 바람이 바다에서 불기 시작하였다. 거대한 잿빛 장막이 해안선과 수평선을 뒤덮었다. 번개가 번쩍이고 천둥소리가 나지막하게 울렸다. 바다는 안개 같은 물보라를 하늘 높이 뿜어 올리며 먹이를 삼키려는 성난 들짐승처럼 날뛰었다. 바다의 악령이 광기 속에서 날뛰고 있었다. 육지 쪽에서부터 돌풍이 휘몰아치더니 칼날처럼 일어선 거센 파도가 무서운 기세로 배를 덮쳤다. 그 살벌한 바람은 기이하고 환상적인 울부짖음으로 변하여 집요하게 달려들었다. 날카로운 이빨을 번득이면서 격렬하게 용틀임을 하며 날뛰는 괴물이었다.

그 작은 목선은 바다 한가운데에서 뒤집어진 채로 혼자서 흔들거리고 있었지만 아무 흔적도 없었다.

파도는 여전히 포효하며 해안가 조약돌에 하얗게 부딪치고, 신음을 토하며 다시 물러나고, 저 멀리 큰 바다에서는 울부짖고 있었다. 바다는 여전히 흉측스러운 괴물이었다. 하지만 이제 바다는 그 괴력의 힘을 상실하였다. 바다는 숨을 죽이고 있었다. 바람마저 훨씬 약하게, 부드럽게 불고 있었다. 모든 게 조용했다. 바다는 다시 평화로워 보인다. 모든 분노 역시 바다 밑바닥으로 침전되었다. 파도가 끊임없이 밀려오면서 알아들을 수 없는 수많은 소리를 웅얼거린다.

간단없이 밀려드는 파도는 해안에 부딪쳐 흰 포말이 되어 스러졌다. 거친 바다를 아주 멀리서부터 달려와서 말이다. 그것은 해안에 부딪칠 때 무언가를 고고하게 부르짖고 외쳐댔지만 그 소리 역시 곧 스러졌다. 다시 일종의 침묵과 평화가 찾아왔다. 늦가을의 밝은 오렌지빛 태양이 서쪽으로 기울면서 거울처럼 반짝이는 수면에 제 얼굴을 비추고 있었다.

그날 아버지가 바다에서 통발그물을 거두는 것을 돕기 위하여 따라 나섰던 쌍둥이 동생도 함께 사라졌다.

"그 소식을 처음 듣는 순간 잠시 기절하여 혼수상태에 빠지고 말았어. 너무 큰 충격을 받은 거야……. 난, 한동안 죽은 동생이 너무 불쌍해서 학교에도 가지 않고 밥도 굶은 채 울면서 지냈지. 눈물이 너무 쏟아져 세상이 온통 흐릿해 보였어. 말을 심하게 더듬기도 했어……. 매일 밤이면 악몽을 꾸면서 야뇨증까지 생겼어. 그것은 상당히 오랫동안 나를 괴롭혔지……."

막 예민한 사춘기에 접어들어 심한 성장통을 앓고 있던 그에게, 죄책감, 공포증, 심한 불안감, 헤어 나올 수 없는 비참함 등의 증세가 나타나기 시작한 것은, 그 사건이 발생한 이후의 일이다. 그는 그때 가슴이 몹시 두근거려 견딜 수가 없었다. 자주 식은땀을 흘렸다. 이를 견뎌내기 위하여 손톱에 피가 비치도록 질근질근 깨물었다. 오랫동안 제대로 잠을 자지 못해 꾸벅꾸벅 졸면서도 깊은 잠을 자지 못하였고, 설핏 잠이 들면 악몽을 꾸었다. 악몽에서 깨어나면 온몸이 땀으로 뒤범벅이 되어 있었다.

꿈속에서, 그 구름은 검붉은 색이었고 음산한 분위기를 자아내고 있었다. 비바람이 불고 억수같은 비가 쏟아졌다. 파도가 넘실거렸다. 그 순간 술에 취한 채 아무것도 알아채지 못하고 뱃전에 기대어 잠들어 있는 아버지, 바닷물을 온통 뒤집어 쓴 채 절망적으로 허둥대는 동생의 모습, 그 고독하고 버림받은 그들의 환영이 나타났다.

그때, 동생이 울부짖었다. "형, 빨리 와, 우릴 살려줘. 비바람이 몰아치고 있어. 배가 흔들려. 아버진, 너무 취해서 꼼짝할 수가 없어. 주위에 아무도 없단 말이야. 지금 파도가 덮치고 있어."

그러나 그 외침소리는 물거품이 되어 허공 속으로 흩어졌다. 그때 동생은 누군가 자신을 부르는 소리를 들었다. 너무 애절하게 동생의 이름을 불렀다. 부르고 또 불렀다. 그 목소리는 더욱 깊고 신비스럽게 느껴졌다. 바다의 소리였다. 그것은 불멸의 소리였다. 동생은 필사적인 몸부림을 멈췄다. 그리고 바다 밑으로, 바다 속으로 사라졌다.

그때, 회색 하늘과 회색 바다는 혼동되어 아득한 지평선에서 맞붙어 있었다. 거칠게 넘실대던 파도는 정적 속에서 해변으로 밀려와 부드럽게 쓰다듬을 뿐이다. 바다는 마침내 침묵 속에 잠겼다. 그무렵, 캄캄한 밤이면 바다는 시꺼멓게 멍들어 하늘과 더 이상 구분할 수 없었고, 그럴 때쯤 악령이 찾아와 축축한 손길을 뻗어서 그의 심장을 인정사정없이 짓눌렀다. 밤은 어느새 소리 없이 찾아온다. 밤이 온통 세상을 뒤덮었다. 어둠 속에서 낯선 파도가 매섭게 거품을 일으켰다. 밤이 되면 방에 불을 밤새도록 켜두어야 했다. 밝은 불빛이 없으면 불안 증세는 더욱 심해졌기 때문이다. 아주 오랫동안, 그는 가끔 깊은 밤중에 그 비명 소리를 듣고 소스라치며 잠에서 깨어나곤 하였다.

그 사건은 동생에 대한 뿌리 깊은 부채 의식에 더하여 죄의식까지 느끼게 하였다. 그러니 이 비극적인 사건의 여파는 그에게 평생 지울 수 없는 상처를 남겼다. 일종의 강박증과도 같은 원죄 의식이 평생 동안 그를 괴롭혔던 것이다. 그때 벌써 자신의 인생에서 일종의 삶의 지표로 삼을 수 있는 정신적 경계선을 설정하고 오직 그 한계 내에서 살아야 할 것이라고 예감하였던 것이다. 그리고 그때부터였다. 너무나 외롭고 지쳤으므로 자신을 위로해줄 친구가 절실히 필요하였다. 그러나 딱 한 명이면 충분했다. 그는 자신의 분신을 평생의 친구로 삼아 그와 끊임없이 대화를 나눴던 것이다.

그리고, 그 사건 이후, 성인이 되기도 전에 아주 어린 시절부터 그는 인간의 삶에는 기쁨보다는 어둡고 비극적인 측면이 도사리고 있다는 사실을 마음속에 뚜렷하게 각인하게 되었다.

"어머니는 아버지와 동생을 삼켜버린 바다를 무척이나 원망하였지. 정말이지, 바다를 두려워하였어. 그래서인지, 무작정 고향을 등지기로 결심한 거야. 결국은 바다를 떠난 거였어. 우리 가족은 곧, 큰 외삼촌이 택시기사를 하면서 근근이 살고 있던 부산이라는 항구 도시로 서둘러 이사를 가게 되었지. 거기는 굉장히 큰 도시이지. 파리보다 크고 마르세유보다 네 배쯤 더 클 거야. 그 도시에 별다른 미련은 없어. 고작 3년간 살았거든."

그는 그가 태어나서부터 15여 년 동안 살아온 고향을 처음으로 떠나게 된 것이다. 그러므로 그는 지금까지 단 하룻밤도 마을을 떠나서 지낸 적이 없었던 것이다.

그날, 짙게 끼었던 해무가 걷히면서 간신히 날이 밝았다. 밤의 실루엣들이 안개와 함께 흩어졌다. 손을 뻗으면 닿을 것 같이 낮게 드리운 비구름이 하늘을 빈틈없이 덮고 있는 바다 쪽에서 미적지근한 바람이 불어왔다.

그 해는 봄이 아주 일찍 찾아왔다.

해안선을 따라 낮은 언덕들과 들판을 가로질러 단선 철도가 남쪽으로 뻗어 있다 .그러나 여름철이면 철길에 무성하였던 질긴 잡초들은 아직 겨울잠에서 깨어나지 않았다. 땅 속에서 이미 기지개를 켜고 있는지 모른다.

2월 초순경이어서 대합실에는 아직 톱밥 난로가 지펴있다. 누군가 한 줌의 톱밥을 희미한 불빛 속에 던져 넣는다. 몇 개의 봇짐을 싸안은 채 단속적으로 콜록콜록 기침을 하는 시골 아주머니, 꾀죄죄한 중절모를 깊이 눌러 쓴 할아버지, 긴장한 얼굴로 새침하게 앉아 있는 단발머리 소녀, 기차가 도착하기만을 기다리는 몇 몇 하역 인부들.

간절한 그리움과 기다림이 간이역 역사 안에 스멀거린다.

아침 일찍 대합실에서 마을 사람들과 마지막 인사를 나눈다. 깊은 상처를 안고 고향을 떠나는 어머니도 마을 사람들도 안타까운 마음에 모두 할 말을 잊은 채 하염없이 눈물을 훔쳤다. 그는 무표정한 얼굴로 낡은 역사의 높은 창 너머로 먼 산을 바라보며 애써 이를 외면하였다.

첫 기차가 도착하려면 아직도 30분여가 남아 있다. 간이역의 벽에 걸린 둥근 시계의 바늘이 출발 시간을 향하여 재깍재깍 움직여 갔다. 기차는 예정시간보다 뒤늦게 도착해서 귀향하는 몇 안 되는 사람들을 잠깐 동안 내려주고, 다시 객지로 떠나는 몇 안 되는 사람들을 태웠다. 기차는 짧게 정차한 후 덜커덩거리며 곧바로 남쪽을 향하여 출발하였다.

그는 객차의 통로에서 밖을 내다보며 한동안 서 있었다.

마을은 푸른 하늘을 배경으로 한 잔잔한 잿빛 바다, 난바다에서 가끔 불어오는 날 선 바람, 검은 갯벌, 포구를 굽이쳐 흐르는 작은 강, 갈대숲, 첫서리가 내릴 무렵이면 찾아오는 겨울 철새 등이 어우러져 언제나 아름다웠다. 너무나 내 가슴 속 깊이 각인되어 있어서 평생 동안 영원히 잊지 못할 풍경이었던 것이다.

그러나 눈에 익은 풍경들이 낯설어지기 시작했다. 윤곽이 부드럽게 흐려지며 형체가 해체된다.

낡은 객차 안은 거의 비어 있다. 객차 안은 기관차의 석탄 연기 냄새와 시큼털털한 하수도 냄새가 뒤섞인 채 찝질하고 달착지근한 냄새를 풍기고 있다. 어머니는 더 이상 울지 않는다. 그러나 어머니의 눈빛은 지친 기색이 완연했다. 그는 찌든 때가 덕지덕지 끼어있는 어머니의 손가락 마디와 손목을 보았다.

언제 다시 돌아올지 기약할 수 없는 출발이었다. 왼쪽으로 읍내의 퇴락한 낮은 집들이, 오른쪽으로 바다와 뻘밭이 멀어져 갔다. 쉰 목소리로 짧게 기적을 울리면서 벌교역을 떠났던 완행열차는 한참을 달려 빗속에서 적막에 쌓인 고향 마을을 지나쳤다. 이제 기차는 연착된 시간을 만회하려는 듯 무서운 기세로 달린다. 슬레이트 지붕을 얹은 낮은 집들이 뒤로 물러났다.

그는 기차가 긴 터널로 들어갈 때까지 오랫동안 차창에 코가 찌부러질 만큼 얼굴을 바짝 붙이고 바다 쪽을 바라보았다. 하늘은 꽉 막혀 있었지만 바다는 잠잠하였다. 회색빛 하늘과 바다가 맞닿아 있는 수평선 너머로 작은 증기선이 천천히 사라지고 있었다. 그는 여전히 창밖을 내다보면서 지나치는 기찻길 옆 모든 풍경을 하나도 놓치지 않으려고 눈을 크게 떴다. 그는 참으려고 해도 도저히 울음을 참을 수가 없었다. 그는 목구멍에서 타는 목마름을 느꼈다.

그는 안개 같은 봄비가 내리던 이른 봄날 고향을 떠났다. 안개비는 땅위에 일직선으로 떨어지지 않고 바람에 휘날리고 있었다. 그 때, 유연한 파도가 가볍게 춤추고 있던 남쪽 바다는 손을 가볍게 흔들었다. 나에게 아쉬운 이별을 고하였다.

그해 봄에, 그의 유년시절도 끝이 났다. 익숙한 것과의 이별이, 낯선 곳에 대한 공포가 그를 갑작스럽게 어른이 되게 하였다.

그러나 그가 3년 동안 살았던 부산에 대한 아련한 추억 같은 것은 없다. 고등학교 3년 동안 내내 국립대에 가기 위하여 죽을 둥 살 둥 열심히 공부한 기억밖에 없고, 그 소원이 이루어지자 곧바로 서울로 올라온 것이다.

부산 시절에는 시간이 굼떴다. 그는 푸른 바다, 부두에 정박해 있는 무수히 많은 크고 작은 배들, 분주한 항구, 월남에 파병되는 군인들을 가득 실은 해군 수송선이 제3부두를 떠날 때도 그저 무덤덤하게 바라볼 뿐이었다. 군인들을 가득 실은 수송선이 천천히 미끄러지며 부두를 떠났다. 그 배는 월남을 향해 열흘쯤 포효하는 남태평양의 거친 파도를 헤치고 항해해야 하리라. 군악대는 계속하여 애국가와 군가를 번갈아 연주하고 있다. 동원된 학생들이 작은 태극기를 흔들면서 '백마부대 용사들아……', '맹호부대 용사들아……' 하고, 심드렁하게 외쳤다. 그 공허한 외침이 바닷바람에 실려 잿빛 하늘의 허공 속으로 흩어졌다. 3월 초순경인데도 날씨는 여전히 매서웠다.

그 항구 도시가 꼭 짙은 회색 안개에 뒤덮여 있는 것처럼 낯설게 느껴졌다. 다만, 견딜 수 없을 정도로 너무 답답한 심정이 되면 마음을 안정시키기 위하여 자주 찾아갔던 낙동강 하구의 갯벌과 삼각주의 아름다운 모래톱이 가끔 생각났다. 그곳은 옛날에는, 1980년대에 을숙도가 본격적으로 개발되기 이전에는 갈대밭과 갈밭새, 모래사장과 안개가 유명하였다.

수천 년 동안 홍수가 나면 낙동강 물이 상류에서부터 모래를 싣고 떠내려 와 형성한 삼각주에서, 이곳저곳에 무성한 갈대는 여름쯤이면 더욱 길길이 자라서 수십만 마리의 온갖 갈밭새들이 둥지를 틀었다. 그 하구에는 밤사이 호수 수면에서부터 피어올라 갯벌과 삼각지, 포구를 포근하게 감싸고 있던 안개가 이윽고 아침 햇살이 비치기 시작하면서 꼼짝없이 스러졌다. 붉은 기운이 완연한 태양이 떠올라 날이 밝아오면 그때 안개가 재빨리 걷히면서 포구의 풍경이

드러나기 시작한 것이다. 아침의 신선한 대기가 포구를 가득 매웠고, 갈대숲에서 잠들었던 갈밭새들이 새벽잠을 설친 채 하늘 높이 날아올랐다.

몇 척의 동력선 어선들이 분주하게 바다로 나갈 채비를 하고 있었다.

포구의 오른쪽 끝자락에 저 멀리 서 있는 작은 등대의 불빛은 사라졌다. 밤이면 포구의 유일한 발광체인 등대의 불빛은 바다 위 어느 지점에서부터 기계적으로 동쪽에서 서쪽으로 자신의 궤도를 따라 비췄다가, 사라졌다가는, 아침의 밝은 기운이 퍼지기 시작하면서 갑자기 사라져 버렸다.

그는 심심하면 하구의 넓고 잔잔한 호수의 표면에 낮은 자세로 매끈한 조약돌을 던져서 물수제비뜨기를 하였다. 그때 갈매기가 수면을 차면서 떠오르더니 날개를 크게 퍼덕이며 멀리 사라졌다. 그게 나비인지도 몰랐다. 그곳에서는 가난하지만 아름다운 고향 마을의 냄새를 맡을 수 있었다.

그리고 대신동 산기슭에 있는 집에 가기 위하여 어둡고, 좁고, 구불구불한 긴 계단을 무거운 책가방을 들고 힘겹게 오르던 일과 자갈치 시장에서 억척스럽게 일하던 어머니 몸에서 늘 생선 비린내가 풍기던 일을 잊을 수가 없다.

리어카 한 대도 드나들기 힘든 비좁은 골목길에서부터 산비탈 계단을 힘겹게 올라가서 산등성이에 이르는 길목에는 슬레이트와 함석지붕을 얹은 작고 낮은 집들이 바닷가 바위에 붙은 조가비처럼 다닥다닥 맞대고 있는 산동네가 자리 잡고 있었다. 그곳에 그의 집이 있었다. 그 미로처럼 구불구불한 골목길이, 발이 미끄러지지 않게 시멘트 계단에 촘촘히 그어놓은 가로 줄들이 그곳 사람들의 그늘진 얼굴의, 우중충한 삶의 주름살을 빼다 닮았다. 가난하고 남루한 삶. 그래도 그윽한 그 길은 누구에게라도 따스한 손길을 내밀 것처럼 평화스러웠다.

그곳에는 식수가 절대 부족한데다 수질마저 변변치 않았으며, 가난한 사람들이 모여 살았다. 그러나 산등성이의 꼭대기에서는 남쪽으로 붓꽃 빛깔 바다가 보였고, 그 바다는 그곳에서 남루하고 누추한 삶을 살아가는 산동네 사람들을 따뜻하게 감싸주는 한 장의 솜이불이었다.

그는 바다 쪽에서 불어오는 눅눅한 미풍이 도시의 온갖 소음을 몰아내버린 고즈넉한 뒷골목이 좋았고, 오랫동안 익숙해져버린 그 냄새를 싫어하지 않았다. 그는 그 골목길을 걸을 때면 더없이 평화롭고 고요함을 느꼈다.

지금 어머니의 몸에서 풍겼던 시큼하고, 따뜻하고, 나른하고, 은은한 냄새가 그립다. 그 냄새는 어머니의 일부분이었다.

깊은 주름살, 슬픔에 젖은 눈과 검은 눈동자, 불가항력적인 세월의 더께가 깊이 얹혀진 얼굴은 고통의 상흔이 결코 지워지지 않을 것이라고 말하는 듯하다.

어머니는 말없이 눈길로 모정을 표시할 뿐 한 번도 자식 사랑을 노골적으로 나타내 보인 적은 없었다. 어머니는 언제나 입버릇처럼 허리가 아프고 온몸이 쑤신다고 했지만 자신의 감정을 잘 드러내지 않았다. 그들 모자는 언제든지 서로에게서 강한 유대감을 느꼈다. 어머니는 착하고 공부 잘하는 아들이 하는 일에 간섭한 적은 없었다. 하지만 그녀가 볼 때 등산은 아무런 의미도 없었고 생활에 도움이 되지도 않는 쓸데없는 일에 불과했다. 왜, 그 지겨운 산에 오르는지 도대체 이해할 수 없다. 그래도 그를 만류한 적은 없었다. 계속 근심과 두려움을 갖고 지켜볼 뿐이었다. 어머니는 평생을 가난에 시달렸으나 가난에 완전히 굴복하지는 않았다. 그러나 가난은 그녀에게 체념과 함께 겸손을 가르쳐 주었다. 그녀의 두 눈에는 늘 슬픔과 피로가 어려 있었고, 얼굴에는 짙은 그늘이 드리워져 있었다. 그녀는 평생 동안 무거운 근심을 안고 살았다. 그녀의 마지막 남은 아들마저 바다에서 비명횡사해서는 안 될 것이다.

'그때는 시절이 좋지 않았어. 전쟁이 일어났으니까……. 바로 손 아래 시동생이 집안의 장손이었던 형님을 대신해서 전쟁터로 떠났던 거지. 중국 뙤놈들이 남쪽으로 밀고 내려오고 있다는 흉흉한 소문이 돌더니 나이 어린 둘째 시동생도 끌려가고 말았어. 휴전이 되도 아무도 돌아오지 않았어. 전사 통지서가 날아온 날부터, 그때부터 심한 충격으로 화병을 얻은 거야. 아버진 매일 술로 날을 지샜지. 술은 아버지를 폐인으로 만들었어. 자넨, 그런 시절에 태어난 거야……. 네가 남다른 운명을 타고났다는 걸 알고 있지. 바다로 뱃일을 하러 나갔을 때 갑자기 산통이 있었으니까. 바다의 힘으로 태어난 거라니까. 자넨 오래 살아야만 해. 그리고 좋은 여자 만나서 자식을 많이 낳고 빨리 자리를 잡아야 될 거야. 머리가 좋으니까 운이 조금만 따라줘도 잘 해낼 수 있겠지. 하지만 무슨 일이 닥쳐도, 하늘이 무너져도 꿋꿋해야할 거다. 뜻대로 되거나 안 되거나, 근심 걱정할 일이 무엇이더냐. 울지 마라, 절대로 눈물을 흘리지 말거라.

그러나, 둘째한테는 정말 미안하구나. 내가 널 죽인 거야. 부모 노릇을 하지 못했으니……. 그땐 우리 형편이 그랬었지……. 그날 이후 마음 편할 날이 단 하루도 없었단다……. 참 많이 울었지.'

전쟁이란 무슨 짓거리인가. 전쟁은 모험과 축제가 아닌 거야. 우리 세대 이전에는 제2차 세계대전이, 그 후에는 한국전쟁과 월남전이 있지 않았던가. 전쟁은 잔인한 상처일 뿐이다. 모든 것을 파괴할 뿐이다. 모든 악의 뿌리이다. 전쟁 뒤에 찾아오는 평화가 무슨 의미가 있는 것인가. 얼마나 허무한 일인가. 전쟁은 허무이다. 6.25전쟁이 끝났지만 그의 가정은, 남쪽 바다 외딴 어촌에서 오순도순 살았던 행복한 가정은 송두리째 파괴되지 않았던가. 그들은 그 깊은 상처를 가슴에 안고 일평생을 살아야 하지 않았던가.

그녀는 오랫동안 고향 생각에 잠겨 땅이 꺼질듯이 한숨을 내쉬면서도 고향에, 그토록 그리워하던 고향에 끝내 돌아가지 않았다. 세월이 갈수록 어머니의 짧고 굵직한 목에 자글자글한 주름살이 더욱 늘어났고, 손바닥은 투박하고 거칠게 갈라졌다. 힘겨운 생활이 그녀의 얼굴에 세월보다 더 거친 주름살을 파 놓았던 것이다. 무척 어렵고 힘들게 살았던 삶의 흔적이 역력했다.

지금, 여기 사막에서 죽는다는 것은 참으로 무의미한 일로 생각되었다. 자신의 현재 처지가 너무 한심스러워서 이런저런 조각난 상념들이 끊임없이 그의 머릿속을 오락가락 하였다. 그런데, 그런데 말이지, 사람들은 이 한심한 상황에 대하여 뭐라고들 입방아를 찧을 것인가? 사람들은 이 불행한 사태를 슬퍼하기보다는 오히려 내심 비웃을지도 모른다. 도대체 그 뜨거운 사막에는 왜 간 거야, 미친 짓이지, 어처구니없는 일이야, 그럴 줄 알았다니까, 인간이 그런 식으로 멍청하게 죽다니 안타깝군, 하고 말이야. 기껏 동정하는 축은 그렇게도 사막을 좋아하더니만 사하라가 그를 홀린 거야, 운명이지, 운명이야, 라고 말할 것이다. 특히 회사 사람들은 안타까운 마음에 너도나도 한마디씩 말할 것이다. 그러나 박상길 상무만은 그를 마음껏 비웃으면서, 아주 잘된 일이라고, 하늘이 도와주었다고 마음속으로 쾌재를 부를 것이다.

그가 1980년 봄에 입사할 당시 회사는 아직 중소기업 수준이었으므로 설계 부서의 총 인원은 고작 30명 남짓이었다. 그러나 회사는 일취월장 발전하고 있었다. 그 당시 정부가 경제개발에 역량을 집중하면서 공장이나 건물, 항만 공사, 도로와 교량 등 건설 경기가 폭발적으로 성장하고 있었기 때문이다.

지금의 박 상무는 그보다 입사가 4년쯤 빨랐는데 같은 설계팀 소속이었고 직급은 벌써 과장이어서 그의 바로 위 직속상관이었다. 그는 처음에는, 대략 1년 동안은 겉모습은 온화한 얼굴에 부드럽고 따뜻하고 친절하였으며, 대학 후배인 그를 남모르게 배려하는 것처럼 보였다.

입사한 지 1년쯤 지나서 어느 날, 그가 3개월여에 걸쳐서 심혈을 기울여 작성한 설계도면을 그에게 들고 가서 자세한 검토를 부탁하였다. 그러나 바로 다음 날 박 과장은 그의 책상 위로 그 도면을 내던지더니 갑자기 큰소리로 질러대기 시작하였다.

"이걸 설계도라고 그렸어. 온통 계산착오와 오류투성이야. 도저히 그냥 지나칠 수가 없어. 무능하기 짝이 없는 머저리 같은 자식 같으니라구."

하지만 다시 검토해 보아도 계산착오 같은 것은 없었던 것으로 밝혀졌다. 그 후부터 박 과장은 그를 대하는 태도가 갑자기 표변하였다. 그는 안하무인식으로 사사건건 흠을 들추어내고 트집을 잡기 시작했다. 그는 쟁쟁한 경쟁 상대를 만났다고 의식하기 시작했으며, 경쟁의 싹수를 미리부터 차단해야 할 필요성 때문에 이제부터는 인정사정없이 짓밟아버려야 한다고 생각하였던 모양이다.

그는 입사 당시부터 명문고, 명문대 출신이라는 자부심에다 깔끔하고 세련된 도시적 이미지에 상사들로부터는 최고로 능력을 인정받고 있었다. 그러나 그는 항상 부하 직원들에게는 바늘 하나 들어갈 것 같지 않을 만큼 뻣뻣하고 불친절했으며, 힐끔힐끔 자신을 몰래 쳐다보는 직원들을 마치 벌레 보듯이 무시하였다. 그리고 한 치의 오차도 용납하지 않았고 그 누구도 불만을 토로하면 안 되었다.

어쩔 수 없이 그의 오만하고 이기적이며 자기본위적인 본성이 차츰 드러나기 시작하였다. 자신의 이익과 목적 달성을 위해서라면 물불을 가리지 않았고 자신에게 조금이라도 불리하면 철저히 책임회피를 했다. 가끔 거짓말을 하는 것을 전혀 개의치 않았다. 그는 지능적이었다.

그는 소위 좋은 부서로의 이동과 승진을 하기 위해서라면 상사에게는 끊임없이 아부하고 경쟁 상대가 되는 동료, 후배들과는 싸우고 도전하며 투쟁을 벌이는 데 병적인 도취감을 느끼고, 질투심과 시샘이 많았던 것이다. 그는 동료나 후배가 어느새 부쩍 자라 자기 위치로 치고 올라오는 것에 대해 선두주자로서 느끼는 불안감이 격렬한 적개심으로 변하는 경우였다.

박 과장은 어느 날 또다시 무슨 일인지 악이 바짝 올라서 무턱대고 퍼붓기 시작하였다.

"이봐, 너는 말이지 실제로는 일다운 일 하나 제대로 못하면서 우리를 속이고 있단 말이야. 다른 사람은 속여도 내 눈만은 절대로 못 속이지. 네가 이 부서를 떠나주는 것이 피차간에 좋겠지. 내가 떠날 이유가 없으니까, 네가 다른 곳으로 가주어야겠지. 빨리 인사팀과 상의하는 것이 좋을 거야. 설계는 아무나 하는 게 아니야. 미적분도 할 줄 알고 기하학도 잘해야 되지. 네가 공고 출신이니까 그걸 제대로 배웠겠어. 난 말이야, 네가 어떻게 우리 대학에 들어왔는지 도대체 알다가도 모를 일이야. 난 이래봬도 우리나라 최고의 명문고 이과 반에서 항상 상위권이었어."

그때는 그도 도저히 참을 수가 없어서 박 과장을 똑바로 쳐다보며 말했다.

"제발이지, 그만 두십시오. 과장님은 아래 사람을 깔아뭉개고, 험담을 하고, 무척 괴롭히고 있습니다. 상사로서 권력을 휘두르는데 쾌감을 느끼고 있어요. 그렇게 하는 것은 과장님 주위의 모든 사람을 무척 힘들게 합니다. 과장님도 자신의 행동이 잘못된 것이라는 사실을 잘 알고 있을 것이고, 이러한 행동은 과장님의 경력에도 큰 결점이 될 것입니다."

박 과장은 그때 쓸데없는 소릴 집어치우라는, 성난 표정으로 그를 한참 동안이나 집어삼킬 것처럼 쏘아 보았다.

그 무렵 그는 묵묵히 자신의 업무를 수행하였고, 언제나 겸손했고 소탈하였다. 박 과장에 대해서는 내버려두는 수밖에 다른 뾰족한 수가 없었다.

그가 회사의 배려로 프랑스 유학을 다녀오고 차장, 부장, 상무로 승진하는 동안 박 상무와의 근무경력 상 격차는 차츰 좁혀지기 시작해서 결국 없어졌다. 그와 박 상무가 같은 해, 같은 날에 상무 승진을 하였기 때문이다.

그는 원래 승진에는 별 관심이 없었다. 그는 오직 혼신의 힘을 다해 설계도를 그리는 데만 관심이 있었던 것이다. 몰입과 열정. 그랬으니 높은 직책이 주어지면 당혹해 하고 심지어 두려움마저 느꼈지만, 그가 매우 근면하고 특히 설계 분야에서 탁월한 실력을 발휘했기 때문인지 회사는 아주 빠르게 승진을 시켜주었다. 그 회사는 협조와 원칙을 중요시하는 정상적인 기업문화를 가지고 있었다.

이번에 한 자리 남은 전무 승진을 위해 박 상무는 무척이나 노심초사할 것이다. 그는 그 사악한 성격에도 불구하고, 회사 내에서 나름 철저하게 인맥 관리를 하였고, 또 입찰 과정에서 경쟁 회사의 정보 빼오기나 학벌과 인맥을 이용한 대형 건설회사와의 관계 유지, 특유의 술수부리기와 협상 기술 등 특정 분야의 업무 처리에 있어서 독특한 그만의 역량을 가지고 있어서 낙오되지 않고 승진을 계속할 수 있었다. 그는 무엇보다도 수단과 방법을 가리지 않고 뒷거래를 할 수 있는 강점이 있었다.

오히려 그는 계속해서 승진할 것이다. 업무처리와 출세에 관한 한 무자비했고 양심의 가책도 느끼지 않았으며 사이코패스와 같은 번득이는 광기와 천재적인 연기력이 있으니까.

그러므로 그가 같은 날 함께 상무로 승진할 당시 박 상무는 질투와 시샘에 사로잡혀서 거의 정신이 나갈 만큼 그에게 큰 앙심까지 품고 있었다. 지금, 박 상무만큼은 전무 승진을 앞두고 두 사람이 경쟁 관계에 있으니 그가 사막에서 어서 죽어 없어져주기를 매일 하나님께 간절히 기도드리고 있을 터이다. 그는 어려서부터 독실한 크리스천이었고 언제부터인가 강남 대치동의 한 교회에서 장로로 있었다. 그는 그가 살아서 돌아오는 것을 결코 바라지 않을 것이다. 그 사악한 인간은 혼자 있을 때면 남몰래 기도할 것이다.

'하나님, 하나님. 그 놈은…… 사막에 미친놈입니다. 사디스트 아니면 마조히스트, 사이코, 여성공포증에 걸린 성불구자이고, 변태입니다. 그 자식이 사막에 가는 것은 은밀한 오르가즘의 절정에 빠지기 위해서겠지요. 옷을 입은 채 몸을 남의 몸이나 물건에 문질러 성적 쾌감을 얻는 변태 성욕자인 프로타주일 거예요. 누가 알겠습니까? 그러나, 결국 사막에서 죽게 되겠지요. 그렇지요. 나는 그를 알 만큼은 알고 있지요. 그놈은 의외로 민감한 사람이고 불안증에 떠는 사람이니까 자살하고 싶은 충동을 느끼게 될 거란 말입니다. 그렇지요. 그렇다니까요. 그렇게 죽으라고. 말릴 사람은 없으니까. 그냥 옷을 벗고 사막으로 들어가서 뜨거운 태양에 몸을 태워버리라고 운명이란 그런 거지요. 그 자식만은 사막의 태양이 태워서 없애버려야 할 거에요. 아니면 아프리카의 식인종에게 잡혀 먹거나 또는 하이에나 떼들이 물어뜯어서 살점 하나, 뼈다귀 하나 안 남기고 먹어 치워야 되겠지요……. 나에게는 평생 도움이 안 되는 인간입니다. 아멘, 아멘.'

그가 왜 그토록 사막에 열광하였는지 그 이유를 아는 사람은 아무도 없었다. 그는 언제든지 자신의 속내나 감정을 드러내는 일을 의식적으로 피하였다. 사실은 그 자신도 고개를 갸우뚱 할 것이다. 그렇다면 어디선가 사막의 정령이 그를 유혹한 것이라고 볼 수밖에 없을 것이다. 사막의 정령이 그에게 마법을 걸은 것이다. 사막에는 항상 꿈과 전설, 환상이 있었다.

그래도 그와 절친하였던 몇몇 옛 친구들만큼은 어느 정도 그를 이해할 수 있을 것이다. 그의 유일한 취미는 오지 여행이었다. 그러므로 남들이 흔히 가는 이름난 관광 명소에는 아무런 관심이 없어서 가본 곳이 별로 없었다. 그는 관광이란 빡빡한 일정에 얽매여 괜히 바쁘기만 한 것인데 반하여, 여행이란 마음만은 한껏 한가한 것이어서, 낯선 곳에서 자유를 만끽하면서 자기의 먼 미래와 꿈을 스스로 더듬어가듯 자신의 상처를 천천히 치유할 수 있는 것이라고, 생각하고 있었다.

오늘날, 수많은 사람들이 끊임없이 지구 이곳저곳을 여행한다. 지구의 아름다운 하늘에는 항상 백만 명 이상의 여행자들이 비행기에 실려 어디론가 여행을 떠나고, 또는 집으로 돌아오고 있다. 지구 반대편까지 하루가 채 안 걸리고, 세계의 어떤 도시에서도, 심지어 아프리카의 작은 도시에서도 맥도날드와 다른 햄버거를 먹을 수 있고, 스타벅스와 코카콜라를 마실 수 있다.

집보다 더 화려한 호텔방에서 편안하게 잠을 자고, 집에서처럼 똑같이 미국 드라마와 영화, 스포츠 중계, CNN 뉴스와 블룸버그의 주식시세표가 나오는 텔레비전을 볼 수 있다. 그리고 급하지도 않은 시시콜콜한 집안일, 회사일 때문에 수시로 국제전화를 한다. 패키지로 여행을 온 사람들은 현지에 도착해서 단체로 냉난방 설비가 완벽한 고급 버스를 타고 이곳저곳을 돌아다니면서 반쯤 졸린 눈으로 연신 하품을 해대고, 무관심하게 창밖을 내다보는 것으로 그 여행을 마감한다.

이런 게 과연 진정한 여행이라 할 수 있을까?

사람들은 여러 가지 이유로 여행을 떠난다. 유목민들은 먹고살기 위해서 어쩔 수 없이 여행을 한다. 상인들은 이익을 쫓아 여행을 한다. 제국주의자들과 군인들은 모든 종류의 권력을 획득하기 위해서 여행을 하였다. 광신도들은 신의 명령에 따라 여행을 한다. 범죄자들은 도망가기 위하여 여행을 한다.

그리고 호기심 많은 사람들은 그럴 필요가 있다고 생각하기 때문에 여행을 한다. 그들은 아주 단순하게 낭만과 환상, 이룰 수 없는 꿈에 이끌렸다. 그들이 원하는 것은 흥미진진한 모험을 하고 경험을 하며, 기억할만한 사건을 겪고 별세계 같은 곳의 독특한 생활방식을 체험하는 것이었다. 그래서 험난한 여정, 여행 중에 겪는 갖가지 불편, 상당히 위험한 상황을 감수한다.

그렇게 해서 자신의 내면과 대면하면서 결국 자신은 절대 고독한 존재임을 깨닫는다. (사이먼 윈체스터)

그에게는 미지의 땅을 찾아 탐험하도록 충동질하는 왕성한 유전자가 숨어 있는 것처럼 보였다. 지금까지 누구도 발을 디딘 적이 없는 세상으로 그가 맨 처음 가기를 원했다.

아프리카 서쪽 대서양에 면한 사하라 해안의 보자도르 갑은, 그곳에서는 사하라가 끝난다. 모래 절벽은 해안의 침식작용에 의하여 부서지면서 강한 바람에 실려 괴성을 내지르며 대서양 쪽으로 날아간다. 수천 년 이상 유럽 사람들은 그곳을 세계의 변경으로 간주하였다. 그곳 너머에는 어둠의 바다, 즉 무서운 지옥이 기다리고 있다고 여겼다. 고대의 항해자들이 그토록 두려워하였던 적도 부근의 무풍지대에 다다르게 되면 배는 꼼짝없이 악마에게 사로잡히게 된다. 적도에서는 태양이 항상 머리 위에서 모든 그림자를 지워버리며 수직으로 내리꽂히기 때문에 너무 뜨거워서 바다가 마구 지글지글 끓어올랐다. 인간들이 발을 들여 놓는 순간 새까맣게 타 바로 숯덩어리가 되는 곳, 또는 바다의 신 포세이돈, 리바이어던, 크라켄, 머리가 백 개나 되고 수시로 독기를 내뿜는 바다뱀 히드라, 머리가 여섯 개나 달린 바다의 괴물 스킬라, 이마 한 가운데 눈이 하나만 달린 거인인 키클롭스, 커다란 뱀처럼 생겼으면서 (그러므로 험한 바다 밑을 자유자재로 헤엄쳐 다니는) 힐끗 쳐다보기만 해도 사람을 즉사시킬 수 있는 능력을 가진 바실리스크, 뱃사람의 애간장을 녹이는 노래를 불러 유인한 뒤 잡아먹는 바다의 요정 세이렌, 황금

양모를 지키는 거대한 뱀, 피와 인육만 먹고 사는 진흙투성이의 털 북숭이 미노타우로스 같은 반인반수의 괴물이 입을 벌린 채 인간들이 어서 나타나기를 노리고 있는 곳, 브루겔의 그림 속에 나오는 악마와 지옥이 기다리는 곳, 그래서 거기서는 어떤 여행자도 다시는 고향으로 돌아갈 수 없다고 생각하였다. 그것들은 몇 천 년 전에 이미 세상을 정복하려고 작정했던 대담한 항해자들인 페니키아인, 카르타고인, 아랍인들이 지브롤터 해협을 빠져 나와 대서양으로 나아갔을 때 엄숙하게 경고하였다.

"더 이상 가지마라. 그만, 정지하라. 너희들은 지금 이 세상의 경계에 다다랐느니라. 그 너머는 지옥이고 악마의 소굴이니라. 지금 악마들의 소름 끼치는 울부짖음을 듣고 있지 않느냐? 신께서 너흴 지키기 위해서 금지하였도다. 신의 명령을 따르라. 신성모독의 호기심을 따르는 자들은 악의 저주를 받으리라."

인간의 두려움이 온갖 종류의 괴물을 탄생시켰고, 미지의 바다 속을 그 괴물들로 가득 채워놓은 것이다.

그러나 시간은 흘러갔다. 사람들은 두려움이 점점 사라지는 것을 느꼈다. 더 이상 호기심과 모험심을 억누를 수 없었던 것이다. 이제 사람들은 말했다. *"대담해야 하느니라. 대담해야…… 하지만 너무 대담하면 안 되겠지."* 그리고 마침내 보자도르 갑을 넘어서 서서히 남쪽으로, 동쪽으로, 서쪽으로 나아갔다.

지금도 지구상 어딘가에 미지의 보자도르 갑이 남아있다고 가정한다면, 그였으면 언제든지 두려움을 떨치고 그곳을 향하여 출발하였을 것이다. 그가 자신을 속박하고 있는 삶의 모든 족쇄를 훌훌 털어버리고, 이 세상 어디든지 못 갈 곳은 없었다. 지금까지 살아온 익숙한 곳과는 전혀 다른 세상에 한 번 들어가면 다시는 돌아오지 못할 것이라는 두려움 같은 것이 그에게는 없었다. 아니면 그는 그 두려움을 꼭꼭 감추고 있는지도 모른다.

그렇다고 해도, 그에게는 먼 곳에 있는 햇살 가득한 길에 향수를 느끼는 보헤미안의 낭만적 기질이 있기는 하였지만 터무니없는 몽상가는 아니었다.

보르네오섬 저지대의 울창한 열대다우림.

그곳에서는 하늘을 향해 높이 치솟은 키가 큰 디프테로카프 나무의 줄기를 열대산 칡인 리아나가 칭칭 휘감아 돌며 넝쿨을 하늘로 뻗고 있다. 동이 트기 전부터 벌써 소란을 떠는 긴팔원숭이의 울부짖는 소리와 나무 위에서 아침 사냥을 떠나는 코뿔새의 푸득거리는 날개소리가 함께 들려온다. 브루키아나 왕나비는 원숭이들의 다급하게 끽끽대는 소리에 잠을 깬 나머지 새까만 벨벳 같은 긴 날개를 팔랑거리며 황급히 날아오르고, 파라다이스나무타기뱀과 날다람쥐, 날개구리, 비취청개구리, 날도마뱀, 날여우, 날원숭 등 활공 동물들도 덩달아 보금자리를 뛰쳐나와 숲속 목본성 나무 사이 공중을 날아 휙휙 건너뛴다. 매일 오후에 규칙적으로 쏟아지는 엄청난 비 때문에 강물은 불어올라 광활한 면적의 저지대 삼림으로 범람해 들어오고, 연중 내내 12시간씩 어김없이 비춰주는 햇빛, 그래서 온갖 동식물들에게 완벽한 성장 여건을 제공해주는 풍요로운 아마존 강 유역의 열대우림 지역. 그곳에서는 하늘을 뒤덮고 있는 식물 고유종 속에서 검은 어둠을 견뎌내는 수많은 초본성 착생 식물들이 서로 뒤엉켜 있는 숲의 밑바닥으로부터, 어린 나무덩굴들이 다투어 빛을 뺏기 위하여 똑바로 서 있는 나무들을 비계삼아 비틀고 휘감으면서 위로 올라가는 긴 여행을 시작하고, 모르포나비는 무지갯빛 날개를 퍼덕여 적수들을 위협하며 어두운 숲속에서 자기 영역을 주장한다. 그리고 열대 숲속 여기저기 활짝 핀 꽃들은 인간들보다 훨씬 우아한 방법으로 서로를 확인한다. 꽃들은 향기로 서로를 분간하며 대화를 하기 때문이다. 말벌들은 열대성 난초식물의 화려한 꽃의 자태와 향에 홀린 나머지 이 꽃 저 꽃으로 꽃가루를 옮기는 수고를 아끼지 않는다.

그리고 꽃들은 말벌들을 위해 꽃잎을 벌렸고 꿀샘에서 분비하는 화밀을 제공했다. 꽃이 말벌을 남편으로 받아들인 것이다.

콩고 분지의 암흑의 아프리카는 지구의 역사에서 공룡의 시대인 중생대가 끝나고 신생대가 시작된 이래 6,500만년 동안이나 변함없이 울창한 밀림이었다. 콩고 분지에서는 아프리카 내륙의 카탕가 고원에서 발원하는 크고 작은 강들인 크와강, 피미강, 루케니에강, 카사이강, 퀼루강, 왐바강, 상쿠루강, 콩고강, 추아파강, 루빌라시강,

오고우에강, 이빈도강과 그 지류가 밀림의 바다에 모여들어 콩고강 본류에 합류한 다음 다시 맹그로브 늪지와 짙푸른 정글을 굽이굽이 돌다가 마침내 대서양의 벵고만으로 흘러내린다. 콩고의 열대우림은 지구상에서 가장 오랜 역사를 가지고 있고, 옛날이나 지금이나 여전히 아프리카 야생 동식물의 방주 역할을 하고 있다.

지도상에는 그냥 초록색으로 칠해져 있는 곳이다.

이 야생지대에는 열대산 덩굴식물이나 가시 돋친 외떡잎나무, 무성한 가시덩굴 등이 목을 조를 듯이 빽빽하여 대낮에도 하늘이 보이지 않을 만큼 어두컴컴한 밀림과 물방울 모양의 이파리로 가득 메워진 웅덩이와 시멘트 빛 흙탕물이 흐르는 시내가 뒤섞여있는 늪지대, 녹색의 격자무늬로 장식한 열대성 습생식물이 빼곡히 들어차 자라고 있는 습지, 갈대밭처럼 열대 초원식물이 드넓게 펼쳐진 초원 등이 사이좋게 공존하였다. 희귀한 종류의 대형 포유류인 작은 체구의 둥근귀코끼리, 아프리카버팔로, 로랜드고릴라, 봉고, 오카피, 강돼지, 침팬지 등이 서식하고 있고, 괴력을 지닌 나일왕도마뱀, 진드기, 살모사, 수면병을 옮기는 흡혈곤충인 체체파리떼, 무엇이든지 닥치는 대로 독하게 갉아먹는 흰개미떼, 피부를 파고드는 기생충, 치명적인 에볼라 바이러스, 말라리아, 결핵, 에이즈 등이 사람의 목숨을 위협하고 있으며, 독화살을 쏘는 음부티족 피그미, 반투족, 자동소총으로 무장한 반군, 금광채굴자, 벌목꾼, 다이아몬드 밀수업자, 괴상한 주술사, 흉측스러운 악마, 제례의식 때 인육을 먹는 식인종 부족, 코끼리 상아를 노리는 무장한 밀렵꾼, 몽상가들이 제 세상을 만난 듯 활개치고 있었다. 밀림은 숲속의 요괴가 그의 머리를 온통 뒤덮고 있는 덥수룩한 초록빛 머리카락을 풀어 헤쳐 놓은 것이다. 그곳은 이상한 전설과 신화들이 떠돌아다니고, 숲속 요괴들의 사악한 기운이 춤을 추는 음침한 서식지였다. 음부티족 소년들은 몇 달간 계속되는 축제기간 동안 야영지의 요란한 피리소리에 맞춰 성인이 되기 위한 통과의례인 은금비를 치러야 하고, 그 기간에는 관습적으로 어른들이 등에 피가 줄줄 흐를 만큼 혹독하게 가하는 채찍질을 웃으면서 참아내야 한다.

하지만 숲은 온갖 동식물의 대지이고 인간의 뿌리가 박혀 있는 곳이다. 숲에서는 모든 생명이 꿈틀거린다. 심지어 숲속의 강과 길도 생명이 있어서 생생하게 꿈틀거린다. 열대 우림은 살아있다. 영원히 살아있다. 깊이를 헤아릴 수 없다. 모든 것을 품에 끌어안는다. 위대하고 정복할 수 없다. 그러나 숲은 어둠 속에 존재하고 그 비옥한 어둠 속에서 인간의 영혼은 편안히 숨 쉴 수 있다.

열대우림에는 아직도 인간이 모르는 너무나 많은 비밀이 간직되어 있다. 적도의 울창한 에메랄드빛 정글에서는 야릇하게 생긴 나뭇잎이 나비로 변하고, 무성한 나무덩굴은 초록뱀으로 변하며, 뱀이 다시 덩굴로 변하기도 하는 등 모든 것이 구별이 모호하였다. 정글에는 지구상에서 가장 풍부하고, 가장 다양하고, 가장 복잡한 생물군계가 서식하고 있는 것이다. 아침이면 숲이 토해낸 입김과도 같은 안개가 숲을 배회하고 있었다. 생명으로 충만한 열대 우림은 자신의 비밀을 드러내는데 항상 인색하였다. 그러나 정글은 온갖 종류의 열대 동식물에게는 지상의 낙원일지 몰라도 인간에게는 최악의 환경이다. 아주 미세한 바람에도 야생식물들의 짙은 향기가 실려와 숨이 꽉 막힐 것 같은 밀림은 녹색의 지옥이었다. 그곳에는 그저 괴기스러운 환상이 있을 뿐이었다. 머리가 열두 개 달린 괴물 뱀이 인간을 노리고 소리 없이 슬금슬금 기어 다녔다. 그 뱀은 인간의 목을 후려친 다음 아직 펄떡이는 심장을 가슴에서 꺼내 그대로 삼키기를 좋아하였다. 머리 없는 인간인 반인반수의 원시부족과 함께 자연과 인간사를 두루 관장하는 정령들이 살고 있고, 그 정령들을 숭배하는 엄숙한 의식인 어린 인신을 공양하는 피의 축제가 매년 정기적으로 열리며, 각종 주술과 식인풍습이 횡행하는 곳이었다.

그리고 멕시코의 유카탄 반도 또는 페루의 울창한 밀림 깊숙한 곳 어딘가에 황금의 도시인 엘도라도가 숨겨져 있었다. 그 도시에는 금이 하도 많아서 원주민들은 팔과 다리에 금으로 된 팔찌와 발찌를 두르고 다녔고, 목과 귀, 코에는 화려한 문양의 금장식을 매달고 있었으며, 그들은 몸을 치장하기 위해서 매일 아침 샤워하는 것처럼 금가루를 머리끝에서부터 발끝까지 피부에 발랐다. 또한 태양의 신전에는 천장과 벽, 바닥이 온통 황금 널빤지로 덮여 있었고, 그 인공정원은 나무와 줄기, 잎새와 꽃, 갖가지 새와 동물들, 분수대 등 모든 것이 금 아니면 은으로 만들어져 있었다. 그것뿐만이 아니었다. 그곳에는 에덴동산과 그 강들이 흐르고 있었는데, 그 강들은 황금이 무궁무진하게 파묻혀 있는 하빌라의 대지를 돌고 돌아 흘러서 강물에는 온통 금가루가 떠다녔다.

그 많은 금들은 이 세상 모든 황금의 원천인 전설적인 매장지에서 출토되고, 그 도시는 그 놀라운 금광맥을 장막을 드리워 꼭꼭 숨기고 있었다.

1492년 콜럼버스가 신대륙에 도착한 이후 에스파냐의 정복자들은 해독할 수 없는 난해한 밀림의 지도를 손에 든 채 현지 인디언들을 몰아세워서 이 황금의 도시를 찾기 위해 혈안이 되었다. 정복자들은 그들의 최신 무기와 간계, 인디언들의 무지몽매를 이용하여 인디언을 노예처럼 가혹하게 다루고 착취하였으며, 살인과 대학살도 서슴지 않으면서 엘도라도를 찾아서 수백 년 동안 밀림을 헤맸다. 밀림은 깊고 거대했다.

그들은 탐욕스럽고 무모했으며 잔인하고 교활하였다.

엘도라도는 호기심 많은 인간들의 모험을 기다리고 있었다. 그 인간들은 엘도라도를 찾아서, 결코 성취할 수 없는 신기루 같은 꿈을 찾아서 언제든지 그곳으로 떠날 준비가 되어 있었다. 인간들은 그곳에서 황금 덩어리를, 부의 원천을 찾으려고 하였다. 그러나 세월이 흐르면서 그것이 무지한 인간들의 허망한 꿈이라는 사실이 확실하게 밝혀졌다. 결국 황금도시는 어디에서도 발견할 수 없었다.

이제 몽상가 또는 탐험가들이 나설 차례였다. 그들은 순수하게 발견과 탐험을 위하여, 그냥 호기심을 누를 길 없어서 지구 이곳저곳에 꼭꼭 숨어있는 오지를 찾아 여행길에 올랐다. 그 오지를 온갖 고생고생해서 찾아간들 그저 황량할 뿐이라는 사실을 그들은 잘 알고 있었다.

그 여행은 오직 희망과 환상, 성급한 확신 또는 엄청난 과신으로 시작되었다. 그들은 끝없이 펼쳐진 공포의 적도 정글, 열사의 사막, 얼어붙은 세계, 남북극점, 에베레스트 산까지 걸어갔다.

사람이 열대우림에 처음 들어가면 몸에 강렬한 충격이 온다. 온통 물먹은 습기가 신체를 공격하여 땀이 비 오듯 쏟아져 내리고, 공기의 무게는 신체를 내리 누르는 것 같은 압박감을 느끼게 한다. 숲의 표면을 덮고 있는 지피식물층이 너무 두터워서 발걸음을 내디딜 때마다 발목과 발가락에서 피가 날 정도로 끊임없이 할퀴어 대고, 발목을 땅속으로 심하게 잡아당기므로 마치 악마가 지하 깊숙이 심연 속으로 끌고 들어갈 것만 같은 기분이 들게 한다. 더욱이 작은 강의 격류들이 거칠게 흰 거품을 일으키며 짙은 자줏빛 산허리로 흘러내리는 밀림 속에서는 빽빽한 숲이 너무 광대하고 깊어서 노련한 가이드 (그는 40대 초반으로 보이는 강인하고 단정한 모습이다. 가이드라기보다는 그 여행의 현지 파트너라고 할 수 있다.)조차도 길을 잃기가 십상이었다.

그때는 목적지인 원주민 마을까지 가기 위해서 어둠 속에서 최악의 폭풍우를 맞으며 사람의 키를 웃도는 거친 풀들을 헤치고 나아가거나, 무릎까지 푹푹 빠지는 검은 진창길을 힘겹게 헤쳐서 비틀거리며 앞으로 나아가지 않으면 안 되었다.

끊임없이 물어뜯는 날벌레들과 피가 흐르는 상처에 들러붙은 짜증스러운 날파리들과 각다귀들이 고통을 더해주었다. 발은 퉁퉁 부어올랐고 정강이에는 피부 궤양 때문에 진물이 번들거리고 관절마다 묵직한 통증을 느꼈고 가슴과 등에 생긴 작은 종기들과 벌레에 물린 자국의 가려움증 때문에 미칠 지경이 되었다. 두통. 어지러움증. 마비.

그리고 코에 10센티미터가 넘는 뼈바늘을 꽂은 사나운 식인종 족속들이 쏘아대는 화살촉은 독이 묻은 동물의 뼈이고 살대에는 새의 가슴 깃털이 붙어있는 화살이 어둠 속에서 느닷없이 날아들거나 손잡이가 긴 정글용 도끼가 번개처럼 날아들지도 몰랐다.

식인종들은 '*아이구머니나, 아, 아, 이 세상 모든 종류의 인간들을 골고루 먹을 수만 있다면, 고기 중에는 약간 짭짤하기는 해도 사람고기가 최고이지. 날것으로도 좋고 구워먹어도 맛있고 뼈는 잘게 잘라서 불쏘시개로 사용하고 말이야*'라고 말하며 입맛을 쩝쩝 다신다고 했다. 이런 생각을 하자 등골이 오싹하고 축축한 습기와 후끈한 열기가 곱절로 가슴을 짓누른다. 그때는 밀림의 모든 것이 마법에 걸린 것처럼 보였고 유령의 짓궂은 웃음소리가 들렸다.

며칠 동안 계속 이런 끔찍한 고행을 반복하게 되면 극도의 피로, 갈증, 굶주림, 상처투성이, 정신적 혼란 때문에 그의 신경은 갈가리 찢어진 듯하였고, 그런 때는 미쳐버릴 것 같은 절망적인 기분을 느꼈다. 이렇게도 위험을 무릅쓰고 감행한 여행이 자신에게 무슨 의미가 있는 회의감이 들기 시작한다. 진절머리가 나지. 질렸어! 질렸어! 질렸어! 더 이상 못 견디겠어. 나는 지금 미쳐가고 있는 거야.

그러나 세월이 흐른 후 나중에 돌이켜보면 하나의 아름다운 에피소드처럼 여겨질 것이다.

그렇지만, 인생은 심연을 향해 나아가는 고행이고, 여행이다.

그러므로 참된 여행을 하고자 한다면 그것은 어딘가로 걸어가야 하고, 고행을 하여야 한다. 그러나 어딘가 최종 목적지에 도착한다는 것은 그 다음의 문제이다. 가장 중요한 문제는 혼자 걸어가는 것이다. 그래도 그는 오랜 경험을 통하여 열대 우림 속 길을 걷는데 이골이 나 있었다. 자기 주머니 속처럼 숲길을 훤히 알고 있다는 가이드를 앞세우고 가장 안전하고 발이 저항을 가장 적게 받는 길을 선택하여 걸었다. 어두컴컴한 울창한 숲속을 따라 계속 걸으면 숲속에는 상쾌한 향기를 멀리까지 내뿜는 야생 꽃들이 가득하였고, 숲이 뿜어내는 신선한 산소 때문에 현기증이 일어날 지경이었다. 그러나 그는 끊임없이 매일 가야 할 거리를 계산하면서 걸었다. 그래야만 하룻밤 야영을 할 수 있는 다음 마을까지 무사히 걸어갈 수 있었기 때문이었다. 그가 그때 밀림 속에서 하루 동안 걷는 거리는 대략 20~25킬로미터 정도였다.

그는 카메라나 캠코더까지 사용하여 원시림과 그 주변의 동식물을 촬영하거나 또는 세밀하게 관찰한 내용을 노트에 적는 일 따위는 하지 않았다. 그것은 희귀한 동식물을 찾아내려고 또는 멸종 동식물의 최초 발견자가 되기 위해서 열대 밀림을 탐사하는 열정적인 식물학자나 동물행동학자들이 해야 할 몫이었다. 자신은 그 매혹적이고 험난한 길을 온몸을 짓누르는 고통과 피로와 격렬하게 맞서 싸우며 그냥 무작정 걷는 데 목적이 있었다.

그러나 어두컴컴한 밀림에 들어가면 언제나 안식처에 도착한 것처럼 느껴졌다. 밀림에는 그 속에 사는 존재들을 위한 그들만의 세계와 질서가 있었다.

숲이 활기를 띠고 있다.

코끼리 가족이 지나다녔던, 인간에 의하여 아직 훼손되지 않은 울창한 밀림의 가장자리를 따라 맑은 물이 흐르는 얕은 강, 물웅덩이, 늪지대 등을 가로질러 걸으면서, 우아한 고목들과 그 나무 아래를 태평하게 거닐면서 사람을 결코 무서워하지 않는 작은 타조를 바라보고, 침팬지의 공포에 질려 고함치는 소리, 사람의 울음소리와 매우 닮은 앵무새 또는 잉꼬의 우는 소리, 자고새와 자오새가 지저귀는 소리, 먼 거리에서부터 들려오는 멧돼지 떼들의 턱뼈를 가는 소리를 듣고, 코끼리 배설물의 시큼한 냄새를 맡으면 그만이었다. 그 길은 코끼리들이 짓밟고 지나다녀서 걷기에 수월할 만큼 거친 풀들이 납작해져 있었다. 그리고 하늘을 가리고 있는 울창한 밀림의 초목들 틈새 사이를 간신히 뚫고 들어온 햇살이 숲속에서 서로 뒤엉킨 채 자라고 있는 덩굴 식물, 가시 돋친 외떡잎식물, 어린 나무, 각종 덤불을 비추고 있었기 때문에, 그 순간에는 가녀린 햇빛이 잎새들 위로 흩뿌려지면서 숲은 군청색 잉크로 헹군 것처럼 시퍼렇게 변하였다.

그런 때는 아주 느긋하였으므로 한가한 기분으로 길을 걸을 수 있었다.

그 후 밀림 속에서 수십 킬로미터씩이나 띄엄띄엄 떨어져 있는 우호적인 원주민 종족의 마을에 도착하여 먹을 것을 얻기도 하고, 허술하게 나무줄기로 경계를 쳐놓은 마을의 공터에서 텐트를 치고 야영을 하거나 비어있는 집에서 잠을 잤다. 그 오두막집은 원래 풀잎으로 엮은 천장이 있었지만, 이미 무너져 내리고 없어서 별들이 빛나는 넓은 하늘을 지붕 삼아 모닥불을 피워 놓고 바닥의 따뜻한 흙을 침대로 사용하였다.

마을에 도착하였다. 저녁 햇살 속에 마을은 조용하고 평화로웠다. 하늘이 뿌옇게 잿빛으로 변하고 있다.

동네 개들이 먼저 달려왔고, 아이들이 아우성을 치며 뒤따랐다. 원주민들은 호기심과 두려움에 찬 시선으로 진귀한 바깥세상 사람을 보려고 모여 들었다. 특히 어린이들은 지금까지 이방인을 한 번도 본 적이 없었다. 그들은 곧바로 허튼 웃음을 터뜨리며 서로 고함을 지르고 북새를 떨었다. 둥둥둥 북소리가 울렸다. 여자들은 흙먼지 위를 큰 원을 이루어 빙글빙글 돌며 몸을 비비 꼬고 엉덩이를 흔들면서 억양이 심하게 굴곡진 무슨 노래를 박자에 맞춰 부르고, 그 부족 고유의 춤을 추기 시작했다. 오로지 맨발의 작고 정교한 놀림만으로도 빠르게 이어지는 북소리의 리듬을 탔다. 여자들이 허리에 걸친 치마가 출렁거리며 멜로디에 맞춰 물결치듯 오르락내리락했다. 늙은 노인의 쉰 목소리, 어린 소녀의 날카로운 목소리, 높은 목소리, 갈라지는 목소리, 감미로운 목소리 그리고 부드러운 목소리가 요란한 리듬 속에 뒤섞였다. 갈색 몸통의 격렬한 소용돌이, 엇갈리는 손뼉 소리, 힘차게 발 구르는 소리, 터져 나오는 괴성, 집단적인 히스테리. 그것들은 일종의 환영의식이었다.

그는 늘 그들에게 나누어 줄 가벼운 선물 – 잘 채색된 유리세공품, 값싼 인공 진주목걸이, 담배, 비스킷, 짧은 칼, 스카프 – 을 준비하였다.

마을의 족장은 얼굴이 온통 주름투성이이고 원래 곱슬머리였던 머리털은 거의 다 빠져 대머리에 가까웠다. 그가 활짝 웃자 이빨이라고는 거의 남아있지 않은 붉은 잇몸이 드러났다. 노인의 얼굴은 그의 일평생을 고스란히 보여주었다.

그 노인은 줄담배를 피우며 느릿느릿 말하고 가이드가 통역을 하였다. "좋아, 좋아. 어딘지 모르겠는데 아주 멀리서 왔군. 우리는 오랫동안 여기서 살았지만. 오늘 저녁에는 막 잡은 원숭이 고기를 구워서 야자술을 대접하지. 내 셋째 마누라가 요리를 제법 잘하거든. 사람들의 그런 행동을 이해해야지. 아이들이 무례하게 굴어도 용서하라고. 손님을 정중하게 맞이하지 못해 미안하구만. 하지만 마을 사람들은 거의 10여 년 만에 외지인을 본 것이야. 아이들은 아마 처음 보았을 거야. 우리 조상들은 아주 단순하게 살았지. 숲에서 열매와 꿀을 따고 사냥을 했으니까. 아버지의 아버지, 그 아버지의 아버지 때부터 처음으로 닭을 키우고 채마밭에서 채소를 기르기 시작했지. 우리의 숲이 점점 사라지고 있으니까 어쩔 수 없었지. 점점 숲속 깊은 곳으로 쫓기고 있어. 제발, 우릴 이대로 내버려 달라고 그에게 말해줄 수 없나? 그쪽에도 추장이 있을 거 아닌가. 우리는 지금 잘 살고 있다니까, 행복하다고 행복……."

추장은 하나 남은 부러진 앞니를 드러내고 무심하게 웃었다.

그 종족의 남자들은 숲속에서 보낸 세월을 기록한 상형문자라고 할 수 있는 활과 칼, 나뭇가지에 찔린 자국, 뱀과 전갈에 물린 상처, 멧돼지 어금니에 물린 흉터 등이 얼굴과 가슴, 양팔에 무수히 새겨져 있었다. 아이들은 장내 기생충에 감염된 나머지 배가 팽팽하게 부풀어 오르고 끊임없이 가스가 차 있었다.

그들은 우리의 터무니없는 기준으로 말한다면 너무 원시적이고 빈곤하였다. (우리가 그렇게 말할 자격이 있을까?)

어떤 부족은 여전히 석기시대부터 해온 방식대로 고기잡이와 사냥, 열매 채취가 주된 생업이었다. 그들은 소유라는 걸 모르고 산다.

가장 중요한 재산이 활과 화살, 손도끼나 작은 칼, 담뱃대 등이 전부였다. 대부분의 인류가 이미 몇 천 년 전에 잃어버린 생활 방식을 20세기인 지금도 그대로 유지하고 있는 것이다. 그러나 그 부족은 더 이상 수렵채집 생활을 하지 않았다. 이들은 진흙으로 만든 낮은 오막살이에 살면서 채마밭에서 옥수수와 카사바, 채소를 재배하고, 닭과 염소를 길렀다. 그들은 숲을 떠나 바깥세상으로 나가본 적이 없었지만 큰 변화가 밀려오는 것을 막을 수는 없었다. 인구가 팽창하면서 막강한 힘을 가진 외부 사람들이 숲을 벌목하기 위해 또는 땅을 개발하기 위해 밀려들었기 때문이다. 그들은 점점 늪지대로 둘러싸인 더 깊은 숲속으로 쫓겨나고 있었다.

그런데 밀림 속 밤의 으스스한 침묵 때문에 깊은 잠을 잘 수가 없다. 새벽녘에는 밀림에서 습격해오는 냉기와 습기 때문에 잠을 깰 수밖에 없다. 그때는 숲속에서부터 우윳빛 안개가 급속히 퍼지기 시작하여 마을을 감싸 안았다.

날이 밝으면 그는 다시 오리라는 기약 없이 마을을 떠난다. 그는 그저 단순한 여행자이고 철새일 뿐이다.

그가 중얼거린다. "내가 여기 무엇을 찾으러 왔을까. 이 사람들을 위해 무엇을 할 수 있겠는가. 내가 일본의 어느 문화인류학자처럼 될 수 있을까? 그는 피그미 여자와 사랑에 빠져 결혼해서 거기 그대로 눌러 앉은 거야. 구석기 시대 조상들이 살던 방식대로, 밀림의 고릴라와 원숭이를 사냥하고 외부인이 침입하면 선두에 서서 독화살을 쏴서 죽인 거지. 그러나 나는 불가능하지. 정착하지 못하니까, 항상 떠나야만 하지."

어느새 날이 밝아왔다. 이른 아침에 떠나려고 할 때 나뭇가지에 늘어진 거미줄이 아침 안개 속에 은빛으로 반짝거렸다.

추장은 그가 떠나는 것을 아쉬워하는 눈치다.

추장이 말했다.

"얼굴이 누르스름하지. 얼굴이 하야면 그건 악마의 표시인 거야. 불길해, 불길해. 그대는 영험한 힘을 가지고 있으니까 마법을 할 줄 아는 거야. 그러니까 가장 멀리 있는 여기까지, 병으로 죽거나 살해 당하거나 실종되지 않고 올 수 있었던 거지. 틀림없지. 숲의 정령이 그렇다고 했거든. 그 정령은 숲을 걸어 다니는 사람을, 야자술을 잘 마시는 사람을 좋아하거든. 숲을 걸을 때는 끊임없이 정령과 대화를 나눠야 하는 거야.

그대가 여기에 남으면 집과 예쁜 여자를 주겠어. 단 한 가지 조건은 그 여자와 결혼하고 우리와 함께 사는 거야. 좋은 집에 젊은 아내, 정착할 수 있는 기회, 새로운 인생의 시작. 그러니까 추방자처럼 떠돌 필요가 없는 거지. 어때? 그리고 마법사로 인정하겠어. 그러면 모든 사람들이 그대를 두려워할 거야."

병풍처럼 마을을 둘러싸고 있는, 거대한 고대 도시인 것처럼 수많은 전설이 끊임없이 울려 퍼지는 숲속의 오솔길을 걸어 나오며 허전한 기분에 뒤돌아보면, 벌써 거대한 검은 숲이 마을의 오두막집들을 삼켜버리고 없었다.

운명의 장난

보츠와나에서 가장 뜨겁고 건조한 시기, 하늘에는 구름 한 점 없이 햇빛은 무섭게 쏟아지고, 비가 언제 왔는지 기억조차 가물가물하며, 비가 내릴 기미가 도통 안보일 만큼 너무 막막한 때. 어느 날 기적처럼 갑작스럽게 천둥번개가 치고 비를 잔뜩 머금은 검은 먹구름이 몰려오더니, 장대비가 쏟아져 내리면서 오카방고 삼각주에 홍수가 찾아온다.

그런데 우기가 다가오면 하루하루가 다르게 날씨가 덥고 건조해진다. 세상이 온통 용광로에서 뿜어져 나온 듯한 열기에 들뜬다. 부족민은 이때쯤 잔뜩 기대에 부풀고 들떠 있어서 관목 숲과 어린아이의 키만큼 자란 큰 풀들을 휘저으며 지나가는 바람소리만 들어도 빗소리로 착각한다. 그 살랑거리는 소리는 비가 처음 땅에 내려올 때 나는 소리와 너무 흡사해서 속고 마는 것이다.

그때쯤이면 바예이족 사람들은 강가에 나와 외쳤다.

"*비야 내려라, 어서 내려라. 쏟아져라. 끝없이 쏟아져라. 여기저기에 실컷 뿌려야지.*"

"*물이 오고 있다네.*"

"*물고기도 오고 있다네.*"

"수련이 곧 필거야."

"그래 맞아, 생명이 오고 있는 거야."

그러나 우기 중에도 한동안 비가 그치고 열어져 가는 구름 사이로 하늘이 보이는 경우도 있었다. 그럴 때에는, *"제발이지 비를 듬뿍 듬뿍 내려주십시오. 저희들이 물에 빠져 죽어도 상관없으니. 하늘이여! 변덕을…… 변덕을 버리소서."*라고 부르짖었다.

비가 내리기 시작하면 홍수로 넘친 물이 타들어갔던 메마른 대지를 흠뻑 적셔서 사바나는 불과 며칠 만에 싱싱한 초원으로 탈바꿈한다. 메말랐던 삼각주에 갑자기 생기가 감돌고, 땅의 열기로 아지랑이가 피어오르며, 거의 죽어있던 풀줄기 안으로 습기가 스며들자, 잠자던 개구리들은 잠에서 깨어나 요란스럽게 울어대면서 잊고 지내던 식구들을 불러낸다.

오카방고 강의 습지에는 날카로운 지느러미가시와 독성 점액을 가진 은색메기가 떼를 지어 무더기로 물길을 오르면서 미친 듯이 파닥거리고, 민머리황새들이 그들을 잡아먹기 위해 호시탐탐 기회를 노리고 있었다. 밤이 되면, 낮 동안 강기슭에서 햇볕을 쬐며 느긋하게 휴식을 취했던 악어 떼들이 사냥을 하기 위하여 활개를 치고, 남쪽에서는 가젤, 얼룩말, 코끼리들이 습지대의 습생식물들을 이리저리 가볍게 헤치고 무리를 지어 찾아온다. 아프리카 물소가 삼각지의 여울을 건너고, 포식자인 사자들이 그들을 뒤쫓아 몰려온다.

앙골라 고지에서 발원한 물길은 완만한 원을 그리며 뱀처럼 구불 구불 흘러가는 오카방고 강으로 밀려왔다가 삼각주를 흠뻑 적신 다음 칼라할리 사막 가장자리에 도착한다. 삼각주의 범람 지역은 계절에 따라, 해에 따라 크게 바뀌고, 수많은 물길과 섬들이 생겼다 사라지기를 반복한다. 여기에서도 대자연의 순환과 반복이 이루어지는 것이다. 그러나 강물은 사막에서 더 나아가지 못하고 모래 속으로 숨어 버리거나, 일부는 자신을 증발시켜서 바람의 가슴에 안겨 멀리 날아가 버린다.

홍수는 매년 4월쯤이 절정기여서 5월이 되면 벌써 수위가 내려가기 시작하면서 대지는 다시 메말라간다. 그런데 그런 우기도 곧 끝나간다. 플랑크톤과 수생식물, 곤충 등 식량이 가장 풍부했던 범람기에 삼각주의 물고기들은 활발하게 먹고 자라고 살찌고 아주 빨리 성장했다. 그러나 우기의 끝자락에 다다르면 먹이가 풍부한 강이 마르기 시작하고, 수만 마리의 홍학은 이곳저곳 물웅덩이에 갇혀 팔딱거리는 손쉬운 먹잇감을 포식하면서 호화로운 최후의 만찬을 즐긴다. 그 후 칼라하리를 떠나 먼 여행을 시작한다.

그리고 혹독한 건기 동안 머나먼 해안지대에 머물면서 이듬 해 사막의 비를 알리는 신비의 신호를 기다린다. 그들은 매년 귀향을 되풀이한다.

태양이 서쪽으로 기울면서 햇빛이 한결 누그러졌다. 건기가 시작되어 누렇게 물든 사바나의 풀밭 위로 흰 구름이 몰려 왔다가 사라지면서 황금빛 햇빛이 옅게 흩어졌다. 멀리서 흑백뻐꾸기의 아름다운 노랫소리가 들려왔다. 허허벌판이 너무 고요하였다. 나는 풀벌레 소리 아니면 아침에 먹은 무슨 진통제 때문인지 귓속에서 계속 윙윙대는 소리를 들을 수 있었다.

전갈이 두 번이나 쏜 손등이 아직도 푸르스름하게 부은 채 몹시 아렸다. 바로 진통제를 먹었지만 며칠 동안 비명을 지를 정도로 통증이 심했다. 나는 전갈을 퇴치하기 위해서 텐트의 바닥에 세심하게 방수포를 깔았지만 소용없었다. 그 녀석이 새벽녘에 침입한 것이다. 여행 첫날의 환영행사였다.

그래도 무서운 독사인 검은 맘마뱀에게 안 물린 것이 다행이었다. 그 독사의 독은 너무 치명적이어서 한 번 물리면 두 발자국을 내딛는 사이에 죽을 수 있기 때문이다. 그래서 그 놈의 별명이 '두 발자국 뱀'이다. 그 뱀은 사바나의 거친 풀섶에 똬리를 틀고 숨어 있다가, 어느 순간에 반짝반짝 빛나는 눈을 부릅뜨고 날카롭게 공격을 가하였다. 그것은 사람을 전혀 두려워하지 않았다.

밤이면 바딜라가 낡은 모기장을 뚫고 침입하는 황열병 또는 말라리아를 옮기는 무서운 모기를 쫓기 위해서 모기향을 피우는 것만으로는 부족해서 농구공만큼 큰 마른 코끼리 배설물에 불을 붙여서 연기를 피워 올렸다. 그러나 그러한 노력도 소용이 없었다. 나는 말라리아 예방약인 클로로킨을 먹지 않았다. 머리카락이 너무 빠지기 때문이었다. 그 약 때문에 보기 흉한 대머리가 되기는 싫었던 것이다. 사실은 나만은 그 병에 걸리지 않을 거라고 자신했기 때문이다. 어떻게 내가 걸릴 수 있겠어. 한 번도……. 운명의 여신은 항상 내 편인데.

그러나 여행이 시작된 지 5일쯤 되면서부터 머리가 깨질 듯 아프기 시작하면서 열이 펄펄 끓었다. 뒷목이 뻣뻣하게 굳었다. 풀밭에 몸을 웅크리고 앉아 평생 이렇게 심한 설사는 해본 적이 없다고 생각하였다. 그리고 숨을 턱턱 막히게 하는 욕지기와 함께 심한 구토가 일어났다. 구토가 얼마나 심한지 목과 식도 내부가 벗겨 나가는 것처럼 따가웠다. 그 후에는 몸이 떨리고 발작 같은 심한 오한이 덮쳤다. 나는 몸을 덜덜 떨면서 연신 '춥다, 추워.'라고 하소연하였다.

급성 열대성 말라리아였다. 말라리아 모기 중에서 암컷은 알을 낳기 전에 피를 마셔야 한다. 그러나 피에 굶주린 암컷은 동물의 피보다는 인간의 피를 더욱 좋아한다. 그 모기가 희생자를 찾아 침입한 것이다.

나는 인품비가 챙겨온 키니네 주사를 맞았고 별도로 강력한 항생제도 먹었다. 나는 계속 떨면서 몸을 뒤틀고 위장 속에 들어 있는 모든 것, 담즙까지 토해냈다. 그리고 기진맥진해서 계속 드러누워 있었다. 밤새도록 땀을 비 오듯 흘리며 계속 경련이 일어나고 심하게 헐떡였다. 체온계가 최고의 눈금에 육박할 만큼 치솟아 오르면서 갑자기 살갗이 까칠까칠하고 바싹 마르며 온몸이 뜨거울 정도로 펄펄 끓었던 것이다. 그러나 새벽 무렵에는 체온이 정상 이하로 급

격히 떨어지며 나는 몹시 춥다고 투덜거리고 담요를 더 덮어 달라고 계속 보챘다. 다음 날에는 하루 종일 아무것도 먹지 않으니 온몸에서 힘이 빠져 축 늘어져 버렸다. 하지만 이틀쯤 지나면서 호전되기 시작했다. 그러다가 다시 나빠지기를 반복했다. 삼일열 말라리아의 전형적 증상인 오한과 체온 강하, 떨림, 발열, 발한 증세가 반복되었다.

몸이 극도로 쇠약해지며 여기서 죽을지도 모른다는 불길한 생각이 들었다. 한때의 고열은 섬망을 유발했고 환영이 보였다. 나는 내 죽은 시체를 볼 수 있었다. 나는 눈을 감았다. 외로움이 엄습해왔다. 남쪽 바다가 눈앞에 어른거리고 어머니가 나타났다. 나는 중얼거린다. "나는 죽게 될 거야, 그러나 지금은 아니야. 아직 준비가 안됐지, 죽을 준비가 전혀 안됐지."

인픔비가 비웃었다.

"지구상에서 말라리아 위험이 제일 높은 지역은 아프리카 저지대 열대지방에 밀집되어 있지. 아무리 약을 잘 챙겨먹어도 말라리아에 완벽한 예방책은 없지만 그래도 예방약을 미리 먹었어야 했어. 또 걸릴 수도 있어. 언제든지 말이야. 그때는 죽을지도 몰라. 진짜 죽을 수 있다고. 죽음을 막을 수 있는 부적은 없으니까 말이야. 절대로 없어, 절대로……."

나는 작년 9월에 남아프리카공화국의 요하네스버그를 거쳐 국경을 넘은 다음 보츠와나를 남쪽에서 북쪽으로 거슬러 올라가는 도보

여행을 하였다. 그 여행의 목적은 너무 단순해서 칼라하리 사막과 그 북쪽을 흐르는 오카방고 강 유역의 사바나 지역을 무화과나무의 큰 가지 아래에서 야영을 하면서 지평선 끝까지 무작정 걷는 것이었다.

나는 람보처럼 생긴 건장한 반투족 출신 여행 가이드인 인품비와 여행용 짐을 운반해 줄 바예이족 출신의, 눈을 가릴 만큼 챙이 넓은 밀짚모자를 쓴, 정수리 부분이 햇빛에 반짝거리는 거의 대머리이고 쪼글쪼글한 얼굴의 젊은 남자 바딜라와 함께 보츠와나의 사바나를 온몸이 땀과 먼지에 절어 끈적끈적할 만큼 지평선을 향해 천천히 걸었다.

국립공원의 전직 밀렵감시원이었던 인품비는 동부 아프리카의 마사이족이 입는 붉은색 긴 겉옷을 걸치고, 오른손에는 야생 동물의 공격을 물리치기 위해서 호신용 기다란 창을 든 채 걸었는데, 걷는 동안 끊임없이 휘파람 소리를 내고 노래를 불렀다.

그의 힘줄이 불거져 나온 굵은 팔뚝에는 군청색 블랙맘바 뱀 문신이 금방이라도 튀어나올 것처럼 생생하게 새겨져 있었다. 그 뱀은 아프리카의 험난한 삶에서 그를 지켜주는 성스러운 토템이었다.

인품비는 아프리카에 뿌리를 내린 네덜란드계 백인을 가리키는 아프리카너 농장에서 오랫동안 경비원 겸 농부로 일한 경력이 있어서 영어를 아주 잘하였다.

백인 농장주들은 겉으로는 더 이상 인종차별주의자가 아니었다.

그들은 현실적으로 인종 차별을 할 수가 없었다. 그들이 일꾼들을 부당하게 막 대하고 학대하면 그 보복은 몇 배가 되어 돌아왔다. 다음 날 아침 일어나면 농장의 가축들 태반이 목이 베여 죽어 있는 것을 발견하게 될 것이다. 그래서인지 시골에서 농장주들은 흑인과 혼혈인 컬러드 일꾼들과 함께 사이좋게 지내야 하였다. 그렇다고 해서, 여러 세대에 걸친 뿌리 깊은 인종차별과 노골적인 증오심, 흑인들의 무력감이 사라진 것은 아니었다. 이런저런 형태의 아파르트헤이트 잔재는 그들 삶의 이면 곳곳에 여전히 도사리고 있었다.

당장의 문제는 오히려 주로 백인 남자와 흑인 여자의 혼혈아인 갈색 피부의 컬러드coloured와 도시 주변의 흑인 빈민굴에서 쏟아져 나오는 불법 거주자들이었다. 남부 아프리카 전역에서 수백만 명의 불법 이민자들이 일거리를 찾아서 도시 근교로 몰려들었고, 그들은 양철, 폐자재와 골판지로 얼기설기 만든 판잣집에서 살고 있었다.

컬러드들은 금요일 오후부터 술을 인사불성이 되도록 잔뜩 마셨다. 그리고 폭력은 고질병이 되었다. 뚜렷한 이유 없이 칼로 사람의 등을 찔러 죽였다. 또 불법 거주자들은 몹시 가난하였고 변변한 일자리가 없었다. 그들의 직업은 강도질과 살인, 음주와 폭력, 마약이었다. 그들은 흑인이건 백인이건 가리지 않고 잔악한 짓을 서슴지 않았으므로 백인 농장에서 최대의 골칫거리였다.

그 농장이 있는 구릉지를 빙 둘러싸고 있는 산맥의 봉우리에는 겨울마다 눈이 덮이지만, 여름에는 연옥의 불길 같은 열기가 골짜기를 덮친다. 농장 건물의 베란다에는 성장촉진제에 의해 잘 자란 장미꽃이 만발해 있고, 구석에서 자카란다 나무의 꽃이 화사하게 피어있는 정원의 잔디는 깔끔하게 손질되어 있다.

그러나 그 농장에서는 그들의 난폭한 침입을 막기 위해 건물마다 창문에 철창을 설치하고 문에는 철책을 설치했으며, 소총과 날카로운 긴 칼, 곤봉들로 무장하고 있어야만 하였다.

인픔비는 그 감옥 같은 생활이 진저리가 나자 시골 고향으로 돌아온 것이다.

그는 다섯 살 된 칼라하리의 젊은 수사자들이 떼로 덤벼들어도 혼자서 물리칠 수 있다고 허풍을 떨었다. 실제 그는 공식 기관으로부터 받은 사냥 허가증이 있었다. 그는 해마다 세 마리의 사자를 죽일 수 있었다.

인픔비는 작년에 암사자를 잡을 당시의 상황을 요란하게 재연해 보였다. 그는 과감하게 사자에게 다가가서 으르렁거리며 멈칫거리는 사자의 옆구리에 단번에 날카로운 창을 던져 깊숙이 꽂히게 하였다. 놈은 옆구리에 창이 정통으로 박히자 갈비뼈의 충격과 함께 찢어질 듯한 통증을 느꼈다. 입에서는 토할 듯이 욕지기와 함께 뜨거운 거품이 섞인 검붉은 피가 솟구쳐 흘렀다. 놈은 증오에 찬 황색 눈을 번뜩이며 그를 노려보면서 여전히 목을 길게 빼고 몸을 뒤틀며 몸부림쳤다. 그 순간 그는 날카로운 단도를 놈의 목덜미에 다시 찔렀다. 온몸이 굳어지면서 마지막으로 공중을 향해 포효한다. 사자는 강물처럼 피를 흘리고 죽었다. 그러고 나서 인쁨비는 곤봉과 칼을 양손에 들고 마구 휘두르며, "*아지제 아제에 (덤빌 테면 덤벼라! 얼마든지 상대해줄 테니!)*"라고 마구 악을 써서 다른 사자들의 공격을 막았다.

벌써 피 냄새를 맡고 몰려든 대머리독수리들이 원을 그리며 하늘을 배회하였다.

그는 파이프에 마리화나의 잘게 부순 연초와 씨앗, 몇 조각의 줄기를 꽉 채우고 불을 붙였다. 그는 길고 세게 파이프를 빨고는 후덥지근한 대기 속으로 연기를 연거푸 내뿜었다. 매캐하고 쓰고 달착지근하고 메스꺼운 연기가 훅 끼쳐왔다. 그러고 나서 나에게 건네주었다. 나는 아늑했고 정신이 차분해지는 것을 느낄 수 있었다. 가슴의 통증, 고통, 죽음의 공포, 텅 빈 공허함, 체체파리가 물었던 자리에 남은 가려움증 등이 사라졌다.

올빼미 우는 소리가 들렸다. 멀리서, 매우 가까이에서 들렸다.

그런데 그의 놀라운 고백에 의하면 아내는 에이즈로 1년 전에 죽었지만 자신에게는 아직 아무런 증상이 나타나지 않았고 여전히 건강하였다.

인쁨비와 그의 아내는 매춘에 관계한 일도 없었고, 정맥주사를 통한 마약 복용자도 아니었으며, 더욱이 인쁨비는 남성 동성애자도 아니었다. 그러므로 도대체 감염 경로를 알 수 없었다. 그러나 그들이 태어나고 자란 보츠와나에서는 인구의 거의 20퍼센트가 HIV에 감염됐고, 매 시간마다 적어도 한 명이 인체의 면역체계를 무력화시키는 바이러스인 HIV에 감염된 채 태어났다.

그때 올리브 우카자부기루가 말했다.

"전, 솔직히 말해서 이 병에 어떻게 걸렸는지 잘 모르겠어요. 짐작조차 할 수 없어요. 제가 이 병에 걸릴 줄은 꿈에도 몰랐어요. 누가, 마법을 걸은 걸까요? 아니면 무슨 대가를 치르는 것이겠죠. 악마가 내린 대가를. 우리 어머니는 쌍둥이를 낳았지요. 숲 속의 짐승들처럼 말입니다. 그래서 대대로 내려온 관습대로 어머니는 목이 졸려 죽었고 내 동생도 마찬가지로 패대기쳐서 죽었지요. 나만 살아남은 거예요. 어머니가 악마로 변한 거예요.

또는, 사람들이 말했지요. 흑인을 증오하는 극단적인 인종차별주의자들이 실험실에서 이 병을 만들어 아프리카에 퍼트렸다고 하였지요. 에이즈가 아프리카 사람들을 겁에 질리게 해서 성행위를 꺼리게 하고 결국 모두 콘돔을 사용케 하여 암암리에 자행하는 인종학살이라고 주장하였지요. 그러나 전 그 음모론을 믿을 만큼 어리석진 않아요. 여보, 당신은 이해할 수 있겠죠. 당신은 절 잘 알고 있으니까요. 이 병에 걸린 것은 제 인생의 최대 고통이고, 시련이에요. 전 HIV진단을 받아들일 수가 없어요. 여전히 받아들이기가 어려워요. 우리가 아직 아기가 없어서 다행이라고 할 수 있겠죠. 당신만은 안전하길 바라야죠. 제 감염 사실이 다른 사람들에게 알려지는 것이 두려워요. 제 모습을 아무에게도 보여주고 싶지 않아요. 사람들은 저를 따돌릴 거예요. 그리고 말이죠, 죽음이 다가오고 있다는 것이 가장 괴로워요. 전 대학살에서도 혼자 살아남았는데 말이죠."

에이즈는 남부 아프리카 곳곳에서 재앙처럼 번져가고 있었다. 에이즈로 사람들이 파리 목숨처럼 죽어갔다. 천주교의 젊은 사제들도, 에이즈 퇴치 캠페인의 지도자까지 에이즈에 걸렸다.

그들은 자포자기하고 있었다.

사람들은 말했다. "*에이즈는 치료약이 없어. 걸리면 무조건 죽는 거야. 치료가 불가능해. 주술사도 못 고치고, 백인 의사도 못 고치지. 에이즈는 누구나 걸릴 수 있지, 백인과 흑인, 어린애나 할머니, 남자와 여자 모두 걸리지. 예수님을 믿어도 아무 소용없어, 예수님은 백인이고 유럽 사람이지. 그는 아프리카 사람들에게는 관심이 없는 거야.*"

그의 아내는 처음에는 체중이 줄기 시작하면서 호흡곤란 증세를 보였고, 얼마쯤 지나자 속수무책으로 고열과 매스꺼움으로 얼굴이 일그러지기 시작하였다. 그 후에는 폐에 물이 차오르자 숨을 헐떡거렸고, 목에서부터 입술, 얼굴, 몸통으로 퍼진 커다란 종기들이 곪아터지기 시작하였다. 어느덧 중추신경계가 손상돼 눈을 감거나 입을 다물 힘조차 없을 만큼 무기력하게 되고, 마침내 피골이 상접해서 일흔 살 노인처럼 보였다.

그 당시 그의 작은 판잣집은 요하네스버그에서 보츠와나 국경 쪽으로 자동차로 두 시간 정도 거리에 있는 농가 주택지에 있었다. 우카지부기루는 방 안 마룻바닥에 누워서 벌써 몇 번째 발작을 일으키더니, 곧 의식불명 상태에 빠졌다. 그러므로 단 한마디의 마지막 유언조차 남기지 못하였다. 그녀의 구릿빛이 감도는 갈색 피부가 바싹 말라비틀어져 마치 미라 같았다. 불과 서른 몇 살밖에 안된 아내가 이렇게 죽을 거라고는 미처 생각지 못했다. 그녀의 죽음은 이미 예견되어 있었지만 말이다.

그녀는 1993년의 르완다 내전 당시 대학살에서도 용케 살아남았지만 아프리카 전역을 휩쓸고 있는 검은 재앙인 에이즈 앞에서는 속절없이 무너진 것이다. 그는 그때 속수무책으로 지켜볼 수밖에 없었다. 지금도 그때의 처참한 광경을 떠올리면 저절로 몸서리를 치게 된다.

아프리카 사람들은 (탐욕과 방탕한 생활에 대해 신이 내린 벌이라고 여겼던) 이 병을 슬림이라고 불렀다. 그들은 말했다. *"죽일 테면 죽여보라지. 그래도 나는 절대로 아름다운 여성을 포기하지 않을 테니까."* 그리고 빈정거렸다. *"그건, 그 빌어먹을 것은 오직 애정을 감퇴시키는 가상의 증후군일 뿐이야."*

그러나, 언젠가, 그의 몸속에 오랫동안 잠복해 있던 레트로바이러스가 악마처럼 나타나 활동을 개시하면 결국 바이러스가 뇌에 침투하여 자신도 똑같은 처지가 될 것이다. 인품비는 아내처럼 운명에 순순히 순응하기로 체념하고 있었다. 운명이란 그런 것이다. 그가 어찌할 수 있겠는가.

　그가 말했다. "백인들은…… 맨날 네 이웃을 사랑하라고, 네 이웃을 내 몸과 같이 사랑하라고 말하지. 그리고 한 쪽 뺨을 맞거든 다른 쪽 뺨을 내밀라고 말하지. 그러면서 우리를 짐승처럼 취급하고 마구 죽였어. 우린 검은 원숭이로 취급되어 백인들의 사냥감이었거든. 그들은 지금도 여전히 지독한 위선자인 거지. 매일 동물을 잡아먹고 살면서, 그러면서도 뻔뻔하게 동물보호를 외치고 있거든. 그들 나라의 모든 도살장과 통조림 공장에서는 매일매일 수많은 동물들이 죽고 있지. 그것들은 인간 혐오자이거나 가증스러운 가짜 진보주의자인 거지. 아프리카에서 동물 보호보다는 에이즈와 나병, 기생충, 말라리아, 결핵을 퇴치하는 게 더 시급한 거야. 그걸 알아야지."

　나는 여윈 몸을 이끌고 지평선을 향하여 그리 멀지 않은 곳에서 야생 코끼리들이 어슬렁거리는 모습을 바라보면서 계속 걸었다. 커다란 눈물방울이 볼을 타고 턱수염을 적시며 흘러내렸다. 나는 자신이 진정으로 살아 있음을 느낄 수 있었다. 살아있는 것, 이곳에 존재하는 그 자체가 어려운 일이었지만 말이다. 내가 발걸음을 옮길 때마다 어느새 누르스름하게 변해버린 사바나의 풀들이 발밑에서 힘없이 부스러졌다. 그 풀들 역시 어서 빨리 우기가 돌아오기를, 먹구름이 몰려와 장대비를 뿌리기를 누구보다 애타게 기다리고 있었다.

온 세상 만물들은 때를 기다리는 법이다.

그가 너무나 사랑하는 뜨거운 햇빛과 황금빛 모래가 지천으로 널려 있고, 그 찬란한 자유가 넘쳐나는 아름다운 사막들.

모든 사막은 기후 풍토, 바람과 모래 언덕의 형태, 모래와 자갈, 암석의 분포, 동식물의 종류, 풍경, 인간의 삶과의 관계 등에서 각기 나름대로 독특한 특징이 있었다. 그러나 사막은 제각각 다르면서도 신기하리만치 매번 똑같은 느낌을 준다.

그가 지금까지 적어도 한 번 이상 여행을 하였던 아시아와 아프리카의 사막은 다음과 같다. 한번 들어가면 다시는 나올 수 없다는 전설의 대지인 중앙아시아의 타클라마칸 사막, 몽골의 고비 사막, 투르크메니스탄의 카라쿰 사막, 우즈베키스탄의 키질쿰 사막, 이란의 카비르 사막, 루트 사막, 인도의 타르 사막, 시리아 사막, 모세가 신을 찾아서 풀뿌리와 메뚜기로 연명하며 40년 동안이나 헤매었던 시나이 반도, 위대한 공허의 땅인 아라비아 반도 남부의 룹알할리 사막, 네푸드 사막, 다흐나 사막, 보츠와나의 칼라할리 사막, 나미비아의 나미브 사막, 그리고 사하라 사막이 있다.

그는 사막의 찬란한 햇빛과 모래, 광활한 지평선에 중독되어 있었다. 사막은 성지나 다름없었고, 그는 성지 순례자였다. 그에게는 늘 또 다른 사막이 기다리고 있었다. 그는 사막에 존재하지도 않는 신전을 찾아 나선 영원한 순례자였다. 그가 사막 순례를 시작한 것은 대략 15년 전부터였다. 아마 그가 죽을 때까지 그 순례는 계속될 터이다. 그렇지만 그는 결국 사막에서 정처 없이 떠도는 이방인이 었고 언제나 이방인으로 남게 될 것이다. 사막의 본질은 여전히 그대로 남아있기 때문이다.

그는 온갖 고생, 고생하면서 열대 우림과 사막만을 찾아 혼자 여행하는 취미를 갖고 있었다.

고난과 극기의 여행.

그의 예민한 성장기에 바다에서 일어났던 그 비극적 사건 때문에, 잔인한 전쟁이 할퀴고 지나가면서 그의 가족에게 남긴 아물지 않은 깊은 상처의 후유증 때문에 생긴 원죄의식은 평생 동안 그를 따라다녔다. 그는 그때 바다의 잔인무도한 힘과 그 악의를 알게 되었고 바다에 대해 억누를 수 없는 깊은 원한을 품게 되었다. 죽음의 두려움보다도 더 나쁜 게 바다에 대한 끝없는 공포심이었다. 그는 원래 선장이 되어, 폭풍우와 높은 파도에 휩쓸리고 뱃멀미에 시달리면서 세상 끝에 있는 바다까지 가보고 싶어 하지 않았던가.

그는 그 꿈을 잃어버렸다.

그랬으니 바다를 대신한 사막 여행은 그가 일시적 절망에서 벗어나려는 단순한 행위도 아니었고 인생의 영원한 구원을 찾으려는 행위도 아니었다. 그는 인간의 삶에는 목적도 의미도 궁극적이고 보편적인 진리도 없다고 회의적으로 생각했으니, 인간을 포함해서 세상의 존재가 그저 별것 아니라고 생각했으니, 그가 구원을 갈망했을리는 없다.

그렇다면, 그 여행은 그가 자신의 내면 속 깊은 곳에 감추어진 자아를 찾으려는 사색적 탐구, 자기 자신으로부터 무한정 도망치려 하는, 방황하는 영혼과 타협하도록 하는 설득, 일종의 치유, 정화, 사유, 정신적 치료 행위였을까.

아무도 모른다. 그 자신도 모른다.

그러므로, 불가에서 말하는 산 중의 산, 깨달음의 산, 원각산을, 오욕칠정을 끊고, 삶을 끊고, 화두의 바랑 하나만 짊어진 채 바로 그 원각산을 찾아가는 여행도 아니었다.

그가 대형 프로젝트의 설계가 끝난 다음 받은 두둑한 특별 상여금은 거의 대부분 여행경비에 충당되었다. 가끔은 여행경비가 부족하여 거래 은행에서 대출을 받는 경우도 있었다.

물론 그의 아내는 이 괴상한 취미에 질색을 하였지만 말이다. 그가 여행을 떠날 때면 아내는 도저히 이해할 수 없다는 표정으로 물었다.

"당신, 뭣 하러 그곳에 가는 거야? 그 돈의 십분의 일만 쓰면 아주 편안하게 파리 여행, 발트 해 크루즈 여행을 거뜬히 갔다 올 텐데 말이지. 왜, 만날 뜨거운 사막이야?"

"……."

"당신, 도대체 어쩌자는 거야? 날 떼버리려고 내가 그렇게 싫어하는 사막만 골라가는 거, 알고 있어.”

“…….”

“사막에만 가면 돈이 쏟아지는가 보지. 나도 참는 데 한계가 있 단 말이야. 난 이 기구한 운명이 견디기 어려워. 내가 어떻게 변하 게 될 지 어떻게 알겠어?”

그는 할 말이 없어서 묵묵부답하거나, 어쩔 수 없이 기어들어가 는 목소리로 애매하게 대답하였다.

“글쎄, 거기에 가야 하니까…….”

아내는 그때, 섬뜩할 만큼 차가운 눈길을 그의 온몸 위로 던지면 서 살기 띤 목소리로 계속 지껄였다.

“당신, 다시는 돌아오지 못할지도 몰라. 사막이 당신을 태워 죽일 거야. 내게 마지막으로 해줄 말 없어……. 그런데, 당신, 숨겨 논 돈은 없어? 있다면 내놓고 가야 할 거야. 여행 경비 때문에 살림이 거덜나고 있어. 알고 있기나 해?”

아내는 여전히 돈 이야기를 빼놓지 않았다. 그녀의 목소리가 너 무 날카롭고 차가워서 그는 온몸이 얼어붙는 느낌을 받았다.

“내가 열병에 걸려 죽기를 바라는 모양이지. 아니면 식인종에게 잡혀서 펄펄 끓는 물에 삶겨 죽을 줄로 아는 모양이지. 또는 그 녀 석들이 나의 시체를 토막 낸 다음 코며, 귀며, 혀를 도려내 목걸이 를 만들어서 걸고 다닐 걸로 알고 있는 거야. 그러나 그런 일은 생 기지 않을 거야.” 그가 대꾸했다.

긴 여행을 떠나려는 그의 결정에 아내가 간섭하는 것을 원치 않았지만, 그러나 아내에 대한 미안한 마음은 여행 내내 그를 괴롭혔다. '그래, 정말 미안해. 그렇지만, 난 두려움을 떨쳐버리기 위해서 절대적으로 떠나지 않으면 안 되는 사람이야. 도대체 아무 일도 일어나지 않는 것처럼 두려운 것은 없어. 난들 어쩔 수 없는 일이지. 좌절과 고통이 없으면 그건 사는 것이 아니야. 고통이 없었다면 지루해서 난 벌써 죽었을 거야. 제발이지, 나 좀 내버려둬요'

이렇게 간절히 하고 싶은 말은 그의 목구멍 속에서 걸려버렸다. 그는 다만 속으로만 웅얼거렸을 뿐이다.

어느 날 심신은 지칠 대로 지쳐 있었지만 잠은 좀처럼 오지 않는 그런 밤이었다. 잠을 자려고 애쓸수록 더욱 잠을 이룰 수 없었다. 맑고 암청색 밤이 흘러가고 있었다. 밤이 깊어서 하늘에 별빛마저 띄엄띄엄 남아 있었다. 사그라져가는 모닥불에서 회색 연기가 피어올랐다. 이브라함은 장작 한 개비를 불 속으로 던져 넣었다. 불길이 다시 타닥타닥 소리를 내며 타오른다. 어스름한 불빛 속에서 이브라함의 몸은 많이 야위었고 목과 뺨의 주름살이 더욱 깊어져 보였다. 그들은 다시 아랍 커피를 끓여 마셨다. 그 독약같이 검고 쓰디쓴 커피는 목구멍을 타고 내려가면서 깊은 여운을 남겼다. 몸도 덥혀지고 머리도 맑아지는 것 같다. 그건 가슴이 따뜻한 사람과 만났을 때 마시는 것이다.

"현님은, 지금도 죽은 쌍둥이 동생을 생각하고 있는 거야?"

"그렇지 뭐. 늘 마음속에······."

"동생의 이름을 내가 알면 안 될까?"

"그래, 아주 오랜만에 그 이름을 불러보는군. 김규빈······. 나는 그 신성한 이름을 함부로 부르는 것조차 신성모독처럼 생각되었거든. 그때 죽음의 통과의례인 장례식조차 제대로 진행될 수 없었지. 바다 속에서 주검을 찾을 수 없었으니까. 나에게는 그를 잊는 것이 불가능한 일이었지. 언제나 눈앞에서 어른거렸으니까. 그러나 나는 여태까지 아내에게도 그 누구에게도 동생의 죽음을 이야기해본 적이 없어. 입이 떨어지지 않아서 말할 수가 없었지. 규빈이가 죽은 후부터 내 인생에 선을 긋고 쾌락과 탐닉과 행복을 경계하며 살았지. 그 경계선이야말로 내 인생의 지표이었어. 그러나 그걸 지키려면 인내심과 절제가 필요했지. 그렇지만, 술만은 그 선 안에 포함되어 있지 않는 거야. 술은 쾌락의 도구는 아니니까. 악마의 유혹이지. 나를 파멸시킬 수도, 불행하게 만들 수도 있으니까. 그렇게 되기를 바라고 있거든."

"마누라와는? 아직도 후회하고 있는 거야? 지금쯤?"

"마누라를 생각할 때마다 미묘하게 뒤섞인 양가 감정 때문에 괴로운 거야. 사랑과 증오······. 나는 관습에 얽매어 맞선을 보고 결혼을 했던 거야. 어머니의 성화도 심했고 그러나 자식을 낳아서는 안된다고 생각해서 수술을 하기로 결심했지만 아내 모르게 수술하는 게······ 수술하고 나서 아내에게 그 이유를 솔직히 고백하는 게 어려울 것 같아 차일피일했지. 그런데, 결혼하고 사니까, 둘이 함께 하는 삶이 시작되니까 아내를 깊이 사랑하게 되더라고 결혼 생활은 그 일이 있기 전까지는 합목적적인 관계처럼 무미건조하지는 않았어. 그저 무난했고 그때부터 자식이 절실히 필요하다고 느꼈지. 내가 죽으면 나를 기억해줄 자식.

그녀는 그게 불만이었을 거야. 정말 너무 지겨워서 화가 날 만도 했겠지. 때론 나도 화가 났으니까, 그것을 누군가에게 터뜨려야 했지만 결국 그게 나 자신이었지. 나의 여행병, 방랑벽이라고 할까? 나는 언제나 떠나야했거든. 영원한 이방인이어서 향수병은 없었어. 난 낭만적인 사람은 아니니까. 그 여행에 그녀가 끼어드는 걸 원치 않았지."

"꿈 이야기를 해야 되겠군. 며칠 전부터 그들이 꿈속에 자주 나타나지. 하룻밤에도 여러 번 뒤죽박죽 꿈을 꾸게 되는데 그들이 아주 뚜렷한 모습으로 나타나는 거야. 내 기억 속에 생생하게 살아있는 그들의 그 후는 어떻게 되었을까? 지금 알 길이 없지만 궁금하긴 하지.

알리드레미는 모로코 파의 두목이 되고 나서 그가 치밀하게 계획한 대로 그 무자비한 두목에게서 독립할 수 있었을까? 하딤은 지금쯤 마르세유를 떠나 말리로 돌아갔을까? 나의 사촌형 말이야, 그 형은 카사블랑카에 무사히 도착했을까? 지금 무얼 하고 있을까? 결혼은 했을까? 여관 주인 엘리제는 나이가 들어가면서 척추협착증과 관절통 때문에 걷기가 매우 불편할거야. ma belle inconnue! 만수라는 꿈을 꿀 때마다 어김없이 나타나지. 언젠가는 무언가 손짓을 했지. 내 이름을 부르기도 했고 이번에 돌아가면 만수라를 찾으러 암스테르담에 가야할 거야."

"아버지와 어머니, 동생들은 꿈에 안 나타난 거야?"

"우리 아버지 이름은 이븐 모함마드이지. 지금 살아계신다면 60세쯤 될 거야. 아버지는 열렬한 무슬림이니까 동생들을 데리고 알라의 천국에 무사히 도착했을 거야.

철저한 무신론자이고 회의론자이지만 세상이 두려워서 이 세상 도처에 신이 있다고 믿었던 또 다른 아버지의 영혼은 지금쯤 메콩강에서 편히 쉬고 있을 거야.

그러나 어머니는 다섯째를 임신했을 때인데 그때가 임신 8개월쯤 되었을 거야. 여아를 사산하면서 심한 진통과 과다 출혈로 죽었어. 내가 13살 때였지. 그 후 아버지는 재혼하지 않았어."

그 다음날은, 그들은 다시 사막에 관해 이야기를 하였다.

이브라함이 냉정하게 말하였다.

"나는 도대체 당신을 이해할 수가 없어. 왜, 문명 세계에 속한 사람이 이 삭막한 사막을 좋아하는지 말이야. 아니야, 당신은 사막에 미친 사람이 틀림없을 거야. 당신이 모래 언덕을 바라볼 때면 그 황홀한 얼굴 표정이 미친 사람의 그것처럼 보이니까. 그 이유를 제대로 설명해보란 말이야.

그러니까, 왜, 저 멀리 있는 사막에 가려고 그렇게 안달을 하는 거야? 당신은 얼마나 멀리 갈 수 있을까? 거기엔 아무것도 없어. 그저 모래와 돌뿐인데……. 자신을 소진시키려고? 그래서 어쩌려고?

문제는 말이야…… 당신이 사막을 천국처럼 생각하고 있다는 것이지. 지나치게 낙관적으로 생각하고 있단 말이지. 사막을 의심하고, 두려워해야 할 거야. 사막에서 확실한 것은 없으니까. 사막에도 문명인의 도시처럼 거짓말쟁이, 배신자, 위선자, 타락한 자, 탐욕스런 자가 있지. 그것뿐만이 아니야, 살인용의자, 강도, 도둑놈, 사기꾼, 주정뱅이, 부랑자들, 정신이상자, 약물중독자 등 온갖 유형의 잡놈들이 활개치고 있어."

이제는 그가 뭔가 진지하게 말할 차례였다.

"그럴 거야. 소위 문명인이라고 자칭하는 자들은 그렇지. 어쩔 수 없이 그들로부터 배울 수밖에 없었겠지. 나쁜 거를 먼저 배우는 법이니까. 우리가 알아야 할 게 있지. 우리는 사막의 사람들과 우리를 편 가를 수 없다는 거야. 그러니까 우리를 그들과 비교하면서 우리는 대단한 문명인이고 그들은 기묘한 관습을 가진 미개한 종족이다라는 식으로 말이야. 그건 아주 비열한 짓이지.

나는 대략 15살 때부터, 그때부터 공포와 두려움과 함께 살면서 불안장애, 강박적 폐쇄공포증에 시달렸지. 지금도 여전하지만……. 그런데 정상적인 인간은 정도의 차이는 있지만 누구나 불안하지 않겠어. 인간의 실존 자체가 그런 거야. 소시오패스들은 불안을 느끼지 못하겠지만……. 아무튼 병적 불안은 의학적 질환이라기보다는 철학적 문제라고 볼 수도 있어. 다행히 내가 성인이 된 후 그 때문에 내 삶에서 엄청난 비극이나 극적이 사건이 발생하지는 않았지. 남들이 눈치 채지 않게 그걸 억누르면서 대충 살아왔거든.

사막은 그것들의 궁극적인 형태인 거지. 사막에서의 고통은 나의 육체적 한계 또는 정신적 한계, 평정심과 이성과 감정을 시험하는 거야. 도대체 내가 여기서 무얼 하고 있는 거지? 그래서 나에게는 사막이 필요한 거야. 그런 거야.

우리가 스스로 고난을 선택하는 것이야말로 고난에 맞설 수 있는 유일한 방어 수단이라고 할 수 있겠지. 그러니까 행복이나 만족감, 그런 것은 내 관심사가 아닌 거야. 도대체 무의미한 거지. 나는 나 자신과 싸워야 했지. 인간은 누구나 고립되어 있는 거야. 인격신은 없는 거야. 그렇기 때문에 구원은 없는 셈이지. 하지만 내가 고난에 맞서기 위해 스스로 고독을 택한 것인지, 고독에게 자신이 선택받은 것인지 분간할 수가 없지. 고독은 그 정체를 알 수 없는 것이지만……. 고독을 얻기 위해 내 인생은 오랫동안 고통과 불행을 겪었다고 할 수도 있을 거야. 고독은 내 인생의 영원한 동반자이니까. 그러나 고독은 속물주의가 들끓는 도시에서는 있을 수 없어. 오직 사막에서만 온전히 누릴 수 있는 거지. 고독에는 침묵이라는 언어가 있어야 하니까.

사막이 에덴동산이거나 천국이 아니라면 지옥이거나 연옥일거야. 내가 누구처럼 궁극의 황홀경을 맛보려고 사막에 가는 것은 아니지. 윌리엄 버로스는 마약 중독자였지. 그는 일명 야헤라는 희귀한 마약을 찾기 위해서 아마존 정글로 갔었지. 내가 종말론적 신비주의자이기 때문에 사막에서 마지막 도피처를 찾고 있는 것도 아니지. 또는 성지를 찾아 떠나는 중세적 순례자도 아닌 거야. 허먼 멜빌의 에이햅 선장처럼 오직 복수심 하나로 세계의 바다를 뒤지고 다니는 것도 아니지.

나에게 꿈이나 희망이 있을까? 나는 고통을 찾아서 혹은 나를 찾아서…… 신을 찾아서…… 사막을 걷고 있는지도 모르겠어. 그게 자학일까. 그러나 그건 아니지. 난 정말 사막을 좋아하니까. 사막의 지평선을 찾아서 하염없이 걷는 것을, 그러니까 호모 에렉투스인 인간이 두발로 걷는다는 것은 명상이고 철학을 하는 행위라고 할 수 있겠지.

하지만 나는 20세기에 살고 있는 현실주의자이지. 딜레탕트는 아닌 거야. 그래서 평생 건축가, architecte, architecte, architecte인거야. 나는 죽는 그 순간까지도 건축가이겠지.

나는 사막이 남들이 말하는 것처럼 그렇게 나쁘지는 않다고 생각하지. 그래도 말이지…… 사막에는 유일하게 태고의 순수함과 원형질이 남아 있지. 나에겐 약속의 땅이고, 자유의 땅일 수밖에 없어. 누가 뭐래도, 난, 그렇게 생각하고 있어. 아랍 속담에 '사람은 사막

에서만 자유로울 수 있다'고 하였지. 사막에는 울타리, 경계, 벽이
없으니까."

이브라함이 말했다.

"신과 사막의 유목민만이 사막에서 살아갈 수 있지. 나는 사막에
서 태어났으니까 사막을 조금은 알고 있겠지. 사막은 요구 조건이
너무 많아서 인간은 모든 것을 다 바쳐야 하는 거야. 지옥일 뿐이야
……. 프랑스에서는 여전히 사막을 낭만과 환상으로만 덧칠하고 있
지만……. 당신은 인생에 실패해서 비틀거리는 사람, 무엇에 쫓겨서
피난처 또는 은신처를 찾는 사람, 인생에서 길을 잃은 사람은 아닌
거야. 그리고 금욕주의자도 아니고, 채식주의자도 아니고, 신비주의
자도 아니지. 이국적인 것, 낯선 것, 타자를 찾아 나서는 충동에 사
로잡혀 있는 것도 아니야.

그러나 안주할 곳이 없어서 영원히 방랑하는 떠돌이가 아닐까.
지금 당신이 서있는 곳이 어디일까? 당신은 지금 어디를 향해 가고
있는 거야? 지금 어두운 동굴 밖으로 나와서 빛을 보고 있는 거야?
횃불 앞에서 일렁거리고 있는 환영의 실체를 보았는가? 그건 그림
자에 불과하다고 단정할 수 있을까?

그러니까, 당신에게는 정체를 알 수 없는 명멸하는 빛이, 어떤 미
혹의 깜박거림이, 오랫동안 미완성된 채로 버려진 건물의 잔해를
바라볼 때처럼 파편적인 감정들이 느껴지는 거야. 사막에서 어떤
종류의 정신적 카타르시스를 느낄 수 있는 거야?

물론 현님은 의외로 강인한 사람이지. 고결한 영혼의 소유자라고 할 수 있겠지. 하지만 몽상가이고 자기 파괴자이지. 그리고 자신의 우주 속에 갇혀서 꼼짝 못하는 사람이지. 그러니까 당신은 확실히 현실주의자는 아니야. 안타깝게도 추상명사를 너무 많이 사용하고 있단 말이야. 그만큼 비현실적인 거지. 아무짝에도 쓸모없는 꿈을 먹고 살아가는 사람이지. 자신이 과대망상증이라는 열병을 앓고 있는 것을 깨닫지 못하고 있는 거야. 자신이 바보스럽다고 생각하지 않아?

인간을 유혹하는 가장 매력적인 동인은 바로 돈과 쾌락인 거야. 그러나 사막에는 그게 없지. 그런데도 불구하고 현님은 사막만을……. 당신을 사로잡고 있는 그 한없는 갈망이 무엇인지, 그 정체를 알고 있기나 해? 당신에게, 끊임없이 어딘가를 향해 위험하고 고독한 모색의 길을 나서지 않을 수 없게 만드는 그 무엇 말이야."

이브라함이 더욱 목소리를 높였던 것이다. 마침내 그 부드러운 얼굴을 찡그리고 냉소를 지으면서까지.

그가 말했다.

"난들…… 그걸 어떻게 알겠어. 알 수가 없지. 사막이 문제인 거야. 그건 사막 탓이야. 사막이 현실감각을 마비시켜 버리니까. 그러니까 사막은 신비이고 신성한 거지. 신이라고 할 수 있는 거지. 또는 신적 존재인 거지.

그런데, 오래 전 일이지만 이 문제에 대해서 누군가 적절한 충고를 해 주더군. '*해답을 찾기 위해 너무 발버둥칠 것 없습니다. 해답을 찾아 나서면 그럴수록 미궁에 빠질 것입니다. 서두르지 말고 기다려 보십시오. 그것이 스스로 찾아올 날이 있을 것입니다. 마음을 편히 가지십시오.*' 그때는 나도 전적으로 수긍을 하였지. 그러나, 곰곰이 생각해보면, 오랫동안 기다려도 쉽게 해답이 나올 것 같지는 않거든……. 이제는 그것을 찾는 일이 불가능할 지도 모른다고……. 그건 당초부터 존재하지 않았거나 또는 이미 오래 전에 소멸되어버린 건지도 몰라. 언젠가부터 유토피아는 인간들의 꿈속에만 존재하게 되었거든. 그래도, 꿈을 꿀 줄 아는 인간이라면 허망한 꿈이라도 꿈을 꿀 수가 있겠지. 사람은 죽는 날까지 꿈이 있어야 하니까……. 늘 세상의 모든 복잡한 것으로부터 벗어나는 것을 꿈꾸어 왔지. 그러나 나는 변화하기 위해서, 순례자처럼 자신을 정화하고 변화를 통해 다시 태어나기 위해 사막에 오는 건 아냐. 난 변할 수 없는 사람이야. 나를 벗어나서 타자의 세계로 나아갈 수 없는 거지. 불가능한 일이지. 내 스스로 설정한 경계선을, 한계를 넘어설 수 없는 거지. 그 경계선이란 게 당초부터 불명확하고 세월이 흐르면 시간의 마모 작용에 의해 지워질지도 모르지만…….

그 대신 낯설고 먼 곳으로, 다른 곳으로 떠나는 거야. 내 육체와 영혼은 고행이 필요한 거야.

하여간에 나는 사막에 있을 때가 더 편하지. 그 광활한 공간에서는 잡스런 세상사를 다 잊어버릴 수 있지. 사막에서는 편안히 숨을 내쉴 수 있고, 내가 살아있다는 강렬한 느낌이 전해오는 거야. 사막에 신이 팔팔하게 살아있다는 느낌까지. 내 영혼을 거둬줄 신을 반드시 찾아야만 하지. 그러나, 그건 얼굴 없고, 피와 살이 없는 신이 자신의 형상을 나타내기 위해 스스로 만든 비밀의 기호를 해독해야만 가능한 일이지. 신을 찾으려면……. 뜨거운 직사광선에 화상을 입어 피부가 벗겨지고, 굶주림과 갈증, 지독한 모래벼룩이 내 몸에 숭숭 구멍을 뚫는 것도 상관하지 않기로 했어. 나에게 노스탤지어 병은 없는 거야. 사막을 여기저기 돌아다니면 사막의 부드러운 모래 촉감이 그렇게 좋을 수가 없어. 무념무상에 빠져 끝없는 사막의 길을 아주 천천히 걸을 때면, 비로소 무한한 안도감을 느낄 수 있거든. 그것은 아랍어 자히르같은 거야. 자히르는 갈망과 사랑, 무서울 정도의 집착을 이르는 말이지. 사막은 실제 현실인 동시에 초현실적인거야. 나는 사막에 사로잡혀 있는 거지.

그런데 결국 패배자가 될 운명이야. 인간의 출생과 죽음은 반드시 운명과 결부되어 있거든. 사막이라는 괴물, 마법, 악마와 싸워서 이길 수는 없을 거야.

나는 지금 고통과 불행에 관한 이야기 혹은 기쁨과 행복에 관한 이야기를 하고 있는 거는 아니지만…….

나는 이제 회사를 그만 둘 때가 되었다고 생각하지. 그렇게 결심을 하였지. 회사에 대해서는 아무 불만도 없지만 말이야. 그만두고 나서 당장 뭘 할지는 모르겠어. 이번에 깨달은 건데……? 어쨌거나 마누라하고는 화해를 해야겠지. 어머니 소원이기도 하고…… 자식들이 필요하지. 그 자식들이 내가 죽은 후 나를 기억해줘야 하니까. 그 자식의 자식이 그를 기억하고, 그렇게 이어가는 거지. 새로운 출발이 필요한 거야. 인간도 인간의 총체적 삶이라는 것도 완전하지 않아, 완전할 수 없지, 미완성인 거야.

티베트의 승려 말씀이 옳은 거야. '아, 고귀하게 태어난 자여…… 이 세상의 삶에 애착을 갖거나 집착하지 말라…… 그러니 마음 약해지지 말라. 다만 진리와, 진리를 깨달은 자와 그를 따르는 구도자들을 기억하라……'

내가 잘한 짓은 하나도 없다는 생각이 들지."

밤이 깊어 갔다. 이브라함은 선잠이 든 모양이다.

그는 생각했다.

'내가 만약 살아 돌아간다면 (반드시 살아 돌아가야겠지만……) 이 여행은 내 인생의 심오한 순간으로 기억되겠지. 사직을 결심하고 화해를 생각했으니까. 세상과도 아내와도 또 스스로와도 화해하는 거지. 그것들과 싸우기 위해 더 이상 마음의 방어벽을 설치할 필요는 없는 거야.

이브라함을 만난 일은 단순하면서도 운명 같은 것이었고, 커다란 행운이었지. 이브라함은 아브라함이고 이브라힘이다. 훌륭한 무슬림 아버지의 아들이고 (그러나 그에게 훌륭한 아버지가 될 기회가 있을까?), 사막의 아들이고, 위대한 스승 자크의 제자이고, 만수라의

연인이었으며, 하딤 마흐메드의 친구였으며, 무함마드 알 가잘리의
동생이었으며, 그리고 내 동생이었다.

　위선의 낡은 껍질을 모두 벗어버린 보통 사람이며, 현인이었다.
그는 두말 할 것 없이 현자이지. 티베트의 위대한 승려처럼…… 도
곤족의 예언자처럼…… 그는 실제 자신의 나이보다 더 깊은 통찰력
을 갖고 있지. 그는 벌써 많은 것을 경험하였고 모든 환상과 망상에
서 벗어나 세상을 그렇게 바라보고 있지. 그러니까 이 절망적인 사
태도 그저 운명으로 받아들이고 있거든. 사막에서 자랐기 때문일
거야. 사막에서 투아레그는 매일 삶과 죽음에 대해서 생각할 수밖
에 없으니까. 더욱이 어린 나이에 도저히 감당할 수 없는 고난을 겪
었단 말이지……. 결국 위대한 신도 그를 외면했어. 그래서 혼자서
감당해낸 거지……. 그런데도 이브라함은 지금 나의 상처받은 영혼
을 위로하고 있는 거야. 내가 어머니를 빼 놓는다면 누구한테서 이
렇게 위로 받은 일이 있었던가? 우리 인생은 얼마나 신비로운 것인
가! 가끔 이런 일이 황량한 사막에서 일어나고 있으니…….'

　그러나 우리는 이 사막 여행을 위대하고 낭만적인 사건으로 간주
해서는 안 될 것이다. 그저 평범하고 우연한 사건일 뿐이다. 어쩔
수 없이 작은 운명의 장난이 개입하기는 했지만. 그러니까 그는 서
사시의 영웅처럼 어떤 운명적인 부름을 받아서 영웅이 되기 위해
마법과 괴물들이 출몰하는 고난의 길을 간 게 아닌 것이다. 솔직하
게 말하자. 그는 고통을 감내하기 위해 사막에 가는 것이다. 그렇다.

고통을 느끼기 위해서. 죽음과 같은 고통을. 삶의 어둠이 주는 인간의 고통을. 그러니 그는 사디스트 또는 마조히스트일지 모른다. 그렇다면 우리는 그가 진정한 낭만과 모험 정신으로 가득한 위대한 인간으로 착각해서는 안 된다. 그는 일개 건축가일 뿐이다. 그리고 냉철한 현실주의자이다.

그는 길을 걸을 때면 가슴 속에 솟구쳤던 분노와 증오를 잘게 쪼개서 길 위에 남김없이 뿌리면서 자신과 대면하였다.

사막을 천천히 걸어가면 절망과 고독, 자괴감과 수치심 같은 것은 자연스럽게 치유되고, 자기 내면의 목소리를 들을 수 있었다. 광대한 사막의 텅 빈 무無가 인간을 겸허하게 만들었다. 위대한 사막에서는 자신이 얼마나 하찮은 미물인지, 또한 한없이 어리석은지 깨닫고 부끄러움을 느꼈다. 그리고 인간이란 매우 천박한 존재라는 사실을 깨닫게 되었다.

그는 또 다시 생각했다.

'그래, 그런 거야. 자신이 보잘것없는 존재인지를 깨달으면 얼마나 창피하고 당혹스러웠겠어. 위대한 사막이 인간이 얼마나 작은 존재인지를 새삼 일깨워 주지. 내가 아무것도 아니라는 자의식, 다시 말하면 비존재라는 의식에 사로잡힌 거지. 그래서, 사막은 실질적인 것이라기보다는 나를 초월하는 것으로 하나의 신비한 상징이 되고, 그러나 그 신비를 풀길이 없으니 결국 허무주의자가 될 수밖에 없는 거야. 그래도 허무주의자는 삶과 죽음에 차가운 시선을 던지면서도 끊임없이 꿈을 꾸는데 사실은 그게 꿈이라기보다는 판타지인 거지. 그러니까…… 그때는 난 그저 외로운 나그네일 뿐이라고 자신을 스스로 위로해야만 하는 거지. 그러고 나면, 마음이 한결 푸근해지는 거야. 그것뿐만이 아니야. 사막의 뜨거운 햇빛에 고질적인 증세들은 씻은 듯이 사라져 버리거든. 그 증세는 참으로 끈질기지……. 운명처럼 끈질기지……. 그런데 태양이 그 칙칙하고 음울한 증세들을 말끔히 태워 버리는 거야. 남은 재는 모래 바람에 실어 지평선 너머로 날려 보내버리고……. 그러니까 내 인생은 줄곧 의문형이라고 할 수 있었지만……. 그렇다고 사막에서 정신적 갈등과 방황에 대한 위로와 치유까지 추구한 것은 아니었지. 삶의 근원적 모순에 대한 해결책은 아니었지. 인간의 행복도 아니었지. 모세처럼 사막에서 전지전능한 위대한 신을 만나려고 헤매는 것도 아니었지. 물론, 절대로 아니었지. 나는 신의 구원을 믿지 않으니까. 다만, 나를…… 자신의 근원을 찾아 끝없이 헤맨 거지. 그러기 위해서 끝없는 고통이 필요했지. 극심한 굶주림과 목마름 같은…… 그걸 참아내야 했거든.'

사막을 걷는 일은 그 증세로부터 자신을 지킬 수 있는 가장 효과적인 마음의 백신이었다. 사막에서는 가슴과 머리가 옥죄어들기 시작하면서 가쁘게 숨을 몰아쉬거나 호흡곤란을 느낄 필요가 없었고, 자제력을 잃고 미칠 것 같은 공포감이 들거나, 이유 없이 맥박이 빨라지면서 가슴이 두근거리고 심할 경우 심장이 멎을 것 같은 증상이 일어나지도 않았다. 물론 처음 며칠 동안은 간신히 몸을 가누고 걸으면서 길에 대한 두려움과 싸워야 했다. 처음 며칠 동안이 힘들었다. 신체의 기관들이 아직 적응이 덜 되었고, 단련이 안 되었기 때문이다. 그때쯤이면 발은 퉁퉁 부었고, 등에는 통증이 왔다. 피부가 이곳저곳 벗겨지고 빨갛게 짓물러 있었다. 무릎과 발목, 어깨, 팔꿈치, 대퇴골 등 신체 모든 곳의 관절에 오는 극심한 근육통을 참아내야 하였다. 갑자기 위경련, 구토, 설사가 일어나기도 하였다. 다리는 천근만근 무겁고 배낭은 어깨를 무섭게 짓눌렀다. 몸은 하루종일 걸으면서 완전히 녹초가 되어버렸고, 모든 희망, 욕망 같은 것들은 희미해져 버렸다. 그러면서 지독하게 외로워서 견딜 수가 없었다. 왜 내가 이 지겨운 여행을 계속해야 하는지 그럴듯한 이유가 도무지 생각나지 않았다. 이 고통스러운 여행을 보상하고도 남을 만큼 그 무엇이 존재하기는 하는 건가? 모든 것이 점점 의심스러워지는 순간이었다. 밤에 겨우 잠이 들면서 과연 내일 아침에 무사히 깨어날 수 있을지, 걱정이 되었다.

그러나 그 절망의 순간에는 잠시 휴식을 취하는 것이 필요하고, 과거 여행의 행복했던 순간을 떠올리며 자신을 위로하여야 한다. 그럴 때는 일부러 신나게 휘파람을 불어댔다. 그는 멋들어지게 휘파람을 불 줄 알았고, 만날 부르는 몇 곡의 십팔번이 있었다. 그러면 왠지 편안한 느낌이 들면서 숨쉬기가 안정되고, 심장도 더 이상 쿵쾅거리지 않았다. 걷지 않고 충분한 휴식을 취한 그날 하루는 매우 유익하다. 마음의 여유가 생기고 정성껏 돌본 상처도 아물기 시작하기 때문이다. 걷는 즐거움이란 게 거저 생기는 것이 아니다. 이런 고난을 극복해야 하는 것이다. 그 후에는 몸이 걷기에 훨씬 단련되면서 정신적으로 아주 편안한 상태가 되고 한결 여유를 되찾게 되는 것이다. 몸이 빠르게 적응하고 있었던 것이다. 어떻게 이런 일이! 그는 다리뿐만 아니라 팔과 어깨, 온몸으로 걷고 있다는 것을 생생하게 의식한다. 발밑의 땅의 따스함을 느낀다. 그는 땅과 함께 어깨동무를 하고 길을 걷고 있는 것이다. 그때는 길에 부드러운 카펫이 깔린 것 같다. 그는 길을 걷는데 대한 편집증적 증세가 다시 나타났고, 가뿐한 걸음걸이로 날듯이 걸었다.

산티아고 데 콤포스텔라의 순례자들은 순례를 시작한 첫 날에 간소한 의례와 함께 맹세를 했다.

    ……너무 빠르게 너무 느리게 걷지 말 것이며, 언제나 길의 법칙과 요구를 존중하며 걸어가기를. 그대를 안내하는 이에게 복종하기를, 심지어 그가 살인이나 신성모독, 파렴치한 행동을 명령하는 경우에도 그대는 안내자에게 절대적인 복종을 맹세해야만 할 것이니라.

그런데 길의 법칙과 요구를 존중하라는 말은 백 번 맞는 말이지만 이 맹세에 명백히 빠진 부분이 있다. 신발은 발에 잘 맞는 오래된 것을 신어야 한다는 것 말이다. 신발은 자신의 발에 맞게 주름잡히고, 부드럽게 뒤틀려 있어야 하는 것이다.

길은 언제나 길이었고 목적지에 도달할 수 있도록 이어져 있었다. 어쨌거나 걸어서 앞으로 나아가야 했다. 그때 길은, "길은 끝이 없는 거야. 당신의 의지가 명령하는 곳으로 가야만 되지. 내가 지금 어디로 가고 있는 것일까? 누굴 찾아서, 무얼 찾아서 떠나는 것일까? 왜? 무엇 때문에 출발하였는가? 물을 필요가 없는 거지. 그 길이 당신에게 가야 할 길을 안내할 거야. 지평선을 향하여 계속 걸어야만 돼, 걷는 것은 즐거운 거야. 지금 북이 울리고 있어. 길을 노래하라, 태양을 칭송하라."라고 속삭였다.

그는 적갈색 태양을 강렬히 의식하며 사막의 길과 공감하였고 자신에 대하여 강한 존재감을 느꼈다.

그러나 길이 멀다는 걸 알기 위해 길을 걷는 것은 아니다. '*산이 거기에 있기 때문에 산에 오른다*'는 어느 유명 알피니스트의 말은 한 마디로 웃기는 얘기일 뿐이다. ― 실은 1924년 에베레스트를 처음으로 등반했다 실종된 전설적 산악인 조지 맬러리가 그렇게 말했다. 그의 시신은 에베레스트의 깊은 크레바스 속에서 75년 만에 발견되었다. 그의 시신은 얼어서 돌처럼 굳어 있었다. ― 산은 오래 전부터 거기에 있었던 것이다. 그걸 누가 모르겠는가!

혼자서 외롭게 먼 길을 걷는 여행은 길에서 만나는 낯선 사람들이 지껄이는 말을 거의 알아듣지 못하지만 그래도 자기 자신과 어울리고, 스스로를 해방시키는 일이었다. 삶의 진실이 길 위에 있다. 인생은 그 자체가 머나먼 길이다.

그는 한없이 순결한 모래 위를 정성스럽게 걸었다. 사막의 길은 그의 남루한 삶에 있어서 희끄무레한 과거의 발자취를 더듬는 길이었다. 그에게는 잿빛이 감도는 석양 속에서 또는 별빛 아래 신선한 대기 속에서 사막을 천천히 걷는 일이 그렇게 즐거울 수가 없었다.

그것은 여행이라기보다는 차라리 탐험에 가까웠다. 그는 미지의 땅이 간직한 신비로움에 이끌려서, 막연한 동경심을 억제하지 못하고 찾아가는 진지한 탐험가라고 할 수 있었다. 그가 오지에 찾아가는 것은 태초의 세계로 거슬러 올라가는 것과 같았다. 세상의 모든 속박과 그에게 끈질기게 붙어 다니는 완벽에 대한 강박관념과 피해의식 같은 것에서 해방된, 진짜 자유를 찾아 떠나는 여행이기도 하였다. 볼썽사나운 또는 삐뚤어진 인간들과 인간의 사악함을 피하여 안식처를 찾는 자들에게 사막은 진정 보석과도 같은 곳이었다. 그의 사막 여행은 구원을 받기 위하여 안식처를 찾아가는 일종의 귀소본능이기도 하였다.

그는 게으름을 피우면서 몹시 느릿느릿 걸었기 때문에 사막의 모래 언덕을 돌아보고 감탄하는데 시간은 충분하였다. 사막의 모래 언덕은 조금도 물리지 않았다. 그럴 때면 진정으로 사막에 도달하였다는 기분, 내가 죽어 묻혀야 할 곳에 마침내 도착하였다는 느낌마저 들었다. 그는 지나간 자신의 삶을 깊이 반추하면서 사막을 음미하고 걸었다. 사막은 현실과 비현실의 완충지역을 이루고 있었고, 현재와 과거를 명백히 가르는 경계선 같은 것은 없었다. 사막은 그 과거라는 존재가 그와는 아무런 관련이 없는 것 같은 환상을 심어주었다. 그때, 그는 언제나 낯선 사막의 풍경을 감상하기 보다는 자연과 교감하면서 자신의 심연을 묵상하는 내면 여행을 한 것이다.

어느 날 드디어 최종 목적지에 도착하면 그때는 결국 도달하고 말았다는 안도의 감정을 느끼게 되지만, 언제나 너무 지쳐서 탈진할 정도였고 그 순간 머릿속은 진공 상태에 빠져 들었다. 그가 도달한 그 어디에서도 그는 무언가 빠져있음을 느꼈다. 그는 부재와 상실감을 느낀다. 그러므로 곧 쓸쓸하고 섭섭한 감정에 사로잡히게 되고, 처음 그곳으로 다시 돌아가고 싶다는 강렬한 욕구만이 머릿속을 맴돌 뿐이었다.

그가 사막이나 열대 우림을 뒤로 하고 떠나올 때면, 벌써 정신적이건 육체적이건 모든 피로는 말끔히 사라지고 없었다. 곧 그 힘들고 지긋지긋한 여행의 기억들은 자취를 감추고 아름답고 찬란한 추억들만이 고스란히 가슴 속에 남았다. 그는 오지 여행을 떠날 때마다 짜증나는 복잡한 절차와 막대한 비용, 그 지독한 현지의 기후 풍토, 개밥보다 못한 원주민 음식, 허기와 탈진, 심한 배탈과 설사, 수면 부족, 크고 작은 상처, 저체온증, 가슴을 무겁게 짓누르는 고독, 완고한 관료주의, 달러를 밝히는 국경 관리, 카라슈니코프 자동소총을 들고 위협하는 반군, 고통스러울 만큼 길고 지루한 여정 등 그 모든 것을 언제든지 감내할 준비가 되어 있었다.

그는 늘 열대 우림의 환상적인 녹색의 지옥, 또는 가혹할 정도로 황량한 사막의 놀라운 매력에 흠뻑 빠져 있었다. 그는 언제든지 그곳으로 또다시 돌아갈 것이다.

(아라비안나이트에 나오는 바다의 사나이 신드바드의 이야기를 들어보라. 그는 일곱 번이나 목숨을 건 항해 모험을 하였다. 여행 이후의 안락하고 즐거운 생활도 바다 여행에 대한 그의 욕구를 완전히 억누르지 못했던 것이다. 그가 누린 안락한 생활은 너무나 즐거운 것이어서 이전의 모험을 통해 겪었던 모든 고난과 괴로움을 까맣게 잊게 해주었지만 말이다. 다섯 차례나 난파를 당하고 그 숱한 위기를 겪게 되었음에도 불구하고 또다시 교역을 하고 새로운 것들을 보고 싶은 열정에 사로잡혀서 운명에 몸을 맡기고 모험을 찾아 떠났던 것이다. 그에게 한가로운 생활은 따분한 것이었다.

우리는 위대한 여행가인 오디세우스의 귀환과 떠남, 새로운 출발을 보면서 험한 길을 혼자서 방랑하는 사람의 심정을 제대로 이해할 수 있을 것이다. 그는 결국 극한의 바다에서 외롭게 죽었던 것이다.)

오디세우스는 미친 사람 행세를 하면서까지 참가를 꺼려했지만 어쩔 수 없이 트로이 전쟁에 참가하였다. 그러나 그 전쟁에서 승리의 원동력이 된 트로이 목마는 교활한 인간인 오디세우스가 고안한 술책이었다. 아무튼 그 전쟁에 참전하는 과정에서 10년의 세월을 소모하였고, 전쟁이 끝난 후 그의 고향 이타카로 귀환하는데 다시 10년이 걸렸다. 오디세우스는 이타카로 돌아가는 항해 도중 에우로스 (동풍)와 제퓌로스 (서풍), 노토스 (남풍)와 보아레스 (북풍)가 교차하면서 폭풍처럼 휘몰아치는 바다에서 너무나 모진 시련을 겪으면서 마침내 모든 부하들과 남아 있던 배까지 잃고 말았으니, 오직 그만이 살아남아 이틀 낮 이틀 밤 동안 바다 한가운데에서 부러진 돛대에 매달려 있다가 큰 너울에 떠밀려 들쑥날쑥한 암초와 돌출한 바위뿐인 어떤 섬의 해안가에 도착하였다.

그날 새벽 동이 틀 무렵 오디세우스는 파도에 떠밀려 와서 그 섬의 해안가에 혼자 누워 있었다. 그는 반쯤 정신이 나갔고 너무 기진맥진해서 신음소리조차 낼 기운이 없었다. 온몸에는 상처와 피멍자국 투성이이고 얼굴에는 죽음의 그림자마저 얼씬거리고 있었다. 그날 오후 해가 중천에서 빨갛게 이글거리고 있을 때 섬의 요정들에게 발견되었으니 망정이지 그렇지 않았다면 틀림없이 이름 모를 섬에서 허무하게 객사했을 터였다.

그는 발견되자마자 우선 물을 청해서 실컷 마시고 해갈부터 하였으며, 그 다음에는 며칠째 굶은 채로 바다와 사투를 벌이면서 너무 허기가 졌기 때문에 몇 시간째 요정들이 날라다 주는 푸짐한 음식과 나중에는 입가심용으로 포도주까지 달라고 해서 허겁지겁 다 먹어치웠다. 이제 배가 터질 듯하였다. 그의 얼굴에 비로소 엷은 미소가 번지며 역겨운 냄새가 풍기는 트림을 몇 번씩이나 요란하게 토해냈다.

그리고, 그제서야 자기 혼자서 살아남은 것을 깨달았고 바다에 빠져 불귀의 객이 된 부하들과 애지중지 아꼈던 배가 산산조각이 난 것을 생각하고 깊은 슬픔을 느꼈다. 그러나 오디세우스는 눈물을 조금 흘리며 울어보려고 애를 썼지만 도대체 눈물이 고이질 않았다. 울지 않은 지가 기억할 수 없을 만큼 하도 오래되었기 때문이다.

하지만 그는 티탄 아틀라스의 딸인 님프 칼립소가 살고 있는 오기기아 섬에서 어쩔 수 없이 정착하였다. 그리고 7년 동안이나 요정 칼립소에게 사랑의 볼모로 잡혀 있게 된다. 그는 그 요정과 사랑에 빠져버렸다. 마치 남태평양을 항해하던 뱃사람이 폴리네시아의 풍만한 여인을 만나는 것처럼 말이다.

그는 천국과 같은 그 섬에서 칼립소와 함께 쾌락에 빠져 너무나 행복한 삶, 기쁨과 보람으로 충만한 삶을 살았다. 그런데 쾌락은 망각과 깊이 관련되어 있다. 쾌락은 모든 성가신 일을 잊게 만드는 강렬한 힘을 가지고 있기 때문이다. 그는 한동안 쾌락에 탐닉하여 고향 이타카도, 페넬로페도, 삶의 목적도, 자기 자신마저 잊어버렸다. 그러나 그 무분별한 쾌락에도 한계는 있다. 그를 마침내 쾌락에서 깨어나도록 한 것은 시간이었다. 시간이 흐를수록 현실에 대한 주체할 수 없는 지루함, 권태와 함께 타고난 뱃사람의 항해에의 욕망,

귀환에의 뜨거운 욕망, 향수병을 어쩔 수가 없었다.

그녀는 현명하고 지혜롭고 참을성 많고 임기응변과 언변에 능한, 교활함에 가까운 지혜와 뛰어난 술책으로 자신의 모습을 수많은 다른 모습으로 바꿀 수 있는 탁월한 인물인 오디세우스를 연인으로 삼으면서 그를 불멸의 존재로 만들어주겠다고 끊임없이 유혹하였다. 더욱이 키는 작으나 몸이 다부지고 정력까지 센 오디세우스에게 흠뻑 반한 칼립소는 그를 달래서 결혼까지 하고 그 섬에 주저앉히기 위해 한껏 애교와 위엄, 협박을 섞어서 말한다. "그대는 진심으로 지금 당장 사랑하는 고향 땅으로 돌아가기를 원하시나요? 그렇다면 편안하게 가세요. 그러나 만약 그대가 고향 땅에 닿기도 전에 얼마나 많은 고난을 겪어야 할 운명인지 알게 된다면 날마다 그리워하는 그대의 아내를 보고 싶은 열망에도 불구하고 이곳에서, 바로 이곳에서 나와 함께 살며 이 집을 지키고 불사의 몸이 되고 싶어질 겁니다. 진실로 나는 얼굴과 몸매, 신체적 아름다움에서 그녀 못지않다고 자부하지요. 그녀는 인간, 지금쯤 많이 늙어버렸지 않았겠어요. 필멸의 인간 여인들이 몸매와 생김새에서 불사의 여신들과 겨룬다는 것은 당치도 않은 일이지요."

오디세우스는 역시 정중한 어조로 칼립소에게 말한다.

"존경스런 여신이여, 그 때문이라면 조금도 화내지 마시오. 페넬로페가 비록 정숙하기는 하지만 그대와 비교하면 위대하지도 아름답지도 않다는 것을 나도 잘 알고 있소. 더욱이 그녀는 필멸하는데 그대는 늙지도 죽지도 않으시니까요. 하지만 내가 매일 비는 유일한 소원은 집으로 되돌아가서 귀향의 날을 맞이하는 것이요. 설혹 신들 중에 어떤 분이 또다시 포도주빛 바다 위에서 나를 난파시키더라도 나는 불타는 가슴 속에 고통을 참는 마음을 갖고 있기에 끝까지 참을 것이오. 나는 바다와 전쟁터에서 이미 많은 것을 겪었고 숱한 고생을 했소. 그러니 이들 고난들에 또다시 고난이 추가될 테면 되라지요."

오디세우스가 그렇게 말하고 난 후 해가 지고 어둠이 내렸다. 칼립소가 유혹하는 뜨거운 눈길로 그를 바라보았다. 그는 어느새 토실토실한 계집이 되어 친친 감겨오는 칼립소를 안고 아늑한 동굴 속 둥근 천장 아래로 가서 넓적다리가 뒤엉긴 채 사랑을 즐겼다. 그런데 정력의 화신인 오디세우스는 지치지도 않고 밤새도록 굵어진 그의 성기가 가늘어질 때까지 열 번 이상 셀 수 없을 만큼 사랑을 퍼부었다. 육체의 내면에서 팽팽하고 거칠고 강렬하게 욕망이 끊임없이 분출하였기 때문이다. 그들은 새벽녘이 되어서야 발가벗은 채로 잠이 들었다. 그러나 오디세우스는 너무 피곤한 나머지 잠이 들자마자 심하게 코를 골았다.

그러나 칼립소는 어쩔 도리가 없었다. 그의 고집을 꺾을 수가 없었던 것이다. (그런데 일설에 의하면 칼립소는 죽어도 오디세우스를 떠나보내지 않으려고 했지만, 제우스신이 헤르메스를 보내 칼립소를 설득하여 그를 풀어주게 하였다는 것이다.)

어쨌거나 그녀는 오디세우스를 보내줄 궁리를 하고 출발을 위해 모든 것을 준비했다. 칼립소는 오디세우스를 목욕시키고 향기로운 옷을 입혀준 다음 섬에서 떠나게 해주었다. 여신은 뗏목 안에 가죽 부대 두 개를 넣어주었는데 그중 하나는 붉은 포도주가 든 것이었고 큰 것은 물이 든 것이었다. 그녀는 또 가죽 자루에 넉넉하게 양식을 넣어주었다. 이윽고 그녀가 부드럽고 따뜻한 순풍을 일으키자 고귀한 오디세우스는 기뻐하며 고향 이타카로 돌아가기 위해 바람에 돛을 펼치고는 뗏목에 앉아 능숙하게 키로 방향을 잡았다.

배는 파도를 헤치고 재빨리 달리며 지혜에 있어서는 신들 못지않은 한 남자를 나르고 있었다. 그로 말하자면 전에는 사람들의 전쟁과 힘든 파도를 헤느라 마음속으로 실로 많은 고초를 겪었으나 그때는 자신이 겪었던 모든 것을 잊고 뱃전에 기대어 잠시 잠이 들었다. 그리고 별들 중에서도 가장 밝은 샛별이 모습을 드러내기 시작하고, 그 별이 이른 아침에 태어난 새벽 여신의 빛을 알릴 때쯤 배는 고향 이타카에 도착하였다.

하지만 귀환 후의 그의 삶이란, 방랑과 모험의 생활을 끝내고 평화롭고 권태스러운 일상을 되찾아 안주하게 되자 너무 답답해서 숨이 막혔기 때문에 차라리 비극적인 삶에 가까웠다. 일종의 가사 상태에 빠져버린 것이다. 이제 그의 고향은 죽음의 가면이고 그를 가둬 놓은 감옥이 돼 버렸다. 그랬으니 구혼자들을 모두 죽여서 통쾌하게 복수한 후 그의 아내 페넬로페와의 재회는 너무 무의미한 것이었고, 그녀의 환영은 어느덧 사라지고 없었다. 그는 그녀에게서 아무런 기쁨도 느끼지 못했다. 더욱이 페넬로페는 20년 동안이나 정절을 지킨 탓에 음부가 늙은 할머니의 그것처럼 수축되어 쪼그라들었고 메말라 있었다.

그녀는 불멸의 여신이 아니었다. 즉 연약한 인간 여자에 불과했으니 20년간의 정절은 참으로 무의미했다. 얼굴은 쭈그렁밤처럼 쭈글쭈글해지고 그것은 메말라 버리지 않았는가. 이제는 바싹 늙어버린 것이다. 더욱이 그는 돌아온 집에 정을 붙이지 못하고 다시 떠나고 싶어서 안달복달하고 있지 않은가. 이제 그녀는 안중에도 없는 것이다.

결국 페넬로페는 자신의 찬란한 삶을 스스로 망쳐버린 것이다. 어찌 그렇게 쓸데없는 일을 했는지…… 안타깝다. 더욱이 오디세우스는 귀향하던 중 칼립소를 만나 7년 동안이나 태평성대 속에서 실컷 즐기지 않았던가.

그녀는 한창 젊은 시절에 그 열렬한 구혼자들과 쓸데없이 싸우는 대신 108명이나 되는 구혼자들 중에서 마음에 꼭 드는 자들을 골라서 함께 궁중에서 화려한 연회를 벌이고 주지육림 속에서 맛있는 음식을 먹고 와인을 마시며 은밀하게 또는 공공연하게 차례차례 생의 쾌락을 마음껏 즐겼어야 했다. 그러므로 쓸데없이 3년간이나 오디세우스 아버지 라이르테스의 장례식에 쓸 수의를 낮에는 짜고 밤이면 다시 낮에 만든 것을 풀어버리는 노고를 할 것이 아니었다. 그건 쓸데없는 짓이었다. 그건 시시포스의 영원한 형벌에 다름 아닌 것이다.

그런데 쾌락은 누구나 공통적으로 가지고 있는 인간의 기본적인 욕구이고 인간의 본성이며 즐거운 인생의 최대 목적이다. 일시적 쾌락만이 선이며 가능한 한 많은 쾌락을 누리는데 행복이 있다고 설파한 아리스티포스의 감각적, 양적 쾌락주의를 상기할 필요가 있다. 그녀는 인류 여성사에서 열녀의 본보기가 아니라 가장 어리석은 여자의 목록에 첫 번째로 기록될 것이다.

그는 고향에 일단 돌아왔지만 항해 자체가 제공한 풍요한 경험 속에서 삶의 본질을 깨달았으니, 20여 년 동안의 방랑과 방황, 그 찬란한 여행 속에 그의 삶의 정수가 담겨져 있었던 것이다. 그는 자신은 고향이, 집이 없다는 사실을, 페넬로페의 20년간의 정절도 무의미하다는 사실을, 충직한 개 아르고스의 기쁨도 의미 없음을, 자신이 걸어가는 방랑의 길 속에, 그 고달픈 여행 속에 진리가 있음을 깨달았다. 그래서 목적을 위해서는 수단과 방법을 가리지 않고 비정하기까지 하며 카멜레온처럼 표리부동한 오디세우스는 페넬로페와 올림푸스의 신들을, 꿀이 흐르는 과수원과 올리브나무 숲을, 생활의 안락함과 부유함을 버리고, 다시 자유를, 구원을 찾아서 영원한 탈출을, 출발을, 권태로부터의 도망을 결심했다. 그의 삶은 다른 곳에 있음을 깨달은 것이다.

신이 명령했다.

"도망쳐라! 오디세우스여! 지금 당장 출발하라! 망설이지 마라! 도망! 출발! 도망! 출발!"

그는 곧 암흑과 격랑에 휩쓸리며 목적지도 없고 해안선도 보이지 않는 바다를 향해 나아갔다. 그리하여 그는 단 한 척의 배에다 그를 버리지 않은 몇몇 동료와 함께 광활하고 깊은 바다를 향해 떠났던 것이다. 그리고 남극 바다에서 언어가 부재한 미소를 머금은 채 홀로 죽었다.

알리기에리 단테는 오디세우스가 죽은 지 대략 2,500년이 지나서 지옥에 가서 오디세우스를 만났다. (울리세스 Ulixes를 만났다. 로마인들은 그를 그렇게 불렀다.) 그때 울리세스는 팔라스 상을 훔친 죄와 트로이의 목마로 속임수를 쓴 죄로 말미암아 지옥의 불 속에서 지옥의 간수장에게 끊임없이 고문을 당하고 있었다. 그때 그가 단테에게 끝없는 지적 욕구 때문에 고향으로 귀환한 이후 이어진 마지막 항해에 대해서 말했다.

울리세스가 두 갈래로 갈라진 불꽃의 혀를 날름거리며 이렇게 말했다. "……자식에 대한 사랑도, 늙은 아버지에 대한 효성도, 아내 페넬로페를 기쁘게 해주었어야 하는 어엿한 사랑도 세상과 인간의 모든 악덕과 그 가치에 대해 완전히 알고 싶어서 내 가슴 속에 품고 있던 열정을 억누를 수가 없었지. 그리하여 나는 깊고 광활한 바다를 향해 오로지 한 척의 배를 타고서 떨어지지 않은 몇몇 무리와 함께 바다로 나아갔지……"

그러나 그는 한참 동안이나 뜸을 들이더니 속삭이듯 단테의 귀에 대고 다시 말했다. "역시, 후회가 되는군. 칼립소를 떠나는 게 아니었어. 그 여잔 밤이면 아주 거칠게 대해주면 더 좋아했지, 뜨거운 여자이니까. 자넨, 순진무구한 사람이 인간의 쾌락을 이해할 수 있겠어?

자네가 아홉 살 때부터 사랑했던, 그 누구지? 그렇지, 베아트리체. 자넨 그냥 비체라고 불렀지. 비체야말로 아름다운 여성의 전형이라고 할 수 있겠지. 아름다운 초록빛 눈, 약간 두툼하고 사랑스런 입술, 통통한 엉덩이, 미끈하게 뻗은 다리 등. 그런데, 위대한 시인의 가슴 속에 불타는 저 영원한 여성, 천사, 구원자, 기쁨, 위안, 광명, 희열, 행복, 슬픔, 고통…… 베아트리체는 어떻게 되었어? 아, 깜빡했네. 그녀는 너무 일찍 죽었지. 비체야말로 지금 자네의 천국에 자리 잡고 있는 구세주의 처소에서 편히 쉬고 있겠지.

그런데…… 정절, 그거 아무짝에도 쓸데없는 거야. 페넬로페가 20년 동안이나 정절을 지켰다고 하는데 알 게 뭐람. 여자란 그저 젊고 탱탱해야만 하거든. 늙은 육체는 안타깝지. 또, 아들 녀석은 어떻고? 왕이 되겠다고 눈이 벌겋게 충혈되서 설치질 않나. 백성들 역시 나에게 여전히 의구심을 갖고 있었다네, 신이 과연 내 편인지 의심한 거였어.

그러니 다 잊어버리고 떠나야만 했지. 타고난 방랑벽을 어찌할 수가, 늙은 나이도 막아내지 못하였지. 인간은 반드시 떠나게 되어 있거든. 고난의 여행 속에서 삶의 참뜻을 깨달아야만 하지. 그리고 내게는 자유가 필요했던 거야. 핵심은 자유인 거지. 인간의 존엄성을 지키려면 그게 필요하거든.

그러나, 장담하건대, 나는 황금에 눈이 먼 사람은 아니지. 새로운 세계에 대한 호기심만이 가득한 사람이지. 그래서 다시 고향을 떠나 출발했지. 바다는 누가 뭐래도 무서운 곳이지. 그러나 나는 바다를 두려워하면서도 사랑했지. 넓디넓은 바다를 생각만 해도 심장이 터질 것만 같았으니까. 바다는 자석인 거야. 그리고 결국 바다에서 죽었네. 당연한 거였어. 내가 바라던 바였거든.

그날은, 내 인생의 마지막 날은 이랬어. 그날 우리가 아주 깊은 곳으로 들어간 거야. 정죄산이 거리 탓인지 희미하게 나타났는데, 그것이 어찌나 높이 솟아있는지 내 일찍이 그런 산은 본 적이 없었지. 우리는 기뻐했지만 금세 통곡으로 변해버렸지. 낯선 땅으로부터 회오리바람이 불어와 뱃머리를 사납게 들이쳤기 때문이지. 높은 파도가 세 차례나 온통 덮어씌우더니…… 네 번째에는 심술궂은 신께서 좋으실 대로 선미를 추켜올렸다가 뱃머리를 푹 빠지게 하였으니…… 마침내 바다가 우리를 덮치고 말았다네. 나는 그때 바다의 짠물을 너무 많이 마셨어. 나는 고향이 아니라 여관을 떠나듯 이승을 떠났지. 그래서 내 시체는 지금도 바다 속 모래밭에 깊숙이 처박혀 있지. 땅 속에 묻혀 있지 않으니 내 영혼은 편히 쉴 곳이 없는 거야."

　그는 원래 외유내강형의 단단한 사람이었고 매번 치밀하게 여행을 준비하였으므로 치명적인 질병이나 굶주림, 원주민의 습격, 절박한 위험 때문에 죽을 뻔한 고비를 넘긴 적은 없었고, 따라서 기적이 일어난 적도 없었다. 다만 벌써 오래 전의 일이긴 하지만, 그는 겨울 등반 도중 동상에 걸려 왼쪽 발의 발가락 두 개를 잃고 발꿈치 뼈가 으스러지면서 뼈가 삐뚤어지고 발목의 힘줄이 복잡하게 얽히는 부상을 입은 일이 있기는 하였다. 지금도 그가 오래 걸을 때마다 왼쪽 발이 몸의 무게를 더 이상 감당하지 못하면서 심하게 쑤시고 동시에 격심한 통증을 느껴야 했다.

　그는 고독한 오지 여행을 통하여 선禪의 경지에 이를 만큼 인내와 극기, 겸손을 터득하였고, 오랜 경험에서 우러나오는 자신감을 가지고 있었다. 그렇지 않았다면 여행 중에 부딪치는 그 숱한 고난을 결코 감당하지 못했을 것이다.

　그는 아마 죽는 날까지 이 세상 미지의 길을 찾아서 어디론가 떠날 것이다. 결국 그 길에서 쓰러져 비참하게 죽음을 맞이할지 모른다는 예감이 들어도 말이다. 그곳은 그가 항상 꿈꾸었던 곳이었고, 이 세상의 또 다른 끝이었다. 길을 걸으면 그의 내면에 무언가 차곡차곡 채워지고 있었다.

　그는 결코 멈추는 걸 바라지 않았다.

그의 대학 시절부터, 극한적인 난코스 등반을 함께 즐겼던 산악반 친구들만은 - 대학에 갓 입학하여 공과대학 강의실 앞뜰에서 처음 모이던 날 안절부절하던 어색한 행동과 제 몸에 어울리지 않는 촌티 나는 옷차림새, 심하게 수줍어하는 순진한 얼굴을 떠올리며 - 한창 젊은 날에 사막에서 새벽녘의 샛별처럼 사라져버린 그를 안타깝게 생각하면서도, 참으로 너답게 죽었다고, 너는 행복하다고, 그의 영혼을 위로할 터이다.

그 친구들은 한겨울에 눈에 덮인 험준한 산을 함께 등반하면서 저체온증에 시달리고 방향 감각을 잃을 만큼 심하게 탈수, 탈진 상태에 빠졌을 때, 여기서 잠들면 죽는다고 외치며 서로를 격려했었다. 지금, 그들 중 하나는 진주에 있는 국립대학의 교수가 되었고, 또 하나는 일취월장하는 대형 건축사무소를 운영하면서 1995년 이래 몇 년째 대한건축사협회장을 맡고 있고, 몇몇은 중견 건설회사의 임원이 되었으며, 그러나 마지막 한 사람은 30대 초반의 이른 나이에 암벽등반 도중 자일이 끊어지면서 추락사 하여 이미 고인이되었다. 그 당시 관할 경찰은 낡은 로프가 끊어지면서 발생한 사고사라고 공식 발표했다.

그러나 그만은 알고 있었다.

그 친구는 그때 삶에 있어서 자신의 한계를 추구하고 끝없이 좌절했고 알코올 중독과 습관성 약물의 과다 사용으로 고통 받고 있었다. 그리고 이 세상이 너무 허무해서 자살했던 것이다.

그가 사막에서 죽는다면 그는 몇몇 친구들이 살아있는 동안 그들의 가슴 속에서 영원히 살아남아 있을 것이다. 그는 옛 친구였으니까. 참된 친구였으니까.

그러나, 가끔 즐겨 마시는 소폭과 영영 이별한다는 것은 정말 슬픈 일이다. 폭탄주는 원래 누가 더 빨리, 보다 많이 취하여, 혀가 먼저 꼬부라지는지 경쟁하기 위하여 고안된 술이라고 할 수 있다. 인간의 혀는 매우 민감하다. 음식을 맛보거나 술의 향기를 음미하는 일, 그 숱한 언어를 말하는 일 모두가 혀를 통해 이루어진다. 그러나 술이 몇 차례 들어가면 혀의 미각유두는 갑자기 둔해지기 시작하여 아무리 좋은 술이라도 지극히 무딘 반응을 보일 뿐이다. 그런 면에서 폭탄주는 구태여 맛과 향을 따지지 않고 그저 목구멍 속으로 털어 넣는 것이어서 아주 안성맞춤인 술이라고 할 수 있었다. 그런데 이 술이 제법 유행하면서 몇 가지 변종이 생겼는데, 그중 하나가 양주 대신 약한 소주에 맥주를 타서 마시는 술이 소폭이다. 소주와 맥주가 교미하여 태어나는 것이다. 다만 기술적인 문제가 남아 있다. 우선 배합 비율이 적당해야 하고, 다음으로 섞는 과정에서 맥주잔을 좌측에서 우측으로 순식간에 돌려서 몇 번쯤 회오리를 일으켜야 제대로 술맛이 나는데, 그걸 마스터하는 데 족히 3년은 걸린다. 이 술은 소주의 역겨운 냄새를 느끼지 않게 하면서 목구멍으로 아주 부드럽게 넘어갈 뿐만 아니라, 위에 도달하자마자 전율처럼 순식간에 온몸 구석구석에 알코올 기운을 전파하므로, 그 순간 짜릿한 희열을 느끼게 된다. 그리고 맹물을 마셔 입속을 헹궈 가면서 연거푸 몇 잔을 들이키면, 곧 기분 좋을 만큼 얼큰한 술기운에 빠져들게 된다. 가난한 술꾼들에게 값싸고 신속하게 취기를 배달해 삶에 찌든 피로와 스트레스를 한 번에 날려 보내버리는 것이다.

그 기분은 사람을 황홀케 한다. 그 달콤한 술기운은 사람을 한없이 들뜨게 하고, 때로는 기분이 너무 좋아 기고만장하게 된다. 술기운은 그의 입이 마음대로 지껄이게 놔둔다. 그는, 젊은 시절 오랫동안 몸을 가누지 못할 정도로 매일 마셔야 했던 강한 술은 그의 정신을 좀먹고 있었으므로 이제는 싫증이 나 있어서, 이 부드러운 마법의 술을 더욱 좋아하였다. 그 술에는 그의 우울한 심정을 안정시켜주는 신비한 성분이 포함되어 있었다. 그런데 다시는 이 술을 못 마시게 될지도 모른다.

그녀, 손희승(孫姬昇)의 얼굴 윤곽이 또렷하게 그려지지 않았다. 지금 그녀에 대한 기억은 비현실적일 만큼 먼 곳에 가 있었고 흐릿할 뿐이다. 그는 그녀를 그렇게 까마득히 잊고 지낸 자신을 이해할 수가 없었다.

어쩌면 그녀는 그에게 존재해 본 적이 없는 존재, 아니면 오직 꿈결 속에서만 존재하였는지도 모른다. 단지 그가 꿈을 꾼 것에 불과할지도 모른다.

마지막으로 본 그녀의 모습을 떠올리려고 하였으나 그 모습이 떠오르지 않았다. 모든 게 가물가물하였다. 다만 그 술집에서 보았던 그녀의 모습만 안개처럼 희미하게 떠올랐다. 하지만 그녀에 대한 행복한 느낌이 여태껏 여운으로 남아 있었다.

'내가 그 여자를 한때 사랑했었던가, 하지만 사랑할 이유가 있긴 있었나? 그 이유가 도무지 생각나지 않는군. 나는 오랫동안 그녀를 진심으로 사랑했다는 사실을 부인하고 싶었다. 하지만 지금 다시 생각해보면 그건 자신을 심각하게 기만하는 짓이었다. 그런데, 사랑이 먼저 찾아오는 것이 아닐까, 그 이유는 나중에서야 따라오는 거겠지. 자신을 속일 필요는 없을 거야. 그녀와 있으면 다른 건 필요 없었으니까.

그때는 내가 그녀를 배반했고, 그녀가 나를 배반했지. 그런데, 그건 그거지. 서로 빚진 것은 없는 셈이야.'

그녀의 두 눈은 그때 눈물이 가득 고여서 어두운 불빛 속에서도 반짝거렸다. 그녀의 살 냄새가 지금도 그를 자극했고 전율케 하였다. 그 향기가 여전히 기억났다. 감미롭고 찌르는 듯한 그 향기가 코끝에 느껴졌다.

그녀의 가느다란 손가락이 그의 헝클어져 뒤엉킨 채 모래가 서걱거리는 머리카락을 섬세하게 쓰다듬는 것 같았다. 그녀의 긴 두 팔이 그를 꼭 껴안고, 두 다리가 그의 다리에 가벼운 압박을 가하면서 얽혀 들었고, 가볍고 밋밋한 가슴이 그의 가슴을 짓누르고, 멜로디 같은 그녀의 목소리가 바람처럼 그의 귓전을 스쳤다. 그녀의 심장에서 뿜어져 나오는 뜨겁고 검붉은 피가 그의 몸속으로 흘러 들어왔다.

가늘고 유연한 그녀의 몸이 어린 아이처럼 보였다. 그녀가 부드러운 모래를 끼얹으며 터트리는 유쾌한 웃음소리가 들렸다. 모래가 어깨와 가슴 위로 미끄러지고, 길고 부드럽고 탐스런 새까만 머리칼이 바람에 날려서 어깨 너머로 흘러 내렸다.

그러나 그녀에 관한 일이란 지금쯤 마음속에서 그저 단념하기만 하면 그걸로 무난한 결말이 될 터이다.

'그래, 단념해야만 할 거야. 손희승은 아주 멀리 떨어져 있으니까. 어쩔 수 없는 일이야. 그때 술집에서 진실을 깨달았으니까. 사랑의 진실을…… 사랑의 고통을……. 그건 피상적인 것은 아니었어. 마술적인 환상도 아니었어. 빛나는 영감도, 사춘기의 열병과도 같은 열정도 아니었지. 어머니, 동생에 대한 애틋한 그리움, 돌아갈 수 없는 고향, 남쪽 바다에 대한 짙은 향수, 추억과는 다른 종류의 감정이었지. 심연처럼 너무나 깊은 거였지. 그러나 난 그걸로 만족하지. 그녀의 초조한 눈빛이 너무나 절실하게 말하고 있었던 거야. 그러나 이젠 돌이킬 수 없게 끝나버렸거든. 우린 다시 만나도 서로 약간 서먹하고 낯설을 거야.'

그녀는 말하자면 회사 내에서 전속 사진사의 역할을 하였다. 공사현장에서 여러 가지 각도로 세밀한 사진을 찍어 담당 부서에 넘기는 일을 하였던 것이다. 그러한 사진촬영은 엄숙하고, 전문적이고, 따분한 것이어서 그녀에게 그렇게 재미있는 작업은 아니었다.

그녀는 어느 정도 자금이 축적되면 자신만의 작업실을 마련하여 프리랜서 사진기자 또는 사진작가가 되는 것이 일생일대의 꿈이었다. 그래서 저명한 사진 전문 잡지에 특집이 실리고, 세계 각국의 유명한 미술관이나 갤러리에서 사진작품 전시회가 열리며, 제대로 값을 받고 사진을 팔기 원했다. 궁극적인 꿈은 국제적인 사진 전문 출판사에서 멋진 제목을 붙인 사진집을 내는 것이었다.

그녀는 항상 생생한 현장사진을 찍기 위하여 빛과 노출, 사진의 구성, 초점, 심도의 조절, 여백, 셔터 속도 등과 지루한 씨름을 하였다. 다양한 각도와 미묘하게 변하는 빛의 질과 방향, 색조 속에서 결정적인 순간, 찰나에 불과한 순간을 붙잡아 두기 위하여, 피사체에 최대한 가까이 접근하여 계속적으로 노려보다가 그 순간이 오면 연거푸 셔터를 눌러야 하였다. 그녀는 찰나에 불과한 그 눈 깜짝할 순간에 대상의 영혼과 내면 또는 정수를 포착할 수 없을지도 모른다는 강박감에 사로잡힌 나머지 정신없이 셔터를 누르고 또 눌렀다.

그녀의 렌즈는 피사체의 영혼을 빨아들여야 하였다. 그러나 그녀의 작업은 피사체를 렌즈로 포착하는 것만으로는 끝나지 않는다. 그 후에는 완전하게 어두운 암실에서 필름 현상과 인화라는 힘들고 복잡한 작업이 기다리고 있었다. 자기가 원하는 사진의 명암을 구현하기 위해서 빛과 시간을 직접 조절할 필요가 있었다. 그녀는 수많은 시간을 암실에서 보냈다. 그 지독한 화학약품 냄새를 맡으면서 말이다.

그러나 그녀는 아날로그였다. 그 흔해빠진 디지털 카메라는 한 대도 가지고 있지 않았다. 촬영부터 시작해서 인화까지 그녀의 손으로 이루어지는 전통적인 과정이 소중했던 것이다. 그것은 시간이 많이 걸리고 귀찮은 점이 많았지만 그녀는 서두르지 않고 기다릴 줄 알았다.

그녀의 흑백사진은 꿈속에서처럼 희미하게 투사된 것 같기도 하고, 피사체가 은밀하게 감추고 있는 비밀을 꿰뚫으려고 하는 것처럼 보였다. 그녀는 시적인 감정이입을 위하여 흑백의 농담에 집착하였다. 슈베르트의 음악처럼 화려하지는 않지만 깊고 단단하고 순수한 흑백사진은 피사체의 내면에서 풍기는 아름다움을 담고 있었다.

그 사진에는 그녀의 사진작가적 상상력과 망상이 함께 담겨 있었다.

그래서 그녀의 사진은 과거의 시간을 현재의 시간으로 불러들여 강렬한 느낌을 전달하였다. 그 느낌이란 기쁨, 슬픔, 연민, 증오일 수도 있었고, 또는 말로 표현할 수 없는 복잡한 감정일 수도 있었다. 그것은 한순간을 포착할 뿐만 아니라 피사체의 배경이 된 시공간을 압축하고 있었다.

그녀는 사진 속에서 분명한 메시지를 전달하도록 노력하였다. 모든 사진은 이야기를 들려줘야 한다. 사진은 이 세상 누구와도 소통할 수 있는 가장 강렬한 언어이기 때문이다. 그것은 인간과 본능적으로 교감한다. 그녀는 카메라 렌즈를 통해 세상과 소통하고 삶의 현장과 공감하고자 하였던 것이다. 가끔 렌즈에 남몰래 눈물이 가득 흐르는 일이 있었지만 말이다.

그러나 전문적인 사진작가로서 무언가 해내지 않으면 안 된다는 막연한 강박관념 같은 것은 없었다. 언제부터인가, 자신의 사진 한 장이 사람들에게 무한한 감동을 준다던가, 세상을 바꿀 수 없다는 걸 깨달은 후부터 그녀는 항상 마음이 홀가분하였다.

그녀는 사진작가들이 가장 흔히 사용하는 35mm 카메라로 편안하게 사진을 찍었다.

손희승은 원래 세밀화가 지망생이었다.

그녀는 아주 어렸을 적부터 종이, 스케치북, 빈 도화지, 노트, 섬세하게 깎은 가는 연필, 색연필, 물감, 재료들을, 그 냄새를 좋아했다. 그리고 자신의 여린 손이 선을 그리고 색을 칠할 때면 자신의 존재감을, 자유와 생동감을 느낄 수 있었다.

그녀는 공책 같은 작은 공간에 먼저 주제를 선택하여 구도를 설계하고 나서 수십 개, 수백 개의 선을 긋고 온갖 색을 섞어 칠하여 인물과 동물, 새들, 꽃과 형형색색의 잎사귀, 나무, 구름, 숲 등 풍경을 세밀하게 그려 넣어 어떤 이야기를, 또는 영혼에서 우러나오는 시 한 편을 담아내고 싶었던 것이다. 무슬림의 세밀화 세계처럼 말이다.

그러나 고도로 정신을 집중해서 세밀한 손놀림으로 그리는 초극세화의 세계가 얼마만큼의 집중력과 인내력을 시험하는지를, 그것은 손쉽고 화려한 일이 아니라 아무리 해도 끝이 없는 고된 작업임을 깨닫기 시작하면서 자신의 한계를 극복하지 못하였다. 무엇보다도 예술가로서 세밀화 속에 자신만의 독특한 방식이나 색깔, 소리가 들어있는 것인지, 자신에게 다른 곳을 바라보는 눈이 있는지, 스스로 중요한 것과 그렇지 않은 것을 구분하고 선택하는 용기가 있는지 의심하기 시작했고, 그녀의 솜씨는 그녀가 재주를 부릴수록 섬세함과는 거리가 멀게 점점 거칠어져 갔다.

그녀는 때때로 서럽게 울었다. 때로는 너무 힘들어서, 때로는 답을 찾지 못해서.

마침내 그걸 포기하였다. 그리고 그 대신 르네상스 시대 회화처럼 원근과 입체감을 풍부히 표현할 수 있는 사진으로 전환했던 것이다.

그녀는 반야심경의 색의 세계보다 눈으로는 보이지 않는 본질과 실체의 세계인 공의 세계, 수많은 구체적 형상은 모두 사라져서 추상으로 녹아 들어있는 무無의 세계에 눈을 뜨기 시작했다. 그 세계는 어둠이 내리는 이른 저녁의 색, 희미한 뒷골목 가로등 밑에 우울한 시처럼 내려앉은 어둠의 색, 추운 겨울의 색, 가난하고 상처입고 의기소침한 사람들의 색, 시골 농부들의 색, 더러움, 먼지, 흙과 대지의 색, 깨지고 부서지고 낡아버린 모든 것들의 색, 타버리고 남은 잔해의 색, 구름과 안개와 연기의 색, 흑백사진의 반쯤 어두운 색, 꿈과 허무, 공허의 색인 회색이고 잿빛이었다.

인간의 슬픈 이야기가, 영혼에서 우러나오는 시 한 편이 어떻게 화려한 채색일 수 있는가. 그녀는 회색의 세계에 이끌리면서 채색의 세계에 이별을 고하였다. 그리고 흑백사진에 집착하였다.

김규현은 회사에서 업무관계로 그녀와 몇 차례 만난 적이 있었고, 그녀가 셔터를 누를 때면 보여주는 침착함과 자신감, 돋보이는 감수성에 감탄하였다. 물론 예쁜 얼굴이라고 할 수는 없었지만, 군더더기 살 하나 없이 뼈대만 남은 것 같은 마른 몸에서 쏟아지는 직설적인 눈빛과 그녀의 내면에 담긴 아름다운 삶 자체의 비밀에 끌린 것도 사실이었다.

언제부터인가, 자신도 모르는 사이 그녀를 보면 그 어떤 알 수 없는 강렬한 감정에 사로잡혔고, 감미로운 여운 때문에 오랫동안 황홀하였다. 그것이 사랑이라고 단정할 수 있는 그런 감정이었는지는 자신할 수 없었지만, 만약 사랑이라고 해도 그것은 완전히 일방적인 것에 불과하였다.

그녀는 늘 소매가 넓은 옷을 입어 편안해 보인다. 그녀의 옷은 환상을 원단으로 재단해서 몸에 걸친 것이다. 그리고 그녀에게서 갓난아이 시절 어머니의 젖가슴과 얼굴에서 맡았던 잃어버린 냄새들, 낯익고, 기분 좋은 냄새를 다시 맡을 수 있어 좋았다.

그렇지만 그가 할 수 있는 일이라곤 사무실을 오가면서 또는 엘리베이터 안에서 마주치면 가볍게 목례를 교환한 후 아무도 모르게 그녀를 힐끔 훔쳐보는 것이 고작이었다. 너무 빼빼 마른 것은 좋지 않아. 뼈에 살이 붙은 게 보기 좋은 거지. 그러나 고래힘줄처럼 고집이 세서 질질짜는 스타일은 아닌 거야. (그들은 일하는 부서가 달랐다. 그래서 그녀를 보고 계통이나 결제 라인에서 만날 일은 없었다. 하지만 같은 회사에 다니고 있으니까 가끔 마주칠 일조차 없었겠는가.)

그러나 그녀의 희미한 모습이 망령처럼 집요하게 달라붙었다. 그 모습을 그의 가슴 속에서 몰아내려고 발버둥을 쳤지만, 그건 헛수고였다. 그것은 끊임없이 환상을 충동질하였다. 그것은 어머니였고, 아내였고, 누이동생이었다. 손을 뻗쳐도 닿을 수 없는 금단의 열매였다. (그녀와 마주칠 때마다 언제나 모호하고 아득한 어머니의 냄새를 맡을 수 있다. 그녀는 처음이자 마지막이다. 그녀는 존경받는 자이고 멸시받는 자이다. 그녀는 타락한 자이며 거룩한 자이다. 그녀는 아내이고 처녀이다. 그녀는 어머니이며 딸이다…… 그녀는 지식이며 무지이다.)

사랑이란 눈을 통하여 흉벽으로 침입하는 독특한 괴질이다. 그는 그때마다 무서운 신경증을 앓았지만 말이다.

그러나 그런 식으로 흘끗 몰래 쳐다보는 것만으로는 만족스럽지 않았다. 그녀는 그때 나를 쳐다보았는지도 궁금하였고, 언제 또다시 마주치게 될 것인지도 궁금하였다.

하지만 이러한 감정은 명백히 과장된, 지나치게 일방적이고 수사적인 것일 수도 있었다. 그가 태어나서 난생 처음 느껴보는 그런 종류의 감정의 폭풍이었기 때문일 것이다. 그리고 객관적인 관점에서 보면 그것이 과연 진짜 사랑의 감정인지도 확신할 수 없었다. 사랑의 감정이란 항상 다양하고 미묘한 것이며 실체가 없는 것이기 때문이다. 그러나 그가 스스로 놀란 것은 사실이었다. 그는 자신의 가슴 속에서 무슨 일이 벌어지고 있었는지 도대체 이해할 수 없었다.

그런데, 그날 저녁, 그는 방배동에서 1차로 어지간히 마셨지만 여전히 미진하여 마지막 입가심을 하기 위하여 혼자서 서초동 예술의 전당 부근의 지하 카페에 갔을 때 전혀 예기치 못한 뜻밖의 상황이 발생하였다.

그러나 벌써 오래 전에 있었던 일이어서 날짜가 정확하게 기억나지 않았다. 바로 엊그제 있었던 일 같기도 했고, 어쩌면 한 달 전 같기도 했다. 어쨌거나 그로부터 시간이 흘렀고 너무나 많은 일들이 일어났던 것이다.

그 술집에서 그녀는 혼자서 술을 마시고 있었던 것이다. 그녀 역시 그와 마주치는 순간 흠칫 놀라고 몹시 멋쩍어 하였다. 그녀는 그때 심장이 마구마구 뛰어서 미칠 지경이 되었다. 전율이 그녀의 온몸을 관통했다. 그녀는 냉담해지기로 결심하였다. 그녀는 그를 다시 쳐다보지 않았다. 그를 향하여 몸짓 하나 보내지 않았다. 그러나 그것뿐이었다. 단 한순간에 그녀의 결심은 스르르 녹아버렸다.

그녀가 자신에게 타일렀다. '흥분해선 안 되는 거야. 정말 침착해야만 하지. 오늘은 술을 많이 마시면 안 되겠지. 이 바보야! 그와 단둘이만 있게 되었거든. 그의 관심을 끌고 사로잡아야만 하는 거야. 그의 가슴 속으로 파고 들어가는 거지.'

달콤한 향수냄새가 술 냄새에 섞인 채 희미하게 풍겼다.

그때 여름은 지나갔으나 아직 완전한 가을은 아니었다. 9월 중순이었기 때문이다. 그래도 더위는 한풀 꺾였다. 숨이 턱턱 막혔던 더위는 사그라지고, 밤에는 제법 선선하였다. 여름의 태양이 기세를 잃으면서 낮이 점점 짧아지고 있었다.

밤은 성숙하지 않았다. 텅 빈 술집은 도시의 소음이 차단되어 있었다.

그녀는, 그때 괜히 변명부터 늘어놓기 시작하였다.

"동네 언니가 하는 집인데 언니 만나러 왔다가, 심심해서 한 잔하고 있어요. 언니 혼자서 하는 술집이거든요. 언니는 늦게 온대요 상무님은 저 같은 거 기억도 못하시죠. 전 상무님을 너무 잘 알고 있는데 말이죠. 아름다운 사모님께서 지금 임신 중이라면서요. 신경이 너무 많이 쓰이시죠.

그 아이가 태어나면 어떻게 생겼을까요? 참으로 궁금하거든요 …… 빼닮아서 이목구비와 그 표정이 아기의 얼굴에 살아 있을지?"

"……."

"그걸 어떻게 알았느냐구요, 다 알 수 있어요. 전 상무님 일이라면 항상 귀를 쫑긋 세우고 있거든요."

그녀는 많이 취하여 혼자 더듬거리고 있었다. 모처럼 만난 김에 하고 싶은 말이 무척 많다는 표정을 짓고 있었지만, 그녀의 머릿속에 가득 찬 말들은 갈피를 못 잡고 허공에 떠 있었다. 그녀의 얼굴에는 어떤 형태의 조급함과 진지함이 함께 담겨져 있었다.

"저도 사막을 좋아한다구요. 얼마 전에 고비 사막에 다녀왔어요. 그러나, 사진은 단 한 장도 찍을 수가 없었어요. 대지에서 울리는 느낌이 너무 강렬했거든요! 또 별이 쏟아져 내리는 고비의 밤하늘은 어떻구요! 초인간적인 대지의 기운이 엄청난 힘으로 내 영혼을 빨아들여서 전 손가락 하나 꼼짝할 수 없었어요. 셔터 누를 힘조차 없었다구요."

"……."

"참, 상무님은 여행하시면서 절대 사진을 찍지 않는다죠. 귀찮아서, 아니면 사색에 방해가 되니까? 절, 이 세상 끝까지, 어디든지 데리고 가주세요. 제가 열심히 찍어 드릴게요. 그런 환상적인 순간을 놓치면 안 되겠죠 지금 '날 데려가세요' 하고 소릴 지르고 싶군요 물론 어림없는 소리지만 말이죠. 가끔, 제가 보호해 줄 필요가 있지 않을까 생각할 때가 있어요. 어쩔 줄 모르는 그 쓸쓸한 모습을 생각하면 가슴이 꽉 막히거든요. 그땐 꼭 안아주고 싶어요."

다른 손님은 아무도 없어서 조그만 술집이 휑한 느낌을 주었다. 사람이 붐비지 않는 그런 술집은 정말 쓸쓸하다. 술집의 어스름한 불빛 속에서 그녀의 불그스레한 얼굴이 묘한 매력을 풍겼고, 우뚝 선 콧날 위로 꿈처럼 모호한 슬픔이 무심히 스쳐갔다.

"전 이혼녀에요. 아주 일찍 결혼하고 일찍 이혼했어요. 회사에서는 누가 알까봐, 괜히 전전긍긍하고 있지만요."

그녀는 끝내 비밀로 간직하려 했지만 그날 밤은 어쩔 수가 없었던 것이다.

"그걸 하필 내게 얘기할 필요가 있을까?" 그가 마지못해 우물거리듯 희미한 목소리로 대꾸하였다.

"글쎄요, 그래도, 상무님은 알아야 될 것 같거든요. 그동안 기회가 없었잖아요. 전 운명을 믿는 편이죠 지금 운명의 냄새가 느껴져요 전 상무님을 처음 보는 순간부터…… 아주 오래전부터 제가 기다려왔던 사람이 바로 상무님이라는 것을 깨달았지요. 그리고, 야릇한 운명을 한탄하였지요. 왜, 우린 아주 일찍 만나지 못했을까 하구요 아름다운 사모님보다 먼저……."

"도대체 무슨 말인지 알 수가 없군?"

"우린 둘 다 멍청이 아닌가요"

"바보는 바로 나겠지."

그 말을 하는 짧은 순간 입술이 닿을 듯 말 듯 가까이 머리를 맞대고 있던 두 사람의 시선이 둘만의 좁은 공간에서 마주쳤다. 그녀의 달착지근한 숨결이 그의 코끝을 간질이며 얼굴에 달라붙었고, 검고 윤기 나는 긴 머리카락이 귓가에서 서걱거렸다. 그녀의 긴 목이 육감적이었다. 비단결 같은 검은 머리가 빛났다. 구리 반지를 낀 가는 손가락이 머리카락을 쓸어 올렸다. 미모사보다 더 예민한 그녀의 눈에 가녀린 이슬 같은 눈물이 어렸다.

그녀는 흐르는 눈물 때문에 목이 메려 하였다. 그녀는 고개를 세차게 흔들며 술 한 잔을 꿀꺽 삼키고, 그를 향해 억지로 미소, 애매한 미소를 지었다. 그 약간 어색한 순간을 모면하려는 듯 그녀가 술을, 소주와 맥주, 양주 등을 스스로 꺼내왔다.

"그래요, 나도 소맥 잘 마신다구요. 그까짓 것 아무것도 아냐······ 나도 얼마든지 마실 수 있지요. 취하고 싶네요. 지금보다도 열 배는 더 취하고 싶네요. 당신은 날······ 이혼녀가 너무 따분한 나머지 머릿속이 온통 섹시한 남자 생각으로 가득 찬 한심한 여자로 보고 있으니까, 사람을 너무 무시하니까, 술을 안 마실 수가 없지."

술은 느지막한 밤에 마셔야만 제격이다. 희미하고 가느다란 불빛 아래서 얼큰하게 마셔야 술맛이 제대로 나는 법이다. 어둠침침한 작은 술집이 더없이 아늑하였다. 두 사람의 술잔이 허공에서 제멋대로 도형을 그리며 은밀하게 또는 무분별하게 서로 부딪쳤다. 그녀는 더욱 취하였고, 한층 불그스레한 얼굴에 혀가 더욱 꼬부라졌고, 더욱 달콤한 목소리로 말을 많이 하였다.

술의 마술적인 효과에 의해 그녀의 굳었던 혀가 완전히 풀렸다. 그녀가 제멋대로 지껄이기 시작했다.

"김 상무, 당신 말이야, 인간이 만들어 낸 가장 위대한 발명품이 무언지 알아요? 그게 술 아니겠어요!"

"그렇지, 인간이 술을 만드니까 그 술이 사람을 호모 사피엔스 알쿨리크스를 만들었지. 술을 지나치게 많이 마시면 술에 더욱 의존하게 되고, 그래서 술꾼은 술의 노예가 되지. 그러면 술은 그 노예에게 가차 없이 주인 노릇을 하지."

"그만 둬요. 더 이상 말하지 마세요. 저하곤 아무런 상관이 없는 일이에요……."

"지금, 술을 많이 마시니까 두려움이 싹 사라지네요……."

"……."

"전, 당신과 마주치는 것을 두려워했죠. 말을 걸어올까 봐 말이에요. 내게 말을 걸어오면 머릿속이 마구 뒤엉키면서 말을 더듬을까 봐 겁이 났지요."

"……."

"당신 앞에 서면 멍청해질까봐 무서웠던 거예요……."

"……."

"당신, 내 기분이 어떤지 아세요. 날 지금 속으로 비웃고 있죠."

"그럴 리가 있나."

"지금 아니어도 나중에라도 틀림없이 비웃을 거예요."

"쓸데없는 소리, 너무 취했어."

"그런데, 당신은 모든 것에서 완벽주의자 아녜요? 한번 프로젝트의 설계 작업을 맡게 되면 미친 듯이 몰두하니까요. 당신은 강박증에 시달리고 있는 거예요. 아니면 불안증이겠지요. 그것도 아주 심하게 중증이지요."

"착각은 하지 마, 완벽은 없어, 불가능해. 사람도 세상만사도 불완전하고, 미성숙하고, 미완의 것이지. 완벽에 집착하는 것은 미친 짓이지. 만약인데 말이야, 사람들이 이구동성으로 완벽하다고 인정해도 그런 건 인간의 미망이 초래한 일종의 위장이거나 함정일 거야. 완벽 또는 완전이란 것은 성숙했다는 뜻 이외에 아무것도 아닌 거지. 그걸 오해하면 안 되겠지. 그렇다면, 결국 완벽주의는 과대망상인 거지. 다시 말하지만 완벽이란 참으로 비인간적인 거야. 그건 광신자에게나 해당하는 것이겠지. 그러므로 유일한 완벽은 죽음을 의미하는 거야. 지금 나에게 필요한 건 완벽이 아니라 완성인 거야. 우리는 완벽이 아니라 완성을 향해 나아가는 거지.

그러나 완성을 위해서는 설계도 앞에서 눈에 불을 켜고 자신의 생명력을 불사르기 위해 반쯤 미쳐야만 하는 거지. 하지만 성에 차지 않아 또다시 실망하게 되고 그때는 너무 지쳐서 작업을 멈춘 채로 티자 자 하나 들 수 없는 무기력한 마비 상태에 빠져들고 말지. 그러니까 에밀 졸라의 클로드 랑티에처럼 목을 매고 죽어야만 하는 거야. 가령 내가 완벽하다면 유행에 아주 민감했겠지. 그래야만 되니까……. 요즘 고층 빌딩이 한창 유행하고 있지. 그러나 나는 회의적이지. 고층 건물은 아니야. 초고층 건물은 햇빛이 가득해야 할 거리에 긴 그림자를 오만하게 드리우며 하늘을 가리지. 그러니까 건물의 외관은 비인간적으로 차갑고 냉소적으로 느껴지는 거야. 절대로…… 절대로 아닌 거지. 그건 바벨탑의 교훈을 잊어버린 탓이지. 그리고 건축학적으로도 초고층 건물은 콘크리트 변형에 따른 기둥 축소 현상을 해결할 수 없거든. 지진에도 취약하고 그래서 고층 건물은 결국 바벨탑의 운명을 겪을 수밖에 없는 거지. 인간들이 점점 오만해지고 있거든. 인간과 건축의 본질을 망각한 짓이라고 할 수 있을 거야……. 하지만 나는 유행에 뒤떨어져서 소외되고 있는 거야. 소외되고 있다고……. 나는 위대한 건축가가 되길 바랐지만……. 그러나 이름이 아닌 건축 작품이 남겨지길 원하였지. 그게 이루어질지 모르겠군."

"그런 복잡한 소린 듣고 싶지 않아요. 건축 얘기는 회사에서도 지겹게 듣거든요. 당신은 술집 분위기에 어울리지 않는 소릴 잘 하죠! 왜 그리 눈치가 없어요? 좀 간단히 말할 수 없어요

오직…… 당신이란 사람이 문제인거예요. 당신은 도대체 믿을 수

없으니까요. 여자가 조금만 가까이 다가서도 멀리, 아주 멀리 도망가는 사람이죠. 여자가 스스로 옷을 벗을까봐 죽을 맛인거죠? 안 그래요? 당신은 겁쟁이이고…… 비겁한 사람…… 사람이라고 할 수 있겠죠" 그녀가 너무 취해서 마구 지껄였다. 그러나 틀린 말을 하고 있지는 않았다.

"대충은…… 맞는 말을 하고 있군. 난 정신이 온전할 때는 애길 잘 하지 못 하지. 혀가 풀리지 않거든. 하여간에 그래……. 술에 충분히 취하여만 혀가 그럭저럭 돌아가지. 그러니깐, 애기를 하는 건 내가 아니라 술이지. 소주가, 소폭이 하는 거지."

그는 그녀 머리카락의 흔들리는 검은 빛깔에서 탐스러움을 느꼈다. 그때 조금 전까지만 해도 느끼지 못했던 격렬한 욕망이 그를 덮쳤다. 그것 때문에 그의 머리가 욱신거리기 시작하였다. 그의 숨소리가 조금 거칠어진 것 같다. 남자의 야릇한 육체적 욕망이 일기 시작한 것이다.

'오늘 저녁 마침내 이 여자의 몇 겹 신비한 베일을 벗겨버려야만 하지. 반드시……. 이 여자는 그 동안 다가갈 수 없는 경계선 밖에 있었지. 결국 여자의 몸뚱아리겠지만. 이 여잔 여자이지. 여자로서 기능하는 여자. 지금 먼저 예행연습처럼 짧게 입맞춤을 한다면 어떨까? 옷을 벗기려들면 어떻게 나올까? 어떤 표정을 지을지 궁금하군. 무슨 의미 없는 말을 지껄일지도……. 오직 거칠게 비릿한 신음소리만 내뱉을지도 모르지. 그런데 내가 여자의 옷을 벗길 줄 알았던가? 능란한 솜씨로 원피스의 뒤쪽 단추를 풀 수 있을까? (내가 상상 속에서 그녀의 옷을 벗겼던 적이 있었던가. 내가 꿈을 꾼 적이혹은 환상을 가졌던 적이 있었던가. 그녀를 성적 노예로 삼아 학대한 꿈이거나 몹시 반항하는 그녀에게 올라타 짓누르는 환상 말이다.) 하지만 결국 그 자존심이 강한 여잔 내가 그렇게 간청하는데도불구하고 못하겠다고…… 지금은 당장은 안 된다고…… 이렇게 빨리 하면 자신을 천박한 여자로 볼 것이기 때문에 안 된다고……'벌거숭이가 되면 우습게 보일 거예요!', '그리고 말이에요. 갓난아기가 엄마 젖을 빨듯이 당신이 내 젖꼭지를 넣고 우물거리면 간지러울 거예요', '틀림없지요. 당신의 절망적인 움직임을…… 물에 빠진 사람이 지푸라기라도 잡으려는 심정으로 몸부림치는 동작을……영혼이 달아나버린 맥 빠진 육체의 기계적인 동작을 보는 것은 끔찍할 거예요.'라고 말하겠지. 그러니, 시간이 지나가야 한다고, 조금만 참고 기다리라고 하겠지.'

그는 그때 그녀를 소유하고 싶은 참을 수 없는, 불가항력적인, 모호하고 끝없는 욕망에 사로잡혔다. 육체가 서로 엉키고 밀착해서한 몸이 되고 싶었다. '내가 그녀를 강간할 수 있을까? 나는 지금그녀를 강간하고 싶다. 그녀를 짓밟기 위해 거친 폭력을 행사하고싶다. 그녀의 자존심과 열망, 불안, 공포를 잠재우기위해 단번에 그녀를 집어 삼키고 싶다.'

그는 온몸에 소름이 돋았다.

그녀가 화장실에 가기 위해 일어섰다.

그는 그 순간 그녀의 두 눈을 똑바로 쳐다보았다. 그리고 자신의 욕망이 얼마나 터무니없고, 어리석고, 추악하다는 걸 깨달았다. 그는 거침없이 꿈틀거리는 욕망을 억제하기 위해 연거푸 술잔을 들이켰다. 달콤한 술기운이 일시적 통증 같은 그 욕망을 가라앉혔다. 그는 그녀를 껴안고 애무하고 싶은 성적 쾌락에 대한 갈증을 가까스로 억제하였다. 곧 그 아름답고 신비한 인간적 본능은 어둠의 망각 속으로 씻은 듯이 사라져 버렸다. 욕망이 사그라지면서 모든 것이 시시하고 공허해 보였다.

그는 울고 싶었다. 동시에 헤아릴 수 없는 두려움을 느꼈다.

그는 무언가 은밀한 일이 들통 나서 무안한 기분이 되었고, 그녀를 다시는 똑바로 바라볼 수가 없었다. 그는 갑자기 그녀의 눈길을 감당할 수 없어서 말의 실마리를 잃어 버렸다. 그는 억지로, 그녀에게 부자연스러운 미소를 지어 보였다. 그 가슴이 꽉 막히는 듯한 분위기에서 탈출하기 위해 그는 다급하게 소맥과 강한 술을 닥치는 대로 계속 마시기 시작했고, 독한 알코올이 목구멍을 넘어갈 때마다 마치 불덩이를 삼키는 듯한 느낌이 들었다. 그때 강렬한 술기운이 부끄러움처럼 그의 얼굴을 감쌌다.

그 술집에는 그녀만 존재한다는 느낌을 받았다. 그는 존재하지 않았다. 그는 상당히 취한 상태에서 언니가 돌아오자마자 고독한 환상의 섬인 그 술집으로부터 도망치듯 빠져 나왔다. 그 추상적인 섬은 그 무렵 그의 기억과 망각이 교차하는 가운데 그의 가슴 속을 이리저리 떠다녔다.

두 사람은 이제 결코 서로 만나지 못하리라.

그 후 손희승을 오랫동안 만날 수 없었다. 무슨 일인지, 그녀가 곧 회사를 그만두었기 때문이다. 한참 나중에서야 그녀가 새로 창간한 패션 전문 잡지의 사진기자로 갔다는 이야기를 들었을 뿐이다.

1998년 늦은 봄. 피부의 혈관이 터져서 피가 콸콸 흐르는 것처럼 하늘이 핏빛으로 붉어지던 토요일 늦은 오후.

황혼의 빛깔은 마치 무지개를 층층이 쌓아 놓은 것처럼 불타는 분홍, 장밋빛 분홍, 짙은 회색 분홍으로 변하고 있었다. 세상의 풍경이 황금빛 석양에 물들고 있다. 세속적인 모든 것이 사라지고 있었다. 그는 믿을 수 없는 하늘을 쳐다본다. 시뻘건 해가 석양 저편 어디론가 떠나고 있었다. 그는 그때 서초동 남부터미널 부근에서 방배동 쪽으로 아주 느릿느릿 길을 걷고 있었다. (그때는 리비아로 가는 출국 준비가 거의 끝나서 홀가분했다고 할 수 있다. 그는 6월 초순경 출발할 예정이었다.)

그는 그녀와 길에서 갑자기 마주쳤다. 그녀가 먼저 깜짝 놀란다. "상무님, 안녕하세요. 오랜만입니다. 죄송해요. 얼마 전에 회사를 옮겼지요. 말씀드릴 기회가……. 건축 쪽 현장 사진은 어지간히 찍었거든요. 새로운 것을 시도해보고 싶었지요. 자세한 이야기도 없이…

… 그냥 그랬어요" 두 사람은 짧은 거리에서 빤히 쳐다보면서……
잠시 환한 미소에 잠긴다. 서로 반가워서 손을 잡을 듯하였다. 그러
나 그녀가 주춤거렸다. 그는 그 자리에 꼼짝없이 서 있다. 그는 말
한마디 없이 훌쩍 떠나버린 그녀에게 심술이 나서 빈정대고 싶었지
만 꽉 막혀버린 목구멍에서 말이 잘 흘러나오지 않았다.

손희승은 가던 길을 걷는다. 그리고 돌아보았다. 가볍게 손을 흔
들더니 계속 걸어갔다. 그녀는 골목길로 꺾어지는 모퉁이에 너무
빨리 도달했다. 거기서 잠깐 멈추었고 그가 서 있는 쪽으로 다시 돌
아보았다. 그녀는 환한 미소를 지으려고 하였지만 눈물이 글썽거려
서 웃음이 나오지 않았다. 손희승은 뒷골목 길로 빨려 들어가듯이
사라져 버렸다.

그녀가 그때 했던 말이 오랫동안 여운을 남겼다. "참된 사랑은
작별 인사를 하지 않고도 사랑하는 사람과 헤어질 줄 알죠"

그녀는 압도적인 힘으로 나에게 다가왔었다. 그러나 나는 그럴수
록 떠날 수밖에 없었다. 순수한 사랑이었기에…… 당신을 영영 떠
나지 않겠다고 약속할 수는 없었어. 난 당신을 붙잡을 수 없었던 거
지. 그럴 수밖에 없는 걸 이해해줘. 날 내버려둬. 내가 여자를 사랑
하는 것은 불가능한 일이었을까.

사소한 작별 뒤에는 영원한 이별이 뒤따른다.

아내를 두고 다른 여자를 잠시나마 생각하는 일은 아내에게 무척

미안한 일이다. 이제 그녀를 단념하고 잊어버려야 한다. 그리고 아내와는 어쨌든 화해하고 싶었다. 그는 살아 돌아간다면 다시 진지하게 시작할 생각이었다.

심현숙(沈賢淑)은 그 당시 관악구에 있는 신설 사립 중학교의 음악 교사였다.

그녀의 부친은 그 품행에도 불구하고 자식에게만은 매우 고루하고 엄격한 사람이었다. 그 집에서 아버지의 말은 곧 법이었다. 아버지는 그녀가 태어날 당시의 시대정신을 반영하여 그녀가 현숙한 여자로 성장해서 현모양처가 되기를 간절히 바랐기 때문에 이름을 '현숙'이라고 지어줬다. 물론 그녀는 여자 고등학교 시절부터 벌써 그 이름이 구태의연하고 촌티 난다는 이유로 매우 싫어서 친구들에게 끊임없이 불평을 해댔다. 그녀는 그 유치한 이름 대신 스스로 길거리 작명가가 지어준 '심지이'라고 부르기도 하였다.

그녀는 2남 1녀 집안의 막내로 태어나 좋은 환경에서 순탄하게 자랐다고 할 수 있다. 그녀는 막내로 부모님과 오빠들의 귀여움을 독차지 했으니, 그래서 어린 시절부터 발랄하고 깜찍했으며 당돌하였다. 겉으로만 보면 그랬다. 그러나 그 집안에 전혀 문제가 없었던 건 아니다. 아버지는 서울 시내 유명 사립대의 교수였지만 자기애성 인격장애 성향을 가진 지독한 술꾼이고 바람둥이였다. 그랬으니 어머니와는 일찍부터 사이가 좋지 않아서 각기 방을 따로 썼고 거의 대화도 없었다. 어머니는 아버지에 꿋꿋하게 맞서 자식들을 지켰지만, 그러나 그 시절 집을 뛰쳐나가지는 못하였다.

그녀는 여자 대학에서 성악을 전공할 무렵 자신은 타고난 목소리와 재능에 비추어 프리마돈나로서 성공할 가망이 없다는 사실을 어느 날 문득 깨달았다. 불행하게도 그녀의 목소리는 너무 약해서 독창을 소화하지 못했으므로 교회 합창단원으로 만족하지 않으면 안 되었다. 무엇보다도 성악 훈련이란 게 감당할 수 없을 만큼 너무 힘들었던 것이다. 그러니 가왕 조용필처럼 피나는 노력으로 득음의 경지에 오를 만큼 강렬한 의지와 욕망이 없었던 것이다. 그녀는 힘든 일은 딱 질색이었다.

그 당시 어린 시절부터 키워온 꿈이 아쉬워 크게 상심하였고, 심한 좌절감에 빠져 한동안 방황하였다. 그녀는 대리만족을 위하여 장래가 촉망되는 테너가수가 완전히 변심할 때까지 그를 줄기차게 따라 다니기도 하였다. 그와의 심각한 관계는 일 년을 넘게 지속되었지만 결국 파국을 맞이하였다.

그녀는 그때 사랑과 정념, 절정과 싫증, 배신과 절망 같은 사랑의 파멸에 따르는 수순들을 뼈저리게 체험하였다. 그것은 젊은 날의 통과의례에 불과하였지만 말이다.

그녀는 대학 졸업 후 좋은 혼처 났을 때 결혼이라도 빨리 하라는 엄마의 성화를 못 들은 체하면서 몇 년간을 하는 일 없이 빈둥거리며 지냈다. 그러나 그녀는 여고 시절부터 벌써 남자들이라면 자신만만하였으니 끊임없이 이 남자 저 남자, 잘난 남자들을 찾아서 만나고 곧 헤어졌다. 대개 짧은 만남이었으니 그녀 쪽에서 냉철히 판단하고 끊어버렸던 것이다.

그런 후 아버지 쪽 친척이 재단 이사장으로 있는 중학교의 음악 교사로 반강제적으로 취직이 된 것이다. 그러나 의외로 그녀는 개미 쳇바퀴 돌 듯 하는 단조로운 학교생활을 그럭저럭 잘 견뎌내고 있었고, 어느덧 그 생활에 안주하면서 첫사랑의 상처 같은 것은 까마득한 옛일처럼 잊어버릴 수 있었다.

돌이켜 보면, 그때 별 것도 아닌 하찮은 일로 울고불고 질질 짠 자신이 한심했다. 쓴웃음이 절로 나왔다.

그리고, 그녀는 한층 성숙해졌다.

그 과정에서 자신은 지극히 평범한 생활을 해야만 행복해질 수 있다는 현실을 받아들이게 되었고, 이제는 좋은 남자를 만나기 위하여 맞선을 보는 일에도 주저하지 않고 적극적으로 나섰다. 잘 생기고, 일류 대학을 나오고, 괜찮은 직장을 가진 좋은 조건의 남자를 고르기 위하여 무던히도 많은 남자를 만났던 것이다. 그녀는 유쾌한 남자 사냥꾼처럼 자주 짧게 남자들을 만나고 마음에 들지 않으면 그녀 쪽에서 먼저 깔끔하게 정리를 하였다. 그녀는 그때마다 빈틈없이, 필사적으로 계산하고 요모조모를 따졌다.

그가 30대 중반쯤에 뒤늦게 중매 결혼한 지 5년쯤 지나서야 아내는 어렵사리 임신하였다. 그러나 부부 모두가 그렇게 갈망하였던 임신이었지만 불과 몇 달 만에 유산을 한 것이다.

그 이전까지 두 사람은 그럭저럭 결혼생활을 하고 있었으므로, 그가 긴 여행을 떠날 때마다 조성되었던 예리한 긴장관계를 제외하면, 피차간에 겉으로 드러내놓고 크게 싸울 만큼 특별히 무슨 불만이 있었던 것은 아니다. (그러나 그 불만은 언제든지 폭발할 잠재력을 안은 채 수면 아래서 잠복해 있었다고 보아야 하지 않을까?) 임신 후 아내는 학교에 왔다 갔다 하는 일, 고된 학교일 때문에 상당히 힘들어 했다. 그래서 그가 이참에 아예 학교를 그만둘 것을 그렇게 사정하였지만, 아내는 절대로 그럴 수 없다고 고집을 피웠다.

"내가 이렇게 통사정할게. 지금 당장 말이지, 제발 학교 그만둬. 그만두면 될 거 아냐. 우리가 얼마나 기다리던 임신이야. 당신과 태어날 자식을 위해서 말이야. 나는 회사에서 인정받고 있고 월급도 많이 받고 있어. 충분하다고"

그의 목소리는 날카롭고 긴박하였다. 그리고 아주 잠깐 동안 무겁고 짧은 침묵이 집안을 지배하였다. 그러나 아내는 신경이 날카롭게 곤두서서 외치다시피 하였다.

"뭐가 충분하다고? 그럴 수 없어요. 난 가르쳐야 해요. 나는 담임을 맡고 있는 우리 반 50명 아이들의 이름을 전부 외울 수 있어요. 지금 모든 아이들과 너무 너무 잘 지내고 있단 말이에요."

"……."

"어떤 경우에도 내가 학교를 떠나는 일은 있을 수 없어요. 내 일에 참견 말아주세요. 쓸데없는 짓이에요. 그만해요. 당신에게 문제가 있다는 걸 알기나 해? 뭘 잘했다고 큰소리치는 거야. 모두 당신 때문이야. 나도 지쳤거든. 이제는 끝내고 싶지. 당신과 사는 게 지긋지긋하지."

그녀의 그 말은 그의 따귀를 세차게 후려치는 것처럼 날아들었다. 그는 참담한 심정이 되어 대꾸할 말을 잃고 멈칫거리다 자기 방으로 들어가 버렸다.

그 당시 아내는 학교 업무 때문인지 귀가 시간이 점점 늦어지기 시작하였고, 무슨 일이건 짜증내는 일이 많아졌다. 갑자기 사람이 변한 것 같기도 하였다. 그 후 아내는 학교 일로 무리를 거듭해서인지, 결국 임신 4개월여 만에 그만 유산하고 만 것이다. 그녀가 유산했다고 주장했던 것이다. 그러니 그는 아내가 과로해서 유산한 것으로 믿을 수밖에 없었다.

1997년 11월 말경이었다.

그는 유산 사실을 처음 알았을 때 말로 표현할 수 없는 슬픔과 분노, 충격으로 그는 망연자실하였다. 갑자기 밀려드는 검은 어둠이 그를 덮쳤다. 곧 가슴 속에 차갑게 응어리져 있는 형체를 알 수 없는 분노 때문에 그의 단정한 얼굴이 형편없이 일그러졌다. 그의 싸늘한 입술에 새겨진 그 분노는 영원히 사라지지 않을 것 같았다. 그는 이 결혼을 인생의 최대 실수로 간주하고 저주하였다. 그러나, 아내가 임신하고 출산을 하여 귀여운 아기가 태어났다면 서로 간의 어떤 불일치나 불화는 얼마든지 해소될 수 있었을 것이다.

그는 생각했다. '눈에 넣어도 아프지 않을 자식이 있었다면……
쌔근쌔근 잠든 그 아이의 모습을 오래오래 지켜볼 수 있었다면……
해소될 수 있었을 거야. 한때는 당신을 넋을 잃고 쳐다보느라 눈이
멀 정도였던 시절도 있었고…… 밤마다 침대에서 코를 비비고 입술
로 깨물었던 시절도 있었으니까. 나의 가슴팍에 얹었던 손의 가벼
운 무게를 기억할 수 있고, 뽀얀 살 속 보이지 않는 혈관의 불규칙
한 맥박을 지금도 느낄 수 있지. 그 시절에는 당신은 꿈에서 깨어나
면서 나를 더듬으며 말했었지. 꼭 안아줘요. 내가 나쁜 꿈을 꾸었나
봐요.'

그는 아내를 도저히 이해할 수 없었다. 그가 그렇게 말렸는데도
불구하고 과로로 유산을 하였단 사실 말이다.

그 후, 두 사람 사이는 급속도로 냉랭해지고, 사사건건 충돌하고,
자주 심각하게 말싸움을 하였다. 부부싸움과 눈물, 맞고함이 끊이질
않았다. 고통, 눈물, 충격, 분노의 감정들이 뒤엉켰다. 그들은 싸우
고 또 싸웠다. 그녀의 얼굴은 분노와 모멸감 때문에 일그러져 있었
다. 그녀는 그때마다 소프라노 목소리로 날카롭게 소리 질렀다. 때
로는, 그녀의 목소리는 떨렸고 심한 분노 때문에 울음을 터뜨릴 것
같았다. 끔찍한 나날이 계속되고 있었다. 그때는 정신적으로 너무
힘들어서 머리가 깨질 것 같은 통증이 몰려왔고 가슴이 몹시 답답
했다. 천천히 숨을 내쉴 수 없었고 마음을 진정시킬 수도 없었다.

그때 그 멋있고 신비한 술, 소폭을 많이도 마셨다. 인생이 허무하고, 자신은 쓸모없는 존재라는 집요한 의식에서 벗어나기 위해서, 그는 매일 혼자서 술을 지나치게 마셨다. 그는 갈증을 면하기 위하여 매일 술을 들이켰고, 갈증이 없어도 갈증을 예방하기 위하여 또 술을 마셨다. 술은 충실하게 마취제 역할을 하였으므로 그 신비한 액체는 아주 잠시이긴 하지만 효과적으로 정신적 고통을 진정시켜 주었다.

그러나 그때는 지나치게 많이 마셨다. 이것저것 가리지 않고 아무 술이나 닥치는 대로 마시고 또 마시고, 토하고 또 토하기 일쑤였다. 그런 다음 식사를 끊었다. 그는 평생 동안 술을 좋아했지만 아버지가 알코올 중독이었고 그 때문에 폐인이 되었던 것처럼 자신도 그렇게 되지 않을까 두려워했는데 마침내 중독자가 된 것처럼 보였다. 그래서 비록 일시적이긴 했지만 술을 끊어야 하거나 줄여야했지만 그러면 금단 증상이 왔다.

그 무렵 그 심각한 증세가 다시 나타나기 시작하자 이를 견뎌내기 위하여 더욱 술에 의존하면서 매일 술을 마시게 되었고, 술만 마시면 만취한 상태로까지 발전한 것이다. 그는 그만 마셔야 하는 줄 알면서도 매번 끝까지 갔다. 그리고 몸을 겨우 추스를 정도로 취하여 방배동 뒷골목 연립주택으로 가는 긴 골목길을 비틀비틀 걸으면서, 때로는 집에 들어가기가 죽기보다 싫어서 느릿느릿 갈지자로 걸으면서, 터져 나오는 괴성 같은 울음을 참아내기 위하여 늘 낮은 목소리로 낡은 유행가 가락을 흥얼거렸다. 그는 그 기교적이고 여운이 남는 가사를 좋아하였다. 그러나 그 우울한 선율이 그를 가슴 저리게 하였다. 그때 초겨울이 되어 희미한 가로등이 졸음에 겨워 하품을 해대는 골목길에 불어 닥치던 시린 바람이 그의 가엾은 얼굴을 가볍게 쓰다듬고 지나갔다.

늦은 밤, 그는 취기로 흐려진 눈에 악의를 가득 담아서 아내의 방을 쏘아 보았다. 그 방에서 매번 가볍게 코고는 소리가 들렸다. 그러나 문틈으로 새나오는 그녀의 불규칙적인 숨소리를 들으면 그녀가 짐짓 자는 척하고 있다는 것을 알 수 있었다. 그러나, 그것뿐이었다. 그는 자기 방으로 들어가서 아무렇게나 쓰러져 잠들었다.

그 해 겨울은 몹시 추웠다.

시퍼렇게 날이 선 칼날 같은 맹추위가 연일 계속되었다. 한강에는 얼음이 꽁꽁 얼고 얼음 조각들이 강의 중심부에서 동동 떠내려갔다. 차가운 바람 끝이 얼마나 매섭던지 몸도 마음도 꽁꽁 얼어붙어 버렸다. 사람들은 추위 때문에 얼굴이 창백해졌다. 그 해는 유난히 눈도 많이 내려서 도시가 온통 흰 눈으로 뒤덮였다. 그는 비통한 심정으로 그의 생애에 있어서 마지막이 될 겨울을 보내야 했다. 그는 몹시 암담하였다.

그때 회사는 미증유의 경제위기인 IMF 사태를 그럭저럭 잘 극복하고 있었다. 그는 회사의 3월 정례인사 때 대표이사와 면담한 후 리비아 대수로 공사의 현장 근무를 자원하였다. 견딜 수 없이 답답한 현실에서 도피하기 위해서였는데, 그때는 아내와의 사이에 어느 정도 냉각기가 필요하였다.

그는 리비아로 떠나오기 전 착잡하고 어지러운 주변을 차분히 정리하고 마음을 비우기 위해 강진의 무위사無爲寺에서 며칠을 보냈었다. 그 이름에서부터 인위적이거나 작위적인 것을 찾아볼 수 없는 절이니, 그 암자처럼 작은 절에는 단조롭고 소박한 아름다움이 깃들어 있었다. 그곳은 언제나 방문객이 많지 않아 차분했다. 강진의 봄은 연둣빛 보리밭과 파릇파릇한 마늘밭이 싱그럽다. 바닷가 누런 갈대숲이 봄바람에 뒤척이고, 그 너머 바다는 파란 물감으로 색칠한 것처럼 짙푸르다. 무위사 가는 길에는 월출산의 동남쪽 능선에 날카롭게 솟아오른 영겁의 회색 바위들을 가까이서 바라볼 수 있었지만, 막상 야산에 가려진 무위사 경내에서는 그 바위들이 보이지 않는다.

그때, 부드러운 봄바람에 일찍 핀 홍매화의 향기가 그윽한 극락보전 앞뜰을 함께 거닐면서 주지인 성진 스님이 말하였다.

"삶이란 누구에게든지 감당하기 어려운 문제의 연속입니다. 삶의 문제들은 나를 기쁘게, 행복하게 하기도 하고, 괴롭히기도 하고, 비참하게 하며, 외롭거나 슬프게 합니다. 때로는 초조, 절망, 분노, 두려움, 죄책감이라는 불구덩이 속으로 던져 넣기도 합니다. 우리는 그 고통이 두려워서 자신의 문제를 질질 끌면서 저절로 사라지기를 바랍니다. 또는 그저 무시하

거나 잊어버리려고 애쓰고, 심지어 문제가 없는 것처럼 자신을 속이고, 약물에 의존하기도 합니다.

삶은 고해입니다. 부처님은 사해 가운데에서 삶이 가장 큰 고해라고 말씀하셨습니다. 김 상무님은 삶 자체가 고통이라는 진리를 깨치기 바랍니다. 그래야만, 비로소 자신의 문제에 대하여 스스로 해답을 찾을 수 있을 것입니다. 이 세상은 결국 공허일 뿐입니다. 하지만 죄송할 따름입니다. 제가, 이런 말을 할 자격이 있는지 모르겠습니다. 내외명철의 경지에, 다시 말씀드리자면…… 의식과 무의식이 완전히 하나가 되는 경지에 이르러야 철저히 깨우쳤다고 할 수 있는 것인데…… 이 소승은 아직 그 근처에도 못 갔습니다. 여전히 저잣거리 장돌뱅이에 다름 아니지요"

그 스님은 말을 마치자 따뜻한 눈길로 그를 바라본다. 그 부드러운 눈길은 사람의 몸과 마음까지 꿰뚫어보는 것 같았다.

하지만 그는 자신의 문제를 철저히 회피하였다. 그는 아내와 마주하는 것을 몹시 두려워하고 있었다. 이번에도 회사가 간곡히 만류하였음에도 불구하고 연장 근무를 강력히 요청하였고, 역시 아내와는 아무런 상의 없이 그가 혼자서 결정해 버렸다.

그는 가장 손쉬운 방법으로 도망을 선택한 것이다.

모래 폭풍은 진즉 멎었다. 하늘은 눈부시게 맑고 푸르렀다. 모래 언덕의 풍경은 참으로 낯설고 생생한 은빛을 띠고 있었다. 그는 몸이 쇠약해질 대로 쇠약해진 가운데 안간힘을 다하여 사람의 흔적을 찾아 근처 높은 모래 언덕에 올라가서 세슈 멀리 살펴보았다. 그러나 그곳엔 살아있는 것은 아무것도 보이지 않았다. 풀 한 포기, 바짝 마른 나무 한 그루까지. 멀지 않은 곳에서 낙타의 하얀 마른 뼈들만 보였다. 두개골, 목뼈, 척추뼈, 갈비뼈, 넓적다리뼈, 종아리뼈 등이 보였다.

지금 눈에 보이는 것은 끝없이 펼쳐진 모래 사막뿐이었다. 그들은 지금 출구가 보이지 않는 사막의 미로 한가운데 갇혀버린 것이다. 그 미로는 광활한 사막에서 끝없이 뒤엉키며 풀어지고, 은밀하고 끝이 없는 원들을 만들면서 무한정 증식되었다.

이제, 사막은 그에게 현기증을 불러 일으켰고 공포와 증오의 대상이 되었다. 무거운 침묵. 서글픈 고독. 모래 언덕에서 내려다 본 악마의 사막은 막막했고 가슴을 무겁게 짓눌렀다. 오직 사막의 태양만이 그를 금방 태워버릴 듯이 머리 위에서 무섭게 이글거렸다. 발걸음을 옮길 때마다 뜨겁게 달궈진 모래더미 속으로 발이 푹푹 빠져 들면서, 사막의 열기가 온몸을 태울 듯이 휘감아 덮쳤다. 더 이상 한 걸음이라도 옮길 수가 없었다.

뜨거운 열기로 온통 얼굴이 달아오르고 피부는 불에 타버린 것처럼 아팠던 것이다. 그는 그런 혹독한 고통 때문에 메마른 입술이 모두 갈라졌고 입을 간신히 벌린 채 숨을 헐떡거리고 있었다. 혓바닥은 완전히 바싹 말라 붙어버려서 말 한마디 하기조차 어려웠다. 그의 티셔츠는 땀에 절어 소금기로 허옇게 얼룩져 있었다. 굶주림과 갈증, 혼란이 기다리고 있는 트럭 아래 그늘로 다시 기어들어간 그는 모래 바닥에 그대로 쓰러져 버렸다. 완전히 지쳐버린 상태에서 그는 자꾸만 혼미해지는 정신과 치열하게 싸웠다. 희망은 멀리 사라졌고 불안과 어두운 그림자, 그리고 죽음의 전율이 그를 감싸고 있었다. 얼마 전부터 죽음의 공포가 끈질기게 그를 따라다녔다.

이브라함은 며칠 전부터 그 그늘의 한쪽 구석에 누워서 힘들게 숨을 몰아쉬고 있었다. 몸은 몹시 말랐고 눈은 감겨 있었으며 건조한 피부는 갈라져 있었다. 그는 상태가 너무 안 좋았다. 그러나 밤의 어둠이 사막에 내리면, 사람들이 가까이 지나갈지도 모른다는 한 가닥 희망 속에 피라미드 모양의 모래 언덕 꼭대기에서 열흘째 계속 불을 피웠다.

"여행자들이여, 대담한 방랑자들이여……. 제발, 이곳, 이곳을 지나가다오. 지금 이 순간 이 모래 언덕 주위를 거만하게 으스대며 지나가다오. 이 아름다운 사막의 밤을 보라. 우리의 마지막 불꽃을 발견하라. 밤은 어둡고 집은 멀리 있으니 이 몸을 이끌어주시옵소서." 그는 거의 우는 것 같은 절박한 목소리로 외친다. 그러나 그 절규는 메아리도 없이 쓸쓸하게 텅 빈 사막의 허공 속으로 사라졌다.

그는 마지막 안간힘을 다하여 다시 그 그늘을 빠져 나와 남은 장작을 매고 힘겹게 언덕으로 기어 올라갔던 것이다. 그건 마지막 남은 지푸라기였다. 하지만 그의 희망은 아무런 소용이 없었다. 마지막 불꽃은 완전히 사그라졌다. 근처엔 아무도 지나가지 않았다.

그가 이브라함을 불렀다.

"이브라함, 이브라함……, 정신을 잃으면 안 돼. 힘을 내란 말이야. 힘을 내. 구원은 언제나 마지막 순간에 찾아오는 거야. 우린 반드시 살아서 돌아갈 거야. 만약 내가 죽어도 넌 살아야만 하지. 난, 상관없어, 그러나 넌 아닌 거야. 그래서 중고 랜드로버 사고, 여행사도 차리고, 만수라를 만나야만 하지. 네 꿈은 이루어질 수 있는 거야. 반드시 이루어질 거란 말이야. 그런데 말이지, 인간의 생명은 질기고 질긴 거야. 여기서 죽지는 않을 거야. 개죽음을 할 순 없지. 신이 널 찾으려 돌아올 거야. 신이 널 처벌할 근거가 없기 때문이지. 신이 돌아올 거야. 응! 할 말이 있거든 해봐. 그게 뭐였지? 큰 소리로 말하란 말이야. 큰 소리로, 큰 소리로."

"현님, 지평선이 달아나고 이제는 밤이 되었지. 오래도록 잠을 자야 하지. 밤새 지칠 대로 지쳐버린 별들도 잠을 자야지. 그러면, 아름다운 새벽이 둥실 솟아오르겠지. 난 괜찮아, 그래, 괜찮아." 그는 여전히 부드러운 목소리로, 그러나 힘들어서 겨우 대답하였다. 이브라함은 그때 지나간 옛일을 하나하나 떠올려 재구성하고 있었다. 그는 기억에 아로새겨진 어린 시절의 사막에서 출발하여 타만라세트, 알제, 마르세유를 거쳐 다시 그 사하라 사막으로 돌아왔다.

그는 정신이 혼미한 가운데 그의 머릿속에서 기억과 망각, 착각과 환각이 뒤엉켜 오락가락하였고, 그의 귓속에서는 그가 만취하였을 때면 들을 수 있었던 희미한 귀울음 소리가 울렸다. 벌써 시간은 몇 주일이나 몇 달이 흘러간 것 같았다. 하루가 아주 길게 느껴졌다. 그러나 그의 머릿속에 현재는 없었다. 다만 과거와 미래가 뒤섞여서 밀물처럼 밀려왔다가 썰물처럼 빠져나갔다. 지금 이 상황이 현실 속에서 실제 일어난 일인지, 그렇지 않고 무서운 꿈을 꾸고 있는지 잘 분간할 수 없었다.

이것은 모두가 순전히 사막의 악마인 신기루가 마법을 부렸기 때문이라고 할 수 있었다. 신기루는 끊임없이 사막을 떠돌고 있었다. 그리고 신기루가 부린 마법의 연기는 완벽하였다.

그 거리는 그에게 구석구석이 너무나 낯익었다. 가로등과 네온사인의 휘황찬란한 불빛이 거리에 낮게 깔리면서 밤이 이슥해도 큰길에는 사람들이 구름처럼 밀려들었다. 도시의 웅성거림이 사막의 모래 바람처럼 귓가에 서걱거렸다. 탬버린의 리듬에 맞춘 것처럼 경쾌하게 걸으면서 누구는 마냥 유쾌하다는 듯이 히죽히죽 웃거나 깔깔거렸고, 누구는 온화하게 웃으면서 소곤소곤 거렸고, 누구는 그냥 입을 헤 벌린 채 희미하게 웃었고, 드물게는 토라져서 입을 굳게 다문 행인들도 있었다.

큰길 뒤쪽의 좁은 샛길에서는 술 취한 점잖은 어른들이 전봇대에 기대 시원스럽게 오줌을 갈기고 있었으며 ―그래 얼마나 시원하십니까, 창피할 거 없어요, 그건 불가피한 생리 작용이에요, 저도 자주 그렇게 하였거든요 ―, 한 쪽에서는 몇 번이고 딸꾹질과 구역질을 반복하더니 밤새 먹고 마신 것 모두를 몽땅 토해내고 있었다.

갑자기 거리에 눈송이들이, 함박눈이 차가운 겨울바람에 가볍게 휘날리면서 그의 검은 머리카락과 외투자락에 사뿐히 내려앉았고, 크리스마스 캐럴과 왁자지껄한 웃음소리가 도시의 하늘에 가득 울려 퍼졌다. 그렇지, 크리스마스에는 함박눈이 펑펑 내려야 제격이지. 젊은 연인들이 길가에서 거리낌 없이 서로 허리를 껴안고 입술을 부딪쳤다.

그런데 어떤 중년의 나이로 보이지만 여전히 몸매가 날씬하고 화사한 여인이 명품으로 보이는 빽을 오른쪽 어깨에 걸치고, 역시 부유해보이고 멋쟁이인 남자와 손을 잡고 흔들어대면서 활기차게 그 거리를 걷고 있었다. 그들은 끈적끈적한 시선으로 서로를 쳐다보며 유쾌하게 웃는다. 부부가 그럴 리가 없다. 틀림없이 불륜관계의 애인들처럼 보인다. 그들은 고급 레스토랑으로 들어간 후 한동안 나오지 않는다. 여기까지이다. 그런데 그 중년 남자는 전혀 안면이 없으나 그 여자는 희미하게 보이긴 하지만 어쩐지 심현숙처럼 보이기도 한다. 그는 그럴 리가 없다고 몇 번이고 고개를 흔들었다. 그리고 그녀를 다시 떠올렸다. 신혼 시절의 그 아름답고 젊은 모습으로. 그녀가 말했다. "돌아오세요. 꼭! 빨리! 살아서 돌아오세요! 보고 싶어요, 너무 보고……. 돌아온다고 약속하세요, 약속을……."

그러나 생생하였던 그 모든 것이 마치 아무 일도 일어나지 않은 것처럼 일순간에 사라져 버렸다. 귓속에서는 더 이상 아무 소리도 들리지 않았다.

그리고 3층 높이의 낮은 건물이 일렬로 늘어선 하얀 도시 곳곳에 부드러운 햇살에 번들거리는 작은 호수와 개천이 널려 있는 것이 또렷이 보였다. 사방에서 풍부한 단맛이 나는 신선한 물이 졸졸 흐르고, 사정없이 쏟아지고, 콸콸거리고, 서로 속삭이고, 스스로 껴안았다가 산산이 흩어졌다. 길가에는 오렌지가 주렁주렁 달린 나무들이 빽빽이 들어서서 맑은 향기를 내뿜고 있어서 숨이 막힐 지경이었다. 이곳저곳에 형형색색의 아름다운 꽃들이 만발했고 나비와 꿀벌들이 그것들을 헤치며 날아다녔다. 새들이 끊임없이 재잘거렸다.

태양이 높이 솟아 뜨거운 열기가 사막을 휩쓸면서 대지는 신기루 때문에 춤을 추듯이 가물거렸다. 그때는 하늘과 땅의 경계선을 지워버리며 피어오르는 아지랑이 사이로 지평선이 사라져 버렸다. 도대체 어디가 어디인지, 방향 감각을 상실하게 된다. 금방이라도 손에 잡힐 듯한 그것은 다가가면 더욱 멀어지고, 마침내 강렬한 햇빛 속으로 또는 은빛 모래 속으로 잠적하였다가 또다시 나타났다.

그러므로 신기루는 변덕스러운 사막의 진이 만들어내고 조종하는 사막의 불가사의한 악마였다. 그 악마의 짓궂은 장난 — 인간을 현혹시키고 유혹하여 죽음에 이르게 하는 — 은 사막에서 매일 끝없이 일어났다.

그는 착란상태에서 광기에 빠져들어 허깨비를 보고, 자신의 존재를 잃어버리고, 현실과 상상을 구별하지 못하고, 눈을 뜨고 꿈을 꾼다.

바람 한 점 불지 않는다. 불같은 햇볕이 인정사정없이 내리 꽂는다. 그들은 막막한 심정으로 구조를 기다리면서 그 무서운 태양을 피해, 모래더미에 반쯤 묻혀있는 트럭 아래 그늘로 숨어들었다. 그 아래 야트막한 구덩이를 파고 누워, 식수가 바닥나기를 하릴없이 지켜보는 동안 속절없이 시간이 흐르고 있었다.

"이제부터 무얼 할 수 있지? 신은 없는 거야, 전지전능한 신 말이야." 그가 중얼거린다.

두 사람은 지금 너무 쇠약해져서 자기 손도 들어올리기가 힘들다. 그들은 현기증을 느꼈다. 누웠다가 일어서려고 시도할 때마다 피가 머리로 갑자기 몰리는 것 같았고 눈앞이 캄캄해졌다. 끈적끈적하고 쓰디 쓴 침이 입안에 모여서 어떻게 표현할 수 없을 만큼 참기 어렵다. 가끔 의식도 꺼졌다 켜졌다 깜빡거렸다. 결국 절망감 때문에 미쳐버릴지도 모르겠다. 죽어버리고 싶다는 생각에 사로잡히기 시작했다.

그들은 서로를 충분히 이해하기 시작하였고, 그들 사이에 어떤 강력한 자기장 같은 것이 형성되면서 정신적인 상처를 서로 어루만질 수 있었다. 그러나 가혹한 현실은 처절할 정도로 절망적이었다. 이제는 우울한 비관적 분위기가 짓누르고 있었으므로 그들 간에는 도통 말이 없었다. 대화는 완전히 끊어지고 헤아릴 수 없는 깊은 침묵 속으로 빠져든 것이다.

그러나 마침내 그들은 서로의 얼굴을 바라보며 희미하게 웃는데

서 오는 위안감마저 잃어버렸다. 이상하게도 이제는 서로 얼굴을 바라보는 것이 정신적이건 육체적이건 고통을 더해주었다.

그가 대수로 공사현장에서 터득한 것인데, 타는 듯한 사막에서 탈수 증세를 방지하기 위한 가장 좋은 방법은 가능한 한 몸을 움직이지 않는 것이다. 그래야만 땀도 흘리지 않고, 고통도 덜 느끼게 된다. 그늘 밑에서 몸을 움직이지 않고 가만히 있는 것이 최선인 것이다. 아직 먹을 게 약간 남아있긴 하였으나 음식을 먹으면 갈증은 더욱 심해지므로 아주 조금이라도 음식을 삼키는 것을 경계할 수밖에 없었다. 사막에서 길 잃은 사람들이 죽게 되는 것은 대부분 굶주림보다는 탈수증세 때문이다. 갈증이란 인간의 몸에 흐르는 피가 수분이 부족하면 뇌에서 보내는 신호에 불과하다. 사람의 신체는 수분이 부족해지면 수분을 혈관에서 끌어오게 되고, 탈수 때문에 신체가 충분한 영양소를 받아들이지 못하면 신체의 기관은 점차적으로 기능을 상실하게 된다. 이 과정에서 피는 극도로 탁해지면서 기능장애가 와서 애타게 신호를 보내게 된다. 갈증은 인간이 할 수 있는 경험 중에서는 최악의 종류라고 할 수 있다. 모든 생물종 중에서 가장 적응력이 뛰어난 인간이란 동물도 갈증 앞에서는 속수무책이다. 몸은 열기를 쉽게 방출할 수는 있어도, 불행히도 수분을 몸속에 저장하는 방법까진 알지 못한다.

물은 순수하다. 담백하고 소박하다. 물은 생명의 근원이다.

물을 모독하지 말라. 물을 오염시킨 자는 자신의 영혼을 오염시키는 것이다. 마지막 남은 물 한 방울은 성수와 같았고, 물은 흘러가는 시간이 되었으며 시간 속에서 생명이 되었다.

그들은 마침내 식수가 바닥을 드러냈을 때, 트럭 라디에이터에 남아있는 물을 모두 빼내 옷으로 걸러서 마시기도 하고, 계속적으로 자기 오줌을 빈 물통에 받아서 그대로 마시기도 하였다. 소변에는 당연히 상당한 양의 염분이 들어 있었다. 그 염도가 혈액의 염도보다 떨어진다면 문제가 되지 않겠지만, 만약 더 높을 경우에는 소변을 마시는 것은 소금물을 마시는 꼴이 될 것이고, 이때는 탈수가 더욱 빠른 속도로 진행될 게 뻔하였다. 그러나 그들은 그런 계산을 할 계제가 아니었다. 그것은 혀끝을 톡 쏘는 짠 맛이 역겨울 만큼 자극적이었지만, 어쨌든 소변 맛이 났다. 차가운 맥주 생각이 간절하였다.

칫솔질한 게 얼마 만인지 까마득하게 느껴졌다.

그러나 트럭 밑에서 3주간에 걸쳐 긴 시간을 보냈건만, 개미 한 마리 찾아오지 않았다. 그들은 이제 심장 박동 수가 약해지고 불규칙해졌으며 혈액 순환이 느려지면서 그로 인해 신체의 각 기관으로 영양분이 제대로 운반되지 못하는 심각한 상태에 이르렀다. 혈압은 계속 떨어지고 체온도 비정상적으로 떨어져서 밤이 되면 발작처럼 추위에 몹시 떨어야 했다.

그러다가, 결국 길을 잃고 막다른 골목에 이르게 되었다. 그는 한

가닥 희망도 없이 사막의 모래 언덕에 갇혀서 고립된 채로 옴짝달싹 못하게 된 것이다. 이제 구조될 가망이 전혀 없다는 것을 기정사실로 받아들여야 한다.

진즉부터 희망적인 대화는 중단되었다. 그냥 남쪽을 향해 똑바로 무작정 걸어가고 싶은 이상하고 강력한 충동을 느꼈다. 낙타처럼 뚜벅뚜벅 사막을 걷고 싶을 뿐이다.

그의 혀는 오래전에 침이 말라 버리면서 설태가 끼어 하얗게 부풀어 있었고, 입술은 옅은 푸른빛으로 변하였다. 침은 마른 지 오래되었고, 식도는 딱딱해 지면서 날카로운 무언가가 긁어대는 것처럼 따가웠다. 혀는 굳어버려 감각을 상실한 채 짜증스럽게 이빨과 입천장을 훑으면서 목에서는 쇳소리가 나고 마침내 목이 쉬어버렸다.

탈수증세가 심각하게 나타나기 시작한 것이다. 탈수 증세는 먼저 극도의 피로와 식욕부진, 맥박수 증가, 과민반응 등으로 나타나고, 이 단계를 지나면 심한 어지럼증과 두통, 호흡 곤란, 분명치 않은 발음, 몽롱한 의식 같은 심각한 증상이 나타나면서, 제대로 걷지도 못하고 몸은 미라처럼 삐쩍 말라간다. 뼈마디의 관절들은 녹슨 경첩처럼 심하게 마찰을 하며 삐걱삐걱 움직였다.

마지막 극한 상황에 이르면, 헛바닥은 농포가 생기면서 퉁퉁 붓고, 입안은 헐어 감각을 잃게 되고, 그러면 뭔가를 삼키는 것이 불가능하게 된다. 눈이 빛으로 가득 차 부시게 되면 몇 시간 이내에 죽음이 들이닥친다. 이제는 목마저 잠겨있어서 그는 말 한마디 내뱉기도 힘겨워 보였다.

고통도 사라졌다. 어둡고 흐린 막연한 욕망, 광적인 이상한 감정, 어떤 신성한 존재, 죽음의 공포, 잃어버린 추억도 사라졌다. 모든 것이 아득히 멀어 보였다.

이 정도의 탈수 증세를 보이는 사람은 즉시 의사의 전문적인 도움을 받아도 생존을 장담할 수 없게 된다. 하물며, 그렇지 못한 경우 죽음은 피할 수 없다. 그들은 지금 마지막 극한 상황에 몰려 있었다.

그는 탈수로 인하여 죽는 것은 모진 고통일 것이라고 생각하였다. 차라리 극도의 추위 속에서 저체온증으로 죽는 것이 훨씬 고통이 덜할 것이다. 그때는 몸이 얼어붙으면서 신체의 감각이 무감각해져서 최소한 고통만큼은 느끼지 않을 수 있는 것이다. 이때는 죽음이 편안한 휴식이 된다. 물론 지금 상황에서는 도저히 기대할 수 없는 일이지만 말이다.

죽음을 피할 길은 없어 보였다. 음산한 죽음의 그림자가 밤의 유령처럼 그들 곁으로 바짝 다가와 있었다. 마지막 단계에 이르렀다. 지평선 근처에서 태양은 희미하게 타오르고 있고 바람이 한바탕 거칠게 불고 지나갔다. 이제 굶주림의 고통은 사라지고 갈증도 사라질 것이다. 모든 감각은 소진될 것이다. 그들은 무의식의 세계로 미끄러져 들어가면서 편안한 죽음에 이르게 될 것이다.

인생이란 헛되고 덧없는 것일까? 생명은 고통일까? 죽으면 더 이

상 괴롭지 않을까? 그러니 죽음은 영원히 깨어나지 않는 깊은 잠일
까? 그것은 휴식일까? 왜 우리는 죽음을 받아들이려고 하지 않은가.

2000년.

사하라의 지독한 여름.

죽은 듯한 적막 속에 그 여름이 불타고 있다.

2000년 7월 9일,

마지막 사막 여행을 떠나다

그는 일종의 환각상태에서 정신이 혼미해졌다가, 다시 깨어나기를 반복하였다. 온갖 기억과 악몽이 머릿속에서 뒤죽박죽이 되었다. 잠깐 동안 잠이 들었다가 곧바로 다시 깨어났다. 정신이 맑아지면 그는 마지막 받은 아내의 편지를 기억해냈다. 딱 한번 왔던 그 마지막 편지가 온 지도 아주 오래 되었지만 말이다. 아내는 더는 이런 식으로 살 수 없으니, 차라리 이혼하자고 하였다.

'어떡하지, 만약 살아 돌아간다면 이혼을 해줄까? 돌이켜 보면, 도대체 아내한테 잘해준 게 아무것도 없고 또, 너무 오랫동안 굶겼잖아. 그게 너무나 오래되었어.' 그 역시 처음에는 금욕 때문에 자주 고통을 겪었다. 그러나 어느 정도 시간이 흐르면서 혼자인 것이 편하였고, 그 고통을 겪는 것이 그렇게 어렵게 느껴지지는 않았다.

아내는 새로운 삶을, 자유로운 삶을 시작하고 싶다고 이미 암시하지 않았던가.

'아내의 항변은 충분히 일리가 있긴 하지만 말이야. 그 사람이 그럴 리가 없지. 잠시, 신경과민이었을 거야. 그런 건 여자의 상투적인 넋두리에 불과한 거야…… 하여간에 당신한테는 너무 미안해서, 입이 열 개라도 할 말이 없어…… 요즈음 자주 어떤 남자가 칼을 들고, 불빛에 번뜩이는 예리한 수술 칼을 들고 내 가슴을 후벼 파는 악몽을 꾸고 있어. 그러니까 당신은 배신자가 아닐까? 당신은 살인자가 아닐까? 고의 살인이든 과실치사이든 간에 말이지. 그때 무슨 음모가 있었던 건 아닐까? 어떤 의식, 사악한 살인의식이 있었던 건 아닐까? 당신이 직접 그 의식을 집전했던 거야? 아니면 누구 공범자가 있었던 거야? 오랫동안 당신을 의심한 거야. 그럴 수밖에 없었던 거야. 그 의심들이 끊임없이 꼬리에 꼬리를 물고 나를 괴롭혔거든. 이제는 죽어가면서 그 의심을 스스로 거둬야겠지. 이럴 줄 알았으면, 타만라세트에 오면서 당신에게 아주 긴 편지를 썼어야 하는데, 그렇게 못해서 후회 되네…… 왜 하고 싶은 말이 없겠어. 어떻든, 당신, 당신만은 날 이해해 주길 바래……'

그 순간 다시 격렬한 정신적 혼란 상태에서 허우적거리다가, 곧 심연과도 같은 깊은 잠에 빠져들었다. 잠에서 깨어 의식을 회복하였을 때는 밤이었다. 밤하늘에 별이 총총하였고, 반달이 하늘 높이 걸려 있었다. 사막의 달은 맑은 공기 때문인지 크고 밝다.

그러나 밤은 언제나 인간에게 낯설고 적의를 품고 있었다. 낮 동안 기승을 부리던 태양이 모래 언덕 너머로 사라지고 어둠이 깔리기 시작하면, 쌀쌀한 밤바람이 하강기류를 타고 모래 언덕 밑 계곡 쪽으로 재빠르게 도망치듯 기어 내려왔다. 그럴 때면 천둥과 같이 격렬하게 우르릉거리는 소리, 스르륵 스르륵 모래가 부드럽게 미끄러지면서 무수히 많은 모래 입자들이 만들어 내는 완벽한 화음, 오묘하고 신비한 아프리카 토속피리 소리가 들리기도 하였다. 사막의 바람은 만능 악기와 같았다.

순식간에 밤은 사막을 덮는다.

추위 때문에 두터운 담요로 둘둘 만 온몸이 으스스하였다. 사막에 밤이 찾아오면, 그 뜨거운 사막의 태양열도 구름 한 점 없이 맑은 사막의 하늘로 멀리 발산되어 버리기 때문에 온도가 급속도로 하강할 수밖에 없다. 사막에서는 낮이면 뜨겁게 달아올랐다, 밤이면 냉각되기를 반복하고 있었다.

사막에서는 밤이 더 살아있다.

밤은 더욱 풍부한 삶의 색채를 지니고 있다. 사막쥐는 먹거리를 찾아 쿵쿵거리면서 모래 위를 살금살금 기어 다니고, 예민한 감각의 사막여우는 쥐를 쫓아 여기저기 기웃거린다. 낮 동안 더위를 피해 모래 속에 처박혀 있던 전갈이 먹이를 찾아 기어 나와 잽싸게 모래 언덕 위로 사라진다. 모래의 악마인 개미귀신 역시 밤이 되어야 비로소 그 흉측스러운 모습을 드러낸다.

사막에서는 모래 바닥 밑으로 몇 센티만 파 들어가도 놀랍도록 시원하다. 곤충, 전갈, 파충류, 설치류 같은 작은 사막 동물들은 뜨거운 낮에는 어둠이 내릴 때까지 지표면 아래에서 가만히 숨어 있다가 밤이 되면 지상으로 나오는 기발한 생존법을 터득하고 있었다. 생존 환경이 가장 혹독한 이곳에서는 각기 특별한 비법을 가진 가장 강한 식물과 동물만이 살아남을 수 있는 것이다. 사막에서는 작다는 것은 생존에 대단히 유리한 조건이 된다. 매우 다양한 동물들이 사막에서 살 수 있도록 더욱 작게 진화하였다. 식물의 경우에도 갈증은 그것들로 하여금 수분을 아끼게 만들기 때문에 자신의 몸을 뾰족하게 하여 가시투성이로 만든다. 사하라에서는 개과 동물 중에서 체구가 가장 작은 페넥여우, 모래고양이, 사막스라소니, 아가마도마뱀, 뿔뱀이 그렇고, 그들의 먹잇감인 쇠똥구리, 생쥐, 저벌, 사막날쥐, 코끼리땃쥐, 리비안저드, 아프리카땅다람쥐, 사막고슴도치 등 설치류도 작은 체구로 사막에 적응하며 살고 있다. 그들은 자신의 생명체 속에 물을 저장하거나 증발 가능성을 줄임으로써 가뭄에 저항하고, 가뭄을 피하는 데 탁월하였다. 그들은 철저하게 사막의 기후 풍토에 순응하였다. 어떠한 사막도 완전히 죽음의 대지는 아니어서 다양한 생물이 살아 숨 쉬는 삶의 터전인 것이다.

메마르고 척박한 사막에서 가혹한 환경에 적응하고, 독특한 생존 기술을 터득하여 강인한 생명력으로 살아가는 모든 생명체에 대하여는 진심으로 존경심을 표시해야 할 것이다. 그들의 생명은 더없이 소중한 것이다. 그들이 이 사막의 진짜 주인이었다. 그는 그것들이 다정다감한 감정을 지닌 인간들처럼 느껴졌고, 동시에 동지 의식을 느꼈다. 그들은 다정한 친구였다. 그는 대지의 일부이고 그들은 대지의 어머니에게서 태어난 형제자매들이었다.

생명. 생명. 순수한 생명. 불꽃처럼 빛나는, 전혀 두려움을 모르는 생명. 전갈이 은신처에서 나와 눈망울을 이리저리 굴리다 그와 시선이 마주친 것이다.

밤이 깊어지자 아주 멀리서, 아득히 먼 곳에서, 수놈 자칼의 길게 늘어뜨린 울음소리가 운명의 서곡처럼 들려왔다.

기약 없이 다시 하루가 흘러 지나가자 이제 살아날 가망은 전혀 없어 보였다. 이브라함이 두 눈을 감고 꼼짝없이 드러누워 있다. 그는 마지막 숨을 헐떡이고 있었다. 입술도 입도 허옇게 말라가는 그의 입에서 나직이 신음 소리가 새어 나온다. 목에서 갑자기 가르랑거리는 소리가 나면서 고통스럽게 숨을 내뱉는다. 그는 죽음을 앞두고, 연신 입 속에서 무어라고 웅얼거렸다. 동생인지, 아버지인지, 누구의 이름을 계속해서 부르는 것 같았다. 그건 이 지상에서 그가 남긴 마지막 말이었다.

"이 모든 것이 한낱 꿈일 수 있을까? 온갖 고통이 죽음과 함께 사라져가고 있어. 그의 불행하고 험난했던 일생이 슬픈 밤과 함께 사라져 가고 있어" 그가 중얼거렸다.

　그는 부드러운 모래 위에 누워있는 이브라함의 그 소박하고 단순한 모습을 바라보았다. 이브라함은 해체되어 사막과 완벽하게 합일되어 있었다. 그때, 사막의 지니가 부드러우면서도 찰거머리 같은 손길로, 운명의 손길로 이브라함을, 그의 얼굴과 온몸을 부드럽게 쓰다듬는 느낌이 들었다.

　몇 시간 후 이브라함이 죽었다.

　그 순간, 그의 영혼처럼 맑은 눈동자에 눈물이 가득 어렸다. 이번 여행 중 절망적인 순간마다 매번 꾹 참아왔던 눈물 말이다. 그는 무력감 속에서 눈물이 앞을 가렸기 때문에 그가 마지막 숨을 거두는 순간을 차마 지켜볼 수가 없었다. 그는 사막의 침묵처럼 조용히 눈을 감았다.

　그가 며칠 전 의식이 또렷하였을 때 앙상한 갈색 얼굴에 희미하게 웃음을 띠며 말했었다.

　"참, 아름다운 여행이었어. 우리, 서로에게 빚진 것은 없는 것으로 하지. 남쪽 길로 직진하자고 먼저 우긴 것은 당신이고, 그 길에서 길을 잃고 헤맨 것은 나니까……. 그날 미셸 갈리마르가 빌블로뱅에서 만일 천천히 운전을 하였더라면 그때 카뮈는 죽지 않았을 거야. 갈리마르도……. 카뮈는 신의 존재도 합리주의도 믿지 않았지. 인간의 삶이 부조리하다고 믿었던 거야……. 그러나 그는 정말 부조리하게 세상을 떠났지…….

그런데 그때 우리가 신성모독의 말을 한 걸 그 신이 들었던 걸까? 그래서 신이 우리에게 최후의 심판을 하려고 하는 걸까? 징벌과 저주를?"

"종말은 없어. 세상의 종말도 우리의 종말도 그게 있었다면 악으로 가득 찬 이 세상에 진즉 찾아왔겠지. 종말을 사람을 위협하기 위한 헛소리인 거지. 그 무능한 신에 의한 최후의 심판은 없겠지만 슈퍼컴퓨터 스카이넷의 지시에 의한 인류를 핵으로 말살시키는 대재앙은 있을 수 있겠지."

"우린, 서로 미워할 수는 없을 거야. 우리는 동성애자가 아닌 거야. 그러나, 부성애로……. 형제애로……. 당신은 아버지이고 형님이었지. 우린 서로 사랑한 거였어. 나는 사랑을 느꼈지……. 그래, 다시 생각해보면 당신을 사랑했던 거야……."

"여긴 생명을 걸어야 하는 무자비한 사막이니까. 우리들의 이야기는 사하라의 남쪽이 아닌 다른 곳에서는 도저히 이해될 수 없는 거지……."

"남쪽 사막은 악마이고 괴물이지. 우린 그 괴물한테 잡힌 거였어. 사막은 사악한 악마인 거야. 복수의 화신이지. 우리에게도 어김없이 무자비하게 복수를 한 거야. 그러나 슬퍼해서는 안 되겠지. 사막은 투아레그의 뿌리이고 모태이니까. 누구든 운명처럼 사막에서 굴복하게 돼있거든……. 이건 운명이야. 어쩔 수 없는 가혹한 운명이지. 아버지가 가르쳐주셨거든, 눈을 돌리지 말고 죽음을 정면에서 바라보라고. 하늘에 올라가면 아버지, 어머니, 동생들을 모두 만나게 될 거야……."

사막의 유목민들은 죽어가는 사람을 둘러싸고 마지막 순간까지 끊임없이 말을 건다. 임종하는 사람이 지금 혼자라고 느끼지 않도록 말이다. 인간의 영혼은 그가 디디고 서 있던 땅과 그 땅에서의 삶, 자신의 육신을 떠나는 그 마지막 순간에 가장 큰 고독을 느끼므로 그때 가족, 친구들이 그의 곁에 있어주어야 하는 것이다. 그는 이브라함에게 무언가 열심히 말을 해주어야 한다고 느끼고 있었다. 그러나 도대체 말을 할 힘이 없었다. 그는 단지 웅얼거렸다.

"그래, 넌, 둘째 동생이었지. 또 먼저 가는구나. 잘 가라, 먼저 가라. 너의 꿈도 함께 사라지고, 암자드의 현도 끊어져 버렸지. 나는 몇 시간 후, 아니면 좀 더 지나서 따라갈 거야. 우리의 영혼은 저세상 사막에서 평생을 함께 지내게 되겠지……. 널 저 고운 모래 속에 고이 묻어야 하는데 그게 지금 내 힘으로는 도저히 불가능하지. 그래도 걱정하지 마라. 어차피 사막의 바람이 우릴 아무도 찾을 수 없게 깊숙이 묻어줄 거야. 하지만 사막은 우리의 시체를 오래는 보존하지 못하겠지. 하얀 뼈만 남게 되겠지. 그러면 영혼만이 외롭게 남게 될 거야."

이브라함이 죽은 지 몇 시간이 지나자 굳어진 손은 차가웠고, 그의 얼굴은 핏기가 가시면서 눈처럼 희어졌다. 너무나 순수한 백색이었다. 너무나 순수한 백색이었다. 그러나 그 얼굴은 한없이 평온했다. 그리고 무언가를 말하는, 표현하는 얼굴이었다. 그 얼굴에는 풍부한 의미와 함께 침묵이 담겨 있다. 작별의 인사. 체념 또는 단념.

그때 이브라함의 영혼이 그 육신을 떠나 허공을 맴돌다 곧 먼 길을 떠나려고 출발하였다. 그는 마침내 환상에서 깨어났고, 모든 두려움이, 희망과 절망 같은 것도 멀리 사라졌다. 그 영혼은 달콤한 무감각 상태에서 하늘로 날아갔다. 그는 공이 되고, 무가 되었다.

그는 그때, 어떻게 해서든지 지금 편지를 끝마쳐야 될 거라고 생각했다.

태양이 힘을 잃고 황혼이 깃들더니 어느새 밤의 정적이 주위를 감쌌다. 부드러운 달빛이 은색의 엷은 천으로 사막을 뒤덮고 있었고, 달빛 그림자가 점차 더 멀리 모래 언덕 너머로 물러갔다. 이윽고 밤이 이슥하여 달이 이지러지자, 사막의 하늘에서 한줄기 가녀린 차갑고 슬픈 별빛이 그들 머리 위로 떨어졌다.

"그래 죽으면 죽는 거지, 일찍 죽은들 무슨 상관인가. 사람들은 희미한 어둠 속에서 끊임없이 죽어가지. 사랑하는 사람들이, 연인들도 죽어가지. 하지만 그들의 영혼은 살아남지……. 인간은 언제든지 죽음을 향해 나아가고 있는 거야, 모든 것은 예정된 대로 갈 뿐이지. 그러니, 조금도 두려워할 필요가 없어. 난들, 지금 죽기는 싫어. 하지만 어쩔 수 없는 일이지. 순명해야 할 거야……. 그래도 다행이지, 사막에서 죽는다는 것은. 사막은 무자비한 살인마이지만 동시에 인정 많은 보호자이기도 하지. 사막에서는 모든 존재의 본질은 사라지지 않고 남아 있거든. 나의 하얀 뼈도, 영혼도 사막에 남아 있겠지……" 그는 어쩔 수 없이 자포자기한 심정이 되어 중얼거렸다.

지금 이 순간 생각해 보면, 이루어질 수 없는 사랑을 이루기 위하여, 성취할 수 없는 환상과 같은 꿈을 성취하기 위하여 그는 평생을 이리저리, 이 세상 끝까지 헤맨 셈이다. 어차피, 그것들은 사막의 신기루 같은 데도 말이다. 살아오면서 붙잡으려고 발버둥 쳤던 그 모든 것이 한낱 신기루에 불과하였을까? 그는 구체적으로 무엇을 향한 그리움인지 실체를 알지 못하면서도 아련한 그리움을 안고 평생을 살아온 것이다. 그는 언제나 끝없는 염원에 사로잡혀 있었지만 그것은 하늘에 걸린 무지개와 같이 금방 사라지고 마는 덧없는 것이었다.

"그런데, 나에게도 평생의 꿈, 희망 같은 것이 있긴 있었나. 진짜, 실현 가능한 꿈 말이야. 경이로운 건축물. 순수한 창작물. 건축가 생애에서 마지막 건축물. 공중정원." 그는 그즈음 자신에게 진지하게 질문하였다.

그는 언제부터인가, 수천 년 동안 시대를 초월하여 인간들에게 무한한 연민과 판타지, 시적인 영감을 주었던 바빌론의 공중정원을 재건축하는 사업을 꿈꾸고 있었다. 자기가 직접 설계하고, 완벽하게 시공한 공중정원을 꿈꾸고 있었던 것이다.

그는 언젠가는 자신의 이름을 걸고 건축설계 사무소를 갖는다는 구체적인 계획을 가지고 있었다. 그 사무소에서 공중정원을 설계하고 공사 시공을 감리해야 할 것이다. 문제는 건축비를 충분히 조달할 수 있는 건축주를 찾는 일일 것이다. 아니면 대학 동창이 운영하는 국내에서는 꽤 이름 있는 건축사무소로 옮길 수도 있을 것이다. 그 건축사무소는 확고하게 자리를 잡았고 재정 상태도 건전하였다. 끊임없이 해외 진출을 모색 중에 있었다.

그 친구가 말했다.

"우리 쪽에서 함께 일하게 되면 말이지, 네가 가고 싶은 곳은 언제든지 마음대로 가도 좋아. 떠나고 싶어서 온몸이 근질근질 할 테니까, 그걸 어떻게 말려, 상관하지 않을 거야. 모든 경비를 부담해 줄 수도 있어. 하지만 혼신을 다한 건축 작품 몇 개쯤은 남겨야 할 거야. 그걸 설계하는 데는 네가 꼭 필요하지. 모든 여건은 원하는 대로 해줄 수 있어. 우리나라에선 아직도 건축 설계가 예술보다도 산업으로 인식되고 있어서 문제야. 건축은 문화인데 말이지. 네가 그런 인식을 깨는 데 한몫을 해야 될 거야. 그래서, 넌 건축 부문에서 미국의 IDEA 같은 세계적인 디자인상 또는 건축의 노벨상으로 불리는 프리츠커 상을 받아야만 되지. 일본 건축계에서는 벌써 여러 사람이 이 상을 받았지. 너는 끊임없이 연구하고, 완벽하게 준비하는 스타일이니까. 무엇보다도 건축 철학이 정립되어 있고, 위대한 건축물에 대한 사명감도 가지고 있지.

그러면, 마케팅 측면에서 너의 이름을 활용하여 회사가 해외로 진출하는 데도 큰 도움이 되겠지. 그것만이 아니야. 우리 회사가 국제적인 건축설계 업체로 성장하기 위해서는 외국 회사와의 합작 또는 중요 설계 공모전에서 컨소시엄 구성이 필수적인데, 너의 국제적인 감각과 탁월한 외국어 능력이 필요하지.

지금 너는 그 회사에서 하루 빨리 벗어나야 돼. 그 회사는 한때는 정상이었지만 지금은 정체되어 있지. 가까운 시일에 무슨 일이 일어날지 어찌 알겠어. 이 바닥이 워낙 경쟁이 심해서 말이야. 그리고…… 그런데 말이야…… 우리 대학 선배 말인데 네가 어떻게 그런 사이코와 같은 회사에서 함께 근무할 수 있겠어? 네 인내심을 칭찬해야만 할까? 시간을 너무 낭비하고 있어. 더 늦으면 안 될 거야. 위대한 승리자가 될 기회를 놓치면 안 되겠지. 그걸 빨리 약속하란 말이야."

그는 그 즈음 자신의 삶에서 중대한 변화의 시기가 도래하고 있음을 감지하고 있었다. 적당한 시기에 회사를 떠나야 할 것이다. 그는 타성에 젖어서 자신의 꿈을 잊어버린 채로 안정된 생활과 그것이 주는 안락함에 도취되어 있었다. 그는 결단을 내리지 못한 채 우물거리고 있었다. 그러나 그런 것들이 그에게 육체적이건, 정신적이건 평화를 안겨주는 것처럼 보였지만, 사실은 실체도 없는 안정된 미래라는 것이 그의 영혼을 심각하게 좀먹고 있었던 것이다.

하지만 그는 평생 동안 무슨 야심 때문에 또는 성공하기 위해서 싸우지는 않았다. 다만 정들었던 회사와 회사 사람들과 헤어지는 일은 감당하기 힘든 일로 느껴졌다. 그 회사는 젊은 시절부터 지금까지 모든 열정을 쏟았던, 그의 삶이 살아 숨 쉬고 펼쳐졌던 터전이었기 때문이다. 그리고 그는 그러한 자신의 삶에 대해 아무런 불만이 없었던 것도 사실이다.

그는 오랫동안 머릿속에 그것을 그리고 있었다. 그가 반평생 추구했던 그 무엇은 건축가의 꿈이었다. 그것은 그의 불멸의 꿈이었지만 지금은 악몽이 되었다.

그는 생각했다.

'나는 여태껏 아무것도…… 도대체 아무것도 이루지 못한 거야. 그런데, 그걸 완공하려면 20년, 30년은 더 살아야 할 텐데? 지금 누구한테 구차하게 목숨을 구걸할 수 있겠어? 사막의 신께? 나는 인간의 구원을, 기적을, 행복이나 천국을 믿은 적이 없었지. 그건 헛된 꿈이거든. 현실을 무시한 채 이상만 쫓던 삶이 실패작이었음을 깨닫고 죽어간 돈키호테의 심정을 지금쯤은 깨달아야겠지만……. 나는 여전히 그 꿈을 버릴 수 없어. 허망한 꿈일망정……. 그 공사는 아무리 머리를 짜내 공기를 단축해도 십 년, 이십 년쯤은 걸리겠지. 에스코리알을 짓는 데는 20년이 걸렸어. 건축에서 즉흥성은 건축학적 타락일 뿐이야. 요즈음은 모든 공사가 너무 공기에 쫓기는 것이 문제지. 속도만으로는 문제를 해결할 수 없는데 말이지…….

그것은 예술적 조형물이어야 할까? 건물 그 자체가 고유한 생명력을 지닌 작품이어야 할까? 블로델의 견해대로 창조적 예술 작업의 결과물인 예술인 건축물과 단순한 집짓기의 결과물인 건물을 구분해야만 할까? 모든 건물이 다 예술이 되는 것이 아닌 게 확실하지.

나는 지금 애초부터 지어질 가능성이 없는, 그런 의사가 없는 건축물의 설계를 말하는 것이 아닌 거야. 실용주의자인 내가 당연히 지어지지 않을 건물의 설계, 소위 실험적 건축가들이 하는 작업을 말하는 것이 아닌 거야. 또는 아무 쓸모없는 건물을 예술 때문에 그냥 존재하게 하기 위해서 지을 수는 없다는 거야. 그건 낭비, 정말 쓸데없는 낭비에 불과한 거지.

건물이 단순히 비바람을 막아주는 존재가 아닌 것은 확실하지만 그러나 예술인지는 모르겠어. 르네상스 이후 건축쟁이들은 그들의 신분이 건축쟁이에서 건축가로 격상되고, 예술가로 행세하기 위해서 무던히 노력했지. 어쨌거나 건축이 예술이라면 실용적인 예술이겠지만. 공간을 창조하는 예술. 그러나 그 건축물이 예술이 되기 위해서는 견고하고 사용하기 편하고 보기 좋은 조건을 충족시켜야만 하지. 나는 그렇게 생각하지…….

그는 지금 사하라 사막의 남쪽을 여행하던 중 길을 잃고 절망적인 상황에서 가쁘게 숨을 몰아쉬고 있다. 그러나 이 순간에도 다른 건 도대체 머리에 떠오르질 않았다. 과거에 설계했던 건물에 대한 후회 같은 것이 물밀듯이 밀려왔다. 좀 더 완벽하게…… 그때 생각을 완전히 비틀어야 했는데…… 그걸 폭파해버리고 다시 짓는다면…… 건축설계사로서 직업의식에 사로잡혀 지치지 않고 건축 설계에 대해 생각했다. 그는 죽음을 눈앞에 둔 그 순간에도 예술가적인 창조적 본능에 따라 평생을 추구해온 건축의 생명력에 대해, 미학에 대한 생각을 멈출 수 없었던 것이다.

김규현은 건축가이다. 그의 건축 미학은 무엇인가. 건축은 예술인가, 아니면 인간이 그 속에서 살아가는 단순한 생활공간에 불과한 것인가. 건축과 그 토대가 되는 대지 또는 자연과의 관계는 어떠한가. 다시 말하면, 건축은 자연에 대항하는 개념인가, 그래서 자연은 정복과 극복의 대상인가. 아니면 인간이 자연의 일부인 것처럼 건축은 자연과 조화를 이루고 자연에 순응하여만 하는가. 그리고 건축물은 기능적인 목적, 즉 실용성 utilitas과 힘 firmitas이 중요한 것인가, 아니면 우아하고 명쾌한 아름다움 venustas이 더 우선인가. 둘 다다인가. 필립 존슨은 '건축은 예술이다. 다른 아무것도 아니다.'라고 말했는데 건축과 예술의 접점이 있을까.

그는 무얼 짓고자 했던 것인가. 그게 그의 평생에 걸친 원대한 꿈이었을까.

그는 여전히 건물에 대해, 환상에 다름 아닌 영원한 꿈에 대해 생각했다. 그리고 깊은 좌절감을 느꼈다. 그는 그때 자신이 과거에 설계했던 건물들을 하나하나 떠올렸다.

　우선 자신의 기억에 남을 만한 건물을 설계한 적이 있었던가? 나의 꿈과 낭만, 건축미학 등이 모두 용해된 건물을 설계했던가? 장소와 그 주위의 자연환경과 풍경을 충분히 이해하고 그것들과 어울리는 설계를 하였던가, 그러면서도 너무 두드러지지 않는 것을 지으려고 노력했던가? 건물의 용도와 관련해서 요구할 권리를 가진 사람들의 모든 적절한 요구를 제대로 수용했었던가? 건축가를 위한 괴상한 건축 이론, 다시 말하면 건축가에 의한, 건축가를 위한 엉뚱한 건축 이론을 신봉하지는 않았던가? 건축업자의 요구 사항이 나의 사고체계와 엄청나게 차이가 날 때 과감하게 그 일을 맡지 않겠다고 거절하였던가? 건축가는 설계도면을 그리는 것으로 끝나지 않고 공사가 완공될 때까지 책임을 져야한다는 원칙을 충실하게 이행하였던가? 문득 자식이 보고 싶은 것처럼 보고 싶은 마음이 드는 게 있었던가? 볼수록 만감이 교차하는 게……. 건축 과정에서 건축주와 기술자들을 상대로 그들을 충분히 다루었던가? 건축주의 부당한 간섭 때문에, 적은 공사비와 짧은 공기에 쫓겨서 어쩔 도리가 없었노라고 변명만 늘어놓아도 될까?

　건물이 예술작품으로서 아름답고 사람들에게 감동을 주려면 그 건물이 인간의 본질을 표현해야 할 것이고, 그 본질이란 다름 아닌 극도로 절약한 단순성으로 또는 간결함으로 나타나는 것이 아닐까. 사람들은 침묵을 경청하는 것이 무엇보다 중요하다. 모든 좋은 언어에는 그보다 더 좋은 침묵이 담겨있는 법이니까. 침묵의 소리가 들리는, 시대의 무의식을 반영하는 진공과 같은 공간이 건물에는 필요할 것이 아닐까. 건물 내부에 미로처럼 긴 강화 콘크리트 벽을 세울 것이고, 거기에 인간의 고뇌를, 인간의 색채를 입히는 것이다. 그러면 그 건물은 꿈이 현실로 바뀌어 지고, 아름다운 형태의 질서를, 또 하나의 생명력을 잉태하게 될 것이 아닌가.

하지만, 그럴 거야. 아무리 애를 써도 인간은 결국 복제품밖에 만들지 못할 거였다. 원래 진정한 창조 행위는 신의 영역에 속한 것이어서 오직 신만이 창조할 수 있기 때문이다. 그러나 신은 그 신비한 비밀을 그대로 내뱉는 법이 없다. 모호하고 다의적인, 설명이 불가능한 그래서 오독할 수밖에 없는 상징과 은유를 사용하기 때문이다.

(건축 예술가로서 그의 생각은 백번 옳다고 할 수 있을 것이다. 예술가는, 건축가 역시 영원히 지속되는 아름다움의 원천, 실존적 본질인 원형, 만약 신이 존재한다면 그 신이 설계했을 그것을 모방해야만 하는 것이다. 인류가 탄생한 이래 수많은 그림과 조각, 건축물은 그것의 모사일 뿐이다.)

그는 오랫동안 어렴풋이 또는 명확히 잘 알고 있었다. 건축가로서 평생 동안 품고 있었던 자신의 강박관념을. 그의 거창한 꿈과 노력에도 불구하고 그 역시, 결국 모사품에 불과한 극히 평범한 건물을 설계하고 시공하고 만 것이다.

젠네의 대사원을 찾아서

김규현은 건축가로서, 사막 여행가로서 호기심을 억누르지 못하고 말리의 수도 바마코에서부터 니제르의 수도 니아메까지 노예의 강인 니제르 강 유역을 답사한 적이 있었다.

그때 당시 그 사원에 간 적이 있다.

그곳은 나의 머릿속 지도에서는 이 세상에 남아있는 가장 구석진 곳이었다. 그리고 그 사원은 나의 눈으로 반드시 확인해야 할 마지막 건축물이었다. 내가 평생에 걸쳐 작성하고 수정한, 반드시 자신의 눈으로 직접 확인해야할 건축물들의 목록 중에서 마지막 건축물. 우아르자자테 유적의 향수를 느끼게 해주는 건축물.

(나는 우아르자자테에 맨손으로 자수성가한 그 재벌 회장님과 함께 갔다. 해박한 건축이론, 세상사와 인간사에 대한 오랜 경험과 깊은 성찰에서 우러나온 인생철학에 나는 매료됐다. 그러나 그분은 나를 건축가로서 실제 이상으로 과대평가했다.)

젠네의 사원은 흙벽돌로 쌓아 올리고 사이에 진흙 모르타르를 발라 지어진 것이다. 하늘로 치솟은 첨탑과 함께 빛이 바랜 진홍색 벽면에는 야자나무 줄기가 일정한 간격을 두고 촘촘하게 돌출해 있다. 그것은 장식적 효과라기보다는 큰 비가 내린 후에 수시로 하는 보수공사 시 발판으로 이용하기 위한 것이긴 하지만 묘한 기하학적 아름다움을 보여준다.

젠네의 대사원은 유네스코가 세계문화유산으로 지정할 만큼 세계에서 가장 큰 진흙 벽돌로 지은 건축물이다. 말리의 중세 도시인 젠네는 내륙도시라고 할 수 있지만, 그 거대하고 우아한 사원은 니제르 강의 한 지류라고 할 수 있는 바니 강의 작은 섬에 자리 잡고 있다. 그러나 사진작가들이 가장 좋아한다는 코아의 모스크는 말리 쪽 니제르 강의 푸른 수면 위로 가공되지 않은 소박한 아름다움을 그대로 드리우고 있다.

하지만 신전 안은 예전에는 성대한 의식을 거행했을 제단만 덩그러니 놓인 채 온통 텅 비어 있다. 굶어서 삐쩍 마른 검은 고양이 한 마리가 어슬렁거리고 있을 뿐이다. 무심한 세월과 텅 비어 있는 신전. 인간들이 그 신전을 스스로 차지하기 위해 거기서마저 신을 쫓아버렸던 것일까. 그래서 어두침침한 텅 빈 공간에서 공허감마저 느낀다. 그러나 그곳에는 단순한 검소함이, 절제가 있고, 그리고 장엄한 침묵이 도사리고 있다. 그 공간은 초월적이고 추상적이다. 그러므로 그 건물의 용도가 신을 의심하는 자들에게 과시와 위협을 하기 위해서 쓸데없이 화려한 유럽의 성당과는 너무나 이질적이고 대조적이었다.

말리 중남부의 나이저 강 유역 내륙 삼각주에서는 점과 무당이 성행하였다. 무당과 그들의 점괘는 말리 사람들의 삶에서 빠져서는 안 될 일종의 생활필수품이었다. 그때 젠네에서 만난 도곤족 출신의 늙은 남자 점술가가 자기 종족의 조상신과 위대한 알라신이 함께 내려준 신통한 점괘를 자세히 풀이해 주었다.

돌과 어도비 벽돌로 지은 그의 집은 도곤족 마을에서 몇 그루 바오밥나무가 서있는 언덕을 지나서 가파른 절벽 꼭대기에 있었다. 도곤족들은 단층의 암석지대 절벽에 집을 짓고 독특하고 폐쇄적인 정체성을 유지하였던 것이다. 그 길에는 딱새들이 황토층에 굴을 뚫어 둥지를 틀고 있었고 꿀새는 바오밥나무의 마른 가지로 날아올라 소리치고 날갯짓을 하였다. 그러나 그 집에 가려면 틈틈이 선인장과 가시덤불이 숭숭 자라고 있는 아주 험한 길을 올라가야만 했다.

바람이 일면서 흙먼지가 단조로운 회색 풍경을 연출하였다. 공기는 무겁고 탁했다. 물을 못 마신지 몇 시간이나 지났고 지금 더위를 먹은 상태이다. 콧잔등에서 큰 땀방울이 뚝뚝 떨어진다. 자신은 아주 보잘 것 없고 언제부터인가 인생의 방향 감각을 잃어버린 존재라고 느꼈다. 실체가 없는 두려움과 추상적이고 순순한 공포심이 나를 짓누르고 있다.

그는 80세에 가까운 나이에도 불구하고 허리가 꼿꼿하였다. 차분한 풍채에서 원숙한 우아함마저 느껴진다. 그러나 강렬한 눈빛으로 나를 응시했다. 목에는 유리구슬이 달린 황동 목걸이를 달고 있다. 그것은 단순한 장식일까, 아니면 부적일까, 신에게 바치는 어떤 상징적인 표식일 것인가? 신앙심이 깊은 이 이슬람교도는 온화하고 그윽한 눈을 들어 사람을 쳐다본다. 위엄 있고 관대한 사람이라는 것을 바로 알 수 있다.

코미디의 달인이자 광대이고 마법사이고 예언자인 그가 저음의 부드러운 음성으로 말한다. 프랑스어로 주문을 거는 듯한 낮은 음성으로 아주 느릿느릿 말했다고 해야 할 것이다.

"먼저 말해주겠는데 내 이름을 알려고는 하지마. 나는 이름이 있기도 하고 없기도 하니까. 그러면 이제부터 묻겠어. 여기에 온 이유는? 그럼 원하는 게 뭔지를 말해보시지. 자신을 속일 생각은 하지 말아야지. 그대가 진정 원하는 게 있을 것 아닌가. 가족을 떠나 모든 위험을 무릅쓰고 여기까지 왔다면…… 가진 돈 모두 털어서 그먼 거리를 거쳐서 여기까지 왔다면……. 틀림없이 마누라는 질색했을 거야."

"내가 정말 뭘 원하는지는 나도 잘 모르지요. 말로 설명하기가 난감하지요. 막연한 갈망이거나 무의식적인 충동질일지 모르겠네요."

"허튼소리. 날 속일 생각은 하지 않는 게 좋을 거야. 그대가 날 속이면 나 역시 그댈 속이게 되는 거지. 그대가 말하는 갈망이라는 것이 공명심이나 명예욕 때문은 아닐 거야. 그러면, 복수심? 누구에 대한? 그게 자신에 대한 터무니없는 복수심 때문이라면? 어쨌거나 그대는 감당할 수 없을 만큼 걱정이 많겠지. 건강에는 문제가 없어 보이지만……. 자식들이나 마누라하고 심각한 문제가 있을 거야? 안 그런가? 그건 누구나 있는 법이니까. 전쟁이 끝나고 돌아오니 마누라는 딴 놈과 눈이 맞아서 어디론가 도망가고 없었어……. 왜? 하필 내 여자를? 그놈이 멀리 달아나지 않았다면 틀림없이 내가 두 사람 모두 잔인하게 죽였겠지.”

“그런데, 세상과의 불화 때문인가?”

“대단한 여행을 계획하고 있는 건 아닙니다. 그냥 어딘지 가고 싶어요. 아무 데도 아닌 곳에서 아무 데도 아닌 곳으로 말이지요. 아직 못 가본 곳이 수두룩하지요. 그러니까 암흑의 심장부에는 그 근처에도 못 가본 것이지요.”

“지도에도 나오지 않는 암흑의 대륙 깊은 곳을 말하는 거겠지. 통나무배를 타고 강을 건너고, 늪지대를 거쳐 밀림 속으로 들어가는 거. 거기에 전설의 공룡은 없을 거라고…….”

“당신은 모험가도 아니고 탐험가도 아니지 않은가? 그런데 거길 왜 가려고?”

“나도 잘 모르겠어요. 아니에요. 아니……. 그저 뭘 해야 할지 몰라요. 불안하고 혼란스럽거든요.”

“그대는 불안으로 빚은 포도주라도 마신 건가. 하지만 종교 재판소의 재판관이 준비해 놓은 고문 중에서 가장 무서운 것이 불안이라네. 그러나, 당신 실수하는 거야. 그건 용기가 아니라 만용에 불과해. 검은 숲에는 악귀가 살고 있거든. 그 악귀는 온몸에 수백 마리의 무서운 살모사와 코브라를 휘감고 있고, 거대한 왕도마뱀과 비단 구렁이, 체체파리 떼를 거느리고 있지. 그리고 그녀의 폐에는 에볼라 바이러스가 우글거리는데 숨을 내쉴 때마다 그걸 내뱉는 거야. 그것들이 숲으로 들어오는 침입자를 방어하고 있는 거지.

그나저나 심장부에 들어가기도 전에 피그미가 쏘는 독화살이나 밀렵꾼이 쏘는 칼라슈니코트 총탄…… 수류탄에…… 맞아 죽을 거야. 아니면 날이 넓고 무거운 칼인 마체테가 그대 몸을 난도질을 할 수도 있거든"

"그렇군요. 그래요"

"나는 당신을 이해할 수 있을 것 같기는 하군. 산전수전 다 겪었거든. 그 참혹한 전쟁에도 끌려갔었지. 그 전쟁에서 알게 된 건데 백인들은 참으로 잔인한 악마라고 할 수 있지. 증오와 파괴 욕…… 불바다……. 그들은 인간이 얼마나 잔혹해질 수 있는가를 시험해보는 것 같았어. 서로 죽이기 위해 만나서 수만, 수십만을 죽이고 평생 불구로 만든 뒤, 그렇게 많은 사람을 죽일 수 있게 해주신 은혜에 대해 그들의 하나님께 감사의 예배를 올린 거야. 하나님 감사합니다, 감사합니다. 하나님, 우리 하나님.

물론 나도 죽고 나면 백인이 될 거야. 모든 죽은 자들의 혼령은 하얗거든. 내가 백인들을 부러워하는 게 있는데, 바로 그들의 술과 담배이지. 맛이 최고인 거야.

곰곰이 생각해보면 당신이 찾는 게 뭔지 알 것 같단 말이야. 인생의 비밀 같은 거, 또는 그곳에 정말 신이 있는지를 알고 싶은 거야"

"본론으로 들어가면 어떨까요? 본론으로 말입니다. 신의 말씀을 듣고 싶군요."

"어쨌거나 아주 멀리서 왔구면. 이 세상의 저쪽 끝에서 온 거야. 신도 동양인은 처음일 거야. 그 신은 흑인이거든. 그렇지만, 신은 시리우스별에서 이 세상 끝까지 구석구석 내려다보고 있으니까, 당신의 운명도 알 수가 있지. 신은 전지전능하시거든. 무슨 말인지 알겠어? 다시 말하자면…… 신은 땅과 하늘, 바다의 주인이시니, 동서고금을 통해 이 세상에 일어난 모든 일을 죄다 알고 계실 뿐더러 지금도 이 세상 구석구석에 일어나는 모든 걸 보시고, 모든 걸 듣고 계신단 말이지. 나는 이븐시나가 아니라 알가잘리를 숭배하거든. 이븐시나는 신, 당신은 까마득히 높은 곳에 계시기 때문에 인간을 대충 매우 개괄적이고 관념적으로 알고 있을 뿐이라고 주장했었지. 그러나 그건 말도 안 되는 말씀이지. 쿠란을 완전히 곡해하였으니까 결국 알라를 모욕하는 거지. 한때 신앙의 위기를 겪다가 '전능하신 하나님이 내 가슴에 비추어주신 한 줄기 빛' 덕분에 이를 극복한 알가잘리는 이를 반박했지, 이슬람이 인정하는 하나님은 이 세상에서 일어나는 모든 일을 샅샅이 알고 평가하신다고 했거든.

하지만 요즈음 신도 늙으니까 기억력이 점점 가물가물해지는 것이 아닐까 하고 걱정이 들거든. 신인들 나이를 어쩌겠어. 그래서 어쩔 수 없이 모든 걸 세밀하게 장부에다 기록하고 있을 거라고 그런데 신에게도 성격이 있을까? 신경질적이고 병적으로 질투가 심하거나 지독한 허풍쟁이이거나 또는 심술첨지이겠지.

그렇지만, 신은 전지전능하니까. 인간의 생명과 죽음을 손바닥 위에 올려놓고 마음대로 하나를 고를 수 있는 거야. 이게 당신의 이름인가. 신께 당신이 이 성소를 방문한 사실과 당신의 이름을 알려 드려야지. 신께 묻고 싶은 게 많을 테지. 그러나, 신은 전지전능하니까, 전지전능하다니까…… 그렇고말고. 당신의 이름만 알아도 당신이 어디에서 왔는지, 누구인지, 어디로 갈 것인지, 무얼 알고 싶은지 다 알고 있으니까, 염려할 것은 하나도 없어.

여기는 인간의 더러운 손길이 닿지 않는 순수하고 때 묻지 않은 성소야. 여기에 있는 낡은 쿠란에 신의 성령이 강림하지. 조개껍질이나 호리병박, 야자나무 껍질이나 거북이 등껍질을 가지고 점을 치는 것은 완전히 미신이야. 해괴한 미신에 불과하지. 그런 것에 속을 건 없어. 당신만 바보가 되는 거야. 난 오직 신께 정성껏 기도하고 성령을 통해 신과 진지한 대화를 하지. 그러면 위대한 신께서 그의 비밀을 귀띔해 주는 거야. 알겠어?

그런데, 프랑스에는 왜 성직자보다 점성가가 더 많겠어. 너무 많은 돈을 주었어. 하지만 거절하진 않겠어. 신께서도 돈이라면 사족을 못 쓰지. 돈은 많을수록 좋은 거야. 나도 마을에 내려가면 돈 쓸 일이 많아. 요즈음 극심한 가뭄 때문에 시달리고 있지. 모든 게 말라버렸어. 그랬으니 쌀값이 몇 배나 뛰었단 말이지.”

그는 몇 시간째 눈을 지그시 감고서 계속 고개를 끄덕이고 가끔 입술을 달그락거리면서 이상한 주문을 외운다. 그는 무릎을 꿇고 기도하는 자세로 접신接神을 하면서 진지하게 신과 대화를 하고 있었다. 그는 무아지경에서 신의 말을 듣고 있었다. 오두막집의 어스름 속에서 그의 신성한 얼굴에 땀이 흐르는 것이 보였다. 마침내 환희에 들떠서 몸을 부르르 떨더니 깊은 신음소리를 토해냈다. 그리고 눈을 떴다. 신이 은유적으로 넌지시 한 말을 알아들은 게 분명하였다.

"조용히, 조용히. 엄숙한 순간이야. 제발 집중해주게. 그래야만 신의 목소리를 들을 수 있으니까. 신의 말씀엔 아무런 논리가 없어, 눈꼽만큼의 논리도 없으니까 그냥 믿으라고. 믿음이 필요하지. 그런데 당신은 착한 사람이야. 참으로 마음에 드는 사람이지. 얼굴에 그렇게 쓰여 있어. 그건 신께 물어볼 필요도 없어.

하지만, 당신은 여자도 없고 자식도 없어. 스스로 불행을 안고 사는 사람이지. 그래서 외로운 거야. 지금 지독한 외로움을 겪고 있는 거야. 왜 스스로 인생을 즐기지 않나? 삶은 균형이야. 슬픔과 기쁨, 행복과 불행, 선과 악 등. 평생 갈 상처를 안고 있으니, 그러다가 편집증 때문에 자살하거나 미쳐버릴지도 모르겠군. 잊어버리라구.

문제는 당신이야. 그걸 신이 정확히 지적했어. 당신은 만날 여자한테서 도망만 다닌단 말이지. 예쁜 여자인지 못생긴 여자인지 가리지 않고. 여자 쪽에서 미쳤다고 도망가는 남자를 쫓아가겠어, 그건 애시당초 도대체 기대하지도 마. 여자에게 거절당하는 것이 두려워서 사랑을 고백조차 못해서야 안 되겠지. 그건 세상을 사는 것 자체를 두려워하는 것과 똑같은 거야. 사랑은 현실이야. 아름답지도 순수하지도 위대하지도 않는 거야. 그런 허황된 말에 속아 넘어 갈 만큼 바보는 아니겠지. 하찮은, 정말 하찮은 게…… 그러니까 여자를 만나거든 겁먹지 말고 끝까지 쫓아가란 말이야. 그러면 진짜 좋은 배필이 찾아와서 당신에게 잘해 줄 거야. 아이도 열 명쯤 낳아주고 말이지. 신이 분명히 그렇게 말했어.

그런데, 당신 직업이 참으로 수상해. 허구한 날 길을 걷다가 지쳐서 쓰러지는 거야. 여기저기 길이 있는 곳마다 막 쏘다니고 있구먼. 그러니까, 도대체 큰돈을 벌 기회가 없는 거야. 그 원대한 꿈을 이룰 수도 없고 그 병을 고치기가 난감해. 당신은 다리가 병나기 전에는 계속 걸을 테니까. 그건 신도 어쩔 수 없다고 하네. 이쯤에서 결론을 내려야겠지. 당신은 멀리서 온 사람이고 또 멀리 갈 사람이야. 그리고 길에서 외롭게 죽을 운명이야.

마지막으로 늙은이가 인간적 충고를 하나 하고 싶군. 그걸 알게나. 늙어가는 사람만큼 인생을 사랑하는 사람은 없는 거라네.

그대는 자신에게 너무 잔인한 거겠지. 스스로에게 얼마나 잔인해지고 싶은 거야. 자기 자신을 적대시하고 있으니까. 지금 당장 필요한 것은 스스로를 위로하고 스스로에게 너그러워지는 거야. 인생에는 두 가지 기본 원칙이 있는 거야. 첫 번째는 사소한 것에 목숨을 걸지 마라, 둘째는 모든 게 사소한 일이다. 하나님은 '뱀같이 지혜

롭고 비둘기처럼 순결하라'고 하셨어. 인간에게 중요한 것은 만용이
아니라 지혜인 거야.

그렇다고…… 당신더러 왜 집에 편히 있지 않고 이 세상에서 가
장 먼 구석인 사막까지 와서 당신의 뼈를 묻으려고 하는가? 라고
묻지는 않겠어. 쓸데없이, 괜히…….

알라신이여! 위대한 신이시여! 이 사람을 지켜주소서! 이 사람을
보호하소서."

나는 어느 정도 신통한 점괘에 아연실색하였다. 족집게처럼 맞췄
다고 할까. 나는 나 자신으로 되돌아오는 것을 느꼈다. 그래서 상당
히 많은 돈을 추가로 내밀면서 그 무당에게 행운을 가져다 줄 영험
한 부적을 신신당부하였다.

내가 말했다. "나의 적이나 불운, 다른 모든 것으로부터 날 보호
해줄 게 필요하지요. 나는 보호가 필요하다고요. 그리고 나에게 방
향 감각을 주고 인생의 목적을 밝혀주는 게 있어야 하지요."

그러나 그 현자는 그 돈을 냉정하게 거절하였다. 나에게는 지금
어떤 부적도 효험을 발휘할 수 없으니 돈을 받을 수가 없다는 것이
었다.

그가 말했다. "불가능한 일이야, 부적으로는. 신이 미리 정해놓은
거지. 그건 희생 제물을 바쳐도 소용없을 거야."

푸른빛과 다양한 색채가 오묘하게 결합하여 시시각각 변화하는
아프리카의 하늘을 배경으로 하여 아득히 펼쳐져 있는 저지대의 황

량한 황갈색 땅을 무심하게 내려다보며 나는 어느덧 무성하게 자란 검은 턱수염을 쓸었다. 그러나 두 눈에 눈물이 가득 고였다.

사하라 모스크의 전형적 모습인 통북투의 징게베르 사원. 그 사원은 모슬렘 만딩고 제국의 위대한 왕 만사 무사가 1324년에 사하라를 횡단하여 메카까지 순례 여행을 다녀온 후 건축한, 말리에서 가장 오래된 흙벽돌 건축물이다.

그러나 그가 찾아간 날, 지독한 한낮의 무더위 속에 한 치 앞을 내다볼 수 없는 모래 폭풍이 잿빛 도시를 몇 차례씩이나 휩쓸고 지나갔다. 그는 가까스로 사원의 경내로 들어갔다. (그는 충분히 예상하고 있었지만) 주위가 온통 쓰레기 더미에 파묻혀 있고 어두침침한 모스크 안은 텅 빈 채 늙은 고양이들만이 기둥 그늘에 모여 늘어지게 하품을 하고 있었다.

그런데 무어인 레오 아프리카누스는 1500년대 초에 나온 그의 책『아프리카의 역사와 실제, 그리고 아프리카에 담긴 놀라운 것들』에서 통북투야말로 황금이 넘쳐흐르고 학문이 번성하는 환상의 도시인 것처럼 현란하게 묘사하였다. 아프리카누스는 말했다. "소금은 북쪽에서 오고 금은 남쪽에서 온다. 하지만 신의 말씀과 지혜의 보물은 통북투에서 온다."

그러나 만사 무사의 사망 후 몇 백 년의 세월이 흐르면서 통북투는 쇠락하기 시작하여 도적떼와 투아레그족이 번갈아 도시를 약탈하고 유린하였다. 더욱이 1591년 모로코 궁전의 스페인계 환관이었던 주다드가 용병부대를 이끌고 사하라 사막을 종단해서 통북투를 철저히 약탈한 후에 도시는 더욱 황폐해지고 대규모 연구기관들 역시 역사 속으로 사라졌다. 과거의 영광은 이때 전부 사라진 것이다.

하지만, 유럽인들은 이러한 사실을 까마득히 모른 채 19세기 중엽까지도 이 도시에 대한 환상, 즉 '사막의 진주' 또는 '아프리카의 엘도라도', '사하라의 관문'이라는 신비하고 비현실적인 전설에서 깨어나지 못하고, 이 도시에 먼저 도착하기 위해 서로 앞을 다투었다. 그리고 도착한 순간 바로 이 도시가 사방이 모래와 쓰레기 더미에 뒤덮여 있는 것을 확인하였다. 그것은 전에는 단 한 번도 본 적이 없는 단조롭고 황량한 모습이었다. 이제 신비한 통북투의 비밀이 밝혀진 것이다.

최초로 통북투에 간 유럽인인 프랑스의 탐험가 르네 카이에는 1828년 4월 20일, 1년간의 피나는 고난 끝에 그곳에 도착했을 때 이렇게 기록했다. '사방을 둘러봐도 보이는 것이라곤 없다. 바짝 메마른 모래밭이 끝없이 이어져 있을 뿐이다. 흰 모래가 차츰 황금빛으로 물들고 있으며, 지평선 위로 연붉은 하늘이 걸려 있다. 자연 속에 무한한 슬픔이 배어 있다. 완전히 침묵하는 이곳에는 새 한 마리 지저귀지 않는다. 하지만 그렇더라도 감동적인 것은 있다. 모래땅 한가운데에 그런 큰 도시가 세워졌다는 사실을 설명할 방법이 생각나지 않는다. 그곳을 개척한 사람들의 노고에 그저 감탄할 뿐이다.'

통북투 (또는 팀북투)는 과거의 일시 화려했던 영광이 빠른 시간

내에 사라져버린 후 비참한 잔해만 남아있는 역사적 실례가 되었다. 인간의 무지와 환상이 빚어낸 비극의 무대였던 것이다.

해협 海峽

김규현은 파리 유학시절 여름방학 때 일찍 스페인에 갔었다.

쓸데없는 장식을 모두 제거한, 그래서 간결한 마드리드의 엘 에스코리알 왕립 수도원과 형언할 수 없이 아름다운 그라나다의 알람브라 궁전이 갑자기 생각나는군. 지금 이 순간 당연히 생각나야겠지. 그 수도원과 궁전은 나에게 이루 말할 수 없을 만큼 많은 건축학적 영감을 안겨주었거든…….

펠리페 2세는 에스코리알의 험준한 회색 바위 사이에 거룩하게 순교한 카톨릭 사제 성 라우렌티우스를 기리는 수도원을 지었다. 그러나 냉혹한 광신자 왕은 자신의 고독한 영혼이 편안하게 잠들 수 있도록 단순하고 깜깜한 화강암 집을 만들고 싶었다. 그래서 그는 불필요한 그림이나 장식, 그 모든 사소한 것들을 제거한 간결한 동굴을 짓도록 명령했다.

그러나 에스코리알은 죽음의 그림자가 짙게 드리워진 땅이었다. 1936년 발발한 스페인 내전 당시 그 땅에서 공화 진영의 중앙집권적 공산주의자, 트로츠키주의자, 지역분권주의자, 자유주의자, 국제여단, 검정색과 붉은색으로 된 스카프를 맨 아나키스트들은 서로가 서로에게 분란을 일으켜서 권력 투쟁과 닥치는 대로 총살을 일삼는 내부 반란 그리고 피비린내 나는 숙청을 자행하였던 것이다. 그때는 에스코리알에서 매일같이 총살 파티가 열렸다. 그랬으니 프랑코의 국민 진영에 패배할 수밖에 없었고, 프랑코는 그 후 37년간이나 철권통치를 할 수 있었다.

늦은 봄날이거나 초여름이었다.

담쟁이넝쿨이 울타리를 온통 휘감고 있는 그 수도원의 정원에는 밤나무를 꽂이 만발해서 짙은 향내를 내뿜고 있었고, 땅에는 하얀 꽃술이 낙엽처럼 수북이 쌓여 있었다. 나이팅게일의 노랫소리가 들렸다. 지나가는 산들바람이 무척 부드럽게 느껴졌다. 그러나 오후의 강렬한 햇살이 칼날처럼 날카롭게 대기를 베어내고 있었다. 나는 망연자실하여 광기로 번뜩이는 회색의 거대한 대리석 기둥들을 몇 시간째 바라보았다. 나는 그 사제가 화형 당한 후 엘리시온의 땅으로 들어갔는지, 그 왕의 육체는 진즉 소멸되었겠지만 영혼만은 지금도 어두운 동굴 속에서 편히 쉬고 있는지, 궁금하였다. 눈에는 까닭 없이 눈물이 고였다.

그리고 시에라 네바라 산맥의 군청색 산봉우리들을 배경으로 한 알람브라 궁전을 처음 본 순간의 그 가슴 뭉클한 충격을 평생 동안 잊을 수 없을 것이다. 비록 이븐 알 자티브가 썼다는 사신전 使臣殿 입구 회벽에 아랍 문자로 새겨진 시는 도저히 이해하지 못했지만 말이다. 하지만 그 시인이 남긴 말들은 알아듣지 못한 채 건축물만 보아도 그 감동은 컸다.

알람브라의 방과 공간은 위대한 시인들의 아름다운 시로 장식되어 있다. 알람브라의 벽에 새겨진 시는 이 건물의 목소리다.

궁전 내부의 천장과 바닥, 벽면은 온통 아랍 특유의 기하학적 문양의 타일과 아라비아 문자가 정교하게 아로새겨진 치장벽토로 장식되어 있어서 향수, 환상, 시적 분위기를 자아내고 있었다. 그 타일 하나 벽토 하나가 모두 훌륭한 조각품이었던 것이다. 그것들은 절묘하게 균형과 반복을 이루고 있었다. 기하학적인 정밀함과 아랍인의 상상력, 무아경이 결합되어 있었다. 아랍의 위대한 장인들은 모든 물질적 형태를 초월해서 장식물을 정교하게 추상화 시켰고, 공간을 공기와 빛과 색, 소리로 채워 넣었다.

그리고 장미와 월계수, 야자수가 잘 다듬어진 정원에서는 연못 속의 분수가 내뿜는 물줄기가 부드러운 바람에 가볍게 휘어져 햇살에 반짝거리면서 흩날리고 있었다. 그 분수의 떨어지는 물소리는 세헤라자데의 마법 같은 이야기들인 천일야화를 들려주고 있었다.

그곳을 요새이자 쾌락의 저택이라고 불러라. 그 궁전에는 화려한 것들이 많다. 지붕, 바닥, 네 벽, 치장벽토와 타일도 놀랍지만 목각으로 장식한 천장이야말로 더욱 경이롭다……

그러니 그라나다에서는 눈먼 것이 최악의 형벌이 될 수 있다. 인생의 그 어떤 고초도 그라나다에서 눈머는 것에는 비할 바가 못 되는 것이다. 그것들은 화려하다기보다는 숨이 멎을 만큼 그저 신비스럽다. 거기에서는 인간 세상의 모든 구체적인 형상을 재현하는 것을 금기시하는 – 그 종교는 특히 인간의 형상을 절대 용납하지 않았다 – 회교 율법에 따라 중세시대에 벌써 추상예술을 창조해 낸 무어인 장인들의 고뇌를 느낄 수 있었고, 곳곳에 나스르 왕조의 마지막 술탄인 무함마드 이븐 알리 (스페인 사람들은 까닭 없이 그를 폭군 보압딜 또는 보아브딜이라고 불렀다)의 회한이 서려 있었다.

1492년 1월 2일, 그 날 술탄은 마지막 전쟁에서 패배한 후 항복 문서에 서명을 하였다. 그러자 술탄의 모후가 그를 비웃었다. "사내답게 지켜내지 못하였으니 계집아이처럼 징징 울어야지." 그는 스페인의 가톨릭 왕들에게 성곽의 열쇠를 넘겨주고 유럽에서 영원히 사라졌다. 그때 무함마드는 열쇠를 넘겨주면서 목이 멘 채 무겁게 입을 열었다. "*각하, 어서 가십시오 내 궁전을 차지하십시오 거기, 궁전에서, 오 여왕이시여, 당신은 근엄하게 앉아서 승리를 맞이해야 합니다. 죄 많은 무어인을 벌하려고 알라께서 각하에게 내린 선물일 것입니다. 위대한 신이시여, 여왕의 긴 머리카락에 영원한 축복을 내려주소서!*"

"*그대는 조상의 땅으로 돌아가시오 지브롤타 해협을 건너서 말이오 그걸 막지는 않겠소 그리고, 이젠 다시는 돌아오지 못할 것이오 7세기 동안 이교도들이 지배한 이 땅은 완전히 해방되었소 그 오만한 반달은 스페인에서 깡그리 사라질 것이오 그런데 그대는 아름다운 낙원이었던 그라나다에 불신과 전쟁의 상처를 남겨두고…… 파괴된 교회와 수도원 잿더미가 된 집들, 폐허, 과부들과 고아들을 남기고 마침내 떠나는구려.*"

그러나 이 지극히 불행한 남자는 항복 의식이 진행되는 동안 말을 타고 있었고, 목이 잘리거나 무릎을 꿇는 치욕을 맛보지는 않았다. 그는 긴 옷자락을 땅에 끌면서 쓸쓸히 지브롤터 해협을 건너 옛 땅인 아프리카의 모로코로 물러가면서 지나간 세월을 후회하고 말없이 눈물을 흘렸으리라.

그래도 아랍식 성곽의 연분홍 벽에 둘러싼 알람브라 궁전은 마지막으로 번영을 누린 나스리 왕조의 영광을 간직한 채 푸른빛 또는 하얀빛 산맥을 배경으로 그 자리에 계속 서 있을 것이다.

나는 일주일 내내 그라나다에 머물면서 아랍과 기독교 양식이 결합되어 이루어진 무레하르 건축양식에 매료된 나머지, 매일 그 궁전을 찾아가서 하루 종일 무심한 심정으로 그것들을 바라보았던 것이다.

북쪽 유럽에서는 보기 어려운 독특한 건축물들이 어우러져 풍기는 기묘한 분위기는 나의 뇌리에 지울 수 없는 감동을 주었지만, 이제는 성당으로 바뀌어버린 신성한 이슬람 사원을 바라보면서 서글픔을 느꼈다. 역사의 순환과 반복. 성당은 언제 다시 사원으로 바뀔수 있을까?

나는 마지막 날 그라나다를 떠나면서 알 수 없는 서글픈 감정에 사로잡혀 결국 눈물을 흘리고 말았다. 스페인의 무더운 여름 날씨는 열기를 내뿜고 있었고 얼굴과 온몸에서 땀이 줄줄 흘러내렸지만 말이다. 그라나다여 부에나스 노체스 buenas noches!

나는 알람브라 궁전을 생각할 때마다 안달루시아 지방의 심오하고 비극적 노래인 칸토 론도와 플라맹고의 스텝과 춤, 청중들이 벌떡 일어나서 한 목소리로 외치는 '올레' 소리, 그리고 기타의 현이 섬세하게 떨리면서 규칙적으로 반복되는 트레몰로 주법의 선율이 애잔한 여음을 남기는 「알람브라 궁전의 추억」을 함께 기억하였다.

인류 역사상 지금은 더할 나위 없이 잔인하고 냉혹한 시대인 철의 시대이다. 그러나 그는 여전히 늑대가 양을 잡아먹는 것이 아니라 풀을 뜯고 사는 시대였던 황금시대를 생각했다. 그는 그가 꿈꾸던 아름답고 경이로운 건축물을 사막의 오아시스, 선과 악을 초월하고, 아름다움과 추함의 구별이 없으며, 희생의 제물이 되는 자와 가해자가 없는 무구한 세계, 법과 분쟁, 재판도, 중상모략도 없고 자연과 함께, 자연에 순응하며 사는 삶만이 존재하는 세계, 아늑한 평화만이 존재하는 세계, 과거 황금시대에 우리가 그렇게 살았고 또다시 그렇게 살아야할 세계인 에덴동산에 세우기로 작정하였다. 그러나 그것은 황무지 속에 숨어있으리라. 그 척박한 황토빛 대지에 기적처럼 시냇물이 졸졸 흐르고, 바람에 서걱대는 대추야자나무와 무화과나무가 작은 숲을 이루고, 흙벽돌집들이 옹기종기 모여 있고, 염소 떼를 몰고 목초지로 가는 아이들과 나귀에 짐을 싣고 가는 노인들이 보이리라. 꿈에서 태어나고 꿈에서 보았던 곳이리라.
건설하는 데만 100년 이상이 걸린 시리아 팔미라의 바알 신전 —

지금은 '아라비아의 클레오파트라'라고 불리었던 제노비아 여왕의 전설을 간직한 채 시리아 사막에 그 잔해만이 쓸쓸하게 서 있다. ─ 이나, 고대 아랍 민족이었던 나바테안이 와디 무사 계곡에 건설하였던 요르단의 시간의 반만큼 오래된 장밋빛 빨간 도시인 페트라의 폐허는 사막 한가운데에 있는 물이 풍부한 오아시스에 건설된 것들이다.

척박한 사막의 중심부에 존재하면서도 신선한 물이 콸콸 흐르고, 토양이 비옥하여 꽃과 나무, 과일과 야채가 풍성한 오아시스는 사람과 짐승, 새들이 편히 쉴 수 있는 순결한 휴식 공간인 것이다.

그것은 사막에 있는 꿈의 왕국이었다. 그는 인생이라는 광활한 사막에서 이 한 줄기 오아시스를 찾아 평생을 헤맨 것이다. 그 오아시스는 인간이 수천 년 동안 찾아내려고 발버둥쳤던 아틀란티스, 담카르, 샹그릴라, 툴레, 유토피아, 북극 거인들의 땅처럼 비밀의 장소이면서 전설적인 땅이었다.

하지만 인간들은 사바나에서 어린 가젤이 치타에게 쫓기듯이, 지금 시간이라는 괴물에게 치명적으로 쫓기고 있어. 그것은 볼 수도, 들을 수도, 만질 수도 없는데 말이야. 시간은 순간일 뿐인데, 언제나 시간에 쫓기며, 시간을 의식하고 살고 있지. 하긴 시간이 소리로 변하긴 하지, 벽시계가 재깍재깍 소리를 낼 때는 말이지. 그런데 그 소리는 말이지, 단순히 시간의 흐름을 알리는 것뿐만 아니라 다른 중요한 무엇인가를 사람들에게 진지하게 말하고 싶어 하지. 그래서 귀에 거슬리는 거야. 그래, 인간은 평생을 그 시간이라는 무거운 짐을 지고 있어. 시간은 잡을 수가 없는 존재이지. 또 묶어놓을 수도 없고. 살다보면, 그것은 허무일 뿐이고, 어리석음에 불과한데도 말이지. 모든 인간은 자기 자신의 시간을 갖게 되는데 말이지. 그 시간이 진정으로 자신의 시간인 한에서 그 시간은 생명을 갖게 되는데 말이지. 그런데, 일부 오만한 인간들은 시간마저도 다른 모든 것처럼 돈으로 살 수 있다고, 착각하고 있지. 그것뿐만이 아니야, 공간도 문제가 있긴 마찬가지야. 세상은 너무 복잡하여 온통 감옥이야. 단 사막만은 빼 놓고서 말이야. 인간들은 수평선, 지평선도 없는, 질식할 듯한 폐쇄된 공간에 갇혀서 서로 부대끼면서 아등바등 살고 있어. 시간과 공간이라는 인간의 숙명을 초월할 필요가 있어. 그런 거야. 인간은 무한한 시간과 공간의 한 조각 미물에 불과하거늘, 그걸 깨달을 필요가 있는 거야. 그러려면 영혼의 삶을 살아야 하는 거야. 사막만이 그 모든 것을 허용하고 있어. 사막은 그 무한한 공간과 여백이 본질을 이루고 있으니까. 사막에서 황금 같은 것이 무궁무진한들 무슨 소용인가. 문명시대가 도래하기 이전의, 인류 초기의 황금시대처럼 소유가 필요 없으니 갈등과 대립, 질투 같은 것도 없을 수밖에……. 그렇다면 사막은 권력과 법률이 필요 없는 인류 최후의 보루가 될 수도 있을 거야. 이 세상에서 유일하게 진정한 자유가 존재하는 환상적인 공간이 되는 것이지.

바로 그거야, 20세기 바빌론의 공중정원을 사막에 건설하는 거야.

옛날 옛적에 신바빌론 왕국의 네부카드네자르 2세처럼 말이지. 그러나 건물의 쓰임새는 그때와는 달라야겠지. 그러니까 '벅시 시걸'처럼 황량한 모하비 사막 한가운데서 술과 도박, 질펀한 오락, 여자를 결합한 사막의 오아시스, 즉 라스베이거스를 만들려고 해서는 안 되겠지.

나는 지평선에 병적으로 집착해서 길을 걷다가 지치고 발이 부르튼 사람이면, 상처 받은 사람이면 누구든지 편히 쉬어갈 수 있는 안식처를 마련하고 싶은 것이다. 오디세우스처럼 향수병에 걸린 지친 여행자들이 자기 집에 온 것처럼 편히 쉬어갈 수 있는 쉼터를 짓는 거였다. 그곳에서는 향수병을 조금은 치료해줄 것이다. 그래서 그 건물의 입구에는 위대한 모험가이고 심각한 향수병자이고 여행의 신이라고 할 수 있는 오디세우스의 청동 신상을, (귀환, 귀향, 귀향의 노래, 빛과 생명으로의 귀환을 뜻하는 그리스어인) 노스토스 nostos를 노래하는 노래비, 28년 2개월 10일의 세월 동안 더 이상 비참할 수 없는 환경에서도 결코 희망이나 삶의 기쁨을 잃지 않았고 결국 살아서 귀향한, 절세기담라빈손표류기絶世奇談羅賓孫漂流記의 주인공 로빈슨 크루소를 기리는 기념비도 함께 세워놓아야 한다. 그것들은 귀환, 귀향의 상징물이 될 것이다.

아랍의 왕자님이 필요해. 건축비를 마련하기 위해서 돈 많은 아랍의 왕자님을 만나야 될 거야. 그 돈 많은 남자는 거만하게 말하겠지.

"고대 로마 건축물 같은 거를 만들려고? 그러니까 비슷하거나 비슷한 느낌이라도 들게 말이지."

"쓸데없는 장식은 죄악인 거지요. 누군가, 적을수록 더 많다고 했습니다."

"그렇지, 맞는 말이군. 생략이 필요한 거야. 그래야만 단순하고 조용하니까. 하지만 단순한 것 그 자체를 목적으로 삼을 순 없겠지. 사물의 본질에 접근하면 할수록 단순성에 도달하는 거지."

"그렇다고 직선만을 고집할 필요는 없을 것입니다."

"그런데 내가 무엇 때문에 거액의 돈을 투자해야 하는지 설명해 보시지, 그대는 그곳이 유토피아인지, 에덴동산인지 증거를 보여줄 수 있어. 그러니까, 그 건물이 정말 역사적인, 세계적인 명물이 될 수 있는 거야? 그래서, 사람들이 건축주인 내 이름을 영원히 기억할 수 있겠느냐 말이야? 그대는 니므롯처럼 바벨탑을 건설하려고 하는 것은 아니겠지? 그건 엉뚱하고 바보스러운 일이고 불경한 짓이었지. 하찮은 인간이 무례한 호기심 때문에 신의 권위에 감히 도전하는 일이었으니까. 그러니 관대한 신께서도 불같이 화를 낼 수밖에 없었겠지. 그리고 고대 이집트의 파라오 부부인 아크나톤과 네페르티티가 깨끗하고 순수한 사막에 세운 아케타텐의 몰락한 운명도 기억해야 할 거야."

그는 다시 말하겠지.

"사막에다 요즘 유행하는 고층 빌딩을 지을 생각인가? 당신은 건축주의 이야기는 무시하고 자신만의 생각을 표현하려고 고집하는 고집불통 건축가이겠지? 그런데 말이지, 그대의 말을 들어 보니까 건물을 위한 건물, 말하자면 예술을 위한 예술을 하겠다는 것이 아닌가? 예술 작품은 존재한다는 그 자체만으로도 의미가 있다는 거지? 그러나 건축물은 그림과는 다른 거야."

그러면 나는 단호히 고개를 흔들어야 하겠지.

"그렇지 않습니다. 건물에는 반드시 용도가 있는 것이지요. 그냥 존재하기 위해 짓는 건물은 상상조차 할 수 없습니다. 어떻게 해서 아무데도 쓸모없는 것을 지을 수 있겠습니까. 그건 낭비에 불과한 것이지요. 그러나 고층 건물은 아닙니다. 사막에서는 절대로 아닙니다…… 전혀 어울리지 않을 것입니다. 고층 건물은 나무젓가락처럼 생겨가지고 수직이고 막다른 골목입니다. 들어왔던 문 이외에는 다른 출구가 없지요. 그래서는 안 되지요. 그 복합 건물은 옆으로 눕혀야 할 것입니다. 그리고 채움과 비움이 적절한 비례를 이루어야 할 것입니다. 또 건축 재료의 경우, 전 유리와 철을 안 쓸 생각입니다. 지나치게 현대적이니까요. 돌과 벽돌을…… 그리고 가급적 화려한 디자인을 무시해야 할 것입니다. 최소한 만. 현대에 와서 모두들 디자인, 디자인 하지요. 그러나 그것은 허식에 불과한 것이고 본질이 아닙니다. 그건 장식적 아름다움인 것이지요. 그런데 장식적 아름다움이 건축의 가치나 목적이 될 수는 없겠지요. 요즘 너무 경박스럽습니다. 얄팍하지요."

그가 또다시 묻겠지.

"그대에게 어려운 질문을 해야겠군. 그대는 왜 경이로운 건축물에 집착하는 거지? 왜? 평생을 먹고 살 돈을 벌고 싶은 거야? 아니면 건축가로서 이름을 남기고 싶은 거야?"

"전, 아무것도 원하지 않습니다. 그저 건축물을 그 자리에 세우고 싶을 뿐입니다. 그 어느 것도 모방하지 않은 순수한 창작물인 건축물을 짓고 싶을 뿐입니다."

"건축 양식을 포함한 조형예술은 한 시대의 특징을 고스란히 나타내준다고 할 수 있겠지. 그 시대의 모든 삶의 형태가 양식을 통해 그대로 표출되는 것이거든. 그대는 인도의 타지마할을 당연히 알고 있겠지. 인도 사람들은 인간을 두 부류로 분류하는데 타지마할을 본 사람과 보지 않은 사람으로 말이야. 그런데 무굴 왕조의 5대 황제였던 샤 자한, 그게 '세상의 왕'이라는 의미라고 하는데, 그는 건축은 가장 고귀하고 유용한 예술임을 인정했지. 그리고 기념비적 건축물은 많은 국민들에게 왕과 국가를 보여줄 뿐만 아니라 그의 명성에 대한 불멸의 기억을 심어주는 것이라고 여겼지. 그래서 왕은 태양처럼 형형한 마음으로 '진정으로 우리의 기념물이 우리에게 말하노니'라고 생각하고, 영원한 명성을 누릴 우주적 건축물인 타지마할을 건설하였던 거야. 그 건물은 신의 오묘한 법칙인 기하학적 대칭성을 극명하게 구현하였지. 극히 작은 세부 장식에 이르기까지 소재와 형식은 물론이고, 또한 하얀 대리석과 붉은 사암이라는 색

채의 구성 역시 동서고금을 통틀어 가장 탁월했던 거야. 지금까지
이 세상에 태어난 건물 중에서 단연 최고 압권이지."

"하지만 그 타지마할 역시 중앙아시아와 인도, 페르시아, 유럽의
성당이나 궁전의 전통을 모방해서 혼합한 것에 불과하지요. 그 역
시 모사품인 것이지요. 분명히 모사품. 물론 위작이라고 까지 말하
는 것은 아닙니다. 위작이라고 하기에는 너무 압도적이지요. 그러니
까 말입니다, 르네상스 이후 지금까지 이름을 날린 수많은 예술가
들, 예컨대 미술가, 조각가, 건축가 모두 모사품만 만들었던 것이지
요. 그래서 그들은 쟁이에 불과하였지요. 다시 말씀드리면, 환쟁이,
조각쟁이, 건축쟁이에 불과했지요.

그런데도 왕은 다시는 그와 같은 건물을 지을 수 없도록 건축설
계사와 기술자, 인부들 수천 명을 땅속에 파묻어 버렸지요. 저는 왕
의 심정을 충분히 이해하고 그게 당연하다고 생각합니다. 왕이니까
요. 그리고 그들도 행복하게 죽었다고 볼 수 있겠지요. 그렇지요.
그 건축물이 완성되고 나면 절 잔인하게 죽여도 좋습니다. 차라리
제가 스스로 먼저 죽겠습니다. 꿈을 이루었기 때문이지요. 무얼 더
바랄 수 있겠습니까.

지금 이 말씀을 드리고 싶습니다. 이왕에 죽음의 이야기가 나오
고 말았기 때문입니다. 삶도 죽음도 환영에 불과한 것이지요. 생은
다만 그림자, 실낱같은 겨울 태양 아래 어른거리는 하나의 환영이
고, 그리고 얼마만큼의 광기이고, 그것이 전부이지요. 전 그렇게 생

각하지요. 전 언제든지 죽기를 바라고 있지요. 내가 전부 죽어야만 …… 그때서야 비로소 진리의 빛을 깨달을 수 있을 것이기 때문입니다.”

“‘그대는 죽을 수 있는 자, 자유롭게 산다.’는 말을 하고 싶은 게야. 그건 그렇고, 그대는 참으로 한심한 건축가이다. 허영심이 많은 사람이겠지. 아니면 도저히 치료가 불가능한 중증의 과대망상 환자이거나……. 그리스의 위대한 철학자, 지금까지 나온 서양 철학은 그의 이론에 대한 한낱 주석에 불과하다고 하지 않더냐, 플라톤은 그림이나 조각, 건축은 모방에 불과하다는 것을 아주 일찍부터 설파하였다. 그리고 천재 예술가인 레오나르도는 그림은 시보다 위대한데 그 이유인즉 그림은 자연을 표현하기 때문이라고 하였다. 그런데 위대한 조각가인 미켈란젤로는 한 술 더 떠서 그림보다는 조각이 더 위대한데 그것은 조각이 그림보다 자연과 더 밀접하다는 점 때문이라고 하였다. 어디 그 뿐인가. 프랑스에서 백과전서를 만들었던 사람들은 예술을 체계적으로 정의하였는데 그 기준이 바로 자연의 모방이었다.

그러니까 예술가는 오직 모방을 할 뿐인 거다. 모방하고, 모방하고 그대 역시 모방을 하라. 모방의 모방을. 오직 창조적 모방을, 아름다운 모방을 말이다.”

그렇지만, 끝까지 상세한 지도, 설계도와 청사진을 보여주고 그를 잘 설득하는 거야. 진실을 보여주는 거지. 진실이 중요해. 과연, 진실이 이 세상에 존재하는지 의문이긴 하지만. 그렇게 해서 투자를 이끌어 내는 것이지.

그에게 알려줄 게 있지, 이 건축물은 너무 단단해서 지진에도 쓰러지지 않고, 대화재에도 끄떡없을 거라구. 그래서, 지구가 멸망할 때까지 그것의 이름과 함께 영원히 살아남을 거라구. 불멸의 존재로 남을 거라구. 건축가도, 건축주도 그 이름은 금방 사라져 버리겠지만, 일단 완성된 건축물은 그 자체의 생명력을 가지고 영원히 존속한다는 것을…… 아름다운 유적으로 남을 거라는 것을. 아니면, 천 년이 지나 폐허가 되더라도 그 건물은 여전히 아름답게 보일 거라고, 사람들은 사람이 살지 않는 폐허의 문을 두드리면서 감동을 느낄 거라구, 그에게 한참 동안 설명해야 할 거야. 세상의 것들은 그 무엇도 오래가기가 힘들다고, 그러므로 천 년을 견딘다면 그건 대단한 일이 될 거라고 말이지. 그런데 말이지, 모든 위대한 것, 아름다운 것, 과거의 화려한 영광은 결국 모두 무덤 속으로 사라지지. 그게 그것들의 정해진 운명인 거지. 그 뒤에는 바빌론의 공중정원처럼 그 순수한 이름, 적어도 이름만은 후세에 남긴다는 것을 그가 이해해야 할 거야.

이브라함이 죽은 지 하루가 지났다.

사막에 밤의 어둠이 내리면서 모래 바람이 가볍게 회오리를 일으키며 대지를 휩쓸고 지나가는 소릴 들을 수 있었다. 초저녁 밤하늘에는 어느새 쏟아져 흘러내릴 만큼 무수한 별들이 반짝일 것이다. 밤이 깊으면 금실과 은실의 은하수로 수놓은 하늘에는 노란색인 레몬빛 별들도 있고, 핑크빛이나 초록빛 혹은 파란빛이나 물망초빛을 띠는 별들이 저마다 빛나리라. 지금 모래무덤 속에 누워있어서 그 마지막 별빛을 볼 수 없어서 너무 유감이지만 말이다. 하지만 밤하늘에 빛나는 무수한 별들에게 감사의 말을 전하고 싶었다. 이번 여행에서처럼 그 별들이 그렇게 아름답게 보인 적이 없었다. 밤하늘에서 수많은 작은 미소들이 쏟아져 내렸다. 그는 그들로부터 많은 위안을 얻었다. 자기가 죽으면 그의 영혼이 하늘로 날아가서 티끌처럼 작은 별이 될지도 모른다고 생각하였다. 그 작은 별은 빛이 너무 희미해서 지상에서는 아무도 찾을 수 없을 것이다. 밤의 한기가 담요를 덮고 있는 삐쩍 마른 몸속으로 스며들고 있었다. 이 지독한 추위도 이제 마지막이야. 그는 지금 죽음을 눈앞에 두고 마지막 숨을 가냘프게 호흡하고 있었다. 이 순간 부드러운 모래더미 위에 허깨비 같은 몸을 뉘이고 결국 성취하지 못할 꿈을 되새기고 있는 자신이 한없이 한심하였다.

이곳에 있는 것은 무엇이든지 그곳에 있으리라. 그곳에 있는 것이 마찬가지로 이곳에도 있으리라. 이곳에 있는 것과 그곳에 있는 것이 차이가 있다고 보는 자는 영원히 죽음에서 죽음으로 이르는 길을 걸으리라. 참된 마음만이 이것을 깨달을 수 있으니, 그곳은 이곳과 아무런 차이가 없다.

건축가로서 꿈꿀 수 있는 이 웅대한 사업은 실현 가능성이 없는 한낱 무모한 꿈에 다름 아니었다. 그는 그 사업에서 결코 성공할 수 없으며 감당할 수도 없을 거라는 엄청난 두려움 속에 빠졌다. 그렇다면, 자신은 허상을 쫓아 인생을 허비한 것이 아닌가, 하는 허탈감이 들었다. 곧바로, 이것은 자신에게만 국한된 문제는 아니라는 생각도 들었다. 이 시대 소시민들의 가장 큰 열정인 속물근성에서 비롯된 물질만능의 시대에 살면서 누군들 과연 꿈다운 꿈, 이상다운 이상이 용납될 수 있었는지 의심스러웠다.

그는 무책임하게도 자신의 권태와 패배, 망각을 아주 쉽게 세상 탓으로 돌려버렸다.

그는 곰곰이 생각했다. 크리스토퍼에게는 황금과 정향나무가 가득한 지상 낙원인 인도를 찾아가는 것이 일생일대의 꿈이었지. 그는 꿈을 반쯤은 성취하였지만 그 성취 뒤에 오는 좌절과 환멸 때문에 고통 받았지. 배신과 모함, 계약 파기, 가난, 병고, 쇠사슬이 기다리고 있었던 거야. 그래도…… 꿈을 꾸는 것이, 가슴 속에 꿈을 품고 사는 것이 중요해.

이브라함의 꿈은 랜드로바와 여행사였지. 그리고 만수라를 다시 만나는 일이었지. 그녀와 사막에서 함께 사는 것이 소원이었지. 그의 소박하지만 일생일대의 꿈이 사라져버렸어. 그가 나와 만나지 않았더라면……. 그러나 어쩔 수 없는 운명이었던 거지. 우리는 사막에서 만나기로 진즉부터 예정되어 있었던 거야. 두 사람의 고결한 영혼이 우연한 기회에 만나 사하라 남쪽 저지대 사막에서 죽음의 동반자가 되도록……. 인간은 그걸, 숙명이 되어버린 운명을 거역할 수 없는 거지.

 그런데…… 나의 꿈은? 그 꿈이 실체가 있는 것인지, 아니면 허위의식에 불과했는지 지금 분간이 안 되는군. 진실과 허위는 뒤섞여 있으니까. 하지만 우리의 삶 자체가 꿈이 아닐까? 우리는 꿈의 장막 속에서 살고 있는 건 아닐까? 꿈이란 하늘 높이 날아오른다. 그러나 땅으로 떨어지면 사라지고 만다. 그것이 꿈의 운명인 것이다.

 내가 지금 무얼 생각하고 있는 거야? 죽어가면서 말이야. 죽음 앞에서 꿈이 무슨 소용이란 말인가. 생명은 불과 하루쯤 아니면 몇 시간쯤 남아있는데 말이지. 그러나 말똥말똥한 정신으로 이러저러한 생각을 하며 누워 있는 거지. 지금 목이 너무 마르군. 시원하고 맑은 물이 필요하고, 뜨거운 목욕탕에 몸을 담그고 싶은 거야. 그런데도 불가능한 일을, 쓸데없는 일을 생각하고 있는 거지. 나라는 존재가 본래 그랬지. 죽는 순간까지, 이 순간까지 끝이 없는 환상에서 헤어나지 못하는 거지. 하지만 그건 환상이 아니라 나의 위대한 꿈이었어. 절대로 망상은 아니지. 악몽도 아니지. 꿈이란 말이야. 꿈. 꿈. 꿈. 그러나 위대한 현인인 솔로몬이 말한 것처럼 그 꿈이란 게 '헛되고 헛되며 헛되고 헛되니 모든 것이 헛되도다.'라고 할 수 있을지도 모르겠군. 난 평생을 살면서 자신을 기망한 적은 없었지. 자신까지 속일 수는 없는 거야. 내가 죽음을 두려워한 적은 없었어. 그건 안식이고 평화를 의미하니까. 그게 유일한 진실인지는 알 수 없지만.

그러나 죽음은 꿈을 산산조각을 내버려서 문제인 거지. 내 영혼은 그 꿈을 이루기 위해 무얼 할 수 있을 것인지, 그게 궁금하군.

그런데, 정밀하게 작동하는 시스템이 지배하는 이 조급증에 걸린 시대는 인간의 번득이는 광기마저 실종된 시대가 아닐까? 이 시대는 도대체 아무 일도 일어나지 않는 시대인 것이다. 그래도 인간은 누구나 이룰 수 없는 애매모호한 꿈을 부적처럼 가슴에 안고 힘겹게 살아가고 있는 것이다. 꿈은 어차피 꿈꾸기 위한 것이지, 이루어지기 위하여 존재하는 것이 아니지 않는가? 그 누구도 그 허망한 꿈을 한낱 백일몽에 불과할 뿐이라고 조롱하며 웃어넘길 수 없을 것이다. 이루지 못한 꿈은 아름답고 찬란하다. 그러므로 결코 꿈꾸기를 멈춰서는 안 된다. 육체가 음식을 먹어야 사는 것처럼 영혼은 달콤한 꿈을 양식으로 삼아야 살 수 있기 때문이다. 꿈이 사라지면 죽어서 썩어버린 그 꿈 때문에 인간 존재의 근원인 영혼은 존재 가치를 상실하고 영영 사라져 버릴 것이다. 우리의 삶이야말로 수많은 희미한 꿈들이다.

꿈은 목적, 대상, 강렬한 희망, 욕망, 허상, 망상이다. 아름다운 환상이다. 신화가 된다. 신화가 없는 인간의 삶은 무의미하다.

나는 늘 영혼의 존재와 그 불멸성, 꿈과의 관계에 대해 생각한다. 고결한 영혼이 어떤 이유로 소멸할 수 있단 말인가! 영혼은 신인데…… 유대교 카발라는 인간의 존재 안에 신이 있다고 하였다. 그리고 이슬람 수피즘은 신은 기본적으로 우리들 각자의 마음속에 살고 있다고 하였다. 그러므로 우리가 영혼이라고 부르는 게 바로 신인 것이다.

그런데, 꿈이란 영혼의 불가결한 영양소가 아닐까. 삶은 꿈이다. 꿈은 모든 시간이 현재형으로 진행되는 무의식 세계의 현현이다. 우리는 잠들어서 꿈꾸고 그 꿈이 다른 꿈을 꾸고 깨어나서 또다시 꿈을 꾸고 그 꿈속에서 다른 꿈을 꾼다. 그래서, 그 꿈은 무한정 증식한다. 그러나 꿈에서 깨어나지 않는다면 어찌 그것이 꿈인 줄 깨닫겠는가. 그래도 이런 꿈이 없다면 우리의 영혼이 어찌 불멸의 힘을 가질 수 있겠는가.

이 세상에서 가장 완벽하게 아름다운 예술작품이란 것도—과연 가장 완벽한 작품이 가능한 것인지 의문이긴 하지만, 또 그런 작품을 누가 만들어낸다고 해서 누가 그걸 제대로 알아보고 인정할 수 있을까 의문이긴 하지만—, 예술가가 한껏 느긋한 순간에 입 안 가득 담배 연기를 머금었다가 허공에 내뱉어 동그란 원을 만들면서 진지하게 꿈꾸는, 그러나 결코 완성할 수 없는 그런 작품을 말하는 것일 것이다. 그는 그걸 은색 담뱃재를 바닥 여기저기에 떨어뜨리는 그 순간에 깨닫는다. 그러므로 진정한 탐미적 예술가는 가장 아름다운 작품이라고 칭송되는 것에도 언제나 뭔가, 생명의 기적 같은 게 부족하다는 느낌이 들고, 그보다는 더 아름답고 더 총체적인 완벽성을 떠올리게 하는 것을 갈망한다. 그리고 초조감과 공허감 때문에 짜증스러워한다. 갑자기 깊은 서글픔을 느낀다.

지금, 그의 아름답고 찬란한 꿈은 한낱 물거품이 되어 사막의 허공으로 멀리 사라졌다.

그러나, 그는 어떤 경우에도 삶의 길목에서 마주친 운명으로부터 도망치지 않았다. 그렇다고 그것과 격렬하게 맞붙지도 않았다. 그는 어떤 경우에도 그렇게 하지 못한다. 그는 자신의 한계를, 조건을, 운명을 어떠한 좌절이나 후회도 없이 순순히 받아들여야한다. 그걸 자신은 너무나 잘 알고 있다. 그는 정직하다. 단 한 번도 자아도취에 빠져본 적이 없다. 그에게 있어서 삶의 고통은 물이 중력의 법칙에 따라 위에서 아래로 흐르는 것처럼 거역할 수 없는 것이기 때문이었다. 그래서 그 운명은 숙명의 형태를 띠고 있었다. 그러므로 지금 이 순간에도 자신의 짧다면 짧은 생애가 허무하다거나 일종의 기만이었다고 생각하지 않는다. 그는 운이 다하면 그만이라고 믿어버리는 단순한 운명론자였다. 그런데, 그가 살아오는 동안 행운의 여신인 파랑새가 몇 번쯤이나 하늘 높이 날아올랐을까? 그는 운명의 요구를 순순히 받아들이면서 자기 자신에게 이르는 먼 길을 달팽이처럼 느리게, 그리고 천천히 걸어갔을 뿐이다.

누가 내일의 운명을 정확히 알겠는가?

가장 강한 사람도 운명을 막지는 못한다. 더욱이 고립무원의 사막에서는 운명에 기꺼이 순응해야 한다. 마치 예정된 운명이었던 것처럼 말이다. 거역해봤자, 아무 소용없는 일이 될 것이다. 운명이란 것은 결코 돌이킬 수도 없고 빠져 나올 수도 없기 때문이다. 그 것은 인간의 의지가 선택할 사항이 아닐 뿐만 아니라 경험에 의해 극복이 가능한 것도 아니다.

그러므로, 우리는 여기서 '운명아 비켜라 내가 간다' 따위의 유치한 말을 해서는 안 된다. 운명이란 인간이 그것과 대결해서 이긴다, 진 다의 대상이 될 수 없기 때문이다. 운명은 인간 삶의 역정에서 부딪 치는 수많은 풍상들을 관통하는 보다 근원적인 것이다. (그래서 칼 뱅파가 말하는, 모든 사람은 태어나기 전부터 신에 의해 결정된 어 쩔 수 없는 자신의 운명을 타고났다는 운명예정설이나, 또는 인간 은 타고난 지놈이나 뇌의 지배를 받는 기계적인 산물일 뿐 자유의 지는 없다고 하는 극단적인 뇌과학자들의 결정론적 주장과도 다른 것이다.)

그는 생각했다. '나는 지금 수하이르의 눈먼 낙타처럼 운명의 덫 에 걸려 넘어진 것이 아니지. 운명은 덫이 아니야. 미리부터 결정되 어 있었던 거지!'

운명은 인간이 선택할 수 없는 것이어서 어떤 운명을 예감한 사 람이 그 운명을 바꾸려고 발버둥친다고 해도 그건 단지 헛된 노력 일 뿐이다. 눈물을 흘려서 운명을 조금이라도 바꿀 수 있다면 실컷 울어라. 가슴을 치며 통곡하거나 극도의 슬픔에 빠져 머리를 쥐어 뜯으며 울거나 낮과 밤을 눈물로 지새우면서 아침까지 계속 울어라. 그러나 소용없는 일이다. 눈물은 절망의 노래일 뿐이다. 그러므로 그 오묘하고 신비한 점성술은 '너는 절대적으로 너의 운명을 벗어나지 못할 것이다'라는 운명론을 대전제로 하는 것이다. 그러니까 더없이 가혹한 운명을 순순히 받아들이는 것이야말로 그것을 이기는 길이다. 그건 가장 용기 있는 행동이 될 것이다. 이때 인간의 육체는 죽거나 상처를 입어도 고귀한 정신은 파멸을 면하게 되고, 진실을 알게 되고, 지혜에 도달하게 되는 것이다.

그러니 가장 기구한 운명의 주인공이었던 오이디푸스는 이 세상 누구보다도 영혼과 양심이 결백하였지만 그의 운명을 결코 회피하지도, 극복하지도 못했다. 다만 순응했을 뿐이다. 그래서 스스로 자신의 두 눈을 찌르고 맹인이 되었다. 오이디푸스의 운명은 냉혹하게 말했다. "*가련한 인간들이여, 인간 세상은 운명의 손아귀를 빠져나갈 수 없으니, 체념하라, 잊고서 살아라.*"

햄릿은 '*사느냐 죽느냐, 그것이 문제로다.*'라고 삶에 대한 근원적 물음을 던졌다. 난폭한 운명의 돌팔매와 화살을 맞아도 참는 것이 옳은 일인지, 아니면 무기를 들고 재앙이라는 운명에 대항해 싸우다가 끝장을 내야 할 것인가, 즉 연약한 존재인 인간이 운명의 여신이 운명을 잣는 기구인 물레의 바퀴통과 바퀴살을 깨부술 수가 있을 것인가를 고뇌한 것이다. 그러나 삶이라는 고통의 바다에 대항하여 한 인간이, 초라한 인간이 아무리 창칼을 들고 덤빈들 도저히 이길 수 없는 허망한 싸움이 될 뿐이다. 결국 죽음을 맞게 될 뿐이다. 그러나 어떤 경우이건 죽음이란 잠드는 것일 뿐이다. 잠이 들면 마음의 괴로움과 육신에 따라붙는 숱한 고통들이 사라지니 죽음이야말로 우리가 간절히 바라야할 결말이 아니겠는가, 그렇게 결론을 내렸던 것이 아닌가.

운명은 인간이 선한 의도를 가졌는지, 악한 의도를 가졌는지도, 자유의지에 의한 결정인지도, 인간이 스스로 규정한 정의나 도덕의 잣대도 도대체 안중에 없는 것이다. 운명은 인간들이 도저히 이해할 수 없는 영역, 그 자체가 우주 질서이기 때문이다. 그러므로 운명의 존재를 깨닫고 이를 받아들이기로 결심하기만 하면, 인간으로서 가능한 자유를 획득하게 될 것이고, 마침내는 운명을 초월하게 될 터이다.

그러나, 세상은 너무나 악의적이어서 어떤 부류의 사람들은 누구든지 빨리 죽이려고 발버둥을 친다. 그래서 용기 있는 사람, 강한 사람, 선량한 사람 등은 운명처럼 대체로 빨리 죽는다. 그런데 개인의 인생에 있어서 과연 운명 같은 것이 있기는 한 것일까? 인생은 결코 예견할 수 없는 수많은 우연이 연속해서 산처럼 쌓이는 과정일 뿐이라고 할 수는 없을까. 누구도 그 우연을 어찌할 수 없고, 그 인과율을 알 수도 없기 때문에 그냥 인간 세상의 비밀스런 섭리가 조종하는 운명 탓이라고 떠넘기고 있는 것이 아닐까. 그래, 모든 게 운명 탓이다.

그러나 운명은 강력하고, 비정하고, 어린애처럼 순진무구하며, 때론 조잡하고 어릿광대이다.

"이번에도 운명의 여신이 이기게 되겠지. 여신이 언제나 이겼으니까. 나는 뼈저리게 느끼고 있지. 나의 끝없는 두려움, 외로움, 허무감이 운명의 여신에게 굴복하도록 만들었으니까. 내 여행의 종말이, 인생의 여행과 사막 여행의 종말이 다가오고 있는 거야. 내 심장의 고동이 멈추려고 하고 있지. 마지막 고동이 지금 헐떡이고 있는 거지. 모두 용서해 줄 거야, 사소한 일로 나에게 마음의 상처를 준 자들 말이야." 그가 옆에 있는 누구에게 속삭이듯 중얼거렸다. "난, 사실 너무 예민했었지. 상처받기 쉬운 감수성의 소유자였으니까. 정말…… 민감했지. 그보다는 진지하고 심각했지. 모든 걸 너무 심각하게 받아들였던 거지. 너무 심각하게. 그리고 두려워하였어. 그것도 병적으로. 그러나 거만하고 잘난 체하는 인간들은 몹시 싫어했어. 뱀보다 더 싫어하였지. 박 상무 같은 인간들을. 솔직히 인정할 수밖에 없어. 너무 민감했고 두려워했기 때문에 주위의 분위기, 사람들의 눈빛 하나, 냄새, 심지어 부지불식간에 허물없이 오고 간 말 한마디에도 곧잘 상처를 입곤 하였지. 어쩔 수 없었어."

사하라 사막의 청색 인간들이 말했었다. 인간에겐 두 번의 운명적 기회가 있는데, 태어나는 것과 죽는 것이 그것이다. 우리는 누가 뭐래도 자궁이라는 어두운 굴 속에서 시작하여 이제 무덤이라는 또다른 어두운 굴 속을 향하도록 운명 지어져 있는 것이다.

그들은 인간의 삶을 건기와 우기가 번갈아 찾아오고, 낮과 밤이 서로 교체하는 것처럼 연속적인 소멸과 생성 속에 존재하는 하나의 순환작용이라고 생각하였다. 이 순환의 원리는 인간의 죽음과 탄생에도 적용되므로 죽음 뒤에는 반드시 탄생이 뒤따른다고 믿었다. 그러므로 인간 세계에서 그 개체들은 태어나고 죽지만 인간 종은 그런 순환 가운데 개인을 뛰어 넘어서 세대를 거듭하며 존속하는 것이다.

운명은 시간으로부터 해방이다. 순간이며 영원이다. 운명은 원이다. 고리이다. 뫼비우스의 띠처럼 처음과 끝이 만나서 그 원점으로 되돌아간다. 그리고 모든 것을 녹이는 용광로이다.

한 세대가 지나가고 또 다른 세대가 오지만 땅은 영원히 그대로이다. 해는 뜨고 지며 지는 해는 다시 떴던 곳으로 숨 가쁘게 돌아간다. 바람은 남으로 불다가 북으로 돌이키며, 돌고 돌아서 제자리로 돌아온다. 모든 강물은 바다로 흘러들지만 바다는 넘치는 일이 없구나. 강물은 떠났던 곳으로 돌아가서 다시 흘러내린다. (솔로몬)

그럴 것이다. 그건 누구도 부인할 수 없는 불변의 진리이다. 어느 순간에도 누군가는 죽고, 누군가는 탄생한다. 그리고 세상은 계속 돌고 있고, 이 세상은 무작위적으로 연속하는 것이 아니라 불가해한 어떤 법칙에 따라 규칙적으로, 대칭적으로 순환한다. 차라투스트라는 영원회귀에 대해 말했다. '……모든 것은 가고 모든 것은 다시 되돌아온다. 존재의 수레바퀴는 영원히 굴러간다. 모든 것은 죽고 모든 것은 다시 태어난다. 존재의 시간은 영원히 흘러간다. 모든 것은 꺾이고 모든 것은 새로이 이어간다…….' 그러므로, 순환은 일종의 반복을, 또는 윤회를 의미한다. 그 순환은 수레바퀴이고 바퀴는 끊임없이 돌고 돌기 때문이다. 그 순환은 질서와 법칙에 따라, 인과 관계의 질긴 사슬이 이끄는 대로 시간의 역사 속에서 끊임없이 반복한다. 그러나 우주적 차원의 의미를 갖는 그 거대한 순환 과정에서 인간은 탄생한 순간부터 죽는 순간까지 그의 생애 동안 일어난 모든 일들이 바로 그 자신에 의해 미리 예정되어 있는 것이다. 그에게는 남쪽 바다에서부터 여기 사막에 이르기까지 머나먼 삶의 길을 여행하도록 예정되어 있었다. 그런데 수천 년 전부터 고독한 사막 여행자들은 이 길을 걷다가 목이 말라 끝내 죽음을 맞이하도록 운명 지워져 있었다. 사막에서 그의 운명 역시 그때, 몇 만 년 전에 이미 예정되어 있었다. 그들의 죽음은 사막이 태어나면서부터 신비스런 존재가 벌써 그렇게 결정한 것이다. 그렇기 때문에 사막에서 운명은 변형되지 않은 채 똑같은 형태로 반복된다.

무슬림들은 태초부터 영원까지 모든 인간들에게 일어나는 일이 알라의 뜻에 따라 일어난다고 믿고 있으니까, 그렇다면 이것은 위대한 알라가 뜻한 것일까? 그래서 알라만은 이 까다르(운명)를 알고 있었던 것일까?

그 순간, 그는 깊은 잠속으로 빠져들 듯 두 번째 운명적 기회를 맞고 있었다. 이 기회를 만들기 위해 수많은 우연이 필연이 되고, 운명이 숙명이 되고, 선과 악이 하나가 되어 수만 년 동안 그를 기다리고 있었던가? 그러나 그 끈질긴 의식만은 아직 어렴풋이 살아있었다. 그러나 살아있을 때에는 느끼지 못 했던 더 없는 평안과 환희를 느꼈다.

그렇긴 하지만, 지금쯤 내 자신의 이야기를 꺼내고 싶다.

내가 감히 인간의 냉혹한 운명에 대해 말할 자격이 있는지 모르겠다. 지금까지 살아오면서 운명다운 운명과 조우하여 그것에 맞서 격렬하게 싸워본 일이 없었기 때문이다. 그러나 나의 경우에 삶의 운명은 구체적으로 어떤 경로로 진행되었을까 하고 한번쯤 생각해 볼 수는 있지 않을까. 지금쯤, 내 삶의 한 끄트머리를 되돌아볼 수 있지 않을까. 순전히 우연 혹은 행운 덕분에 이리저리 우회로를 거쳤지만 크게 옆길로 벗어나지 않은 운명 말이다. 그런데 한 인간의 삶에 있어서 인생행로란 인위와 우연, 사건과 사물, 운명에 의해 어떤 경우에도 반듯하게 직선 행로일 수는 없다. 삶이란 대체적으로 보이지 않는 힘에 의해 본의 아니게 이리저리 떠밀리다가 여기저기 부딪치고, 짓밟히고, 방황하다가 갑작스럽게 방향을 바꾸는 것이다. 삶이란 게 어떻게 돌아가는 건지, 어떤 일이 일어날지는 누구도 모른다. 그런 것이다. 삶이란 우발적 사건의 연속, 반전과 반전의 반전이 있을 뿐이다. 그러니 개인의 역사란 우리가 (구태의연하게) 운명이라고 명명하는 무작위적 우연의 연대기인 것이다.

그러나 이건 고백이나 짧은 회고록 따위는 아니다. 뭐랄까?

그것은 결코 자기 자신을 진실하게 내보이는 것이 아니다. 고백하는 사람은 누구나 거짓말쟁이이며 모든 고백에는 위선적인 동기, 과장, 미화, 자화자찬, 변명 또는 교묘한 선전이 숨어있다. 진정한 사람은 자신에 대해 말

할게 별로 없는 법이다. (폴 발레리)

　그런데, 지금에 와서 이걸 말하는 게 도대체 무슨 의미가 있을까? 나는 아주 오랫동안, 근 40년 동안 누구에게도 말한 적이 없었는데 말이다. 과거의 그 기억들을 저 깊은 망각의 심연 속에 묻어둔 채 살아가기로 작정하지 않았던가. 그건 좋은 기억도 아니고 나쁜 기억도 아닌 그런 모든 걸 초월한 것이기는 하지만. 나는 말할 수 없었기 때문에 말할 수 없었다. 과거를 돌아본 것이 두려웠기 때문이었을까? 하필 이 시점에서 일까? 나에게 무슨 일이 일어난 것인가? 또는 일어날 것인가? 세월의 무게 때문일까? 이미 체념했기 때문인가? 여기에서 체념은 희망을 버리고 단념했기 때문이 아니라 불교의 사성제가 의미하는 것처럼 내가 비로소 인간 삶의 도리를 깨달았기 때문일까? 지금쯤 내 말을 들어줄 누군가가 절실히 필요했던 것일까? 그러나 내가 나의 과거에 대해 말하고자 하는 것을, 더욱 많이 행간에 암시한 모든 것을 당신은 온전히 이해할 수가 있을까? 당신의 고단한 삶과 연쇄적인 상호 작용을 일으킬 가능성이 있을까? 당신은 허위의식에 찬 이걸 읽고 냉담하고, 의식적으로 무시하고, 혹은 의혹을 품을 것인가? 차라리, 오랜 버릇대로, 만취해서 그때마다 혀 꼬부라진 소리로 나의 분신, 제2자아에게 웅얼거리는 게 낫지 않을까? 내 얼굴과 육체에, 나의 의식과 무의식의 세계에 내 삶의 궤적이 그대로 각인되어 있는데 새삼스럽지 않은가?

　내가 지금 울고 있을 리는 없다. 그러면 웃고 있을까? 자신을 비웃고 있을까? 희미한 미소를, 밝은 아니면 어두운……

하긴 젊은 시절, 나의 의사와는 상관없이 전쟁터에 끌려가서 야전병원에서 40여 일간 입원하여 생사의 기로를 헤맨 일이 있긴 하다. 하지만 그건 밀림에서 벌어진 치열한 야간 전투에서 어디선가, 어둠 속에서 적의 저격수가 날려 보낸 총알이 몸에 박혀 부상을 입어서가 아니라 뜻밖에 정체불명의 열대병에 걸렸던 것이다. 그것도 수천 명의 백마부대 30연대 부대원 중에서 어느 날 갑자기 나만 걸렸던 것이다. 그때까지 나는 너무나 건강했는데 말이다. 글쎄, 왜 하필 나였을까. 그러니 나는 지금까지도 그 영문을 모르겠다. 모질고 억센 운명 (누가 운명을 관장하는지는 몰라도) 이외에는 그걸 달리 설명할 길이 없는 것이다.

연대 의무대 군의관은 자신이 손쓸 방법이 없음을 알고 신속하게 야전병원으로 후송한 것이었다.

나트랑. 십자성부대. 102 야전병원.

그런데 그 병의 증상은 이렇다. 처음에는 온몸이 불덩어리가 되었다가 열이 조금 식으면 다시 열병인 것처럼 발작적으로 오한이 엄습하여 전신경련을 일으키고, 그때 의식이 까무러치며 마구 헛소리 내뱉는 것이고 무언가를 한참 동안 웅얼거렸다. 악령에 들린 자가 전혀 알지 못하는 고대 언어나 외국어로 지껄이는 것처럼 말이다. (하지만 그 헛소리는, 그 애절한 웅얼거림은 나의 무의식 속에 깊숙이 잠재되어 있던 영혼의 알아들을 수 없는 외침이, 혹은 중얼거림이 아니었을까.) 하여간에 내 몸은 계속해서 번갈아 찾아오는 불덩어리와 발작적 오한 때문에 근 보름 동안이나 아무것도 먹지 못하고 오직 수액에 의지하고 있었으므로 몹시 피폐해졌다. 그러나 의식은 가끔 돌아왔다. 그리고 그때마다 환청, 환각, 착란, 망상에 시달렸다.

그 당시, 감수성이 극도로 예민했던 20대 초반 그 시절에 남몰래 흘린 눈물, 고통, 혼란, 체념 등에 대한 생생한 기억들이 지금까지도 나의 정신세계를 지배하고 있고, 그래서 아주 일찍부터 단념할 줄 알았다. 그리고 바보처럼 단순한 운명론자가 되어 버렸다.

나는 그때 담당 의사와 간호 장교의 암묵적인 대화와 중환자실의 환자에 대한 죽음의 은유를 의미하는 행동에서 짐작하건데, 내가 지금 죽어가고 있음을 놀랄 만큼 분명히 느끼고 있었다. 나는 틀림없이 죽을 것이고, 그것도 아주 빠른 시일 내에 죽을 것이고, 죽은 뒤에는 이제 더 이상 존재하지 않을 거라는 자아의 부재에 대해 단념한 것이다. 나는 죽음의 문턱에서 혼수상태에 빠져 있었다. 육체는 거의 죽어 있었는데 의식은 희미하게나마 살아있어서 그들의 대화를 다 듣고 이해할 수 있었다. 그 의사가 말했다. 호프리스야. 뇌가 완전히 망가진 거지. 약이 들어먹어야 말이지. 이미 죽은 거야. 끝장이 난 거지. 간호 장교가 심각한 얼굴로 고개를 끄덕이고 있는 게 느껴졌다.

나는 언제부터인가 모르지만 계속 깊은 잠에 빠져있다, 어쩌면 지금 꿈을 꾸고 있을 뿐이다, 아니면 일시적으로 착란을 일으키고 있는 지도 모른다는 생각이 들었다. 나는 깨어나고 싶었다. 나는 비명을 지르고 싶었지만 비명소리는 나오지 않았다. 그때 나는 살려 달라고 외치고 싶었던 것이다.

그랬으니 나는 김규현이 죽음을 앞둔 상황에서 일어나고 있는 명징한 의식의 흐름을 나는 누구보다 잘 이해할 수 있다. 내가 바로 그랬으니 말이다. 나는 야전병원의 침대에서 의식이 깨어날 때는 하염없이 누워서, 길고, 의식적이고, 자의적인 꿈과 환상 속을 헤매었으니까. 그러면, 죽음의 공포가 사라졌었다. 하지만 나는 지금이나 그때나 무신론자여서 톨스토이의 소설 속 인물인 이반 일리치처럼 죽어가는 그 순간 위대한 신과의 대화를 시도하지는 않았다. 다만 그 순간 내가 죽어도 살아 있다는 생각, 내가 죽어도 영혼만은 절대 죽지 않는다는 확신이 들었다.

나는 어느 순간 갑자기 의식이 돌아왔을 때 마지막이라는 생각에 안간힘을 다해 유서와 다름없는 편지를 써서 고국의 아버지께 보냈었다. 이번 편지가 늦게 된 건 순전히 군사작전이 길어졌기 때문에 편지 쓸 틈이 없었다고, 그 작전은 부대 주둔지에서 200킬로미터나 떨어진 국경 근처의 밀림으로 출동한 장기 작전이었다고 둘러대고, 나는 지금 너무너무 건강하고 잘 복무하고 있다고, 우리 가족은 잘 살아야 된다고, 아버지가 중심을 잡아야 한다는 등등. 지금 더 이상 자세한 내용은 기억나지 않는다.

또, 그 당시의 일과 관련해 그 40여 일 중에서 특별히 기억나는 날이 있다. (이건 추억이라고는 할 수 없다.)

열대지방의 늦은 오후.

석양이 질 무렵이면 어김없이 야전병원 화장터의 긴 굴뚝 위로 죽은 병사들의 시체들을 모아 태우면서 나오는 하얀 연기가, 가냘 픈 연기가, 슬픈 연기가, 영혼을 상징하는 연기가 곧게 피어올라 하늘로 올라갔다. 그리고 바람에 실려 시체 타는 냄새가 병동까지 날아들었다.

화장터 담당 김△△ 병장은 항상 술에 얼큰히 취해서 불콰한 얼굴로 시체들을 잘 태우기 위해 기다란 쇠꼬챙이로 타다 남은 살점과 뼈들을 뒤적여서 불이 활활 타오르는 더 깊은 소각로 속으로 밀어 넣는 일을 했다. 그리고 암암리에 김 병장에 대한 도저히 믿을 수 없는 흉흉한 소문도 돌았다. 열대 지방의 우기에 접어들면 몇 달 동안 억수같은 비가 쏟아지는 날이 계속되고, 그 우울한 날에는 그는 어김없이 노릿노릿하게 구워진 주로 종아리 살점을 안주 삼아 술을 통음한다는 것이었고, 술에 만취하고 나면 무어라고 계속 웅얼대면서 장대 빗속을 몽유병자의 몸짓으로 몇 시간씩이나 흐느적거리며 동생을 찾으러 다닌다는 것이다.

내가 상당히 회복되고 난 후 맑은 공기를 쐬기 위해 병원 주변 숲 속을 어슬렁거릴 때 아무도 접근하지 않는 외로운 사람인 그와 가끔 만나게 되었다. 그때는 나도 너무 외로웠으니까. 말동무가 절실하게 필요했다.

그는 늘 바닥으로 시선을 깔고 반쯤 쉰 목소리로 자신과 대화하듯 말했다. 그는 의외로 순박한 사람이었다. 식인종처럼 보이지는 않았던 것이다. 더욱이, 그리스 신화에 나오는 눈은 하나 밖에 없고 치즈나 우유를 주로 먹고 살다가 가끔씩 사람 고기로 포식하는 외눈박이 거인 퀴클롭스는 아니었다.

야전병원을 둘러싼 열대의 숲은 무겁고 음산했다. 그날 오후, 하늘은 낮고 거대한 먹구름이 뒤엉킨 채 몰려왔다. 번갯불이 번쩍이고 천둥이 치며 무섭게 소나기가 쏟아졌다. 그러나 잠깐이었다. 스콜이 그치고 잠시 서늘한 바람이 불었다. 바나나 나무의 넓은 잎들이 하늘거린다. 황혼녘이 되어 어둠이 내린다. 숲에는 적막감이 흘렀다.

그날도 여전히 술에 취한 채 (오후 작업이 시작되면서부터 마신 술이거나, 아니면 비가 내렸기 때문에 마셨을 수도 있다.) 무덤덤하게 그가 말했다.

"비오는 날은 싫어. 지긋지긋하지. 슬프고 우울하단 말이야. 불의 유혹을 견딜 수 없어 꼭 죽고 싶다니까. 불꽃이 동생 얼굴로 변하지. 동생이 환하게 웃고 있는 거야. 그럴 땐 소각로 속으로 내가 들어가고 싶어. 불꽃이 활활 너울거리며 춤을 추고 위로 솟구칠 때는 그 유혹을 참기 힘들지.

그 아인 비밀에 가득 찬 수수께끼였지. 난 그에 대해 아는 게 별로 없지. 유령처럼 신비로운 존재였지. 항상 반쯤 꿈꾸는 듯한 표정을 하고 있었던 거야. 단지 내가 짝사랑했을 뿐이야. 그리고 불같은 질투와 격렬한 감정, 알 수 없는 욕망 때문에 굉장한 고통을 느꼈던 거야. 그 고통이 납덩어리처럼 가슴을 억눌렀지. 난생 처음으로 그런 감정을 느꼈지. 그런데 그가 감쪽같이 사라졌던 거야. 남자가 남자를 사랑하는 것은 중대한 정신병이라고 하면서……. 나는 하늘이 두 쪽이 나도 그가 돌아오지 않을 거라는 걸 알고 있지…….

그런데 그 유혹을 뿌리치려면 술을 진창 퍼마시고 지워버려야만 하지. 술에는 고기 안주가 필요하거든. 약간 짭짤하긴 한데…… 허벅지 살은 닭고기 가슴살처럼 퍽퍽하고 종아리 살이 질기면서도 쫄깃쫄깃하다고 종아리 살에는 하얀 지방질은 전혀 없는 거야. 그 살코기는 씹는 질감이 최고이지. 맛있어서 눈물이 나지. 나는 어린 시절부터 남자의 다리, 종아리에 매력을 느꼈던 거야. 여자의 음부같이 무릎 안쪽 우묵한 부분에서부터 완만하게 튀어나와 젊은 여자의 엉덩이 혹은 젖가슴처럼 부드럽고 매끈매끈하고 정맥의 푸르스름한 핏줄이 보일 듯 말 듯 감춰져 있는 살덩이. 나는 온몸을 쥐어뜯고 태워버릴 듯한 짜릿함, 죽음처럼 불안한 짜릿함을 느꼈지.

나는 울면서, 울면서 꼭꼭 씹는 거야. 그리고 꿀꺽 삼키는 거지. 중대한 정신병을 치료해야 하니까."

워낙 은밀한 소문이었다. 그가 영창에 가지도 않고 또한 조기 귀국을 당하지 않는 것을 보면 병원의 장교들은 틀림없이 모르고 있다는 것이다. 더욱이 어떤 병사도 밤마다 귀신이 출몰한다는 화장 터의 소각로를 담당하는 직책을 결사적으로 기피하였으므로 그 이외에는 당장 할 사람이 없었던 것이다. 그는 귀국 만기가 되었음에도 불구하고 병원 관계자의 끈덕진 종용에 따라 귀국을 연기하면서까지 그 일을 하고 있다는 것이다.

퀸셋 병동.

나는 잠깐씩 의식이 회복되기도 하고 몸을 움직일 수도 가끔 밖으로 걸어 나갈 수도 있었지만 여전히 그 증세가 나를 억누르고 있었다. 증세는 오히려 악화되고 있었다. 간헐적으로 온몸이 불덩어리처럼 뜨거워지며 머리가 깨질 듯한 통증이 오고, 그때는 헛소리를 마구 지르고 고함을 외치며 내장 속에 들어있는 걸 몽땅 토해내야 했다. 그러나 김 중위는 언제나 냉담했고 단 한 번도 웃음을 보인 적이 없었다. 그는 친절한 의사가 아니었다. 맨날 뚱해서 화가 난 것처럼 보였다. 그랬으니 병명이 무엇인지, 매일 수 십 알씩 삼켜야 하는 알약의 효능이나 부작용, 치료 경과에 대해서, 의사로서 빈말이거나 거짓말이거나 할 것 없이 위로의 말 한마디 말해준 적이 없었다.

그때쯤에는 가망이 없었으므로 나는 움직일 수 없는 사실로 여겼고 이왕 죽을 거라면 차라리 빨리 죽는 게 나을 거라고 생각했다.

죽음의 일시적 지연이 지금 이 순간 무슨 의미가 있겠는가 말이다. 그건 치욕이고 회한이며 육체적이고 정신적인 형벌일 뿐이었다. 어차피 죽음은 아주 가까이 다가와 있던 것이다. 나는 지금 죽어가고 있는 중이다. 매일 같이 인류 공통의 운명을 직시하고 있는 것이다. 그러나 죽음은 고통과 번민으로부터 해방이었기에 가장 순전한 상태의 죽음의 세계는 나를 매혹하였고 나는 그때 자기 파괴적인 충동과 함께 죽음을 간절히 소망하게 되었다.

그날 늦은 오후에 나는 잠깐 의식이 회복되었을 때 침대에 누워 곧게 하늘로 올라가는 그 흰 연기를 바라보고 있었다. 그리고 나도 조만간, 며칠 내로 흰 연기로 탈바꿈할 것이라고 생각하자 눈물이 두 뺨으로 걷잡을 수 없이 쏟아져 내렸다. 신체의 어느 부위인지 알아볼 수조차 없게 흩어져 있는 뼛조각 몇 점과 회색 재 한 줌만 소각로 바닥에 남을 것이다. 하지만 나를 옭아매고 있던 뿌리 깊은 냉혹한 공포감과 고통스러운 자아로부터 해방감을 맛보았다. 그리고 안도감을 느꼈다. 그 눈물이 그때 처음이자 마지막으로 흘린 것이었다. 그 후로 눈물 같은 것은 흘린 일이 없었다. (내 기억에는 그렇다.)

나는 그때서야, 눈물을 쏟은 후에서야 우리에게 지옥은 없다는 것을 깨달았다. 유황불이 활활 불타고 있는 지옥은 땅 속 수 백 미터, 수천 미터 깊은 곳에 자리 잡고 있을 터인데 영혼의 하얀 연기는 하늘나라로, 천국으로 올라가고 있었으니까. 그런 거야. 우리들은 이 세상에 태어나서 무슨 흉측한 죄악을 지을 틈도 없었는데, 아직도 얼굴에 솜털이 보송보송하고 변성기이거나 막 지났는데, 동정이고 새벽이면 몽정을 하고, 젊은 여자애만 보아도 미칠 듯이 가슴이 울렁거렸는데, 어떻게 무슨 이유로 심판을 받고 지옥으로 떨어질 수 있겠는가. 나는 무신론자이지만 어떻든 천국으로 올라가는 거였다. 나는 희열을 느꼈다.

그리고 천신만고 끝에 살아나서 회복기에 있을 그때는 가벼운 죽으로 연명하였지만 여전히 계속되는 두통 증세로 신경이 예민해져 심한 불면증 때문에 고통을 받았다. 의식이 상당히 회복된 후에도 한동안 여전히 흐느적거리고, 중얼중얼 거리고 잠을 자지 못해서 눈알이 빠질 것 같았으니 내 시선은 초점을 잃고 나른해 보였다. 이게 현실인지 꿈인지를 분간할 수 없었다. 좀비, 아니면 약간 미쳐버렸을까. 나는 그때 간호 장교에게 하소연하였다. "김 소위님, 제발 독한 수면제 좀 줄 수 없어요? 잠을 못 자서 눈알이 빠질 것 같습니다. 절 좀 죽음처럼 깊은 잠 속으로 재워주세요." 하지만 그녀는 애매하게 살짝 웃었다. 그리고 수면제 대신 또다시 엉덩이에 무슨 주사를 놓아 주었다. 내 엉덩이는 너무 많은 주사바늘 자국 때문에 온통 푸른 멍이 들어있었다.

나는 죽음과 같은 혼수상태에서 보름여를 보냈는데 이제는 겨우 깨어나서는 반대로 고도의 불면증 때문에 계속적으로 깨어있어야만 했다. 잠은 생리적으로 인간의 가장 기본적인 욕구인데 잠을 못자서 죽게 된다면 이 얼마나 끔찍한 죽음일 것인가. 나는 그 때문에 또다시 죽음의 고통 속에서 죽음의 공포를 잊기 위해 끊임없이 비현실적이고 모호한 성격의 상상과 망상, 꿈과 환영 속을 헤맸다.

(물론 그때 죽어가면서 명료한 의식 또는 오락가락하는 흐릿한 의식 속에서 끊임없이 꿈꿨던 꿈의 내용을 지금은 거의 기억해낼 수 없다. 온통 꿈속이었다. 꿈속에서 또 하나의 꿈을 꾸고, 또 그 꿈이 또 다른 꿈을 꾸었다. 꿈의 연속. 그리고 너무 오랜, 까마득한 세월이 흘렀다. 내가 애써 기억해낸 기억의 파편과 부풀려 지어낸 것, 제멋대로 상상한 것들은 한 덩어리로 얽혀있어 분리하기가 불가능했고 함께 망각 속에 묻혀 있었다. 40여 년의 세월이 흘렀으니……. 40년의 시간. 과거. 침묵. 망각. 그것은 시커먼 구멍이다. 그 속으로 사라진다.)

하지만 희미하고 파편적이긴 해도 모든 기억이 완전히 사라지는 것은 아니다. 세월이 그렇게 많이 흘렀다고 해도 어찌 사람들을 잊어버릴 수 있겠는가. 사람들의 기억. 장면들의 기억. 그것들은 세월도 무용지물로 만드는 것이어서 마치 어제 일처럼 너무 생생하다. 그러나 과거의 삶은 안개 속에 가려져 있다. 그러므로 순수한, 단순한 문자 그대로 기억은 있을 수 없다. 기억은 질서정연하지 않다. 기억의 단속. 그런 의미에서 모든 기억은 이미 해석에 불과한 것이다. 이것은 기억의 변형이고 변주일 뿐이다.

나의 주치의였던 김○○ 중위는 그 당시에는 작은 키에 여윈 체구로, 그러나 깨끗하고 흰 피부를 가지고 있었다. 그는 서울의대 출신이었다. 나는 지금 그의 소식을 까맣게 모른다. 아마 1970년대 의사들이 미국 쪽으로 많이 떠났으니까 그때 미국으로 이민을 갔을지도 모르고, 아니면 대학병원이나 대형 종합병원에서 내과 과장을 하고 정년퇴직을 하였거나, 또는 전문의 자격을 딴 후 바로 개업해서 돈을 많이 벌고 빌딩을 올렸을 수도 있다. 하여간에 지금쯤은 몸은 살이 쪄서 배가 툭 튀어 나왔을 것이고, 주말마다 골프를 많이 쳐서 흰 얼굴은 알맞게 그을렸을 것이고, 머리는 틀림없이 대머리 혹은 반쯤 대머리일 것이다. 나도 늙었지만 그는 훨씬 많이 늙었을 것이다.

나는 지금도 그녀의 아름다움을 상상한다. 정말 예뻤다. 장담할 수 있는데 내가 지금껏 살면서 본 여자 중에서 제일 예뻤다. 나는 그녀의 얼굴이나 몸매를, 하얀 피부를, 슬픔과 기쁨을 동시에 섬광처럼 뿜어내는 그 눈길을 더 이상 어떻게 묘사할 길이 없다. 내가 그때 넋을 잃고 바라보고 있는 건 인간의 육체를 지닌 진짜 사람이 아니라 여신, 에로스의 얼굴과 몸을 가진 여신이었다. 내가 감히 여신을 사랑할 수 있을까. 그때 우리들 중환자실 환자들은 그녀가 출현할 때마다 숨을 죽인 채 넋을 놓았다. 그리고 몰래 그녀의 얼굴을 훔쳐봤을 뿐이다. 우리들은 감히 노골적으로 쳐다볼 수 없었다. 우리는 졸병이었고 그녀는 엄연히 장교. 그러나 그녀는 극히 사무적이었으니 아주 상냥했다고 할 수는 없었다. 그러니깐 백의의 천사

타입은 아니었다.

김○○ 소위. 그녀는 지금도 여전히 아름다운 모습으로 곱게 늙어가거나 또는 완전히 쭈그렁 할머니가 되어 살아있을 것이다. 그러니까 머리는 서리를 인 것처럼 하얗게 변했고 뱃살은 축 늘어져서 몸무게는 20킬로 정도 늘었을 것이 아닌가. 비슷한 나이의 다른 여자들과 전혀 다를 바 없이 그녀는 오랜 전부터 외모에 대해서는 완전히 신경을 끊었을 것이다. 아니면 미인박명이라고 일찍 죽었을 지도 모른다. 그러나 나는 그녀가 그녀를 치근대던 장기 복무 군의관과 결혼해서 2남 1녀쯤 자식을 낳고 행복하게 살고 있다고 상상해 본다. (하지만 그녀가 김 중위와 결혼했을 거라고는 상상할 수 없다. 그 당시 그들은 서로 간에 극히 사무적인 관계였지 사랑이나 애증이 얽힌 관계는 아니었던 것이다. 그러나 어찌 알겠는가?)

얼룩은 하얗고 몸통은 새까만 너무나 얌전한 개. 개 주인은 그를 '덕구'라고 불렀다. 화장터의 김 병장은 가끔 그 개를 데리고 다녔다. 그는 주인 없이 부대 주위를 헤매고 다니던, 그 당시 야윌 대로 야위어 뼈만 앙상하게 남아있고 더군다나 한쪽 뒷다리를 약간 절룩거렸던 그 똥개를 거둬 정성껏 키우고 있었다. 이제는 제법 살이 올랐고 뒷다리는 정상을 되찾았다. 내가 말했다. "보신탕 좋아하는 우리 아버지처럼 키워서 잡아먹으려고……" 그가 정색을 하며 대꾸했다. "덕구는 내 동생이야. 동생이고 자식 이상이지. 건강한 개는 새 주인을 만나면 따라가지 않으려고 앞발로 버티고 낑낑거리며 뻗대는 거야. 그러나 덕구는 그렇지 않았지. 애원하는 눈빛으로 올려 다보았던 거야. 다시는 도망가지 않게 잘 키울 거야. 그렇고말고 어떤 놈이 손을 대면 가만두지 않을 거야. 장교라고 해도 말이지."
우리가 그 이야기를 할 때 덕구는 눈을 감은 채 죽은 듯이 옆에 엎드려 있었다.

내가 퇴원하던 날 김 중위가 말했었다.
"유 상병은 오랫동안 혼수상태에서 깨어나지 못했어. 그래서 깨어나지 못하고 그대로 죽는 줄만 알았지. 도대체 병의 정체를 알 수 없어서 어쩔 수 없이 포기하려고 하였는데. 조직검사 결과 뇌 종양이거나 무슨 암 덩어리가 머릿속에 들어 있었던 건 아니었던 거야. 그러니까 의학 교과서에도 나오지 않는 병이야. 그냥 열대지방의 지랄병이라고 할까, 또는 염병이라고 할까. 완쾌될 확률은 일 퍼센트도 안 되었지. 그래서 필사적으로 약을 이것저것 처방하였는데 역시 섬망증에는 새로 나온 강력한 진정제 주사가 효과가 있었던 거지. 그때마다 정신이 아주 몽롱했을 거야. 나는 그 약이 올더스 헉슬리의 '멋진 신세계'에 나오는 '소마'라는 알약, 그러니까 진정제 역할을 하면서 행복감을 높여주고, 환각 상태에 빠뜨리는 그런 종류의 신비한 약이길 바랐던 거야. 하여간에 유 상병이 살아난 게 도저히 믿을 수가 없는 거지. 기적 같은 것이 일어났다고 생각하면 어떨까. 믿을 수 없을 만큼 회복이 되었거든. 어쨌거나 하늘에 계신 하나님이 도왔을 거야. 군목 장교가 두 번씩이나 병자성사를 했었 거든. 네가 살아나서 내가 기쁘다구. 그때는 의사로서 한계를 절감 하고 자포자기 했으니까. 네가 한 없이 불쌍했으니까…… 지금이니 까 말할 수 있는 거야."

"그랬었군요. 정말, 감사합니다. 전 죽어도 상관없는데…… 자신 의 존재 자체가 여분이라고…… 잉여라고…… 느끼고 있었거든요. 전 그럴만한 이유가 없는데 살아남은 거죠. 전 그 유일무이한 신을 믿지 않으니까요. 지금 생각으로는 제가 죽을 때까지도 인정하지 않을 것 같습니다. 그러니까 순전히 우연 때문이겠지요. 도저히 알 수 없는 이유 때문에…… 아니면 그건 나의 운명 때문이었을 겁니 다. 우연이란 막다른 운명의 다른 이름이겠지요. 하여튼 다시 살아 나서 원대복귀하게 되어 감사합니다."

"그러니까 네가 잉여적 인간이라고 고백하는 거야. 사르트르를 읽은 거군. 로캉탱을 흉내 내는 거겠지. 어리석은…… 정말 어리석 은. 모든 인간은 언제나 잉여인 거야. 그러나 후유증이, 정신적 후 유증이 남을 수도 있겠지. 어두운 불안감 때문에 평생을 시달릴지 도 모르겠어? 하지만 의사의 처방이나 약물의 작용으로 어떻게 할 수 있는 건 아니니까, 스스로, 의지의 힘으로 해결할 수밖에 없을 거야."

"목사님은 그때 병자성사를 한 게 아니고 예수가 한 소년의 몸에 서 마귀를 쫓아낸 것처럼, 제 몸에 깃든 악령을 쫓아내기 위해 퇴마의식을 치렀던 게 아닐까요? 제가 귀신이 들려서 또다시 미쳐버릴 지 모르겠습니다. 그러니까 영험한 아프리카의 퇴마사를 만나야겠 지요. 그러려면 사막으로 떠나야 할 겁니다."

야전병원의 검문소 입구에서 나트랑 시가지로 쭉 뻗어있는 직선 도로의 오른쪽으로 '성병유 요치료'라는 스탬프가 찍힌 빨간 딱지 를 소지한 병사들을 수용하는 '성병환자 수용소'가 보였고, 왼쪽으 로 헌병 중대와 보안대, MIG 막사, 보급창 그리고 멀리 미군 헬리 콥터 대대가 주둔하는 비행장이 보였다. 나는 새삼스럽게 나트랑 시내를 내려다 봤다. 바다에서 잔뜩 습기를 품은 해풍이 불어왔다. 햇빛이 눈부시다.

나를 태운 앰뷸런스가 부대를 향해 출발했다.

나는 원대복귀하였다. 그러나 그때 병원에서 퇴원하긴 하였지만 여전히 몸 상태가 완전한 것은 아니어서 내가 희망하면 바로 조기 귀국을 할 수도 있었으나 그렇게 하지 않았다. 나는 그렇게 사경을 헤매었어도 그 전쟁을 원망하지도 않았고, 왜 전쟁이 일어났는지, 그게 무슨 전쟁인지, 누굴 위한 것인지, 누구 잘못인지도 몰랐고, 그러므로 전쟁의 승패 여부, 이해득실을 따지지도 않았다. 그 전쟁 은 허무맹랑했다. 물거품 같은 거였다. 어쨌거나 나는 국가의 준엄 한 명령에 의해 그들 간의 코미디 같은 전쟁에 단지 어릿광대의 단 역으로 출연한 거였으니까, 그 전쟁은 나와는 무관한 것이어서, 전혀 중요하지도 않았고, 무의미했고, 그래서 심각하게 생각하지 않았던 것이다.

나는 원대복귀한 후 얼마 지나서 연장 근무를 신청하여 1년여를 더 복무하였다. 그 기간 중에 김□□ 병장 사건이 있었다. (그러나 그 이야기는 다른 기회로 미루어야겠다.)

그리고 1970년 가을 경에 나는 상처와 고통이 치유되기는커녕 여전히 심연 깊은 곳에 앙금처럼 쌓인 채로 귀국하였다. (세월이 훨씬 지나서 나중에 밝혀진 것이지만, 그것들은 인간 실존에 있어서 원초적이고 근본적인 것이어서 치유 자체가 불가능한 것이었다.) 나는 카렌다에 동그라미를 그려가며 귀국특명을 손꼽아 기다린 것도 아닌데 귀국 날짜가 잡힌 것이다.

그러나 귀국을 얼마 앞두고 화장터의 김 병장이 키우던 개를 화장하고 나서 M16 소총으로 자신의 심장을 쏴 자살했다는 소식을 들었다. 자신이 자살하기로 예정한 바로 그날 화장실의 소각로 앞에서. 나는 퇴원하기 하루 전 그와 마지막 만날 때부터 예감하고 있었기 때문에 이상한 이야기이지만 그의 죽음은 당연하게 느껴졌다. 그는 그날 불면증에 시달리는 우울한 표정으로 "사람들이 날 그냥 좀 내버려두었으면 좋겠어."라고 말했다. 하지만 나는 그 어떤 흔해 빠진 말로도 위로나 격려 따위의 말을 입 밖으로 내보낼 수 없었다. 그의 육신 역시 훨훨 타는 소각로에 들어가 한 줌 재로 변했을 것이다.

나는 죽지 않고 돌아왔다. 낡고 무거운 따블 백을 어깨에 메고 패잔병의 모습으로 송정리 집으로 돌아온 것이다. 난 도피처가 필요했던가. 난 지금부터 어떻게 될 것인가. 새로운 삶을 살 수 있을까? 그게 가능한 일일까?

그때, 밤이 완전히 깨어나고 여명이 사막의 지평선을 감싸면서 마지막 샛별마저 사라지고 없었다. 아침이 온 것이다. 그러나 눈썹처럼 가는 초승달은 마지막까지 하늘 높이 걸려있다. 가벼운 모래바람이 휩쓸고 지나갔다. 바람은 그가 그 의미를 정확히 이해하지는 못하지만 그 뭔가를 느끼게 하는 소리를 중얼거렸다. 마치 음악처럼 그 소리는 언어로 번역이 불가능한 것이었다.

그가 맞이한 이 죽음의 형태는 지금까지 살아온 그의 삶의 형태와 대략 일치하는 것이었다. 그것은 죽음이라기보다는 차라리 그의 모든 의식이 영원 속에 함몰해버린, 아름답고 깊은 잠에 불과하였다. 생명이 있는 모든 존재는 필연적으로 죽음을 내재하고 있다. 죽음을 피할 길은 없다. 삶의 마지막이 죽음이고 죽음의 시작이 삶이다. 죽음은 인간의 삶에 중대한 의미를 부여하기 때문에 삶의 조건이 된다. 그러므로 죽음을 무조건 큰 불행이라고 할 수도 없다. 그것은 단지 사막을 지배하고 있는 냉담한 진의 한 줌 숨결에 불과한 것이다. 하지만 죽음은 육신에서 일어나고 인간의 내면에 존재하는 영혼에게는 일어나지 않는다. 몸은 죽어도 영혼은 자신의 삶을 불멸의 존재로 만들어 버리기 때문에 결코 죽는 법이 없는 것이다. 육신은 죽음과 함께 파괴되고 죽음에 의해 흩어지지만, 영혼은 생명의 원리이기에 결코 소멸되거나 파괴될 수 없는 영원한 존재이기 때문이다. 영혼은 보이지 않는 근원에서 존재하고 영속한다. 영혼은 생명의 근원이어서 물리적 시간, 공간의 경계도 아무런 의미가 없다. 그것들을 무한정 확대시키고, 초월하기 때문이다. 그는 지금 사막에서 영원히 깨어나지 않을 길고 긴 잠을 자고 있을 뿐이다. 그것은 멀고 먼 저쪽 세계로 떠나는, 모든 무거운 짐을 훌훌 벗어 던지고 영혼 하나로 홀가분하게 떠나는 마지막 여행이 될 것이다. 길은 저쪽 세계에까지 이어져 있다. 그는 그 길을 계속해서 쉬지 않고 걸어갈 것이다.

그의 영혼은 이 세상 그 어느 곳보다 더 많이 건조하고, 더 많이 뜨겁고, 더 많이 험한 곳인 사하라 이곳저곳을 꿈결에서처럼 끊임없이 배회할 것이다. 사막은 그를 삼켜 버렸지만 사막에선 어느 것 하나 소중하지 않은 것이 없었다. 사막의 침묵, 빛나는 태양의 직사광선, 사막의 석양, 밤의 별빛, 무엇보다도 더욱 아름다운 모래 언덕, 심지어 타는 듯한 목마름조차도 소중한 것이다. 그는 빛나는 태양의 직사광선을 가시 면류관처럼 머리에 이고, 눈이 부시게 아름다운 모래 언덕 위를 사뿐사뿐 걸으면서, 맨발로 미세한 모래 입자를 가만가만 밟아 아내의 유방을 혀로 천천히 핥을 때와 같은 그 부드러운 촉감을 마음껏 음미하면서, 진짜 사막이, 사막 중의 사막이 여기에 있다고 중얼거릴 것이다.

사막이 그를 받아들였다. 사막은 항상 그를 사랑했으며, 그를 포근하게 껴안았다. 사하라에는 인간 존재의 근원인 자유가 있었다. 자유는 인간의 본질에 다름 아니다. 그에게 자유란 영원한 염원이었다. 그의 고결한 영혼은 욕망으로 뒤틀리고, 타락의 유혹과 야만적인 충동 때문에 몸부림치는 나약한 인간의 육신을 떠나 마침내 그 귀중한 자유를 찾은 것이다.

작가들은 흔히 창작의 조건으로 자유와 고독을 들먹인다. 그러나 그들은 왜 고독과 함께 밤과 어둠이 필요하다는 이야기는 하지 않는가? 또 어떤 시인은 시 창작의 조건으로 가난할 것을 추가하기도 한다. 그는 자신의 참담한 가난을 변명하기 위해 그렇게 말했으리라. 하지만 나는 자유와 고독은 모든 인간의 실존의 전제 조건, 아니면 그 본질이라고 생각한다. 특히 자유가 그렇다. 그러므로 나는 우리 사회의 모든 가치체계 중에서 자유야말로 최고의 가치라고 믿는다. 인간은 오직 자유로운 존재일 뿐이다. 도스토옙스키는 인간 삶의 본질이자 인간 본성의 근원으로서 자유를 강조하지 않았는가. 그것을 지키기 위해서라면 그 어떤 고통도, 심지어 죽음까지도 불사해야할 것이라고 하였다. 그러므로 자유를 포기하는 것은 인간이기를 포기하는 것으로 그 같은 일은 불가능한 것이다. 도스토옙스키의 '지하생활자의 수기'는 인간의 자유에 대해 이야기하고 있다.

우리는 독일 철학자 셸링의 '인간의 자유의 본질에 관한 철학적 고찰'을 오독하지 않고 독해할 수 있어야 할 것이다. 그러나 어떤 경우에도 자유의 적에게 자유는 있을 수 없다. 우리의 역사적 경험이 자유는 그 적에게 자유를 허용해서는 안 된다고 가르쳐주고 있지 않은가. 그는 자유의 실존적 가치를, 그 중요성을 뼈저리게 느끼고 있었던 것이고 그 자유를 향유하기 위해서 이 세상의 공백에 다름 아닌 사막을 끊임없이 방랑하였던 것이다. 다시 한 번 강조하지만 그는 절대 자유인이다.

그리고 그의 영혼은 평생 꿈인 바빌론의 공중정원을 세울 사막의 오아시스를 찾아서 마법사처럼 마술 양탄자를 타고 또는 발이 부르트고 피가 날 때까지 걸어서 사하라의 동서남북 이곳저곳을 밤낮을 가리지 않고 헤맬 것이다. 그때, 그는 스르르, 천천히 깊은 잠 속으로 빠져들었다. 한낮의 하얀 태양은 해거름 전의 노란 태양으로 바뀌었고, 머지않아 곧 빨간 태양이 지평선 주위를 오렌지빛으로 물들이면서 모래 언덕 너머로 사라졌다. 일몰 후 하늘이 어두워지기 시작하였다. 밤이 사막의 대지 위에 베일을 드리워 그 그림자로 그의 영혼을 감싸 안았다. 밤이 깊어가면서 달빛이 사막을 색칠하고 있었다. 달빛 아래서 바람은 솟아오른 모래 언덕의 머리카락을 가만히 매만졌다……
이제 사하라는 그에게 안식처가 될 터이다. 사막에서 그의 영혼은 무화되어 심연과도 같은 불안과 공포, 연민으로부터 벗어나서 영원한 안식과 무위를 얻을 것이다.

회사의 직원과 현지인들로 구성된 구조대에 의해 그들의 시체는 석양 무렵에 발견되었다. 태양이 서쪽 모래 언덕 너머로 사라지면서 아주 잠시 붉은 잔영이 사막에 여린 빛을 드리우다, 곧 어둠이 찾아왔다.

태양은 날마다 다르다. 오늘의 태양은 어제의 태양이 아니다. 그러나 사막의 태양은 언제나 아침에 떠오르는 것보다는 황혼녘에 지는 것이 더 아름다웠다. 태양이 지평선 뒤로 사라지면서 햇빛은 점점 엷어지고 반사광의 잔영만이 잠깐 비칠 때면 사막은 온갖 풍요로운 빛으로 황홀하게 채색된다. 석양빛에 모래 언덕은 붉그스레 물들기도 하고 또는 황금색을 띠기도 하였다. 풍부한 색채들이 화려함을 자랑한다. 지상의 아름다운 색채란 색채는 거기 모여 있었다. 눈물겹도록 아름다운 사막의 붉은 석양이 지평선 너머로 사라지면서 잿빛으로 변하였다. 그리고 낮은 밤과 대치되었다.

그의 얼굴이 너무나 평온해 보여서 죽은 것이 아니라 잠들어 있는 것처럼 보였다. 그는 얼굴에 잔잔한 미소를 머금은 채 깨어나지 않을 깊은 잠에 빠져 있었다. 그의 육체는 그동안 음식물을 제대로 섭취하지 못하였고, 몸속의 모든 수분이 전부 증발하면서 너무 말라, 위장과 등골이 맞붙어 있을 만큼 뼈와 가죽만이 남아 있었다.

뼈밖에 남지 않은 깡마른 몸에 걸친 옷이 너무 헐렁해서 마치 몸에 맞지 않은 잠옷을 입은 것처럼 보였다. 그래도 그는 아주 부드러운 모래침대 위에 태평스럽게 누워 있어서, 얼굴에 고통의 흔적은 남아 있지 않았다. 마치 죽기를 바라기라도 했던 것처럼 말이다. 원래 강인하고 섬세하였던 이목구비가 그대로 살아 있었다. 다만 그의 우수에 찬 검은 눈동자와 신중한 눈빛은 살며시 감긴 눈꺼풀 속에 감춰져 있었다. 그의 눈은 살아생전에는 어둡고 그윽해서 언제나 저 멀리 지평선 뒤쪽을 바라보고 있었다.

사막의 태양은 찬란하다. 바람이 애처롭게 흐느끼며 지나갔다.

입술은 이를 드러낸 채 약간 벌어져 있어서 살짝 웃음을 짓고 있는 것처럼 보인다. 아직 따뜻한 체온이, 목에서는 맥박이 느껴지는 것 같다. 아주 먼 곳에서 심장의 박동소리가 들렸다.

그가 이 지경이 되다니. 나는 너무 당황했고 가볍게 그의 머리칼을 쓰다듬었다. 그리고 이름을 불렀다. "김규현! 규현아! 규현! 규⋯⋯! 현⋯⋯!" 나는 울컥하면서 그만 목이 메었다.

꽃들이 하나 둘 피기 시작했다. 마침내 이름 모를 수많은 꽃들이 사막을 뒤덮었고 꽃들이 풍기는 향긋한 냄새가 머리를 어지럽게 한다. 어느새 과일 나무들이 자라서 가지마다 풍성하게 열매가 영글었다. 그러자 수많은 나비들과 꿀벌들과 작은 새들이 날아들었고 여러 줄기 맑은 시냇물이 졸졸 흐른다. 아, 얼마나 아름다운가. 아, 얼마나 평화스러운가. 오아시스. 에덴동산. 엘리시온. 천국. 그가 환한 얼굴로 웃음을 터트린다. 영혼은 유체 이탈하여 공중부양을 하더니 한 마리 나비가 되어 하늘 높이 날아올랐다.

유대계 이집트인 의사가 동행하였다. 알리마르크는 그의 상태를 자세히 살펴본 후 그가 죽은 지 채 하루가 안 되었다고 말했다. 일 년 전쯤 트리폴리의 병원에서 처음 보았을 때 약간 수줍어하던 그 눈빛, 조금 슬퍼보이던 그 눈빛을 지금도 뚜렷이 기억할 수 있다. 의사의 눈에 눈물이 고였다. 매일 물과 우유를 많이 마시라고 충고한 일이 엊그제 같았다.

구조대는 모래 먼지를 뒤집어쓰고 있는 그들의 트럭 밑 은신처로부터 직선거리로는 불과 몇 백 미터 떨어진 야트막한 모래 언덕 너머에 진을 치고, 며칠째 모래 언덕 사이 침식으로 파인 협곡을 뒤지면서, 그들을 수색하고 있었다. 그 거리는, 그가 단지 '여기! 여기! 여기야!'하고 작은 소리로 외쳤으면, 사막의 건조한 대기 속에서 정적을 깨고 바람에 실려서 바로 닿을 수 있는 그렇게 짧은 거리였다. 그러나 그는 구원을 요청하기 위해서 소리치지 않았다. 그는 사막에서 지금 죽어야만 한다고 생각했던 것일까. 그의 무의식 속에 깊숙이 잠재되어 있던 존재의 무의미함에서 오는 허탈감, 더 이상 삶의 의미를 찾을 수 없다는 허무주의가 그의 죽음을 방관했는지도 모른다. 그는 그가 이 세상을 살아온 방식대로 죽었다. 아무런 불평 없이 겸손하게 죽은 것이다.

"여기 이 자리는 사막이라는 바다에 갇혀 있는 외딴 작은 섬인 거지. 세상은 그런 섬으로 가득 차 있지. 하지만 섬이란 현실 세계의 시간과 공간으로부터 멀리 벗어나 있는 격리된 장소인 거야. 이 사람에게는 정말이지 행운이 따르지 않았어. 충분히 살 수 있었는데 말이지. 안타까운 일이야. 어떤 사람이 한계적 상황이라고 할 수 있는 잘못된 시간에 잘못된 장소에 처해 있어도 대부분의 경우 그 결과는 그럭저럭 견딜 수 있을 만큼 별것 아닌 것으로 밝혀지지. 아주 이따금씩 그 결과가 극도로 나쁜 경우가 있을 뿐이야. 그건 어쩔 수 없는 일이지.

지금 내가 할 수 있는 일이라곤 죽음을 확인하는 것뿐이야.

메시아 혹은 신의 아들이 A.D. 33년에 스스로 죽었던 거야. 유대인들은 자신의 운명에 저항하지 않고 순응하였지. 아우슈비츠에서 죽음의 심연 속으로 걸어 들어갔던 거지. 소크라테스는 스스로 독배를 마셨던 거야. 그러나 그건 심각한 자살 행위였던 거지. 그 정신 구조를 우리는 이해할 수 있어야만 하는 거야. 살아남은 자들의 절대적 의무인 거지.

그는 스스로 선택한 거였어. 그는 자유인이고 자발적 죽음이란 인간의 자유 중에서 가장 지고한 형태이니까. 그는 멋있게 죽은 거야. 죽은 그의 얼굴이 그렇게 말하고 있어. 아름다운 별들이 빛나는 사막에서 죽었으니까. 사람들은 누구나 죽지. 그러니까 죽음을 너무 과대평가할 필요는 없는 거야."

알리마르크가 체념하면서 말했다. 그러고 나서 사망확인서를 작성하였다.

Certificate of Death

Name:	Kuhyun, kim
Date of Birth:	20. 11. 1955.
Nationality:	South Korea
Final Destination:	passing stay for the desert journey at the south side of the Sahara
Date of Death:	9. 07. 2000.
Cause of Death:	mental derangement by dehydration and self murder

그는 마지막 숨을 거두기 전, 막간의 휴식 같은 짧은 순간에 아주 맑은 정신이 들었었다. 그때 그는 아무런 고통도 느낄 수 없었고, 지금 자신이 죽음에 직면해 있다는 생각도 들지 않았다. 마지막 거친 숨을 토해내는 그 순간에도 도대체 죽음을 실감할 수 없었다. 가까스로 마지막 남은 압생트 한 모금을 입에 털어 넣었고, 그것의 달곰씁쓸한 맛을 음미하였다.

그는 생각했다.

'바람이 지나가는 소리, 모래가 바스락거리는 소리, 내 살과 핏줄과 뼈가 부서지는 소리가 들린다. 내 초라한 육체는 어쩌란 말인가. 모든 기운이 다 빠져 나가고, 정신을 차리려고 아무리 애를 써도 의식은 가물가물할 뿐이다. 여긴…… 감옥이자 동시에 광야이고, 아늑한 침대이고 무덤이지. 지금 이제껏 살아 온 삶의 모든 순간들이 머릿속을 스치고 지나가 버렸지. 이 순간만큼은 내가 아무런 존재도 아니라는 바보 같은 생각이…… 아무것도 아닌 거야.

나는 사막에서 무엇을 깨달았는가? 나는 무엇을 찾았는가? 나는 죽어서야 자유를 찾은 것이 아닐까? 하지만 내가 신을 찾았는가? 나의 신을? 신을 만났던 건가? 신의 말을 들을 수 있었던가? 아니면 악마의 속삭임이었던가? 신이 악마이고 악마가 신이었던가? 그리고, 나의 신을 마침내 만난 것이 아닐까? 그렇지, 그런 거야. 내가 운명을 받아들이며 죽어가는 이 순간, 절대적 침묵이 감싸고 있는 무아의 경지 속에서 나의 신과 만나게 되었던 거야. 마침내 신이 내 안에 깃들어 있음을 깨달은 거야. 눈을 나에게로 돌려서 나를 찾은 거지. 내 삶의 그 모든 고행의 여행들은 내 안에 있었던 거지……. 그러니, 나는 평생을 나를 찾아 헤맨 셈이지. 모든 욕망, 절망, 망상, 사랑과 증오가 눈 녹듯이 사라져버린 절대적 무상 無相, 無常, 無想 ……. 나는 지금 평화와 안식을, 진정한 자유를 얻은 거지.

오늘 밤은 정말 평온한 밤이야. 사막의 밤은 아름답지……. 익숙한 모래 냄새는 너무나 달콤한 거야. 지금, 난 죽음을 결코 두려워하지 않지. 단지 편안한 마음으로 죽음과 소멸의 마지막 순간을 기

다리고 있을 뿐이지.'

우리는 지금쯤 깨닫는다. 그가 그렇게 애타게 찾고 있던 신을, 그의 신을 마침내 찾았다는 것을. 신은 어둠 속에서 모습을 이루고는 또다시 스스로 해체한다. 그러나 신은 생명이다. 그는 죽는 순간에 마침내 깨달았던 것이다.

밤이 기울고 있었다. 밤하늘의 총총한 별들이 하나 둘 사라지기 시작하였고, 이즈러진 달이 창백한 초록빛을 던지고 있었다. 낯설고 고요한 새벽의 엷은 빛이 그의 초라한 침실로 침입하였다. 실내의 은은하고 부드러운 빛과 공기는 어딘지 모르게 바깥세상과는 달랐다. 그 침실은 차츰 무덤 속처럼 편안하게 느껴졌다. 이 세상 한 구석에 존재하지만 이 세상에 존재하지 않는 더없이 편안한 우주 같았다. 그 우주는 유한한 인생을 덧없게 여기는 그런 우주이었다. 아주 기나긴 밤이었다. 밤은 몹시 길었고 또 아름다웠다. 끝이 없는 밤이었다. 그 심연 같은 밤의 침묵과 정적은 심오하고 거룩했다. 끝내 아침이 돌아오지 않을 것만 같았다. 그 밤은 그가 살아온 생애보다도 훨씬 더 길었다. 그의 입에서 혼수상태에 빠진 사람이 가까스로 토해 내는 거친 숨소리가 새어 나왔다. 그는 희미한 미소를 지으려고 바짝 마른 입술을 달싹거렸다.

그는 그의 생애의 어느 순간에 부딪혔던 그 누구도 원망하지 않기로 하였으며, 그가 살아오는 동안에 그의 사소한 말 한마디에 마음의 상처를 입었을지도 모르는 모든 사람들에게 용서를 구했다.

특히 누구보다 사랑했고, 미워했고, 애증의 대상이었던 아내에게 용서를 빌고 싶었다. 그리고 아무도 그를 측은하게 생각할 필요는 없다고, 마지막으로 말해주고 싶었다.

그러나 그를 진정으로 이해해 주고 격려해주던 몇몇 친구들과 오랫동안 만나보지 못한 어머니가 몹시 그리웠다.

그는 무겁게 내리누르고 있는 눈꺼풀을 깜박였다. 어머니의 얼굴이 어렴풋이 떠올랐다. 그는 어머니의 얼굴과 얼굴에 깊이 팬 주름살, 굵은 마디가 박힌 손, 피부와 피부색, 그 피부에 돋은 돌기, 사마귀, 그물 모양으로 퍼져있는 가는 모세혈관들을 떠올리려고 무진 애를 썼지만 점점 더 기억이 흐릿해져 불가능한 일이었다. 그러나 그는 그때 풀어헤친 어머니의 젖가슴에서 뿜어져 나오는 젖과 땀의 부드러운 채취와 따뜻함을 느낄 수 있었다. 그렇지, 어머닌 따뜻하고 달콤한 냄새였다. 그 신비한 느낌이 그의 온몸을 거쳐 영혼에까지 퍼졌다. 더욱 늙어버린 어머니가 말없이 울었다. 어머니의 창백하고 슬픈 눈에서 걷잡을 수 없이 눈물이 쏟아져 내렸다.

그는 목이 메였다. "어머니, 죄송해요"

그리고, 그는 사막에 은밀하게 떠도는 수백 가지, 수천 가지 냄새를 맡을 수 있었다. 압생트 탓일 것이다. 그 냄새는 오래 전에 있었던, 지금은 심연 속에 가라앉아버린 희미한 기억들을 다시 일깨워주었다. 그는 뜻밖에, 30여 년 만에 동생을 만났다. 얼마나 그리운 동생이었던가. 마지막 꺼져가는 희미한 의식 속에 동생이 홀연히,

생생한 모습으로 나타났던 것이다. 그는 전율을 느꼈다. 동생은 어느덧 40대 중반의 원숙한 중년이 되어 있었다. 얼굴은 온화하고 편안해 보였다. 동생이 환하게 웃고 있다. 고통의 흔적은 남아 있지 않았다. 영락없이 자신을 거울 속에서 보고 있는 것 같다.

"형…… 오랜만이야. 사실 형이라고 부르기는 억울하지. 우린 불과 30분 차이로 세상에 태어났으니까. 형은 형이었지. 그렇게 어른스러울 수가 없었으니까. 난 만날 투정만 부리는데 말이지. 내가 생떼를 부리면 늘 양보했지. 나는 형을 질투하고…… 죽이고 싶도록 미워했어. 형은 장남이고…… 공부 잘하고…… 혼자 중학교에 갔던 거야. 나의 죽음이 형을 그렇게 만들었다는 것을 알고 있어. 형은 아무런 책임이 없는데 말이야. 그건 누구 책임도 아니야. 나는 누구도 원망하지 않아…… 세월이 많이 흘렀지…… .

형이야말로 나 때문에 평생을 무거운 짐을 지고 살았어. 형은 바다를 무척 좋아했는데…… 바다의 망령이 심술이 나서 일으킨 그 사건이 없었다면 어떻게 되었을까. 지금 이 꼴이 뭐냔 말이야…… 사막에서 죽어가고 있으니……. 이 세상은 영혼의 세계이니까 육신의 고통 따위는 없어. 빨리 오라고…… 빨리."

그는 잠깐 동안의 혼수상태에서 겨우 깨어났다. 동생은 지금 자신과 놀랄 만큼 닮아있다. 마치 거울 속에서 자신을 보는 것 같다. 그때 동생이 약간 아득하게 느껴지는 목소리로 말했다. 그는 자신이 동생의 눈과 마주치지 않으려고 눈을 내리깔았던 것으로 기억된다. 동생이 아닌 다른 누가 말한 것 같기도 하였다.

그런데 그 사람이 갑자기 큰 물고기로 변하기 시작했다. 처음에는 어른 크기의 인어처럼 보였지만 자세히 살펴보니 남쪽 바다에서 봄철이면 흔히 잡혔던 큰 숭어였다. 그가 황망히 붙잡으려고 하자 그것은 강력한 힘으로 몸부림치며 손에서 미끄러졌다. 숭어는 꼬리를 세차게 흔들면서 유유히 헤엄쳐서 바다 밑으로 쑥 사라졌다.

그는 남쪽 너머 바다를 천천히 오랫동안 바라보았다. 바다가 거기 있었다. 옛날처럼. 바다는 너무 고요하고 평화스러웠다. 그 바다를 얼마나 깊이 동경하였던가. 이제 남쪽 바다와는 화해하여야 하리라.

고향 마을은 바로 엊그제 떠나온 것처럼 그대로이다. 초가집들이 오밀조밀 모여 있다. 동네의 위쪽 몇 그루 늙은 아카시아 나무가 서 있는 양지 바른 언덕에 다소곳이 서 있는 초가집이 보였다. 행복한 가족이 살고 있는 집이 찬란한 햇볕 속에 서 있다. 그 고색창연한 집은 밝은 햇살에 반사되어 무슨 신비로운 기운을 발산하고 있다. 순진무구한 사람들이 살고 있는, 아늑한 평화가 가득한 집이다. 아주 옛날인 모양이다. 그러니까 모든 것이 변하기 전인, 전쟁이 일어나기 전 그들 가족의 삶이 온전하였을 때인 것이다. 그가 늦게까지 동생과 서로 다투며 엄마 젖을 빨던 시절. 늙어서 허리가 기역자로 굽은 할머니도 보이고, 아직 젊어서 30대 중반으로 보이는 어머니와 아버지, 건장한 어부들인 두 삼촌들, 겨우 걸음마를 뗀 동생이 보였다. 그들은 오순도순 모여서 무슨 다정한 이야기들을 나누고 있는 것일까.

그는 울지 않는다. 지금 눈물을 흘리면 안 된다는 생각에 사로잡힌 것이다. 그는 마음이 편안해지고 비로소 모든 상처가 말끔히 아무는 느낌이 들었다.

그건 꿈이었는지도 모르고, 착각했는지도 모른다. 오랜 기다림과 기억들, 공포와 불안이 만들어낸 환영인지도 모르겠다. 그러나, 그 순간 며칠 동안 계속 그를 괴롭히던 심각한 문제, 자신의 영혼은 육체의 부식과 함께 썩어버릴 것인가? 대지 속으로 영영 소멸해 버릴 것인가에 대해 해답을 찾아낸 것이다. 그의 영혼은 사하라에서…… 사막에서 영원한 새 삶을 얻을 것이다. 영혼은 바람이 될 것이다. 바람은 무無가 될 것이다.

그는 중얼거렸다. "그러나, 나는 전생의 기억을 안고 저곳으로 갈 거야. 모두 소중한 추억이거든. 그러므로 전생의 기억을 소멸시키기 위해 레테의 강물을 마시지는 않겠어."

그는 영국의 토목공사 전문가들과 함께 리비아 대수로 공사의 현지 측량과 설계에 참여하였고, 지금은 공사현장의 공정 관리와 감리를 책임지고 있는 본부장이었다.

리비아의 남쪽 사하라 지하 대수층에는, 몇 만 년 전 북유럽에 빙하기가 도래했을 때 북아프리카에 내린 엄청난 양의 비가 땅 밑으로 스며들면서 사암층에 고이기 시작한, 나일 강의 200년간 유수량과 맞먹는 약 35조 톤의 물이 숨겨져 있었다. 이 귀중한 물은 1960년대 미국의 석유회사들이 유전탐사를 하던 중 지하 수백, 수천 미터에서 처음 발견한 것이다. 이 대수로 공사는 지하에 저장된 막대한 양의 물을 지중해 연안의 트리폴리나 뱅가지 쪽까지 운반하기 위하여 사막의 모래땅을 깊숙이 파고 커다란 송수관을 이어 묻는 공사인 것이다. 지중해 연안에는 리비아 인구 600만 명 중 90퍼센트 정도가 살고 있었다.

1991년 8월 28일. 리비아 동북부 벵가지의 밤.

1단계 공사가 드디어 완성되어 통수식이 거행되고 있었다. 폭포처럼 쏟아지는 거대한 물줄기 앞에서 리비아 군중들이 한껏 들떠 함성을 지르고 있었다. 그때 카다피는 거들먹거리며 거만한 모습으로 환호는 군중들을 굽어보며, 황량한 사막을 생명의 대지로 바꾸는 역사의 순간이 도래했다고 선언하였다.

2000년, 그 당시 한국의 동아건설은 리비아 정부와 건설계약을 체결하고, 대형 송수관을 생산, 운반, 매설하는 공사와 그 부대공사인 용수시설, 저수조, 양수펌프장, 발전소, 제어통제시설, 기타 유지관리시설 등의 공사를 장기간 진행하고 있었고, 그의 회사는 그 공사의 감리를 담당하고 있었다. 그때는 1984년에 착공된 인공대수로 프로젝트의 1단계와 2단계 공사가 이미 완공된 상태에서 3단계 공사가 한창 진행 중이었다. 그러나 그 공사들이란 게 의외로 정교하고 복잡한 공정이 요구되기 때문에 그 공사감리 역시 매우 까다로울 수밖에 없었다. 그는 그의 회사가 담당하고 있는 구역의 토목공사와 송수관 매설공사의 감리를 현장에서 책임지고 있었던 것이다.

그는 도시설계, 토목공사와 최신 공법에 의한 다리 공사, 건물의 설계와 공사 감리를 전문으로 하는 회사인 주식회사 공간(空間)에서 어떤 종류의 건설공사이건 설계와 공정 관리에 관한 한 독보적인 존재였다. 그의 머리는 컴퓨터처럼 정밀하여, 복잡하기 짝이 없는 대형 공사의 모든 설계와 공정을 정확하게 꿰뚫고 있었다. 그리고 독창적인 아이디어와 번쩍이는 천재적 영감이란!

그는 항상 과묵하였고, 겸손하였으며, 아무런 가면도 쓰지 않았고, 고단한 인간의 삶을 슬기롭게 헤쳐 나가는 처세술 따위도 잘 알지 못하였다. 그리고 어떤 상황에서도 결코 투덜거리지 않았다. 그러나 약간은 고집스러웠다. 그러한 성격적 특성들은 그라는 사람에게 잘 어울리는 것이었다. 회사의 업무처리는 빈틈없이 신속하게 처리하면서도, 전혀 티를 내지 않고 조용히 처리하였다. 그래서 상하 모두 그를 신뢰하고, 좋아하였다. 회사에서는 그가 귀국하면 곧 전무로 승진할 것이라는 확실한 소문이 돌았다. 그러나 그는 여러 차례에 걸친 회사의 종용에도 불구하고 귀국하지 않고 현지에 남기로 한 것이다. 그렇다고 그가 별다른 결점이 없는 그런 유형의 인간은 결코 아니었다. 거의 병적인 결벽증을 갖고 있어서, 공사의 진행과 감리에 막강한 권한을 갖고 있는 공사감리자이면 관행처럼 되어 있는 공사 시공업체로부터 용돈을 받는 일을 절대 용납하지 않았고, 심지어 추석이나 설날 등에 주는 의례적인 사소한 선물까지도 내팽개쳐 상대방은 물론이고 그 옆에 있던 회사 직원들까지 몹시 당황하게 만들었다. 그는 업무처리에 있어서도 완벽주의를 추구하여 맡은 업무에 지나치게 몰두한 나머지 집착하는 성향을 보였다. 때로는 업무가 예정대로 진행되지 않을 경우 위아래 구분할 것 없이 마구 화를 내고, 심하게 까탈을 부리기도 하였다.

그럴 때는 혼자 마구 중얼거렸다. 그건 그의 오래된, 어쩔 수 없는 버릇이었다.

그는 미적거리면서 건축 설계에 있어서 핵심적 사항에 대해 공식적인 결정을 마지막 순간까지 늦추려고 안간힘을 다하였다. 지금 그 방식 이외에 다른 방식이 있는 건 아닌지 끊임없이 의심하고 그 방식이 타당한 모든 이유를 캐내려고 고심하고 또 고심하였다. 그는 건축 설계에서 결코 만족할 줄을 모른다. 땅을 깡그리 뒤집어엎고는 다시 돌아와서 그 땅을 다시 파는 식인 것이다. 그는 일하는 과정 그 자체에 너무 집착한 것인지도 모른다. 그러나 그는 자신이 만든 설계도가 흡족할 만큼 마음에 든 적이 단 한 번도 없었다. 그 완성된 물건에는 자기 충족적인 마술의 힘이 느껴지지 않았다. 그래서 언제나 좀 더 시간이 지나가면 그보다 나은 작품이 나올 것이라는 강박관념에 시달렸다. 그는 건축물의 질서와 본질, 절제와 단순성, 완성도 같은 것에 대해 최고 수준의 기준을 세워놓고 그 기준을 충족키 위해서 주의를 기울이고 노력하는 사람이었다. 때로는 너무 높고 비현실적인 기준을 스스로 설정해서 자신에게 채찍질하고 스스로 자아비판을 하며 자신의 실수, 결점, 상상력 부족, 참신한 독창성의 결여, 예술적 감각의 부족을 결코 용납하지 못했다.

그의 예리한 시선은 아주 사소한 것도 놓치지 않았다. 그는 완벽에 대한 갈망 때문인지 설계도에 광적으로 집착했다. 너무 집착하다 보면 판단력이 흐려지는 일은 없을 것인가? 그와 함께 일하는 사람은 모두 녹초가 되어 지쳐버렸다. 그는 사람들을 혹사 시켰다. 그러나 자신을 더욱 혹사했다.

그리고 끊임없이 외쳤다. "과도한 장식은 죄악이야! 생략, 생략이 필요하지!"

그는 항상 마감 시간에 쫓겼다. 그럴 때마다 "여전히 무언가 빠져있어! 참신한 독창성이 부족하단 말이야!"라고 주위 사람들에게 외쳤다.

그때는 일을 시작하기 전에 반드시 독한 술을 한 잔씩 걸쳤다. 그의 변명인즉 더 이상 미치지 않으려면 술이 필요하다는 것이었다. 그리고 암페타민을 복용해 가면서 며칠씩 밤을 새워 작업에 몰두하였고, 때로는 그와 반대로 불면증 때문에 시달리며 불안감과 강박관념을 억누르기 위해서 억지로 잠을 자야했으므로 다량의 수면제를 복용하기도 하였다.

그는 어떤 프로젝트를 맡아서 처음 시작할 때는 먼저 현장 답사를 하였다. 그때 그는 무작정 부지 주위를 몇 번이고 걸어서 맴돌았다. 아무 생각 없이 그냥 걸었다. 그리고 공간 스케치를 하였다. 그는 스케치 없이는 아무것도 시작할 수 없었다. (그는 부지 주위의 자연과 지형, 태양, 바람, 나무에 그렇게 집착하였다.) 그런 다음 건축주의 까다로운 주문 사항을, 그 건물과 그걸 사용할 사람들과의 긴밀한 관계를 심사숙고하였다. 그리고 그는 작곡가가 그의 오페라를 머릿속에 그리듯이 건축물을, 그것이 수용해야 하는 형태, 공간과 벽, 빛과 그림자, 기술적 사항들을 완벽하게 그의 머릿속에 그려넣었다. 그러고 나서 팀원들과 회의, 토론, 분석을 한 후 드로잉을 하고 모형을 만들기 시작했다. 그는 모든 선이 또렷하게 드러나는 흑백 드로잉을 좋아했다. 그것은 상상 속의 물체에 더욱 구체적인 물질적 형태를 부여하였다. 이제 꿈이 현실로 바뀌기 시작한 것이다. 그리고 작업의 마지막 단계인, 그 설계의 종점이라고 할 수 있는 종합 단계에서 그는 마지막 심혈을 기울였다. 그는 그때 한 눈으로 전체를 훑어보면서 무엇이 잘못되었는가를 점검하였다.

그리고, 그 후에는 공사 현장이라는 현실 세계가 기다리고 있었다. 설계도면은 공정 과정 속에서 숙성하고 계속 발전하기 때문에 건축가가 건축의 전 과정에 참여하는 것은 아주 중요한 일이었다. 그곳에는 모순과 갈등, 역동성과 변화가 넘쳐났다. 건설회사와 건축기술자, 건축주와의 갈등을 피할 수 없었다. 그들을 제대로 다루지 못하면 그의 꿈은 엉망이 되기 때문이었다.

　그러나, 그는 그렇게 완벽하고 열정적인 모습을 보이다가도 어떤 결정적인 순간에는 결단을 내리지 못하고 갑자기 안절부절못하거나 불안하게 흔들리기도 하였다. 어느 날 갑자기 심한 무기력증에 빠져 허우적거리는 것이었다. 그것은 주로 동료들이나 부하 직원들에게 불필요한 위험부담을 떠넘기기 싫어하여 자신이 모든 책임을 떠안아야 한다는 심리적 중압감 때문일 수도 있고, 그에게 평생 동안 붙어 다니면서 어느덧 그의 잠재의식 속에 각인되어버린 어린 시절의 불행한 경험에서 비롯된 증상 때문일 수도 있었다.

　그는 대형 프로젝트의 설계를 맡아 오랜 기간에 걸친 고된 작업이 끝나면 모든 걸 훌훌 털어버리기 위하여, 설계도를 마지막 완성하는 과정에서 한껏 고양된 자기 감정에 몰입하였다가 그로부터 벗어나 현실로 복귀하면서 느끼는 허탈감을 극복하기 위하여, 그동안 자제하였던 술을 며칠간 폭음하고 나서, 몇 달이건 장기휴가를 얻어 여행을 떠나곤 하였다.

　그는 장기여행을 떠나기 위하여 늘 회사의 인사부 직원들과는 휴가기간을 둘러싸고 어려운 협상을 하여야 하였다. 그는 1년 중 9개월은 설계 작업에 몰두하고, 나머지 3개월은 오지 여행을 떠났다. 또는 1년간은 죽도록 작업을, 다음 해 반년간은 여행을 하였다. (그러나 굳이 분류하자면 그는 분명히 관광객tourist 스타일은 아니고 인류학자처럼 오염되지 않은 사막과 밀림 속으로 들어가는 탐험가 혹은 방랑자, 고행자 유형의 여행자traveler라고 할 수 있다. 여행 travel이란 단어는 오랜 기간 하는 심한 육체적 노동 또는 극심한 고통, 뜻밖의 위험을 의미하지 않는가.)

그는 떠나기 위하여 태어난 사람처럼 보였다. 그는 어느 날 일어서서 떠나야 했다. 쏟아지는 긴장 때문에 당겨진 활시위처럼 팽팽한 신경 줄을 잠시 풀어놓아야만 했다. 단지 낯선 곳으로 떠나는 것만이 의미가 있었다. 떠나지 않고는 배길 수 없었기 때문이다. 아무도 연락할 수 없는 머나먼 곳으로 가야만 했다. 핸드폰도 통하지 않고, 팩시밀리도 없으며, 이메일도 배달되지 않는 그곳으로 잠적 혹은 실종.

간디가 고백했다. *"어둠만이 저를 둘러싸고 있을 뿐 빛이 보이지 않습니다."* 잠시 후 작은 목소리가 말했다. *"걸으라, 바다까지 걸으라."*

가슴 속에서는 또다시 분노가 폭발하고 있었다. 그러나 혼자서 떠나지 않으면 안 될 것이다. 그의 경우 걷기 위해서는 반드시 혼자여야만 한다. *'너는 호모 에렉투스인 거야. 그러나 혼자서 걸으라. 가시나무를 밟으며 걸으라. 피로 얼룩진 길을 홀로 걸으라.'* 가장 중요한 것은 고독이 필요했던 것이다. 태초에 말씀이 있었지만. 고독은 곧 자유를 의미했다. 자신이 원하는 대로 걷고, 자기 마음대로 멈춰서기도 하고, 다시 길을 걷고, 서로 만날 수 없는 이쪽 길이건 저쪽 길이건 두 갈래로 갈라진 길을 따라가야 한다. 목적지에 닿으려면 옆길로 새지 않아야 한다. 선택을 해야만 한다.

단조로운 걸음걸이. 반복되는 걷기. 절대적 평온. 자연과의 소통. 육체적 성숙. 걷기는 분노를 진정시킨다. 일체의 증오와 분노가 사라졌다. 순화시킨다.

그러면 자기 자신의 고유 리듬을 찾을 수 있었던 것이다. 걷기 시작하는 그 순간부터 그는 그 자신과 동행한다. 그는 둘이다. 외롭지 않다. 육체와 영혼이 끊임없이 대화를 나누기 때문이다. 아름드리 나무들이 뿜어대는 피톤치드를 흠뻑 들어 마시며 걷는다. 숲의 노래에 귀를 기울인다. 그리고 길가의 나무와 꽃들, 시냇물이 졸졸 흐르는 소리, 세차게 쏟아지는 비, 이글이글 타오르는 태양, 바람의 거친 숨소리, 곤충과 꿀벌, 새들과 나비들이 날면서 윙윙거리는 소리, 길바닥의 흙과 돌멩이, 잡초들이 그와 함께 동행하면서 길동무가 되어 주었다.

그러나 그는 기진맥진하도록 힘들게 걸어야 한다. 고통. 죽음의 심연. 사막. 완전한 고독. 피로.

그가 여행 가방을 꾸려 어디론가 떠나는 것은 어떤 대가를 치르더라도 감수해야 할 삶의 일부분이었다. 동시에 먼 곳, 어딘가에 도착하여야 하였다. 마침내 그 길의 끝에 이르렀을 때 그를 기다리는 것은 아무도, 아무것도 없었다. 너무나 먼 길을 너무도 오랫동안 걸어서 도착했을 때 자기가 왜 그렇게 먼 길을 걸어왔는지, 그 이유가 생각나지 않았다.

언제나 끝났다고 생각하는 곳에서 길은 다시 시작되었다.

길은 끝이 없다. 길은 목표라는 것을 모른다. 인간은 최종 목적지를 향해 가는 여행자가 아니다. 최종 목적지란 어디에도 존재하지 않기 때문이다. 우리의 인생이 바로 그렇다. 죽음이 우리의 목표이거나 삶의 끝일 수 없기 때문이다. 인간에게는 각자 자신에게만 정해져 있는 고유의 길이 있을 뿐이다. 인간은 상승하고 하강하는 그 길고 구불구불한 길을, 안개 속에 묻혀 있는 미로와 같은 그 길을 걸어간다.

그리고, 다시 돌아왔다. 그는 돌고 돌아서 출발점으로 되돌아온다. 그가 항상 돌아온 것은 다시 떠나기 위해서였다. 그는 생각했다. '세상일이라는 게 모두 도대체 무슨 깊은 의미가 있는 것인가? 나는 행복한 삶에 대한 죄의식 때문에, 안주하는 것에 대한 두려움 때문에 결국 모든 것을 버려야 할 것이 아닌가? 스스로의 추방과 끝없는 방랑만 남게 되는 거지. 오직 떠날 뿐이야.'

그는 지도를 따라 낯선 곳으로 갔다. 그곳에 가면 섬세하면서도 독특한 또는 비현실적인 분위기에 흠뻑 빠질 수 있었다. 그러나 이런저런 상념들, 불안, 공포심 때문에 출발하기 전 며칠 동안은 악몽을 꾸면서 밤잠을 설치기 일쑤였다. 하지만 그는 출발하기 위해 간단한 짐을 꾸릴 때는 늘 마음이 들떴고 환희를 느꼈다. 막상 출발을 하면서 그는 이상한, 주체할 수 없는 감정이 솟구쳐 오르는 것을 느겼다. 얼어붙었던 온몸이 녹아들어가는 듯한 야릇한 기분에 휩싸였다. 온몸이 들뜬 흥분 때문에 전율을 하였다. 그리고 여행을 떠나기 전날 밤에는 무슨 종교의식을 치르는 사람처럼 정성을 다하여 몸을 씻었다. 그는 몸을 청결히 하고 출발하면 험난한 여행 중에 행운이 따를 것이라고 믿고 있었다. 그리고 언제나 깨끗이 씻은 두 손을 정성스레 비비고 또 비볐다. 손금 속에서 길을 찾으려는 것처럼 손바닥을 자세히 들여다본다. 그건 일종의 의식이고 절차였다.

그는 다시 여행을 떠나면서 충만감을 느꼈다. 그리고 여행을 떠나는 날의 아침, 여행을 출발하기 전의 그 순간 머나먼 지평선이 그에게 속삭여주는 그 은밀한 밀어보다 더 달콤한 것은 없었다. 그러나 그에게 딱히 떠나야할 만한 마땅한 이유는 없었다. 매번 정확한 이유, 동기는 십중팔구 불분명하였다. 왜, 여행에 무슨 이유가 필요한 것인가? 여행이 별 것인가? 그것은 일상의 안락함으로부터 벗어나는 것이다. 그리고 마음을 열고 우리와 다른 삶의 방식을 바라보고, 무언가 느끼고, 그것을 존중하는 것이다. 그렇긴 해도 여행이란 남의 것을 보기 위해서만이 아니라 궁극적으로 자기의 것을 발견하기 위해서 떠나는 것이다.

그러나, 언제나 출발이 제일 힘들었다.

그때마다 외쳤다. '*떠나자! 지금 떠나자! 이건 살아있는 자들의 의무인 거야!*'

포레스트 검프는 3년 동안 미국 전 지역을 그저 발길 닿는 대로 무작정 걸었다. 그가 말했다. "*별 이유가 없어요 그저 마을 끝까지 달려보고 싶었습니다. 거기까지 가니 무지개를 가로질러 뛰고 싶었죠*"

그렇고말고 숨이 턱턱 막히도록 뜨거운 태양아래서 무거운 배낭을 메고 목마르고 기진맥진한 채 터벅터벅 미지의 길을 묵묵히 걷는 것이 무슨 대수인가? 인간은 두 개의 발로 대지에 우뚝 선 다음 잘 걷기 위해서 끊임없이 진화한 것이 아닌가?

꿈은 항상 저 멀리, 지평선 너머 그곳 어딘가에 숨어 있었다. 그는 그걸 찾아서 끊임없이 걷지 않으면 안 되었다. 그러므로 걸어서 앞으로 나아가야 하였다. 결코 멈춰서는 안 되는 것이었다. 걸으면서 끊임없이 몽상에 빠져야 하였다.

그는 악취가 풍기는 일상의 지루함 때문에 떠나는 것이 아니었다. 지루함 때문에 도망칠 필요까지는 없었다. 그 따위 지루함은 매일 같이 유쾌하게 술을 마셔서 어느 정도 해소할 수도 있었고, 무엇보다도 창조적 열정이 필요한 설계 작업에 몰두하다 보면 지루함을 느낄 겨를이 없었다.

그리고 그는 현실도피주의자가 아니다.

그러나 그 무엇보다도 평생 동안 그를 짓누르고 있었던 불안과 두려움, 외로움이 문제라고 할 수 있었다. 그 불길한 존재들이 그를 황량하기 짝이 없는 사막 여기저기를 떠돌아다니게 하였을 것이다.

그는 어쨌든, 몇 가지 성격적인 결함에도 불구하고, 원만한 인품의 소유자라고 할 수 있었다. 그러나 기질적으로는 어느 정도의 과대망상증과 동시에 피해망상증을 가지고 있었다. 이 증상들이 그의 인생을 상처투성이로 만들 만큼 심각한 것은 아니었지만 그 스스로 가끔 이들 증상을 자각하고 있어서 마치 애물단지처럼 여기고 있었다.

그의 가장 심각한 문제점은, 역시 회사의 김영훈 대표이사도 걱정하는 것처럼 과도한 음주벽이었다. 그의 우울증 또는 불안증이 음주행위를 유발하는 것인지, 아니면 과도한 음주가 그것들을 유발하거나 심화시킨 것인지는 확실하지가 않다. 그는 결코 신경안정제나 항불안제 등 약물을 복용하지 않았다. 다만 그는 굉장한 의지력으로 끝까지 버티고 그것들과 드잡이하며 자신을 통제하고 있었기 때문에 다른 사람들은, 그의 아내마저도 그에게서 그들 증세를 확실하게 눈치 채지 못하고 있었다.

이 우울증 환자는 이상하게도 그 고질적 증세 중 하나인 자살충동으로부터 벗어나 있었다. 죽음의 존재를 충분히 인식하고 그것이 결코 피할 수 없는 인간의 숙명인 것을 깨닫고부터 그는 어느 정도 초연할 수 있었다. 그래서 언제든지 죽을 수 있다는 강한 체념이 역설적으로 생존을 위한 활력으로 작용하였다. 그는 한 번도 자신을 한 마리의 벌레처럼 스스로 여기던 적은 없었다. 폐쇄공포증 역시 그가 어떤 경우에도 절대로 지하철을 타지 않는다는 습성 정도에 의하여 잘 감춰져 있었다.

그러나, 그는 죽을 때까지, 사막에 있을 때를 제외하고는 우울증과 폐쇄공포증, 음주벽에서 완전히 벗어나지 못하였다.

그는 임원으로 승진한 후에도 여전히 술을 너무 좋아하여 30대 초나 중반처럼 심각하게 많이 마시지는 않았지만 거의 매일 술을 마셨다. 그는 퇴근 무렵이면 매번 술동무를 찾기 위해 사무실 이곳저곳을 기웃거렸다.

그는 회사의 뒷골목 허름한 술집에서 삼겹살을 시켜놓고 익기도 전에 성급하게 소맥 몇 잔을 연거푸 들이켜서는 술기운이 약간 돌기 시작하면, 자칭 심미주의자이어서 세상의 모든 아름다운 여인들의 건강미를 위하여 정중하게 건배를 하였고, 더욱 술기운이 얼큰하게 되면 평소답지 않게 (평소에 그는 업무관계 이외의 말을 하는 법이 거의 없으니까.) 말이 많아지기 시작한다. 그때는 전라도 사투리도 가끔 튀어나왔다. 그러나 대개 술자리에는 엉뚱하다고 할 수 있는 여행과 탐험에 관한 이야기를 하기 시작한다.

그의 여행 이야기는 자신이 적도 지방의 밀림과 사막을 여행하면서 실제 겪었던 생생한 체험이거나, 그가 프랑스 유학과 그 후 파리의 한 설계사무소에서 일하던 시절부터 탐독했던 문화인류학, 고고학, 사회생물학, 지리, 역사, 오지 여행이나 탐험 관련 책에서 밑줄을 그어가면서 읽은 것들이었다. 몇 권의 책은 그가 수십 번에 걸쳐 반복해서 읽는 바람에 책의 제본이 망가져 너덜너덜해질 정도였다.

그는 파리 대학 시절에 주 전공인 건축 설계 못지않게 서양미술사와 그런 분야에 대하여 집중적으로 많은 연구를 하였다. (특히 빈센트 반 고흐를 너무 좋아했었다.) 그는 30대 초반이었던 그 시절부터 벌써 밀림과 사막 여행에 대한 열망을 숨길 수 없었다.

그는 술자리에서도 만취하여 횡설수설하기 전까지는 늘 진지하였고, 때로는 상당히 흥분할 때도 있었다. 때로는 그의 부드러운 얼굴에 땀방울이 송골송골 맺혀 있기까지 하였다. 그러나 듣는 쪽에서는 지겨워서 연거푸 하품을 한다는 걸 도대체 눈치 채지 못했다.

김 상무님은 오늘 저녁에도 또다시 그 지겨운 장광설을 늘어 놓을 모양이다.

"까마득한 먼 옛날에, 그 옛날은 암흑의 시기라고 할 수 있지. 아직 그 시절의 암호가 완전히 해독된 것은 아니거든. 원숭이는 점점 두 발로 서서 걷게 되었지. 일어서고 싶었던 거야. 허리를 쭉 펴고 일어서서 멀리 바라보고 싶었던 거지. 그것들의 내면에서 불굴의 강렬한 충동이 일어났으니까. 그러나…… 원숭이들은 처음 뒷다리로 일어서기 위해 뼈를 깎는 고통을 겪으면서 비명을 질렀어. 그렇게 해서 유인원이 태어났고, 마침내 인간이 탄생하였지. 그러나 우린 여전히 미숙아인거지. 지금 인간이 완성되기 전 단계에서 한 발짝도 나아가지 못하고 있는 거지.

그렇다고, 내가 지금 차라투스트라가 말했던 초인, 실러의 전인, 도교의 진인, 맹자의 대장부, 아나키스트들이 꿈꾼, 신이나 국가에 의존하지 않고 완전히 자율적이고 자유로운 인간, 혹은 슈퍼맨이나 스파이더맨을 말하는 게 아닌 거야. 그냥 쬐끔 사람다운 사람을 말하는 거지. 이 순간 내 자신이 부끄러워서 쬐끔 처량한 기분이 드는구먼.

그렇게 된 거지. 인간은 타락한 피조물인 거야. 그러니까 신이 보기에 인간은 하찮은 벌레에 불과한 거지. 너무나 하찮아서 언제든지 가볍게 발로 뭉개버릴 수 있는……. 그래서 차라리 새로운 진흙과 그 진흙으로 새로운 인간을 빚을 인간 창조자인 새로운 프로메테우스가 있어야만 할 거야. 프로메테우스는 그때 너무 서둘렀던 거야. 그래서 파노페이아에서 발견한 진흙으로 여러 가지 결점투성이 인간을 만들고 말았거든."

"상무님, 잠깐, 지금부터…… 벌써 취하셨어요. 그거 연속해서 너무 마시지 말라니까요. 안주 좀 드세요."

삼겹살이 노릇노릇 익으면서 비로소 술잔이 돌기 시작한다. 그는 여전히 소폭을 스스로 제조해서 연거푸 입안으로 털어 넣었다. 그리고 안주 감으로 맹물을 마셨다. 가끔 물김치 그릇을 들고 통째로 마시기도 했지만 말이다. 그러나 그는 그 술자리에서 삼겹살 한두 점을 집어먹는 게 고작이었다. 그날도 만날 하던 버릇 그대로다.

(그가 리비아로 떠났던 그 전 해 초겨울이었던가, 그날 저녁 무렵 찌뿌듯한 하늘에서 싸락눈이 잠깐 내리다 그쳤다. 그 허름한 술집은 회사 근처 뒷골목에 있는 오랫동안 지겹도록 다녔던 단골집이다. 하지만 그 집은 늘 여전했다.)

"저희도 그거 마실 줄 알거든요 좀…… 제조해서 쫙 돌려주세요. 저희 목구멍이 기다리고 있거든요."

"그래 돌려야지. 하지만, 내 말 먼저 들어보라구. 그리구…… 돌리자구."

"저흰 벌써 수십 번씩 들었거든요. 오늘은 생략하면 안 될까요 술맛 떨어져요……."

"태초에 말씀이 있었으니…… 말씀이 곧 하나님이었다. 그러니까 내 말은, 우리는 몇 모금의 술로 목청을 가다듬은 후 고기 안주를 먹기 전에, 먼저 말을 해야만 한다는 거야. 내가 할 레퍼토리는 만날 이것 밖에 없거든. 잘 알면서…… 제발 좀 들어주라. 너희들이 날더러 사막에 미친 사람이라고 흉보는 것도 알고 있지. 그래, 흉을 실컷…… 흉을 봐도 상관 않을 거야."

그는 교수가 어렵고 지루한 강의라도 하는 것처럼 혼자서 말을 이어간다.

"직립보행을 하게 된 인간은 시의 리듬처럼 한 번은 멈추고 한 번은 내딛으면서 앞으로 걷는 거야. 건강한 두 다리가 버텨준다면 세상은 사방으로 훤히 트여있으니까 어느 쪽이든 마음먹은 대로 걸어갈 수 있었던 거지. 이 세상 끝까지라도 갈 수 있는 거야. 그렇게 해서 수만 년에 걸쳐 거주 가능한 세계의 구석구석을 찾아내 이주한 것이었어. 인류가 태어났던 동아프리카 지구대에서 출발하여 약 3만 3천 킬로미터를 걸어서 이 세상 끝인 남아메리카 티에라델푸에고까지 갔던 거야. 무얼 찾으려고? 신을 찾아서 또는 불가사의한 피조물을 찾아서? 그러나 아무것도 찾을 수 없었어. 그들은 유령을 쫓고 있었던 셈이야. 그렇지만 인간은 끝없이 이어지는 숲과 들판, 강을 건너야 했지. 그러면 모든 풍경들이 비슷비슷해서 지겨웠겠지. 나도 뼈저리게 알고 있는 거야. 사막을 걸으면서 얼마나 목마르고 지겨웠는지. 새로운 발견에 대한 기대도 벌써 사라지고 없었지만 그래도 계속 걸어간 거였어. 그때는 풍경에 무관심한 채 부르틀 대로 부르튼 자기 발끝만 쳐다보면서 묵묵히 길을 걸었을 거야."

그가 술자리에서 거나하게 취하면 같은 말을 자주 반복하였고, 발음도 분명하지 못하였지만 그래도 자세는 흐트러지지 않고 꼿꼿하였다. 그는 술자리에서 마지막까지 자신을 그럭저럭 통제하고 있었다.

"생각해 봐, 그때 무슨 비행기가 있었나, 배, 기차, 자동차가 있었나, 말이 있었나, 낙타가 있었냐 말이야. 나이키, 아디다스도 없었어. 그래서, 지도나 나침반도 없이 순전히 맨발로 걸어서 험한 들판과 산을 넘고 강을 건너서, 수만 킬로미터를 이동한 거란 말이지. 그들은 용기보다는 호기심이 많았어. 미지의 세계에 대한 호기심이 두려움과 맞붙어 이긴 거지. 그들은 자신들이 어디에서 왔는지 또한 지금 어디로 가는지도 모르면서 무작정 출발부터 한 거였어. 그들은 대담한 사람들이었을 거야, 그렇지만 또한 모든 것을 묵묵히 받아들이는 그런 순수한 사람들이었겠지.

그런데, 그 이동하는 무리 중에는 뛰어난 리더가 있었어. 그는 빅맨이라고 할 수 있지. 나머지 무리들은 자신의 생존과 안전, 번식을 위해 그에게 몸을 의탁했지. 그렇게 해서 그들 무리는 살아남을 수 있었어. 훨씬 후대의 일이지만 그러한 빅맨의 원형으로 모세와 오디세우스를 꼽을 수 있겠지. 모세는 종교적 열정에 의지해 사막에서 풀뿌리와 메뚜기로 연명하며 40여 년 동안 히브리 족속들을 이끌었지. 그러나 오디세우스는 두려움을 억누르고 모험을 감행했던 진정한 빅맨이었어. 그는 천신만고 끝에 옛 고향과 그리운 가족에게 돌아왔지만 고향은 곧 지루해졌지. 그는 세상과 인간에 대해 알고 싶은 가슴 속 열망을 억누를 수 없어 단 한 척의 작은 배에 몸을 싣고 또다시 험난한 바다를 향해 떠난 거야. 진정한 자아를 찾아서 미지의 곳으로. 끝없이 머나먼 곳으로. 망망대해를 지나 이 세상 끝까지⋯⋯ 죽음의 세계까지⋯⋯. 그는 자신의 운명과 싸우고 숙명뿐만 아니라 신까지도 초월하기 위해 싸웠지.

그러나 까마득한 거야. 우리 인간들은 이제 겨우 출발했을 뿐이야. 아직 목적지에는 이르지 못했지. 하기사 우린 지금 목적지가 어딘지도 모르고 살고 있는 거지."

일행은 이제 간단한 말대꾸조차 하지 않고 혼자 말하도록 내버려두고 각자 알아서들 술잔을 돌리고 안주를 맛있게 우적우적 씹어 먹었다.

"그러한 과정에서 인간은 추운 기후, 건조한 환경, 열대 우림 등 모든 환경에서 다 잘 적응한 거야. 호모 사피엔스는 적응의 천재야. 물론 수백만 년에 걸친 인류의 역사를 되돌아보면 분명히 여러 차례 멸종의 위기를 가까스로 넘긴 것으로 보아야겠지. 그러니까…… 인간은 현명했다기보다는 지독히 배타적이었지. 호모라는 속에 있는 다른 종은, 다른 초기 인류들인 호모 네안데르탈렌시스, 호모 플로렌시엔시스, 데니소바인들 말이야, 모두 멸종하고 단 한 종, 인간만 남은 거야. 무기를 손에 든 인간은 너무 잔인하니까 다른 종 인간을 만나면 강간을 하고 무자비하게 죽여서 삼켜버렸지. 우리의 조상님은 틀림없이 식인종이었어. 악착같이 다 밀어내고 혼자 살아남아서는 호모 사피엔스 사피엔스 라고 자화자찬하고 있지. 그러고 나서, '나는 생각한다, 고로 존재한다.'고 나불거렸지. 그건 중대한 오해, 착오인 거야. 인간은 오로지 감정적인 동물인 거야. 이성 그건 하찮은 거지. 인간에게 감정이 90퍼센트이면 이성은 기껏해야 5퍼센트 남짓이고, 나머지는 기타인 거지. 그래서 인간은 '나는 먼저 느낀다, 고로 존재한다.'고 해야 맞는 말이지.

인간은 도대체 부끄러운 줄도 몰라…….

이동 중에 다른 무리의 멋진 여자를 보면 말이야, 남자들은 뿅

가서 자기 무리도 내팽개쳐 버리고 침을 질질 흘리면서 그 여자를 따라간 거야……. 원시시대에는 남자의 코가 짐승처럼 암컷 냄새에 극도로 예민해서 말이지, 십리 밖에 있는 여자 냄새도 맡을 수 있었거든. 그 시절에는 인간들도 유인원처럼 모두 털북숭이이었지, 그래도 예쁜 여자는 결국 눈에 띄었어……. 하지만 여자가 이기게 되어 있어. 여자는 그 아름다움으로 지구상에서 가장 위험한 생물인 인간종 수컷을 무릎 꿇리는 거야.

제우스 신이 처음부터 아름다운 여자를 창조한 것은 아니었어. 단지 여자를 만들었을 뿐이지. 그 여자 이름이 판도라이지. 그런데 아프로디테는 남자가 여자를 사랑할 수 있도록 그녀에게 아름다움을 주었고, 헤르메스는 신경질적이고 집착이 심한, 교활하고 배신하는 성질을 부여했지. 그런 거야. 여자란 장미꽃이지, 아름답지만 날카로운 가시가 박혀있는 거야.

어쨌거나 여자가 예쁘다, 아름답다는 것은 다름 아닌 건강하다는 표시인 거야. 나는 건강해서 많은 아이를 낳을 수 있어요. 그러니, 어서 나에게로 와 빨리 해주세요, 당신의 유전자를 잘 증식시켜 드릴게요, 라고 광고를 하는 것에 불과해. 본래 모든 각각의 생물들은, 식물이건 동물이건 간에 번식이 최우선인 거야. 지위와 권력을 획득하는 것은 그 다음인 거지. 물론 거꾸로 말하는 작자들도 있긴 하지. 어쨌거나 남자들은 여자를 차지하기 위해 경쟁을 하고 다시 획득한 여자를 지배, 통제하려고 모든 노력을 다하지. 그러나 여자는 마침내 그 통제를 벗어나려고 하고 하여간에 여자를 사이에 두고 경쟁하면서 다른 무리들끼리 혼혈관계를 맺게 된 거야. 서로 으르렁거렸던 무리가 동화된 과정이 예쁜 여자 때문인 거지. 우리가 상상할 수 있는 것보다 오랜 기간 모계사회였거든. 대부분의 포유동물은 단연코 모계사회인 거야. 동물의 왕인 사자 무리를 보더라도 그래. 그런데 예쁜 여자는 아름다움이라는 강력한 무기를 가졌기 때문에 군림할 수 있었어. 그러니까 여자는 무조건 예쁘고 봐야 돼. 여자의 성격이 중요하다고, 그건 다 쓸데없는 소리야. 그런 소리는 안 하는 게 좋아. 터질 듯한 가슴과 탱탱한 엉덩이가 최고거든……. 남자는 본래, 두말할 필요도 없이 인간과에 속하는 동물 출신이라고 할 수 있지.”

그러나 그는 자신의 장광설에 스스로 만족하였다. 여행과 탐험에 관한 이야기에는 지칠 줄 몰랐다. 또다시 자신의 말에 스스로 빨려들었던 것이다. 그러니 그는 이야기하는 동안 듣는 사람들의 분위기를 살피면서 적당히 침묵하는 법도 없었다. 술기운으로 더욱 불쾌해진 얼굴에는 입을 헤벌리고 천진난만한 웃음이 넘쳤다.

“그건 그렇고……, 그들이 왜 그 위험한 길을 떠났겠어? 그 동기는 식량 때문일 수도 있고, 인간이 곳곳에 자리 잡으면서 인구가 늘어나자 사냥터도, 농토도 부족했을 거라고 추측해 볼 수 있겠지. 그렇게 상상할 수도 있겠지만 그건 아닌 거야. 아프리카는 충분히 넓었고 그때는 에덴동산이었거든. 그건 도저히 어쩔 수 없는 왕성한 호기심 때문이었어. 나는 그렇게 생각하지. 그 호기심이 없었다면 인간은 결코 동굴을 벗어나지 못했을 거야. 그들은 한 번 떠나면 다시는 돌아오지 못할 거라는 것을 알고 있었어. 그리고 떠났지. 어쨌거나 이동 중에 죽기도 많이 죽었어. 굶어 죽고, 얼어 죽고, 사나운 동물에 잡혀 먹히고, 목말라 죽고 말이야. 그들은 죽는 순간 따뜻한 고향을 그리워했을 거야.

인간에게 여행이나 탐험은 본능적인거지. 그건 본능이야, 본능. 인간에게는 여행을 촉발하는 유전자가 있는 거야. 인간은 떠나지 않으면 몸살을 앓거나, 자폐증에 시달리게 돼있어.

사실은…… 진실을 말하자면…… 새롭고 더 넓은 세계에 대한 끝없는 인간의 욕망 때문이었지. 그러나, 꿈의 성취 뒤에는 좌절과 환멸이 뒤따라왔지. 꿈이 현실이 된 순간 그것은 부정되었거든. 그래서, 새로운 세계에 절망한 나머지 다시 더 나은 세계를 향해 출발을 결심했어. 그들은 또다시 아주 멀리, 멀리 떠났어. 현실 세계에서 삶이 더 이상 여의치 않으면 자신의 내면 속으로, 내면의 은신처인 심연 속으로 떠나갔지. 그리고 마침내 저쪽 세계로 영원히 떠났지. 그곳이 천국인지 지옥인지 알지도 못하면서. 그런 거야, 인간의 꿈이란 게…… 그것에 내재된 비극적인 요소에도 불구하고 그렇게 끝이 안 보이는 거지. 인간들이 마침내 이 세계는 텅 빈 공허임을 자각하기까지는 아직도 오랜 시간이 걸리겠지. 아니면…… 불가능하거나.”

술집의 거나한 분위기에 전혀 어울리지 않는 장황한 여행 이야기
는 술자리에 동석한 사람들을 말할 수 없이 지루하게 하였다. 그가
아무리 직장 상사이긴 해도 듣는 사람들의 주의력이 더욱 산만해져
가고 있었다. 그럴 때는 마침내 일행들이 술맛 떨어진다고 가볍게
핀잔을 주면서, 그를 억지로 말려야 했다. 그리고 한마디씩 거들었
다.

"상무님, 그 귀신 씨나락 까먹는 소리 그만해요. 이젠 너무 지겹
단 말이에요. 상무님이나 여행인지, 탐험인지 실컷 다니세요."

"상무님, 정말 그만 걸으세요. 그러다가 진짜 발병날 거예요. 사
막에도 그만…… 지겹지 않으세요. 더 이상 젊지 않다구요. 이제 불
혹의 나이라구요. 여행을 가면 자동차, 기차 타세요. 왜 사서 고생
해요. 상무님이 스스로 변해야만 해요. 상무님이 이 세상을 바꿀 수
는 없겠지만.."

"우리 2차 가요, 삼성역 근처에 가면 끝내주는 데 있어요. 완전히
북창동식이에요, 제가 알고 있거든요. 아니면 시시한 노래방이라도
가요. 그게 차라리 낫거든요."

이제 술과 잘 익은 고기가 계속 돌고 돌아서 술집 분위기는 파장
을 향해 치닫고 있었다. 반쯤 남긴 술잔들이 뒹굴고, 혀가 뒤틀리고,
실컷 웃고 떠들고, 누군 눈물을 찔끔거리고, 평소 점잖은 사람의 입
에서 느닷없이 육두문자가 마구 튀어 나오고, 눈치 빠른 치들은 벌
써 화장실 간다는 핑계를 대고 줄행랑을 치고

그는 스스로 소폭을 제조하여 연속해서 마시더니 마침내 혀가 완전히 꼬부라지기 시작하였다. 그리고 그 끝없이 지루한 이야기의 흐름을 그만 놓쳐버렸다.

"그렇다면, 가야지, 가고말고 그렇게 소원이라면 말이지. 그러나, 난 사막으로 가야만 하지. 사막이 날 기다리고 있으니까."

"서울엔 사막이 없다구요! 사막 타령 그만 좀 하세요. 그 대신 벽이 사막색인 술집은 있어요. 온통 회갈색뿐이죠. 거길, 지금 가자구요. 나오는 여자들도 그 색깔에 맞춰 옷을 입거든요."

"그렇다면…… 할 수 없지. 화끈한 델, 진짜 화끈한 델 가자, 화끈한 게 좋은 거니까."

"하지만, 상무님 중간에 가시면, 안 되는 것 알고 계시죠"

"오늘만은 절대로 안 돼요. 여자가 나와도 가만 좀 계세요, 도망치지 말란 말이에요. 여자가 상무님을 잡아먹지 않거든요. 여자는 전갈도, 독거미도, 암사자도 아녜요. 그냥 탱탱한 여자란 말이에요. 여자는 탱탱…… 탱탱해요."

리비아 공사현장에서 함께 근무하면서 그를 몹시 따르고, 업무처리에 있어서 호흡이 잘 맞았던 김 차장이 구조대 일행에 끼여 있었다. 김상준 차장은 모래 먼지 속에서 찾아낸 그의 슈트케이스에서 깨알 같은 글씨로 자세하게 메모를 한 일기장 같은 노트를 읽는다. 가령 6월 25일자 메모에는 이렇게 적혀 있다.

별들이 흩뿌려져 반짝이는 하늘, 비현실적인 밤하늘. 상황은 여전히 절망적. 악몽의 연속. 계속 기다리는 수밖에. 무한한 인내심. 모든 것들이 작고 덧없다. 어젯밤 처음으로 모래 언덕에서 불을 피웠다. 누가 불빛을 발견할까? 희망이 있을까? 사하라 남쪽 저지대 사막을 건너기 위해서는 자신을 놓아버릴 줄 알아야 한다. 이 지옥의 사막을 건너려는 담대한 방랑자들에게는 이런 극기가 필요할 것이다. 내가 그토록 오랫동안 기다리던 순간이 온 건가. 나는 이 험난한 길을 지나야 한다. 내게 부여된 운명을 알고 있다. 나는 언제나 서슴없이 떠났다. 나는 걷는다. 강의 근원과 하류의 삼각지를 찾아서. 그러므로, 나는 그 옛날 연금술사들이 찾아 헤맸던 '현자의 돌'을 찾으려고 떠나는 것이 아니었지. 그러나, 나에게는 어디에도 최종 목적지는 존재하지 않는다. 내가 돌아가 안주할 곳이 없기 때문이다. 사막의 거친 숨결을 느껴야 한다. 고독은 영원하고 나의 몸과 영혼에나 있는 상처이자 종양이다. 이 여행은 지금 생각해 보면, 나에게는 인간의 불멸성을 찾아 지옥을 헤매는 길가메쉬의 대담한 모험이고, 율리시스의 험난한 귀향 여행이라고 할 수 있다. 벌거벗은 영혼이 두려움에 떨면서 새로운 허무를 찾아 떠난 모험의 여정.

그리고, 7월 10일을 가리키고 있는 낡은 스위스 아미 손목시계, 랜턴, 사막용 안경, 나침반, 미슐랭 사의 사하라 지도, 구식 하모니카, 그가 부적처럼 여행에 꼭 챙겨가는 호메로스의 오디세이아, 보르헤스의 시집들, 마이클 온다체의 잉글리시 페이션트, 영국 여행가 리처드 프랜시스 버턴의 알메디나와 메카 순례, 서아프리카 여행,

잔지바르, 영국 사막 탐험가 윌프레도 세시저의 아라비아 사막들, 기행 작가인 브루스 채트윈이 쓴 파타고니아에서 (거기에는 '저의 신은 걷는 사람의 신입니다. 충분히 걸었다면 아마 다른 신은 필요 없겠지요.'라는 구절이 있다.), 그 이외에 몇 권의 책, 가장자리가 닳아 해진 어머니의 흑백 사진, 여권 등, 몇 안 되는 그의 유품을 챙겨 정리하였다.

그의 낡을 대로 낡은 슈트케이스에는 몇 벌의 헌 옷가지, 여행용품들 사이에 그의 꿈과 희망뿐만 아니라 두려움까지 함께 구겨 넣어져 있었다. 그는 무엇보다도 인간 존재들의 사악함을, 이 세상의 모든 사악함을 두려워했다.

그러나 역시 카메라는 발견되지 않았다. 모든 여정의 풍경을 남김없이 가슴 속에 담아가야지, 사진을 찍는 일은 부질없는 짓이라는 것이 그의 오래된 지론이었다. 그는 '세상을 제대로 보려면 가슴으로 볼 수밖에 없어. 본질적인 것은 눈에는 보이지 않기 때문이지.'라고 생각하였다. 그는 카메라야말로 그가 하고 싶은 여행을 망치는 이상한 장난감이라고 생각하고 있었다. 그는 카메라 대신 자신의 눈으로 정확히 관찰하고, 그 풍경이나 분위기, 냄새, 소리까지 가슴 속에 생생하게 새겨 넣는 일에 정신을 집중하였던 것이다.

그렇다. 카메라의 한계, 사진의 한계란? 사진은 앞에 있는 것만 볼 수 있기 때문에 광활한 사막의 진짜 모습을 담아낼 수 없다. 카메라는 사막의 그 엄청난 넓이를 알지 못한다. 사막의 끝없는 넓이를 드러내는 것은 오직 시간의 흐름뿐인데 그러나 사진은 그런 시간을 담아내지 못한다. 지평선 너머에도 가야할 길이 까마득하다는 사실을 알지 못한다. 그 길은 변화도 없고 끝도 없는 무한한 공간을 가로질러 터벅터벅 하염없이 걸어가야 하는 길이다.

김규현(金圭顯) 상무는 44년 8개월을 이 세상에 마지막으로 남겨진 사람인 것처럼 살다가 죽은 것이다.

그런데, 그가 아내에게 쓴 귀중한 편지 한 통이 수첩 속에서 발견되었다. 그는 단정한 작은 글씨체로 또박또박 그것을 써 내려갔다. 또 이 여행이 시작되면서부터 회사의 사직을 심각하게 생각하고 있었는지 사직서의 초안이라고 할 수 있는 게 휘갈겨 있었다.

공사가 한창 진행 중인 이 시점에서 회사에 사표를 내는 것은 무책임한 일이고 무척 망설였습니다 진즉 제출했어야 하는데 너무 늦었습니다 후회스럽군요 햄릿같은 고민을 하였지요 임기를 마치고 귀국할 것인가 당장 여기 남을 것인가 그러나 이번 여행을 시작하면서 깨달았지요 내 몸과 영혼 육체의 본능이 일깨워 준 것이지요 제가 하고 싶은 일은 하지 않는다면 대체 무엇을 하겠습니까 저는 그것을 찾아서 끝없이 사막을 걸어야 할 것입니다 그러나 내가 찾는 것은 없을 지도 모르겠습니다 아마 없겠지요 저는 지금 유령을 좇고 있는지도 모릅니다 그러나 이 거룩하고 비밀스러운 길은 아무도 막을 수 없겠지요 저 자신도 말입니다 자기 자신을 지나치게 학대하고 있는 것은 아닌지 자기 스스로를 불태우고 있는 것은 아닌지 자괴감이 듭니다 부디 저를 용서하십시오 그리고 놓아 주십시오 그 편지는 그가 최후를 맞이하여 안간힘을 다하여 정성들여 쓴 것이었고, 그의 아내에 대한 절절한 심정이, 절절한 사랑이 글자 하나하나에 고스란히 배어 있었다. 김 차장은 그 편지를 읽으면서, 걷잡을 수 없이 흘러내리는 눈물을 어쩔 수 없었다. 그녀가 상무님을 능욕하였다. 그는 버림받았다. 김 차장은 심한 모멸감을 느꼈다. 슬픔을 느꼈다. 그러나, 김 차장은 곧 심한 배신감과 함께 착잡한 심정 때문에 온몸을 심하게 떨어야 했다. 땀이 비 오듯 흘렀다.

그리운 심현숙에게

요즈음 당신이 꿈속에 자주 나타나지. 악몽은 아니야. 마음이 아주 평온하거든. 뭐라고 말을 하며 손짓을 했는데 그 말들은 도무지 기억할 수 없는 거야. 웃는 것 같기도 하고, 우는 것 같기도 하고.

나는 지금 길을 잃은 채 사막의 모래 무덤 속에 오랫동안 갇혀 있어. 물은 못 마신 지 오래되었고, 음식을 못 먹은 지는 더 오래 되었어. 입안은 헐었고 혓바닥은 퉁퉁 부어 있지. 아무런 감각이 없어. 수분이 온몸에서 대부분 빠져 나갔고, 배 속 역시 오랫동안 텅 비어 있어. 그래서 배설할 일이 없어 편하긴 해. 동시에 인간의 모든 감정이 고갈되어 버린 일종의 진공 상태에 빠져있지. 육체의 고통과 정신의 고통을 구분하는 것은 불가능한 일이야. 이제 생명은 얼마 남아있지 않다고 생각하고 있어. 기적이 일어나기에는 이미 늦었어. 나는 체념하고 있어. 당신도 잘 알다시피, 나는 원래 단순해서 무슨 일이든지 쉽게 단념하는 성격이잖아. 아주 멀리 나 혼자 떨어져 있다는 생각을 떨쳐버릴 수가 없어. 내가 살려고 발버둥칠수록 바람에 날려가는 것처럼 영혼이 육체에서 빠르게 빠져 나가고 있지. 밤은 자신의 별들을 잃어버렸지. (7월 3일)

왜 지금에서야 편지 쓸 마음이 들었는지는 나도 모르겠어. 그러나 이 편지가 당신한테 무사히 전달될는지는 알 수가 없어. 어느 날 맹렬한 모래 폭풍이 불어와 날 모래 속에 깊이 파묻어 버리면 말이야, 영원히 찾지 못할 거야. 사막의 진이 화가 나면 말이야, 모래가 미친듯이 빙글빙글 춤을 추지. 그땐 숨을 못 쉬게 날리는 모래 먼지가 사막을 온통 휘저어 놓지. 사실 그러길 바라고 있지만. 말라 비틀어진 내 추한 모습을 당신이 보는 걸 원치 않거든. 그래서 약간 망설였지. 그래도 쓰지 않으면 안 되었어. 당신이 너무 그리우니까. 정말 당신을 사랑했어. 최근 몇 년간 우리 사이에 일어난 일들은 모두 전적으로 나의 잘못이야. 변명의 여지가 전혀 없어. 당신께 이제서야 새삼스럽게 사과해서 무슨 소용이 있겠어. 용서를 빌지는 않을 거야. 다만, 날 이해해 주길 간절히 바라고 있지. 밤이면 허공에서 당신의 생생한 목소리가 들리지. 모래 위로 수많은 낮과 밤이 흘러갔지. 지금, 나에겐 어제마저 까마득히 먼 과거처럼 느껴지고, 내일이란 아득히 먼 미래일 뿐이야. 그렇게 먼 미래는 도무지 알 수 없는 일이야. 이곳 밤하늘에 무수한 작은 별들이 환하게 웃고 있지. 이곳은 머리카락이 금빛인 어린왕자가 자기 별로 돌아간 지점일 거야. 어젯밤 우리의 최후 희망이었던 마지막 불꽃이 사그라졌지. (7월 4일)

지금 며칠째 이 편지를 쓰기 위해 마지막 젖 먹던 힘까지 쏟고 있어. 온몸에서 힘이라곤 죄다 빠져나가버려 이 순간 이후에도 편지 쓸 기력이 남아있을까.

의식이 돌아와도 손가락 하나 까딱할 힘이 없겠지. 그런데 말이지, 갑자기 어떤 신비한 소리들 때문에 시달리고 있어. 아마 멀지 않은 곳에서 자동차의 엔진 소리, 바퀴 소리, 사람들의 두런거리는 소리가 들리는 거야. 아주 가까이서 마법의 순간처럼 또는 멀리서 아득하면서도 신비스럽게 들렸지. 그러나 지금 살려달라고 외칠 수는 없는 일이야. 그래서는 안 되는 거지. 그러자 그 소리들은 곧 멀리 사라져버렸지. 죽음이 곧 닥친다는 징조이겠지.

날, 가엾게 생각할 필요는 없어. 나에게서 맹렬한 분노가 이미 사라졌지. 얼마 전까지 내가 떠올리는 생각들이란 모두 절망적이고, 불신에 가득 찬, 저주스러운 것들이었지. 나는 사하라에서 영원히 잠들 거야. 내 생애 가장 긴 피안으로의 여행이 시작되고 있어. 그것은 언젠가 모두 떠날 수밖에 없지만, 그럼에도 불구하고 그 누구도 내켜하지 않는 그런 여행이라고 할 수 있지.

거칠고 별이 빛나는 하늘아래

무덤을 파고 스스로 나를 눕힌다.

여기 그토록 갈망했던 곳에 누웠다.

고독한 여행자가 길 위에서 바라보았던 곳

여보, 편지를 더 이상 쓸 수가 없구려. 희미한 어둠 속에서 누가 날 재촉하고 있으니까. 현실과 꿈이 뒤엉켜버렸지. 단지, 자고 싶을 뿐이야. 너무 힘들어. 오늘은 여기까지야. (7월 6일)

조금 더 쓸 수   사막에서 만났던 동생은 먼 길을 먼저

너무 불쌍해서   바다에서 죽은 동생이 사막에서 환생한

그들을 죽게   나 혼자서만 살 수는
함께 죽고 함께 사막에 묻혀
안녕 안녕

그 일행 중에 그의 아내는 없었다.

휴가기간이 끝나도 그가 트리폴리로 돌아오지 않자, 본사로부터는 경비를 아끼지 말고 모든 수단을 동원하여 최대한 신속하게 수색하라는 특별 지시가 내려왔다. 김 차장은 다급하게 국제전화로 그의 실종 사실과 회사에서는 그를 수색하기 위하여 준비되는 대로 타만라세트로 곧 출발할 것이라고 알려주면서, 만약 그녀가 트리폴리 현지로 와 함께 가고 싶다면 회사 측에서 모든 준비를 할 것이고, 또한 일체의 경비도 회사가 부담할 것이라고 말해 주었다.

그러나 그녀는 그때 흐느끼거나, 몹시 놀라거나, 정신적 혼란에 빠지거나, 감정이 폭발하지도 않았다. 다만 마치 심통난 여자처럼, 잔뜩 신경질적인 목소리로 거칠게 반응하였다.

"우린 이미 끝난 사이에요, 난 상관할 바 없어요 그 일로 다시 전화하지 마세요, 알았죠."

그는 너무 당혹스러워, 다시 본부장과는 대학 건축과 3년 후배로서 죽이 너무나 잘 맞아 함께 소폭을 자주 마셨던 본사 맹주석 총무부장에게 전화를 해서, 본부장의 실종과 관련한 그 전화내용을 자세히 말해 주었다. 도대체 본부장의 가정에 무슨 사연이 있었는지 다급하게 물어보지 않을 수 없었다.

"음, 안타까운 일이야, 그 여자 얼마 전에 학교까지 그만두었어. 집도 이미 팔아 챙겼다지. 지금, 젊은 남자와 이민 준비하고 있다고, 들었어."

"부장님, 그 남자가 누구에요?"

"그 남자가 누구인지, 글쎄, 기가 막혀서. 좌우지간, 스토리가 복잡하고, 상당히 길어."

"그런데, 그게 사실이에요, 정말입니까?"

"틀림없을 거야, 그 여자는 마누라의 친구의 고등학교, 대학 1년 선배이거든. 얼마 전, 마누라가 친구한테서 자세히 들었대. 이제서야 알고 보니, 대단한 여자였어. 우린, 그저 순진한 여자로, 대단히 오해하고 있었던 셈이야."

"부장님, 그럴 리가요! 어떻게 그럴 수가 있습니까? 사실이라면 이건 엄청난 인간 배신이에요!"

김 차장은 자신도 모르는 사이에 몹시 흥분하여 전화기에 대고 외쳤다. 그 순간 뇌의 인지 능력이 갑자기 마비되어 버린 것처럼 혼란스러웠다. 온몸이 떨리고 입안이 바싹 말라 더 이상 아무 말도 할 수 없었다. 죽은 상무님이 너무 불쌍해서 견딜 수가 없었다. 그리고 인간의 치사함 때문에 수치심을 느꼈다.

"김 차장, 진정하라구. 이미 벌어진 일이야, 모든 게 끝장나버렸어. 그 여자가 잔인하게 마침표를 찍어버린 거지. 그래도 말이야,

상무님이 살아 있었다면 분명히 용서했을 거야. 그 성질 잘 알잖아. 오히려 자신을 자책했을 거야."

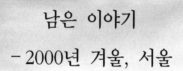

남은 이야기
- 2000년 겨울, 서울

심현숙은 임신 초기 배 속의 태아가 잘 자라는지 확인하기 위하여, 또 임신 초기 징후들 때문에 심신이 지쳐 있어서 처방을 받기 위해 동네 어귀에 새로 지은 번듯한 5층 건물의 2층에 자리 잡은 '김영준 산부인과 의원'에 다니기 시작하였다.

"확실히 임신이에요. 착상이 잘 됐습니다. 그런데 첫 임신이고 나이가 많기 때문에 상당히 신경 써야 할 거예요. 까닥 잘못하면 유산할 수 있습니다. 아시겠죠……."

"그럼 어떻게 해야죠?"

"우선 영양이 중요해요. 임신하면 칼로리와 단백질의 요구량이 증가하거든요. 채소류, 과일, 유제품, 생선, 육류를 많이 섭취하세요. 또 적당한 운동도 필요하지요. 근육의 강도를 유지하고 유산소 능력을 높이기 위해서 필수적으로 주당 3~5회 정도 30분 이상 운동을 하세요. 수영, 활발하게 걷기, 자전거 페달 밟기, 미용체조 등이 알맞겠죠. 지금 증상이 심한 요통과 좌골신경통은 임신 중에는 매우 흔한 일반적인 증상이에요. 변비, 현기증, 피로감, 빈뇨 증상도 있고, 입덧도 심하다고 하셨죠. 그런 증상을 완화시켜주는 약을 처방해 드리겠습니다. 시간을 지켜서 잘 복용하세요.

정기검진을 위하여 당분간은 일주일마다 병원에 오셔야 합니다. 꼭 오셔야 합니다."

그가 활짝 웃었다. 희고 고른 치아가 드러났다. 그 잘생긴 외모의 젊은 의사는 첫날부터 너무 너무 친절하였다.

그들은 저녁 무렵 청담동의 멋있는 이태리 식당에서 근사한 식사와 함께 포도주를 세 병이나 마시게 되었다. 분위기가 아주 그럴듯하였던 것이다. 그러나 그는 결코 의례적인 말로 서곡을 시작하거나 기교적인 은유를 사용해서 시적인 완곡어법으로 작업을 시작하지는 않았다. 그는 처음부터 산부인과 의사들이 쓰는 의학적 전문 용어와 외설스러운 단어들을 교묘하게 섞어서 말하여 그녀를 즐겁게 하고 들뜨게 해서 자극하였다.

여자는 그때 말할 수 없이 아름답다. 선홍색 입술, 복숭아빛 뺨, 희다 못해 투명한 목덜미, 여신 같은 자태.

참으로 멋있고 유쾌한 밤이었다.

그녀는 지금 그가 자신을 사랑하고 있다는 확신을 점점 굳히고 있었다. 더 이상 그의 사랑 때문에 의혹에 빠지거나 끔찍한 불안감을 경험할 필요는 없을 것이다. 그녀의 마음속에 그 사람에 대한 온갖 이미지가 형성되기 시작하였고, 그녀 혼자 있을 때에는 그의 강렬한 모습을 떠올리면서 짜릿한 사랑의 환상에 사로잡혔다.

정말 고마워, 너무 고마워. 그 누구도 당신처럼 날 사랑해준 적은 없었던 거야. 당신 덕분에 얼마나 행복한지! 얼마나 살아있다는 실감이 드는지! 당신만 생각하면 짜릿하고, 열이 나지, 온몸이 막 떨리고 난 지금부터 당신을 믿을 거야, 끝까지 사랑한단 말이지, 죽을 때까지 말이야. 몸은 정직한 거야, 그까짓 감정이나 이성은 날 속일 수 있어도 내 몸만은 날 속일 수 없어. 내 몸은 당신을 느끼고 있어. 사랑은 육체적인 거지. 정신적 사랑, 그건 예수님이나 하는 웃기는 소리이지.

그즈음 그녀의 영혼 속에서는 관능의 불길이 끊임없이 활활 타오르고 있었다. 그러나 그녀는 가끔 두려움을 느꼈다. 그에게 너무 빠져서 헤어 나오지 못하면 자신의 존재가 상실되어 버리지 않을까, 지워져 버리지 않을까 내심 걱정이 되었던 것이다. 그가 자신을 무시하지 않고 그리고 영원히 사랑하고 매달리기를 바랐다. 그녀는 그때 그들의 사랑은 영원할 수 있다고 믿었다.

오랫동안, 남편과 그녀의 깊은 내면에는 가시 돋친 감정 대립이 불타고 있었다. 그 불씨는 어떤 경우에도 꺼지지 않고 항상 잠복 하고 있었다. 그녀를 갉아먹고 있던 그 성가신 존재가 사라져 버렸다. 마침내 눈에 보이지 않는 운명의 족쇄를 벗어 버린 것이다. 그녀는 해방되었다. 자유롭다고 느꼈다. 한껏 마음이 편안해 졌다. 자신은 지금부터 그 자유를 무한정 즐기리라.

그녀는 오래 전에 잊었던 생동감 또는 충동감을 만끽하였고, 동시에 달착지근한 승리감도 맛보았다. 그녀의 얼굴에서 분노와 고통, 경멸이 말끔히 사라지면서 본래의 모습이 되살아났다. 그녀의 생기를 잃어가던 얼굴이 다시 아름답게 피기 시작하였다. 가슴은 풍선처럼 부풀어 올랐다. 그땐 모든 것이 팽창하고 있었다.

그녀는 그 당시 그 어느 때보다도 발걸음은 가볍고 목소리는 경쾌하였으며, 자주 많이 웃고 크게 노래를 불렀다.

기하학에서 삼각형은 일직선상에 있지 않은 세 개의 점을 이으면 만들어진다. 각기 두 개의 점이 하나의 선에 의해 서로 연결되어 있으며, 이렇게 이어진 세 개의 선이 삼각형의 변을 형성한다. 삼각형에는 정삼각형, 직각삼각형, 두 변과 두 각의 크기가 같은 이등변삼각형이 있고, 이등변삼각형은 다시 예각삼각형, 둔각삼각형이 있다. 그러나 정삼각형은 같은 크기의 세 각과 같은 길이의 세 변을 갖추고 있으므로 조화를 상징하는 가장 단순한 도형으로 모든 평면도형의 원형이라고 할 수 있다.

그러나 극단적인 질투심이 지배하는 비이성적인 남녀관계에서 삼각관계는 둘은 웃고 하나는 울어야 하는, 또는 하나는 웃고 둘은 울어야 하는, 아니면 셋 모두 울어야 하는 자기 파괴적이고 위험한 관계일 뿐이다. 그러므로 셋 모두가 정상적으로 인간다운 남자이고 여자이어서 진짜 미치지 않았다면 그들 모두가 웃을 수 있는 경우는 있을 수 없다. 인간 사회의 현실에서 결코 동등한 삼각관계, 즉 정삼각형은 존재할 수 없는 것이다.

그러던 어느 날, 갑작스럽게 그녀가 제안을 하였다. 그때 그녀는 가슴이 두근거리고, 빨갛게 달아오른 얼굴이 잔뜩 긴장하고 있었다.

"전혀 임신하고 싶지 않았는데, 그래서 반드시 피임조치를 하였어요. 잠깐 실수한 거예요. 떼 내 주세요, 아이는 필요 없어요."

그녀는 갑작스러운 심경 변화에 대하여 변명을 겸하여 자기 합리화를 할 필요가 있다고 느꼈다.

"술꾼의 자식을 낳을 생각은 없었거든요. 그 자식 역시 대단한 술꾼일게 틀림없어요. 술꾼은 정말 지겨워요."

의사는 깜짝 놀란 표정으로 이죽거렸다. 그의 눈가에 잔뜩 심술궂은 웃음이 노골적으로 번졌다.

"잘 몰랐네. 그렇게 형편없는 술주정뱅이인줄은! 고주망태가 되어 집에만 들어오면 막 발길질하고, 때리고, 닥치는 대로 물건을 집어 던졌겠네! 술병을 마룻바닥에 내팽개쳐서 박살이 났을 거야. 그러면, 유리 파편이 마구 튀었겠지. 당신, 그걸 치우면서 훌쩍거렸겠지."

그러자 그 여자는 정색을 하고 정정하였다.

"그 사람은 매일 밤 비틀거리며 이 술집 저 술집을 전전하는 술주정뱅이는 절대 아녜요. 2차 이상은 잘 안 가거든요. 술에 취하면 곧바로 곯아떨어지는 게 그의 오랜 버릇이에요. 가끔 화장실에서 밤새 심하게 토할 때도 있기는 하지만……. 그러나, 어떤 경우에도 폭력을 행사하거나, 욕지거리를 하는 일은 없어요. 아주 점잖거든요. 하여튼, 세상 고민은 혼자서 다하는 사람이에요. 그는 만날 술은 자신의 정신과 육체를 갉아먹는 위대한 살인자라고 욕하면서도 끝끝내 끊지를 못했어요."

그는 술만 취하면 그때부터 자기연민에 빠진 나머지 자학적이 되어 자기 파괴적인 모습을 보인 적은 아직 한 번도 없었다. 문제는 술을 마실수록 내성이 생겨서인지 웬만큼 마셔서는 취하지 않는다는 것이다. 그는 얼큰히 취하기 위해서 참으로 많은 술을 마셔야만 하였다. 그는 항상 아슬아슬한 순간 도망치듯 술집을 빠져 나갔다.

신혼 초기에 그녀가 날카롭게 지적하였었다.

"술이 결국 당신을 망쳐서 당신은 제명대로 못 살 거예요. 당신 스스로 그걸 잘 알고 있을 거구요. 그래도 술을 마실 겁니까? 지금 당장 술을 끊으세요. 필요하다면 적절한 치료도 받으세요."

그는 매번 똑같은 대답을 하였다.

"난 술을 많이 마시는 것도, 더욱이 알코올 중독은 말도 안 되는 소리야. 나는 아무리 마셔도 취하지 않아. 난, 취하지 않지. 취하는 게 싫거든. 나의 몸속에서는 알코올 분해 효소가 왕성하게 작용하거든. 술꾼들이 그따위 술에 취해 비틀거리거나 중얼거리고, 소릴 질러대는 것은 정말이지 질색이거든. 자신을 언제든지 컨트롤하고 있지.

내가 조금씩 술을 마시는 것은 인정할 수밖에 없어. 부인하지 않거든. 그렇지만 그건 단지 업무상 긴장을 풀기 위해서야. 아주 가끔씩 조금 지나치게 마시지만, 그땐 회사 사람들하고 함께 마시지. 절대로 혼자서 많이 마시지는 않는다구. 지금 내 위장은 알코올에 점점 익숙해지고 있어. 요즈음은 술을 많이 마셔도 거의 토하지 않고 있거든."

그렇지만 그가 언제부터 본격적으로 술에 탐닉하기 시작하였는지는 확실치가 않다. 고등학교 시절 벌써 우울한 기분이 되면 혼자 몰래 조금씩 술을 마시기 시작하였지만, 아마 회사에 입사하여 설계 부서에 배치되고 나서 고도의 집중력이 요구되는 복잡한 작업과정에서 술은 지치고, 과민해진 신경을 달래주는 이완제 역할을 하였을 것이고, 그의 상상력이 고갈되어 갈 때 그의 영감을 자극하기 위하여 필요하였을 것이다. 그러나 여전히 그 증세를 이겨내기 위해서는 음주 이외에는 다른 방법이 없었다. 그때 음주는 더 이상 의식조차 하지 못할 만큼 그의 삶의 방식이 되어 버렸고, 몸에 배어버린 일종의 의식이었다.

"그래도 남편이라고 열심히 편을 드는군." 하고, 그 의사가 못마땅한 표정으로 핀잔을 주었다.

"혹시, 의사의 양심 때문에 꺼려하는 거야? 하지만, 당신이 해주지 않으면 다른 데 가서 할 거예요. 제 결심은 확고하니까요. 산부인과는 널려 있어요. 그러나, 당신께 부탁하고 싶어요. 다른 사람이 손대는 것보다는 당신이 낫겠죠."

"전혀…… 상관없으니까. 얼마든지 오케이야. 난 산부인과 전공이거든. 염려 놓으시라구요."

그 며칠 후, 그는 임신중절 수술을 하기 위하여 그녀를 자기 병원의 수술대 위에 눕혔다. 그때 그녀는 몹시 초조하여 몸을 부들부들 떨고 있었다. 피로와 두려움이 그녀를 덮치고 있었다.

늦은 가을 한가한 오후의 나른한 햇살이 작은 창문을 통하여 병실로 들어와 복잡한 심정으로 수술대에 누워있는 그녀의 얼굴을 잠깐 비추고 사라졌다. 산부인과 병원의 잔인한 악취가 그녀의 코끝을 찔렀다. 이제 그녀의 몸속에서 남편이 남긴 흔적은 씻은 듯이 사라져 버렸다.

그 순간, "우리가 얼마나 기다리던 임신이야."라고 절실하게 말하던 남편의 얼굴이 다시 생각났다. 그리고 마음속으로 중얼거렸다. '이건 살인행위는 아니야. 절대로…… 그 무시무시한 단어가 싫어. 소름이 끼치니까. 이건 단순한 거야. 흔해빠진 유산의 일종에 불과한 거야.

내가 오해한 걸까? 그 여자 말이야? 배신감 때문에? 그럴 수도 있지만······.

모든 게 당신 탓이지. 당신이 문제인 거야. 당신은 사막에 미쳐버린 사람이니까, 사막에서 살다가 끝내 사막에서 죽을 운명이지. 난 사막 같은 것은 딱 질색이야. 문명사회에서 살아야만 돼, 화려한 도시에서 살아야 된단 말이야.

이건 하늘이 준 기회야, 아마 마지막으로 선물을 준거야. 틀림없이 난 그와 행복하게 살게 될 거야, 그러니까 그를 놓치면 절대 안되지. 그는 잘생기고 능력 있지. 나는 이미 당신을 버렸어. 그 족쇄를 스스로 벗겨냈지. 난 지금 자유란 말이야.

어쨌거나 우리도 이혼해야 할 거야. 법적으로도 자유로워지고 싶어······. 아무튼 당신에게 미안하긴 해. 난들 어쩔 수 없어.'

수술이 끝난 후 그녀가 단호하게 말하였다. 그 의사는 세면대에서 두 손에 잔뜩 비누칠을 하여 피부가 벗겨질 만큼 박박 문지르며 씻고 있는 중이었다.

"어떤 경우에도 이건 유산이에요, 알았죠. 비밀을 철저히 지켜주세요. 무덤까지 싸가지고 갈 비밀이에요."

가을이 하루하루 더 깊어가고 있었다. 가을이 기진맥진한 채 저멀리 가고 없었다. 단풍으로 물들었던 가을 나무들이 어느새 앙상한 가지만 남겨놓은 채 잎들을 낙엽으로 내려놓았다. 낙엽은 모든 추억을 데리고 사라졌다. 공기는 여전히 깨끗하고 투명하였다. 가을의 단풍들은 떠난 지 오래되었고, 눈은 아직 먼 것 같다. 눈이 내리지 않았지만 겨울은 겨울이었다. 마지막 낙엽이 겨울을 몰고 온 것이다. 겨울은 계절의 끝물이다. 햇볕이 여리고 나무들은 헐벗었으며, 겨울바람은 너무 스산하여 다른 계절과는 그 느낌부터가 다르다. 겨울은 황량하고 마음의 병이 더욱 깊어지는 계절인 것이다. 따뜻했던 날들은 지나갔다.

도시는 이제부터 몇 달 동안은 잿빛 겨울 속에 잠길 것이다. 그러나 도시의 겨울은 인간의 신음소리로 가득 찬 괴물이었다. 겨울 하늘로부터 여린 광선이 도시의 지붕 위로 무기력하게 내려앉고 있었다. 밤이 되면 거리는 칠흑같이 어두운 저녁 빛이 감싸고 있어서 갑자기 죽은 듯이 고요하였다. 쓸쓸한 겨울바람이 짐승의 울음소리를 내며 어둠침침한 새벽 거리를 지나쳐 갔다. 아직 완전한 어둠 속에서 희미한 새벽의 색조가 스며 들어오는 순간에도 사람들은 여전히 새벽의 단잠에서 헤어나지 못하고 있었다. 새벽의 유령은 벌써 사라지고 없는데도 말이다. 그 새벽을 달곰씁쓸한 꿈들이 점령하고 있었다.

그녀는 그해의 비정하고 메마른 겨울을 맞이할 마음의 준비가 되어있지 않았다. 도시의 겨울이 이렇게도 쓸쓸하고 적막한 지는 처음 알았다. 황홀한 순간은 덧없이 사라졌다. 그러나 겉으로는 변한 것이 아무것도 없었다. 짧지만 행복했던 시절의 화려한 광채는 사라져 버리고, 짙은 안개 같은 허무만 남았을 뿐이다. 이제서야 새삼 자신의 허영심을 탓할 필요는 없었다. 하찮은 사랑이란 얼마나 덧없는 것일까. 그녀는 그때 어찌할 바를 모르고 있었다. 그녀는 인간에 대한 불신감 때문에 초췌한 얼굴이 더욱 굳어 있었고, 가끔 멈칫거리면서 어정쩡한 미소를 지었다.

그해의 우울한 겨울은 눈이 많이 내리고 몹시 추웠다. 그리고 시간이 더디게 흘러갔다. 그녀는 죽은 남편이 점점 더 그리워지기 시작하였다. 처음 데이트하던 날 그녀의 마음을 빼앗은 그 수줍어하던 다정다감한 눈빛이 새삼 생각났다. 그만큼 아름다운 영혼을 가진 사람이 일찍이 있었던가, 그만큼 그녀를 순수하게 사랑했던 사람이 있었던가, 문득 깨달은 것이다. 자신은 패배자였다. 덧없는 욕망에 사로잡혀 오랜 세월을 허둥댄 철저한 패배자임을 깨달았다.

그가 죽은 후 벌써 6개월이 덧없이 흘러갔다. 시간은 깊은 강물처럼 소리 없이 흐른다. 그의 영혼은 지금도 사하라 사막의 남쪽에 홀로 누워 있을 것인가? 여기저기 날아다닐까? 그곳이 그가 그토록 갈망했던 곳일까?

'나 같은 하찮은 사람까지 자유를 남용하였으니, 지금 그 대가를 치르는 거야. 내가 그를 죽게 한 거나 다름없어. 그는 위대한 건축가가 될 수 있었지. 그의 아름다운 꿈을 함께 죽인 거야…… 그러나 그는 어차피 사막에서 죽을 운명이었어. 그는 거길 죽음을 찾아서 갔던 거였어. 그가 사하라의 맨 밑바닥 구석까지 그 엉뚱하고 절망적인 여행을 떠났던 것을 어떻게 달리 해석할 수 있겠어. 나는 그 운명을 일찍이 예감하고 있었지. 그는 항상 어디론가 떠나야 했어. 그를 내게 붙잡아 둘 능력이 없었지. 당신 혼자만 떠나는 당신만의 여행. 그 때문에 저항한 거지. 지긋지긋했거든. 하지만 당신이 떠날 때마다 절망적이었지. 나는 그때마다 마음속에 이별을 준비했어야 했어.'

그 무렵, 그녀는 거울을 보면서 자주 눈물을 흘렸다. 그 눈물이 그녀의 마음을 정화시켰다. 하지만 눈물은 빨리 말랐다. 그녀는 본래의 모습을 되찾았다. 모든 일이란 게 역시 마음먹기에 달린 것이다. 그녀의 그 낙천적이고 활달한 성격이 어디 가겠는가. 다시 그녀는 자기 삶의 주인으로 돌아왔다.

그가 거울 속에서 생전처럼 해맑게 웃고 있었다. 간절히 손짓을 하였다. 그의 영혼을 만나기 위해서라면, 한 번쯤은 바람도 쏘일 겸 해서 남쪽 바다 쪽으로, 사하라 사막에 갔다 올 수도 있을 것이다.

자부심이 강하고 냉정하고 고집이 센 여자. 강력한 자아가 똑똑한 그녀를 지탱한다.

2000년. 서울의 겨울. 그 겨울이 사라져 간다. 다시 돌아올 것이다.

반복과 순환.

작가의 말

나는 2007년부터 8년 동안 장편소설 『사하라』를 붙들고 재재 수정하였다. 그리고 이제 마침표를 찍었다. 유망한 건축가이면서 사막 여행가인 김규현과 인물들, 풍경과 언어, 그들의 세계와 작별을 할 때가 된 것이다.

나는, 사하라와 사막, 사막의 부족 투아레그, 낙타, 아프리카와 아프리카의 비극, 무슬림과 쿠란, 건축가의 세계, 전쟁을 배경으로 하여 (그러나 사하라와 사막은 단순한 배경이 아니다. 소설 속 주요 등장인물로 기능하는 하나의 캐릭터라고 할 수 있다.) 여행, 신과 종교, 사랑과 이별, 운명과 비극, 죽음이라는 무거운 주제에 대해 정서적으로 성숙하고 아름다운 소설을 쓰고 싶었던 것이다.

그러나 신은 누구인가? 신은 존재하는가? 라는 문제는 지금도 나를 괴롭히는 도저히 합당한 결론을 내릴 수 없는 난제이다.

나는 항상 기분 전환용으로 대충 읽을 소설이 아니라 체험하여야만 하는 소설을 염두에 둔다. 열정적이고 필사적인 소설. 우리의 삶에 대한 통찰력을 주고 깊이 생각할 수 있는 기회를 줄 수 있다면 더 바랄게 뭐가 있겠는가.

(나의 모든 소설과 에세이에서처럼) 시적 감흥과 삶의 지혜, 도덕률이 가득한 성서와 쿠란, 신화와 전설, 섬광처럼 전율케 하는 경구, 금언, 시들을 가끔 원문 그대로 또는 거기서 의미를 얻고 그 핵심 단어들을 따온 경우 이들 문장은 특별히 이탤릭체로 표시하였다.

2015년 12월

사하라

초판 1쇄 발행   2011년 4월 20일
재개정판 1쇄 발행 2016년 1월 20일

지 은 이 유중원
펴 낸 이 최종숙
펴 낸 곳 글누림출판사

책임편집 이태곤
편   집 문선희 박지인 권분옥 오정대 이소정
디 자 인 안혜진 이홍주
마 케 팅 박태훈 안현진

주   소 서울시 서초구 동광로46길 6-6(반포4동 577-25) 문창빌딩 2층(우 06589)
전   화 02-3409-2055(대표), 2058(영업), 2060(편집)
팩   스 02-3409-2059
전자메일 nurim3888@hanmail.net
홈페이지 www.geulnurim.co.kr
등록번호 제303-2005-000038호(2005.10.5)

정   가 20,000원
ISBN 978-89-6327-326-6 03810

출력·안문화사 인쇄·오양인쇄 제책·동신제책사 용지·에스에이치페이퍼

＊이 도서의 국립중앙도서관 출판예정도서목록(CIP)은 서지정보유통지원시스템 홈페이지(http://seoji.nl.go.kr)와
  국가자료공동목록시스템(http://www.nl.go.kr/kolisnet)에서 이용하실 수 있습니다.(CIP제어번호: CIP2016000078)